中国古代文学论丛

项目名称：安徽外国语学院博士科研启动基金项目
项目编号：Awbsjj202003

清代格调派研究

王玉媛·著

北京师范大学出版集团
BEIJING NORMAL UNIVERSITY PUBLISHING GROUP
安徽大学出版社

图书在版编目(CIP)数据

清代格调派研究/王玉媛著. —合肥:安徽大学出版社,2022.8
(中国古代文学论丛)
ISBN 978-7-5664-2456-3

Ⅰ.①清… Ⅱ.①王… Ⅲ.①古典诗歌—文学流派研究—中国—清代
Ⅳ.①I207.209

中国版本图书馆 CIP 数据核字(2022)第 122094 号

清代格调派研究

Qingdai Gediaopai Yanjiu

王玉媛 著

出版发行: 北京师范大学出版集团
安 徽 大 学 出 版 社
(安徽省合肥市肥西路 3 号 邮编 230039)
www.bnupg.com
www.ahupress.com.cn
印　　刷: 合肥创新印务有限公司
经　　销: 全国新华书店
开　　本: 710 mm×1010 mm 1/16
印　　张: 27.75
字　　数: 398 千字
版　　次: 2022 年 8 月第 1 版
印　　次: 2022 年 8 月第 1 次印刷
定　　价: 68.00 元
ISBN 978-7-5664-2456-3

策划编辑: 李加凯 龚婧瑶
责任编辑: 李加凯 宋执勇
责任校对: 龚婧瑶
装帧设计: 李 军
美术编辑: 李 军
责任印制: 陈 如 孟献辉

序

王玉媛与我的联系，始于十多年前的2006年11月。当时她在厦门大学，硕士研究生即将毕业，来电子邮件说打算报考我的博士研究生。我所在的浙江大学，博士研究生入学考试的外语，听大家说难度特别大，并且总分和听力分别划定分数线，哪项差一分都不行。在那之前，我的名下曾有两批考生，全被外语卡掉了；当时手头的第一届博士研究生，还是从别的导师上线考生中转过来的。我把这个情况告诉王玉媛，请她在复习的时候，务必把主要精力放到外语上。次年她到底有没有来考过，我现在已经记不确切了。

2008年开始，王玉媛在我的研究生母校苏州大学攻读文学博士，导师是我的师兄王英志先生，学位论文题为《清代格调派研究》。毕业之后，她又有志于取得世人心目中的最高学历，联系来我这里做博士后。这个过程，却是出奇的容易。王玉媛主要是英志兄的高足，并且其前至少曾经联系过报考我的博士研究生，这个博士后就走走程序做成了。

王玉媛的博士后出站报告，题目仍然是《清代格调派研究》，具体重在充实该流派后期的内容。如今转眼又将近十年过去，经过反复的修订打磨，精益求精，终于进入了正式出版的流程。虽然作为曾经的老师，不适宜在读者面前拼命吹嘘自己的学生，但此书在清代格调派研究方面，是迄今为止最为全面、系统的一部专著，这一点应该还是可以说的。记得英志兄的诸多著作中，有一部关于清代的《性灵派研究》；而这个《清代格调派研究》，虽然出自学生之手，却完全可以成为他著作的姊妹篇，并共同构成一个系列。

日前，王玉媛用电子邮件告诉我这个出版的消息，让我来写篇序言，特别说到在英志兄去年仙逝之后，这样是最合适的。恰巧我也一向认为，学生的著作特别是学位论文之类，请自己的老师特别是指导教师这种最有学术渊源的人写序，的确最为得体。何况人家请你写序，本来就是对你的抬举，通常也总会欣然从命的。所以这次就接替英志兄，来完成这项工作。从写序的角度来说，这也更加增添了一种意义。

朱则杰

2022年4月4日写于杭州玉泉

前　言

本书以清代重要诗学家、诗选家、诗人沈德潜为主要研究对象，对其所代表的格调派及相关诗学理论予以全面、深入研究。既有宏观的整体考察，又有微观的个案剖析，既有时代文学背景的客观揭示，也有不同诗歌流派间的比较对照。

本书的主要价值，首先在于首次比较完整地勾勒出清代格调派队伍：以沈德潜为主将，王昶为副将，李果、翁照、许廷鑅为代表的沈德潜前期友人，以盛锦、周准、顾诒禄为代表的沈德潜前期弟子，以吴中七子等为代表的后期弟子，还有顾宗泰、朱彭、王廷魁、竹溪诗社、褚廷璋、张熙纯等后期羽翼，以及王豫、潘瑛、吴门后七子、符葆森等格调派余响。本书对各成员的诗学观点与诗歌创作进行详细论述，使格调派的发展脉络清晰可见。

其次，通过分析格调诗学的渊源与传承，对清代格调派诗歌理论进行梳理，特别注意与明代前后七子格调诗论进行比较，探讨其异同，挖掘清代格调派对明代格调派诗论的修正与完善之处，从而体现清代格调派诗歌理论的创新价值。

最后，采用知人论世的研究方法，探讨格调派主将沈德潜的家世背景、生平经历、性格特征及其所处的时代与其诗学思想、诗歌内容、诗歌风格的密切关系；对沈德潜的温柔敦厚说、诗教统摄下的格调说等给予新的阐释；对沈德潜的诗歌创作，给予实事求是的评价。

王玉媛

2022年6月10日

目　录

第一章

清代格调派产生的历史背景

清代格调派萌芽于康熙朝，大盛于乾隆朝，其产生、发展乃至消歇与康乾盛世时间一致。因此，探讨康乾政治经济背景及文化背景对于阐述格调派的产生具有重要意义。清初宋诗热的流弊及王士禛神韵说的偏失，是促使清代格调派产生的诗坛背景。

第一节　康乾盛世概貌

从时间上看，清代格调派产生于历史上的“康乾盛世”——中国封建社会的最后一个盛世。

鉴于明亡的历史教训，清代统治者自入关之日起，一直秉承“永不加赋”的政策，轻徭薄税，与民休息。到了康熙朝，继续推行这一方针。与此同时，一方面发展农业，治理黄河、淮河等；另一方面开垦荒地，减免赋税。在此政策下，生产力得到恢复发展，社会安定。康熙又平定三藩，统一台湾，平定漠北，治理西藏，取得多民族国家的完全统一。康熙在位61年，国家长期安定，渐趋盛世，所谓“久道化成，风移俗易，天下和乐，克致太平。其雍熙景象，使后世想望流连”[①]。

雍正即位后，在位虽然只有13年，但他清理财政，整顿吏治，改革赋税制度，惩治贪污腐败，是康乾盛世不可或缺的重要环节。

雍正十三年乙卯(1735)，雍正驾崩，24岁的乾隆继位。继位伊始，乾隆励精图治。乾隆元年丙辰(1736)，即下诏蠲免雍正十二年以前的积欠，召还朱轼、杨名时等名臣回京，禁止天下言祥瑞者，解散僧人羽流，以及议减关政、盐政等。一时间万民欢悦，颂声如雷。吴中地区更有“乾隆宝，增寿考，乾隆钱，万万年”[②]之语。沈德潜在其自订年谱中也由衷称赞道“用人行政咸有尧舜气象”[③]。乾隆朝，生产力继续发展，农业生产水平进一步提高，“中国已能生产足够养活近三亿人之多的粮食，大大超过了历史上的最高水平”[④]。手工业方面，在丝织、纺织、制瓷等行业中，出现了资本主义萌芽。人口也迅速增长。与此同时，乾隆用兵大小金川，平定西北，统一整个新疆，治理西藏，“盖当时武功之盛，实超乎汉唐上矣”[⑤]。乾隆也因此自号“十全老人”。中国版图在乾隆朝达到1300万平方公里，疆域之广，亘古无匹。政权也进一步巩固，统一的多民族国家发展到一个新的阶段，康乾盛世在乾隆朝达到顶峰。所谓“开疆拓宇，四征不庭，揆文奋武，于斯为盛”[⑥]。西方学者也指出：

可以毫不夸张地说：在十八世纪，中国不仅在疆域和人口方面

---

① 赵尔巽等：《清史稿·圣祖本纪》，《清史稿》卷八，北京：中华书局1977年12月第1版，第2册第305页。

② 昭梿：《啸亭杂录》卷一“纯皇初政”条，北京：中华书局1980年12月第1版，第13页。

③ 沈德潜：《沈德潜诗文集·沈归愚自订年谱》，北京：人民文学出版社2011年10月第1版，第4册第2114页。

④ 戴逸：《乾隆帝及其时代》(插图本)，北京：中国人民大学出版社2008年3月第1版，第11页。

⑤ 萧一山：《清代通史》，北京：中华书局1985年9月第1版，中卷第146页。

⑥ 赵尔巽等：《清史稿·高宗本纪》，《清史稿》卷十五，北京：中华书局1977年12月第1版，第3册第565页。

冠于全球，同时也是全世界管理得最好、最文明的国家之一。[①]

康乾政治经济的大发展，为文化的发展创造了极为有利的环境。一方面，经济的繁荣为统治者发展文化事业打下了坚实基础。另一方面，由于清代版图空前辽阔，“穷荒万里入舆图”[②]，士人纵游四方，眼界得到开阔，视野得以扩大，诗歌内容也丰富多彩。格调派前期代表诗人中的盛锦，后期代表诗人中的王昶、赵文哲等人都有大量反映边塞的诗篇。这些边塞诗已远超盛唐边塞诗只限于西北一隅的局限，触角延伸至西南乃至缅甸等地，大大丰富了清代山水边塞诗的艺术宝库，归根结底，不能不归功于康乾盛世。

然而，必须指出，康乾盛世的表象无法隐藏它的黑暗面：水灾、旱灾频仍，农民生活困苦，贪官污吏横行，社会风气每况愈下。尤其在乾隆末年及嘉庆初年，国家外强中干，衰世特征进一步显现。格调派成员大多是富有社会责任感的传统士人，他们中的大部分早年家境贫寒，对于社会黑暗面有深刻体验；走上仕途之后，也大都为官清廉，政绩斐然，对于现实黑暗有深刻领会，对于人民遭受的苦难感同身受。所有这些，无不为诗人的题咏提供了丰富创作素材。

第二节　康乾文化背景及士人心态

康乾盛世不仅体现在政治经济方面，而且体现在文化方面。此时期文化的繁荣主要体现在以下几个方面：

首先，文教大昌。清代统治者早在入关之前，就显示出对文教的重视。诚如《清史稿·艺文志》所说：

> 清起东陲，太宗设文馆，命达海等翻译经史。复改国史、秘书、弘文三院，编纂国史，收藏书籍，文教始兴。世祖入定中原，命冯铨

① (美)爱德华·麦克诺尔·伯恩斯、(美)菲利普·李·拉尔夫：《世界文明史》第二卷，北京：商务印书馆 1987 年 1 月第 1 版，第 350 页。

② 黄文莲：《大金川凯歌》共六首第五首，沈德潜辑《七子诗选》卷七，乾隆刻本，第 6a 页。

等议修《明史》，复诏求遗书。圣祖继统，诏举博学鸿儒，修经史，纂图书，稽古右文，润色鸿业，海内彬彬向风焉。[①]

清代统治者对文化的重视同样在乾隆朝达到顶峰。乾隆元年丙辰(1736)，意气风发的乾隆即举行清代历史上第二次博学鸿词科考试，以网罗群才。中国学术史上的重要流派——乾嘉学派开始形成。乾隆朝文化鼎盛表现最突出的就是纂修《四库全书》。

据《清史稿》记载，乾隆三十八年癸巳(1773)开始纂修《四库全书》。以皇子永瑢、大学士于敏中等为总裁，纪昀、陆锡熊等为总纂，与其事者三百余人，皆极一时之选，历二十年始告成。这是中国历史上规模最大的一次编书活动，历时之长，参与人数之多，前所未有。"其宋、元精椠，多储内府，'天禄琳琅'，备详《宫史》。经籍既盛，学术斯昌，文治之隆，汉、唐以来所未逮也"[②]。

其次，清代统治者大都热爱诗歌，并大力提倡。这一点从《四库全书》所收清代帝王诗文集就略可窥见。所收康熙帝诗文集一百七十六卷，雍正帝三十卷。至于乾隆，酷爱作诗，生平作诗将近五万首，为古今诗人之最。翻开康熙、雍正、乾隆三位皇帝的诗集，可以发现，他们的诗歌题材几乎涵盖一切政治活动及日常生活。不仅如此，他们还亲自为诗歌选本作序。比如康熙为《全唐诗》作序，乾隆为《唐宋诗醇》作序。而沈德潜能得到乾隆的恩宠，主要原因之一在于两人都有共同的嗜好——写诗，也就是乾隆亲自为其诗集作序时所说的"德潜老矣，怜其晚达而受知者，惟是诗。余虽不欲以诗鸣，然于诗也好之习之，悦性情以寄之，与德潜相商榷者有年矣。兹观其集，故乐俞所请而序之"[③]。

最后，清代统治者选拔人才也多以诗歌为媒介。比如彭孙遹，康熙十九

---

① 赵尔巽等:《清史稿》卷一百四十五，北京:中华书局 1977 年 12 月第 1 版，第 15 册第 4219 页。

② 赵尔巽等:《清史稿》卷一百四十五，北京:中华书局 1977 年 12 月第 1 版，第 15 册第 4220 页。

③ 弘历:《沈德潜诗文集序》，沈德潜《沈德潜诗文集》，北京:人民文学出版社 2011 年 10 月第 1 版，第 1 册第 3 页。

年庚申(1680),召试太和殿,发赋、诗题各一,“于是天子亲擢孙遹一等一名,授编修”[①]。尤侗,顺治于禁中览其诗篇,以才子目之。尤侗后入翰林,康熙称之曰“老名士”,“天下羡其荣遇”[②]。徐倬,“归田已十馀年矣,恭遇圣祖南巡,进呈《全唐诗录》百卷,特加卿贰。且年跻大耄,子列六卿,真盛世幸人也”[③]。蒋士铨,于乾隆二十二年丁丑(1757)成进士后,旋乞病归。乾隆屡从元瑞询之,元瑞以士铨母老对。帝赐诗元瑞,有“江西两名士”之句[④]。严长明,“高宗二十七年南巡,以诸生献赋,赐举人,用内阁中书,入军机”[⑤]。格调派骨干——吴中七子中的王昶、钱大昕、曹仁虎等人,也皆由献诗、献赋而走上仕途之路。从这个角度看,沈德潜能得到乾隆的无上恩眷,并非偶然现象。

至于康乾时代臭名昭著的文字狱,就有学者指出,“18 世纪的文字狱只是清代文化教育政策的阴暗一面,这项政策还包括经费支持、学校奖助、官方对学术的认可、强化教育特定作用、对学术发展鼓励”[⑥]。“相对于前代而言,清代对士大夫的压制显然为人夸大了”[⑦]。

不过,即使如此,文字狱对士人的影响还是比较大的。乾隆朝大规模的文字狱多集中在乾隆三十年乙酉(1765)以后。而沈德潜死后之所以遭到仆

---

① 赵尔巽等:《清史稿》卷四百八十四《文苑传》,北京:中华书局 1977 年 12 月第 1 版,第 44 册第 13338 页。

② 赵尔巽等:《清史稿》卷四百八十四《文苑传》,北京:中华书局 1977 年 12 月第 1 版,第 44 册第 13341 页。

③ 沈德潜:《清诗别裁集》卷十,上海:上海古籍出版社 1984 年 3 月第 1 版,上册第 401 页。

④ 赵尔巽等:《清史稿》卷四百八十四《文苑传》,北京:中华书局 1977 年 12 月第 1 版,第 44 册第 13389 页。

⑤ 赵尔巽等:《清史稿》卷四百八十五《文苑传》,北京:中华书局 1977 年 12 月第 1 版,第 44 册第 13392 页。

⑥ (美)艾尔曼著,赵刚译:《从理学到朴学——中华帝国晚期思想与社会变化面面观》,南京:江苏人民出版社 1995 年 9 月第 1 版,第 13 页。

⑦ (美)艾尔曼著,赵刚译:《从理学到朴学——中华帝国晚期思想与社会变化面面观》,南京:江苏人民出版社 1995 年 9 月第 1 版,第 10 页。

碑削谥的厄运，就有一种观点认为是其诗文惹祸的后果①。出于惧怕文字惹祸的心理，这一时期的诗歌虽不乏反映现实之作，但大都措辞温和，不触及产生社会弊病的根源，对于一些政治敏感类事件，则反映不多。

康乾时期，清代士人心态也发生了变化，那就是民族感情日渐淡泊，代之而起的是用世精神的日益高涨。

清朝初期，士人在血腥镇压与政治诱惑的夹缝中，要么选择仿效黄宗羲、顾炎武、王夫之的做法，坚持民族气节，拒绝入仕清廷，潜心著书立说；要么如钱谦益、吴伟业，一方面出仕新朝，另一方面又饱含悔恨。经过顺治、康熙、雍正三朝，士人们对清朝已从心理上产生了认同与依附。当代学者在论及清初诗坛变迁时，都不忘指出康熙十七年戊午(1678)博学鸿词科的开设。该举之所以重要，首先是因为这一标志性事件表明，此前的政治高压政策已逐渐被怀柔政策所代替，满汉矛盾也逐渐得以缓和。其次是因为此举旨在牢笼志士，驱策英才，收拾人心。这一举措确实收到预期效果，"它的成功首先在于显示清廷崇奖儒学格局已定，这就为尔后学术文化事业的繁荣开创了一个良好的开端"。再次是因为这次考试成功笼络了一批优秀汉族士人，如傅山、朱彝尊、曹溶、施闰章等，其结果"不仅标志着广大知识界与清廷全面合作的实现，而且还在更广阔的意义上对满汉文化的合流产生深远影响，从而为巩固清廷的统治提供了文化心理上的无形保证"②。而编纂《四库全书》对士人心态的影响更值得重视，"许多知识分子在对满人统治和蒙古人统治进行比较后心里感到安慰，他们认为在这个外来王朝统治下中国文化不仅能保存下来，还肯定能繁荣起来。为在这样的情况下保存文化使有些人认为给满人做

---

① 李秉新等：《清朝野史大观》卷三《沈归愚诗狱》云："长洲诗人沈归愚，为叶横山弟子，微时即名满大江南北。高宗闻而慕之，乃以庶常召试，不数年遂跻八座，礼遇之隆，一时无两。尝告归，上以所著诗十二本，令梁诗正委之改订，颇多删润。迨归愚疾殁，上命搜其遗诗读之，则已平时所乞捉刀者咸录焉，心窃恶之。又闻其有《咏墨牡丹》诗云：'夺朱非正色，异种也称王。'遂以为是近诽谤也，使戮其尸。"石家庄：河北人民出版社 1997 年 8 月第 1 版，第 283～284 页。

② 陈祖武、汪学群：《清代文化志》，上海：上海人民出版社 1998 年 10 月第 1 版，第 56 页。

事也无可厚非”[①]。

《礼记·乐记》说:“治世之音安以乐,其政和;乱世之音怨以怒,其政乖;亡国之音哀以思,其民困。”文运的盛衰历来都与世运相通。在康乾盛世背景下,清初诗歌也悄然发生变化。这种转变可以从钱谦益的叙述中略窥一二。在为施闰章(号愚山)诗集作序时,钱氏指出:

> 兵兴以来,海内之诗弥盛,要皆角声多,宫声寡;阴律多,阳律寡;噍杀恚怒之音多,顺成啴缓之音寡。繁声入破,君子有馀忧焉。愚山之诗异是,锵然而金和,温然而玉诎。拊搏升歌,朱弦清汜,求其为衰世之音,不可得也……[②]

“兵兴以来”云云是指清初诗歌那种反映黍离麦秀之感的作品。而施闰章死于康熙二十二年癸亥(1683),可见在此之前,诗坛已发生显著变化,温厚和平之音已逐渐占据上风。而晚于施闰章,在康熙朝执掌诗坛牛耳的王士禛(又名士祯,号阮亭,又号渔洋山人,字贻上),当时的诗人就明确指出其诗歌具有盛世之音,并对这种盛世之音持欣赏、赞美态度:

> 新城王贻上先生,性情柔澹,被服典茂。其为诗歌也,温而能丽,娴雅而多则。览其义者冲融懿美,如在成周极盛之时焉。吾闻君子欲觇世故,先审土风。故太史陈诗,公子观乐,矇瞍所掌,盖其慎之。今值国家改玉之际,郊祀燕飨,次第举行,饮食男女,各言其意,识者以为风俗醇厚,旦夕可致,而一二士女,尚忧家室之未靖,闵衣食之不给焉。先生既振兴诗教于上,而变风、变雅之音渐以不作。读是集也,为我采风者曰:“劳苦诸父老,天下且太平。”诗其先告我矣。[③]

---

① (美)韩书瑞、(美)罗友枝著,陈仲丹译:《十八世纪中国社会》,南京:江苏人民出版社2009年5月第1版,第63页。

② 钱谦益:《牧斋有学集》卷十七《施愚山诗集序》,上海:上海古籍出版社1996年9月第1版,中册第760页。

③ 陈维崧:《渔洋诗集序》,王士禛《王士禛全集》,济南:齐鲁书社2007年6月第1版,第1册第139～140页。

变风、变雅之音渐以不作，道出这样一个事实：时值康乾盛世，无论是悲悼故国，还是抒写一己哀怨，显然都与社会潮流背道而驰、不合时宜。士人对盛世之音从某种程度上已呈翘首企盼之势。在这里，有必要对“盛世之音”作出分析。一般提到盛世之音，就很自然地把它与歌功颂德、粉饰太平联想到一起。但是，如果诗歌真实而客观地反映了国家经济繁荣、社会安定，这类诗歌显然不应该受到批判，因为它反映了时代的“主旋律”。而对于反映盛世之下黑暗面的诗作，从本质上看，也是与“盛世之音”相符合的：它只是从反面反映盛世，何况，士人对盛世黑暗面的描写正反映出他们对社会现实的强烈关注。

康乾文化背景及士人心态的转变对清代前中期诗坛的影响巨大而深远。这体现在几个方面。首先，从内容上看，这一时期的诗歌虽不乏反映国事民生之作，但比起前一阶段，吟风弄月、咏史咏物以及表现作者个性才能的诗明显增加，也就是说，盛世诗人更加致力于个体情感的表达。其次，从风格上看，国家长期繁荣稳定，士人心态渐趋平和，这种态度反映在诗歌中，个性特征并不明显，因此大多数诗歌四平八稳，缺乏动人心魄的力量。这也是学界历来对这一时期诗歌评价不高的原因之一。但是，必须指出，乾隆朝用兵缅甸、大小金川而由此带来的山水诗、边塞诗的创作高峰，不仅为清代中期诗坛注入了一股新鲜血液，而且大大丰富了中国古典山水边塞诗的宝库。无论是从思想性还是艺术性着眼，清代中期边塞诗都堪称古典诗歌中的精品，无疑值得重视。

第三节　格调派产生的诗坛背景

如果把清代格调派产生的外部因素归功于康乾盛世及乾隆朝文化氛围的催生，那么，其内部因素则来自当时的诗坛风气，具体来看，是纠正宗宋派偏失、神韵说流弊的必然结果。

一、宗宋派的偏失

对于清初宋诗热的盛行，《四库全书总目提要》之《宋诗钞》说得简明扼要：

> 明季诗派，最为芜杂。其初厌太仓、历下之剽袭，一变而趋清新；其继又厌公安、竟陵之纤佻，一变而趋真朴。故国初诸家，颇以出入宋诗，矫钩棘涂饰之弊。①

可见，清初宋诗热出现的深层原因，在于矫正明末以来诗学之偏失。而当时对宗宋主张最有力、影响最大者，当推钱谦益（字受之，号牧斋）。

> 钱牧斋厌前后七子优孟衣冠之习，诋为伪体，奉韩、苏为标准。当时风尚，为之一变。②

钱谦益于康熙三年甲辰（1664）去世，但是，清初宋诗风的盛行并未随着钱谦益的离世而偃旗息鼓。相反，在沈德潜的家乡吴中，这一诗风更是盛行一时，风头无二，其领军人是汪琬。

汪琬，字苕文，号钝庵，晚号尧峰，江苏长洲（今苏州）人。他于康熙九年庚戌（1670）以疾假归乡，于康熙二十九年庚午（1690）卒。汪琬晚年在吴中生活二十年，对吴中诗风产生重大影响。简言之，就是大力提倡宋诗。康熙十二年癸丑（1673），汪琬 50 岁时，计东为汪琬作《钝翁生圹志》，就说汪琬“诗则游戏跳荡于范至能、陆务观、元裕之诸公间，而兼有其胜。其少年时所拟汉魏六朝三唐诸体，最为工似，近则夷然弃之不屑矣”③，可知汪琬在吴中不遗余力地提倡宋诗。

---

① 永瑢、纪昀等：《四库全书总目提要》卷一百九十，石家庄：河北人民出版社 2000 年 3 月第 1 版，第 3 册第 5207 页。

② 朱庭珍：《筱园诗话》卷二，《清诗话续编》本，上海：上海古籍出版社 1983 年 12 月第 1 版，下册第 2355 页。

③ 汪筠：《钝翁年谱》，《北京图书馆年谱丛刊》第 76 册，北京：北京图书馆出版社 1998 年 8 月第 1 版，第 81 页。

汪琬提倡宋诗风，由此带来显著弊病，遭到一些人的反对。其中，以沈德潜的老师叶燮为最。《清史稿》叶燮本传记载：

(叶燮)寓吴时，以吴中论诗多猎范、陆皮毛，而遗其实，著《原诗》内外篇，力破其非。吴士始而訾謷，久乃更从其说。①

陈去病《五石脂》也说：

苕文意气亦极盛，晚岁卜居尧峰麓，与天寥少子叶星期燮，极不相能。时星期亦筑室横山旁，门墙甚盛。两家弟子，莫不互相标榜訾议，几若大敌。及横山卒，尧峰气焰乃稍平，悉举其指摘叶氏者畀之火，曰："吾不欲扬人失也。"然尧峰弟子寂寂无所闻。而横山一传得沈归愚，诗名惊老宿，此渔洋所以有"横山门下，尚有诗人"之语耳。②

沈德潜晚年编选《清诗别裁集》在叶燮小传中对叶、汪两人矛盾起源也有具体说明：

先生论诗，一曰生，一曰新，一曰深，凡一切庸熟陈旧浮浅语须扫而空之。今观其集中诸作，意必钩元，语必独造，宁不谐俗，不肯随俗，戛戛于诸名家中，能拔戟自成一队者。先生初寓吴时，吴中称诗者多宗范、陆，究所猎者，范、陆之皮毛，几于千手雷同矣。先生著《原诗》内外篇四卷，力破其非，吴人士始多訾謷之，先生没，后人转多从其言者。王新城司寇致书，谓其"独立起衰"，应非漫许。③

引文中"范"指范成大，"陆"指陆游，两人皆是宋诗代表作家。综合以上记载，可见叶燮对汪琬在吴中提倡宋诗风带来的明显流弊深为不满，故著说

① 赵尔巽等:《清史稿》卷四百八十四《文苑传》，北京:中华书局 1977 年 12 月第 1 版，第 44 册第 13364～13365 页。

② 陈去病:《陈去病诗文集》卷六《杂著》，北京:社会科学出版社 2009 年 4 月第 1 版，下编第 583 页。

③ 沈德潜:《清诗别裁集》卷十，上海:上海古籍出版社 1984 年 3 月第 1 版，上册第 385 页。

授徒与之抗衡。而一个“久”字，可见过程的漫长和复杂。

具体到沈德潜，这股宋诗风对他的影响可谓刻骨铭心。在《唐诗别裁集原序》中他说：“德潜于束发后，即喜钞唐人诗集，时竞尚宋、元，适相笑也。”[①] 所谓于束发时，是指沈德潜20岁时，时值康熙三十一年壬申(1692)。事实上，诗坛“竞尚宋元”的风潮从康熙二十年辛酉(1681)左右就已开始，至康熙末雍正初停止，大约持续了四十多年。至于宋诗风的炽热程度，沈德潜以“时竞尚”形容之。与沈德潜同时代的乔亿、田同之也有类似观点：

> 明诗屡变，咸宗六代、三唐，固多伪体，亦有正声。自钱受之力诋弘、正诸公，始缵宋人馀绪，诸诗老继之，皆名唐而实宋，此风气一大变也。至近人谓学诗断自元和，不可作开元、大历之想，是朝菌蟪蛄俦也。尚何言哉！尚何言哉！[②]

> 今之言诗者，多弃唐主宋，下取苏、黄、杨、陆之体制，而又遗其神明，独拾沉滓，无怪乎高者肆而下者俚，博者缛而约者疏，一切粗厉、噍杀、生涩、平熟、俗直之音，弥漫于声调间也。是可慨夫！[③]

很明显，清初的宋诗热同样被矫枉过正。沈德潜《与陈耻庵书》一文中完整表达了他对这一诗歌风潮的批判态度，矛头直指宋诗风的首倡者钱谦益：

> ……于是钱受之意气挥霍，一空前人，于古体中揭出韩、苏，于近体中揭出剑南。受之之学，高于众人，而又当钟、谭极衰之后，钱氏之学行于天下，较前此为盛矣。然而推激有馀，雅非正则。相沿既久，家务观而户致能，有词华无风骨，有队仗无首尾，甚至讥诮他人，则曰“此汉魏”，“此盛唐”，耳食之徒，有以老杜为戒者。弟弱冠

① 沈德潜：《唐诗别裁集》，上海：上海古籍出版社1979年1月第1版，上册第1页。

② 乔亿：《剑溪说诗》，《清诗话续编》本，上海：上海古籍出版社1983年12月第1版，上册第1104页。

③ 田同之：《西圃诗说》，《清诗话续编》本，上海：上海古籍出版社1983年12月第1版，上册第763页。

犹闻此语。受之之意,未尝云尔,而流弊则至于此也。[1]

清初以来宋诗风的盛行,直至出现流弊,引起沈德潜的强烈不满,其直接影响,是导致沈德潜早年宗唐黜宋诗学观的产生。不仅如此,清代格调派雏形——城南诗社、北郭诗社成立的原因也在于不满当时宋诗热产生的流弊。李果、许廷镤等沈德潜的前期友人也都旗帜鲜明地反对宋诗风产生的流弊。针对宋诗热的明显弊病,沈德潜不仅成立诗社,还编选《唐诗别裁集》,其主要目的就是"为学诗者发轫之助焉"[2]。如同郑方坤《清名家诗钞小传·竹啸轩诗钞小传》所说:

> ……是时江南盛诗社,又宗尚苏、陆之学,硬语粗词,荆榛塞路,归愚独斤斤然,古体必宗汉、魏,近体必宗盛唐,元和以下视为别派。所选有《古诗源》,唐、明诗《别裁》行世。横截众流,独标心印,诚谈艺家之金丹大药也。[3]

但是,必须指出,在沈德潜所有的诗歌选本中,以《唐诗别裁集》编选最早,编选目的是纠正宋诗热的流弊。由于《唐诗别裁集》编选的强烈针对性,以及《唐诗别裁集》的流传广泛、影响深远,再加上沈德潜随后编选的《古诗源》《明诗别裁集》在编选宗旨上也与《唐诗别裁集》大体一致,不少学者认为沈德潜的诗学观就是宗唐贬宋。事实上,沈德潜的诗学观经历了一个变化发展的过程。沈德潜宗唐贬宋的诗学观主要表现在其早期,也是纠正宋诗热弊端的必然选择。这正是他与其师叶燮在对待宋诗方面存在不同态度的根本原因,同时也是其肯定明代前后七子复古运动的根本原因。随着沈德潜年龄、阅历的增长及诗学观的变化,其对宋诗的态度也有了变化,从宗唐贬宋发展至宗唐而不废宋(详见本书第三章第四节)。

---

① 沈德潜:《沈德潜诗文集·归愚文钞》卷十五,北京:人民文学出版社 2011 年 10 月第 1 版,第 3 册第 1378～1379 页。

② 沈德潜:《唐诗别裁集·凡例》,上海:上海古籍出版社 1979 年 1 月第 1 版,上册第 1 页。

③ 郑方坤:《清名家诗钞小传》,《三百年来诗坛人物评点小传汇录》本,郑州:中州古籍出版社 1986 年 6 月第 1 版,上册第 262 页。

要而言之，沈德潜前期诗学主张宗唐，是纠正宋诗热弊端的必然选择。

二、神韵说的流弊

如果说沈德潜对于宋诗热弊病的批评不遗余力，那么，对于王士禛神韵说流弊的批评则相对委婉得多。

王士禛倡导神韵说在康熙朝盛极一时，王士禛本人也在康熙朝成为诗坛盟主。而王士禛之所以倡导神韵说同样也是为了纠正宋诗热的流弊，即"当我朝开国之初，人皆厌王、李之肤廓，钟、谭之纤仄，于是谈诗者竞尚宋、元。既而宋诗质直，流为有韵之语录；元诗缛艳，流为对句之小词。于是士祯等以清新俊逸之才，范水模山，批风抹月，倡天下以'不著一字，尽得风流'之说，天下遂翕然应之"[①]。

面对诗坛困境，王士禛虽做出了努力，但是，神韵派"专以冲和淡远为主，不欲以雄鸷奥博为宗"[②]，王士禛本人也最喜欢"不著一字，尽得风流"八字[③]，因此，王士禛诗学的偏执是显而易见的。对于神韵说的流弊，《四库全书总目提要》之《御选唐宋诗醇》说得更详细：

> 考国朝诸家选本，惟王士祯书最为学者所传。其《古诗选》，五言不录杜甫、白居易、韩愈、苏轼、陆游，七言不录白居易，已自为一家之言。至《唐贤三昧集》，非惟白居易、韩愈皆所不载，即李白、杜甫亦一字不登。盖明诗摹拟之弊，极于太仓、历城；纤佻之弊，极于公安、竟陵。物穷则变，故国初多以宋诗为宗。宋诗又弊，士祯乃持严羽馀论，倡神韵之说以救之。故其推为极轨者，惟王、孟、韦、柳诸家。然诗三百篇，尼山所定，其论诗一则谓归于温柔敦厚，一则谓可

---

① 永瑢、纪昀等：《四库全书总目提要》卷一百七十三《精华录》，石家庄：河北人民出版社 2000 年 3 月第 1 版，第 3 册第 4528 页。

② 翁方纲：《七言诗三昧举隅》，《清诗话》本，上海：上海古籍出版社 1978 年 9 月新 1 版，上册第 291 页。

③ 王士禛：《带经堂诗话》卷三"要旨类"条："司空表圣作《诗品》，凡二十四……予最喜'不著一字，尽得风流'。"北京：人民文学出版社 1963 年 11 月第 1 版，上册第 72 页。

以兴观群怨。原非以品题泉石，摹绘烟霞。洎乎畸士逸人，各标幽赏，乃别为山水清音，实诗之一体，不足以尽诗之全也。宋人惟不解温柔敦厚之义，故意言并尽，流而为钝根。士祯又不究兴观群怨之原，故光景流连，变而为虚响。各明一义，遂各倚一偏。论甘忌辛，是丹非素，其斯之谓欤？[①]

鉴于神韵说的明显局限及弊端，沈德潜也对其加以修正。

首先，在《重订唐诗别裁集》中，沈德潜对王士禛编选《唐贤三昧集》独取王孟山水清音的做法委婉地表示不满：

新城王阮亭尚书选《唐贤三昧集》，取司空表圣“不著一字，尽得风流”，严沧浪“羚羊挂角，无迹可求”之意，盖味在盐酸外也。而于杜少陵所云“鲸鱼碧海”，韩昌黎所云“巨刃摩天”者，或未之及。余因取杜、韩语意定《唐诗别裁》，而新城所取，亦兼及焉。[②]

在《说诗晬语》中，沈德潜也说：

司空表圣云：“不著一字，尽得风流。”“采采流水，蓬蓬远春。”严沧浪云：“羚羊挂角，无迹可求。”苏东坡云：“空山无人，水流花开。”王阮亭本此数语，定《唐贤三昧集》。木玄虚云“浮天无岸”，杜少陵云“鲸鱼碧海”，韩昌黎云“巨刃摩天”，惜无人本此定诗。[③]

可见，与王士禛独好王孟诗风不同，沈德潜偏爱那些气势雄厚、风格劲健的作品，也就是“杜韩两语标宗旨，巨刃摩天掣大鲸”[④]。有鉴于此，他在《重订唐诗别裁集序》中提出“先审宗旨，继论体裁，继论音节，继论神韵”的观念，

---

① 永瑢、纪昀等：《四库全书总目提要》卷一百九十，石家庄：河北人民出版社 2000 年 3 月第 1 版，第 3 册第 5200 页。

② 沈德潜：《唐诗别裁集》，上海：上海古籍出版社 1979 年 1 月第 1 版，上册第 3 页。

③ 沈德潜：《说诗晬语》，《原诗・一瓢诗话・说诗晬语》本，北京：人民文学出版社 1979 年 9 月第 1 版，第 255～256 页。

④ 沈德潜：《沈德潜诗文集・归愚诗钞馀集》卷十《示书院诸生》，北京：人民文学出版社 2011 年 11 月第 1 版，第 2 册第 628 页。

即宗旨第一，体裁第二，音节第三，神韵第四的次序，把“神韵”列为第四位。一先一继，沈德潜在诗歌选本方面对王士禛神韵说流弊的纠正一目了然。

其次，对于王士禛单以神韵为标尺来评价诗人诗作的做法，沈德潜也表示了怀疑：

《渔洋诗话》谓“陈其年与予书，云有潘高者，贫而工诗，久别无可言者，止此一物奉献。潘有《寒食》一绝云：‘黄鸦谷谷雨疏疏’”云云，今读其稿，格高者甚多，此篇止风调可听，恐非上乘。①

兰韫一门风雅，得所承受，故其诗清疏朗洁，其品最上。王渔洋只赏其“一缕柳花飞不定，和风搭在绣床前”，犹以寻常闺阁待之也。②

在这里，无论是“风调可听”，还是以“寻常闺阁待之”，都说明王士禛选取这些诗注重的是神韵的因素。而沈德潜选诗历来重视的是诗人的品质及在此基础上所反映出来的诗品，因此，他认为潘高的一些“格高”之作，王慧的那些“品最上”之诗，远胜过两人的神韵诗。沈德潜在此公然与王士禛唱反调，其目的只有一个，就是对王士禛神韵说进行批评和改造。

最后，沈德潜《清诗别裁集》编选王士禛的诗，也显示出其欲纠正神韵说流弊的苦心。王士禛是《清诗别裁集》中选诗最多的诗人，达 47 首。但是，沈德潜选王士禛诗歌的角度非常耐人寻味。他说：

全集以明丽博雅胜者居多，然恐收之不尽，兹特取其高华浑厚有法度神韵者，觉渔洋面目，为之改观。③

这段话的关键之处在于“特取其高华浑厚有法度神韵者，觉渔洋面目，为

① 沈德潜：《清诗别裁集》卷八“潘高”条，上海：上海古籍出版社 1984 年 3 月第 1 版，上册第 318 页。

② 沈德潜：《清诗别裁集》卷三十一“王慧”条，上海：上海古籍出版社 1984 年 3 月第 1 版，下册第 1311 页。

③ 沈德潜：《清诗别裁集》卷四，上海：上海古籍出版社 1984 年 3 月第 1 版，上册第 125 页。

之改观”。也就是说，对于以神韵示人的王士禛，沈德潜是不以为然的。所以，他有意识地在这里通过选诗，试图为渔洋诗歌“改观”。基于此观点，对于王士禛的《朝天峡》一诗，沈德潜评道：

渔洋五言俱近所选《唐贤三昧》一格，以不着圈点为主，所谓“羚羊挂角，无迹可求”是也。然不善学之，易开平庸之渐，独入蜀五言，俱宗少陵《发秦州》后诸诗，能状山水奇险，愚故舍彼取此。[①]

沈德潜毫不讳言他选王士禛的诗时，舍弃了王士禛一向自视甚高、一向也最能代表其诗歌主要风格特质的神韵诗，转而选取那些宗法杜甫的入蜀诗。一“舍”一“取”，再一次显示出沈德潜对神韵说的修正。对于代表王士禛神韵诗成就的《秦淮杂诗》十四首，沈德潜也只选了其中一首，并说：“诸咏皆琐屑不甚关系，故独取此。”[②]在评价盛锦时，沈德潜又进一步借题发挥，提出“渔洋诗以《蜀道集》为最胜也”[③]的观点。

沈德潜对神韵说的修正和改造体现在两个方面。

首先，从选诗风格上看，与王士禛选唐诗时青睐冲和淡远之作不同，沈德潜更青睐沉郁雄浑的诗风。基于此观点，沈德潜编选《唐诗别裁集》，在《序》中明确标出“以李、杜为宗”“别于诸家选本”的观点。具体来看，《唐诗别裁集》共选王维诗 104 首；杜甫诗最多，达 255 首；李白诗 140 首。而在评价杜甫七律时，沈德潜更是将其与王维七律相比较，从而得出“杜能包王，王不能包杜”的结论：

杜七言律有不可及者四：学之博也，才之大也，气之盛也，格之变也。五色藻缋，八音和鸣，后人如何仿佛？王摩诘七言律风格最高，复饶远韵，为唐代正宗。然遇杜《秋兴》、《诸将》、《咏怀古迹》等

---

① 沈德潜:《清诗别裁集》卷四，上海：上海古籍出版社 1984 年 3 月第 1 版，上册第 126 页。

② 沈德潜:《清诗别裁集》卷四，上海：上海古籍出版社 1984 年 3 月第 1 版，上册第 137 页。

③ 沈德潜:《清诗别裁集》卷三十，上海：上海古籍出版社 1984 年 3 月第 1 版，下册第 1287 页。

篇，恐瞠乎其后，以杜能包王，王不能包杜也。[①]

为什么沈氏认为“杜能包王，王不能包杜”呢？他在《说诗晬语》中作出了回答：

> 王维、李颀、崔曙、张谓、高适、岑参诸人，品格既高，复饶远韵，故为正声。老杜以宏才卓识，盛气大力胜之。读《秋兴》八首、《咏怀古迹》五首、《诸将》五首，不废议论，不弃藻缋，笼盖宇宙，铿戛韶钧，而横纵出没中，复含蕴藉微远之致。目为大成，非虚语也。[②]

在沈德潜看来，杜诗之所以被视为“大成”，原因不只在于其诗中也“含蕴藉微远之致”，这里的“蕴藉微远之致”其实就是神韵的特征。或者说，在沈德潜这里，神韵的因素固然也很重要，但显然不是最重要的，最重要的是这些诗才情澜翻，且议论与藻绘兼而有之，而这些正是杜诗高于王维等人诗歌之处。

其次，由于王士禛大力提倡神韵说，偏好清远诗风，其后期诗作也偏重模山范水。流风所及，当时诗坛风尚遂流于空疏虚无，在某种程度上导致诗歌中社会现实和诗人性情的丧失，正如蒋士铨所指责的“声色岂不佳，但袭毛与皮”。[③] 沈德潜对此有清醒认识，他特拈出“性情”以补救之。其《七子诗选序》说：

> 予惟诗之为道，古今作者不一，然揽其大端，始则审宗旨，继则标风格，终则辨神韵，如是焉而已。予曩有古诗、唐诗、明诗诸选，今更甄综国朝诗，尝持此论以为准的。窃谓宗旨者，原乎性情者也；风格者，本乎气骨者也；神韵者，流于才思之馀，虚与委蛇，而莫寻其迹者也……七子者，秉心和平，砥砺志节，抱拔俗之才，而又亭经籍史，

---

① 沈德潜：《唐诗别裁集》卷十三，上海：上海古籍出版社 1979 年 1 月第 1 版，上册第 447 页。

② 沈德潜：《说诗晬语》，《原诗・一瓢诗话・说诗晬语》本，北京：人民文学出版社 1979 年 9 月第 1 版，第 217 页。

③ 蒋士铨撰，邵海清校，李梦生笺：《忠雅堂集校笺》卷十八《说诗一首示朱缃》，上海：上海古籍出版社 1993 年 12 月第 1 版，第 1245 页。

培乎根本，其性情，其气骨，其才思，三者具备，而归于自然。故发而为诗，或如巨壑崇岩，龙虎变化；或如寒潭削壁，冰雪峥嵘，曷尝沾沾焉摹拟刻划，局守一家之言哉！而宗旨之正，风格之高，神韵之超逸而深远，自有不期而合者，犹河山两戒，条分南北，山不同而崚嶒之体则一也，水不同而混茫之状则一也，谓非诗教之正轨也耶？①

沈德潜在此以吴中七子为例，先赞扬他们“秉心和平，砥砺志节”的性情特征，之后才着眼于风格、神韵等要素。他还明确指出性情、风格、神韵是其编选历朝诗的标准。而在三者中，他首重性情，次重气骨，再重才思神韵。以此来看，沈德潜对王士禛神韵说的继承和改造一目了然。那么，沈德潜眼中的性情又指什么呢？其《清诗别裁集·凡例》说：

诗必原本性情关乎人伦日用及古今成败兴坏之故者，方为可存，所谓其言有物也。若一无关系，徒办浮华，又或叫号撞搪以出之，非风人之指矣。②

沈德潜认为，诗歌最重要的价值在于它的功能性和有用性，在于其“言有物”。联系王士禛神韵说的流弊，沈德潜的这一番话显然具有强烈针对性。

如上所述，沈德潜对王士禛神韵说的态度复杂，他既明显表达出对神韵说的肯定和继承，又在很多场合表达对神韵说的不满。而正是在不满的基础上，他又对神韵说展开了修正。那么，出现这种情况的原因是什么？

毫无疑问，沈德潜对王士禛神韵说的矛盾态度是由两个方面决定的。

首先，与沈德潜自身诗学观的演进有关。仔细考察沈德潜对待王士禛的态度，可以发现，沈德潜的诗学理论愈成熟，其在诗坛的地位愈显赫，他对王士禛神韵说的改造就愈明显。据沈德潜年谱记载，他从 11 岁开始，就夜读唐诗，可见他对唐诗的喜爱由来已久。而此后不久，当时诗坛就被宗宋诗风所

① 沈德潜：《沈德潜诗文集·归愚文钞》卷十四，北京：人民文学出版社 2011 年 10 月第 1 版，第 3 册第 1360～1361 页。

② 沈德潜：《清诗别裁集》，上海：上海古籍出版社 1984 年 3 月第 1 版，上册第 2 页。

笼罩，也就是沈德潜在《唐诗别裁集·原序》中所说："德潜于束发后，即喜钞唐人诗集。时竞尚宋元，适相笑也。"一方面，沈德潜从小就喜欢唐诗；另一方面，又对当时诗坛的宗宋诗风不满，基于此原因，他编选了《唐诗别裁集》。而王士禛编选《唐贤三昧集》，也正是出于相同原因。这正是两人诗学观的交汇处。所以，康熙五十六年丁酉(1717)沈德潜在写《唐诗别裁集·原序》时，只说明编此诗选的目的是给学诗者提供可资效法的榜样，而绝口不提他对王士禛选诗的不满。这可能也有另外一个原因，就是其时王士禛尚在人世，且风头正盛，而沈德潜则寂寂无闻，再加上他本人对王士禛也极为尊重，所以闭口不谈王士禛诗论的缺点。而乾隆二十八年癸未(1763)，王士禛早已离世，沈德潜在诗坛的地位如日中天，流派意识愈加强烈，如前所述，他在《重订唐诗别裁集序》中直言不讳地指出四十多年前编该诗选的真正目的之一，是为了纠正王士禛《唐贤三昧集》的偏失。

其次，是清代前中期诗坛风尚发展演进的必然反映。清代前中期诗坛演进的重要特征之一，是对王士禛神韵说的批判，前期代表有赵执信，中期的袁枚、蒋士铨、翁方纲等人也无不如此。而正是这种修正，客观上造成清代前中期诗坛风尚的流变。总之，不论是诗坛对王士禛神韵说的批判和修正，还是具体到沈德潜对王士禛神韵说的继承和修正，都是清代前中期诗学演进的必然趋势。

需要指出的是，沈德潜对王士禛本人是非常尊敬的。《清诗别裁集》选王士禛诗歌的数量高居榜首，即是显例。而据沈德潜年谱记载，沈德潜的老师叶燮曾经以诗文致信于王士禛，王氏回信夸奖沈德潜，即"渔洋答书极道先生诗文特立成家，绝无依傍。诸及门中以予与张子岳未、永夫不止得皮得骨，直已得髓"[①]。郭麐《灵芬馆诗话》也说："归愚少问业于叶星期先生，传其诗学。新城尚书寄友人书有云'横山门下有诗人'。归愚见之，窃喜自负。新城亡，

---

① 沈德潜：《沈德潜诗文集·沈归愚自订年谱》，北京：人民文学出版社 2011 年 10 月第 1 版，第 4 册第 2101 页。

为诗哭之。实未见新城也。前辈宏奖之心，与感知之意，均可想见也。”[①]王士禛去世后，沈德潜写了《王新城尚书寄书尤沧循宫赞，书中垂问鄙人，云“横山门下尚有诗人”不胜今昔之感。末并述去官之由。云与横山同受某公中伤。此新城病中口授语也，感赋四章，末章兼志哀挽》，用以表达自己对王士禛的崇仰感激及哀悼之情，中有“三百年来久，风骚让此贤”[②]的褒扬之语。不仅如此，王士禛死后能得到“文简”的谥号，沈德潜居功甚伟：

渔洋先生入仕三十余年，醇谨称职，圣祖甚为优眷。因与理密亲王酬倡，为圣祖所怒，以他故罢官，没无恤典。高宗与沈文悫公谈及近日诗道中衰，无复曩日之盛，沈公乘间曰：“因不读王某之诗，且王某卒无谥法，无所欣慕故也。”高宗命与韩文懿公菼同补谥焉。[③]

正是由于两人的这种渊源，沈德潜一方面对王士禛独倡神韵的做法不满，并加以修正和改造；另一方面，他也毫不讳言对神韵的重视。除了在《七子诗选序》中明确拈出“神韵”作为其论诗宗旨之一，在评价一些诗歌时，沈德潜也往往单以“神韵”论之，如以“神韵自远”评价宋荦的《访叶已畦不值》[④]，以“晚唐神韵”评张景崧《晚渡平望湖同舟话旧》[⑤]，这些都显示出神韵在其诗学思想中的重要地位。袁枚在《随园诗话》中认为沈德潜对王士禛“奉若斗山”[⑥]，应当是针对此现象而言。

李东阳《麓堂诗话》说：“文章固关气运，亦系于习尚。”[⑦]如果说沈德潜的

---

① 郭麐：《灵芬馆诗话》卷三，《续修四库全书》第 1705 册，第 357 页。

② 沈德潜：《沈德潜诗文集·归愚诗钞》卷十二，北京：人民文学出版社 2011 年 10 月第 1 版，第 1 册第 230 页。

③ 李秉新等：《清朝野史大观》卷九“王文简公补谥”条，石家庄：河北人民出版社 1997 年 8 月第 1 版，第 1038 页。

④ 沈德潜：《清诗别裁集》，上海：上海古籍出版社 1984 年 3 月第 1 版，上册第 532 页。

⑤ 沈德潜：《清诗别裁集》，上海：上海古籍出版社 1984 年 3 月第 1 版，下册第 905 页。

⑥ 袁枚：《随园诗话》卷三，北京：人民文学出版社 1982 年 9 月第 2 版，上册第 81 页。

⑦ 李东阳：《麓堂诗话》，《历代诗话续编》本，北京：中华书局 2006 年 8 月第 2 版，下册第 1377 页。

诗学观及其格调派形成的初衷，是为了矫正宋诗热之弊，重提唐诗传统，那么，格调派之于神韵说，也是鉴于神韵说产生的流弊，重视诗歌的现实内容，努力把诗歌从玄虚莫测拉向现实人生。因此，尽管同样是宗唐，神韵派瓣香王、孟、韦、柳，沈德潜却对杜甫情有独钟。沈德潜及格调派前期代表之所以选择尊唐黜宋的老路，原因正在于此。沈德潜之所以肯定明代前后七子的复古理论，也正因为这一点。

应该指出，上至最高统治者，也明确表示在唐宋诗上，更加青睐唐诗。康熙帝为《全唐诗》作序时就说："诗至唐而众体悉备，亦诸法备该。故称诗者必视唐人为标准，如射之就彀率，治器之就规矩焉。"[①]所有这些，对康乾诗坛风尚的转变无疑起到推波助澜的重要作用。

综上所述，清代格调派产生的外部环境，是康乾以来的盛世背景、文化氛围及士人心态，而其产生的内部动因则是纠正宗宋派的偏失、神韵说的流弊。因此，清代格调派的形成是清代诗歌史演进嬗变的必然结果，有其内在的深层逻辑。正是在内因、外因的合力作用下，清代格调派呈现呼之欲出、水到渠成之势。

① 玄晔：《圣祖仁皇帝御制文集》三集卷二十，《景印文渊阁四库全书》第1299册，第163页。

第二章

“格调”范畴的确立与发展

格调，本是中国传统诗学的一个普通概念，但是，在明代前后七子生活的时代，他们举起格调的大旗，开展了轰轰烈烈的诗歌复古运动，格调成为复古者的专利，论格调者也被视为复古派。到了清代，沈德潜又重新举起格调的大旗，在他编选的古诗、唐诗、明诗、清诗选本中，关于格调的论述比比皆是。然而，受明末清初以来诗文革新运动的影响，格调说发展到沈德潜这里，又呈现出与前代不一样的色彩。换句话说，沈德潜的格调说既是格调理论的集大成，同时在一定程度上又突破了格调说的藩篱。所以，探讨格调范畴的确立与发展，对于研究沈德潜及清代格调派具有重要意义。

第一节　“格”与“调”

“格”和“调”作为一个词语连用，并进而与复古派挂钩，成为复古派的理论旗帜，始于明代李东阳《怀麓堂诗话》。在此之前，用“格”或“调”评价诗人诗作，大都是分开使用的。简言之，一种是格、调单独使用，一种是格、调分别与其他字构成一个新词。先来看“格”。

格字很早就运用到诗歌批评中。以唐皎然《诗式》为例，文中有“诗有五格”之说，即“不用事第一；作用事第二；直用事第三；有事无事第四；有事无事，情格俱下第五”[①]。联系诗的五格的具体内容，可以推断出此处的格带有一种衡量标准的意思，所谓“五格”，是诗有五种标准或准则，文中第一、第二、第五云云即此意。另外，在评价谢灵运的诗时，皎然用了“格高”[②]一词。

宋欧阳修《六一诗话》说：“唐之晚年，诗人无复李杜豪放之格，然务以精意相高。”[③]此处的“格”显然是指一种诗歌风格。

元范德机《诗学禁脔》中，列“颂中有讽格，美中有刺格，先问后答格”[④]等十五格，每格下选一首唐诗为例，并逐句进行解释。这里的“格”显然是指体格。

刘勰《文心雕龙·隐秀》说“陈思之黄雀，公干之青松，格刚才劲”[⑤]。据周振甫解释，“格”为风格之意。而“格”与“刚”连用，构成一个词语，“刚”显然是作为一个形容词来修饰格的，即“格”在格刚一词中起主导作用。

宋姜夔《白石道人诗说》有“意格欲高”[⑥]句。在此，格与意构成一个词。但是，“格”在此并非修饰“意”，而是限制意的适用范围，同样重要。

元代杨载《诗法家数》认为“凡作古诗，体格、句法俱要苍古”[⑦]，明确提出体格的概念。

通过列举格的使用情况可以发现，一方面，无论是格的单独使用，还是与其他词构成一个新的词语，格在诗学批评中一开始就带有一种品评规范的作用，是一种价值评判的标尺。当用格去评价某首诗歌或者某位诗人时，它往往是肯定的、正面的评价，所谓“格高”，即是高级别的赞誉，并继而与优异、卓越等褒扬性的词语相关。另一方面，格从一开始，就与体格、风格等有关。格

① 皎然：《诗式》，《历代诗话》本，北京：中华书局 2004 年 9 月第 2 版，上册第 27 页。

② 皎然：《诗式》，《历代诗话》本，北京：中华书局 2004 年 9 月第 2 版，上册第 30 页。

③ 欧阳修：《六一诗话》，《历代诗话》本，北京：中华书局 2004 年 9 月第 2 版，上册第 267 页。

④ 范德机：《诗学禁脔》，《历代诗话》本，北京：中华书局 2004 年 9 月第 2 版，下册第 756 页。

⑤ 刘勰著，周振甫释：《文心雕龙今译》，北京：中华书局 1986 年 12 月第 1 版，第 355 页。

⑥ 姜夔：《白石道人诗说》，《历代诗话》本，北京：中华书局 2004 年 9 月第 2 版，下册第 682 页。

⑦ 杨载：《诗法家数》，《历代诗话》本，北京：中华书局 2004 年 9 月第 2 版，下册第 731 页。

的这两种特点，对于格调说的产生具有至关重要的作用。从第一个方面来说，格带有一种品评规范的作用，直接促使后世严羽、高棅等人对高格的重视，从而标举汉魏盛唐"第一义"之说，并进而成为明代前后七子诗歌复古理论的滥觞。从第二个方面来说，由于格一开始就与体格、风格，尤其是体格等相关，它使得人们往往侧重于从体制等诗歌的外在形式来讨论诗歌，并进而重视诗歌的风格特征，后世尤其是明代前后七子格调说的含义正胎源于此。

相对于格的复杂及构词的多义性，调显然简单得多，它指的是诗歌的韵律等方面。

同样是皎然《诗式》，同样是评价谢灵运的诗，又用了"调逸"一词。《文心雕龙·才略》篇则说："刘向之奏议，旨切而调缓。"[①]姜夔《白石道人诗说》中亦有"句调欲清、欲古、欲和"[②]的说法。

可见，与格相比，调的含义较为单一，它主要是从诗歌的音乐性着眼的。上古时期，诗乐不分，诗本是可以配合音乐而唱的，这是"调"的诗学理论产生的根源。明清两代格调论者，在论述格调时，主要以格为主，这不仅因为调的意义较为单一，更重要的是，由于格本身即具有品评规范的作用，而格调一词的含义，也具有品评规范的作用。

不过，通过梳理格调可以发现，无论是格还是调，将其运用到诗学批评领域，都只是一般意义上的诗学理论，比如皎然在评价谢灵运的诗时，不仅用了"格高""调逸"，还用了"气正""体贞""貌古""词深""才婉""德宏""声谐"等词语，换句话说，此时格调与其他诗学批评词语是并列的关系，并不具有不同于其他词语的特殊性。诚如翁方纲《格调论》一文中指出的："夫诗岂有不具格调者哉？《记》曰：'变成方，谓之音。'方者，音之应节也，其节即格调也。又曰：'声成文，谓之音。'文者，音之成章也，其章即格调也。是故噍杀、啴缓、直廉、和柔之别由此出焉。是则格调云者，非一家所能概，非一时一代所能专

① 刘勰著，周振甫释：《文心雕龙今译》，北京：中华书局1986年12月第1版，第420页。

② 姜夔：《白石道人诗说》，《历代诗话》本，北京：中华书局2004年9月第2版，下册第682页。

也。古之为诗者，皆具格调，皆不讲格调，格调非可口讲而笔授也。”[①]而真正把格调上升到诗法的理论高度，并对明清两代格调说产生深远影响的，首推严羽《沧浪诗话》。

第二节 《沧浪诗话》《唐诗品汇》对格调说的贡献

《四库全书简明目录》在谈到严羽《沧浪诗话》的写作背景时指出，“当诗教极坏之时，讲学家肤浅粗疏，江湖派雕镂细碎，因标举盛唐之兴象以救弊补偏”[②]。正是出于救弊补偏的目的，严羽标举向汉魏盛唐诗歌学习，也就是他在《沧浪诗话·诗辨》中说的“入门须正，立志须高；以汉、魏、晋、盛唐为师，不作开元、天宝以下人物”[③]的复古观点。严羽之所以提倡以汉魏晋唐为师，是因为“学其上，仅得其中；学其中，斯为下矣”[④]。显然，他眼中的“上”是指汉魏晋盛唐诗，学诗者当以此为师学对象；“下”是指开元、天宝之后的诗歌。一“上”一“下”，严羽对历代诗歌已作出价值评判。同样是在《诗辨》篇，严羽又说“诗之法有五：曰体制，曰格力，曰气象，曰兴趣，曰音节”[⑤]。严羽的这两种观点对明代格调说的影响甚为深远。首先，严羽这种“学其上”的复古观点直接开启了明代前后七子标举唐诗、贬低宋诗的先河。正是在严羽这里，明代前后七子找到了师法乎上的理论依据。其次，明代复古运动的主要理论成果之一，即胡应麟《诗薮》提出的“作诗大要不过二端：体格声调、兴象风神而

① 翁方纲：《复初斋文集》卷八《格调论上》，《续修四库全书》第1455册，第421页。

② 永瑢、纪昀等：《四库全书简明目录》卷二十，上海：上海古籍出版社1985年1月新1版，第879～880页。

③ 严羽著，郭绍虞校释：《沧浪诗话校释》，北京：人民文学出版社1961年5月第1版，第1页。

④ 严羽著，郭绍虞校释：《沧浪诗话校释》，北京：人民文学出版社1961年5月第1版，第1页。

⑤ 严羽著，郭绍虞校释：《沧浪诗话校释》，北京：人民文学出版社1961年5月第1版，第7页。

已”[①]，显然是以严羽此论为根据，也就是说，明代前后七子的格调说脱胎于严羽《沧浪诗话》。最后，严羽将体制、格力、音节等视为作诗之法的因素之一，并由此重视诗歌的体格、章节、声调等因素，直接导致明代前后七子在具体学诗作诗中纠结于“尺寸古法”，也就是说，格调说的弊病也是在严羽这里开启的。

除了严羽《沧浪诗话》外，明初高棅编选的《唐诗品汇》对明代前后七子格调说也有很大影响。

高棅《唐诗品汇·总序》说：

> 有唐三百年诗，众体备矣。故有往体、近体、长短篇、五七言律句、绝句等制，莫不兴于始，成于中，流于变而陊之于终。至于声律、气象、文词、理致，各有品格高下之不同，略而言之，则有初唐、盛唐、中唐、晚唐之不同。[②]

高棅把唐诗分为初、盛、中、晚四个时期，并且认为这四个时期具有“品格高下之不同”，可见他划分的依据是着眼于诗的品格之高下。所谓“兴于始，成于中，流于变而陊之于终”，文中的“始”显然是指初唐诗，“中”是指盛唐诗，“变”和“终”分别是指中、晚唐诗。在《凡例》中，他进一步表达了青睐初、盛唐诗，不满中、晚唐诗的倾向：

> 大略以初唐为正始，盛唐为正宗、大家、名家、羽翼，中唐为接武，晚唐为正变、馀响，方外异人等诗为傍流。[③]

在正始、正宗、大家、名家、羽翼、接武、正变、馀响、傍流等九种类型中，高棅以正始、正宗、大家、名家、羽翼为其理想的诗歌范式。其褒扬初、盛唐，贬低中、晚唐的态度一目了然。这种做法直接被明代前后七子承继，所谓“诗自

---

① 胡应麟：《诗薮》内编卷五，上海：上海古籍出版社 1958 年 10 月第 1 版，第 100 页。

② 高棅：《唐诗品汇·总序》，《景印文渊阁四库全书》第 1371 册，第 40 页。

③ 高棅：《唐诗品汇·凡例》，《景印文渊阁四库全书》第 1371 册，第 43 页。

天宝以下,若为其毫素污者,辄不忍为也”[①]的观点,可看成高棅此论的注脚。

另外,明初诗人高启在格方面的论述也值得注意。其《独庵集序》说:

> 诗之要,有曰格、曰意、曰趣而已。格以辨其体……体不辨则入于邪陋,而师古之义乖。[②]

从最后一句话可以看出,高启论格,是从复古的立场而说的。明初诗歌,为纠正宋、元诗之弊端,力返唐音,师古之风已是诗坛风尚。而在论诗中进行辨体并进而为复古主张服务,可以说成为一个时代的共同选择。通过辨体,使得诗歌独有的风貌得以彰显,体式得到规范,进而达到维护诗歌纯正性、服务于诗歌复古的目的。不过,应该指出,无论是严羽、高棅,还是高启,体制、格力、音节等只是其诗歌复古理论中的一部分。以严羽诗论为例,其作诗五种要素之中尚有气象、兴趣两端。真正把体制、格力等因素总结为“格调”一词,把格调作为一个完整的语词提出来,并进而与复古派挂钩,是在明代李东阳这里。至此,格调经历了格、调分开使用→严羽标举体制、格力、音节→高棅严分唐诗初、盛、中、晚之格等的发展历程,在李东阳这里正式得以确立。

第三节 从李东阳到前后七子
——格调范畴的确立与发展

李东阳对格调说的贡献在于,首先,提出声律的重要性;其次,重视规则法度;最后,提出格调这一完整的诗学概念,正式将格调纳入其诗学理论中。

首先,李东阳论诗,对于声律的重要性尤为重视。其《沧州诗集序》认为,诗与文之所以不同,在于诗歌“以其有声律讽咏,能使人反复讽咏,以畅达情思,感发志气,取类于鸟兽草木之微,而有益于名教政事之大”[③]。《麓堂诗

---

① 殷士儋:《明故嘉议大夫河南按察司按察使李公墓志铭》,李攀龙《沧溟先生集》附录二,上海:上海古籍出版社 1992 年 12 月第 1 版,第 718 页。

② 高启:《高青丘集·凫藻集》卷二,上海:上海古籍出版社 1985 年 12 月第 1 版,第 885 页。

③ 李东阳:《李东阳集·文前稿》卷五《沧州诗集序》,长沙:岳麓书社 1984 年 1 月第 1 版,第 2 册第 72 页。

话》开篇就说:“诗在六经中别是一教,盖六艺中之乐也。”[1]

其次,李东阳重视规则法度,强调辨体。如“古诗与律不同体,必各用其体乃为合格”。[2]

值得注意的是,李东阳重视规则法度,强调辨体的思想又是为其复古主张服务的:

> 汉唐及宋,代与格殊。逮乎元季,则愈杂矣。今之为诗者,能轶宋窥唐,已为极致。两汉之体,已不复讲。[3]
>
> 宋诗深,却去唐远;元诗浅,去唐却近。顾元不可为法,所谓“取法乎中,仅得其下”耳。[4]
>
> 六朝宋元诗,就其佳者,亦各有兴致,但非本色,只是禅家所谓“小乘”,道家所谓“尸解仙”耳。[5]

在这里,李东阳同样是以唐诗为价值评判标准来衡量宋元诗,“取法乎中,仅得其下”的观点显然源于严羽。

最后,李东阳论诗正式将格调纳入其诗学体系中,即:

> 诗必有具眼,亦必有具耳。眼主格,耳主声,闻琴断,知为第几弦,此具耳也;月下隔窗辨五色线,此具眼也。费侍郎廷言尝问作诗,予曰:“试取所未见诗,即能识其时代格调,十不失一,乃为有得。”费殊不信。一日与乔编修维翰观新颁中秘书,予适至,费即掩

---

① 李东阳:《麓堂诗话》,《历代诗话续编》本,北京:中华书局 2006 年 8 月第 2 版,下册第 1369 页。

② 李东阳:《麓堂诗话》,《历代诗话续编》本,北京:中华书局 2006 年 8 月第 2 版,下册第 1369 页。

③ 李东阳:《李东阳集·文前稿》卷八《镜川先生诗集序》,长沙:岳麓书社 1984 年 1 月第 1 版,第 2 册第 115 页。

④ 李东阳:《麓堂诗话》,《历代诗话续编》本,北京:中华书局 2006 年 8 月第 2 版,下册第 1371 页。

⑤ 李东阳:《麓堂诗话》,《历代诗话续编》本,北京:中华书局 2006 年 8 月第 2 版,下册第 1383 页。

卷问曰:“请问此何代诗也?”予取读一篇,辄曰:“唐诗也。”又问何人,予曰:“须看两首。”看毕曰:“非白乐天乎?”于是二人大笑,启卷视之,盖《长庆集》,印本不传久矣。[①]

历来论述格调者都不会遗忘这段话。这不仅因为李东阳在这里第一次完整提出“格调”的概念,更重要的,李东阳对格调作出的解释正是明代前后七子格调说的基本含意。所谓“眼主格”和“耳主声”,指用眼可以看到的格,用耳朵可以听到的声(调)。他还以白居易的诗为例,说明这种通过格调鉴定诗歌的方法不仅可行,而且准确无误。也就是说,格是体格,可以用眼观;声是声调,可以用耳听。无论是格还是调,都偏重形式等外在层面。“时代格调”的提法为明代前后七子的尊唐黜宋主张埋下了伏笔。

众所周知,李东阳之于明代前后七子,是“陈涉之于汉高”[②]的关系。李东阳的诗歌理论,自然被明代前后七子继承。具体到格调说,如果说格调一词被用来规范诗歌创作,是在李东阳这里确立的;那么,在明代前后七子这里,则直接继承李东阳的格调说,并进一步发展。在明代前后七子这里,格调开始占据诗学理论的核心地位,以至于一说到格调,就立即联想到明代前后七子。换句话说,在明代前后七子这里,格调在某种程度上成为他们诗学理论的旗帜。

明代前后七子的格调说最显著的特点,是从评分格调出发,达到分别时代之升降、尊唐黜宋的目的。这方面的理论代表是前七子中的主将李梦阳。其《潜虬山人记》说:

山人商宋梁时,犹学宋人诗。会李子客梁,谓之曰:宋无诗。山人于是遂弃宋而学唐。已问唐所无,曰:唐无赋哉!问汉,曰:无骚哉!山人于是则又究心赋骚于汉唐之上。山人尝以诗视李子,李子

---

① 李东阳:《麓堂诗话》,《历代诗话续编》本,北京:中华书局 2006 年 8 月第 2 版,下册第 1371 页。

② 王世贞:《艺苑卮言》卷六,《历代诗话续编》本,北京:中华书局 2006 年 8 月第 2 版,中册第 1044 页。

曰：夫诗有七难，格古、调逸、气舒、句浑、音圆、思冲、情以发之。七者备而后诗昌矣。①

李梦阳直言“宋无诗”，又视“格古”为作诗“七难”之首，可见，他眼中的宋诗显然不具备“格古”条件。而从权衡声律的角度，他也认为宋诗在声律方面同样违背了传统。其《缶音序》说：

诗至唐，古调亡矣，然自有唐调可歌咏，高者犹足被管弦。宋人主理不主调，于是唐调亦亡。②

综合李梦阳的格调说，可以发现，无论是格还是调，或者说，无论是体制还是声律，其理论的最终指向都是尊唐黜宋。不仅如此，无论是“汉无骚”还是“唐无赋”，李梦阳这种把经典之外的诗文一概否定的观点，显然极端狭隘。他虽主张“情以发之”，但由于在具体创作中对格法及声调的一丝不苟、奉若律令，往往写出一些蹈袭古人、雕绘声律、遗漏性情的诗作，因而，“情以发之”在某种程度上也就成了一句空话。

在尊唐黜宋的基础上，李梦阳主张复古，并在具体写诗过程中，把法上升到理论高度。其《答周子书》说：

仆少壮时，振翮云路，尝周旋鹓鸾之末，谓学不的古，苦心无益。又谓文必有法式，然后中谐音度。如方圆之于规矩，古人用之，非自作之，实天生之也。今人法式古人，非法式古人也，实物之自则也。③

在这里，李梦阳清楚地表明其文学复古思想的准则是“文必有法式，然后

① 李梦阳：《空同先生集》卷四十七，《明代论著丛刊》本，台北：伟文图书出版社1976年1月第1版，第1371页。

② 李梦阳：《空同先生集》卷五十一，《明代论著丛刊》本，台北：伟文图书出版社1976年1月第1版，第1462页。

③ 李梦阳：《空同先生集》卷六十一，《明代论著丛刊》本，台北：伟文图书出版社1976年1月第1版，第1747页。

中谐音度”;他把“法式古人”提高到“实物之自则”的高度,这就明确地告诉人们,“法式古人”即学古,学古是进行诗文创作的万应灵丹。

李梦阳的格调说影响极其深远。首先,由于他在前七子中执牛耳的地位,其诗学理论也被奉为圭臬,故而其流弊也非常深远,直至今日,依然成为论者攻击他的口实。其次,这种僵化的理论不仅招致复古派之外的人攻击,而且,复古派内部也有人对此理论不满,企图加以修正。正是这种修正使得明人对格调的探讨更加深入。这方面的代表人物是同列前七子的何景明、徐祯卿。

何景明批评李梦阳集中体现在《与李空同论诗书》一文中。他指出,李梦阳“刻意古范,铸形宿模,而独守尺寸”。应该说,何景明对李梦阳的批评直击要害,也成为后世批评李梦阳格调说的依据之一。在此基础上,何景明提出自己的观点,即“富于材积,领会神情,临景构结,不仿形迹”。显然,比起李梦阳狭隘的理论,何景明的理论可行性较高。但是,何景明论诗的前提条件是“有不可易之法”[①]存在,故而其积极性、合理性也大为削弱。

针对李梦阳徒讲格调,一定程度上遗漏性情的弊病,前七子中的徐祯卿在《谈艺录》中主张“因情立格”[②]。但是,一方面,徐祯卿英年早逝,“因情立格”在某种程度上并未完全实现;另一方面,徐祯卿的诗歌观点同样存在矛盾,在《谈艺录》中,他又提出“诗贵先合度,而后工拙”[③]的观点,其诗学理论的自相矛盾处显而易见。

时隔数十年,后七子接踵前七子,盛极一时。后七子中的李攀龙,诗论方面的偏执与李梦阳相比有过之而无不及,弊病百出,当时就遭到严厉批判,故而其理论不足为训。后七子中对格调说贡献较大的是王世贞及后继者胡应麟。

---

① 何景明:《何大复先生全集》卷三十二,《明代论著丛刊》本,台北:伟文图书出版社1984年1月第1版,第1216～1217页。

② 徐祯卿:《谈艺录》,《历代诗话》本,北京:中华书局2004年9月第2版,上册第767页。

③ 徐祯卿:《谈艺录》,《历代诗话》本,北京:中华书局2004年9月第2版,上册第769页。

王世贞同样遵循宗唐抑宋的诗学主张。他说："余所以抑宋者，为惜格也。"[①]王世贞对格调说的贡献在于其提出"才生思、思生调、调生格。思即才之用，调即思之境，格即调之界"[②]的观点。这句话的前一句是说格调由才思产生，后一句是说格调是才思的境界。王世贞这种把才思引进格调的做法，客观上促使复古者在重视格调的同时也不得不注重才思的重要性，这显然是一种进步。

名列"末五子"之一的胡应麟，其《诗薮》说：

> 作诗大要不过二端：体格声调、兴象风神而已。体格声调有则可循，兴象风神无方可执。故作者但求体正格高，声雄调鬯；积习之久，矜持尽化，形迹俱融，兴象风神，自尔超迈。譬则镜花水月，体格声调，水与镜也；兴象风神，月与花也。必水澄镜明，然后花月宛然。[③]

胡应麟明确指出"体格声调，有则可循"，依然是把格调视为形式的因素。但是，他又提出"兴象风神"的概念，认为"积习久之，矜持尽化"。可见，他认为兴象风神是格调的化境，也是格调的最终目的。这种观点对于纠正格调说的因袭模拟之弊显然也是有帮助的。

值得注意的是，后七子中，也有人对格调理论进行修正。比如王士懋就说"诗必自运，而后可以辨体；诗必成家，而后可以言格"，以及"故予谓今之作者，但须真才实学。本性求情，且莫理论格调"[④]，充分说明性情与格调的对立已众人皆知，也昭示出对性情与格调进行调和势在必行。

综上所述，从李东阳的"眼主格，耳主声"，到"体格声调，有则可循"，李东

---

① 王世贞：《弇州山人续稿》卷四十一《宋诗选序》，《明人文集丛刊》本，台北：文海出版社1970年1月第1版，第2240页。

② 王世贞：《艺苑卮言》，《历代诗话续编》本，北京：中华书局2006年8月第2版，中册第964页。

③ 胡应麟：《诗薮》内编卷五，上海：上海古籍出版社1958年10月第1版，第100页。

④ 王世懋：《艺圃撷余》，《历代诗话》本，北京：中华书局2004年9月第2版，下册第780页。

阳及明代前后七子笔下的"格调"大致是指体裁方面的格调与音律方面的格调这两方面。由于这两方面说的都是诗歌的外在形式,反映在作诗过程中,即尺寸古法,循守法度。因此,极易成为反对者攻击的凭据,即"模拟有痕,刻画过甚,亦开剽窃之风"①。同时,这也是大多数人贬低格调说的主要原因。

明末,以陈子龙为首的云间派追步明代前后七子,重谈他们的格调说。经历过公安派等对前后七子的攻击,陈子龙于此时大谈格调说,更多地带有一种总结的色彩。再加上明末风雨飘摇的社会现实,其格调说也沾染上时代的风潮。陈子龙说:"既生于古人之后,其体格之雅,音调之美,此前哲之所已备,无可独造也。"②不过,陈子龙又提出"情以独至为真,文以范古为美"③。前一句可看作对诗歌内容方面的要求。可见,陈子龙不仅极其看重情,而且,他眼中的情是"独至"之情,是带有作诗者主观色彩的情感。而后一句则是从格调的角度着眼。其企图调和格调与性情两者之间矛盾的心理显现无遗。

第四节 公安派、钱谦益等对格调说的批判

明代格调说虽经过何景明、徐祯卿、王世贞、胡应麟、陈子龙等人的修正,但是,复古派内部的这种修正是在既定规则之内的有限修正,其目的是折衷调和,故而其合理性受到很大制约,其修正效果也大打折扣。真正对格调说展开清算,并取得良好效果的,是明代前后七子诗学的对立面公安派、钱谦益等。

公安派对格调说的批判以公安派主将袁宏道的理论为代表。其《雪涛阁集序》说:

---

① 永瑢、纪昀等:《四库全书简明目录》卷十八,上海:上海古籍出版社 1985 年 1 月新 1 版,第 792 页。

② 陈子龙:《陈子龙文集》卷七《仿佛楼诗稿序》,上海:华东师范大学出版社 1988 年 11 月第 1 版,上册第 378 页。

③ 陈子龙:《陈子龙文集》卷七《佩月堂诗稿序》,上海:华东师范大学出版社 1988 年 11 月第 1 版,上册第 381 页。

近代文人，始为复古之说以胜之。夫复古是已，然至以剿袭为复古，句比字拟，务为牵合。弃目前之景，摭腐滥之辞；有才者诎于法，因不敢自伸其才，无之者，拾一二浮泛之语，帮凑成诗。智者牵于习，而愚者乐其易，一唱亿和，优人驺子，皆谈雅道。吁！诗至此，抑可羞哉！夫即诗而文之为弊，盖可知矣。[①]

袁宏道把明代前后七子拘守格调所带来的弊端及其危害一一道来，一针见血，其效果可谓振聋发聩，也就是钱谦益说的"中郎之论出，王、李之云雾一扫，天下之文人才士始知疏瀹心灵，搜剔慧性，以荡涤摹拟涂泽之病，其功伟矣"[②]。

有破有立。正是在批判明代前后七子格调说的基础上，袁宏道提出了自己的诗学见解：

唐自有诗也，不必《选》体也；初、盛、中、晚自有诗也，不必初、盛也。李、杜、王、岑、钱、刘，下迨元、白、卢、郑，各自有诗也，不必李、杜也。赵宋亦然。[③]

承接公安派，对明代前后七子展开声讨笔伐的，是钱谦益。钱氏编选《列朝诗集》，堪称有明一代的诗歌流变史。在《列朝诗集小传》中，钱谦益对李梦阳的诗论尤为深恶痛绝：

献吉以复古自命，曰古诗必汉魏，必三谢；今体必初盛唐，必杜；舍是无诗焉。牵率模拟剽贼于声句字之间，如婴儿之学语，如桐子之洛诵，字则字、句则句、篇则篇，毫不能吐其心之所有，古之人固如是乎？天地之运会，人世之景物，新新不停，生生相续，而必曰汉后

① 袁宏道著，钱伯城笺校：《袁宏道集笺校》卷十八，上海：上海古籍出版社 1981 年 11 月第 1 版，中册第 710 页。

② 钱谦益：《列朝诗集小传》丁集中"袁稽勋宏道"条，上海：上海古籍出版社 2008 年 4 月第 2 版，下册第 567 页。

③ 袁宏道著，钱伯城笺校：《袁宏道集笺校》卷六《与丘长孺》，上海：上海古籍出版社 1981 年 11 月第 1 版，上册第 284 页。

无文，唐后无诗，此数百年之宇宙日月尽皆缺陷晦蒙，直待献吉而洪荒再辟乎……国家当日中月满，盛极孳衰，粗材笨伯，乘运而起，雄霸词盟，流传讹种，二百年以来，正始沦亡，榛芜塞路，先辈读书种子，从此断绝，岂细故哉！①

钱谦益不仅指出李梦阳格调诗论的后果是导致创作的流于剽窃，可谓流弊万端，而且，还把明代士风、文风的流弊都归罪于前七子。

由于公安派、钱谦益在诗歌史中的地位，他们对于明代前后七子格调说的批判效果显著，可以说，明代前后七子的格调说在明末清初得到公安派、钱谦益等人的清算挞伐后，其弊端已广为人知。但是，随着公安派末流诗风的率易浮滑，暴露出其诗歌理论与明代前后七子一样存在矫枉过正，也从反面证实徒讲性灵、抛弃格调依然是行不通的。这就促使清代人对格调说又展开了新一轮的修正。

第五节　清代格调派的理论先声

——毛先舒、王士禛、叶燮对格调说的修正

清代诗歌史并没有沿着公安派的道路走下去。这固然有公安派自身的原因，而根本原因在于清人认识到无论是像明代前后七子那样徒讲格调，还是如公安派那样一味师心，都存在矫枉过正。有鉴于此，对格调、性灵进行调和就势所必然，也就是说，调和格调与性灵，在两者间寻求平衡，是摆在清初诗人面前一项非常紧迫的任务，这就为重新评价明代前后七子的格调说创造了条件。

不仅如此，明代前后七子复古理论在经过公安派、钱谦益等人的批判与清算后，一度偃旗息鼓。然而在清初，明代前后七子诗学思想却呈现卷土重来之势。钱锺书先生《谈艺录》就指出，清初诗家，如顾炎武、吴伟业、朱彝尊

① 钱谦益:《列朝诗集小传》丙集“李副使梦阳”条，上海：上海古籍出版社 2008 年 4 月第 2 版，上册第 311～312 页。

等,“手眼多承七子”[①]。这种现象不难理解:因为所有企图从前代诗学中汲取养料的学诗者都无法回避唐诗与宋调。选择学唐,当然无法规避明代前后七子,明代前后七子轰轰烈烈的复古运动,早已为清初诗人提供正反两方面的经验和教训。因此,清人对待明代前后七子,大都持有两种态度,那就是批评与肯定同步,继承与修正并举。一方面,他们肯定明代前后七子于诗道衰落之际,提倡复古的功绩;另一方面,对明代前后七子创作中的因袭模拟之弊深恶痛绝,以之为前车之鉴。与此相对应,清人一方面继承明代前后七子诗学中的合理之处,另一方面又摒弃其缺点并加以修正。从某种程度上说,对明代前后七子诗歌复古理论的评判正是清人展开诗学探讨的基石。因此,此次修正与前文所论明代前后七子内部修正有本质上的不同。此次修正是在格调说弊端已经昭然天下,诗文革新运动已成燎原之势背景下展开的。由此决定这次修正既不同于复古派内部的简单修修补补,也不同于诗文革新派对复古派的一概否定,而是能超越两者,站在较为宏观的立场上进行修正,由此也决定他们的修正是卓有成效的。事实上,正是经过清初诗论家的修正,格调说的研究更加深入,也更能为诗学界所接受。这次修正的重要成果之一,是为清代格调派的兴起奠定了理论基础,成为清代格调派的理论先声。

清初对格调说展开修正的,按照年代顺序,择其要者,有毛先舒、王士禛、叶燮。

一、毛先舒

毛先舒《诗辨坻》说:“诗须博洽,然必敛才就格。”[②]又说:“上溯玄始,以迄近代,体既屡迁,备极范围,后来作者,予心我先,即有敏手,何由创发?比如藻采错炫,不出五色之正间;爻象递变,不离八卦之奇偶。出此则入彼,远

① 钱锺书:《谈艺录》卷三十,北京:生活·读书·新知三联书店 2007 年 12 月第 2 版,第 273 页。

② 毛先舒:《诗辨坻》卷一,《清诗话续编》本,上海:上海古籍出版社 1983 年 12 月第 1 版,上册第 8 页。

吉则趣凶。”既然“体既屡迁，备极范围”，则没有必要再去创新了，似乎完全是明七子的论调。但是，值得注意的是他下面的一段话：

> 鄙人之论云：“诗以写发性灵耳，值忧喜悲愉，宜纵怀吐辞，蕲快吾意，真诗乃见。若模拟标格，拘忌声调，则为古所域，性灵斯掩，几亡诗矣。”予案是说非也。标格声调，古人以写性灵之具也。由之斯中隐毕达，废之则辞理自乖。夫古人之传者，精于立言为多，取彼之精，以遇吾心，法由彼立，杼自我成，柯则不远，彼我奚闻？此如唱歌，又如音乐，高下徐疾，豫有定律，案节而奏，自足怡神，闻其音者，歌哭抃舞，有不知其然者，政以声律节奏之妙耳。倘启唇纵恣，戛击任手，砰磅伊亚，自为起阕，奏之者无节，则聆之者不訢，欲写性灵，岂复得哉！离朱之察，不废玑衡；夔、旷之聪，不斥琯律。虽法度为借资，实明聪之由人。藉物见智，神明逾新，标格声调，何以异此！①

如果说在公安派及钱谦益那里，性灵与格调是两个水火不容的诗学概念，在经过他们的清算后，世人论格调往往将其作为性灵的对立面加以抨击，那么，在明末清初诗论家毛先舒这里，将两者相提并论，其欲调和格调与性灵的用意十分明显。文中的“鄙人”显然是指公安派。毛氏开门见山地指出公安派将格调与性灵对立起来是错误的，然后明确提出自己的观点，即“标格声调，古人以写性灵之具也”，即格调与性灵是密不可分、相辅相成的，并且还认为从古至今都是如此。他还以音乐为例说明他的观点，表明格调与性灵两者合则并美，缺则两伤，缺一不可。

毛先舒将格调与性灵并举，是与其诗学主张分不开的。作为明末云间派的分支——西泠诗派的一员，毛先舒论诗继承明代前后七子和云间诗学。毛先舒的理论充分显示出格调说已无法忽视性灵这一诗学理论对其造成冲击挑战的严峻现实，换言之，如何处理格调与性灵的关系，是摆在清初人面前非

① 毛先舒：《诗辨坻》卷一，《清诗话续编》本，上海：上海古籍出版社 1983 年 12 月第 1 版，上册第 12 页。

常现实的诗学问题。

二、王士禛

继毛先舒之后，对明代前后七子格调说展开批评的，是王士禛。王士禛对明代前后七子多有肯定之语，其《戏效元遗山论诗绝句三十二首》第二十三首云：

中州何、李并登坛，宏治文风竞比肩。①

显然，他是在肯定李、何两人的复古起衰之功，尤其是对何景明，王士禛极为推崇。本组诗的第十七首与第二十一首都是赞美何景明的：

藐姑神人何大复，致兼南雅更王风。论交独直江西狱，不独文场角两雄。②

接迹风人《明月篇》，何郎妙悟本从天。王杨卢骆当时体，莫逐刀圭误后贤。（何大复谓初唐《明月篇》诸作，得风人遗意，其源高于李、杜。）③

另外，第二十四首是称赞徐祯卿的：

文章烟月语原卑，一见空同迴自奇。天马行空脱羁靮，更怜《谈艺》是吾师。④

正是基于对明代前后七子的肯定，他对钱谦益批判明代前后七子同样表示了不满：

---

① 王士祯撰，惠栋、金荣注，李毓芙、牟通、李茂肃整理：《渔洋精华录集释》卷二，上海：上海古籍出版社 1999 年 12 月第 1 版，上册第 345 页。

② 王士祯撰，惠栋、金荣注，李毓芙、牟通、李茂肃整理：《渔洋精华录集释》卷二，上海：上海古籍出版社 1999 年 12 月第 1 版，上册第 340 页。

③ 王士祯撰，惠栋、金荣注，李毓芙、牟通、李茂肃整理：《渔洋精华录集释》卷二，上海：上海古籍出版社 1999 年 12 月第 1 版，上册第 343～344 页。

④ 王士祯撰，惠栋、金荣注，李毓芙、牟通、李茂肃整理：《渔洋精华录集释》卷二，上海：上海古籍出版社 1999 年 12 月第 1 版，上册第 347 页。

钱牧翁撰《列朝诗》,大旨在尊李西涯,贬李空同、李沧溟,又因空同而及大复,因沧溟而及弇州,索垢指瘢,不遗馀力。夫其驳沧溟拟古乐府拟古诗,是也;并空同《东山草堂歌》而亦疵之,则妄矣。所录《空同集》诗,亦多泯其杰作。黄省曾,吴人,以其北学于空同,则摈之;于朱凌溪应登、顾东桥璘辈亦然。予窃非之,偶著其略于此。牧翁于予有知己之感。顺治辛丑,序予《渔洋诗集》,有“代兴”之语,寄予五言古诗云:“勿以独角麟,俪彼万牛毛。”今三十馀年,先生墓木拱矣。予所以不敢傅会先生以诬前辈者,亦欲为先生之诤臣云尔。[①]

与肯定明代前后七子相呼应,王士禛论诗同样讲格调。比如:

许彦周谓张籍、王建乐府宫词皆杰出,所不能追踪李、杜者,气不胜耳。余以为非也,正坐格不高耳。不但李、杜,盛唐诸诗人所以超出初唐、中、晚者,只是格韵高妙。[②]

《然灯纪闻》也记载王士禛曾经这样说过:

为诗各有体格,不可混一。如说田园之乐,自是陶、韦、摩诘,说山水之胜,自是二谢;若道一种艰苦流离之状,自然老杜。不可云我学某一家,则无论那一家题,只用此一家风味也。[③]

所以翁方纲《石洲诗话》得出结论:“渔洋先生所讲神韵,则合丰致、格调为一而浑化之。”[④]

但是,王士禛对明代格调说更多的不是继承,而是修正。主要体现在两

① 王士禛:《带经堂诗话》卷二,北京:人民文学出版社 1963 年 11 月第 1 版,上册第 62 页。

② 王士禛:《带经堂诗话》卷一,北京:人民文学出版社 1963 年 11 月第 1 版,上册第 42 页。

③ 何世璂:《然灯纪闻》,《清诗话》本,上海:上海古籍出版社 1978 年 9 月新 1 版,上册第 119 页。

④ 翁方纲:《石洲诗话》卷四,《清诗话续编》本,上海:上海古籍出版社 1983 年 12 月第 1 版,下册第 1427 页。

个方面：一是他兼师唐宋，对于明七子诗大都宗法盛唐不满：

近人言诗，好立门户，某者为唐，某者为宋，李、杜、苏、黄，强分畛域，如蛮触氏之斗于蜗角，而不自知其陋也。[①]

这显然是针对明七子而言的。

相反，他作诗称赞宋代诗人，表达其宏通的诗学观。如《戏效元遗山论诗绝句三十二首》赞扬黄庭坚云：

涪翁掉臂自清新，未许传衣蹑后尘。却笑儿孙媚初祖，强将配飨杜陵人。（山谷诗得未曾有，宋人强以拟杜，反来后世弹射，要皆非文节知己。）[②]

王士禛认为，黄庭坚虽脱胎于杜甫，但他能自出新意，形成清新的风格，自成一家。

除此之外，他还称赞元代诗人杨维桢，即：

《铁崖乐府》气淋漓，渊颖歌行格尽奇。耳食纷纷说开宝，几人眼见宋元诗。[③]

二是强调"性情"与"学问"的重要性。他说：

夫诗之道，有根柢焉，有兴会焉，二者率不可得兼。镜中之象，水中之月，相中之色，羚羊挂角，无迹可求，此兴会也。本之《风》《雅》以导其源，溯之楚《骚》、汉魏乐府诗以达其流，博之《九经》《三史》、诸子以穷其变，此根柢也。根柢原于学问，兴会发于性情。于斯二者兼之，又斡以风骨，润以丹青，谐以金石，故能衔华佩实，大放

① 王士禛：《带经堂诗话》卷二十七，北京：人民文学出版社 1963 年 11 月第 1 版，下册第 754 页。

② 王士祯撰，惠栋、金荣注，李毓芙、牟通、李茂肃整理：《渔洋精华录集释》卷二，上海：上海古籍出版社 1999 年 12 月第 1 版，上册第 336 页。

③ 王士祯撰，惠栋、金荣注，李毓芙、牟通、李茂肃整理：《渔洋精华录集释》卷二，上海：上海古籍出版社 1999 年 12 月第 1 版，上册第 339 页。

> 厥词，自成一家。①

“根柢原于学问，兴会发于性情”。可见，性情与学问是王士禛最重视的诗歌特质，同时也是清代诗家最为重视的诗学话题。《师友诗传录》中也记载了他关于学力和性情的论断，即“二者相辅而行，不可偏废。若无性情而侈言学问，则昔人有讥点鬼簿、獭祭鱼者矣。学力深，始能见性情，此一语是造微破的之论”②。

王士禛虽标举神韵，但其诗歌中以学问入诗的倾向还是很明显的。沈德潜在评价吴嘉纪的诗歌时，就说：

> 渔洋诗以学问胜，运用典实而胸有炉冶，故多多益善，而不见痕迹。③

综上所述，王士禛虽对明代前后七子多有回护和肯定，但对他们的弊病并未视而不见，而是同样展开修正，那就是主张转益多师，并标举性情与学问两端，以纠正格调说的偏失。

三、叶燮

如果说毛先舒、王士禛等人对格调的修正是在整体肯定明代前后七子的情况下展开的，那么，在叶燮这里，其对明代前后七子基本上是否定的。其《原诗》说：

> 诗学之规则不一端；而曰体格，曰声调，恒为先务，论诗者所谓总持门也。诗家之能事不一端；而曰苍老、曰波澜，目为到家，评诗者所谓造诣境也。以愚论之：体格、声调与苍老、波澜，何尝非诗家

① 王士禛：《带经堂诗话》卷三，北京：人民文学出版社 1963 年 11 月第 1 版，上册第 78 页。

② 郎廷槐：《师友诗传录》，《清诗话》本，上海：上海古籍出版社 1978 年 9 月新 1 版，上册第 125 页。

③ 沈德潜：《清诗别裁集》卷六“吴嘉纪”条，上海：上海古籍出版社 1984 年 3 月第 1 版，上册第 249 页。

要言妙义！然而此数者，其实皆诗之文也，非诗之质也；所以相诗之皮也，非所以相诗之骨也。①

叶燮在此明确指出，体格声调，是诗歌的“总持门”，是诗家要言妙义。可见，与公安派、钱谦益等人不同，叶燮论诗并不废格调。但是，问题的关键在于他接下来所说的：

言乎体格：譬之于造器，体是其制，格是其形也。将造是器，得般、倕运斤，公输挥削，器成而肖形合制，无毫发遗憾，体格则至美矣；乃按其质，则枯木朽株也，可以为美乎！此必不然者也。夫枯木朽株之质，般、输必且束手，而器亦乌能成！然则，欲般、输之得展其技，必先具有木兰、文杏之材也；而器之体格，方有所托以见也。言乎声调：声则宫商叶韵，调则高下得宜，而中乎律吕，铿锵乎听闻也。请以今时俗乐之度曲者譬之。度曲者之声调，先研精于平仄阴阳。其吐音也，分唇鼻齿颚开闭撮抵诸法，而曼以笙箫，严以鼙鼓，节以头腰截板，所争在渺忽之间。其于声调，可谓至矣。然必须其人之发于喉、吐于口之音以为之质，然后其声绕梁，其调遏云，乃为美也。使其发于喉者哑然，出于口者飒然，高之则如蝉，抑之则如蚓，吞吐如振车之铎，收纳如鸣窌之牛；而按其律吕，则于平仄阴阳唇鼻齿颚开闭撮抵诸法，毫无一爽，曲终而无几微愧色。其声调是也，而声调之所丽焉以为传者，则非也。则徒恃声调以为美，可乎？②

在叶燮看来，体格、声调，也就是格调等因素，仅仅只是“诗之文”，而“非诗之质”，是诗之毛，非诗之骨。那么，一个疑问随之产生：叶燮眼中的“诗之质”是什么呢？叶燮自己回答了这个疑问：

① 叶燮：《原诗》，《原诗·一瓢诗话·说诗晬语》本，北京：人民文学出版社 1979 年 9 月第 1 版，第 45 页。

② 叶燮：《原诗》，《原诗·一瓢诗话·说诗晬语》本，北京：人民文学出版社 1979 年 9 月第 1 版，第 45～46 页。

由是言之，之数者皆必有质焉以为之先者也。彼诗家之体格、声调、苍老、波澜，为规则、为能事，固然矣；然必其人具有诗之性情、诗之才调、诗之胸怀、诗之见解以为其质。如赋形之有骨焉，而以诸法传而出之；犹素之受绘，有所受之地，而后可一一增加焉。故体格、声调、苍老、波澜，不可谓为文也，有待于质焉，则不得不谓之文也；不可谓为皮之相也，有待于骨焉，则不得不谓之皮相也。[①]

叶燮在此明确提出，性情、才调、胸怀、见解，这些因素才是诗之质，是体格、声调等赖以存在的基石。不仅如此，叶燮还认为，体格、声调等只有在性情、才调、胸怀、见解等这些诗之质存在的情况下才成其为诗之文，只有在诗之骨存在的情况下才成其为诗之皮。也就是说，格调等因素只有依附于这些诗之质的因素才有其价值，否则，就毫无价值。正是在这一点上，叶燮的格调说与明代前后七子的格调说从根本上划清了界限。

在如何学古的问题上，叶燮也提出了自己的见解：

则夫作诗者，既有胸襟，必取材于古人，原本于《三百篇》《楚骚》，浸淫于汉、魏、六朝、唐、宋诸大家，皆能会其指归，得其神理。以是为诗，正不伤庸，奇不伤怪，丽不伤浮，博不伤僻，决无剽窃吞剥之病。[②]

综上所述，格调一词，发展到严羽、高启等人，与复古思想相结合，从而开启了明代前后七子格调论的先河。到了明代李东阳，格调两字连用，并进一步把格调与复古主张相联系。当明代前后七子成为诗坛主力军时，对格调的探讨，达到前所未有的程度，格调成为复古派诗歌理论乃至流派的旗帜。格调说虽经复古派内部成员的修正，但是效果并不明显。鉴于其显而易见的弊

① 叶燮：《原诗》，《原诗・一瓢诗话・说诗晬语》本，北京：人民文学出版社 1979 年 9 月第 1 版，第 46～47 页。

② 叶燮：《原诗》，《原诗・一瓢诗话・说诗晬语》本，北京：人民文学出版社 1979 年 9 月第 1 版，第 18 页。

病，明末清初两代人又对其进行修正。尤其是王士禛和叶燮，前者举性情、学问两端补救格调说的流弊，后者更是将格调视为依附于性情等作诗之质的“文”的因素，为格调的适用范围设置了不可逾越的理论界线。这种修正不仅使明代前后七子的理论旗帜——格调一词在诗学中的首要地位从此让位于性情与学问，更重要的，此次修正成为清代格调派的理论先声，直接孕育了清代格调派的诗歌理论。

第三章
清代格调派的诗歌理论

鉴于明代诗学两极对立、壁垒森严的教训，清代的诗学理论大都具有一定的兼容性和综合性。正如郭绍虞先生所指出，清代的文学批评“更可称为集大成的时代”①，格调派也不例外。如果说“清初诗学确立起的诗教中心观念、对传统的开放态度、崇尚‘真诗’和以学问为本的创作理念，成为清代诗歌创作的主导倾向”②，那么，上述这些特征都完整体现在格调派的诗歌理论上。

如前所述，清代格调派产生的直接原因是纠正宗宋派的偏失、神韵说的流弊，另外，明代前后七子的诗学理论也对他们产生重要影响，故而其诗歌理论对上述三者都有所继承，并尽量摒弃其明显缺陷，对不足之处尽力修正。同时，清初以来诗坛“从格调优先到性情优先”③的诗学捩转也对格调派有重大影响。尤其是叶燮和王士禛，前者是沈德潜的老师，后者沈德潜终身对其执弟子礼，他们对格调说所作的修正直接被沈德潜和格调派成员所继承。所

① 郭绍虞：《中国文学批评史》，天津：百花文艺出版社 2008 年 8 月第 2 版，第 279 页。

② 蒋寅：《在传统的阐释与重构中展开——清初诗学基本观念的确立》，《中国社会科学》2006 年第 6 期，第 158～170 页。

③ 详见张健：《清代诗学研究》，北京：北京大学出版社 1999 年 11 月第 1 版。

以,清代格调派与明代前后七子最显著的区别,是他们虽然也用格调来评价诗人诗作,但是相比较而言,他们更加注重"性情"与"才情"。这些特点在格调派后期代表吴中七子那里体现得尤为明显。

由于格调派成员众多,他们的诗学观也并非整齐划一,所以,本章探讨格调派的诗歌理论,主要注重他们的共同点,至于成员间诗学观的不同之处及极具个性色彩的诗歌理论,如沈德潜的温柔敦厚说的三个层次、诗教统摄下的格调说,王昶《湖海诗传·蒲褐山房诗话》中的论诗观点,赵文哲对中晚唐诗和宋诗的肯定,王鸣盛关于才情的论述等,将在对各诗人的分论中一一剖析。

第一节　诗主性情
——格调派的诗论旗帜

张健先生《清代诗学研究》认为,"从七子派到钱谦益的诗学有一个根本转变,那就是立足点的转变,是从立足于格调到立足于性情的转变,是从格调优先到性情优先的转变。这一立足点的转变带来了整个诗学价值系统的重大变化"[①]。明末清初以来诗坛从格调优先到性情优先的转变贯穿了整个清代诗学史,清代的诗歌流派不管是宗唐派还是宗宋派,抑或唐宋兼宗、无分唐宋,都无不重视性情之于诗歌的首要地位及关键作用,格调派也不例外。

格调派主将沈德潜论诗,首重性情,也就是注重诗歌是否反映了诗人的真性情。他指出:

> 性情面目,人人各具。读太白诗,如见其脱屣千乘。读少陵诗,如见其忧国伤时。其世不我容,爱才若渴者,昌黎之诗也。其嬉笑怒骂,风流儒雅者,东坡之诗也。即下而贾岛、李洞辈,拈其一章一句,无不有贾岛、李洞者存。倘词可馈贫,工同帨,而性情面目,隐而

① 张健:《清代诗学研究》,北京:北京大学出版社1999年11月第1版,第105页。

不见，何以使尚友古人者，读其书、想见其人乎？[①]

所谓“性情面目，人人各具”，其含义指诗歌是表达诗人性情的工具，而诗人的性情，又各不相同，具有独特性。因此，诗人性情不同，决定着诗歌的面貌也不会相同。应该说，诗歌在于抒写性情这个观点，是老生常谈的话题。沈德潜在这里不仅从作诗者的角度重申这一理论，而且还从读诗者的角度来阐述。在他看来，作诗者不仅要抒写真性情，而且还要做到使读诗者通过吟咏诗歌，从而能够想见作诗者的独特之面目，这样无疑增加了写诗的难度。显而易见，这比单纯强调诗本性情的观点又深入了一层。

在《高浒文诗序》中，沈德潜对徒事模拟古人、丧失自我性情的做法给予断然否定。与此相对应，对于蕴含作者真面目的诗则肯定有加，即“每慨世之为诗者，疲精竭思，从事于规模追逐之途，在作者必求似是，而见者许为逼真。夫逼真即非真也，毋论东家效颦，祇益之丑，即优孟为叔敖、胡宽营新丰，似矣，然究之是真叔敖否？真新丰否？高子出入古人，复吐弃古人，虽片言支字，有君形者存乎其中，此其为高子之诗也”。[②]

由于对诗本性情的重视，沈德潜对那些作诗不注重性情，反而在格律声调方面下功夫的做法也予以否定：

> 世之专以诗名者，谈格律，整队仗，校量字句，拟议声病，以求言语之工。言语亦既工矣，而幺弦孤韵，终难当夫作者。惟先有不可磨灭之概，与挹注不尽之源蕴于胸中，即不必求工于诗，而纵心一往，浩浩洋洋，自有不得不工之势。无他，工夫在诗外也。[③]

所谓“工夫在诗外”，是指诗歌的价值和意义并不体现在格律对仗等外在

---

① 沈德潜：《说诗晬语》，《原诗·一瓢诗话·说诗晬语》本，北京：人民文学出版社 1979 年 9 月第 1 版，第 257 页。

② 沈德潜：《沈德潜诗文集·归愚文钞（十二卷本）》卷八《高浒文诗序》，北京：人民文学出版社 2011 年 10 月第 1 版，第 4 册第 1767 页。

③ 沈德潜：《沈德潜诗文集·归愚文钞》卷十二《缪少司寇诗序》，北京：人民文学出版社 2011 年 10 月第 1 版，第 3 册第 1318 页。

形式方面，而是体现在作诗者的性情和才华上，也就是沈德潜文中所说的“不可磨灭之概与挹注不尽之源”。

众所周知，沈德潜是一位著名的诗选家。他的这种重性情的思想也贯穿在其几部诗歌选本中。具体表现为，首先，他在评价诗人诗作时，往往首先从性情的角度着眼。

如：评价曹植的《七哀诗》：

此种大抵思君之词，绝无华饰，性情结撰，其品最工。[①]

评殷遥《送友人下第归省》：

真到极处，去风雅不远。“和氏泪”“老莱衣”本属套语，合用之只见情流于笔墨之先也。[②]

评徐熥《邮亭残花》：

绝句七章，词不必丽，意不必深，而婉转关生，觉一种至情余于意言之外。[③]

评高其倬《行役晓发》：

舍至情无以成诗。[④]

另外，在《论明诗十二断句》中，他评价明代诗人高启：

青丘诗笔笼群英，鹦鹉才高累此生。惟有性情难灭没，天教瓦缶到今鸣。[⑤]

---

① 沈德潜：《古诗源》卷五，北京：中华书局 2006 年 4 月第 2 版，第 108 页。

② 沈德潜：《唐诗别裁集》卷十，上海：上海古籍出版社 1979 年 1 月第 1 版，上册第 335 页。

③ 沈德潜：《明诗别裁集》卷九，上海：上海古籍出版社 1979 年 9 月第 1 版，第 243 页。

④ 沈德潜：《清诗别裁集》卷十八，上海：上海古籍出版社 1984 年 3 月第 1 版，下册第 707 页。

⑤ 沈德潜：《沈德潜诗文集·归愚诗钞》卷二十，北京：人民文学出版社 2011 年 10 月第 1 版，第 1 册第 422 页。

值得注意的是，即使是对待历来评价不高的应酬诗，沈德潜也强调要出于性情，显示出其一丝不苟的态度。他说：

> 钱、郎赠送之作，当时引以为重。应酬诗，前人亦不尽废也。然必所赠之人何人、所往之地何地，一一按切，而复以己之情性流露于中，自然可咏可歌。非幕下张君房辈所能代作。①

正是遵循性情优先的诗学观点，他对一些诗人也给出了有异于前人的评价。如：

> 东坡目为郊寒岛瘦，岛瘦固然，郊之寒过求高深，邻于刻削，其实从真性情流出，未可与岛并论也。而元遗山云："东野穷愁死不休，高天厚地一诗囚"，毋乃太过乎？②

沈德潜认为孟郊的诗皆出自真性情，在这方面，贾岛显然稍逊一筹。因此，他认为苏轼将两人并论是不太合适的。而对于元好问嘲笑孟郊如"诗囚"，沈德潜更是不以为然。

综上，沈德潜一再强调作诗时"性情"的重要性，其对"性情"的重视程度与清代任何一位诗学家包括性灵派主将袁枚相比，也丝毫不逊色。事实上，如果不是坚持"诗主性情"的选诗观点，很难想象他的几部诗歌选本能够一直流传至今，且依然具有不可替代的价值。但是，必须指出，沈德潜眼中的性情是儒家传统诗教的性情，而不是无关乎大义、只注重表达一己喜怒哀乐的性情。也就是他在《清诗别裁集·凡例》中说的：

> 诗之为道，不外孔子教小子教伯鱼数言，而其立言，一归于温柔敦厚，无古今一也。自陆士衡有缘情绮靡之语，后人奉以为宗，波流滔滔，去而日远矣……诗必原本性情关乎人伦日用及古今成败兴坏

---

① 沈德潜：《说诗晬语》，《原诗·一瓢诗话·说诗晬语》本，北京：人民文学出版社 1979 年 9 月第 1 版，第 250 页。

② 沈德潜：《唐诗别裁集》卷四"孟郊"条，上海：上海古籍出版社 1979 年 1 月第 1 版，上册第 134 页。

之故者，方为可存，所谓其言有物也。若一无关系，徒办浮华，又或叫号撞搪以出之，非风人之指矣。[①]

可见，沈德潜眼中的性情并非“缘情绮靡”的性情，而是“关乎人伦日用及古今成败兴坏”的性情，是“温柔敦厚”的性情，是“言有物”的性情。反过来，诗作中如果不包含以上因素就无关乎性情，更不用说真诗。所以，沈德潜论诗并非不要情，而是合乎道德的情，是雅正的情，这就为性情设置了不可逾越的界限。毫无疑问，沈德潜的性情观带有强烈的保守色彩，这就为日后性灵派主将袁枚对其诗学展开批评埋下了伏笔。

正是从儒家传统诗教的性情观出发，沈德潜对陆机“诗缘情而绮靡”之说再三表达不满。乔亿《剑溪说诗》篇首附沈德潜四言诗三章，其二云：

诗道波流，滔滔何底？雕斫丧真，绮靡乖体。[②]

在《古诗源》中，他也说：

《文赋》云：“诗缘情而绮靡。”殊非诗人之旨。[③]

以及：

士衡旧推大家，然通赡自足，而绚彩无力，遂开出排偶一家。降自齐、梁，专工队仗，边幅复狭，令阅者白日欲卧，未必非陆氏为之滥觞也。所撰《文赋》云“诗缘情而绮靡”，言志章教，惟资涂泽，先失诗人之旨。[④]

因为不赞同“诗缘情而绮靡”之说，沈德潜重提儒家“诗言志”传统，即：

廓清异端，正以章明圣教，尧、舜至今存，由孔、孟之教不熄也，

---

① 沈德潜：《清诗别裁集》，上海：上海古籍出版社 1984 年 3 月第 1 版，上册第 1 页。

② 乔亿：《剑溪说诗》，《清诗话续编》本，上海：上海古籍出版社 1983 年 12 月第 1 版，上册第 1066 页。

③ 沈德潜：《古诗源》卷七，北京：中华书局 2006 年 4 月第 2 版，第 133 页。

④ 沈德潜：《说诗晬语》，《原诗·一瓢诗话·说诗晬语》本，北京：人民文学出版社 1979 年 9 月第 1 版，第 202 页。

谁谓诗不足以载道耶?[①]

在此原则下,他尤其心仪那些笃于伦物的诗人诗作。如:

乐天忠君爱国,遇事托讽,与少陵相同。特以平易近人,变少陵之沉雄浑厚,不袭其貌而得其神也。集中可采者多,兹取其大有关系者。[②]

先大父诗,中岁爱刘随州,晚境爱陆放翁……兹录感时伤事六章,异于流连光景之作,有关风教,不在语言之工也。[③]

由于沈德潜注重性情,尤其是儒家诗教观的性情,以致他竟然得出“挚性深情,惟笃于伦物者有之”[④]的观点。在沈德潜的诗歌理论中,“笃于伦物”与“挚性深情”以及诗风的“自然”三者之间存在因果关系。毫无疑问,这是非常狭隘的观点,他把文学的政治功能凌驾于审美功能之上,显然失之偏颇。这也是历来对其诗论持否定、批判态度的主要依据之一。

格调派前期诗人也坚持诗主性情的观点。顾诒禄在为友人《啸轩集》作序时,曾论述古人之诗:

古之为诗,必其中有不得已之故,随所感触,流为自然之音。水遭风而成纹,泉激石而成响。造端在禽鱼草木之微,寄情在父子君臣之大。《三百篇》可见也。[⑤]

他还以“遇物感触,一吟一咏,根乎至性”,以及“皆有所不得已,非无为而

① 沈德潜:《清诗别裁集》卷二十张自超《秋怀》诗评,上海:上海古籍出版社 1984 年 3 月第 1 版,下册第 779 页。

② 沈德潜:《唐诗别裁集》卷三“白居易”条,上海:上海古籍出版社 1979 年 1 月第 1 版,上册第 105 页。

③ 沈德潜:《明诗别裁集》卷十一“沈钦圻”条,上海:上海古籍出版社 1979 年 9 月第 1 版,第 296 页。

④ 沈德潜:《沈德潜诗文集·归愚文钞馀集》卷三《下培基诗序》:“白香山云:‘韦苏州诗高雅闲澹,自成一家之体。’言其自然耳。而诗之自然,关乎性情,性不挚,情不深,不能自然也。然挚性深情,惟笃于伦物者有之。”北京:人民文学出版社 2011 年 10 月第 1 版,第 3 册第 1570 页。

⑤ 顾诒禄:《吹万阁文钞》卷二《啸轩集序》,《清代诗文集汇编》第 289 册,第 366 页。

作，洵其合《三百篇》之旨者”评价《啸轩集》。

格调派后期代表吴中七子论述也首重性情。格调派副将王昶在为自己所编选的《青浦诗传》作序时称：

至录其诗，凡叫嚣隳突者汰之，空疏陈腐者去之，留连光景、羌无故实者裁之；牵率应酬、庸俗鄙倍，一切剟削……盖吾乡溪山清远，与三吴竞胜，而地偏境寂，无芬华绮丽之引。士大夫家云烟水竹间，起居饮食，日餐湖光而吸山绿，襟怀幽旷，皆乾坤清气所结，往往屏暄杂，爱萧闲，励清标，崇名节。居官以恬退相师，伏处以清高自励。性情学问，追古人于千载之上，从容抒写，归于自得。故如明中叶以后，空同、历下、公安、竟陵，纷呶奔走，四方争附其坛坫，以此哗世炫俗。而吾邑士大夫附丽者独少，此固昔贤自守之高。而为家乡后进，读其诗，仰企其人，当如何流连跂慕，奉为轨则欤！①

在这里，王昶“叫嚣隳突者汰之，空疏陈腐者去之，留连光景、羌无故实者裁之；牵率应酬、庸俗鄙倍，一切剟削”的观点显然是注重诗歌是否有自己的真性情，是否反映出深厚的、有价值的社会内容，是否反映了作诗者的志节。王昶编选的格调派重要文献《湖海诗传》，同样坚持“取交游之所赠，性情之所嗜”②的标准。

与王昶同列吴中七子的王鸣盛也认为：

昔唐人选诗，惟殷璠氏《英灵》一集高于诸选，其品骘盛唐诸家，多以风骨为言。盖诗之为道，主于发挥志节，藻畅灵类，多出于孤立行意者之所为。假令龌龊小夫，其中未必有而强效昔人之章句，纵复葳蕤可观，有识者或从而薄之，无他，风骨不存焉。③

在王鸣盛眼中，殷璠的《河岳英灵集》之所以高于同类诗选，就在于其所

---

① 王昶：《春融堂集》卷四十一，《续修四库全书》第 1438 册，第 87 页。

② 王昶：《湖海诗传序》，王昶《湖海诗传》，南京：凤凰出版社 2018 年 5 月第 1 版。

③ 王鸣盛：《西庄始存稿》卷二六《凌祖锡诗序》，《续修四库全书》第 1434 册，第 330 页。

选的诗皆出于作诗者的真性情，这种真性情正是诗人高尚志节的外在表现，与那些胸无感触、勉强为文造情者不可同日而语。

格调派后起之秀顾宗泰在《族祖啸轩先生诗集序》中则提出诗主性情不仅能感动自己，而且还能感动他人的观点：

> 夫诗为旨，古无泛作。一经一纬，必本乎至性至情。风雨之幽，云霞之变，禽鱼草木之细，山川宇宙之奇，有性情以通之，则抒写皆伦物之要，可以感己而感人也。[①]

格调派后期羽翼中的竹溪诗社，其成员通过比较古今诗，也认为今人诗与古人诗最大的区别就是性情的丧失，即"诗有雅郑分，亦有今昔异。昔惟道性情，今借取名位。下笔务为人，性情先自蔽"[②]。而通过沈德潜的教导和启发，这些诗人自称"性情借以正，民瘼借以宣。谁欤务绮靡，月露徒盈篇"[③]，其所表达的也是对诗歌中性情这一因素的重视。

应该指出，与沈德潜论性情大都从儒家性情观出发不同，王昶、王鸣盛等格调派后期成员的性情观更加注重个体性情的表达和抒写，这就与袁枚性灵说产生了一定程度的契合。从前文所引王昶对于明代前后七子的评价来看，其对于明代前后七子也并未显出特别之处，相反，字里行间颇有批判之意，这一现象更为清代格调派诸诗人有别于明代前后七子提供了有力佐证。换言之，以格调论诗虽是沈德潜开宗立派的标志之一，但是，团结在其周围的众多诗人，包括沈德潜自己，认为最重要的因素是诗人性情和诗歌内容，具体到沈德潜，格调论也让位于性情论(详见本书第四章第四节)。

袁枚《随园诗话》"有性情，便有格律，格律不在性情外"[④]等观点，一向被视作批判沈德潜的观点。而实际上，在沈德潜及格调派这里，从未舍性情而

① 顾宗泰：《月满楼文集》卷九，《续修四库全书》第 1459 册，第 627 页。

② 袁景辂：《小桐庐诗草》卷八《赠王北溪》其二，《清代诗文集汇编》第 353 册，第 497 页。

③ 王元文：《北溪诗集》卷六《夏日沈归愚师过袁朴村校书巢即席分韵得先字》，《清代诗文集汇编》第 377 册，第 670 页。

④ 袁枚：《随园诗话》卷一，北京：人民文学出版社 1982 年 9 月第 2 版，上册第 2 页。

言格律。相反，如前文所述，无论是在诗选还是诗论中，他们无处不在强调“性情为本”“先审宗旨”的重要。洪亮吉《西溪渔隐诗序》认为“迨乾隆中叶，长洲沈尚书德潜以诗名吴下，专以唐开元、天宝为宗，从之游者，类皆摩取声调，讲求格律，而真意渐漓”[①]，这个评价显然不准确。

第二节　重才学

重才学是清代诗歌批评中一以贯之的诗歌主张。这一现象同样是对明代学风与诗风的反拨。明末，心学思潮沧海横流，受其影响，明末学风流于虚妄浅薄，诗风也失之空廓。因此，清代诗坛无论是神韵派、浙派、性灵派还是肌理派，无一不强调才学之于诗歌的重要，格调派也不例外。

沈德潜对才学的重视在《李玉洲太史诗序》一文中有完整体现：

> 古来论诗家，主趣者有严沧浪，主法者有方虚谷，主气者有杨伯谦，主格者有高廷礼，而近代朱竹垞则主乎学。之五者，均不可废也。然不得才以运之，恐趣非天趣，法非活法，气非浩气，格非高格，即学亦徒见其汗漫丛杂，而无所归。盖诗之为道，人与天兼焉。而趣而法而气而格而学，从乎人者也；而才，则本乎天者也。人可强而天不可强，故从来以诗鸣者，随其所长，俱可自见；而诗人中之称才人者，古今来祇数馀人，相望于天地之间。[②]

从这段话可以看出，沈德潜认为才的因素在作诗过程中占据主导地位。趣、法、气、格、学这五种作诗因素，只有统一在才的领导下，方可趣为天趣，法为活法，气为浩气，格为高格。一句话，没有才，其他的因素如同无源之水、无根之木。所以，他在文中称赞李玉洲的诗即为才人之诗，即“玉洲之诗，因得

① 洪亮吉：《洪亮吉集·卷施阁文甲集》卷十，北京：中华书局 2001 年 10 月第 1 版，第 1 册第 219 页。

② 沈德潜：《沈德潜诗文集·归愚文钞》卷十二，北京：人民文学出版社 2011 年 10 月第 1 版，第 3 册第 1326 页。

肆其才于陶冶万类，笼挫一切之馀。水银硃沙，入其鞲，皆成丹也；么弦杂韵，经其和调，皆成乐也。鲜如时花，嫭如美女，而怪奇兀奡，飘忽出没，比之绛晥天际，神山海上，而不可端倪。前人所云旷世逸才，惊才风逸者，不是过焉已”。

在《与陈耻庵书》一文中，他又一一论述李、杜乃至六朝诸位著名诗人的“学”：

> 欧阳子曰：“善医者不攻其疾，而务养其气，气实则病去。”不易之论也。诗道之实，其气在根柢于学。以唐人言之：少陵之诗，穿穴经史；太白之诗，浸淫庄骚；昌黎之诗，原本汉赋。推此而上，若颜、谢、阮、陶、曹、刘诸人，蔑弗尽然。盖能根柢于学，则本原醇厚，而因出之以性情之和平，将卓尔树立，成一家言，吾不受风气之转移，而可转移乎风气。①

基于重才学的思想，沈德潜得出了“夫天下之物，以实为质，以虚为用；学其实也，才其虚也，以实运实则滞，以虚运实则灵”②的观点。

正是沈德潜重视才学之于诗人的重要性，他对那些以才学取胜、卓然自立的诗人往往倍加推崇。比如在评价明代诗人杨慎时说：“升庵以高明伉爽之才，宏博绝丽之学，随题赋形，一空依傍，于李、何诸子外，拔戟自成一队。”③在评价杜甫的五言长篇时，他以“学问博，力量大，转接无痕，莫测端倪，转似不连属者，千古以来，让渠独步”④称赞之。在评价他晚年得意弟子吴中七子时，沈德潜也称赞他们“秉心和平，砥砺志节，抱拔俗之才，而又亭经藉史”，并说他们性情、气骨、才思“三者俱备”⑤。可见，吴中七子的才华横溢

① 沈德潜：《沈德潜诗文集・归愚文钞》卷十五，北京：人民文学出版社 2011 年 10 月第 1 版，第 3 册第 1379 页。

② 沈德潜：《沈德潜诗文集・归愚文钞》卷十二《汪茶圃诗序》，北京：人民文学出版社 2011 年 10 月第 1 版，第 3 册第 1328 页。

③ 沈德潜：《明诗别裁集》卷六，上海：上海古籍出版社 1979 年 9 月第 1 版，第 142 页。

④ 沈德潜：《唐诗别裁集》卷二，上海：上海古籍出版社 1979 年 1 月第 1 版，上册第 55 页。

⑤ 沈德潜：《沈德潜诗文集・归愚文钞》卷十四《七子诗选序》，北京：人民文学出版社 2011 年 10 月第 1 版，第 3 册第 1360 页。

是得到沈德潜垂青的重要原因之一。

沈德潜重视才学的思想被格调派后期代表吴中七子继承。而且，相比于沈德潜，他们对才学的因素更加重视，论述也更加详细和具体。

格调派副将王昶在为吴中七子之一赵文哲《媕雅堂诗集》作序时，就称赞赵文哲的诗“大略据经史为根柢，循古人为矩矱，取丛书稗说为辅佐，又本诸萧闲真淡之志。故发于音者，或啴谐慢易，或廉直劲正……可谓广大而静，疏达而信，恭俭而好礼，于大小雅有合焉者已”①。其对才学的论述显然比沈德潜论才学往往大而化之的做法更加深入。在《吴照南〈听雨斋诗集〉序》中，王昶对吴氏之诗“穿穴经史，上溯《说文》《苍》《雅》之原”也大加赞扬，以致说出“格律声调之说岂足为照南论也哉”②的话。当然，这并不能说明王昶忽视格律声调，而只能说与格调相比，他更加重视才学的因素。作为格调派副将的王昶，其后期诗歌有学问化、以文为诗的倾向，正与他的这种诗学观紧密相关。

此外，吴中七子论才学往往与其他作诗因素相结合，显示出较为宏通的眼光。比如，吴泰来在为王昶《春融堂集》作序时就引用王昶的话，以示认同：

> 吾之言诗也，曰学，曰才，曰气，曰声。学以经史为主，才以运之，气以行之，声以宣之，四者兼，而蓊陋生涩者庶不敢妄侧于坛坫乎？③

相对于王昶、吴泰来提出学、才、气、声四者兼备的诗学观点，钱大昕论诗则主张才、学、识、情的统一。即：

> 昔人言史有三长，愚谓诗亦有四长，曰才、曰学、曰识、曰情。放笔千言，挥洒自如，诗之才也；含经咀史，无一字无来历，诗之学也；转益多师，涤淫哇而远鄙俗，诗之识也；境往神留，语近意深，诗之情

① 王昶：《春融堂集》卷三十八《赵升之媕雅堂诗序》，《续修四库全书》第1438册，第65页。

② 王昶：《春融堂集》卷三十九，《续修四库全书》第1438册，第73页。

③ 吴泰来：《春融堂集序》，王昶《春融堂集》，《续修四库全书》第1437册，第331页。

也。方其人心有感，天籁自鸣，虽村谣里谚，非无一篇一句之可传，而不登大雅之堂者，无学识以济之也。亦有胸罗万卷，采色富赡，而外强中干，读未终篇，索然意尽者，无情以宰之也。有才而无情，不可谓之真才；有才情而无学识，不可谓之大才。①

在这里，无论是学、才、气、声，还是才、学、识、情，重才学显然是吴中七子诗论中的共同点。而且，他们论才学的角度显然与沈德潜不同：在沈德潜的诗论中，才学大多是依附于性情、诗歌内容而存在的；而在吴中七子这里，才学更多意义上具有自己的独立价值和独特作用。出现这种现象的原因主要在于，吴中七子所处的乾隆朝诗坛对才学的因素更加重视。此外，吴中七子中的王昶、王鸣盛、钱大昕，本身就是乾嘉学派的代表人物之一；赵文哲、曹仁虎等人在作诗的同时，也都有学术方面的著作传世，前者有关于《诗经》的考辩（详见《媕雅堂别集》），后者著有《转注古义考》；黄文莲也有《老子道德经注》。这种学术背景也鲜明地昭示着他们论诗重才学的倾向。

格调派后期羽翼之一——竹溪诗社成员论诗也重才学。王元文《史赤霞诗序》云：

夫人同为一事，则才者胜矣。诗歌之道，何独不然？有情焉，非才不足以达之；有学焉，非才不足以运之。阴、何之用心，非逊于陈思、康乐也；皮、陆之取材，非俭于嘉州、常侍也，而气象顿殊，风会遂别，即其人，亦有不自主者，岂非造物之赋才，有靳其萎苶蓁塞，则无以生万物之光荣，人亦掉弃之而不顾，然则才之可贵，欧公况之凤鸣河清，讵不然乎？②

---

① 钱大昕：《潜研堂文集》卷二十六《春星草堂诗集序》，南京：江苏古籍出版社 1997 年 12 月第 1 版，《嘉定钱大昕全集》第 9 册，第 421 页。

② 王元文：《北溪文集》卷下，《清代诗文集汇编》第 377 册，第 774～775 页。

第三节 诗品与人品完美结合

清代格调派成员论诗注重将诗品及人品完美结合。在他们看来，诗人的人品、心术为诗品的基础和根柢。人品高，则诗格高；心术正，则诗体正。也就是沈德潜在《李兰榭时文序》中所说的：

> 文章诗歌，本乎心术，著乎语言，表里洞然不可掩。故读之而性情之厚薄，品诣之邪正，遭遇之荣枯，年寿之修短，皆可豫决。①

在《说诗晬语》中，沈德潜提出“有第一等襟抱、第一等学识，斯有第一等真诗”②的观点。

沈德潜重视人品的观点在他评价陶渊明时表达得一览无余：

> 陶公以名臣之后，际易代之时，欲言难言，时时寄托。不独《咏荆轲》一章也。六朝第一流人物，其诗自能旷世独立。钟记室谓其原出于应璩，目为中品，一言不智，难辞厥咎已。③

沈德潜视陶渊明是“六朝第一流人物”，着眼的就是他的品节操守。正是第一流的品节，造就陶诗的“旷世独立”。所以，对于钟嵘《诗品》认为陶渊明的诗源于应璩，故将其列为“中品”的做法，沈德潜非常不满。

与此相对应，在评价诗人诗作时，沈德潜往往把诗人人品与诗歌品格联系起来。如：

---

① 沈德潜：《沈德潜诗文集·归愚文钞馀集》卷三，北京：人民文学出版社 2011 年 10 月第 1 版，第 3 册第 1587 页。

② 沈德潜：《说诗晬语》，《原诗·一瓢诗话·说诗晬语》本，北京：人民文学出版社 1979 年 9 月第 1 版，第 187 页。

③ 沈德潜：《说诗晬语》，《原诗·一瓢诗话·说诗晬语》本，北京：人民文学出版社 1979 年 9 月第 1 版，第 202 页。

忠孝之人，其言蔼如。①

文正为国朝第一流人，而韵语葩绝，温温蔼蔼，询为德人之言，因亟登之。②

结句不着议论，而清洁贞正意，隐然言外，是为诗品。③

末章将伦常日用，存顺没宁，和盘托出，可以想其品概矣。④

格调派后期代表吴中七子论诗也注重诗品与人品的结合统一。钱大昕《河南乡试录序》说：

夫言为心声，文词之淳漓，心术之诚伪形焉。必能为不随流俗之文，始可决为克自砥厉之士。⑤

王鸣盛《黄陶庵先生重刻全集序》论道：

昔人谓东汉人尚气节，唐宋人重文章。然读颜清臣、文履善、谢叠山、方逊志诸公遗篇，叹其撑雷坼电，烂然与日月争光……若陶庵先生者，真其人矣。先生钟日星川岳之英，肩天纲地维之任，释褐仅逾年，城破之日，与难弟伟恭先生同缢于城西僧舍。其事载于《明史》及先生门人侯掌亭《行状》。其诗文亦详于钱牧斋、吴梅村、朱竹垞、陆稼书诸先生序中。忆余发未燥时，稍知辨声韵，即洛诵先生诗及散体诸篇，爱慕不忍释手。尝与同学论诗文各有派别，即如胜国初，吴中则宗高青丘、袁海叟，浙东则宗刘青田、王乌伤，他如林子羽

① 沈德潜：《清诗别裁集》卷三季开生《尚阳堡即事口号》诗评，上海：上海古籍出版社1984年3月第1版，上册第94页。

② 沈德潜：《清诗别裁集》卷三“汤斌”条，上海：上海古籍出版社1984年3月第1版，上册第107页。

③ 沈德潜：《唐诗别裁集》卷二杜甫《佳人》诗评，上海：上海古籍出版社1979年1月第1版，上册第71页。

④ 沈德潜：《明诗别裁集》卷十一钱秉镫《田家杂诗》共六首第六首诗评，上海：上海古籍出版社1979年9月第1版，第300页。

⑤ 钱大昕：《潜研堂文集》卷二十三，南京：江苏古籍出版社1997年12月第1版，《嘉定钱大昕全集》第9册，第357页。

之于闽，刘子高之于豫章，孙仲衍之于粤，各树标帜，承学者类有依归。而吾嘐则师法最正。故其诗浑古苍郁，高者似少陵，次亦在随州、东坡之间。自唐、李、娄、程四先生而外，继起者唯陶庵先生一人。牧斋尝谓嘉定多读书嗜古之士，而推挹陶庵先生不置口。至其古文，出入唐宋八家，而尤以荆川、震川为圭臬，不为伪体所靡也。吾辈生先生后，瓣香有在，不学先生而谁学哉……余惟先生之文，实先生之正气凝聚郁结而成者也。积之深而后发，则浑沦磅礴，充塞宇宙而不可遏。将与唐宋死事诸君子之遗编后先辉映，所谓节义文章全备于一身，而流传千世者也。[①]

黄陶庵，即黄淳耀，初名金耀，字蕴生，一字松厓，号陶庵，又号水镜居士，人称贞文先生。崇祯十六年癸未(1643)进士。顺治二年乙酉(1645)，率嘉定民众守城抗击清军，城破后自缢于僧舍。钱谦益、吴伟业、朱彝尊等名家都曾为其诗文集作序。王鸣盛在这篇序中更是认为黄陶庵的品节与文章足以辉映千古。

格调派不仅在诗歌理论方面重视人品与诗品，而且，他们自身也实践着人品与诗品的统一。沈德潜在世时不仅是诗坛泰斗，还被尊为“道德之宗，人伦之范”[②]。格调派中坚力量吴中七子更是“以文章气节重天下”[③]，沈德潜也称赞他们“秉心和平，砥砺志节”[④]。不仅如此，吴中七子中的赵文哲更是以身殉国，名列《清史稿》“忠义传”。彭启丰为格调派诗人李绳(名耘圃)作序也

① 王鸣盛:《耕养斋遗文》,《先泽残存续编》本,民国十五年(1926)铅印本,第1～2页。

② 顾诒禄:《沈德潜诗文集·沈归愚自订年谱序》,北京:人民文学出版社2011年10月第1版,第4册第2093页。

③ 陈康祺:《郎潜纪闻二笔》卷八吴中七子条:“归愚尚书主吴下坛坫时,门下士王光禄鸣盛、钱詹事大昕、王少寇昶、曹侍讲仁虎、赵少卿文哲、吴舍人泰来、黄明府文莲,汇刻吴中七子诗,以文章气节重天下,谈宗派者,至今称颂。”《郎潜纪闻初笔二笔三笔》,北京:中华书局1984年3月第1版,第459页。

④ 沈德潜:《沈德潜诗文集·归愚文钞》卷十四《七子诗选序》,北京:人民文学出版社2011年10月第1版,第3册第1360页。

说“少陵云‘别裁伪体亲风雅’，善哉杜之言诗也。盖有得于诗之外而真诗出焉。性弗笃、品弗洁、学弗殖，曰从事于诗，诗愈工而去风雅愈远……耘圃为人有至性，幼负清骨，读书律己，不屑与俗伍。弱冠穿穴经解，考玩图象，博综三传诸史，浏览百家，胸中有得，触绪而抒，知其植根于诗外者深矣”[①]。一句话，清代格调派不仅重视诗品与人品的完美结合，而且，他们以身作则、亲力亲为，实践着这一诗学主张。

第四节　从师法唐诗到转益多师

格调派前期，出于纠正宋诗热流弊的需要，其成员的诗学对象大都以唐诗或唐以前诗为主（详见后文）。沈德潜编选《唐诗别裁集》，一个重要的原因在于提倡宗法唐诗，从而达到纠正宋诗风的目的：

> 德潜于束发后，即喜钞唐人诗集，时竞尚宋、元，适相笑也。迄今几三十年，风气骎上，学者知唐为正轨矣；第简编纷杂，无可据依，故有志复古而未得其宗。因偕树滋陈子，取向时所录五十余卷，删而存之……[②]

除此之外，沈德潜还在一些场合明确表达对宋诗的不满，比如那句备受诟病的“宋诗近腐”[③]的评价，正如有论者指出的，“沈德潜所说‘宋诗近腐’，应当理解为就宋诗中存在的极端说理和议论的弊病提出的一种批评，而无意于从根本上否定宋诗的价值和地位”，“宋诗近腐这个看似偏颇的论断，就其实质而言，无非是对宋诗诗体性格的另一种简约的表述，彰显出宋诗理性深

① 彭启丰：《耘圃诗钞序》，李绳《耘圃诗钞》，乾隆刻本。

② 沈德潜：《唐诗别裁集·原序》，上海：上海古籍出版社 1979 年 1 月第 1 版，上册第1～2 页。

③ 沈德潜：《明诗别裁集序》，上海：上海古籍出版社 1979 年 9 月第 1 版，第 1 页。

刻而又欠圆融含蓄的得失兼存的诗学性格”[①]。

从编选《古诗源》开始，沈德潜的师法对象有了修正。其《古诗源·序》：

诗至有唐为极盛，然诗之盛，非诗之源也。今夫观水者，至观海止矣，然由海而溯之，近于海为九河，其上为泽水，为孟津，又其上由积石以至昆仑之源。《记》曰：“祭川者先河后海。”重其源也。唐以前之诗，昆仑以降之水也。汉京魏氏，去风雅未远，无异辞矣。即齐、梁之绮缛，陈、隋之轻艳，风标品格，未必不逊于唐，然缘此遂谓非唐诗所由出，将四海之水非孟津以下所由注，有是理哉？有明之初，承宋、元遗习，自李献吉以唐诗振，天下靡然从风，前后七子，互相羽翼，彬彬称盛。然其敝也，株守太过，冠裳土偶，学者咎之。由守乎唐而不能上穷其源，故分门立户者得从而为之辞。则唐诗者，宋元之上流；而古诗，又唐人之发源也。

……兹复溯隋、陈而上，极乎黄轩，凡《三百篇》、楚骚而外，自郊庙乐章，讫童谣里谚，无不备采……[②]

这段话值得注意的有三点。其一，唐诗并非无源之水，唐以前诗，无论是汉魏诗，还是“绮缛”“轻艳”的宋、梁、陈、隋诗，皆是唐诗的源头。其二，对于明代前后七子的“拘于方隅”“株守太过”提出批评，并明确指出明代前后七子专宗唐诗的观点是错误的。其三，指出唐诗是宋、元诗之上流，而古诗又是唐诗的发源，即古诗→唐诗→宋诗、元诗。显然，与前文所引唐诗序相比，此时沈德潜的师法对象已不再局限于唐诗，而是包含了黄轩、《诗三百》、楚骚、汉、魏、宋、梁、陈、隋在内的广阔领域。也就是说，他树立的是非常宽广的学诗对象。这与其师叶燮“则夫作诗者，既有胸襟，必取材于古人，原本于《三百篇》、

① 吴戬：《沈德潜“宋诗近腐论”考释》，张伯伟、蒋寅主编《中国诗学》第16辑，北京：人民文学出版社2012年6月第1版，第189页。

② 沈德潜：《古诗源》，北京：中华书局2006年4月第2版，第1页。

楚骚，浸淫于汉、魏、六朝、唐、宋诸大家，皆能会其指归，得其神理”[①]的观点也是一致的。尤其值得注意的是，在这篇文章中，沈德潜还认为唐诗是宋、元诗的上流。也就是说，在他眼中，宋、元诗与唐诗渊源一致，同根同脉。这样就从根本上肯定了宋、元诗的存在价值，扭转了长期以来将宋、元诗尤其是宋诗视作诗歌“异端”的倾向。比起明代前后七子中“勿读唐以后文”[②]和“宋无诗”[③]的极端言论，沈德潜此说是一个重大突破。

另外，在《说诗晬语》中，沈德潜对宋诗也多有肯定之语。比如他评价苏轼时就说：

> 苏子瞻胸有洪炉，金银铅锡，皆归镕铸；其笔之超旷，等于天马脱羁，飞仙游戏，穷极变幻，而适如意中所欲出，韩文公后，又开辟一境界也。元遗山云：“只知诗到苏、黄尽，沧海横流却是谁？”嫌其有破坏唐体之意，然正不必以唐人律之。[④]

沈德潜不仅认为苏轼诗继韩愈诗后又开辟新境界，还不满元好问对苏轼的颇有微词，认为不该以唐诗的标准去评价苏诗。这实际上是肯定了苏轼诗在突破唐诗方面的独创性。

正因为沈德潜不菲薄宋诗，所以对于一概抹杀陆游诗文的某太史，提出反驳。他认为陆游的七言律诗虽存在有句无章的毛病，但是“使事稳切，队仗工整，非经史烂熟，胸有炉冶者不能，故于白傅之外，并称大家”，七言古诗则

---

① 叶燮：《原诗》，《原诗·一瓢诗话·说诗晬语》本，北京：人民文学出版社 1979 年 9 月第 1 版，第 18 页。

② 王世贞：《艺苑卮言》卷一，《历代诗话续编》本，北京：中华书局 2006 年 8 月第 2 版，中册第 964 页。

③ 何景明：《何大复先生全集》卷三十八《杂言十首》第五首，台北：伟文图书出版社 1984 年 1 月第 1 版，第 1438 页。

④ 沈德潜：《说诗晬语》，《原诗·一瓢诗话·说诗晬语》本，北京：人民文学出版社 1979 年 9 月第 1 版，第 233 页。

得少陵神韵。至于陆游的文章,沈德潜认为“尤为卓荦”[①]。在《书〈剑南诗稿〉后》一诗中,沈德潜更是宣称“宗唐祧宋非吾事”[②]。

另外,沈德潜自称:“愚未尝贬斥宋诗,而趣向旧在唐诗。”[③]他指责宋诗,主要针对宋诗中“卷帘通燕子,织竹护鸡孙”这类卑劣之作[④],并指出“扩清俗谛,以求大方,斯真宋诗出矣”[⑤]。

沈德潜提倡唐音,又不废宋调,在去世前,还编选《宋金三家诗选》,于宋取苏轼、陆游,于金取元好问。其《戏为绝句》第一首云:

> 从来臭腐即神奇,决择镕陶在我为。何事尔曹谈墨守,少陵诗法已多诗。[⑥]

沈德潜明确表示要效法杜甫,转益多师。所以他的学生王昶在《湖海诗传·蒲褐山房诗话》中评价沈德潜时说:

> 先生独尊今古,无借而成,本源汉魏,效法盛唐,先宗老杜,次及昌黎、义山、东坡、遗山,下至青丘、空同、大复、卧子、阮亭,皆能兼综条贯。[⑦]

---

① 沈德潜:《沈德潜诗文集·归愚文钞》卷十五《答某太史书》,北京:人民文学出版社 2011 年 11 月第 1 版,第 3 册第 1375 页。

② 沈德潜:《沈德潜诗文集·归愚诗钞馀集》卷七,北京:人民文学出版社 2011 年 11 月第 1 版,第 2 册第 552 页。

③ 沈德潜:《清诗别裁集·凡例》,上海:上海古籍出版社 1984 年 3 月第 1 版,上册第 1 页。

④ 沈德潜:《说诗晬语》,《原诗·一瓢诗话·说诗晬语》本,北京:人民文学出版社 1979 年 9 月第 1 版,第 236 页。

⑤ 沈德潜:《说诗晬语》,《原诗·一瓢诗话·说诗晬语》本,北京:人民文学出版社 1979 年 9 月第 1 版,第 236 页。

⑥ 沈德潜:《沈德潜诗文集·归愚诗钞》卷十九,北京:人民文学出版社 2011 年 11 月第 1 版,第 1 册第 390 页。

⑦ 王昶著,周维德校点:《蒲褐山房诗话新编》卷上,北京:人民文学出版社 2011 年 9 月第 1 版,第 31～32 页。

比之明代前后七子“诗自天宝以下，若为其毫素污者，辄不忍为也”[①]的极端偏见，沈德潜的学诗对象称得上转益多师。

与学诗对象的宽广相对应，沈德潜在提倡雄浑壮健诗风的同时，又注重诗歌风格的多样化。

应该说，沈德潜对诗歌风格多样化的认识，同样也经历了一个过程。如前所述，《唐诗别裁集》是他43岁开始编选的，在他91岁重订时，沈德潜增补了初唐四杰、白傅讽喻、张王乐府、长吉歌诗，表现出其不轻视中、晚唐诗，在诗歌风格方面兼容并包的态度。由此可以推想，在重订之前，其选诗标准无疑比较单一。在重订中，沈德潜还对王士禛编选《唐贤三昧集》独取王孟山水清音表示不满。针对王士禛的编选偏失，沈德潜在重选时有意识地增加了诗歌风格的多样性，并树立了以李杜为宗的诗歌风尚。无可否认，这是一个很大的进步。沈德潜编选的古诗、唐诗、明诗、清诗，至今仍是同类诗选中的佼佼者，这与他兼容博采的编选态度不无关系。

综上所述，那种认为沈德潜论诗“专宗盛唐”[②]的观点表明只关注到沈氏早期诗论，没有看到其诗学观点有一个变化的过程，显然是不准确的。

如果说沈德潜对唐宋诗的最终态度可以用他自己所说的“未尝贬斥宋诗，而趣向旧在唐诗”为准，那么在吴中七子这里，他们无分唐宋的诗学观就更加明显了。吴中七子中，除了吴泰来作诗大旨一本渔洋之外，其余六人在对待唐宋诗的态度上都比较宏通。王昶、王鸣盛、钱大昕等人在诗歌创作中甚至有宋诗化的倾向。这些将在第六章详细论述，此不赘述。

第五节　清代格调派对明代前后七子复古诗论的修正与完善

沈德潜的学说之所以被称为“格调说”，原因有二。一是他论诗注重诗中

① 殷士儋：《明故嘉议大夫河南按察司按察使李公墓志铭》，李攀龙《沧溟先生集》附录二，上海：上海古籍出版社1992年12月第1版，第718页。

② 徐世昌：《晚晴簃诗话》卷七十六说：“归愚论诗，专宗盛唐，持论纯正，守律谨严。”上海：华东师范大学出版社2009年7月第1版，上册第543页。

的“格”与“调”(详见第四章第三节),二是他对明代提倡格调说的前后七子、陈子龙等人的认同与肯定。

沈德潜对明代前后七子的认同与肯定在《明诗别裁集》中有完整体现。《序》说:

尝取有明一代诗论之:洪武之初,刘伯温之高格,并以高季迪、袁景文诸人,各逞才情,连镳并轸,然犹存元纪之余风,未极隆时之正轨。永乐以还,体崇台阁,骫骳不振。弘、正之间,献吉、仲默,力追雅音;庭实、昌谷,左右骖靳,古风未坠。余如杨用修之才华,薛君采之雅正,高子业之冲淡,俱称斐然。于鳞、元美,益以茂秦,接踵曩哲。虽其间规格有余,未能变化,识者咎其鲜自得之趣焉;然取其菁英,彬彬乎大雅之章也。自是而后,正声渐远,繁响竞作,公安袁氏,竟陵钟氏、谭氏,比之自郐无讥,盖诗教衰而国祚亦为之移也。[①]

在沈德潜眼中,明代诗歌正是因为有了明代前后七子的文学复古运动,才找到正确方向,没有在错误道路上越走越远。基于此,沈德潜对钱谦益《列朝诗集小传》抨击明代前后七子的激烈言论深为不满,而对他们诸多维护肯定。比如他评价前七子中的李梦阳、何景明、徐祯卿:

空同五言古宗法陈思、康乐,然过于雕刻,未极自然;七言古雄浑悲壮,纵横变化;七言近体开合动荡,不拘故方,准之杜陵,几于具体。故当雄视一代,邈焉寡俦。而钱受之诋其模拟剽贼,等于婴儿之学语,至谓读书种子从此断绝,吾不知其为何心也!追逐少陵,实在面目太肖处。集中扫而空之,不欲使掊击前贤者得以借口。[②]

迪功诗,大不及李,高不及何,而丰骨超然,故应鼎足……钱牧斋左袒吴下,而排斥北地;王阮亭以“文章江左”“烟月扬州”二语为

---

① 沈德潜:《明诗别裁集》,上海:上海古籍出版社 1979 年 9 月第 1 版,第 1 页。

② 沈德潜:《明诗别裁集》卷四“李梦阳”条,上海:上海古籍出版社 1979 年 9 月第 1 版,第 89 页。

吴体之卑卑者，彼此皆属偏见。北地自有异人，吴体非必卑卑也。[①]

在《说诗晬语》中，他评价王世贞、李攀龙：

王、李既兴，辅翼之者，病在沿袭雷同，攻击之者，又病在翻新吊诡。一变为袁中郎兄弟之诙谐，再变为钟伯敬、谭友夏之僻涩，三变为陈仲醇、程孟阳之纤佻。回视嘉靖诸子，又古民之三疾矣。论者独推孟阳，归咎于王、李，而并刻论李、何为作俑之始。其然岂其然乎？[②]

王元美天分既高，学殖亦富，自珊瑚木难及牛溲马勃，无所不有。乐府古体，卓尔成家；七言近体，亦规大方，而锻炼未纯，且多酬应牵率之态。李于鳞拟古诗，临摹已甚，尺寸不离，固足招诋諆之口。而七言近体，高华矜贵，脱去凡庸，正使金沙并见，自足名家。过于回护与过于掊击，皆偏私之见耳。[③]

正是沈德潜对明代前后七子复古运动的肯定和维护，对钱谦益独推孟阳（即程嘉燧）的不满，所以，他理所当然被视为明代前后七子理论的继承者。但是，如前所述，清代诗学史是在反思明代诗学的基础上建立的，对明代前后七子诗歌复古理论的评判正是清人展开诗学探讨的基石。沈德潜也不例外。因此，沈德潜一方面肯定明代前后七子的复古起衰之功；另一方面，也批评并反思他们学古产生的弊病，并有意识地进行修正和完善。

对于李梦阳，沈德潜指出他“追逐少陵，实在面目太肖处”，以及“空同五言古宗法陈思、康乐，然过于雕刻，未极自然”。[④] 对于王世贞和李攀龙，沈德

① 沈德潜：《明诗别裁集》卷六“徐祯卿”条，上海：上海古籍出版社 1979 年 9 月第 1 版，第 131 页。

② 沈德潜：《说诗晬语》，《原诗·一瓢诗话·说诗晬语》本，北京：人民文学出版社 1979 年 9 月第 1 版，第 240～241 页。

③ 沈德潜：《说诗晬语》，《原诗·一瓢诗话·说诗晬语》本，北京：人民文学出版社 1979 年 9 月第 1 版，第 240 页。

④ 沈德潜：《明诗别裁集》卷四“李梦阳”条，北京：人民文学出版社 1979 年 9 月第 1 版，第 89 页。

潜也批评前者“七言近体，亦规大方，而锻炼未纯，且多酬应牵率之态”，以及“李于鳞拟古诗，临摹已甚，尺寸不离，固足招诋諆之口”[①]。

沈德潜《题方西畴诗册》一诗云：

画西施之貌，规孟贲之目。近人作诗少性灵，汉魏三唐惟刻鹄。摹腔窃句步后尘，不作子孙作奴仆。[②]

毫无疑问，这里的“近人”就是指明代前后七子。

正是在反思明代前后七子诗文复古运动的基础上，沈德潜对他们的复古论展开修正。

首先，重提儒家诗论，强调言之有物，从源头上杜绝形式主义产生的可能性。沈德潜《清诗别裁集·凡例》指出，“诗必原本性情关乎人伦日用及古今成败兴坏之故者，方为可存，所谓其言有物也。若一无关系，徒办浮华，又或叫号撞搪以出之，非风人之指矣”[③]。应该说，沈德潜将言有物，即作品的思想内容放在第一位且最重要的位置，对于纠正明代前后七子的诗学偏颇大有必要：提倡言有物能从源头上杜绝形式主义产生的可能性，一定程度上纠正了明代前后七子片面注重从篇章、字句方面模拟古人的弊病。因为对诗歌形式的过分注重，势必导致作品在内容方面大打折扣。或者说，对古人作品过于心摹手追，势必导致对诗歌现实内容某种程度的忽视。清人指责明代前后七子的某些诗歌“牵率模拟剽贼于声句字之间，如婴儿之学语，如桐子之洛诵，字则字、句则句、篇则篇，毫不能吐其心之所有”[④]，正是因为明代前后七子过分注重形式模仿，某种程度上忽视了诗歌的内容。

其次，以才运格。沈德潜重才学的思想，如前文所述，在《李玉洲太史诗

① 沈德潜：《说诗晬语》，《原诗·一瓢诗话·说诗晬语》本，北京：人民文学出版社 1979 年 9 月第 1 版，第 240 页。

② 沈德潜：《沈德潜诗文集·归愚诗钞馀集》卷三，北京：人民文学出版社 2011 年 11 月第 1 版，第 2 册第 467 页。

③ 沈德潜：《清诗别裁集·凡例》，上海：上海古籍出版社 1984 年 3 月第 1 版，上册第 2 页。

④ 钱谦益：《列朝诗集小传》丙集“李副使梦阳”条，上海：上海古籍出版社 2008 年 4 月第 2 版，上册第 311 页。

序》中有完整表达。尤其值得注意的是，这段话中把明代前后七子津津乐道的“格”也列在“才”的领导下，格从属于才。而在明代前后七子那里，是主张“格者，才之御也；调者，气之规也”[①]的观点，即格统率才，才从属于格。这样做的结果往往像胡应麟指出的“或强才以就格，或困格而附才”[②]。而在沈德潜这里，才与格的关系和地位正好颠倒过来，这样，才的因素取代了格在诗中的重要乃至首要地位，从源头上解决了明代前后七子抑才以就格的错误做法。这显然又是一个重大突破。

当然，明代前后七子也并非不重视才的因素，如前所述，王世贞就有“才生思、思生调、调生格。思即才之用，调即思之境，格即调之界”的观点[③]。但是，一方面，如上所述，他们主张以格御才，才从属于格。另一方面，相比较“才”，七子更注重“学”与“法”。七子论“学”，以王世贞的观点为代表，即“大抵诗以专诣为境，以饶美为材，师匠宜高，捃拾宜博”[④]。然而，“高”者，专也，往往走向独至；“博”者，广也，往往导致博通。两者实是一对矛盾体，顾此往往导致失彼。所以明代前后七子一再强调以汉、魏、盛唐为宗，对宋、元诗持贬斥态度。

再来看明代前后七子和沈德潜对“法”的态度。

由于明代前后七子在论诗中对学的重视，他们很自然地把学习作诗之法提到新的高度。因为既然要学，就要解决如何学的问题，所以他们对古人作品中的所谓“法”顶礼膜拜。前七子中李、何论战，就是源于李梦阳认为何景明的创作“有乖于先法”，于是致书辩论。李梦阳认为：

古之工，如倕，如班，堂非不殊，户非同也，至其为方也，圆也，弗

---

① 王世贞：《弇州山人续稿》卷四十《沈嘉则诗选序》，《明人文集丛刊》本，台北：文海出版社 1970 年 1 月第 1 版，第 2170 页。

② 胡应麟：《诗薮》续编卷二，上海：上海古籍出版社 1958 年 10 月第 1 版，第 351 页。

③ 王世贞：《艺苑卮言》，《历代诗话续编》本，北京：中华书局 2006 年 8 月第 2 版，中册第 964 页。

④ 王世贞：《艺苑卮言》，《历代诗话续编》本，北京：中华书局 2006 年 8 月第 2 版，中册第 960 页。

能舍规矩。何也？规矩者，法也。仆之尺尺而寸寸之者，固法也。[1]

在李梦阳眼里，“法”即是规矩，是作诗的基础，不以规矩，不成方圆，所以他主张“以我之情述今之事，尺寸古法，罔袭其词”。这在现实中其实是很难做到的。因为片面强调法的重要性，法在某种程度上已成为先决条件，乃至逐渐成为作诗中至高无上的尚方宝剑，其他因素都成为其附属物。在此基础上做出来的诗自然成为何景明所批评的“刻意故范，铸形宿镆”[2]。何景明对法的理解虽然较李梦阳灵活，主张“富于材积，领会神情”，但其前提条件也是“有不可易之法”[3]存在。

沈德潜对“法”的理解则较明代前后七子圆通、灵活很多。他说：“诗贵性情，亦须论法，乱杂而无章，非诗也。然所谓法者，行所不得不行，止所不得不止，而起伏照应，承接转换，自神明变化于其中。若泥定此处应如何、彼处应如何，不以意运法，转以意从法，则死法矣。试看天地间水流云在，月到风来，何处着得死法？”[4]他认为法是活法，要融合在诗作中，无迹可求；并且要“以意运法”，也就是说，法要受性情的支配，“行所不得不行，止所不得不止”。较之明代前后七子对法的过分株守，乃至不敢越雷池一步，沈德潜对法的这种态度无疑是正确的。

最后，如前文所述，在学诗对象方面，格调派从师法唐诗到转益多师的转变，提倡唐音，又不废宋调，树立了远比明代前后七子宽广的师学方向。

综上所述，清代格调派的理论既吸收了清初以来诗坛重性情、重学问的诗歌理论，同时，又对明代前后七子的诗歌理论展开修正和完善，从而避免了

---

① 李梦阳：《空同先生集》卷六十一《驳何氏论文书》，《明代论著丛刊》本，台北：伟文图书出版社 1976 年 1 月第 1 版，第 1735～1736 页。

② 何景明：《何大复先生全集》卷三十二《与李空同论诗书》，台北：伟文图书出版社 1984 年 1 月第 1 版，第 1216～1217 页。

③ 何景明：《何大复先生全集》卷三十二《与李空同论诗书》，台北：伟文图书出版社 1984 年 1 月第 1 版，第 1217～1219 页。

④ 沈德潜：《说诗晬语》，《原诗 · 一瓢诗话 · 说诗晬语》本，北京：人民文学出版社 1979 年 9 月第 1 版，第 188 页。

明代前后七子理论某种程度上的狭隘、僵化之弊。但是，应该看到，清代格调派的理论从整体上来看，主要是继承前代诗论，理论的创新性并不明显。这也正是清代诗学史的特征之一。学界常以“集大成”来评价清代诗学的特征，这一特征在清代格调派这里体现得尤为明显。

第四章

格调派主将沈德潜

沈德潜，字确士，号归愚，江苏长洲（今苏州）人。生于康熙十二年癸丑（1673），卒于乾隆三十四年己丑（1769），享年97岁。沈德潜的一生，历经康熙、雍正、乾隆这三个清代最强盛的历史时期。乾隆四年己未（1739），在历经十七次考试后，已经67岁的沈德潜终于得中进士。乾隆七年壬戌（1742），沈德潜得到皇帝的青眼相看，从此青云直上，累官至礼部侍郎，加尚书衔。乾隆十四年己巳（1749），沈德潜辞官回乡，圣眷日隆。乾隆三十四年己丑（1769），于97岁高龄病逝时，他又获赠谥号“文悫”。后人评价他“文人遭遇之盛，福寿之备，无过于此”[①]。因此，综观沈德潜的一生，以乾隆七年壬戌（1742）为界，典型地分为两个阶段，此前为仕途上默默无闻时期，此后由于受乾隆赏识，一飞冲天，专制时代士人梦寐以求的君臣际遇在沈德潜这里得以完美实现。然而，乾隆三十四年己丑（1769）沈德潜离世，死后又遭到仆碑削谥的厄运。沈德潜的生平经历，对其诗学思想及其诗歌创作起到至关重要的作用。探讨沈德潜的生平经历及个性特征，是剖析沈德潜诗学思想和诗歌创作的前提和基础。

① 周寿昌《思益堂日札》卷四“文人晚遇”条，北京：中华书局1987年4月第1版，第99～100页。

第一节　沈德潜的家世、生平及个性特征

一、沈德潜的家世和生平

(一)生活困苦、诗学日进的前67年

据《沈归愚自订年谱》,其祖先于明朝洪武年间迁居吴中(今苏州)葑门外之竹墩。沈德潜的祖父沈钦圻,字得舆,明末“守戴良、周党之志,隐居教授”①。祖父还喜作诗,有《晤书堂诗稿》一卷。陆起顽为沈钦圻作序说:

……喜为诗,少规模刘随州,既感时伤乱,出入杜陵,复流衍乐天、务观而其中自存得舆面目。时公安、竟陵相继,递兴俳谐之馀,续以幽昧狂药,几遍天下,独沈生不中其毒,孑孑挺立,大是豪杰之士。②

沈德潜《明诗别裁集》和《清诗别裁集》均选祖父诗,并评价:

国初诗沿明季馀习,多宗竟陵,先大父往复陶、杜,自摅胸臆,未尝求工而自中绳削。陆起顽太仆谓钟、谭之风流毒天下,不能濡染,沈生大是豪杰之士。太仆,先大父师也,不轻许人,当时以为笃论。③

沈钦圻有《读杜诗》一首,诗云:

谁续《诗三百》,遥遥见此人。乱离身遍历,忠爱性弥真。吐属经千练,风华寓五伦。后来问途者,舍是恐迷津。④

① 沈德潜:《沈德潜诗文集·沈归愚自订年谱》,北京:人民文学出版社2011年11月第1版,第4册第2094页。

② 陆起顽:《晤书堂诗稿序》,沈钦圻《晤书堂诗稿》卷首,康熙刻本。

③ 沈德潜:《清诗别裁集》卷七,上海:上海古籍出版社1984年3月第1版,第273页。

④ 沈钦圻:《晤书堂诗稿》第8b页,康熙刻本。

《读陶诗》云：

薄身厚志者，六代有陶公。素秉西山节，还存东鲁风。旷怀齐得丧，至乐一穷通。何事昭明选，徒求体格中。①

综上，沈德潜的祖父论诗主性情，反对公安、竟陵派诗风，诗宗杜甫、陶渊明。宗杜是因为杜甫虽然饱尝乱离之苦，但始终心存忠爱；宗陶是因为陶渊明志节高尚，看淡得失穷通。陶杜两人堪称人品与诗品俱佳的楷模。显然，祖父的这种诗学观对沈德潜的诗学有重大影响，沈德潜论诗主温柔敦厚及作诗的宗杜倾向，均可从他祖父这里找到最初的依据。

沈钦圻还有《示孙》一诗，当是写给沈德潜的，可以看出他对孙儿的期许：

孙子才六岁，偏能辨五声。人工无可授，天籁自然清。诗许承吾业，名还望汝成。所嗟年耄矣，未见掣长鲸。②

此外，沈德潜在年谱中曾回忆，他 2 岁生日时，祖父买图章二方，一为沈潜之印，一为玉堂学士印。祖父窃喜，于“潜”字上增一“德”字，因命名曰德潜。这一细节昭示出祖父的做人准则。祖父去世时，则留下“我家德薄，不以富贵功名望子孙，愿乡里称善人足矣”③的遗言。

沈德潜父亲沈钟彦，“家无担石，苦志课诵，游衍艺苑，不求声闻”④，亦能诗，《清诗别裁集》说他“喜成断句诗”⑤，并选诗 3 首。沈德潜《寒夜述怀七百字》回忆道：

忆昔五六龄，嬉戏觅纸笔。先祖教诵读，慈爱免嗔喝。顾谓此

① 沈钦圻：《晤书堂诗稿》第 8a～8b 页，康熙刻本。

② 沈钦圻：《晤书堂诗稿》第 24a 页，康熙刻本。

③ 沈德潜：《沈德潜诗文集·沈归愚自订年谱》，北京：人民文学出版社 2011 年 11 月第 1 版，第 4 册第 2094 页。

④ 沈德潜：《沈德潜诗文集·沈归愚自订年谱》，北京：人民文学出版社 2011 年 11 月第 1 版，第 4 册第 2094 页。

⑤ 沈德潜：《清诗别裁集》卷二十，上海：上海古籍出版社 1984 年 3 月第 1 版，下册第 823 页。

儿慧，书香可继述。七岁诵典谟，章句能熟悉。八岁读雅颂，大义粗讲说。先祖忽弃世，家道遂荡潏。岁凶值饥馑，粮粒早晚缺。亲戚不踵门，谁肯相顾恤？严父持家政，研田作生活。家贫父为师，督责始迫切……谨守父师训，独耻尚干谒。男儿生世间，出处不可忽。始进苟不正，万事恐瓦裂……①

沈德潜在此记述的正是祖、父辈对自己的殷殷教导和切切期望。康熙五十八年己亥(1719)，47岁的沈父去世，临终亦留下“我无他言，顾汝为善人足矣”②的遗言。父辈们这种笃守德行、道德至上的人格态度对沈德潜的影响既深且巨。这种影响不仅表现为在塑造沈德潜人格方面起到关键作用，更重要的是，沈德潜日后的诗学观乃至诗歌创作的倾向和特点均可从这一方面找到依据。

沈德潜从5岁开始，祖父就教之诗的平上去入之法。11岁开始，替代父亲在家中授徒代课，闲暇时读《左传》、韩文，夜读唐诗。可见，沈德潜对唐诗的喜爱由来已久。康熙十九年庚申(1680)，沈德潜到汤光启家读书。康熙二十五年丙寅(1686)，沈德潜14岁时，母亲不幸去世，沈德潜记载“衣食不周，伶仃万状，家业依然不振”③。即使如此，沈家依然注重对他的培养教育。二十七年戊辰(1688)，沈德潜16岁，又拜施灿为师。沈德潜称其“重朴学，轻辞华……性方严，与俗落落”④。康熙三十年辛未(1691)，沈德潜19岁，师从蒋济选。蒋师“不以理学自命，然不言躬行，笃于孝友，存心以诚，应物以和，取

① 沈德潜：《沈德潜诗文集·一一斋诗》卷七，北京：人民文学出版社2011年11月第1版，第2册第718页。

② 沈德潜：《沈德潜诗文集·沈归愚自订年谱》，北京：人民文学出版社2011年11月第1版，第4册第2106页。

③ 沈德潜：《沈德潜诗文集·沈归愚自订年谱》，北京：人民文学出版社2011年11月第1版，第4册第2097页。

④ 沈德潜：《沈德潜诗文集·归愚文钞》卷十六《施先生传》，北京：人民文学出版社2011年11月第1版，第3册第1402页。

予以义，容貌嶷嶷”[①]。师长们的道德对沈德潜无疑产生深远影响。康熙三十七年戊寅(1698)，沈德潜26岁时，参加张景崧家诗文会，得以拜叶燮为师。其间，沈德潜数次参加考试，被录取为长洲博士弟子员。后多次参加省试，却屡次铩羽而归。

与生活困苦、科场多舛相反，沈德潜在诗歌上的造诣日深。据其年谱记载，康熙四十年辛巳(1701)，时年29岁的沈德潜馆于尤鸣佩家，尤鸣佩的伯父尤侗见其《北固怀古》《金陵咏古》及《景阳钟歌》等篇，认为沈德潜“他日诗名不在而辈下”[②]。又见其《吴江道中》有诗云“湖宽云作岸，邑小市侵桥”句，认为“何减刘文房”。另一位前辈诗人张大受见其《拟古乐府》一册，称赞曰：“古调不弹，此伯牙琴弦也。”[③]沈德潜在年谱中把这些事一一记载下来，不仅可见他对这些前辈的感恩之意，也可见他对自己诗歌的自信。

康熙四十六年丁亥(1707)，沈德潜35岁，与张景崧、徐夔、张锡祚、陈睿思等人结城南诗社。康熙五十四年乙未(1715)，43岁，与陈培脉批选唐诗十卷，即后来的《唐诗别裁集》，后于乾隆二十三年戊寅(1758)重订。康熙五十五年丙申(1716)，44岁，《竹啸轩诗钞》刻成，时人有“清音一代振骚坛”[④]的美誉。康熙五十六年丁酉(1717)，45岁，开始编选《古诗源》，两年后成。康熙六十一年壬寅(1722)，50岁，与方朝、张畹、尤怡等人组建北郭诗社。《寒夜述怀七百字》回忆道：“贱子蓬蒿人，穷居抱孤孑。梅花种屋后，溪流绕蓬荜。键户阅图书，喜无杂乱聒。惟期同志士，远来解饥渴。赋诗宗骚雅，体裁贵区

① 沈德潜：《沈德潜诗文集·归愚文钞》卷十六《蒋先生传》，北京：人民文学出版社2011年11月第1版，第3册第1401页。

② 沈德潜：《沈德潜诗文集·沈归愚自订年谱》，北京：人民文学出版社2011年11月第1版，第4册第2101页。

③ 沈德潜：《沈德潜诗文集·沈归愚自订年谱》，北京：人民文学出版社2011年11月第1版，第4册第2101页。

④ 张曾：《题沈确士先生〈竹啸轩诗〉后》：“君不见，沈麟士，开门教授居成市。清音一代振骚坛，天风吹入仙人耳。带围闻道减三分，五字无穷更出新。文澜三万六千顷，缥缈峰头第一人。”张曾：《石帆诗集》卷六，乾隆刻本，第6b页。

别。清谈转娓娓，幽味共怡悦。”[①]显然，诗歌和诗友是沈德潜科场坎壈时的重大慰藉。此外，格调派前期代表中的李果、许廷镤、翁照、盛锦、周准、顾诒禄等也均在这一时期先后与沈德潜相识，并结下深厚友谊。雍正三年乙巳(1725)，沈德潜53岁，与周准一起开始编选《明诗别裁集》，九年后刻成。雍正九年辛亥(1731)，59岁，《说诗晬语》成。至此，沈德潜编选的断代诗歌选本已达三册，再加上《说诗晬语》，他对中国古典诗歌的总结已基本形成。毫无疑问，沈德潜在诗坛中的地位与这几部诗歌选本的编选和流行有密切关系。

但是，与诗学上的日益精进相反，沈德潜潦倒困穷，依然只是一个秀才。64岁时他曾被荐举应“博学鸿词”试，亦未成。他在《六十初度》中慨叹道：

> 昔我五十时，身留下山村。与客日赋诗，取乐无昏晨。今年届六十，高枕灵岩云。中间岁月驶，恍似波流奔。往时羁旅客，半已为陈人。而我幸好在，须发俱如银。景短念自长，道蕴蕲探真。自伤衰朽质，官骸渐眵昏。世味虽已疏，理趣仍难亲。还思假我年，勿使终无闻。[②]

虽然沈德潜对于目前的贫苦淡泊生活并无抱怨，但是，“还思假我年，勿使终无闻”还是道出了他渴望入世的隐衷。

(二)乾隆七年壬戌(1742)——人生转捩点

乾隆三年戊午(1738)，沈德潜终于考中举人。次年己未(1739)，进京参加殿试，名列二甲第八，大司寇尹继善说：“第八名为江南老名士，极长于诗。”大学士张文和云：“文亦好。”[③]官庶吉士。由此事可知沈德潜声名已远达京

① 沈德潜：《沈德潜诗文集·一一斋诗》卷七，北京：人民文学出版社2011年11月第1版，第1册第718～719页。

② 沈德潜：《沈德潜诗文集·归愚诗钞》卷六，北京：人民文学出版社2011年11月第1版，第1册第95页。

③ 沈德潜：《沈德潜诗文集·沈归愚自订年谱》，北京：人民文学出版社2011年11月第1版，第4册第2116页。

城。其时他已是 67 岁的老人。后乞假归里。

乾隆七年壬戌(1742)四月,廷试,已经 70 岁的沈德潜引起乾隆的注意。沈德潜年谱记载:“上御宝座,命诸臣俱坐,作文。见臣德潜年老,询及姓名籍贯”[①]。《清史稿》则记载:“七年,散馆,日晡,高宗莅视,问孰为德潜者,称以‘江南老名士’,授编修。出御制诗令赓和,称旨。”[②]从《清史稿》的记载可以推断出,沈德潜早已声达九重。而《十朝诗乘》的记载则证实了这一推断:“沈归愚未第时,高宗于《南邦黎献集》中见其诗,即赏之。”[③]袁枚《随园诗话》也说:“西林鄂公为江苏布政使,刻《南邦黎献集》,沈归愚尚书时为秀才,得与其选。后此本进呈御览,沈之受知,从此始也。”[④]可见,乾隆与沈德潜虽未谋面,但诗歌的纽带作用早就发挥了。从乾隆七年壬戌(1742)之后,乾隆一有诗作,就令沈德潜与之更唱迭和,并频繁恩赐礼物。

得到乾隆恩宠的沈德潜,官位也节节升高。乾隆八年癸亥(1743),迁左中允,随后又累迁侍读、左庶子、侍讲学士,充日讲起居注官。1744 年,任湖北正主考官。十年乙丑(1745),晋升为詹事,并任武会试副考官。十一年丙寅(1746),升内阁学士。同年,沈德潜丧妻,请假归里,乾隆谕旨不必开缺,并诰封曾祖、祖、父三代。除此之外,乾隆还赠诗送行,起句云:“我爱德潜德,醇风挹古初。”司寇钱陈群赠诗云:“帝爱德潜德,我羡归愚归。”此事“尤艺林传诵也”[⑤]。十二年丁卯(1747),沈德潜返回京城,乾隆非常高兴,任命他为礼部侍郎,入上书房辅导诸皇子。十三年戊辰(1748),又任会试副考官。因患噎疾,乾隆命他专在上书房行走,食原品俸。十四年己巳(1749),已经 77 岁

① 沈德潜:《沈德潜诗文集·沈归愚自订年谱》,北京:人民文学出版社 2011 年 11 月第 1 版,第 4 册第 2118 页。

② 赵尔巽等:《清史稿》卷三百五,北京:中华书局 1977 年 12 月第 1 版,第 35 册第 10511～10512 页。

③ 郭则沄:《十朝诗乘》卷一〇,《民国诗话丛编》本,上海:上海书店出版社 2002 年 12 月第 1 版,第 4 册,第 319 页。

④ 袁枚:《随园诗话》卷五,北京:人民文学出版社 1982 年 9 月第 2 版,上册第 134 页。

⑤ 沈德潜:《沈德潜诗文集·沈归愚自订年谱》,北京:人民文学出版社 2011 年 11 月第 1 版,第 4 册第 2122 页。

的沈德潜因噎疾未愈，向皇帝辞官，乾隆传旨："沈德潜不必到上书房，许其归里，享林泉之乐。"又说："朕与之以诗始，亦以诗终。令其校阅诗稿，校毕起行。"并赐五言长律一首，起句云："清时旧寒士，吴下老诗翁。"结句云："近稿经商榷，相知见始终。"又赠"诗坛耆硕"匾额。离开京城时，"皇子亲王俱送诗文、路费。朋旧门生饯别于都亭"[①]，可谓风光无限，备极诗人之荣遇。

(三)辞官后的岁月

沈德潜是在乾隆十四年己巳(1749)六月回到家乡的。辞官后的沈德潜一方面畅游山水名胜，如该年八月他就参加了虎丘塔影园文宴，九月又与门人周准等畅游西山，第二年又游览黄山、天台山。另一方面继续从事他所喜爱的诗歌创作，如《黄山游草》《台山游草》就是他在游览两山时写成的。乾隆十六年辛未(1751)，沈德潜任苏州紫阳书院院长，由于此前政治上的殊遇，沈德潜诗坛盟主的地位也达到顶峰，一时间"四方冠盖聚龙门"[②]，所谓"司马归来修洛社，仲宣暇日续南皮"[③]，"却是爱闲闲不得，门生环侍待谈经"[④]。其中，王昶等七人因沈德潜选刻《七子诗选》而名满天下，格调派声势达到顶峰。

除此之外，他继续与乾隆帝异地诗文唱和。乾隆有《沈德潜呈近稿因成是什并赐之参》，诗云："乙酉别馀念到今，开囊喜接远来音。能常康健仍能咏，防陨精神免校吟。通体清新托梅萼，延龄资助赐人参。百年拟谒金门贺，定得如期遂此心。"[⑤]第四句注："向每以诗集邮寄德潜校阅，癸未以后，念其年逾耄耋，精力逊前，不复寄往。"可知两人的诗文唱和一直持续到沈德潜辞官回乡后，也可证明乾隆对沈德潜的诗歌确实是发自内心喜欢，否则，不会在

① 沈德潜：《沈德潜诗文集·沈归愚自订年谱》，北京：人民文学出版社 2011 年 11 月第 1 版，第 4 册第 2124～2125 页。

② 王昶：《春融堂集》卷三《喜沈侍郎归愚先生予告南归》，《续修四库全书》第 1437 册，第 366 页。

③ 顾诒禄：《吹万阁集》卷三《秋日陪归愚先生塔影园文宴》，《清代诗文集汇编》第 289 册，第 314 页。

④ 翁照：《赐书堂集》卷四《和归愚沈少宗伯寓园四首元韵》其二，《清代诗文集汇编》第 238 册，第 614 页。

⑤ 弘历：《御制诗三集》卷六十五，《景印文渊阁四库全书》第 1306 册，第 334 页。

沈德潜辞官后，依旧对其念念不忘。

虽然已远离京城，乾隆对沈德潜的恩宠丝毫未减。乾隆十六年辛未(1751)，乾隆南巡。沈德潜接驾于清江直隶厂并缴进恭和御诗，被召见于武帐中。乾隆不仅垂问其身体康健，还问吴民劳苦否。次日又赐七言诗一首，中云："玉皇案吏今烟客，天子门生更故人。别后诗裁经细检，当前民瘼听频陈。"(沈德潜注："第四语缘昨陈奏民间疾苦也。"[①])乾隆命其在籍食原品俸。当年十月，沈德潜进京贺太后六十大寿，再次见到乾隆，沈德潜请皇帝为自己的诗集作序，乾隆欣然答应。在序中，乾隆说"德潜老矣，怜其晚达而受知者，唯是诗。余虽不欲以诗鸣，然于诗也好之习之，悦性情以寄之，与德潜商榷者有年矣。兹观其集，故乐俞所请而序"。又评价沈德潜的诗"远陶铸乎李、杜，而近伯仲乎高、王矣"[②]，把其比作唐代李白、杜甫，明代高启和清代王士禛，再次证明乾隆对沈德潜诗歌的欣赏应该是发自内心的。十七年壬申(1752)，沈德潜80岁，乾隆帝又赐"鹤性松身"匾额，为其贺寿。

乾隆二十二年丁丑(1757)，沈德潜在直隶厂再次面圣，其间又陈述民间疾苦，天颜甚悦，乾隆再次赠诗云："星垣帝友岂无友，吴下诗人尚有人。"[③]并加其礼部尚书衔。沈德潜又跟随乾隆游历西湖、金山、焦山等名胜。是年，沈德潜辞去紫阳书院山长一职。

乾隆二十六年辛巳(1761)，沈德潜再次进京贺太后寿，并献上《国朝诗别裁集》(即今《清诗别裁集》)。正是这一次，沈德潜受到皇帝训诫，君臣之间第一次出现不和谐的声音，也为沈德潜死后的悲惨遭遇埋下伏笔。这件事情在沈德潜年谱中也提到，即"谕《国朝诗选》不应以钱谦益冠籍，又钱名世诗不应

① 沈德潜：《沈德潜诗文集·沈归愚自订年谱》，北京：人民文学出版社2011年11月第1版，第4册第2127页。

② 弘历：《沈德潜诗文集·归愚诗钞序》，北京：人民文学出版社2011年11月第1版，第1册第3页。

③ 沈德潜：《沈德潜诗文集·沈归愚自订年谱》，北京：人民文学出版社2011年11月第1版，第4册第2133页。

入选，慎郡王诗不应称名”[①]。沈德潜在年谱中对这件事虽一笔带过，但是《清史稿》的记载足可证明乾隆当时非常生气：

> 谦益诸人为明朝达官，而复事本朝，草昧缔构，一时权宜。要其人不得为忠孝，其诗自在，听之可也。选以冠本朝诸人则不可。钱名世者，皇考所谓“名教罪人”，更不宜入选。慎郡王，朕之叔父也，朕尚不忍名之。德潜岂宜直书其名？至世次前后倒置，益不可枚举。[②]

乾隆二十七年壬午（1762），90岁的沈德潜接驾于常州，乾隆又赐“九帙诗仙”匾额。综观乾隆对沈德潜的特殊宠幸，在其辞官回归故里后达到顶点，也就是袁枚所说的“而皇上亦四巡江南，望见公，天颜先喜。每一昼接，必加一官，赐一诗。嗟乎！海内儒臣耆士，穷年兀兀，得朝廷片语存问，觉隆天重地，而公受圣主赐诗至四十馀首；其他酬和往来者，中使肩项相望，不可数纪”[③]。

（四）身后事

乾隆三十四年己丑（1769），沈德潜病逝于家中，享年97岁。乾隆给其“赠太子太师，祀贤良祠，谥文悫”的待遇，并写诗悼念。然而也就在同一年，乾隆下令查禁、销毁钱谦益的诗文集。由于此前沈德潜选《清诗别裁集》时将其列为首位，故而乾隆对其产生怀疑。他下令两江总督查看沈家是否藏有钱谦益的诗文集，正逢沈德潜病逝，钱的诗文集也未查到，遂作罢。由此事可见乾隆对沈德潜《清诗别裁集》中的违例之处依旧耿耿于怀。

乾隆四十三年戊戌（1778），江南东台县民讦告已故举人徐述夔《一柱楼

---

① 沈德潜：《沈德潜诗文集·沈归愚自订年谱》，北京：人民文学出版社2011年11月第1版，第4册第2137～2138页。

② 赵尔巽等：《清史稿》卷三百五，北京：中华书局1977年12月第1版，第35册第10512页。

③ 袁枚：《袁枚全集·小仓山房文集》卷三《太子太师礼部尚书沈文悫公神道碑》，南京：江苏古籍出版社1993年9月第1版，第2册第51页。

集》有悖逆语，如“清风不识字，何故乱翻书”，“明朝期振翮，一举去清都”。当乾隆发现书中有沈德潜为徐述夔所作传记，并且沈德潜对徐述夔道德文章多有称赞时，勃然大怒，下令“夺德潜赠官，罢祠削谥，仆其墓碑”①。《清史列传》详细记载了乾隆对此事件的反应：

> 沈德潜所作传内，称《一柱楼编年诗》已付梓，并云品行文章皆可法。是沈德潜于徐述夔悖逆不法诗句，皆曾阅看，并不切齿痛恨，转为之记述流传，尚得谓有人心者乎？沈德潜自中式进士及选入翰林时，朕因其平日学问尚好，格外施恩，又念其留心诗学，且怜其晚成，是以不数年间擢为卿贰，又令在上书房行走。而伊自服官以来，不过旅进旅退，毫无建白，并未为国丝毫出力，众所共知。及乞休后，给尚书衔，晋赠太子太傅，并予在籍食俸，恩施至为优渥。沈德潜理宜饰躬安分，谨慎自持，乃竟敢视悖逆为泛常，为之揄扬颂美，实属昧良负恩！且伊为徐述夔作传，自系贪图润笔，为囊橐计，其卑污无耻，尤为玷辱缙绅！使其身尚在，虽不至与徐述夔同科，亦当重治其罪。②

“有人心乎”“毫无建白”“昧良负恩”“卑污无耻”等字眼，可见乾隆对此事的愤怒已经到了无以复加的地步，其对沈德潜的指责乃至人身攻击与他此前对沈德潜的恩宠备至可谓判若云泥。

乾隆四十四年己亥(1779)，皇帝写了一系列的《怀旧诗》，怀恋一些死去的大臣，有五词臣、五督臣、五功臣等。在五词臣中，他列了大学士梁诗正、刑部尚书张照、吏部尚书汪由敦、刑部尚书衔原刑部侍郎钱陈群、礼部尚书衔原礼部侍郎沈德潜五人。沈德潜作为一个戴罪之人仍列在五词臣中，可以看出乾隆对沈德潜的复杂感情。诗云：

---

① 赵尔巽等：《清史稿》卷三百五，北京：中华书局1977年12月第1版，第35册第10512页。

② 王钟翰点校：《清史列传》卷十九《大臣画一传·沈德潜》，北京：中华书局1987年11月第1版，第5册第1459～1460页。

东南称二老，曰钱沈则继。并以受恩眷，佳话艺林志。而实有优劣，沈踌钱为粹。钱以见前咏，兹特言沈事。其选国朝诗，说项乖大义。制序正厥失，然亦无诃厉。仍予饰终恩，原无责备意。昨秋徐案发，潜乃为传记。忘国庇逆臣，其罪实不细！用是追前恩，削夺从公议。彼岂魏征比，仆碑复何日？盖因耄而荒，未免图小利。设曰有心为，吾知其未必。其子非己出，纨绔甘废弃。孙至十四人，而皆无书味。天网有明报，地下应深愧。可惜徒工诗，行阙信何济。[①]

这首诗清楚地表达乾隆对沈德潜不满乃至愤怒的原因：一是《清诗别裁集》的"乖大义"，二是为所谓"逆臣"作传。至于说他子孙不肖，天网不漏云云，更是无异于诅咒谩骂。不过，他还是指出沈德潜"工诗"，可见，对于沈德潜的诗歌成就，乾隆并未抹杀，也说明两人"以诗始，以诗终"的关系是符合实际的。

二、沈德潜的个性特征

关于沈德潜的个性特征，其弟子顾诒禄在序沈德潜年谱时所述甚详：

大宗伯沈公手次年谱，纪少之攻苦力学，遇合淹迟，晚之遭逢帝眷，恩施稠叠，无虚语，无矜辞，质而不华，简而能该，洵儒林之典则也。而论者遂谓公前否后泰，霄壤相悬，不知公六十年以前，故未尝以为否，六十年以后，亦未尝以为泰也。公厚伦敦本，忠信孚朋，经明行修，屡进屡抑，确然自守，不怨不尤，遍览群书，而析义理之中，若将终身，海内士大夫无论识与不识，皆中心诚服，仰公为道德之宗，人伦之范，固未尝否也。迨入翰林，跻卿贰，掌文衡，君臣鱼水，直陈民瘼，推毂贤良，表彰前哲。予告归田，晋阶大宗伯，初不以爵位自尊，与乡邻说孝友、生徒论文章，暇则抱卷哦咏，萧然若寒士，如

① 弘历：《御制诗四集》卷五十九《故礼部尚书衔原侍郎沈德潜》，《景印文渊阁四库全书》第1308页，第297～298页。

未尝泰也。何胥壤之有?[①]

观之沈德潜的一生,顾诒禄的话并非溢美之词。概言之,沈德潜的个性特征主要体现在三方面,即朴实敦厚、安贫自守、宠辱不惊。

沈德潜性格中最突出的特征就是朴实敦厚。《巢林笔谈》记载的两件事,堪称其朴实敦厚的最佳注脚:

有冒籍欲倩沈归愚先生保者,许以厚酬,不顾。又,应试江宁,有庠友没于舟次,先生解囊唱助,得敛钱归榇。持己不贪,则有守;济人不吝,则有为。有守有为,得之贫士尤为难也。[②]

沈德潜一生都追求着修身明道的目标。在《幻云阁记》一文中说:

虽然,天下自有不幻者:富贵幻矣,能利济民物则不幻;文辞幻矣,能修明道德则不幻;此身幻矣,能实践伦物则不幻。[③]

其《古风》第三首云:

昔人重行义,今人重禄仕。道德一无成,屈身取青紫。高爵人共钦,失己良可耻。君子独不然,流行与坎止。[④]

显而易见,诗中的"君子"实是诗人的自我写照。

沈德潜朴实敦厚的特征也是受父辈影响的结果。如前所述,沈德潜祖父、父亲都以德行为修身的第一要务,并都以临终遗言的形式告诫沈德潜,沈德潜也没有辜负先辈们的期望。乾隆十一年丙寅(1746),沈德潜请假返乡,

---

① 沈德潜:《沈德潜诗文集·沈归愚自订年谱》,北京:人民文学出版社2011年11月第1版,第4册第2093页。

② 龚炜:《巢林笔谈》卷二"沈归愚不贪不吝"条,北京:中华书局1981年8月第1版,第42页。

③ 沈德潜:《沈德潜诗文集·归愚文钞》卷九,北京:人民文学出版社2011年11月第1版,第3册第1272页。

④ 沈德潜:《沈德潜诗文集·归愚诗钞》卷四,北京:人民文学出版社2011年11月第1版,第1册第52页。

在祭扫祖父及父母坟墓时，他说：

自今以往，惟有益砥廉隅，坚持晚节，以完有所不为之行。倘所守变迁，干时媒进，营私嗜利，忮长忌贤，是貌为君子，而实阴柔小人之归也。在天之灵诃谴纠殛，毋俾留恶名以贻先人之辱。谨誓！[①]

这些誓言把沈德潜绍续家风的使命感表达得淋漓尽致。而作于90岁之后的《纪梦》一诗更是体现出其一生于德行修养方面时时"警惕"，不敢有丝毫懈怠：

夜梦年少时，严君大呵斥。谓尔青子衿，而绝无器识。居心贵和平，尔未除柴棘；立身贵中正，尔尚流偏侧。治经得糟粕，读史欠分擘。西抹而东涂，务华断根植。贫贱终乃身，腐草同阒寂。苟且绁珪组，窃禄点朝籍。尔不回轨途，污下日沉溺。大杖焉能逃，长跪受扑责。醒来泪盈枕，检点平生隙。九十既耄荒，无成犹夙昔。前路有几何？欲进愁仍画。深愧严君言，拊心自警惕。[②]

沈德潜还能安贫自守。沈德潜有一首诗是其安贫自守个性的真实写照：

群动日纷扰，吾庐幸幽寂。翛然数束书，此外无一物。暇日常独憩，空斋抱虚白。静观草木性，闲知鱼鸟逸。自谐尘外踪，可作忘机客。白云不还山，徘徊终日夕。[③]

北郭诗社中的朱玉蛟对沈德潜也有"野径萧疏竹石居，纤尘不到四窗虚。衣冠存古羲皇上，典籍重新邹鲁馀"[④]的评价。

---

① 沈德潜：《沈德潜诗文集·归愚文钞》卷二十《誓墓文》，北京：人民文学出版社2011年11月第1版，第3册第1486页。

② 沈德潜：《沈德潜诗文集·归愚诗钞馀集》卷五，北京：人民文学出版社2011年11月第1版，第2册第510页。

③ 沈德潜：《沈德潜诗文集·竹啸轩诗钞》卷七《杂兴》其四，北京：人民文学出版社2011年11月第1版，第2册第782页。

④ 朱玉蛟：《白松草堂诗钞》卷五《赠沈归愚太史》其一，《四库未收书辑刊》第10辑第22册，第28页。

沈德潜安贫自守的个性与其家庭环境及早年经历密切相关。沈德潜早年家境贫寒，母亲早逝。康熙二十年辛酉(1681)，沈德潜 9 岁。其年谱记载："水旱之后，米价一石三两。家中童仆逃散，戚族无依。先妣簪珥衣服易尽……先妣曰：吾儿食苦惯，异日处逆境，不为忧也。"[①]事实证明，祖母的话非常准确，沈德潜"弱龄丧慈母，腻垢少完衣。中年罹大故，长为无父儿"[②]的悲惨经历及晚年"诗病多于马，我病多于诗。耄年如枯木，病又摧其枝"[③]的遭遇并没有令其愤世嫉俗、怨天尤人，相反，这种坎坷的人生经历养成他对逆境安之若命、处之泰然的心态。正是这种心态，他在《范文正公祠堂记》中才说：

> 人当穷居时，必有固穷之节，与兼善天下之志，而不以富贵贫贱、荣辱得失丧一毫蒂芥于心。夫然后可以处，可以出，可以历颠跌顿踣之境，而建不世出之大功。即至没世以后，俎豆尸祝于名山，其名不敝于天壤。无他，所守者坚，所操者有本也。[④]

这段话亦可视为沈德潜的自勉。

沈德潜不仅以安贫自守来自勉，还以此规劝友人。在为一方姓朋友作序时，他勉励朋友：

> 天将使其人为必传之人，必先以至逆之境，困顿而摧挫之，而其人之处困顿受摧挫者，不敢以其身为无用之身也，而于是坚其志，殖其学，激发其性情，磨炼其经术，以经世务。则其德厚者，事功与著述兼焉。而天下后世，可因其著述以想见其为人……从来霜雪之

① 沈德潜：《沈德潜诗文集·沈归愚自订年谱》，北京：人民文学出版社 2011 年 11 月第 1 版，第 4 册第 2096 页。

② 沈德潜：《沈德潜诗文集·归愚诗钞》卷六《六十初度》其二，北京：人民文学出版社 2011 年 11 月第 1 版，第 1 册第 97 页。

③ 沈德潜：《沈德潜诗文集·归愚诗钞馀集》卷七《又病》，北京：人民文学出版社 2011 年 11 月第 1 版，第 2 册第 553 页。

④ 沈德潜：《沈德潜诗文集·归愚文钞》卷八《范文正公祠堂记》，北京：人民文学出版社 2011 年 11 月第 1 版，第 3 册第 1241 页。

加，能戕凡花弱植，而不能伤坚贞之木。故松柏之姿，经霜弥茂，若严冬冻闭，正以成其材，显其质者。[①]

康熙五十一年壬辰(1712)，沈德潜40岁，改字为“归愚”，也是其个性中安贫自守特征的显著体现。其《归愚斋记》说：“吾所谓愚，芒乎愦乎，如婴儿，如野鹿，如橛株拘。惛乎爱憎，混乎毁誉，处忘家，出忘途。其寐酣如，其觉恬如。匪直遗世，亦兼丧吾。见之者疑为玄冥氏之侣，与芚蒙氏之徒。此非一乡一国之愚，而天下古今之大愚也。”接下来，在回答“客”提出的“愚如是，子曷为归”的疑问时，沈德潜又说：“登高而不知慄，临下而不知惴，入夏而不知暑，遇冬而不知寒：此愚之适也。”[②]正如有论者指出的，沈德潜“力图通过极端化的‘丧吾’式的‘遗世’，达到高度的‘自适’，从而彻底进入人生的‘夷途’，且达到‘无往非愚，无往非夷途’的最高境界”[③]。

当其辞官回乡后，虽圣眷日隆，却过着“二品仍僦屋三间，禄米分孤鹤书签”[④]的简单生活。在《老境》一诗中，他不无自豪地说：

九十三年序屡更，倩人扶持似孩婴。耐贫自信能安素，多病天教学养生。[⑤]

其安贫自守、乐天知命的情怀一览无余。与沈德潜诗学主张一向对立的袁枚

① 沈德潜：《沈德潜诗文集·归愚文钞》卷十二《方氏述古堂诗序》，北京：人民文学出版社2011年11月第1版，第3册第1333页。

② 沈德潜：《沈德潜诗文集·归愚文钞》卷九《归愚斋记》，北京：人民文学出版社2011年11月第1版，第3册第1271～1272页。

③ 罗时进：《沈德潜江南园记的旨趣和品格》，见《地域·家族·文学——清代江南诗文研究》，上海：上海古籍出版社2010年12月版，第391页。

④ 盛锦：《青嵝诗钞·归愚宗伯移寓城南小诗奉寄》，《四库未收书辑刊》第9辑第27册，第665页。

⑤ 沈德潜：《沈德潜诗文集·归愚诗钞馀集》卷八《老境》，北京：人民文学出版社2011年11月第1版，第2册第582页。

也以“健比张苍偏淡泊，廉如高允更清聪”[①]称赞沈德潜。

除了上述的人格特征外，沈德潜个性中还有一个突出特点值得注意，就是宠辱不惊。

沈德潜“早年失恃，中年失怙。无父母儿，心摧肠腐。终鲜兄弟，睘睘踽踽。晚岁丧妻，孑身撑拄”[②]，际遇确实悲惨。在科举的道路上又屡次受挫，但他不忧不惧，坦荡从容。在评价刘禹锡的著名诗句“沉舟侧畔千帆过，病树前头万木春”时，他不无感慨地说：“‘沉舟’二语，见人事不齐，造化亦无如之何！悟得此旨，终身无不平之心矣。”[③]毫无疑问，这类诗评浸透着沈德潜自身的人生感慨。

沈德潜宠辱不惊的个性在其得到皇帝恩宠后表现得更为突出。沈德潜得到皇帝的垂青，这在一般人眼中是几辈人梦寐以求的巨大荣耀，但是，在经过最初的喜悦之后，他的心情慢慢平静下来，开始倍加怀念往日的自由生活。他的两首诗典型反映其淡于宦情的心态：

林居夙所耽，偶作尘海客。应接丧本真，眷焉念泉石。[④]

以及：

朽木何心更向阳，散仙偶得近云旁。七旬乍离渔樵队，五载旋参政事堂。自信秉心惟拙讷，敢云报国有文章。还山预约唐溪友，

① 沈德潜90岁时，袁枚《袁枚全集·小仓山房诗集》卷十七《赠归愚尚书》云：“九十诗人卫武公，角巾重接藕花风。手扶文运三朝内，名在东南二老中(上赐诗：二老江浙之大老)。健比张苍偏淡泊，廉如高允更清聪。当时同咏《霓裳》客，得附青云也自雄。”南京：江苏古籍出版社1993年9月第1版，第1册第352页。

② 沈德潜：《沈德潜诗文集·归愚诗钞》卷三《八十述怀》其二，北京：人民文学出版社2011年11月第1版，第1册第47页。

③ 沈德潜：《唐诗别裁集》卷十五刘禹锡《酬乐天扬州初逢席上见赠》诗评，上海：上海古籍出版社1979年1月第1版，下册第493页。

④ 沈德潜：《沈德潜诗文集·归愚诗钞》卷六《同馆诸公送予南还分赋吴中故迹予得雅宜山即以志别》，北京：人民文学出版社2011年11月第1版，第1册第104页。

元结依然是漫郎。[①]

同时，沈德潜对于这种骤膺圣宠的遭遇逐渐生出畏惧心态。乾隆八年癸亥(1743)，沈德潜在年谱中回忆并写道："一岁之中，君恩稠叠，不知何以报称，窃自惧也。"[②]"自惧"一词，恰如其分地描绘出其骤遇君恩时诚惶诚恐、战战兢兢之态。《到家述怀》也有"嗟余厕中朝，惭如腹背羽"[③]的惶恐诗句。在《与张剑州》一文中他说"京师毒热更甚于南"及"长安米贵，真不易居。静念虚名，竟同嚼蜡，南还之想，时形梦寐。鹧鸪每飞，翅先向南，天性使然也"[④]，把他对功名、朝廷的疏离之感表达得淋漓尽致。

当终于辞官归里时，沈德潜内心的喜悦是溢于言表的。他形容自己"十年京尘。面目未改，依然天真"[⑤]。所以他的友人王应奎以"鸟脱樊笼苦，鱼忘江湖深"[⑥]评价之，可谓知己之言。他的学生曹仁虎也说"先生本是烟霞客"[⑦]。甚至连乾隆帝也认为"德潜本幽人，所居爱岩谷。一再吟其诗，调高义亦足"[⑧]。

沈德潜回乡之后，还以其早年经历来告诫孙子，以示其宠辱不惊、淡泊名

---

① 沈德潜:《沈德潜诗文集·归愚诗钞》卷十八《归舟杂兴》，北京:人民文学出版社 2011 年 11 月第 1 版，第 1 册第 354 页。

② 沈德潜:《沈德潜诗文集·沈归愚自订年谱》，北京:人民文学出版社 2011 年 11 月第 1 版，第 4 册第 2119 页。

③ 沈德潜:《沈德潜诗文集·归愚诗钞》卷七《到家述怀》，北京:人民文学出版社 2011 年 11 月第 1 版，第 1 册第 127 页。

④ 沈德潜:《沈德潜诗文集·归愚文钞》卷十五，北京:人民文学出版社 2011 年 11 月第 1 版，第 3 册第 1385 页。

⑤ 沈德潜:《沈德潜诗文集·归愚诗钞》卷三《八十述怀》，北京:人民文学出版社 2011 年 11 月第 1 版，第 1 册第 47 页。

⑥ 王应奎:《柳南诗钞》卷七《喜沈太史确士请假归里简寄》，《清代诗文集汇编》第 256 册，第 332 页。

⑦ 曹仁虎:《宛委山房集》卷一《天台山歌送沈归愚夫子》，《续修四库全书》第 1449 册，第 106 页。

⑧ 弘历:《御制诗二集》卷六十九《灵岩杂咏再叠沈德潜韵》第 8 首《玩花池》，《景印文渊阁四库全书》第 1304 册，第 325 页。

利的人生态度[1]。而如前文所引，乾隆曾挖苦沈德潜在朝为官时"毫无建白"，亦从反面为沈德潜对政治的疏离心态提供了有力佐证。

综上所述，沈德潜朴实敦厚、安贫自守、宠辱不惊的个性特征在他人生旅途中一以贯之，从未中断。晚年政治上的殊遇也从未改变他的人品道德和性格特征。

探讨沈德潜的生平经历及个性特征，归根结底，是为探求其诗学思想及诗歌创作而服务。诚如《文心雕龙·体性》所说"气以实志，志以定言，吐纳英华，莫非情性"，"才性异区，文体繁诡。辞为肌肤，志实骨髓"。诗人的诗学思想及诗歌创作是诗人内在情性的真实反映，刘熙载《诗概》甚至提出"诗品出于人品"[2]的观点。沈德潜的个性特征，对于其诗学思想及诗歌创作影响尤为深远。王豫《群雅集》说：

> 文悫为诸生，品端行完。论诗上溯《三百》、屈《骚》、汉、晋、三唐，下迄明代，以和平敦厚得性情之正为宗。截断众流，别裁伪体。如老鹤一鸣，喧啾俱寂；瑶琴一鼓，瓦缶无声。自来选家，未克臻斯诣也。[3]

王豫把沈德潜的个性特征与其诗歌风格、诗学思想联系起来论述，言之有理。

第二节　乾隆与沈德潜君臣关系的实质

对于乾隆与沈德潜这一段君臣遇合的历史，当代学者就曾指出，"弘历和

---

① 李秉新等《清朝野史大观》卷六"沈归愚尚书训孙语"条："沈归愚尚书于清朝儒臣中最称晚达，尝训其孙惟熙曰：'汝未冠蒙皇上钦赐举人，亦知而翁乡试时固十七次落第秀才乎？'盖尚书年六十有六始膺乡举，不自料其后日恩荣至此也。"石家庄：河北人民出版社 1997 年 8 月第 1 版，第 693 页。

② 刘熙载：《诗概》，《清诗话续编》本，上海：上海古籍出版社 1983 年 12 月第 1 版，下册第 2445 页。

③ 王豫：《群雅集》卷一，嘉庆刻本，第 1a 页。

沈德潜……特殊君臣关系，就其本质言，是一种历史性相互选择，是后期封建社会的统治发展到极致时期特有的文化现象”[①]。从乾隆这一方来看，身为专制帝王，又深谙治人之术，他当然明白如何通过沈德潜这一活生生的例子传达天子右文这一信号，以笼络更多的士人才子。沈德潜 95 岁时，乾隆有诗云：

指屈阅五年，眼望登百岁。岂只儒林宗，实是熙朝瑞。[②]

在政治家的眼中，“熙朝瑞”的象征意义显然比“儒林宗”更为重要。此诗鲜明地反映出乾隆作为政治家和专制帝王的驭人心理。

而对于沈德潜而言，身经十七次科考，大半生考场蹭蹬，他当然不会轻易放弃这一梦寐以求的际遇。何况，康乾盛世的大背景使得士人的用世之心蠢蠢欲动。京华数载，沈德潜在乾隆身边，“或奏民间疾苦，流涕言之；或荐人才某某，展意无所依回；或借诗箴规，吁尧咈舜，务达其诚乃已”[③]，从某种程度上是实现了古代士人的政治理想的。对于乾隆而言，从上述两则引文中可以看到，他对沈德潜还存在很大的埋怨：身受皇恩，沈德潜理应肝脑涂地，但他却一再违背圣意，言下之意是说沈德潜不识抬举。可见，乾隆宠爱沈德潜，是政治家的驭人之术，根本目的是巩固其江山统治；而沈德潜之于乾隆，是企图借助于诗歌干预政治、以实现其政治理想的传统士人做派，两者实有本质不同。因此，所谓“君臣相得”从某种程度上看只是历史的假象。一旦两者的契合点出现裂缝，貌似和谐的君臣关系顷刻崩坍，乾隆这一方翻脸无情和凌厉霸道的帝王本色立即显现。那么，一个问题随即产生：沈德潜为什么能得到乾隆“从古诗人所未有”[④]的特殊礼遇？或者说，乾隆朝诗人无数，为何单单

① 严迪昌：《清诗史》，杭州：浙江古籍出版社 2002 年 12 月第 1 版，下册第 669 页。

② 弘历：《御制诗三集》卷七十《沈德潜具折起居并进张择端清明易简图诗以答之兼赐参资颐养天年也》，《景印文渊阁四库全书》第 1306 册，第 408 页。

③ 袁枚：《袁枚全集・小仓山房文集》卷三《太子太师礼部尚书沈文悫公神道碑》，南京：江苏古籍出版社 1993 年 9 月第 1 版，第 2 册第 52 页。

④ 袁枚：《随园诗话》卷九：“沈归愚尚书，晚年受上知遇之隆，从古诗人所未有。”北京：人民文学出版社 1982 年 9 月第 2 版，上册第 293 页。

是沈德潜成为"这一个"呢？仔细分析，原因在于以下几个方面。

一是共同的嗜好。乾隆极爱写诗，其御制诗近5万首，是古今诗人之冠。他曾说：

几务之暇，无他可娱，往往作诗、古文、赋。文、赋不过数十篇，诗则托兴寄情，朝吟夕讽。其间天时农事之宜，莅朝将祀之典，以及时巡所至，山川名胜，风土淳漓，罔不形诸咏歌，纪其梗概。①

乾隆用"朝吟夕讽"形容自己对诗的癖好，并无夸张。其诗歌内容，"以训政之作居多。余如坛庙祭祀、用人行政、省方问俗、阳雨农桑、文治武功之记盛、儒先奥义之阐发，器物珍玩之赏鉴，临御游幸之览胜，上自一切民瘼国事，细至燕闲赏心之娱，概在操觚吟咏之列"②。在京近十年，沈德潜大部分时间充当皇帝文学侍从的角色，所作的应制诗无数。乾隆所说"朕与德潜以诗始，以诗终"即道出了诗歌在二人之间的关键作用，诗歌在某种程度上也成为沈德潜的用世之具。乾隆在《五词臣五首》之《故礼部尚书衔原侍郎沈德潜》中就说："德潜早以诗鸣，非时辈所能及。余耳其名已久。频年与之论诗，名实信相副。"③

二是共同的诗学倾向。作为专制帝王，乾隆帝的诗学观不出儒家诗学范畴，即"志言要归正，丽句却须删"④。他还说：

予向来吟咏，不为风云月露之辞，每有关政典之大者，必有诗纪事，即游艺拈毫，亦必于小中见大，订讹析义，方之杜陵诗史，意有取焉。⑤

① 弘历：《御制文初集》卷一—《初集诗小序》，《景印文渊阁四库全书》第1301册，第106页。

② 蒋复璁：《景印清高宗御制诗文集序》，《清高宗御制诗文全集》第1册，(台湾)"国立"故宫博物院印行1976年7月第1版，第2页。

③ 弘历：《御制诗四集》卷五九，《景印文渊阁四库全书》第1308册，第297页。

④ 弘历：《御制诗五集》卷二一《藻韵楼》，《景印文渊阁四库全书》第1309册，第570页。

⑤ 弘历：《御制诗余集》卷二《惠山园八景》诗注，《景印文渊阁四库全书》第1311册，第570页。

正是在此前提下，他对杜诗十分欣赏，欣赏程度超过其他诗人。在其尚未登上皇帝宝座时，就对杜诗情有独钟，其《读杜诗》云：

大雅止姬周，何人继三百。卓哉杜陵翁，允擅词场伯。歌谣写忠恳，灏气浑郁积。李韩望后尘，鲍谢让前席。缅想浣花溪，披读仰高格。诗史非妄评，良足娱朝夕。[①]

登基后，乾隆诗集中评论杜甫的诗篇依旧很多，比如《读杜子美诗》：

太羹有至味，黄钟具元音。之子诚忠爱，遗编足探寻。忧怀匡社稷，逸志托山林。讽读消长夏，悠然获我心。[②]

在《读杜诗》中也直言："我读杜诗亦已屡，每一开编兴会殊。"[③]乾隆对杜诗的推崇与沈德潜的观点显然不谋而合。

除了上述原因，沈德潜的人品个性也是乾隆对其倍加恩宠的重要因素之一。沈德潜得到乾隆的恩宠后，有人把进献诗作当成加官晋爵的出路，一时之间竞思进献。乾隆训诫道："沈德潜优升阁学，朕原因其为人诚实谨厚，且怜其晚遇，是以稠叠加恩，以励老成积学之士"，"若谓朕进用人才，沾沾于文艺之末，雕章琢句，专事浮华，此风一炽，必有借手招刀，希图侥幸者，岂不玷玉堂而贻羞文苑耶"[④]。乾隆在此已经说得很清楚，他欣赏沈德潜的原因一是其品性诚实谨厚，二是怜惜其遭遇，三是希望通过优待沈德潜，起到激励士心的作用。

事实上，沈德潜在京城近十年，日子过得相当简单。大部分时间是充当唱和诗臣，为皇子授书，也就是乾隆帝自己所说的"年来朝夕值书庐，儿辈诗

① 弘历：《御制乐善堂全集定本》卷十五，《景印文渊阁四库全书》第1300册，第410页。

② 弘历：《御制诗初集》卷六，《景印文渊阁四库全书》第1302册，第156～157页。

③ 弘历：《御制诗初集》卷四四，《景印文渊阁四库全书》第1302册，第638页。

④ 《高宗实录》卷二七七，《清实录》第12册，北京：中华书局1985年12月第1版，第622页。

文启迪余"①。今人动辄说沈德潜是官方意识的代表，殊不知想要成为官方意识的代表，必然要起到转移风气并一统天下的地位，但观之沈德潜，在京师时并未结交诗歌方面真正的良师益友，更不曾开宗立派，因此，官方代表云云显然是不符合客观实际的。

综上所述，乾隆恩宠沈德潜，以致达到无以复加的地步，是有其必然性的。

沈德潜《八十述怀》第三首云：

> 白首致身，遭唐虞帝。谓臣不欺，超迁卿贰。褒封四叶，天章屡贲。十载赐闲，授禄衡泌。自惭衰年，报称无地。永矢廉隅，晚节益励。击壤歌衢，咏游圣世。②

"遭唐虞帝""咏游圣世"，沈德潜晚年的这段遭遇的确是乾隆驾驭臣子、优待士人的典范，也在某种程度上被视为专制社会中士人被优待乃至被豢养的文化符号，这是沈德潜的荣幸，也是他无法摆脱的宿命。

沈德潜因为与乾隆的这一段君臣关系，经常成为人们贬低其为人，否定其诗学观及诗歌成就的主要依据。比如，有人认为其"温柔敦厚"说是为清代统治者服务③，其诗歌是"典型的台阁诗体"④等。事实上，沈德潜"温柔敦厚"的诗学观由来已久，其诗歌创作的缺点也早已有之，并非仕途腾达之后才出现。但是，应该指出，对沈德潜存在误会一方面是因为沈德潜"温柔敦厚"的诗学观、诗歌创作的确存在局限（详见下文）；另一方面，其深层原因在于中国的民族传统文化心理。中国诗歌批评史一向强调逆境出诗人，司马迁的"发愤著书"，韩愈的"不平则鸣"等，皆认为诗人遭际与其诗歌成就存在反向关

① 弘历：《御制诗二集》卷九《侍郎沈德潜予告南归进呈纪恩四律依韵赐之》其二，《景印文渊阁四库全书》第1303册，第314页。

② 沈德潜：《沈德潜诗文集·归愚诗钞》卷三，北京：人民文学出版社2011年10月第1版，第1册第47页。

③ 刘绍信：《儒家美学的回光返照》，《绥化师专学报》，1993年第4期。

④ 袁行霈：《中国文学史》，北京：高等教育出版社2005年7月第2版，第4册第320页。

系。反之，一个人如果仕途通达，那么他的诗歌成就则大打折扣。王世贞《艺苑卮言》对此有深度剖析：

> 古人云："诗能穷人"。究其质情，诚有合者。今夫贫老愁病，流窜滞留，人所不谓佳者也，然而入诗则佳。富贵荣显，人所谓佳者也，然而入诗则不佳。是一合也。泄造化之秘，则真宰默雠；擅人群之誉，则众心未厌。故呻占椎琢，几于代性之斧，豪吟纵挥，自传爰书之竹，矛刃起于兔锋，罗网布于雁池。是二合也。[①]

另外，乾隆以其最高统治者的身份对沈德潜加以恩宠，决定了沈德潜只能被动接受，换作其他诗人，情况想来也是如此。所以，这是无可奈何之事，显然不能成为贬低沈德潜的主要理由之一。

第三节 "温柔敦厚"说的三个层次及其严重局限

"温柔敦厚"是沈德潜诗学思想的核心。诚如朱东润先生所言，"归愚论诗，主张最力者，则为其温柔敦厚之说"[②]。沈德潜在《清诗别裁集·凡例》中说："诗之为道，不外孔子教小子教伯鱼数言，而其立言，一归于温柔敦厚，无古今一也。自陆士衡有缘情绮靡之语，后人奉以为宗，波流滔滔，去而日远矣。选中体制各殊，要惟恐失温柔敦厚之旨。"所谓"孔子教小子教伯鱼数言"，是指《论语》中的《季氏》及《阳货》篇，孔子表达了"不学诗，无以言"及"兴观群怨"的思想。而"温柔敦厚"最早见于《礼记·经解》："温柔敦厚，诗教也……其为人也，温柔敦厚而不愚，则深于诗者也。"可见，"温柔敦厚"的最初含义是指诗教的一种结果，即人在诵读《诗三百》后受到感化而呈现出来的温温蔼蔼的人格特质。唐代孔颖达在《礼记正义》"经解第二十六"中说："温，谓

---

① 王世贞：《艺苑卮言》卷八，《历代诗话续编》本，北京：中华书局 2006 年 8 月第 2 版，中册第 1080～1081 页。

② 朱东润：《中国文学批评史大纲》，上海：上海古籍出版社 2001 年 7 月第 1 版，第 354 页。

颜色温润;柔,谓情性和柔。《诗》依违讽谏,不指切事情,故云温柔敦厚是诗教也。"这是针对诗歌讽喻的特点来说的。由于儒家思想在中国几千年思想史中的主导地位,作为儒家传统诗教的"温柔敦厚"说也影响深远。时隔数千年,到了沈德潜这里,又被重新提起,并且反复申明。不过,仔细研究沈德潜的"温柔敦厚"说,可以发现,他所说的"温柔敦厚"内涵丰富,涉及诗人人格、诗歌内容、诗歌的表现方式三个方面,既是儒家诗教的具体化,同时也受到清初以来诗坛重倡诗教,重整儒家诗学传统的影响。沈德潜"温柔敦厚"说之所以招致批判,主要原因在于其的确存在严重局限。

一、"温柔敦厚"说的三个层次

沈德潜"温柔敦厚"说的第一个层次,是指诗人人格品质的一种体现。这也是"温柔敦厚"之意其他两个层面的基础和前提。在《七子诗选序》中他说:

> 予惟诗之为道,古今作者不一,然揽其大端,始则审宗旨,继则标风格,终则辨神韵,如是焉而已。予曩有古诗、唐诗、明诗诸选,今更甄综国朝诗,尝持此论以为准的。①

沈德潜在此指出,他编选的几个诗歌选本的共同点是首先要"审宗旨"。那么,他眼中的宗旨指的是什么呢?那就是他接下来所说的"宗旨者,原乎性情者也",宗旨即性情。由此可见,性情是沈德潜论诗的前提与基本条件,性情也是沈德潜选诗贯穿始末的标尺。沈德潜眼中的性情在评价杜甫时得以表露:"(杜甫)一饭未尝忘君,其忠孝与夫子事父事君之旨有合,不可以寻常诗人例之。"②又说:"圣人言诗自兴观群怨,归本于事父事君。少陵身际乱离,负薪拾橡,而忠爱之意,倦倦不忘,得圣人之旨矣。"③不管客观环境如何变化,杜甫爱君忧国、笃于伦谊的忠爱之心一以贯之。这种忠爱之心不仅与

① 沈德潜:《沈德潜诗文集·归愚文钞》卷十四,北京:人民文学出版社 2011 年 10 月第 1 版,第 3 册第 1360 页。

② 沈德潜:《唐诗别裁集》卷六,上海:上海古籍出版社 1979 年 1 月第 1 版,上册第 201 页。

③ 沈德潜:《唐诗别裁集》卷二,上海:上海古籍出版社 1979 年 1 月第 1 版,上册第 55 页。

《诗三百》的精神一脉相承，而且与孔圣人也有一定程度的契合，故而杜甫被尊为“诗圣”。可见，沈德潜眼中的性情就是儒家提倡的忠君爱国、忧国忧民思想。

有“温柔敦厚”之性情，方能有“温柔敦厚”之诗。出于对道德人品的重视，沈德潜在几部诗歌选本中，都将人格德行放在首位。兹以其晚年编选的《宋金三家诗选》为例，所谓“三家”，是指宋朝苏轼、陆游及金朝元好问。据其门人顾宗泰所作《序》，沈德潜于陆、元二家，“首为论定，例言、评语都备。独东坡诗于病中选阅，只有定本，不及评而先生已下世”[①]。在顾宗泰看来，沈德潜选苏轼的原因在于其诗歌于韩愈之后独开生面。值得注意的是沈德潜对陆游、元好问的评价：

> 放翁出笔太易，气亦稍粗，是其所短。然胸怀磊磊明明，欲复国大仇，有触即动，老死不忘，时无第二人也。上追少陵，志节略同，勿第以诗人目之。[②]
>
> 遗山值金主守绪，时蒙古宋师交攻之，君臣殺惑，生死不能自主。七言近体诗，愁惨之音，皆泪痕血点凝结而成，读其诗应哀其志……金亡后，遗山不久殒身，元世祖未尝欲其仕，遗山未尝入元廷也。选元诗者，强作元人以冠一代之籍，欲尊其诗转殁其节矣。[③]

很明显，如果说沈德潜选苏轼诗主要是着眼于其诗歌成就，那么，选陆、元两人则主要缘于道德人品的高尚。尤其是对于元好问，清初顾嗣立所编《元诗选》首选元好问，将其视为元人，沈德潜对这种做法非常不满，认为此举大损元好问的志节。另外，沈德潜对屈原的评价也值得注意：

> 《离骚》者，《诗》之苗裔也。第《诗》分正变，而《离骚》所际独变，

① 顾宗泰：《宋金三家诗选序》，沈德潜《宋金三家诗选》，济南：齐鲁书社 1983 年 7 月第 1 版，第 1b 页。

② 沈德潜：《宋金三家诗选·放翁诗选例言》，济南：齐鲁书社 1983 年 7 月第 1 版，第 1a 页。

③ 沈德潜：《宋金三家诗选·元遗山诗选例言》，济南：齐鲁书社 1983 年 7 月第 1 版，第 1a～1b 页。

故有侘傺噫郁之音，无和平广大之响。读其词，审其音，如赤子婉恋于父母侧而不忍去。要其显忠斥佞，爱君忧国，足以持人道之穷矣。尊之为经，乌得为过？[①]

屈原的《离骚》，充满苦闷与矛盾。文中无论是对自我的赞美，还是揭露楚王昏庸和朝政日非，都率性任情，真实袒露。其劲质峭急，纵恣激荡的文笔显然与《诗三百》克制温和的情感表达大异其趣，所以沈德潜说它“有侘傺噫郁之音，无和平广大之响”，似乎与传统的诗教相背离。但是，屈原在文中体现出来的忠君爱国的崇高人格却令人敬佩，因此，在这方面，沈德潜认为《离骚》可以与《诗三百》一样被奉为经典。

沈德潜“温柔敦厚”说的第二个层次，是针对诗歌内容方面来说的，那就是要言之有物，作诗要“有补于世道人心”：

诗必原本性情关乎人伦日用及古今成败兴坏之故者，方为可存，所谓其言有物也。若一无关系，徒办浮华，又或叫号撞搪以出之，非风人之指矣。尤有甚者，动作温柔乡语，如王次回《疑雨集》之类，最足害人心术，一概不存。[②]

显然，出于对诗歌内容的极端重视，那些徒以声律词华争胜的诗歌由于脱离现实，被沈德潜摒弃。至于那些以艳情为娱的诗歌更是沈德潜深恶痛绝的。正是在此原则的指导下，沈德潜在众多诗歌选本中都注意收集那些有感而发、言之有物、反映客观现实并且讥刺时弊的诗作，而“雷同沿袭，浮艳淫靡，凡无当于美刺者屏焉”[③]。这种做法反映在其几部诗歌选本中，尤以《清诗别裁集》最为典型。

众所周知，沈德潜在编选唐诗、明诗、古诗后，于乾隆十九年甲戌(1754)

---

① 沈德潜：《说诗晬语》，《原诗·一瓢诗话·说诗晬语》本，北京：人民文学出版社 1979 年 9 月第 1 版，第 196 页。

② 沈德潜：《清诗别裁集·凡例》，上海：上海古籍出版社 1984 年 3 月第 1 版，上册第 2 页。

③ 沈德潜：《明诗别裁集·序》，上海：上海古籍出版社 1979 年 9 月第 1 版，第 2 页。

开始编选清诗，并呈给乾隆皇帝御览。在沈德潜编选的几部诗歌选本中，《清诗别裁集》和《宋金三家诗选》是在其政治上飞黄腾达之后编选的。由于《清诗别裁集》中所收诗人多生于明末清初，所收作品也多反映明亡清兴的重大历史事件，因此与其他诗歌选本相比也就具有特殊意义。

沈德潜身处清朝统治下，又身受清朝皇帝宠幸，再加上当时严酷的文化政策，但他并未把《清诗别裁集》选成一个为清代统治者粉饰太平的诗歌选本，而是本着客观的态度，"美刺"原则一以贯之。《清诗别裁集》收录的不少诗歌题材敏感，极易招致祸端。

首先，对于那些由明入清的诗人及反映明亡清兴重大历史事件的诗作都照收不误。钱谦益是身仕两朝的"贰臣"，是乾隆极其反感之人，其作品也在乾隆年间遭禁。但是，由于他的有些诗"推激气节，感慨兴亡，多有关风教者"[①]，沈德潜不仅选他的诗，还将其放在《清诗别裁集》首位，视其为清诗发展的逻辑起点。果然，如前文所述，乾隆皇帝对这种做法非常不满，严厉斥责。在评价另一位由明入清的诗人吴伟业时，沈德潜指出吴伟业的《遣闷》《病中》等诗"故国之思，时时流露"，并接着说："读者每哀其志。若虞山不著一辞矣。此二人同异之辨。"[②]吴伟业身仕两朝，入清后的诗多抒写其变节的无奈与悔恨，一字一泪，沈德潜对这类诗却持欣赏态度，并将其与钱谦益的诗相比较，这种态度在当时的政治背景下显然是要冒一定风险的。

其次，对于一些明显揭露清朝社会黑暗面的诗作，沈德潜也谨慎地加以收录。如王昊的《兵船行》，描写的是清廷逼迫渔民造船以保卫海疆的事情。沈德潜不仅选中，并且发出"造船累民，为清海氛也。乃遇寇退避，复扫村民，兵船之祸烈于寇矣"[③]的感叹。又比如在评价沈树本《大水叹五首》第四首时说："近日行社仓，似救荒于未荒矣，然徒饱吏胥，日滋民害，遇荒岁不发一粟，

① 沈德潜：《清诗别裁集》卷一，上海：上海古籍出版社 1984 年 3 月第 1 版，上册第 1 页。

② 沈德潜：《清诗别裁集》卷一，上海：上海古籍出版社 1984 年 3 月第 1 版，上册第 17 页。

③ 沈德潜：《清诗别裁集》卷十二，上海：上海古籍出版社 1984 年 3 月第 1 版，上册第 492 页。

殊不可解也。”第五首诗评道：“详写被灾，同于呼吁矣。值圣朝爱民如子，而民尚不被泽，是谁之咎欤？”[①]评价严启煜《榆皮行》：“乾隆乙亥大荒，吴中榆皮剥尽，掘山泥以食，民多死者，此云掘鼠，正复相类。”[②]这些诗作与歌功颂德、粉饰太平无疑南辕北辙。沈德潜选取这些诗歌的原因正如他在《清诗别裁集·原序》中说的“予唯祈合乎温柔敦厚之旨，不拘一格也”。由此可看出其“温柔敦厚”的合理性和进步性。由于《清诗别裁集》收录作家作品的客观性，直至今日，它依然是研究清诗者的必读书。

沈德潜“温柔敦厚”说除了包含诗人人格的高尚、诗歌内容雅正和有用之外，在诗歌的表现方式上同样强调“温柔敦厚”，那就是要含蓄蕴藉、渊涵婉曲，即第三个层次。《施觉庵考功诗序》一文对此有详细论述：

> 诗之为道也，以微言通讽谕，大要援此辟彼，优游婉顺，无放情竭论，而人徘徊自得于意言之馀。《三百》以来，代有升降，旨归则一也，惟夫后之为诗者，哀必欲涕，喜必欲狂，豪则纵放，而戚若有亡，粗厉之气胜，而忠厚之道衰，其于诗教，日以慎矣……今体会其词，和顺以发情，微婉以讽事，比兴以定则。其体渊渊，其风泠泠，味之澹澹，而炙之温温，读者不自觉静其志气，而调其性情也。是可谓诗人之旨也已。[③]

“和顺以发情，微婉以讽事，比兴以定则”，这是沈德潜眼中理想的诗歌表现方式。在这种表现方式下创作出来的诗歌，其特点是婉曲不露，悠远蕴藉，具有意长神远的艺术效果。读诗者浸渍涵泳其中，心平气和，诗歌陶冶人心、移情化性的作用也得以发挥。而“哀必欲涕，喜必欲狂，豪则纵放，而戚若有

---

① 沈德潜：《清诗别裁集》卷二十三，上海：上海古籍出版社1984年3月第1版，下册第911页。

② 沈德潜：《清诗别裁集》卷二十五，上海：上海古籍出版社1984年3月第1版，下册第1009页。

③ 沈德潜：《沈德潜诗文集·归愚文钞》卷十一，北京：人民文学出版社2011年10月第1版，第3册第1314页。

亡”的表现方式，由于浅显直露，绝少蕴蓄，往往会出现“粗厉之气胜，而忠厚之道衰。其于诗教，日以偾矣”的后果。正是从这个角度着眼，他说：“唐诗蕴蓄，宋诗发露。蕴蓄则韵流言外，发露则意尽言中。愚未尝贬斥宋诗，而趣向旧在唐诗。”[①]不过，即使是唐诗，沈德潜也区别对待，即“唐人之诗，有优柔平中顺成和动之音，亦有志微噍杀流僻邪散之响。由志微噍杀流僻邪散而上溯乎诗教之本原，犹南辕而至幽、蓟，北辕而至闽、粤，不可得也”[②]。唐诗中的那些“优柔平中顺成和动之音”，与沈德潜倡导的表现方式上的“温柔敦厚”相契合，故而得到他的首肯。而那些“志微噍杀流僻邪散之响”，显然与此不符，故而不予选录。

沈德潜提倡诗歌表现方式的“温柔敦厚”，首先是因为这与他所提倡的美刺思想一脉相承。在他看来，诗歌“本六籍之一，王者以之观民风，考得失，非为艳情发也”[③]。这就决定诗人创作诗歌进行讥讽、干预时政时，要充分考虑统治者的接受限度，即使是暴露黑暗之诗，也贵在不疾言厉色，同时又能产生闻者足戒的艺术效果。所以沈德潜说“微讽高于痛斥，是为诗品”[④]。其次，在沈德潜看来，表现方式的“温柔敦厚”会使诗歌的艺术魅力经久不衰，至情流于言意之外，语尽意不尽，从而感人更深。比如在评价《古诗十九首》时他说：“言情不尽，其情乃长。后人患在好尽耳。读《十九首》应有会心。”[⑤]与此相对应，沈德潜对于那些质直发露的作品颇有微词，比如在评价明代诗人郑善夫时他就指出“少谷以杜为师，然过于质直，去风雅或远”[⑥]。

需要指出，在沈德潜这里，“温柔敦厚”说的三个层次之间相辅相成，不可分割。在评价诗人诗作时，他往往既评价诗人人格，也涉及诗歌的内容及诗

---

① 沈德潜：《清诗别裁集·凡例》，上海：上海古籍出版社 1984 年 3 月第 1 版，上册第 2 页。

② 沈德潜：《唐诗别裁集·原序》，上海：上海古籍出版社 1979 年 1 月第 1 版，上册第 1 页。

③ 沈德潜：《唐诗别裁集·凡例》，上海：上海古籍出版社 1979 年 1 月第 1 版，上册第 5 页。

④ 沈德潜：《清诗别裁集》卷二十七郑玉珩《铜雀台》诗评，上海：上海古籍出版社 1984 年 3 月第 1 版，下册第 1142 页。

⑤ 沈德潜：《古诗源》卷四，北京：中华书局 2006 年 4 月第 2 版，第 80 页。

⑥ 沈德潜：《明诗别裁集》卷六，上海：上海古籍出版社 1979 年 9 月第 1 版，第 138 页。

歌的表现方式。比如：

白乐天诗，能道尽古今道理，人以率易少之。然《讽喻》一卷，使言者无罪，闻者足戒，亦风人之遗意也。惟张文昌、王仲初乐府，专以口齿利便胜人，雅非贵品。[①]

上章(《垂老别》)以忠结，此章以孝结，想见老杜胸次。[②]

仁孝之人，其言蔼然。[③]

白溇先生孝友诚悫，在名声五十年，终老不遇，而中心坦如，所养可知也。诗学承梅村祭酒指授，故吐辞渊雅，无志微噍杀之音。[④]

综上可见，沈德潜的“温柔敦厚”说是一个浑然的整体。

二、“温柔敦厚”说的严重局限

通过以上分析可知，沈德潜的“温柔敦厚”说内涵丰富，涉及诗人人格、诗歌内容、诗歌的表现方式三个方面。他既继承儒家“温柔敦厚”诗教观，同时又加以具体化。然而，这种理论历来备受指责，大多数人认为沈德潜提倡“温柔敦厚”说旨在为清代统治者服务。如“沈德潜身居高位，由于清代统治阶级的政治需要，极力倡导‘温柔敦厚’的诗教”[⑤]。这种观点不仅深入人心，而且影响久远，它直接促使作为诗人的沈德潜及其“温柔敦厚”说在文学史上一直以负面形象出现。造成这种现象的主要原因在于沈德潜“温柔敦厚”说确实存在严重局限。

---

① 沈德潜：《说诗晬语》，《原诗·一瓢诗话·说诗晬语》本，北京：人民文学出版社 1979 年 9 月第 1 版，第 212 页。

② 沈德潜：《唐诗别裁集》卷二杜甫《无家别》诗评，上海：上海古籍出版社 1979 年 1 月第 1 版，上册第 70 页。

③ 沈德潜：《唐诗别裁集》卷三白居易《慈乌夜啼》诗评，上海：上海古籍出版社 1979 年 1 月第 1 版，上册第 113 页。

④ 沈德潜：《清诗别裁集》卷二十“沈受宏”条，上海：上海古籍出版社 1984 年 3 月第 1 版，下册第 805 页。

⑤ 刘绍信：《儒家美学的回光返照》，《绥化师专学报》1993 年第 4 期。

首先，人品为先是沈德潜“温柔敦厚”说的前提和基础。言为心声，诚内形外，如此作诗方能自然流露，因此，重视人品本无可厚非。但是，应该看到，过分强调忠爱，极易被统治阶级利用，沦为消弭个性、培养顺民的工具。沈德潜所处的清代中叶，正值统治者加强思想专制、钳制异端思潮的时期，沈德潜于此时大谈忠君爱国，此举难免有投清廷所好之嫌。另外，由于过分强调人品，造成对所谓有德者的过分称扬。如前指出，人品道德是沈德潜选诗的首要条件，《宋金三家诗选》选陆游、元好问，两人的道德人品起关键作用。然而综观宋金两朝，诗歌成就特出者并非只有此两人而已。

其次，从诗歌内容层面看，一方面，沈德潜过分强调诗歌“温柔敦厚”的功用，容易使诗歌沦为载道的工具，泯灭诗歌“缘情”的特性。以此标尺衡量诗歌，无疑会使诗歌走向狭隘境地。比如在评价闺阁诗时，他说“闺阁诗尽洗金粉，独标高格，既取风雅，亦用垂教，别于时俗金粉之习”①，字里行间充满道学气息，殊不知“金粉之习”某种程度正是闺阁诗歌的应有之义。另一方面，沈德潜对艳情诗的一味否定也是不合理的。艳情诗虽然失之纤艳，有伤风雅，但其中亦有真挚可取者，不宜一笔抹杀。所以，沈德潜论诗也注重情感的重要性，只不过他眼中的情感不出儒家诗教的范围。另外，沈德潜一味强调美刺及怨而不怒，很容易削弱诗歌反映现实的功能。

最后，沈德潜在诗歌的表现方式上提倡“温柔敦厚”，其缺点更是显而易见：含蓄蕴藉、渊涵婉曲的表现方式只是诗歌众多表现方式的一种，诗歌的世界从来都是五彩缤纷的。综观中国古典诗歌，一些流传千古的诗作也多是哀必欲涕，喜必欲狂，豪则纵放，而戚若有亡的。沈德潜以“温柔敦厚”作为评判标尺，显然以偏概全，容易导致诗歌表现方式的千篇一律。这方面的明显例证体现在《明诗别裁集》中，沈德潜于明代公安派只选了袁宏道的一首诗，竟陵派则一首都未选，究其原因，是因为这两派诗歌的表现方式与“温柔敦厚”相差甚远。他说：“公安兄弟意矫王、李之弊，而入于俳谐，又一变而之竟陵，

---

① 沈德潜：《明诗别裁集》卷十二屈安人《送夫入觐》诗评，上海：上海古籍出版社 1979 年 9 月第 1 版，第 334 页。

诗道遂不复振。人但知竟陵之衰，而不知公安一派先之也。”[①]“诗教之衰，至于钟、谭，剥极将复之候也”[②]。“公安袁氏，竟陵钟氏、谭氏，比之自郐无讥，盖诗教衰而国祚亦为之移矣”[③]。他把诗教的衰落同国运的旁落联系起来，可见其思想的偏执。毫无疑问，这种态度显然不能客观反映公安派、竟陵派的创作面貌，遑论给予客观评价。一句话，沈德潜提倡的“温柔敦厚”说无论是从人格道德、诗歌内容还是从诗歌表现方式上，都存在明显局限，极易授人以柄。

另外，沈德潜与乾隆的亲密关系容易使人想当然地认为沈德潜提倡“温柔敦厚”旨在为清廷统治者服务。这类观点显然不符合客观实际，因为沈德潜的“温柔敦厚”思想由来已久。编于康熙五十六年丁酉(1717)的《唐诗别裁集》,《原序》说：“有唐一代诗，凡流传至今者，自大家名家而外，即旁蹊曲径，亦各有精神面貌，流行其间，不得谓正变盛衰不同，而变者衰者可尽废也。然备一代之诗，取其宏博，而学诗者沿流讨源则必寻究其指归。何者？人之作诗，将求诗教之本原也……既审其宗旨，复观其体裁，徐讽其音节，未尝立异，不求苟同，大约去淫滥以归雅正，于古人所云微而婉、和而庄者，庶几一合焉。”[④]可见，沈德潜的“温柔敦厚”思想于此时已然形成。此时他 45 岁，距离政治上的飞黄腾达尚有近三十年，显而易见，沈德潜“温柔敦厚”思想的提出与其政治上的际遇根本无涉。那么，沈德潜为什么要重提“温柔敦厚”的诗教说？或者说，沈德潜“温柔敦厚”说提出的历史背景是什么？

---

① 沈德潜：《明诗别裁集》卷十“袁宏道”条，上海：上海古籍出版社 1979 年 9 月第 1 版，第 254 页。

② 沈德潜：《明诗别裁集》卷十“陈子龙”条，上海：上海古籍出版社 1979 年 9 月第 1 版，第 276 页。

③ 沈德潜：《明诗别裁集序》,《明诗别裁集》，上海：上海古籍出版社 1979 年 9 月第 1 版，第 1 页。

④ 沈德潜：《唐诗别裁集》，上海：上海古籍出版社 1979 年 1 月第 1 版，上册第 1 页。

三、沈德潜"温柔敦厚"说提出的历史背景

沈德潜"温柔敦厚"说的提出具有深广的历史背景，概括言之，是三方面因素合力作用的结果。一是清初以来经世致用的思潮所致；二是沈德潜对诗坛反思的必然结果；三是沈德潜个性特征的必然选择。

清初以来学术思想之特征是经世致用，这已成为学界共识。清初，士人大都经历明清更迭的历史动荡，身受战争带来的伤害，历经颠沛动乱。痛定思痛，他们普遍认为明代之所以灭亡，学术文化负有不可推卸的责任。如同钱谦益所说："近代之文章，河决鱼烂，败坏而不可救者，凡以百年以来，学问之谬种，浸淫于世运，熏结于人心，袭习纶轮，酝酿发作，以至于此极也。"[①]所谓"百年以来学问之谬种"，是指明代中晚期的阳明心学。有鉴于此，他们举起经世致用的大纛，以振兴学风、士风、文风为己任，从而达到明学术、正人心的目的。具体到诗歌，清初诗家大都主张返经求本，立足现实，诗歌的传统怨刺及风化功能也再次抬头，儒家诗学精神也于此时重新焕发光彩。在此背景下，倡导"温柔敦厚"诗教说的主张也大行其道。一个明显的现象是，清初以来的诗论家大都重提儒家文艺观。具体到"温柔敦厚"，几乎每位诗论家在论诗时都会涉及。兹举数例：

诗人之志在救世，归本于温柔敦厚……温柔敦厚之教，诗人之针药救世，愚山盖身有之。[②]

诗者，温柔敦厚之善物也。[③]

---

① 钱谦益：《牧斋有学集》卷十七《赖古堂文选序》，上海：上海古籍出版社 1996 年 9 月第 1 版，中册第 768 页。

② 钱谦益：《牧斋有学集》卷十七《施愚山诗集序》，上海：上海古籍出版社 1996 年 9 月第 1 版，中册第 760～761 页。

③ 毛先舒：《诗辩坻》卷三，《清诗话续编》本，上海：上海古籍出版社 1983 年 12 月第 1 版，上册第 68 页。

优柔敦厚，言之者无罪，闻之者足戒，诗教也。[①]

诗之为教，其义风、赋、比、兴、雅、颂，其旨兴、观、群、怨，其辞嘉美、规诲、戒刺，其事经夫妇、成孝敬、厚人伦、美教化、移风俗，其效至于动天地、感鬼神……凡可受诗人之目者，类皆“温柔敦厚而不愚者”也。[②]

诗之为道也，非徒以风流相尚而已。《记》曰：“温柔敦厚，诗教也。”冯先生恒以规人。《小序》曰：“发乎情，止乎礼义。”余谓斯言也，真今日之针砭矣夫！[③]

钱谦益、毛先舒、吴乔、朱彝尊、赵执信，这些清初著名诗家无不强调“温柔敦厚”说的重要，可知“温柔敦厚”说在清初的盛行是有其必然性的。

提倡“温柔敦厚”说是沈德潜对历代诗歌史所作考察的必然结果。沈德潜之所以编选明诗、唐诗、清诗、宋金诗选等，一个重要的原因是对诗道旁落、诗学榛芜的现象痛心疾首，故而其诗歌选本中贯穿始终的是对诗歌史的重新建构。以康熙五十四年乙未(1715)编选的《唐诗别裁集》为例，其《原序》说：“顾自有明以来，选古人之诗者，意见各殊。嘉、隆而后，主复古者拘于方隅，主标新者偭而先矩，入主出奴，二百年间，迄无定论。而时贤之竞尚华辞者，复取前人所编秾纤浮艳之习，扬其余烬，以易斯人之耳目，此又与于歧趋之甚。而诗教之衰，未必不自编诗者遗之也。夫编诗者之责，能去郑存雅，而误用之者，转使人去雅而群趋乎郑，则分别去取之间，顾不重乎！”[④]在这里，沈德潜认为明代人选唐诗，大都各取所需，莫衷一是，与诗教的距离也越来越远，即“诗教之衰，未必不自编诗者遗之也”。他的言下之意，是编诗者一定要遵循诗教的原则。由此可见，沈德潜之所以重提儒家诗教传统，正是基于他

① 吴乔：《围炉诗话》卷一，《清诗话续编》本，上海：上海古籍出版社 1983 年 12 月第 1 版，上册第 502 页。

② 朱彝尊：《曝书亭集》卷三十八《高舍人诗序》，《景印文渊阁四库全书》第 1318 册，第 84 页。

③ 赵执信：《谈龙录》，《清诗话》本，上海：上海古籍出版社 1978 年 9 月新 1 版，上册第 311 页。

④ 沈德潜：《唐诗别裁集》，上海：上海古籍出版社 1979 年 1 月第 1 版，上册第 1 页。

对诗歌史及诗歌功能的无限重视。

沈德潜的性格特征也是其提倡“温柔敦厚”说不可或缺的因素之一。如前所述，沈德潜的性格特征之一就是朴实敦厚，他选择温柔敦厚的诗教观，也是其人品性格的必然选择。

从这个意义上着眼，沈德潜提倡“温柔敦厚”说同样是历史的必然。

第四节 格调说的三重内涵、新变色彩及其与“温柔敦厚”说的关系

在前文(第二章)，曾经论述过“格调”一词的含义。当格调这一诗学范畴发展到明代前后七子笔下时，他们过分重视体制声律等诗体方面的格调，因而有论者认为格调说具有一种文体学意义，即“它是一种文体学理论”[①]。用“文体学”概括格调说，显然失之偏颇，至少是不全面的。相比之下，邓红梅先生《论“格调”》[②]一文认为格调具有三重内涵，概括得比较全面，即体制声律、艺术风貌、品第水准。所谓体制声律方面的格调，是指诗歌的体制声律等形式上的法度。艺术风貌的格调包含个人的艺术风貌和一个时代的整体风貌。品第水准的格调体现出批评家对于作品和作家价值等级的综合评定。《论“格调”》结合前人运用格调进行创作批评和理论思考的实际，深入剖析格调概念的内涵，颇富创见，堪称精辟。具体到明代前后七子，格调的含义显然就是邓红梅先生所说的体制声律。事实上，邓红梅先生在论述体制声律方面的格调时，就是以李梦阳、何景明的诗文理论作为论据的。而沈德潜的格调说中，这三种内涵都有所体现，具有集大成的色彩。更重要的是，沈德潜是在“诗教”统摄下论述格调的，格调服从于“诗教”说。此外，沈德潜的格调说还具有一定的新变色彩。

---

① 李剑波:《格调说的文体学意义》,《齐齐哈尔大学学报》2002 年第 1 期。

② 邓红梅:《论“格调”》,《文学遗产》2009 年第 1 期。

一、沈德潜格调说的三重内涵

沈德潜的格调说在其《说诗晬语》及几部诗歌选本中有完整体现。需要指出的是，沈德潜很少使用“格调”一词，他往往是把“格”与“调”分开使用的。先来看他关于体制声律方面“格”的论述。如：

> 诗中高格，入词便苦其腐，词中丽句，入诗便苦其纤，各有规格在也。①
>
> 犹存陈、隋体格，而追琢精警，渐开唐风。②
>
> 《大风》《柏梁》，七言权舆也。自时厥后，如魏文《燕歌行》、陈琳《饮马长城窟》、鲍照《行路难》，皆称杰构。唐人起而不相沿袭，变态备焉。学七言古诗者，当以唐代为楷式。③
>
> 唐以前未见题画诗，开此体者，老杜也。其法全在不粘画上发论。如题画马、画鹰，必说到真马、真鹰，复从真马、真鹰开出议论，后人可以为式。又如题画山水，有地名可接者，必写出登临凭吊之意；题画人物，有事实可拈者，必发出知人论世之意。本老杜法推广之，才是作手。④

这几处无论是对于规格还是体格的论述，或是对某种诗体(七言古诗)、诗歌内容(题画诗)所具有的审美特征的描述，都旨在树立一种标准及规范，以使后人效法时有章可循。具体到七言古诗，当以唐代为楷模；题画诗，当以杜甫为楷式。这与明代前后七子论诗注重辨体，为学诗者指出门径的做法如

---

① 沈德潜:《说诗晬语》,《原诗・一瓢诗话・说诗晬语》本，北京：人民文学出版社 1979 年 9 月第 1 版，第 248 页。

② 沈德潜:《唐诗别裁集》卷一虞世南《从军行》诗评，上海：上海古籍出版社 1979 年 1 月第 1 版，上册第 2 页。

③ 沈德潜:《说诗晬语》,《原诗・一瓢诗话・说诗晬语》本，北京：人民文学出版社 1979 年 9 月第 1 版，第 208 页。

④ 沈德潜:《说诗晬语》,《原诗・一瓢诗话・说诗晬语》本，北京：人民文学出版社 1979 年 9 月第 1 版，第 245 页。

出一辙。

再看他对“调”的论述：

诗以声为用者也，其微妙在抑扬抗坠之间。读者静气按节，密咏恬吟，觉前人声中难写、响外别传之妙，一齐俱出。朱子云：“讽咏以昌之，涵濡以体之。”真得读诗趣味。[①]

声调渐响，去王、杨、卢、骆体远矣。[②]

说诗谓论格之正变，不如论声之正变，清和广大者为正，志微噍杀者为变也，亦最平允。[③]

相对于对“格”的论述，沈德潜对“调”的论述较为简单，同时也与明代前后七子对于“调”的论述一致，主要是指诗歌的声调音律等方面。正是对体格声律的重视，沈德潜在评价诗人诗作，尤其是赞扬某位诗人、某首诗歌时，往往使用与此相关的概念，如：

能以格胜。[④]

诗取其格。[⑤]

通首散语，存此以识标格。[⑥]

---

① 沈德潜：《说诗晬语》，《原诗 · 一瓢诗话 · 说诗晬语》本，北京：人民文学出版社 1979 年 9 月第 1 版，第 187 页。

② 沈德潜：《唐诗别裁集》卷五张说《邺都引》诗评，上海：上海古籍出版社 1979 年 1 月第 1 版，上册第 157 页。

③ 沈德潜：《清诗别裁集》卷二“王崇简”条，上海：上海古籍出版社 1984 年 3 月第 1 版，上册第 55 页。

④ 沈德潜：《唐诗别裁集》卷十二李商隐《河清与赵氏昆季燕集，拟杜工部》诗评，上海：上海古籍出版社 1979 年 1 月第 1 版，下册第 402 页。

⑤ 沈德潜：《清诗别裁集》卷四丁澎《送王山长还楚南》诗评，上海：上海古籍出版社 1984 年 3 月第 1 版，上册第 156 页。

⑥ 沈德潜：《唐诗别裁集》卷十二释皎然《寻陆鸿渐不遇》诗评，上海：上海古籍出版社 1979 年 1 月第 1 版，下册第 423 页。

音节入古。[①]

经语入诗，体格亦复超拔，一结有万国来朝之意。[②]

音节气味，格律词华，无不入妙。《青丘集》中为金和玉节。[③]

议论、格律、声响，无一不合，在北地、信阳诗中，定推上乘。[④]

此句虚领，下又分承，格法极细。[⑤]

通过举例可以发现，沈德潜虽很少使用“格调”一词，但不论是从“格”的角度，还是从“调”的角度着眼，沈德潜笔下的这一类“格调”的含义与明代前后七子的“格调说”的含义一致，即侧重于诗歌的体制声律等方面。由于对体制声律的重视，他往往用之来褒扬诗人诗作，这正是学界将沈德潜视为明代前后七子格调说接班人的重要依据之一。

但是，如前所述，明代前后七子的格调说在经过公安派、钱谦益等的清算后，其弊病已成为诗坛共识。清初，在经过王士禛、毛先舒等人的修正后，格调的含义已不再纯粹是体制声律等诗歌形式方面的要素，成了一个可以与性情、性灵并存的概念。尤其是在沈德潜的老师叶燮那里，格调只是“诗之文”，而非“诗之质”，从理论上为格调的适用范围划出了不可逾越的界限。至于沈德潜，对于明代前后七子徒讲体制格律、在某种程度上忽视性情的弊病也早已了然于胸，这就决定他不可能重拾明代前后七子牙慧，因此，沈德潜对明代前后七子格调说的修正已是必然。这种修正首先体现在他笔下的格调除了具有体制声律的特征外，还具有艺术风貌、品第水准两方面的特征。

---

① 沈德潜：《唐诗别裁集》卷八元稹《田家词》诗评，上海：上海古籍出版社 1979 年 1 月第 1 版，上册第 268 页。

② 沈德潜：《唐诗别裁集》卷十三沈佺期《龙池篇》诗评，上海：上海古籍出版社 1979 年 1 月第 1 版，下册第 427 页。

③ 沈德潜：《明诗别裁集》卷一高启《送沈左司从汪参政分省陕西汪由御史中丞出》诗评，上海：上海古籍出版社 1979 年 9 月第 1 版，第 21 页。

④ 沈德潜：《清诗别裁集》卷四王士禛《晚登夔府东城楼望八阵图》诗评，上海：上海古籍出版社 1984 年 3 月第 1 版，上册第 134 页。

⑤ 沈德潜：《清诗别裁集》卷二十四李针《送友归鉴湖即赴辰阳幕》诗评，上海：上海古籍出版社 1984 年 3 月第 1 版，下册第 997 页。

先看关于艺术风貌的格调。如：

与少陵《观公孙大娘弟子舞剑器歌》同一用意，盖惓惓故国之思，意不在教坊弟子也。而诗格则在元和、长庆之间。[①]

诗格清真。[②]

纯用空写，其情自深，安仁、子荆外，另标一格。[③]

气骨高古，变从前纤靡之习，盛唐风格，发源于此。[④]

萧梁之代，君臣赠答，亦工艳情，风格日卑矣。[⑤]

大历后渐近收敛，选言取胜，元气未完，辞意新而风格自降矣。[⑥]

上述这些评语中，无论是“诗格”还是“风格”，远非明代前后七子笔下的体制声律的“格调”所能囊括。总体上看，这些词语显然是在评价诗歌的艺术风貌，具体说来，包括个人风貌（如高启）、某一群体的共同风貌（如萧梁朝君臣）及某一时代的共有风貌（如大历朝）。

再看关于品第水准的格调。如：

兹取其格，不在语言之工。[⑦]

---

① 沈德潜：《明诗别裁集》卷一高启《听教坊旧妓郭芳卿弟子陈氏歌》，上海：上海古籍出版社1979年9月第1版，第18页。

② 沈德潜：《清诗别裁集》卷二十二“方式济”条，上海：上海古籍出版社1984年3月第1版，下册第894页。

③ 沈德潜：《清诗别裁集》卷十四张笃庆《悼亡》诗评，上海：上海古籍出版社1984年3月第1版，上册第571页。

④ 沈德潜：《唐诗别裁集》卷一魏征《述怀》诗评，上海：上海古籍出版社1979年1月第1版，上册第1页。

⑤ 沈德潜：《说诗晬语》，《原诗·一瓢诗话·说诗晬语》本，北京：人民文学出版社1979年9月第1版，第204页。

⑥ 沈德潜：《唐诗别裁集》卷十一“刘长卿”条，上海：上海古籍出版社1979年1月第1版，上册第363页。

⑦ 沈德潜：《清诗别裁集》卷十七吕履恒《留别汉南诸子》诗评，上海：上海古籍出版社1984年3月第1版，下册第700页。

然观其自序云："情取其真，不务绮丽，义归于正，专绝浮蛙。"可以见品格之尊矣。[①]

元季诗都尚辞华，文成独标高格，时欲追逐杜、韩，故超然独胜，允为一代之冠。[②]

通首格高，隐然有王佐气象。[③]

子高诗辞采鲜媚，骨格未高，应是学温飞卿一派。[④]

王维、李颀、崔曙、张谓、高适、岑参诸人，品格既高，复饶远韵，故为正声。[⑤]

闺阁诗尽洗金粉，独标高格，既取风雅，亦用垂教，别于时俗金粉之习。[⑥]

这些评语中的"格"，是指能够反映诗人的品质修养，体现一种崇高的精神境界的"格"。并且，这种崇高的人品道德又借助于诗歌而完整地体现出来。从某种程度上说，它是人品与诗品的完美融合。毫无疑问，该含义与"格调"的前两种含义相比，无疑又深入了一层。

综上所述，沈德潜的格调说包括体制声律、艺术风貌、品第水准三方面的含义。就体制声律来说，这与明代前后七子笔下的格调并无不同，也是学术界将其视为传承明代前后七子衣钵的主要依据。而就艺术风貌、品第水准两

① 沈德潜：《清诗别裁集》卷十九"陆师"条，上海：上海古籍出版社 1984 年 3 月第 1 版，下册第 748 页。

② 沈德潜：《明诗别裁集》卷一"刘基"条，上海：上海古籍出版社 1979 年 9 月第 1 版，第 1 页。

③ 沈德潜：《明诗别裁集》卷一刘基《太公钓渭图》诗评，上海：上海古籍出版社 1979 年 9 月第 1 版，第 5 页。

④ 沈德潜：《明诗别裁集》卷二"刘崧"条，上海：上海古籍出版社 1979 年 9 月第 1 版，第 33 页。

⑤ 沈德潜：《说诗晬语》，《原诗・一瓢诗话・说诗晬语》本，北京：人民文学出版社 1979 年 9 月第 1 版，第 217 页。

⑥ 沈德潜：《明诗别裁集》卷十二屈安人《送夫入觐》诗评，上海：上海古籍出版社 1979 年 9 月第 1 版，第 334 页。

方面来看，可以说，沈德潜已超越明代前后七子格调说的狭隘范畴，是格调说的集大成者。而关于格调在艺术风貌、品第水准方面的意义，邓红梅《论"格调"》的观点堪称精辟，邓红梅先生认为：这两种格调是"对于那些表达出来的作品情感艺术风貌的一种有效检阅，它衡量着诗歌的高下，品第着诗歌内涵和诗人胸怀的厚薄，并通过衡量诗歌'格调'的高低，来判断诗人的人生境界与诗艺修养的深浅，从而通过对于诗歌'格调'的强调来提醒诗人应不断提升自己的生命境界与诗艺修养，而不是仅仅依赖容易'江郎才尽'的那一点天赋聪明来写作小、快、灵或不灵的诗歌。这是'格调'批评对于中国古典诗歌批评体系最独特、最精彩的回馈。"这段话用来评价沈德潜格调说的价值也同样适合。

二、"诗教"统摄下的格调说——格调说与"温柔敦厚"说的关系

前文已提到，"温柔敦厚"的诗教说是沈德潜诗学思想的核心。也就是说，沈德潜的一切诗学思想均以此为中心而展开，即诗教原则统摄沈德潜的所有诗学思想，格调说也不例外。

沈德潜的格调理论是在诗教统摄下展开论述的，这在他评价杜甫时得以表露：

> 苏、李、《十九首》后，五言最胜，大率优柔善入，婉而多风。少陵才力标举，纵横挥霍，诗品又一变矣。要其感时伤乱，忧黎元，希稷、契，生平抱负，悉流露于楮墨间；诗之变，情之正也。[①]

如果从格调的角度着眼，五言诗应当以苏武、李陵及《古诗十九首》为正宗，后世显然也应该以此为师法对象。但是，杜甫五言诗却才力标举，纵横挥霍，似乎背离了正宗的五言诗特色。所以从格调的角度来看，杜甫五言诗是"诗之变"，显然是不能成为师法楷模的。然而，在沈德潜这里，杜甫在五言诗

① 沈德潜：《说诗晬语》，《原诗・一瓢诗话・说诗晬语》本，北京：人民文学出版社 1979 年 9 月第 1 版，第 206 页。

中表现出来的那些忧时伤乱、心系百姓的情怀却是令人佩服的，因此，从诗体的角度着眼是“变”，但是从诗教的角度、性情的角度，杜甫的道德人品足称楷模，是正宗，依然值得肯定。

这段话对于理解“温柔敦厚”诗教说与格调说的关系至关重要。它清楚地表明：沈德潜的格调说是在“温柔敦厚”统摄下的格调说，换言之，格调说服从于“温柔敦厚”的诗教说。明白这一点，就不难理解沈德潜何以在评价杜甫七言古诗时，与明代前后七子大异其趣，并对他们的评价深为不满：

何景明《明月篇序》，大意谓子美七言诗词固沉着，而调失流转，不如唐初“四子”音节可歌。盖以子美为歌诗之变体，而“四子”犹《三百》之遗风也。然子美诗每从风雅中出，未可执词调一节以议之。[①]

按：何景明在《明月篇序》中说：

仆始读杜子七言诗歌，爱其陈事切实，布辞沉着，鄙心窃效之，以为长篇圣于子美矣。既而读汉、魏以来歌诗，以唐初四子者之所为，而反复之，则知汉、魏固承《三百篇》之后，流风犹可征焉。而四子者，虽工富丽，去古远甚，至其音节，往往可歌。乃知子美辞固沉着，而调失流转，虽成一家语，实则诗歌之变体也。[②]

何景明在这里道出了他自己在七言体诗歌方面从先宗杜甫，再到逐步不满杜诗的过程。在明代前后七子眼中，七言古诗应以初唐四子为楷模，而杜诗在音调方面违背了这个正宗标准，所以说杜甫的七言古诗是“变体”，既然是变体，就不具备成为师法典范的条件。但在沈德潜看来，杜甫诗“每从风雅中出”，这显然是从诗教的角度着眼的；而“未可执词调一节以议之”一句，显然

① 沈德潜：《说诗晬语》，《原诗·一瓢诗话·说诗晬语》本，北京：人民文学出版社 1979 年 9 月第 1 版，第 252 页。

② 何景明：《何大复先生全集》卷十四《明月篇序》，《明代论著丛刊》本，台北：伟文图书出版社 1984 年 1 月第 1 版，第 637～638 页。

是针对明代前后七子说的。如此就道出了明代前后七子与沈德潜的理论分界：在明代前后七子眼中，视杜诗为变体是从格调的角度着眼的，也就是说，在明代前后七子的诗学体系中，格调就是格调，没有任何先决条件。而同样是论格调，沈德潜的格调说是在诗教的统摄下而言的，诗教包含格调。这种思想在其诗歌选本中也有体现，比如《清诗别裁集》，在《凡例》中他说："选中体制各殊，要惟恐失温柔敦厚之旨。"

由于沈德潜论格调首重诗教，因此，在对一些诗人的评价上，也明显与明代前后七子不同。比如在评价韩愈、白居易时，他说：

> 昌黎诗不免好尽，要之意归于正，规模宏阔，骨格整顿，原本雅、颂，而不规规于风人也。品为大家，谁曰不宜！[①]

> 乐天忠君爱国，遇事托讽，与少陵相同。特以平易近人，变少陵之沉雄浑厚，不袭其貌而得其神也。集中可采者多，兹取其大有关系者。[②]

无论是韩愈诗的"意归于正"，还是白居易得杜甫之神，沈德潜在评价这两位诗人时，都是用诗教的标尺去衡量。而在明代前后七子那里，对于这两位诗人的评价是不高的，以王世贞为例，他认为"韩退之于诗本无所解，宋人呼为大家，直是势利他语"；他还说："张为称白乐天'广大教化主'。用语流便，使事平妥，固其所长，极有冗易可厌者。少年与元稹角靡逞博，意在警策痛快，晚更作知足语，千篇一律。诗道未成，慎勿轻看，最能易人心手。"[③]

不仅如此，即使是在评价明代前后七子时，沈德潜也是先从诗教的角度着眼的。在评价何景明、陈子龙时，这种倾向尤为明显：

---

① 沈德潜：《唐诗别裁集》卷四"韩愈"条，上海：上海古籍出版社 1979 年 1 月第 1 版，上册第 117 页。

② 沈德潜：《唐诗别裁集》卷三"白居易"条，上海：上海古籍出版社 1979 年 1 月第 1 版，上册第 105 页。

③ 王世贞：《艺苑卮言》卷四，《历代诗话续编》本，北京：中华书局 2006 年 8 月第 2 版，中册第 1011 页。

洪宣以后,诗教日衰,虽李西涯起而振之,终未能力挽流俗。向微李、何二家,蛙声紫色,窃据坛坫,流极何所底耶!凡信口掎摭者,其论吾不敢取。①

诗教之衰,至于钟、谭,剥极将复之候也。黄门力辟榛芜,上追先哲,厥功甚伟。而责备无已者,谓仍不离七子面目。将蜩螗齐鸣,不必有钧韶之响耶!②

尤其值得注意的是,在沈德潜这里,当温柔敦厚与格调说存在矛盾时,格调说则让位于温柔敦厚。其《南园倡和诗序》一文说:

石曼卿云:"乐意相关禽对语,生香不断树交花。"朱子赏之,谓得"吾与点也"之趣;而于邵子"梧桐月向杯中照,杨柳风来面上吹",每涵咏而咀吟之。盖意未尝深,语未尝奇,即眼前景物,而乐天无闷、物各自得之意,隐然遇于言外。诗之真者在性情,不在格律辞句间也。③

"诗之真者在性情,不在格律辞句间也",这句话掷地有声,鲜明地与明代前后七子格调说划清了界线。基于此,在评价明代前后七子时,他毫不客气地指出他们在创作中因循格律的弊病。比如评价谢榛:

四溟五言近体,句烹字炼,气逸调高,七子中故推独步。古体局守规格,有宗法而无生气,弗取也。④

沈德潜对清代诗人王锡《丁卯春秋》一诗的评语尤为重要:

---

① 沈德潜:《明诗别裁集》卷五"何景明"条,上海:上海古籍出版社 1979 年 9 月第 1 版,第 112 页。

② 沈德潜:《明诗别裁集》卷十"陈子龙"条,上海:上海古籍出版社 1979 年 9 月第 1 版,第 276 页。

③ 沈德潜:《沈德潜诗文集·归愚文钞》卷十三,北京:人民文学出版社 2011 年 10 月第 1 版,第 3 册第 1352 页。

④ 沈德潜:《明诗别裁集》卷八,上海:上海古籍出版社 1979 年 9 月第 1 版,第 215 页。

律诗之变至少陵已极，此又在少陵变体之外，发乎性情，格律不足以拘之也。[①]

众所周知，杜甫是七言律诗这一诗体的集大成者，无论是格法、字法、句法还是章法都无美不备，可谓曲尽其变，横绝古今，后世论七律者总离不开对杜甫七律顶礼膜拜。沈德潜本人对杜甫七律也非常推崇，所谓“老杜以宏才卓识，盛气大力胜之。读《秋兴》八首，《咏怀古迹》五首，《诸将》五首，不废议论，不弃藻缋，笼盖宇宙，铿戛韶钧，而横纵出没中，复含蕴藉微远之致。目为‘大成’，非虚语也”[②]。然而王锡的七律却超越杜甫七律的范围，沈德潜之所以肯定他的诗，是因为其诗能够“发乎性情”，这显然又是从温柔敦厚的角度着眼的。可以看到，由于重视温柔敦厚的诗教说，沈德潜在这里表现出了某种轻视格律的迹象，再次表明了格调说从属于诗教说。

而在明代前后七子，情况则恰好相反，格调是先于性情而存在的。在这方面，陈子龙的话堪称代表，即：“先辨其形体之雅俗，然后考其性情之贞邪。”[③]两者的区别一目了然。

沈德潜在诗教统摄下论述“格调说”，其意义无疑是深远的。它使历来侧重于体现体制声律的“格调”不致步入形式主义的老路，创作者也避免陷入“僦”“剽”“奴”[④]的泥潭。它还有助于促使作家提高品质修养，充实诗歌的社会内容，从而提高诗歌的社会价值和审美价值。沈德潜曾说：“夫诗道之坏，在性情境地之不同而务期乎苟同。”[⑤]从这个角度来说，沈德潜在诗教统摄下

① 沈德潜：《清诗别裁集》卷二十一，上海：上海古籍出版社 1984 年 3 月第 1 版，下册第 854 页。

② 沈德潜：《说诗晬语》，《原诗·一瓢诗话·说诗晬语》本，北京：人民文学出版社 1979 年 9 月第 1 版，第 217 页。

③ 陈子龙：《陈子龙文集·安雅堂稿》卷二《宣城蔡大美诗序》，上海：华东师范大学出版社 1988 年 11 月第 1 版，下册第 35 页。

④ 钱谦益：《牧斋初学集》卷三十二《郑孔肩文集序》，上海：上海古籍出版社 1985 年 9 月第 1 版，下册第 930 页。

⑤ 沈德潜：《沈德潜诗文集·归愚文钞》卷十二《王东溆〈柳南诗草〉序》，北京：人民文学出版社 2011 年 10 月第 1 版，第 3 册第 1329 页。

讨论“格调”,能在很大程度上避免他所担心的诗道之“坏”,这无疑值得肯定。洪亮吉关于“文悫则专主体裁,而性情反置不言”[①]的论断显然以偏概全。

三、沈德潜格调说的新变色彩

格调一词作为复古派的理论旗帜,始于李东阳。在明代前后七子、陈子龙等明代复古派那里得到进一步发展。鉴于其显而易见的弊病,清初毛先舒、王士禛、叶燮等人又对之进行修正。到了沈德潜这里,虽然同样提倡格调说,但其格调说不仅具有体制声律等方面的含义,还具有艺术风貌、品第水准的含义,其格调的含义已远比明代前后七子宽广,显示出集大成的色彩。更重要的是,沈德潜是在诗教的统摄下论述格调的。由于对诗人道德人品及诗歌内容等方面的重视,他的格调说也突破了明代前后七子单一从体制声律等诗歌形式方面论诗的老路,显示出较为宏通的眼光。另外,沈德潜的格调说还具有一定的新变色彩,这同样值得重视。其主要体现在两方面。首先,他在论格调时,能够对一些超出最高典范之外的作品加以肯定,显示出不拘一格的宽容态度。其次也是最重要的,他欣赏诗歌格调方面的立异创新。

先看第一方面,如:

> 末句为乐难久也,缀一单句,格奇。[②]
>
> 七言古中时带整句,局势方不散漫。若李、杜风雨分飞,鱼龙百变,又不可以一格论。[③]
>
> 此诗硬转突接,不须蛛丝马迹,古诗中另是一格。[④]

---

① 洪亮吉:《洪亮吉集·更生斋文续集》卷一《读雪山房唐诗选序》,北京:中华书局2001年10月第1版,第3册第1135~1136页。

② 沈德潜:《唐诗别裁集》卷六李白《乌栖曲》诗评,上海:上海古籍出版社1979年1月第1版,上册第185页。

③ 沈德潜:《唐诗别裁集》卷五高适《燕歌行》诗评,上海:上海古籍出版社1979年1月第1版,上册第161页。

④ 沈德潜:《唐诗别裁集》卷五岑参《与独孤渐道别长句,兼呈严八侍御》诗评,上海:上海古籍出版社1979年1月第1版,上册第169页。

咏沧浪亭者，俱仿苏、梅体，此以淡寂行之，春花明媚，忽遇山矾，独殊风格。[①]

四句写景，自成一格。[②]

上文这些诗歌都有一个共同点，就是从格调的角度，它们显然超越了最高典范，从某种程度上可视为格调方面的“别调”。沈德潜在此却持宽容乃至欣赏态度，这与明代前后七子动辄悬一格以笼罩全体的极端做法相比，自然是难能可贵的。

再看他对格调方面立异创新的评价：

下半流走直下，格法独创。[③]

纯用空写，其情自深，安仁、子荆外，另标一格。[④]

一裘、一钱，两篇是创格，亦是绝调。[⑤]

三句一韵，末三句缠联而下，格调甚新。[⑥]

不用对偶，一气旋折，律诗中有此一格。[⑦]

汉、魏以来，未有此体，少陵特为开出，是诗家第一篇大文。[⑧]

---

① 沈德潜：《清诗别裁集》卷十顾贞观《秋晓登沧浪亭呈宋中丞》诗评，上海：上海古籍出版社 1984 年 3 月第 1 版，上册第 395 页。

② 沈德潜：《古诗源》卷十三吴均《山中杂诗》诗评，北京：中华书局 2006 年 4 月第 2 版，第 267 页。

③ 沈德潜：《唐诗别裁集》卷十三杜甫《野人送朱樱》诗评，上海：上海古籍出版社 1979 年 1 月第 1 版，下册第 452 页。

④ 沈德潜：《清诗别裁集》卷十四张笃庆《悼亡》诗评，上海：上海古籍出版社 1984 年 3 月第 1 版，上册第 571 页。

⑤ 沈德潜：《清诗别裁集》卷六吴嘉纪《一钱行赠林茂之》诗评，上海：上海古籍出版社 1984 年 3 月第 1 版，第 251 页。

⑥ 沈德潜：《明诗别裁集》卷八李攀龙《和许殿卿春晶梁园即事》诗评，上海：上海古籍出版社 1979 年 9 月第 1 版，第 194 页。

⑦ 沈德潜：《唐诗别裁集》卷十李白《夜泊牛渚怀古》诗评，上海：上海古籍出版社 1979 年 1 月第 1 版，上册第 343 页。

⑧ 沈德潜：《唐诗别裁集》卷二杜甫《北征》诗评，上海：上海古籍出版社 1979 年 1 月第 1 版，上册第 65 页。

这些评论都有一个共同点，即所评对象突破了最高典范，沈德潜不仅一一选中，而且带有明显的赞赏之意，毫无疑问，沈德潜这种在格调方面力求创新的态度值得肯定。如果与明代前后七子对待格调创新的态度相比，沈德潜的这种观点尤为醒目。被王世贞列为“末五子”之一、明代格调说代表人物之一的胡应麟在其《诗薮》中有一个观点：

> 诗至于唐而格备，至于绝而体穷。故宋人不得不变而之词，元人不得不变而之曲。词胜而诗亡矣，曲胜而词亦亡矣。明不致工于作，而致工于述；不求多于专门，而求多于具体，所以度越元、宋，苞综汉、唐也。①

所谓“明不致工于作，而致工于述；不求多于专门，而求多于具体”，就是说面对盛唐“格备体穷”的现实，以及宋、元人企图变体而最终失败的前车之鉴，明人要做的只有师法唐代诗歌的体制，而不是去抛开唐体另起炉灶以求创新。可以说，这是明代前后七子的共同观点，于是才有了轰轰烈烈的诗歌复古运动。而明代格调论者对于自身的这种做法是颇为满意的，所以胡应麟不无自信地说，明诗“度越元、宋，苞综汉、唐”。在沈德潜这里，固然也肯定唐诗的经典地位及其在格调方面的示范作用，但是，由于他对格法创新方面的肯定乃至向往，这就突破了明代前后七子动辄悬一格以衡量其他诗歌的做法。这显然是合理的，也是应该加以肯定的。那种认为沈德潜“专讲格律”②的论断，显然忽略了沈德潜对格调方面创新之处的肯定与欣赏，是以偏概全之见。

第五节　沈德潜的诗

沈德潜《说诗晬语》开篇就说：

---

① 胡应麟：《诗薮》内编卷一，上海：上海古籍出版社 1958 年 10 月第 1 版，第 1 页。

② 钱泳：《履园谭诗》，《清诗话》本，上海：上海古籍出版社 1978 年 9 月新 1 版，下册第 671 页。

诗之为道，可以理性情、善伦物、感鬼神、设教邦国、应对诸侯，用如此其重也。秦汉以来，乐府代兴；六代继之，流衍靡曼。至有唐而声律日工，托兴渐失，徒视为嘲风雪、弄花草、游历燕衎之具，而“诗教”远矣。[①]

沈德潜的这段话通常被理解为他视诗歌为“载道”的工具。但是，从他现存三千余首诗来看，其诗歌内容不仅有“理性情、善伦物、感鬼神、设教邦国、应对诸侯”等方面，而且也有一些“嘲风雪、弄花草、游历燕衎”之什，显示其理论与创作并非整齐划一、若合符契。造成这种现象的原因，在诗歌史上实为普遍现象：从创立流派的角度着眼，几乎每一个流派在创立之初都必须要在理论上增强号召力，以显示其合理性，故而其理论有时不免夸大其词，诗人本身对此也了解于心。所以，其理论“在某种程度上只是一种宣传策略，他们并不打算全心全意地照着去做”[②]。具体到沈德潜，其诗歌从内容上看，可以分为言志咏怀诗、反映现实的诗、山水诗、田园诗、怀古诗、怀人诗及应制诗等七类。

一、言志咏怀诗

叶燮《原诗》说：“诗是心声，不可违心而出，亦不能违心而出。功名之士，决不能为泉石淡泊之音；轻浮之子，必不能为敦庞大雅之响。”[③]沈德潜的诗歌首先是其人格精神的投影，故而许多篇章多是抒发其人品修养、胸襟抱负的。如《杂诗八首》其一：

吾生后古人，愿与古人友。世务百无能，一编差自守。蓬户春

① 沈德潜：《说诗晬语》，《原诗・一瓢诗话・说诗晬语》本，北京：人民文学出版社 1979 年 9 月第 1 版，第 186 页。

② 陈文新：《中国文学流派意识的发生和发展》，武汉：武汉大学出版社 2003 年 11 月第 1 版，第 38 页。

③ 叶燮：《原诗》，《原诗・一瓢诗话・说诗晬语》本，北京：人民文学出版社 1979 年 9 月第 1 版，第 52 页。

盎然，何谦室如斗。弹琴而咏风，编蒲更辑柳。读书偕友朋，精义赖分剖。用以勖明德，驱彼外物诱。虚名等浮云，一吷复何有？①

沈德潜还有一些诗，直抒其崎岖困顿的人生及不平之气，如《舟次咏怀二首》，题注：时五十初度。第二首云：

孤舟去住轻，野宿就荒城。迟暮易增叹，云山空复情。微躯惭救过，俭岁拙谋生。百感难成寐，长天旅雁声。②

五十岁，说是迟暮之年多少有些牵强。但由于作者拙于谋生，前途无望，以致生出迟暮之感。其用世热情虽炽热依旧，但现实中处处碰壁又使其无奈也无助，他只能借助于一声声雁鸣来抒发一腔压抑与沉闷。这类诗在沈德潜的诗歌中很少见，因为他的诗给人印象大多是平实和顺的。不过，正因为少见，这也为研究其思想、心态的另一面打开了一扇窗，同时也彰显出这类诗的价值。

《病馀》云：

耄年病体强扶持，方寸粗安便当医。闲里寻忙种花药，动中得静梦黄羲。山光欲活同人玩，书味难名偶自知。物我恬熙归造化，太空不受本无私。③

从第一句可以看出，这首诗作于沈德潜晚年。经历了仕途的平步青云及皇帝的无上恩宠后，此时作者返璞归真，对生命也有了全新的体验。这无疑为了解沈德潜辞官后的生活境况及心态提供了重要依据。

沈德潜的这类诗也是其诗学观的投影。在一些诗作中，沈德潜明确表达

① 沈德潜：《沈德潜诗文集·一一斋诗》卷九，北京：人民文学出版社 2011 年 10 月第 1 版，第 2 册第 731 页。

② 沈德潜：《沈德潜诗文集·归愚诗钞》卷十二，北京：人民文学出版社 2011 年 10 月第 1 版，第 1 册第 248 页。

③ 沈德潜：《沈德潜诗文集·归愚诗钞馀集》卷七，北京：人民文学出版社 2011 年 10 月第 1 版，第 2 册第 551 页。

自己的诗歌观点。如《论明诗十二断句》第十一首论陈子龙：

一衰熄后钟谭起，下里徒闻嘈喷音。独有黄门持雅正，枇杷晚翠岁寒心。[①]

《戏为绝句》其六论苏轼和陆游：

端明学士渭南伯，两宋才华此独优。后人嗤点太容易，沧海何妨有横流。[②]

这两首诗第一首表达的是其坚守雅正复古的诗学观，第二首则是转益多师的诗学观。显然，这类诗可以与其诗学理论相互对照、互为参考。

二、反映现实的诗

对于沈德潜一些反映现实的诗，学界看法不一，这主要是因为沈德潜反映现实的诗，包含两种截然不同的内容。一是反映盛世之作，即一些论者认为的歌功颂德之作；二是暴露黑暗之作。后者历来受到研究者的肯定。

先看其反映盛世之作。在这方面，《旧边诗九首》堪称代表。其《序》道："我国家内外一统，万方宁谧，揆文奋武，无远弗届矣。阅《明史》，见季年屯政不修，边事日坏，民生凋敝，因作《旧边》九首述往事，盖以庆太平也。"[③]第三首《宣府》云：

大宁弃后守开平，又见苍黄失重城。（土木变后，开平、兴和亦不能守。）正忆文皇犁绝塞，翻怜英庙误亲征。风旗蔽野晨挑战，雪

① 沈德潜：《沈德潜诗文集·归愚诗钞》卷二十，北京：人民文学出版社2011年10月第1版，第1册第423页。

② 沈德潜：《沈德潜诗文集·归愚诗钞》卷十九，北京：人民文学出版社2011年10月第1版，第1册第390页。

③ 沈德潜：《沈德潜诗文集·归愚诗钞》卷十五，北京：人民文学出版社2011年10月第1版，第1册第309页。

帐连山夜斫营。设险正需防上谷，安边总为翼神京。[①]

稍微对明末历史有所了解的人都知道，沈德潜所说的是完全符合客观实际的。这虽是一首怀古诗，但其写作目的是对比今昔、歌颂现实，所以，也可以把它视为称颂之作。然而，今天的文学史对于沈德潜这类盛世之作评价是不高的。原因在于，首先，沈德潜与最高统治者乾隆的亲密关系使人想当然地认为此类诗作纯粹是为了颂功纪德、邀功请赏。但是，这种诗在其早年就有很多，例如《旧边诗九首》，《清诗别裁集》所收方还的诗，也同样有类似的一组诗，沈德潜记云："丁酉秋，同人集广歌堂，赋旧边诗……"[②]丁酉，指康熙五十六年丁酉(1717)，沈德潜45岁。此外，李果诗集中也有《旧边八首》，序云："庚寅秋，偶与同学诸子论唐人征戍诗，因假有明各边为诗八章。我国家定鼎以来，万方宁谧，不复见征戍之苦，考八边事，实知今日太平景象远迈千古矣。"[③]庚寅，是康熙四十九年(1710)，沈德潜38岁。可以推知沈德潜的这组诗应该也作于此时。三位诗人所表达的对国家一统、社会安定的赞美，既符合客观实际，又发自内心。其次，长期以来人们对清朝历史存在一定偏见。清朝开国史也是汉族人的血泪史，而其末年又使中国沦为半殖民地半封建社会，因此，在谈到清朝历史时，往往不能平心静气，很多时候戴着有色眼镜看问题。尤其是受20世纪初民族民主革命影响，清朝更被斥为"满清"。这种观点影响到诗歌批评，对于那些揭露清廷暴政的诗作往往肯定赞扬，反之则视作为清代统治者服务，作诗者也往往被视为给清廷唱颂歌的御用文臣。这种观点显然片面夸大了诗歌对历史发展的责任和作用。

究竟应该以怎样的态度研究沈德潜的诗？范建明先生《论沈德潜的诗》一文的观点值得推荐。他认为，对于沈德潜的"颂诗"不能全盘否定，因为即

① 沈德潜：《沈德潜诗文集·归愚诗钞》卷十五，北京：人民文学出版社2011年10月第1版，第1册第310页。

② 沈德潜：《清诗别裁集》卷二十八"方还"条，上海：上海古籍出版社1984年3月第1版，下册第1150页。

③ 李果：《咏归亭诗钞》卷二，《清代诗文集汇编》第244册，第342页。

使是一些歌功颂德之作，也“比较真实地反映了他所处的那个时代的社会现实鼎盛的一面”。范建明还指出，“假如我们不抱任何偏见能够历史地分析研究清代历史，正确评价康熙、乾隆，我们也理应正确地评价反映这一时代实情的沈德潜的诗作”。[①] 毫无疑问，该观点令人信服，理应得到重视。如果从这个角度着眼，可以说，沈德潜这类诗在认识意义上不亚于杜甫《忆昔》，因为它同样也是客观反映了“盛世”这一任何人都无法否定的客观存在，体现了处在那个承平时代士人的基本性情和风貌。在评选王士禛的诗时，沈德潜说：

> 或谓渔洋獭祭之工太多，性灵反为书卷所掩，故尔雅有余，而莽苍之气遒折之力往往不及古人，老杜之悲壮沉郁，每在乱头粗服中也。应之曰，是则然矣。然独不曰欢娱难工，愁苦易好，安能使处太平之盛者，强作无病呻吟乎？[②]

这段话同样适用于评价沈德潜自己的同类诗。

学界对于沈德潜歌功颂德诗存在不同观点，而对于他诗歌中一些暴露现实黑暗之作，则得到研究者的完全认同，这类诗也历来受到人们的高度评价。如《制府来》《海灾行》等诗，就有论者指出这些诗“讽刺官吏跋扈，反映民生疾苦，语言朴素自然”[③]。

总体来看，沈德潜反映现实的诗，一是反映自然灾害给百姓造成的苦难；二是反映不合理的社会现象。前者如《夏日杂咏十章》，其一云：

> 吴中饥岁后，触目总荒凉。树剥榆皮尽，泥穿山骨伤。无家留饿犬，有病卧羸羊。仁爱皇天意，谁与召此殃。[④]

至于反映不合理的社会现象，当以《百一篇》为代表。清代统治者虽数次

---

① 范建明：《论沈德潜的诗》，《苏州大学学报》1986 年第 1 期。

② 沈德潜：《清诗别裁集》卷四，上海：上海古籍出版社 1984 年 3 月第 1 版，上册第 125 页。

③ 袁行霈：《中国文学史》，北京：高等教育出版社 2005 年 7 月第 2 版，第 4 册第 319～320 页。

④ 沈德潜：《沈德潜诗文集·归愚诗钞馀集》卷一，北京：人民文学出版社 2011 年 10 月第 1 版，第 2 册第 442 页。

减免赋税,但是,江南之苏松地区,浙江之嘉湖地区,仍然赋税最重。沈德潜这首诗就表达了对这一现象的不满:

> 丁粮盛苏松,难与他郡较。供赋民力疲,况复增火耗。每两五六分,七八渐稍稍。近者加一馀,官长任所好。捉轻兼捉青,官夺吏乃勦。争先植其私,百私并尤效……[①]

后人评价此诗时说:"极言加耗之非,且揭明胥吏弊混,以赢馀入杂项,以逋欠归正供,官侵其利,民受其害,非所以核名实也。"[②]其他像《复旱》《夏日杂咏十章》《凿冰行》《后凿冰行》等诗,无一不为了解乾隆朝"盛世"表象下的天灾人祸提供有力佐证。

章学诚《文史通义》认为,"不知古人之世,不可妄论古人之文辞也。知其世矣,不知古人之身处,亦不可以遽论其文也"[③]。通过知人论世,深入了解作者的生平、思想、品德、遭遇等,以及诗人所处的时代状况,不仅有助于把握作品的深刻内涵,而且还可以跨越历史的鸿沟,站在作者的立场上,探索其心意。对于沈德潜,一方面,他并未经历明遗民亡国灭家的切肤之痛,对于清廷也就谈不上有什么仇恨;另一方面,确然自守、安贫守贞的性格决定他不可能对不合理的社会现象疾言厉色。因此,他的一些反映现实的作品也只能是反映,而不可能触及社会制度层面。但即使是这样,在文字狱盛行的年代也是难能可贵的:须知他的诗歌都曾呈给皇帝御览,这些讥刺现实的诗作弄不好就有掉脑袋的危险。

三、山水诗

山水诗在沈德潜的诗歌中占有很大比例。在其现存诗歌中,近三分之一

---

① 沈德潜:《沈德潜诗文集·归愚诗钞》卷五,北京:人民文学出版社 2011 年 10 月第 1 版,第 1 册第 85 页。

② 郭则沄:《十朝诗乘》卷九,《民国诗话丛编》本,上海:上海书店出版社 2002 年 12 月第 1 版,第 4 册第 272 页。

③ 章学诚著,叶瑛校注:《文史通义校注》,北京:中华书局 1985 年 5 月第 1 版,第 278～279 页。

是山水诗。其笔下的山水诗可以分成两类。一类是描写吴中山水的诗。自从祖先于明代洪武朝从浙江吴兴(今湖州)迁居江苏吴中(今苏州)后,沈德潜家族的主要活动范围就以吴中为主。刘勰《文心雕龙·物色》说:“若乃山林皋壤,实文思之奥府。”指出地域因素在文学创作中的巨大作用。沈德潜生活的吴中自古就是东南的大都会,山有虎丘、灵岩之胜,水有太湖、松江之饶,风土清嘉。沈德潜的一些山水诗很自然地以描绘吴中山水为主。如《月夜泛舟太湖》:

短棹出胥口,放眼忽渺漫。暮景四野合,圆月升云端。微微流远目,隐隐吐烟鬟。浩歌声激越,击汰弄潺湲。身在冰壶中,心骨俱清寒。鱼龙静夜出,跋浪生洄澜。送我助长风,舟疾如飞翰。平生苦结轖,顿觉胸怀宽。此时探历心,已上高峰间。①

此诗描写了月光下的太湖美景。皎洁的月光泼洒在烟波浩渺的太湖上,从视觉到听觉,从静景到动态,可谓虚实相生。全诗几乎都是写景,但由于整个画面如梦如幻,又渗透着作者的真实感情,故而读来令人不禁心醉于太湖的美景。

《游娄东王氏乐郊园》一诗云:

园林不厌深,佳境在无穷。缘山将数转,屈折迷西东。忽然度洄溪,仍与前山通……②

吴中以其园林之胜蜚声海内外,沈德潜此诗即描写了人工山水——吴中园林的特色。“缘山将数转,屈折迷西东。忽然度洄溪,仍与前山通”,生动描绘出苏州园林山水里外交通、虚实相间的特征,令人心向往之。

吴中山水大都清丽明秀。受此影响,沈德潜笔下描写吴中山水的诗从风

---

① 沈德潜:《沈德潜诗文集·归愚诗钞》卷六,北京:人民文学出版社2011年10月第1版,第1册第104～105页。

② 沈德潜:《沈德潜诗文集·竹啸轩诗钞》卷十一,北京:人民文学出版社2011年10月第1版,第2册第808页。

格上看也大都温润娟秀，打上了吴中山水诗的烙印。不过，沈德潜更加青睐雄浑壮观的诗风。其《重订唐诗别裁集序》说：“新城王阮亭尚书选《唐贤三昧集》，取司空表圣‘不着一字，尽得风流’，严沧浪‘羚羊挂角，无迹可求’之意，盖味在盐酸外也。而于杜少陵所云‘鲸鱼碧海’，韩昌黎所云‘巨刃摩天’者，或未之及。”他还曾以“杜韩两语标宗旨，巨刃摩天掣大鲸”[①]教育诸门生。这种倾向也大多反映在他描写其他地方山水的诗作中，如《金山》诗：

四顾临无地，孤峰亦壮哉。天风盘鹳鹤，海月上楼台。钟梵从容落，江山入座来。云堂龙听法，深夜挟潮回。[②]

沈德潜虽然在 67 岁时才得中进士，但此前十几次参加科举考试的经历，使他有机会畅游江浙一带的名山胜水。该诗描绘的就是江苏镇江的金山。起句警挺，一“壮”字为全诗定下基调。中间两联具体描写在山顶的所见所听，动静结合，虚实相间。末句气势飞动，比喻奇特，想落天外。整首诗雄壮恢宏，得李、杜山水诗之神韵。

又如《石梁观瀑》一诗：

巨灵用全力，两崖忽分断。放出三白龙，夭矫互斗战。莫穷水之源，直下急于箭。巨石不容水，水怒力逾悍。水石两相争，倒跃势撇漩。如倾万斛珠，喷洒溅崖岸。汇合赴一门，迅疾激雷电。俯看奔驿马，仰睇挂匹练。久坐心骨寒，乍惊耳目眩。石梁跨穹窿，剑脊险逾栈。猿鸟亦回踪，客子敢轻窜。过此逢仙真，堪使凡骨换。云裳许裁服，芝草当餐饭。津逮有何人？渺焉怅云汉。[③]

此诗是沈德潜 78 岁高龄时游天台山而作。该诗前半部分极尽比喻、拟

① 沈德潜：《示书院诸生》，《沈德潜诗文集・归愚诗钞馀集》卷十，北京：人民文学出版社 2011 年 10 月第 1 版，第 2 册第 628 页。

② 沈德潜：《沈德潜诗文集・归愚诗钞》卷十二，北京：人民文学出版社 2011 年 10 月第 1 版，第 1 册第 226 页。

③ 沈德潜：《沈德潜诗文集・归愚诗钞》卷七，北京：人民文学出版社 2011 年 10 月第 1 版，第 1 册第 137 页。

人、夸张等手法之能事，描写瀑布从山崖间冲撞而出，在巨石间咆哮奔腾的情景，绘声绘色。后半部分转向议论与抒情，更从侧面反映出石梁瀑布奇特险绝的特征。整首诗变化驰骤，却又层次分明。音节紧促、精于炼字的写法客观上造成惊心动魄的效果。这也是效法杜、韩山水诗风的上乘之作。

沈德潜认为："人谓诗本性情，不主议论，似也，而亦不尽然。试思二《雅》中，何处无议论？杜老古诗中，《奉先咏怀》《北征》《八哀》诸作，近体中《蜀相》《咏怀》《诸葛》诸作，纯乎议论。但议论须带情韵以行，勿近伧父面目耳。"①这种作诗不废理趣的态度，反映在其山水诗中，表现为不仅对山水作穷形尽相的描写，而且还富有理趣。如《天都峰》云：

> 黄山天下奇，天都峰之特。绝地九百仞，陡下如斧劈。势疑塞高空，体许镇地脉。四面总换形，不改性正直。无以拔众上，众自莫敢敌……②

这首诗与《石梁观瀑》一样，是沈德潜78岁游黄山而作。是年，他因患噎疾辞京归乡，在门人周准等人的陪同下，畅游黄山、天台山。前三联总写天都峰拔地倚天的奇特，"四面总换形，不改性正直。无以拔众上，众自莫敢辞"，把天都峰凌驾诸峰的自然景象上升至哲理层面，使得整首诗既形象鲜明，又充满理趣，令人耳目一新。同时，作者老当益壮的自信也得以显露。

四、田园诗

在67岁中进士之前，沈德潜一生绝大部分时间都过着乡间田园生活。"篱下掐瓠叶，疆畔摘瓜华。烹芼持作羹，隔屋招邻家。邻家过我饮，相与谈

---

① 沈德潜：《说诗晬语》，《原诗・一瓢诗话・说诗晬语》本，北京：人民文学出版社1979年9月第1版，第249～250页。

② 沈德潜：《沈德潜诗文集・归愚诗钞》卷七，北京：人民文学出版社2011年10月第1版，第1册第133页。

桑麻。杂坐忘主宾，欢然起高歌”[①]，是其田园生活自况，同时亦可见诗人的人格风貌。中国传统士人本就有在抒写闲居的生活中寻求心灵栖息地的传统，沈德潜也不例外。所以，田园诗也是沈德潜大力为之的诗歌题材之一。从总体上看，其田园诗一方面抒写他甘于淡泊、自得其乐的情怀。如《山中杂兴》其一：

> 我本山中人，但识山中事。猿狖作比邻，云木关寤寐。晞发当初阳，濯足临水次。地险心神夷，岩壑每平视。行止岂豫谋，兴到随所寄。山村酒新熟，颓然取一醉。[②]

另一方面，侧重于描写真切、质朴的农家生活。如《田家杂兴》其三：

> 村墟起暝色，牛羊各来归。田家晚炊罢，犹自关柴扉。邻里夜相过，围坐情依依。共夸麦苗盛，共忧桑叶稀。儿女齐长大，所需食与衣。地远人俗淳，言语心无机。祗谈农家事，焉知谁是非？[③]

本诗使用白描手法，将初春时节淳朴安静的田园气氛，亲切质朴的人情美传神写出，浓郁的生活气息扑面而来。虽然只是眼前景，家常语，读来却非常动人。显然，这类诗深受陶诗与盛唐诸公田园诗的影响。如果与陶渊明《归园田居五首》其二相比较，沈诗继承陶诗处就更加显豁了：

> 野外罕人事，穷巷寡轮鞅。白日掩荆扉，虚室绝尘想。时复墟曲中，披草共来往。相见无杂言，但道桑麻长。桑麻日已长，我土日已广。常恐霜霰至，零落同草莽。

通过比较可以发现，沈德潜的这类诗不仅继承陶诗语言质朴亲切、意境

---

① 沈德潜：《沈德潜诗文集·归愚诗钞》卷五《夏日田居杂兴》其三，北京：人民文学出版社 2011 年 10 月第 1 版，第 1 册第 88 页。

② 沈德潜：《沈德潜诗文集·归愚诗钞》卷六，北京：人民文学出版社 2011 年 10 月第 1 版，第 1 册第 101 页。

③ 沈德潜：《沈德潜诗文集·归愚诗钞》卷四，北京：人民文学出版社 2011 年 10 月第 1 版，第 1 册第 60 页。

朴茂渊深的特点，而且在描写与农人之间素朴的人情关系方面，沈诗又充分吸收孟浩然《过故人庄》等诗的精华，较陶诗、孟诗等描写似更胜一筹。尤其值得注意的是，沈德潜笔下还有一些田园诗，能镕铸古人而自开生面。那就是既描写山村恬静的自然风光，还兼及农人的精神状态与追求，极富新意。如《田家杂兴》其五：

> 白云护山村，红叶隐茅屋。门前跨板桥，户后罗修竹。牛闲系道旁，磨痒向古木。是时秋气高，霜重秔稻熟。老农颜色喜，蚕晚食新谷。惟苦欠文墨，举动成鄙俗。今年幸有秋，送子入里塾。①

中国古代田园诗在陶渊明那里走向成熟，后经盛唐王维、孟浩然、储光羲等人进一步完善。后人所作田园诗一般也都摆脱不了前辈所创田园诗的既定格式：或咏叹农村风土人情，表达对田园风物的喜爱与向往；或侧重于描写农家贫苦生活，传达作者的人道主义情怀。沈德潜这首诗则显示出一定的独创性：诗的前半部分犹如一幅徐徐展开的农家画卷，色彩鲜明，动静结合，层次分明；后半部分首先刻画老农精神状态，即“颜色喜”；接着，笔触又转向描写老农更高层次的追求——“今年幸有秋，送子入里塾”。这种写法在前代诗作中似不多见：它传达出农人并不满足于衣食富足等物质层面的东西，生活富足后的精神追求才是更重要、也是更值得追求和重视的。显然，这突破了以往田园诗写作的固定模式，在田园诗中是别有韵味之作。

沈德潜的田园诗较有特色，这与其田园诗多使用古体尤其是五言古体有关。关于古体，有“古体劲而质，近体婉而妍，诗之常也”②以及“五言质，七言文；五言亲，七言尊。几见田家诗而多作七言者乎？几见骨肉间而多作七言

① 沈德潜：《沈德潜诗文集·归愚诗钞》卷四，北京：人民文学出版社 2011 年 10 月第 1 版，第 1 册第 60 页。

② 刘熙载：《诗概》，《清诗话续编》本，上海：上海古籍出版社 1983 年 12 月第 1 版，下册第 2438 页。

者乎”[①]的说法。可见，五言古诗这一诗体本身就具有质朴的特点。作为一名诗论大家，沈德潜自然深谙此中奥妙。在创作中，他充分发挥这一诗体形式的优势。一方面，沈德潜的田园诗大都以五言古诗的形式出现；另一方面，他能汲取前人主要是陶诗和盛唐诸公田园诗写作的优秀传统，融会贯通，并能自出新意。

五、怀古诗

据沈德潜自订年谱，他在29岁时就因所作《北固怀古》《金陵怀古》《景阳钟歌》等诗得到时人赞赏。可见，怀古诗也是沈德潜诗歌中较有特色的题材之一。

关于怀古诗，朱庭珍《筱园诗话》有过精辟的论述：“凡怀古诗，须上下千古，包罗浑合，出新奇以正大之域，融议论于神韵之中，则气韵雄壮，情文相生，有我有人，意不竭而识自见。始非史论一派。”[②]沈德潜的一些怀古诗足以当之。如《太白酒楼》：

> 宾主一尊酒，高楼千古传。斯人不可作，胜事空当年。荡胸纳河济，举手攀云烟。谁为后来者？倚槛心茫然。[③]

这是一首登临怀古之作。“李白斗酒诗百篇”的逸兴豪举千载流传，令人神往。作者登楼触怀，感叹“斯人不可作”的遗憾。“荡胸纳河济，举手攀云烟”，意境开阔，气势雄壮。而“谁为后来者”又隐隐可见作者欲追步前贤的壮志。

《谢皋羽墓》一诗通过凭吊谢翱，抒发作者深沉的历史感：

---

① 刘熙载：《诗概》，《清诗话续编》本，上海：上海古籍出版社1983年12月第1版，下册第2434页。

② 朱庭珍：《筱园诗话》卷三，《清诗话续编》本，上海：上海古籍出版社1983年12月第1版，下册第2377页。

③ 沈德潜：《沈德潜诗文集·归愚诗钞》卷十三，北京：人民文学出版社2011年10月第1版，第1册第261页。

丞相已成仁，遗民剩一身。西台曾恸哭，古墓不逢春。朱鸟魂应返，严祠地许邻。高吟《晞发》咏，山鬼亦伤神。①

谢翱，字皋羽，为南宋亡国孤臣，所作《晞发集》《西台恸哭集》等抒写对故国的忠爱之忱。沈德潜此诗在当时是要冒一定风险的：吟咏南宋义士很容易让人联想到与之经历相似的明遗民，何况“朱鸟”二字在当时政治环境下又是多么刺眼。沈德潜心中虽无华夷之防的念头，但其内心深处民族意识未泯是可以想见的。表达此类情怀的诗还有《史阁部墓》《谒文信国祠》等。

沈德潜认为，“咏古诗未经阐发者，宜援据本传，见微显阐幽之意；若前人久经论定，不须人云亦云。王摩诘《西施咏》、李东川《谒夷齐庙》，或别寓兴意，或淡淡写景，以避雷同剿说，此别行一路法也”②。这段话中最后一句是关键，也就是说，咏古诗应该突破前人窠臼，生发新意。沈德潜的一些怀古诗是能够做到他所说的“别行一路法”的。如《渔阳鼙鼓》：

渔阳鼙鼓震如雷，合队杨家宴乍回。飞骑红尘驰告急，宫中犹认荔支来。③

该诗把渔阳鼙鼓与杨家欢宴，报道战争讯息的飞骑与运送荔枝的飞骑对比联想在一起，构思奇特，别开生面，是熟题翻出新意的力作。其他如《吴山怀古》其三“和议有人增岁币，偏安无诏复神州”④句，把南宋小朝廷对外只知俯首称臣、增加岁币，对内满足于偏安一隅、不思进取结合起来，讽刺立见，令人印象深刻。

沈德潜还有一些怀古诗，明确表达其对于历史兴亡的看法，颇有借鉴意

① 沈德潜：《沈德潜诗文集·归愚诗钞》卷十四，北京：人民文学出版社 2011 年 10 月第 1 版，第 1 册第 282 页。

② 沈德潜：《说诗晬语》，《原诗·一瓢诗话·说诗晬语》本，北京：人民文学出版社 1979 年 9 月第 1 版，第 244 页。

③ 沈德潜：《沈德潜诗文集·归愚诗钞馀集》卷八，北京：人民文学出版社 2011 年 10 月第 1 版，第 2 册第 578 页。

④ 沈德潜：《沈德潜诗文集·归愚诗钞》卷十五，北京：人民文学出版社 2011 年 10 月第 1 版，第 1 册第 302 页。

义。如《咏史》其一云：

白起坑赵卒，身首亦分离。蒙恬制险塞，兄弟遭诛夷。王翦灭六国，三世祸随之。此曹殉功名，斩刈无不为。功名虽倖成，天道讵可欺？积凶有馀殃，古圣秉良规。杀人实自杀，推刃复何悲。[1]

六、怀人诗

除了上述五种诗歌类型外，沈德潜还有一些怀人诗，如《怀南徐诸子》《怀人绝句》《怀友十三章》《怀旧诗十三章》等。由于沈德潜的诗人身份，并且"生平交友，往往以诗作合，故历数朋好，诗人独多"[2]，因此，他的这类诗多以同时代的诗人为描写对象，这对于了解沈德潜身处的诗坛背景及其交游情况，具有重要作用。比如《北郭诗人歌》，就是以北郭诗社众成员为描写对象，其对诗社成员人格特征、诗歌特色的描述是了解北郭诗社的重要文献。如咏朱受新云：

木鸢居士神安恬，怀人吊古临风檐。晚唐元代中州兼，蜂酿崖蜜中边甜。

咏沈用济和方朝云：

钱塘诗老气浑涵，胸罗豫章与楩楠。吐纳众有含洪纤，勺湖荒秽俱夷芟。远追曹阮君其堪，两贤左右同骖驔，先后十载埋云岚。[3]

除了上述之外，沈德潜还有一些哀挽诗和悼亡诗。前者如《挽方东华三章》其一：

缔交三十载，倏忽成长别。往事付微尘，风过散一吷。遥忆共

① 沈德潜：《沈德潜诗文集·归愚诗钞》卷四，北京：人民文学出版社 2011 年 10 月第 1 版，第 1 册第 66 页。

② 沈德潜：《沈德潜诗文集·归愚文钞》卷十二《陈耻庵遗诗序》，北京：人民文学出版社 2011 年 10 月第 1 版，第 3 册第 1323 页。

③ 沈德潜：《沈德潜诗文集·归愚诗钞》卷十，北京：人民文学出版社 2011 年 10 月第 1 版，第 1 册第 195 页。

追欢，朋好联吴越。吟坛奉雅奏，门巷停车辙。许可邀片言，定论莫敢夺。冉冉岁月徂，诗老渐沦没。（方舟、耻庵、东郊诸子。）主人静者流，相继叹奄忽。鸣弦想馀声，虚堂昼常闭。勺湖水空流，石梁自幽咽。[①]

方东华，即北郭诗社中的方朝。此诗通过回顾两人当年的交往及方朝在北郭诗社中的地位，表达沈德潜对方朝去世的悲痛和思念之情。类似的还有《挽盛青嵝》《徐龙友哀辞》等。

至于悼亡诗，可以《梦正室俞夫人哭醒以诗》为代表：

南北幽明两不堪，梦中恍惚月沉潭。三年我未看瓜苦，四纪君惟餍荠甘。抱病但闻辞药石，盖棺始得易衣簪。忏亡岂仗瞿昙法，一卷儒书谅已谙。[②]

沈德潜 23 岁时与夫人俞氏成婚。俞氏“既归，不服纨縠，不亲芗泽，凡缝纫、浣濯、井臼、烹饪，俱操作”[③]。由于沈德潜早年贫寒，备尝清苦，贫贱夫妻在患难时结下的情意自然非比寻常。夫妻一旦阴阳相隔，诗人内心悲痛不难想象。此诗首联就紧扣题意，写诗人梦中与妻子相会，醒来却天人永隔的残酷现实。凄清阴冷的氛围实是作者心境的外露。作者在此并没有花太多笔墨描写夫妻间的情深义重，但通过诗歌却不难感受这一点。尤其是颈联，描写妻子辛苦持家，虽然生病，但因家计艰难，一直拒绝延医问药；死后才得以更换衣服首饰。这些细节纯属白描，但妻子温贤恭顺、知书达理的性格却跃然纸上。整首诗情真意切，十分感人。这首诗作于乾隆十一年丙寅(1746)沈

① 沈德潜：《沈德潜诗文集·归愚诗钞（十四卷本）》卷四，北京：人民文学出版社 2011 年 10 月第 1 版，第 2 册第 886 页。

② 沈德潜：《沈德潜诗文集·归愚诗钞》卷十七，北京：人民文学出版社 2011 年 10 月第 1 版，第 1 册第 353 页。

③ 沈德潜：《亡妻俞淑人事略》，《沈德潜诗文集·归愚文钞》卷二十，北京：人民文学出版社 2011 年 10 月第 1 版，第 3 册 1500 页。

德潜在京城时，乾隆看到后，深受感动，允其回乡治丧，足见此诗感染力之大[①]。

七、应制诗

除了上述诗歌内容外，沈德潜还有所谓歌功颂德诗、应制诗。这些大都集中在《矢音集》《南巡诗》中，共255首。另外，《归愚诗钞》等诗集中尚有数十首，总计500首左右。这些应制诗歌功颂德，同时沈德潜也尽力使其具有深厚的社会内容及作诗者的真性情。如《奉敕再咏摄山十二景仍次前韵·千佛岩》：

> 越岭遇层崖，崖上镌千佛。一人怀一心，千佛心则一。是佛即是心，心心惟济物。济物与物忘，无须坐岩穴。迷津满尘寰，何处求宝筏？有相非相间，领取心披豁。[②]

关于应制诗，沈德潜在《唐诗别裁集》中曾说："初唐应制多谀美之词，况当武后、中宗朝，又天下秽浊时也。众手雷同，初无颂不忘规之意，故不能多录，取铁中铮铮者几章，以备一体。"[③]可见，即使对于气度雍容、典雅庄重的应制体，沈德潜仍然追求诗中要有诗人的真性情存在。这首诗也是如此：由千佛想到千佛同心，进而点出"心心惟济物"的主题。显然，这是针对皇帝而发出的规劝，可视为本诗的主旨。后半部分则抒发议论，表现作者物我两忘的佛家心态。这首诗由于有诗人实际的生活体会存在，所以，并非一无是处。至于其他应制诗，"如《和咏柳絮》诗，则念万姓之无衣；《和骏骨图诗》，则虑权

① 沈德潜：《沈德潜诗文集·沈归愚自订年谱》记道："（十一年丙寅）七月，夜梦俞淑人，醒而成诗，有'三年我未看瓜苦，四纪君惟餍荠甘。抱病但闻辞药石，盖棺始得易衣簪'句。进呈新诗，此诗未删，上见之，御门日，上谓：'汝既悼亡，何不归家料理？'感上恩谕，即进折假归，并请开缺。"北京：人民文学出版社2011年10月第1版，第4册第2121页。

② 沈德潜：《沈德潜诗文集·归愚诗钞馀集》卷八，北京：人民文学出版社2011年10月第1版，第2册第571页。

③ 沈德潜：《唐诗别裁集》卷十三李邕《奉和初春幸太平公主南庄应制》诗评，上海：上海古籍出版社1979年1月第1版，第432页。

奇之隐伏;《和观打鱼》,则思物命之宜留……”[①]也并非毫无价值。至于其辞官后进献给皇帝的诗,“往往陈善纳忠,兼及闾阎息耗,不苟为虚美”[②]。

与沈德潜同时代的诗人,他们的诗集中亦有很多应制诗。何况与其近 3200 首诗歌相比,沈德潜的这类诗作大约只占六分之一的篇幅。以否定六分之一的诗作而连带否定其他六分之五的诗作,这种做法显然难以令人信服。

综上所述,沈德潜的诗歌不论是其现实主义之作,还是文中所举山水诗、田园诗、怀古咏史诗、怀人诗,无一不是有感而发之作。那种动辄以形式主义或典型的台阁诗体来概括沈德潜诗歌的观点,显然是不符合实际的。

八、沈德潜诗歌的不足与缺陷

如前所述,相对于沈德潜的诗学观,沈德潜的诗歌历来不受重视。这种现象固然有客观方面原因,比如他与乾隆帝的亲密关系,前些年对清诗总体评价不高的学术大环境等。但是,根本原因在于沈德潜诗歌的确存在明显不足和缺陷。

首先也是最重要的,由于过于追求温柔敦厚,态度平和,语言也过于追求质朴,沈德潜的一些诗缺乏激动人心的力量。他曾说“诗教主于温柔敦厚,凡怨诽之音,兀奡之习,非诗之正也”[③],在此观点下,他的诗很少有“怨诽之音”和“兀奡之气”。即使是《别亡妻墓》这样兼具悼亡和怀人功能的诗也不例外:

> 白衣白发翁,来祭亡妻墓。麦饭浇山泉,生平此餍饫。汝魄依尊章,眷属时相聚。我老方远行,征轺赴长路。眷焉不忍别,欲去屡瞻顾。我心馀怆恍,恐汝常不寤。回首望高原,愁云满深树。去去

① 中国科学院图书馆整理:《续修四库全书总目提要》(稿本),济南:齐鲁书社 1996 年 1 月第 1 版,第 4 册第 596 页。

② 郭则沄:《十朝诗乘》卷一〇,《民国诗话丛编》本,上海:上海书店出版社 2002 年 12 月第 1 版,第 4 册第 319 页。

③ 沈德潜:《沈德潜诗文集·辑佚佚文》之《〈午梦堂集〉序》,北京:人民文学出版社 2011 年 10 月第 1 版,第 4 册第 1996 页。

天一涯，魂梦难飞度。我生复几何？崦嵫景将暮。百岁归其居，行与汝重遇。[①]

沈德潜在评价唐代诗人韦应物时曾说："写离情不可过于凄婉，含蓄不尽，愈见情深，此种可以为法。"[②]在评价汉人秦嘉《留郡赠妇诗》时，他也说"词气和易，感人自深"[③]。他的这类诗也严格按照这个标准来写。但是，不可过于凄婉，并不意味着不要凄婉。而沈德潜这首诗则过分追求词语含蓄与和易，结果造成含蓄、和易有余，但感人不足、凄婉不足，缺乏打动人心的力量。

至于他的一些反映社会现实的诗，用意微婉，不敢作决绝怨恨语，其艺术效果受到很大影响。比如《观刈稻了有述》，以沈德潜与一个老农对话的形式，描写虽值丰收之年，但老农依然抱怨："半输公家租，半偿私家责。瓮盎仍虚无，谁云此丰岁？"面对老农的不满和抱怨，沈德潜回答道："我谓老农言，尔何不自知。隐食天地德，乃敢生怨咨。今夏江北旱，千里成焦土。荑稗不结实，村落虚烟火。天都遭大水，裂土腾长蛟。井邑半漂没，云何应征徭。尔曹刈获馀，饱食息忧虑。不念糟糠苦，焉识馊粥味。吾生营衣食，而要贵知足。苟免馁与寒，过此奚所欲。老农闻我言，自贺福有馀。岁岁愿复然，老死安耕畲。"[④]这首诗虽然也典型地反映了沈德潜知足感恩的可贵品德，但是过于注重补裨风化，流于枯燥说教，就在某种程度上忽视了诗歌的艺术审美性，导致全诗艺术价值的降低。

另外，沈德潜的一些诗的确存在拟古的痕迹，这显然是他提倡体制声律方面格调说的结果。

沈德潜朴实敦厚、安贫自守、宠辱不惊的个性是造就其诗歌特色的根本

① 沈德潜：《沈德潜诗文集·归愚诗钞》卷七，北京：人民文学出版社2011年10月第1版，第1册第119页。

② 沈德潜：《唐诗别裁集》卷三，上海：上海古籍出版社1979年1月第1版，第94页。

③ 沈德潜：《古诗源》卷三，北京：中华书局2006年4月第2版，第54页。

④ 沈德潜：《沈德潜诗文集·竹啸轩诗钞》卷二，北京：人民文学出版社2011年10月第1版，第2册第759页。

原因，也是造成其诗歌存在不足的根本原因。他的这种个性表现在诗歌方面，即使一些本应感情强烈的诗作，也很少直抒胸臆，性情反而被稀释、消解、甚至压抑，他曾说“位穷名达，身薄志厚，织绚纬箫，自安素业，而无无聊忿闷见于辞气颜色之间”[①]，以及“情性正馀根柢厚，最无奇处自神奇”[②]。这就使他的诗多冲和自在之作，少有跌宕淋漓之什。从某种程度上看，他的诗可被视为“德人之诗”。在评价清代诗人张廷璐时，他说：

> 心躁者多志微噍杀之音，心平者多顺成和动之音，言为心声，不可强也。不干进，不务华，以介自矢，以诚感人。[③]

这段评语同样适合评价沈德潜自己的诗歌。

但是，必须指出，沈德潜对待诗歌的态度极其认真。作为横跨康、雍、乾三朝的诗人，他的诗歌显然也具有无可替代的价值。他的言志咏怀诗、反映现实的诗、山水诗、田园诗、怀古诗、怀人诗及应制诗无一不典型地反映其性情人格。不能因为沈德潜的诗整体水平不高，就想当然地以“台阁诗体”否定之；也不能因为沈德潜的诗整体水平不高，就断定其诗缺乏真性情。

---

① 沈德潜：《沈德潜诗文集·归愚文钞（十二卷本）》卷八《顾中孚律陶序》，北京：人民文学出版社 2011 年 10 月第 1 版，第 4 册第 1769 页。

② 沈德潜：《沈德潜诗文集·沈归愚诗文稿·诗稿》之《示书院诸生》，北京：人民文学出版社 2011 年 10 月第 1 版，第 2 册第 1068 页。

③ 沈德潜：《清诗别裁集》卷二十四，上海：上海古籍出版社 1984 年 3 月第 1 版，下册第 954 页。

第五章

格调派前期代表

经历了康熙、雍正、乾隆三朝的清代格调派主将沈德潜，身边一直有众多诗人服膺其诗学，钦佩其人格，继而对其执弟子礼。尤其是沈德潜晚年与乾隆的一段君臣“佳话”，又大大助推了他的声望地位，所谓“硕德文望，海内仰之如泰山北斗”[①]，显然，后期弟子无论是从数量上还是影响上都超过前期。

第一节　格调派分期依据

关于清代格调派的分期及其主要成员，以格调派副将王昶在《湖海诗传·蒲褐山房诗话》中的观点最为可信：

沈文悫门下承其指授者，以盛青嵝（盛锦）、周迂村（周准）、顾禄百（顾诒禄）、陈经邦（陈魁）为最。其后则王凤喈（王鸣盛）、钱晓征（钱大昕）、曹来殷（曹仁虎）、褚左峨（褚廷璋）、赵损之（赵文哲）、张策时（张熙纯）及予。后有考诗学源流为接武羽翼之说者，不可不

① 雷国楫：《龙山诗话》卷一，乾隆刻本，第11页。

知。若企晋(吴泰来)虽曾亲风旨要,未尝有瓣香之奉也。[①]

此外,《清稗类钞》的相关论述也值得参考:

当康熙时,吴县有叶横山名燮者,病诗家之喜摹范、陆,作《原诗》内外篇,以杜为归,以情境理为宗旨。德潜少从受诗法,故其诗古体宗汉魏,近体宗盛唐,尤所服膺者为杜。选《古诗源》及三朝《诗别裁集》以标示宗旨,吴下诗人翕然从之。受业者,其初以盛锦、周准、陈櫆、顾诒禄为最著。其后则有王鸣盛、王昶、钱大昕、曹仁虎、黄文莲、赵文哲、吴泰来之"吴中七子"。七子诗名藉甚,诗传至日本,日本国相高棅为七律以赠之,人各一章,寄估舶以达,人艳称之……而德潜门下又有褚廷璋、张熙纯、毕沅等之继起。再传弟子则有武进黄景仁,私淑弟子则有仁和朱彭。乾、嘉以来之诗家,师传之广,未有如德潜者。[②]

综合以上两家论述可以看出,在沈德潜周围,明显存在一个诗歌流派,前有盛锦、周准、顾诒禄、陈魁(即引文中陈櫆),后有以吴中七子等为代表的青年才俊。而吴中七子在人数、声势和诗歌影响方面都超过盛锦、周准等前期成员。另外,除了上述诗人,顾宗泰、朱彭、王廷魁、竹溪诗社成员、褚廷璋、张熙纯等虽未列入吴中七子,但因都曾亲炙沈德潜,对传承沈德潜诗学、扩大格调派影响亦有贡献,他们与吴中七子一样,是格调派后期重要诗人。

事实上,康熙四十六年丁亥(1707),沈德潜35岁时,与张景崧、徐夔、张锡祚、陈睿思等人结城南诗社;康熙六十一年壬寅(1722),沈德潜50岁时,与方还、方朝、张畹、周准等人联北郭诗社,这两个诗社可视为格调派雏形。而李果、翁照、许廷鑅等人,与沈德潜年龄相仿,相识很早,是沈德潜早年的重要友人。他们团结在沈德潜周围,对于纠正当时的诗坛弊病,树立复古与宗唐

① 王昶著,周维德校点:《蒲褐山房诗话新编》卷上"周准"条,北京:人民文学出版社2011年9月第1版,第38页。

② 徐珂:《清稗类钞》"文学类",北京:中华书局1981年11月第1版,第8册第3900页。

的诗学倾向，扩大格调派影响等方面，也作出努力和贡献，因此，他们也应当被视为格调派前期代表诗人。

乾隆十四年己巳(1749)，沈德潜辞官回乡，其时沈德潜虽已是77岁高龄的皤然老翁，但诗学地位于此时才达到顶点，所谓"词林主风气，海内实引领"[①]。两年后，沈德潜选刻《七子诗选》，吴中七子一夜成名；另外，顾宗泰、朱彭、褚廷璋、张熙纯及竹溪诗社等格调派诗人大都在沈德潜归乡后拜沈为师(后期羽翼之一王廷魁入沈门具体时间不详；竹溪诗社中的袁景辂于乾隆五年庚申即1740年，请沈德潜坐馆授业)，形成"众星拱北斗，洪河向东溟"[②]的盛况，吴中七子中的王昶更是逐渐成长为格调派副将。所以，乾隆十六年辛未(1751)大致可视为格调派前后期成员的分水岭。

另外，格调派分期依据除了参考上述两家的叙述之外，前期与后期主要诗人间年龄悬殊，所面临的诗坛困境也不同，也是分期依据之一。格调派前期成员大都生长于康熙朝，而后期代表及后期羽翼几乎都在雍正年间或乾隆初年出生，与沈德潜年龄相差超过50岁，与李果、翁照及盛锦、周准等前期成员也相差数十岁。比如后期代表吴中七子中，以王鸣盛与吴泰来年龄最长，两人都出生于康熙六十一年壬寅(1722)。而格调派前期代表诗人中，目前所知最年轻的顾诒禄，生于康熙三十八年己卯(1699)，与王鸣盛、吴泰来等的年龄差超过二十年。前期代表诗人顾诒禄也是后期羽翼之一顾宗泰的族兄，两人均在沈德潜晚年扮演重要角色，顾诒禄也曾为顾宗泰集作序[③]，但他们之间的年龄则相差三十余年：顾诒禄生于1699年，顾宗泰生于1734年。另外，前期诗人李果于乾隆十六年辛未(1751)去世，翁照四年后去世，盛锦、周准都于乾隆二十一年丙子(1756)离世。也就是说，差不多在乾隆二十年乙亥(1755)以后，基本上是后期诗人在诗坛上唱主角。

---

① 韩骐：《补瓢存稿》卷二，《四库未收书辑刊》第8辑第21册，第699页。

② 王鼎：《呈沈归愚先生》其一，王鼎《兰绮堂诗钞》卷一，嘉庆古训堂刻本，第4页。

③ 顾诒禄：《月满楼诗集·北征集序》，顾宗泰《月满楼诗集》，《续修四库全书》第1459册，第148页。

至于格调派所面临的诗坛困境，如果说格调派的兴起，是纠正宗宋派的偏失、神韵派的流弊的必然结果，那么，到乾隆年间，诗坛上俨然出现格调派与性灵派双峰对峙的局面。所以，在吴中七子及后期羽翼这里，坚持诗歌雅正之道，反对性灵派产生的流弊，是他们的主要诗学使命（后期羽翼中的朱彭生活在浙派大本营杭州，他推崇沈德潜的诗学是为了纠正浙派末流之弊）。

格调派前期成员与后期成员大都相识，比如王鸣盛就有《同沈归愚先生翁朗夫周钦莱顾禄百朱吉人沙斗初朱适庭吴企晋赵升之苏显之曹来殷家琴德集城南听松轩听张昆南弹琴》一诗，所涉及格调派诗人除了沈德潜，还有前期诗人翁照、周准、顾诒禄，后期诗人朱昂、吴泰来、赵文哲、曹仁虎、王昶等。前期诗人顾诒禄还为后期羽翼之一王廷魁作序。前后期有的成员还引为“忘年”[①]交。格调派前期成员诗学主张及诗歌成就大都得到后期成员的肯定和赞扬，有的格调派后期诗人还曾对前期诗人持弟子礼，如顾诒禄、王鸣盛就曾亲炙于翁照，这将在各诗人分论中一一交代，此不赘述。

需要明确，格调派虽存在前后期之分，但只是相对而言，两者的界限并不明显。前期代表李果、翁照、盛锦、周准等人与沈德潜的情谊叨在知己，这种感情一直持续到沈德潜晚年，在吴中七子大显身手之时，他们也并未销声匿迹，只不过其影响逊于风头正盛的吴中七子。兹以周准为例，他与沈德潜相识于康熙四十八年己丑（1709）。直到乾隆二十一年丙子（1756），周准离世，其间两人之间的交往从未间断。有沈德潜诗为证：

昔年泛西湖，邂逅逢迂村。以诗为针引，道合如弟昆。吟社联北郭，劘刃俱龂龂。论诗登君堂，闺中解留宾。桦烛添长夜，襆被加重温。以兹三十年，既久情弥敦。后予羁春明，慨焉念离群。君为

① 王鸣盛：《西沚居士集》卷十一《城南访张锡爵》：“问讯城南路，幽人在涧阿。著书仰屋好，颂酒闭关多。寂寞茂陵人，苍茫小海歌。论文一倾倒，风雨数来过。”《西沚居士集》卷十六《追悼赵虹李果周准》：“承平耆旧盛中吴，世外忘年得吾徒。话雨相从王舍寺，寻秋并载女坟湖。少微已掩风流尽，蒿里空悲岁月徂。此日车过余腹痛，独将清泪洒黄垆。”《清代诗文集汇编》第350册，第813、841页。

北地游，相将吊燕云。超然利名外，三月还吴门。及予赋归来，君过莱芜贫。暮年数良友，明星朗清晨。重期合云龙，吐藻扬奇芬。俄焉竟长别，未及歌《招魂》……[①]

而沈德潜与前期重要诗人顾诒禄也有“五十年馀谊盍簪”[②]的长久情谊。李绳《怀人绝句补》[③]中涉及的格调派成员既有李果、许廷镆、北郭诗社成员等前期诗人，也有王昶、赵文哲、钱大昕、吴泰来、蒋业晋等后期诗人。

第二节　格调派雏形
——城南诗社、北郭诗社

论述格调派前期成员，沈德潜早年在家乡吴中所结城南诗社、北郭诗社众成员不可忽略。在某种意义上，这两个诗社可以视为格调派的雏形。这样说是基于以下几种原因。首先，这两个诗社成立的一个重要原因在于纠正当时宋诗风的流弊。沈德潜《七子诗选序》说：“予年二十馀从事于诗，时方相尚以流易、浅熟、粗梗、枯竭之体。赖同社诸君子中立不回，相与廓清摧陷。阅五十年馀，远近作者皆知复古。”[④]所谓“流易、浅熟、粗梗、枯竭”，正是吴中宋诗热产生后的弊端。而经过诗社众人的努力，“远近作者皆知复古”，就是说在这两个诗社的努力下，诗坛宗尚开始缓慢地由宗宋转向宗唐。

其次，这两个诗社成员的诗学观虽不尽相同，但基本上以宗唐及宗法唐以前为主。沈德潜早期诗学观也是如此。因此，探讨城南诗社、北郭诗社，在某种程度上也是探讨沈德潜的早期诗学观。

最后，这两个诗社直接孕育出格调派前期主要诗人，如格调派前期健将

① 沈德潜：《沈德潜诗文集·归愚诗钞馀集》卷一《哭周迂村》其一，北京：人民文学出版社2011年11月第1版，第2册第439页。

② 沈德潜：《沈德潜诗文集·归愚诗钞馀集》卷九《顾花桥惠鸭与柑，并示七律，次韵奉和》，北京：人民文学出版社2011年11月第1版，第2册第602页。

③ 李绳：《怀人绝句补》，《耘圃诗钞》癸编第9～17页，乾隆刻本。

④ 沈德潜：《沈德潜诗文集·归愚文钞》卷十四《七子诗选序》，北京：人民文学出版社2011年10月第1版，第3册第1360页。

之一周准，就出自北郭诗社。

一、城南诗社

关于城南诗社成立的情况，沈德潜在其年谱中记载甚详：

> (康熙)四十六年(丁亥，1707)，年三十五　予与张子岳未、徐子龙友、陈子匡九睿思、张子永夫锡祚结城南诗社。每课五题，古体五言七言各一，律体五言七言各一，绝句一，或五言或七言，而成一诗，馀俱补成。一月一举，社中序齿批阅。匡九尝谓己诗如南粤赵佗，独霸一方，不奉朝请；龙友诗如孙策用兵，几同项羽，但恐中道摧折；永夫诗如残雪在岭，孤鹤唳空；岳未诗如金碧楼台，无问贤愚，咸思登眺；予诗如文叔用兵，遇小敌怯，遇大敌勇。闻其谈谐，一座笑乐。[①]

这段话把城南诗社的成员、组织形式以及各个成员的诗歌创作特征都交代得非常清楚。不过，必须指出，沈德潜在此交代得并不全面，除了上述几人外，彭启丰、张进等也曾加入该社。城南诗社中，比较重要的是张景崧、徐夔、陈睿思、张锡祚、顾绍敏。

张景崧，字岳未，江苏吴县(今苏州)人。康熙己丑(1709)进士，官乐亭知县。著有《锻亭诗稿》。沈德潜《挽张岳未》云“科名真累汝，远徼作劳臣。守正偏逢厉，尊生转殒身……”[②]可知他死于任上。《清诗别裁集》称“锻亭学诗于叶横山先生，称入室弟子，论诗以鲜新明丽为主，谓与其为假王、孟，不如为浅温、李，以王、孟可伪为，温、李不易伪为也。尝以诗呈王新城尚书，新城比

① 沈德潜：《沈德潜诗文集·沈归愚自订年谱》，北京：人民文学出版社2011年11月第1版，第4册第2102页。

② 沈德潜：《沈德潜诗文集·归愚诗钞》卷十三，北京：人民文学出版社2011年10月第1版，第1册第247页。

之韩门张籍，人服其允”[①]。张景崧也曾为沈德潜早年诗集《一一斋诗》作序，称“余交确士垂二十年，中间每一相聚，或纵谈古今，或分题角艺，流连文酒外，无事也”，并称赞沈诗“虽宗不一家，家不一格，而于比兴为工，中有拟古、寒夜述怀诸作，尤为魁垒杰出”[②]。《清诗别裁集》选张景崧诗5首。

徐夔，字龙友，江苏长洲（今苏州）人。有《西堂集》《凌雪轩诗钞》。据沈德潜年谱，康熙三十八年己卯（1699），沈德潜27岁时即与徐夔订交。徐夔四十多岁时，孑然走京师，求取功名，“侃侃卓立，过贵人门，不投一刺，或相遇坐间，脱巾高谈，目睽睽不顾左右，有大不可于中，辄骂曰：‘京师无人。’因群口腾毁之，困穷日甚，几无所得食”。归来后加入城南诗社，“聚则痛饮酣嬉，论古今成败，山川地势，与夫人材高下，旁及刀槊驰射，神仙荒怪之事，无所忌束”[③]。后应广南学使者聘。雍正三年乙巳（1725），徐夔时年50岁，殁于广南，沈德潜在年谱中叹息“失一良友”[④]。在《清诗别裁集》中，沈德潜对徐夔的评价也饱含深情：

> 龙友负才高俊，读书一二遍，终身不忘也。与予结诗课时，专学昌黎，芒角四露。之广南学幕后，醉心义山，谓以男女会合喻君臣事使，得《风》《骚》宗旨，格律又一变矣。年五十，殁于广南，榇归。广南诗散失，兹所收者，皆向年朋旧论文时作。读其诗，犹见其尊酒浇胸气概也。[⑤]

---

① 沈德潜：《清诗别裁集》卷二十二，上海：上海古籍出版社1984年3月第1版，下册第903页。

② 张景崧：《一一斋诗序》，沈德潜《沈德潜诗文集·一一斋诗》，北京：人民文学出版社2011年10月第1版，第2册第645～646页。

③ 沈德潜：《沈德潜诗文集·归愚文钞》卷二十《徐龙友哀辞》，北京：人民文学出版社2011年10月第1版，第3册第1487页。

④ 沈德潜：《沈德潜诗文集·沈归愚自订年谱》，北京：人民文学出版社2011年11月第1版，第4册第2109页。

⑤ 沈德潜：《清诗别裁集》卷二十六，上海：上海古籍出版社1984年3月第1版，下册第1065页。

可见，徐夔作诗初学韩愈，后转学李商隐。其《秦淮杂诗》也被沈德潜评为“诗中意在显微之间，此种用笔，最近唐人”①。《清诗别裁集》选其诗 9 首。

陈睿思，字匡九、有九，江苏长洲（今苏州）人。康熙壬午（1702）举人。《清诗别裁集》选其诗 3 首，并说“予前结葑南诗课，招匡九入，每诗成，众人屈服，谓文庄公有后。兹选中《三朝要典》《丁将军故剑》二篇，皆课题也。才命相妨，中道徂谢，士林咸为惋惜”②。“葑南诗课”应该就是城南诗社。

张锡祚，字偕行，一字永夫，江苏吴县（今苏州）人，曾从叶燮学诗。与吴嘉纪、徐兰、黄子云合称为“四大布衣”。有《钽予集》。张锡祚与盛锦私交甚密，盛锦有《哭张永夫》一诗，中有“江湖流落苦吟身，抱病经年白发新”③句，可知其坎坷际遇。沈德潜则记其“主孤孑，不谐于俗”，“迂僻有馀，短于料事”，其“于诗，每少可多否，其所成就，往往清绝”④。《清诗别裁集》选其诗 15 首。

当然，城南诗社并非一味专学唐诗，比如顾绍敏的诗学观就比较通达。

顾绍敏，字嗣宗，江苏长洲（今苏州）人。廪生。著有《陶斋诗钞》。沈德潜记载道：“嗣宗屡试南北闱，终于不遇，晚而著书自娱，亦足悲其志矣。诗自中唐以下，两宋、金源、元、明无不含咀采撷，汇而成家。平昔论诗，以情韵为上，风骨次之。故稿中诗品，亦恰如其议论。”⑤顾诒禄《伤逝十章》咏顾绍敏云：“半生南北苦驱驰，一第难邀白发时。昭谏有才终不遇，襄阳无位枉能诗。遍栽花药招同好，闲写山川寄所思。残简断编零落尽，伤心柏匮竟谁贻。”⑥

---

① 沈德潜：《清诗别裁集》卷二十六，上海：上海古籍出版社 1984 年 3 月第 1 版，下册第 1070 页。

② 沈德潜：《清诗别裁集》卷十九，上海：上海古籍出版社 1984 年 3 月第 1 版，下册第 767 页。

③ 盛锦：《青嵝诗钞》，《四库未收书辑刊》第 9 辑第 27 册，第 597 页。

④ 沈德潜：《沈德潜诗文集·归愚文钞（十二卷本）》卷八《张荪九诗序》，北京：人民文学出版社 2011 年 10 月第 1 版，第 4 册第 1768 页。

⑤ 沈德潜：《清诗别裁集》卷二十六，上海：上海古籍出版社 1984 年 3 月第 1 版，下册第 1060 页。

⑥ 顾诒禄：《吹万阁集》卷五，《清代诗文集汇编》第 289 册，第 331 页。

《清诗别裁集》选其诗 19 首。

彭启丰，字翰文，号芝庭，又号香山老人，江苏长洲(今苏州)人。其《芝庭续稿自序》云："余少好为诗，自为诸生，即入城南诗社，与沈归愚先生及徐龙友、陆学起诸子比切宫商，寄傲风月，诚乐之。"[①]徐世昌《晚晴簃诗汇》则说他"少与沈文悫同学，同辑《古诗源》行世"，以及"诗笃雅，有绳尺"[②]。彭启丰提到的陆学起名苍培，《清诗别裁集》选其诗 1 首。

张进，字翼庭，江苏吴县(今苏州)人。乾隆壬戌(1742)进士，官翰林院庶吉士。著有《绿野园诗》。"予与徐子龙友诸人结葑南诗课，翼庭与焉。许其清不染尘。选贡入都后，规模台阁体，不复唱《渭城》矣。今所录者，皆结诗课时作。"[③]《清诗别裁集》收其诗 3 首。

另据沈德潜《徐龙友遗诗序》："方其结诗社于城南也，龙友始其事。入社者张子岳未、永夫，顾子嗣宗，陈子有九，吴子蕴山，尤子少逸，丁子树芳，余亦追随其后。"[④]可见城南诗社还有吴蕴山、尤少逸、丁树芳等人。又据沈德潜《徐龙友遗诗序》"前吴中谈诗社者，每推城南"[⑤]，可知城南诗社当时在吴中地区的影响甚大。

二、北郭诗社

城南诗社维系时间不长。据沈德潜记载，只持续了三四年[⑥]。其成员也

---

① 彭启丰：《芝庭文钞》卷三，《四库未收书辑刊》第 9 辑第 23 册，第 487 页。

② 徐世昌：《晚晴簃诗汇》卷六十六，上海：华东师范大学出版社 2009 年 7 月第 1 版，上册第 466 页。

③ 沈德潜：《清诗别裁集》卷二十九，上海：上海古籍出版社 1984 年 3 月第 1 版，下册第 1208 页。

④ 沈德潜：《沈德潜诗文集·归愚文钞》卷十二，北京：人民文学出版社 2011 年 11 月第 1 版，第 3 册第 1322 页。

⑤ 沈德潜：《沈德潜诗文集·归愚文钞》卷十二，北京：人民文学出版社 2011 年 10 月第 1 版，第 3 册第 1322 页。

⑥ 沈德潜：《沈德潜诗文集·归愚文钞》卷十二《徐龙友遗诗序》云："余年二十三，与徐子龙友定交。又十有二年，共结城南诗社……凡三四年无间，后各以事牵，乃散去。"北京：人民文学出版社 2011 年 10 月第 1 版，第 3 册第 1322 页。

或死或散，即“蕴山死于羸疾，岳未（张景崧）死于官，永夫（张锡祚）死于寒饿。其后嗣宗（顾绍敏）以老疾死，有九（陈睿思）以负俗累死”[①]。康熙六十一年壬寅（1722）三月，沈德潜又与周准等人联北郭诗社。其《北郭诗人歌》[②]涉及的诗人有张畹、张钛、周准、尤怡、毛树杞、洪钧、朱玉蛟、朱受新、陈魁、沈用济、方朝等人，但实际诗人不止这些。

需要指出的是，城南诗社和北郭诗社的成员大都有来往，比如沈德潜《张荪九诗序》虽是为北郭诗社中张畹作的序，但同样也提到了城南诗社中的张锡祚，即“张子永夫隐居研山之阳，今之诗人也；张子荪九隐居武丘之东，今之诗人也。予皆得而友之。之二子者，同而异，异而未尝不同者也”[③]。另外，前期重要诗人盛锦与沈德潜相识，也是通过城南诗社的张锡祚；前期重要诗人顾诒禄也曾受到众多城南诗社、北郭诗社成员的教导（详见下文）。

张畹，字荪九，布衣。“性和易，与人交，无城府”，“有定见，于人情物理，无弗中”[④]。朱玉蛟《赠张荪九》云：“北郭踪孤寄，清幽却羡君。庭分半林月，秋指一峰云。藿食每无厌，槿荣非所欣。缘知畏名者，不乐世间闻。”[⑤]沈德潜《清诗别裁集》说张畹“穷居郊外，世缘半绝，素交二三人外，车骑造访之，弗接也。论诗必溯源唐人以前，有与争辨者，至面赤不顾，或目为诗癖、为诗愚，乃大喜”。并说张畹“身后诗篇零落，只存社中共赋一篇”[⑥]。

① 沈德潜：《沈德潜诗文集·归愚文钞》卷十二《徐龙友遗诗序》，北京：人民文学出版社2011年10月第1版，第3册第1322页。

② 沈德潜：《沈德潜诗文集·归愚诗钞》卷十，北京：人民文学出版社2011年10月第1版，第1册第194～195页。

③ 沈德潜：《沈德潜诗文集·归愚文钞（十二卷本）》卷八，北京：人民文学出版社2011年10月第1版，第4册第1767～1768页。

④ 沈德潜：《沈德潜诗文集·归愚文钞（十二卷本）》卷八《张荪九诗序》，北京：人民文学出版社2011年10月第1版，第4册第1768页。

⑤ 朱玉蛟：《白松草堂诗钞》卷四，《四库未收书辑刊》第10辑第22册，第20页。

⑥ 沈德潜：《清诗别裁集》卷二十九，上海：上海古籍出版社1984年3月第1版，下册第1214页。

张钦，字少弋，江苏华亭人。布衣。"与从兄镛同为叶横山高弟"[①]。朱玉蛟《赠张少弋》记载其个性诗品："廿年隐迹鬓毛残，世上浮嚣静里看。鹤在秋林霜月净，云归古岫石泉寒。吟情入梦花生舌，淡字论交雪作肝。独抱孤芳高卧稳，萧萧环堵老能宽。"[②]《清诗别裁集》选其诗2首。

尤怡，一作尤依，字在京，一作在泾，自号饲鹤散人。韩骐《挽尤在泾二十韵》有"北郭仍吟社，东吴洽胜流"[③]之句。沈德潜《尤在京诗序》称他"性恬淡，无求于世，凡他人所奔波驰逐，得而欣欣，失而戚戚者，俱不足扰其灵台"，作诗"不逞才，不尚博，冲和夷愉，韵流言外"[④]。朱玉蛟《赠尤在泾》也以"入世不撄轩冕虑，看山常起薜萝思"[⑤]评价之。顾诒禄《答尤在京》则说："清寒真到骨，野鹤并幽姿……新诗凌鲍谢，高卧梦皇羲。白发承欢外，功名非所期。"[⑥]《清诗别裁集》选其诗9首。

毛树杞，字遇汲。沈德潜《题毛遇汲诗稿》云："韶濩云山一曲传，泠泠古涧泻寒泉。说诗自是吾家诗，肯舍门风乞郑笺。"[⑦]朱玉蛟《赠毛遇汲》也有"寒流桥畔澄心净，孤月楼头照影清"[⑧]之句，可知其人品及诗品。

洪钧，字鸣佩，号啖夫，安徽宣城人，有《东岸吟稿》。周准在《序》中称其"工于诗，久客吴下，贫无以归。往在北郭吟社中，予辄从之游，读其诗，与听其语，其殆困于羁旅而情不能自禁者欤？离乡去吴，几二十年，多哀怨之音……今读其全稿，含愁逾甚，不必感别而如有河梁之想，不假登高而辄下望

① 《吴县志》卷六十六下，《中国方志丛书》本，台北：成文出版社有限公司，1933年，第1193页。

② 朱玉蛟：《白松草堂诗钞》卷五，《四库未收书辑刊》第10辑第22册，第25页。

③ 韩骐：《补瓢存稿》卷四，《四库未收书辑刊》第8辑第21册，第729页。

④ 沈德潜：《沈德潜诗文集·归愚文钞》卷十三《尤在京诗序》，北京：人民文学出版社2011年10月第1版，第3册第1341页。

⑤ 朱玉蛟：《白松草堂诗钞》卷二，《四库未收书辑刊》第10辑第22册，第25页。

⑥ 顾诒禄：《吹万阁集》卷一，《清代诗文集汇编》第289册，第294页。

⑦ 沈德潜：《沈德潜诗文集·归愚文钞(十二卷本)》卷一，北京：人民文学出版社2011年10月第1版，第2册第863页。

⑧ 朱玉蛟：《白松草堂诗钞》卷五，《四库未收书辑刊》第10辑第22册，第25页。

乡之泪，所谓情之深者，于洪君诗见之矣”[①]。

朱玉蛟，字云友，有《白松草堂诗钞》六卷。陈夔称其“天姿高朗，学殖精能，逸兴豪吟，俯绝畴类”[②]。张畹为其作序，也称其诗“步趋于唐而不拦入宋人，如弱柳之妍、夭桃之艳，而其才亦复滔滔滚滚，若不可穷”[③]。可见其论诗也严防唐宋之界。

朱受新，字念祖，江苏吴县人。著有《木鸢集》。周准为其作序称：“朱子念祖自少能文，隐处郡城之北，居恒闲静养心，宾朋佐与，尤喜吟风啸月以冶性。”[④]沈德潜《清诗别裁集》选其诗 7 首，其中 6 首为七言绝句，并评云：“诗体以七言绝句为最难，四句中开阖动荡，语近情遥，不镂琢，不点染，而言中言外神远韵流，方为尽善。宋、元人有心奇巧，往往失之。《木鸢》诸作颇近唐人，惜无旗亭画壁，能赏‘黄河远上’者。”[⑤]

陈魁，一作陈奎，字经邦，号雪窦。江苏长洲（今苏州）人，贡生。生于康熙三十三年甲戌（1694），卒于乾隆三十九年甲午（1774），享年 81 岁。

王昶《湖海诗传・蒲褐山房诗话》指出“沈文悫门下承其指授者，以盛青嵝（盛锦）、周迂村（周准）、顾禄百（顾诒禄）、陈经邦（陈魁）为最”。可知陈魁不仅是北郭诗社成员，也是格调派前期重要诗人之一。

陈魁体弱多病，性情耿介。门人徐文锡称其“体羸善病，眠多于行，药多于食。然每当朋好往还、联吟觅句，则缒幽凿险，又勇同百倍焉。昔甫里陈耻庵负才气，足迹半天下，所交当世名人巨公，悉夷然平视，而于北郭诸子中独所折节先生，与之定交”[⑥]。

陈魁《寄呈归愚先生》一诗，有“忆昔问字吾师前”之句，可见沈陈两人有

① 周准：《东岸吟稿序》，洪钧《东岸吟稿》，乾隆刻本，第 1a 页。

② 朱玉蛟：《白松草堂诗钞》卷一，《四库未收书辑刊》第 10 辑第 22 册，第 4 页。

③ 朱玉蛟：《白松草堂诗钞》卷一，《四库未收书辑刊》第 10 辑第 22 册，第 2～3 页。

④ 周准：《木鸢集序》，朱受新《木鸢集》，乾隆刻本。

⑤ 沈德潜：《清诗别裁集》卷三十，上海：上海古籍出版社 1984 年 3 月第 1 版，下册第 1295 页。

⑥ 徐文锡：《雪窦诗钞序》，陈魁《雪窦诗钞》，乾隆刻本。

师生之谊；并说“方今雅奏追箫韶，鸣球拊石元声调。凤凰在庭麟在薮，伦音夔咏相招邀”，这应该是祝贺沈德潜晚年得到乾隆垂青的政治际遇；该诗最后说“吾师吟力老逾健，盛世鸣和岂河汉。松柏苍苍知后凋，相思相望加餐饭”[①]，再次称沈德潜为“吾师”，可见他对沈德潜的尊重。

陈魁作诗也宗法唐人。吴翌凤《怀旧集》说他“诗品出入唐贤，歌行沉郁，七言绝句有‘黄河远上’之风”[②]，指出陈魁诗以七言歌行和七言绝句最为出色。

陈魁的七言歌行《故明宫瓦辟邪歌》以小见大，从明宫的兽面瓦写起，回顾大明王朝的盛衰兴亡历程，对比强烈，夹叙夹议，显然继承了杜甫歌行体的写法。《秋月篇》[③]则以思妇口吻描写离情别绪，抒发人生感慨，用词清丽，韵律悠扬，明显学习初唐歌行体。其他如《韩蕲王墓》[④]描写“忠勇功第一”的南宋名将韩世忠，既有绘声绘色的战争描写，又有实地凭吊的见闻感想，虚实相济，感情浓郁。

陈魁的七言绝句大都写得曲折含蓄，耐人寻味。如《秋夜曲》：

> 别院凉归夜未残，芙蓉秋满石阑干。珠帘不隔玲珑月，来照钗头玉燕寒。[⑤]

《春闺怨》：

> 春闺自觉可怜生，况复经年别思盈。吹动绿杨窗外影，东风亦有故园情。[⑥]

周准为陈魁《雪窦诗钞》作序，称陈魁作诗“刻意苦吟，务以高格为尚，要

---

① 陈魁：《雪窦诗钞》卷中，乾隆刻本，第 7b～8a 页。
② 吴翌凤：《怀旧集》卷三，嘉庆刻本，第 4 页。
③ 陈魁：《雪窦诗钞》卷上，乾隆刻本，第 6a～7b 页。
④ 陈魁：《雪窦诗钞》卷上，乾隆刻本，第 9a～9b 页。
⑤ 陈魁：《雪窦诗钞》卷下，乾隆刻本，第 3a 页。
⑥ 陈魁：《雪窦诗钞》卷下，乾隆刻本，第 11a 页。

皆不戾于古，得风人之旨者”[①]。可见陈魁作诗有明显的复古倾向，这应该就是王昶将其列为沈德潜前期弟子之一的主要依据。

沈用济，字方舟，浙江钱塘(今杭州)人。国子生。有《方舟集》。母柴静仪，妻朱柔则，均为清代著名女诗人。沈用济“少承母教，家居色养，以琴咏相娱。及长出游，至山东登岱岳，又之楚、之闽、之粤，足迹半天下”[②]。沈用济在北郭诗社中地位显赫，朱玉蛟《夏五沈方舟归白门赋诗赠别》云：“古道日已远，风雅久不作。骚人驰英声，吾道欣有托。经纶满怀抱，著作屏糟粕……君本澹荡人，快游无束缚。踏遍天涯云，世情供大噱。”[③]洪钧《挽方舟沈丈》也说：“大雅渐云亡，正声沦绮靡。唯君法汉京，掞藻近无比。志欲复古风，冥心探妙理。”[④]沈德潜则说他“足迹半天下，至广南与屈翁山、梁药亭定交，诗乃大进，游边塞，留右北平久，诗皆燕、赵声，一时名流几莫与抗行”[⑤]。在《方舟兄遗诗序》中，沈德潜又称“予交方舟最晚，而相知独深……记庚子、辛丑间，结诗社于北郭，方舟每课必至。诗成，传示众坐。人人推射雕手”[⑥]。可见沈用济在北郭诗社中堪称翘楚。《清诗别裁集》选其诗多达 23 首。

方朝，字东华，有《勺湖集》，又称勺湖先生。本广东番禺人，后移家于吴。尤怡《哭方东华》评价其诗文云：“词华同鲍谢，文体继欧苏。”[⑦]《清诗别裁集》选其诗 21 首。在《方东华〈勺湖集〉序》中，沈德潜说：“前此三四十年，远近尚宋诗，见读唐人诗者辄笑之。时吴下不染宋习者，惟许武平竹素及东华……

---

① 周准：《雪窦诗钞序》，陈魁《雪窦诗钞》，乾隆刻本。

② 王钟翰点校：《清史列传》卷七十《文苑传一》，北京：中华书局 1987 年 11 月第 1 版，第 18 册第 5690 页。

③ 朱玉蛟：《白松草堂诗钞》卷二，《四库未收书辑刊》第 10 辑第 22 册，第 10～11 页。

④ 洪均：《东岸吟稿》，乾隆刻本，第 5b～6a 页。

⑤ 沈德潜：《清诗别裁集》卷二十五，上海：上海古籍出版社 1984 年 3 月第 1 版，下册第 1017 页。

⑥ 沈德潜：《沈德潜诗文集·归愚文钞》卷十二，北京：人民文学出版社 2011 年 10 月第 1 版，第 3 册第 1321 页。

⑦ 尤怡：《北田吟稿》卷下，乾隆刻本，第 5b 页。

东华胸中目中本无宋人诗。”[①]可见方朝宗唐黜宋的倾向尤为明显。方朝与其兄方还有“吴下二方”之称。方还，字蕡朔，有《灵洲诗集》，《清诗别裁集》选其诗 11 首。沈德潜《方上舍传》称方还事母至孝，“母稍有不适，通昔不寐。无间盛暑沍寒”。[②]“二方”受其父方殿元的影响颇深。方殿元，康熙甲辰进士，知江宁县，有惠政，引疾去官，侨寓苏州。有诗名，《清史稿・文苑传》有传。沈德潜则说方殿元“不令习时艺，文读诸子，诗读汉、魏、盛唐，宋、元以下书均未寓目，故著述无时下一点习气”[③]，并评价其诗“高华伉爽，依傍一空，品不在岭南三家下”。受其影响，方氏兄弟“古体必宗汉魏，近体必宗盛唐，元和以下，视为别宗。有持苏黄家与之角者，必龂龂争讼”[④]。不仅如此，二方移居吴中后，其处所广歌堂俨然成为吴中诗歌大本营，即“倡诗教，喜宾客，四方诗人来吴者，每登方氏广歌堂，赋诗宴饮，称一时之盛”[⑤]。方还应该也是北郭诗社成员。

韩骐，字其武，江苏吴县人。有《补瓢存稿》六卷，沈德潜鉴定。据彭启丰所写《韩贡士补瓢君传》，韩骐也是北郭诗社成员之一，即“君生有异禀，捷记诵，博览载籍，尤嗜《史》《汉书》。工吟咏，偕北郭诗人联社唱和，习晋唐楷法，学殖益进，闻望挺然出侪辈”[⑥]。《清诗别裁集》选其诗 3 首。

李绳，字勉百，晚年号耘圃。江苏吴县人。据李绳《耘圃诗钞》“自序”，他早年曾因周准之故加入北郭诗社，即“周丈迂村招入北郭诗社，课诗颇为宿学

---

① 沈德潜：《沈德潜诗文集・归愚文钞馀集》卷一，北京：人民文学出版社 2011 年 10 月第 1 版，第 3 册第 1519 页。

② 沈德潜：《沈德潜诗文集・归愚文钞》卷十七，北京：人民文学出版社 2011 年 10 月第 1 版，第 3 册第 1409 页。

③ 沈德潜：《清诗别裁集》卷二十八，上海：上海古籍出版社 1984 年 3 月第 1 版，下册第 1151 页。

④ 沈德潜：《沈德潜诗文集・归愚文钞》卷十七《方上舍传》，北京：人民文学出版社 2011 年 10 月第 1 版，第 3 册第 1409 页。

⑤ 沈德潜：《清诗别裁集》卷二十八，上海：上海古籍出版社 1984 年 3 月第 1 版，下册第 1148 页。

⑥ 彭启丰：《传》，韩骐《补瓢存稿》，《四库未收书辑刊》第 8 辑第 21 册，第 665 页。

推许，益自负”[1]。《送周丈迂村入都》亦有“先生爱才故无比，结契忘年意亹亹。酒熟南邻觅看花，社开北郭从操几”[2]等句。齐召南也说李绳“入北郭诗社，诸诗老推许无异辞”[3]。沈德潜有《题李勉百孝廉诗卷后》，表达他对李绳诗的赞许：“唐宋喧呶论不平，君诗有主自能鸣。思抽乙乙中怀苦，句吐庚庚众眼惊。采撷杜衡希屈宋，别裁郑卫溯咸英。老夫惫矣无能役，待尔东瀛掣大鲸。”[4]王豫《群雅集》也评价说：“耘圃守文悫之教，一洗浮艳，独趋正轨。”[5]

北郭诗社之名应该胜于城南诗社。黄文莲《呈沈宗伯归愚夫子》称“北郭诗名动九州”[6]，即是显证。北郭诗社持续时间也较长，格调派成员李绳出生于康熙五十一年壬辰(1712)，据其《耘圃诗钞·自序》及“予甫冠，周丈挈入诗社”[7]，李绳于弱冠之年加入北郭诗社，可见此诗社至少在雍正九年(1731)还存在。

沈德潜《诗社诸友渐次沦没，不胜盛衰聚散之感，作歌一章，柬旧同好》是对这两个诗社的总结：

> 夙习嗜诗教，文雅防漂沦。当年结诗课，素心聚南村。后来联北郭，十子追前民。蛇珠荆玉竞怀宝，扶轮承盖正始存。诸公虽非天庙器，能教山泽闻韶钧。电光鸟影逾二纪，叠见剪纸招吟魂。锻亭(张景崧)与息庐(冯念祖)，一沦幽燕一西秦。西塘(徐夔)与有九(陈睿思)，近没敬亭远海滨。柏堂(释岑霁)老干一枝折，方外诗卷归幻尘。钮茅(张锡祚)灵洲(方还)继凋丧，两山荒荒墓草新。方舟(沈用济)一棺淮水滑，鹿床(顾绍敏)影堂羞渚蘋。耻庵(陈培脉)今年亦乘化，诗坛故友已十人。痛惜逝者行自念，南皮感旧同嚬呻。人生那有金石固，要使文采能通神。却怜筋力近衰迈，老马绊足难

① 李绳：《自序》，李绳《耘圃诗钞》卷首，乾隆刻本。
② 李绳：《耘圃诗钞》卷一，乾隆刻本，第19页。
③ 齐如南：《原序》，李绳《耘圃诗钞》卷首，乾隆刻本。
④ 李绳：《耘圃诗钞·赠言》，乾隆刻本，第1～2页。
⑤ 王豫：《群雅集》卷三，第6页。
⑥ 黄文莲：《听雨楼集》，《七子诗选》卷八，乾隆刻本，第4a页。
⑦ 李绳：《耘圃诗钞》癸编《怀人绝句补》第一首注，乾隆刻本，第9页。

追奔。而况临安久留滞，尘埃扰扰羁孤身。吾党峥嵘二三子，惊才逸足雄人文。穷庐休令叹岑寂，学海直欲窥涯垠。相期努力探道要，勿以万里回征轮。明年我卧灵岩云，嘤嘤鸣鸟求其群。图中诸子俱好在（尝写北郭诗人图），鳌翻鲸掣仍纷纶。淮南丛桂溯小雅，湘江香草怀灵均。不见古贤建安以来伤绮丽，希圣有作追获麟。①

城南诗社、北郭诗社组织松散，成员大都是布衣，皆是安贫乐道、甘于淡泊之士，“隐约枯槁之士，志洁行芳”②可被视为诗社成员的共同个性特征。诗社成立的目的纯粹是为了纠正吴中宋诗风产生的流弊，他们的诗歌也具有明显的复古特征。

在格调派前期，团结在沈德潜周围，自觉以复古为己任，并取得显著成绩的，还有李果、翁照、许廷鑅等沈德潜的同龄友人，以及以盛锦、周准、顾诒禄为代表的前期弟子。

第三节　沈德潜前期友人：李果、翁照、许廷鑅

沈德潜自称“万事忘来但咏诗，每从良友别妍媸”③，以及“交为诗篇定”④，在其默默无闻的前七十余年中，诗歌及诗友在其生命中扮演着重要角色。尤其是在格调派孕育期及格调派前期，在沈德潜周围，除了前文所述城南诗社、北郭诗社众诗人外，还有以李果、翁照、许廷鑅等为代表的沈德潜的友人。这些诗人不仅与城南诗社、北郭诗社诸诗人关系密切，与沈德潜私交

① 沈德潜：《沈德潜诗文集·归愚诗钞》卷九，北京：人民文学出版社 2011 年 10 月第 1 版，第 1 册第 183～184 页。

② 沈德潜：《沈德潜诗文集·归愚文钞（十二卷本）》卷八《张荪九诗序》，北京：人民文学出版社 2011 年 10 月第 1 版，第 4 册第 1768 页。

③ 沈德潜：《沈德潜诗文集·竹啸轩诗钞》卷二《遣兴》其四，北京：人民文学出版社 2011 年 10 月第 1 版，第 2 册第 823 页。

④ 沈德潜：《沈德潜诗文集·归愚诗钞》卷十四《七十咏怀》其五，北京：人民文学出版社 2011 年 10 月第 1 版，第 1 册第 273 页。

深厚，而且他们团结在沈德潜的周围，逐渐形成一个诗歌“文化圈”，论诗主张大都与沈德潜前期诗学主张一致，诗歌创作也具有明显的复古尤其是宗唐色彩，在纠正吴中宋诗风的流弊、推动吴中复古诗风的盛行以及壮大格调派队伍、扩大格调派影响方面都起了较大作用。他们可被视为格调派前期重要诗人。

一、李果

李果，字实夫，又字硕夫，号客山，改号在亭，晚年又自号悔庐，而“客山”之称最著，江苏长洲（今苏州）人，布衣。生于康熙十八年己未（1679），卒于乾隆十六年辛未（1751），享年 73 岁。有《咏归亭诗钞》八卷、《在亭丛稿》十二卷。

李果生而颖异，“四岁授诗，及汉唐人诗，即成诵”[①]。为人宽静好礼。不过，这只是他性格的一个侧面。李果个性的另一面是特立独行，“性超异，不妄交一人”[②]，“艰苦力学，忍饥诵经，衡门两板，竟日翛然。良友至，辄呼小童取一钱就茶肆泼茗共啜之，樵苏不继，怡然自得”[③]。其《晚菊》一诗可被视为作者的自我写照：

迎冬方吐艳，篱下竟谁看？岂敢伤迟暮，何妨历岁寒。孤怀迎澹泊，独立未凋残。迟尔风前落，骚人佐夕餐。[④]

李果与沈德潜渊源很深。沈德潜《李高士客山饭牛遗照》末尾有注：“予与客山定交，年止三十。”[⑤]以“高士”评价李果，沈德潜对李果的个性可谓知

① 蒋恭棐：《咏归亭诗钞・李果传》，李果《咏归亭诗钞》，《清代诗文集汇编》第 244 册，第 325 页。

② 张大受：《咏归亭诗钞旧序》，李果《咏归亭诗钞》，《清代诗文集汇编》第 244 册，第 321 页。

③ 王昶著，周维德校点：《蒲褐山房诗话新编》卷上，北京：人民文学出版社 2011 年 9 月第 1 版，第 38 页。

④ 李果：《咏归亭诗钞》卷四，《清代诗文集汇编》第 244 册，第 360 页。

⑤ 沈德潜：《沈德潜诗文集・归愚诗钞馀集》卷八，北京：人民文学出版社 2011 年 10 月第 1 版，第 2 册第 579 页。

之甚深。不仅如此，两人早年还同拜叶燮为师，有“沈李之目”，即“果与德潜同出横山叶燮之门，齐名称‘沈李’”[①]，以及“少与沈归愚尚书齐名”[②]。两人同门的关系更是胜过一般的友人关系。此外，据李果自述，叶燮还是他的“祖舅氏”[③]。沈德潜作于康熙五十八年己亥(1719)的《赠李硕夫三章》不仅反映两人之间的深厚友谊，也表现出沈德潜对李果人品及才学的肯定。其一和其三分别云：

吾友素食贫，胸中富经籍。蓬蒿满颓墙，浩歌出金石。循陔赋采兰，时有好颜色。读书养慈母，志愿差已毕。

结交在少岁，日月俄转迁。君今已四十，余发尤颁然。明德互砥砺，如玉相摩镌。往行谅能积，末路期无諐。终焉勤艺殖，良亩多丰年。[④]

李果在《送沈确士应宏博入都序》中称赞沈德潜“自少寝食六经正史，旁涉诸子百家，为文章纯正有则，议论闳深畅达，雍雍乎直欲追古作者”以及“予与沈子同学久，以诗古文相砥砺”[⑤]。乾隆十二年丁卯(1747)，从京城乞假回乡的沈德潜还与李果、薛雪等叶门弟子共九人到二弃草堂拜叶燮之灵位，李果亦有诗纪之[⑥]。李果《沈侍郎归愚予告归里赋赠四首》很明显写于沈德潜晚年辞官回乡后。该诗中有“论交垂五纪”之语，可知两人的长久交情。而两人的情意到了晚年也更加深厚。正如该诗其三所说：

---

① 邓之诚：《清诗纪事初编》卷三，上海：上海古籍出版社2012年6月第1版，上册第352页。

② 法式善撰，张寅彭、强迪艺编校：《梧门诗话合校》卷五，南京：凤凰出版社2005年10月第1版，第167页。

③ 李果：《在亭丛稿》卷十一《分湖叶先生像赞》，《清代诗文集汇编》第244册，第540页。

④ 沈德潜：《沈德潜诗文集·竹啸轩诗钞》卷十四，北京：人民文学出版社2011年10月第1版，第2册第826页。

⑤ 李果：《在亭丛稿》卷三，《清代诗文集汇编》第244册，第413～414页。

⑥ 李果：《咏归亭诗钞》卷八《丁卯正月五日同叶编修定湖顾处士涧西张处士少弋沈阁学归愚谢征士林村沈征士颖谷薛征士一瓢周太学庸客集横山二弃草堂用渊明斜川诗韵》，《清代诗文集汇编》第244册，第380页。

……竹溪邀我过，席门为君启。相对辄夜分，焚枯或酌醴。论交垂五纪，久敬若初始。京洛寄鲤鱼，我方事樵采。相思情则深，引领遥相待。[1]

该诗其四也有“一朝喜携手，追道平生欢。朗吟冰雪篇，臭味犹芝兰。寒山何苍翠，香水流潺湲。愿言共君子，涧阿咏考槃”之句。沈德潜晚达，李果则以布衣身份终，两人遭际悬殊，但李果仍然“名与之（沈德潜）齐，里中往往称‘沈李’”[2]。李果死后，《咏归亭诗钞》也交由沈德潜选阅鉴定，并与吴中七子中的吴泰来共同商榷[3]。沈德潜晚年编选的《清诗别裁集》也选其诗 13 首。

李果早年应该也曾加入北郭诗社。沈德潜在《方蒉朔〈灵洲诗集〉序》中回忆：

余年四十，与蒉朔定交，蒉朔长余数岁馀，意气浩然，不牵于俗。尝忆于广歌堂咏旧边诗九章，时家方舟、孙子丕文、刘子东郊、李子客山诸人在坐……[4]

方蒉朔，即北郭诗社中的方还。李果集中还有《癸丑早春集方东华勺湖亭同杜云川孙定叔张石帆沈确士尤在泾以杜诗溪壑为我回春姿句为韵得壑字》[5]一诗。癸丑，即雍正十一年，1733 年。沈德潜《李客山遗诗序》也有“客山……既遨游淮扬，交日广，学日富，诗格亦日高，客山之名见重于大江南北间，视与予结诗课时，显晦若两人”[6]之语。李果与方还的弟弟方朝情意犹

① 李果：《咏归亭诗钞》卷八，《清代诗文集汇编》第 244 册，第 382 页。

② 蒋恭棐：《李果传》，李果《咏归亭诗钞》，《清代诗文集汇编》第 244 册，第 325 页。

③ 朱昂：《咏归亭诗钞后序》，李果《咏归亭诗钞》，《清代诗文集汇编》第 244 册，第 327 页。

④ 沈德潜：《沈德潜诗文集·归愚文钞》卷十三，北京：人民文学出版社 2011 年 10 月第 1 版，第 3 册第 1340 页。

⑤ 李果：《咏归亭诗钞》卷七，《清代诗文集汇编》第 244 册，第 374 页。

⑥ 沈德潜：《沈德潜诗文集·归愚文钞馀集》卷一，北京：人民文学出版社 2011 年 10 月第 1 版，第 3 册第 1517～1518 页。

笃。李果文集中的《太学生方君墓表》[1]《方勺湖哀辞》[2]《方太学传》[3]都是写方朝的。在《方太学传》中，李果称赞方朝的诗"五言古诗追汉人，《杂诗》《咏怀》类阮籍，五律出入高、岑、杜甫，七言有王维、李颀之风"。方朝也为李果诗集作序，称其"非风雅之旨弗敢存，非汉唐之音弗敢赏，磨砻浸润，日与功积。迩来三十馀年，思精机熟，遂以名家"[4]。另外，李果与北郭诗社中的沈用济、尤怡也有交往。《咏归亭诗钞》中有《江上寄沈方舟》[5]《哭沈方舟三首》[6]等诗。而尤怡则有《赠李客山》一诗：

群生各有趣，所尚得其真。与子蚤相见，志意同苦辛。垂垂四十载，及尔俱贱贫。愚者弃勿道，贤者业已醇。清虚日益至，所得乃屡新。保己谅有道，干禄岂无门。不见索带士，今为千载人。[7]

此外，李果与同为沈德潜早期友人的许廷镕也有交往。集中有《赠许武平子逊二首》[8]，其一有"江山传丽藻，鱼雁写奇情"之句。乾隆三年戊午(1738)，格调派前期重要诗人盛锦游蜀还，李果也欣然为其作序，称其入蜀诗"绪密思深，别出新意"，并评价盛锦《经十二碚》《西陵峡》《空舲峡》等诗"绝类少陵"[9]。周准为李果作序时则称"予与李君交近三十载"，"李君居城南，予居城北，凡所游息，正皮陆携手相追逐地"[10]。

不过，李果在格调派中的地位和影响，并不仅仅由于他与格调派前期诗人及主将沈德潜的密切关系，还由于他于吴中宋诗风盛行之时，对宋诗风产

① 李果：《在亭丛稿》卷十一，《清代诗文集汇编》第244册，第545页。
② 李果：《在亭丛稿》卷十一，《清代诗文集汇编》第244册，第553页。
③ 李果：《在亭丛稿》卷七，《清代诗文集汇编》第244册，第466页。
④ 方朝：《咏归亭诗钞旧序》，《清代诗文集汇编》第244册，第322页。
⑤ 李果：《咏归亭诗钞》卷一，《清代诗文集汇编》第244册，第339～340页。
⑥ 李果：《咏归亭诗钞》卷五，《清代诗文集汇编》第244册，第365页。
⑦ 尤怡：《北堂吟稿》卷上，乾隆刻本，第6a页。
⑧ 李果：《咏归亭诗钞》卷七，《清代诗文集汇编》第244册，第375页。
⑨ 李果：《在亭丛稿》卷一《盛庭坚入蜀诗序》，《清代诗文集汇编》第244册，第397页。
⑩ 周准：《在亭丛稿序》，李果《在亭丛稿》，《清代诗文集汇编》第244册，第387页。

生的流弊甚为不满。因此，其论诗主张就与沈德潜大体一致，诗歌创作也取得突出成就。关于这一点，格调派主将沈德潜显然最有发言权：

> 李子客山，年二十馀即偕予游横山叶先生门，为诗友。时论诗者家石湖而户放翁，挦撦庸琐，并为一谈。而客山笃信师说，于古体追模魏晋，于今体追模唐人，有怪而讪笑之者，弗顾也，后遂守是以终其身。①

沈德潜在文中再次回顾了康熙朝吴中宋诗风的流弊。沈李两人同为叶燮弟子，面临着同样的诗坛困境。“怪而讪笑”可见时人对宋诗风的热衷。而李果对此“弗顾”，并“守是以终其身”，可见其立场的坚定。这一点与沈德潜在《唐诗别裁集原序》所说的“德潜于束发后，即喜钞唐人诗集，时竞尚宋、元，适相笑也”②的境遇可谓异曲同工。

因此，在《咏归亭诗自序》中李果说：

> 仆非诗人也。仆少孤，奔走衣食者三十馀年，有不得已于中，聊以舒其抑塞幽忧之怀，而非实能诗也。古之作者多矣。《三百篇》《离骚》而下，汉魏六朝以迄三唐，其间代有伟人，人有专长，浑雄沉博，窈渺密栗，不一其状，要皆有为而作，得性情之正为归。

接下来，李果又引用友人对自己诗的评价：

> 子之诗，性情所寄也，不乱于贫贱之境，不为雕巧快心之语，而有和缓之思，此则吾子自为之诗，而非世俗之诗也。③

李果虽然自称“仆非诗人”，但这显然是自谦之语。“不乱于贫贱之境，不为雕巧快心之语”，不只是体现了其诗学观，更可见其豁达淡泊的人生追求。总体上看，李果诗称得上符合“有为而作，得性情之正”。李果幼年丧父，奉母

① 沈德潜：《沈德潜诗文集·归愚文钞馀集》卷一《李客山遗诗序》，北京：人民文学出版社 2011 年 10 月第 1 版，第 3 册第 1517 页。

② 沈德潜：《唐诗别裁集》，上海：上海古籍出版社 1979 年 1 月第 1 版，上册第 1 页。

③ 李果：《咏归亭诗钞自序》，《清代诗文集汇编》第 244 册，第 324～325 页。

逾三十年，其间奔走衣食，艰辛备尝，又绝意仕进，但因他性情平和淡泊，故能在诗歌的天地中游乐吟啸，自得其乐。又因为他坚持“要皆有为而作，得性情之正为归”的宗旨，因此他的诗能洗尽尘俗疏芜之弊，而出之于冲淡洗练。

李果《和陶饮酒诗二十首》以己度人，由人及己，可见其淡泊高远、注重节操的个性。第五首云：

> 我家虽近市，门静无嚣喧。日夕自抱瓮，灌蔬墙东偏。缅怀庞德公，高隐鹿门山。朝看白云起，暮送飞鸟还。不复入州府，此意向谁言。

第十一首云：

> 知止自无营，立身贵有道。昨日美少年，今朝成丑老。不见春时花，秋来易枯槁。安有白玉棺，其说亦何好。神仙徒渺茫，仁义乃为宝。有鸟曰令威，空闻托华表。①

李果的诗，以五言最为人称赏。正如法式善所说“客山诸体擅美，五言尤工”②。陈鹏年也称其诗“五言古风寝食太白，神与之似。五律出入盛唐，瓣香尤在襄阳、辋川间”③。

《泛艇木渎》云：

> 晨光初泛艇，流水枕清酣。风定晴湖渺，云生远岫含。梨花明月寺，芳草牧牛庵。多景灵岩近，乘春取次探。④

沈德潜评道：“明月寺、牧牛庵，木渎之佛刹也。加以梨花、芳草，遂成名句。”⑤

① 李果：《咏归亭诗钞》卷五，《清代诗文集汇编》第244册，第363页。

② 法式善撰，张寅彭、强迪艺编校：《梧门诗话合校》卷五，南京：凤凰出版社2005年10月第1版，第167页。

③ 陈鹏年：《咏归亭诗钞旧序》，李果《咏归亭诗钞》，《清代诗文集汇编》第244册，第321页。

④ 李果：《咏归亭诗钞》卷六，《清代诗文集汇编》第244册，第370页。

⑤ 沈德潜：《清诗别裁集》卷二十九，上海：上海古籍出版社1984年3月第1版，下册第1245页。

《怀叶茎园黄山》云：

　　黄山好山色，三十六芙蓉。以尔烟霞侣，高居第一峰。松围秋屋雨，云渡隔溪钟。我欲搜奇迹，凭虚驾白龙。[1]

此诗虽是一首怀人诗，但着力于对清幽之景的刻画。“松围秋屋雨，云渡隔溪钟”句，动静结合，反更显寂静之美。末联的虚虚实实，表现出诗人的超俗之概。整首诗看似平淡，却耐人寻味。五言诗在李果诗集中占大多数，大都清新脱俗，不落凡近，同时又能兼融王孟诗风，所以缪嗣寅称赞“五言尤为一时之冠”[2]。

不过，李果诗既有冲和古雅的一面，也有沉雄浑厚的一面。如《关山月》：

　　重关峻岭郁嵯峨，月色偏临绝塞多。万里寒生玄菟郡，三秋光射白狼河。黄榆风急传吹角，玉帐沙明照枕戈。最是空闺音信断，中宵愁听《陇头歌》。[3]

此诗以对环境、气氛的描写来烘托、反衬从军塞外的艰辛，并反映征人思乡思归的深情。笔力雄浑，意境苍凉阔大，显然有盛唐边塞诗的余韵。

《范文正公祠》则沉着顿挫，真朴浑厚，有杜诗遗风：

　　石笋排空山骨清，范公祠庙俨峥嵘。独从天下关忧乐，尚想胸中富甲兵。晚穗迎霜遗断陇，寒乌啼日傍丹楹。先皇银榜龙章在，红树阶前交映明。（康熙四十四年，圣祖皇帝题“济时良相”四大字榜其祠，祠前有枫树三十株。）[4]

李果曾称赞友人诗“气清以腴，节和以雅，思往复以绵邈，不事藻绘刻琢，而化裁自然”[5]。综观李果的诗，这些评语同样适合他自己。

① 李果：《咏归亭诗钞》卷一，《清代诗文集汇编》第244册，第336页。
② 缪嗣寅：《咏归亭诗钞旧序》，李果《咏归亭诗钞》，《清代诗文集汇编》第244册，第323页。
③ 李果：《咏归亭诗钞》卷四，《清代诗文集汇编》第244册，第357～358页。
④ 李果：《咏归亭诗钞》卷六，《清代诗文集汇编》第244册，第371页。
⑤ 李果：《在亭丛稿》卷一《饮石轩诗序》，《清代诗文集汇编》第210册，第396页。

张大受《赠李客山》一诗不仅称赞李果淡泊名利，安于隐遁的人品操守，更重要的，指出其诗歌成就在于当宋诗风弥天塞地、雅正之道日渐荒邈之际，李果能违众而自守，坚守“直从唐宋前”的学古立场，并卓然成一家言：

风雅久凌微，画龙或形肖。谁能得其神，鳞鬣恣腾棹。李子奇异才，避俗绝纷绕。嗜诗力所专，学古穷奥窔。直从唐宋前，曹刘寄高调。挥洒得性真，悲啼喜或笑。白日翳蠛蠓，大路塞丛藋。藉兹正始寻，籁寂闻风啸。对之心悠然，山水契幽妙。[①]

赵执信《赠李客山》也说：

始与李生言，世味一何寡。既见所为诗，乃知真静者。栖神入恬淡，肆力薄风雅。古意默已领，孤怀闲自写。此邦盛人文，千载非苟且。自从科名张，不觉江河下。迩日尤波靡，篇章但土苴。谁识荆山珍，潜待连城价。我来披荒芜，独立赏潇洒。晨夕乐居村，茗香期结夏。松陵烟月新，拟续昔吟社。相赠无常辞，愿得柏与马。[②]

在沈德潜前期友人中，以李果诗歌成就最高，也最受格调派成员的首肯。前期重要诗人周准称赞李果“少以诗名吴下，壮更工文”，以及“才情横厉”[③]。李果晚年声誉日盛，过吴门者“争欲识其面”，可知其在诗坛的影响力。乾隆十四年己巳(1749)，李果与沈德潜一起为格调派后期代表吴中七子中的王鸣盛《竹素园诗草》作序。李果称赞王鸣盛的诗：

风调高华，词旨超远，沨沨乎《大雅》之遗音。文亦理明辞达，一惟宋元作者为归。信能摭其华、食其实，有兼人之材者已……世之审音者讽咏之，胥知其陶冶性灵，而又本之于学，进于正始，以追逐古人于千载之上，异乎剽掠者流也。[④]

---

① 张大受：《匠门书屋文集》卷五，《四库未收书辑刊》第8辑第24册，第612页。
② 赵执信：《饴山诗集》卷十三，《清代诗文集汇编》第210册，第282页。
③ 周准：《在亭丛稿序》，李果《在亭丛稿》，《清代诗文集汇编》第244册，第387页。
④ 李果：《竹素园诗草序》，王鸣盛《竹素园诗草》，乾隆刻本，第1b页。

而王鸣盛在《怀人二十首》中则称赞“在亭健笔最嶙峋，短律长歌妙入神。野史耦耕如论定，他年诗老属斯人”[①]。

格调派副将王昶在《翁石瓠布衣赏雨茅屋诗集序》中也回忆：

> 往予年弱冠，游学于紫阳书院。吴门之搢绅先生，布衣韦带，无不交也。时李客山先生以布衣称诗文于世。客山为人，宽而静，柔而正，恭俭而好礼，诗与文如之。是以杨文叔、蒋迪夫、李玉舟及沈文悫公莫不重其文而推其学。[②]

据王昶年谱，李果与他相识的具体时间为乾隆十三年戊辰(1748)[③]。王昶诗集中有《溧阳道中怀李布衣客山果》，诗云：“想见衣薜荔，读书松桂林。躬耕偕古处，高卧辞尘襟。素侣时复过，鸣此风中琴。”[④]王昶另有《访李客山》诗，有“品到清寒方足贵，文归澹雅自然工”[⑤]之句。至于与沈德潜同订李果诗集的吴泰来，也有《挽李客山征君二首》一诗：

> 少微星掩碧天空，耆旧凋残此日中。一代文章传倚马，百年心迹寄冥鸿。身藏人海何妨隐，名列儒林未是穷。怅望青山埋骨地，要离冢畔起秋风。[⑥]

格调派诸人对李果个性和诗歌的一致肯定，再次证明李果在格调派的显赫地位及影响。

二、翁照

翁照，初名玉行，字朗夫，号霁堂，江阴人。康熙十六年丁巳(1677)生，乾

---

① 王鸣盛：《竹素园诗草》，乾隆刻本，第 19b 页。

② 王昶：《春融堂集》卷三十九，《续修四库全书》第 1438 册，第 71 页。

③ 严荣：《述庵先生年谱》，《北京图书馆藏珍本年谱丛刊》第 105 册，北京：北京图书馆出版社 1998 年 8 月第 1 版，第 92 页。

④ 王昶：《春融堂集》卷一，《续修四库全书》第 1437 册，第 360 页。

⑤ 王昶：《春融堂集》卷一，《续修四库全书》第 1437 册，第 361 页。

⑥ 吴泰来：《砚山堂集》卷四，《清代诗文集汇编》第 350 册，第 611 页。

隆二十年乙亥(1755)卒,享年79岁。翁照曾奉教于毛奇龄、朱彝尊。精书法,工章奏。乾隆元年丙辰(1736)举博学鸿词,以疾不赴。乾隆十四年己巳(1749),复以经学荐,又不赴。有《赐书堂集》,含诗四卷,文六卷,由沈德潜鉴定。其诗集散佚颇多,"今所仅存,特近年作耳"[①]。

据沈德潜《征士翁霁堂传》[②],翁照先世为福建莆田人。后来父亲移家江苏之常熟,又移江阴,遂为江阴人。翁照为人谦和有礼,舒位《乾嘉诗坛点将录》翁照赞辞曰"青松磊落,白鹤瘦。谦谦君子,上应列宿"[③]。袁枚《随园诗话》也记载:

> 江阴翁明经照,字朗夫,馆嵇相国家。相公非朗夫倡和不吟诗,人称为"诗媒"。雍正乙卯以鸿博荐。朗夫谢诗云:"此身得遇裴中令,不向香山老一生。"一时传诵。朗夫有《春柳》云:"千里因依惟夜月,一生消受是东风。""迎来桃叶如相识,猜得杨枝是小名。"皆佳句也。平生有谦癖,拜起纡迟;年登八十,犹熏衣饰貌,寸髭不留。余初相见,知其多礼,乃先跪叩头,逾时不起,先生愕然。余告人曰:"今日谦过朗夫矣!"[④]

翁照《自规》诗九首,自抒怀抱,抒写其严于律己、与世无争的高尚志节。第一首和第八首云:

> 黄金凛四知,白璧耻三献。君子必谨独,至人不争衔。秉心苟无求,立身自无玷。自反辄自规,斯言当永念。
>
> 晚年得无闷,始知静躁原。寡过须寡辞,忘机在忘言。童冠亦

---

① 周天度:《赐书堂文稿序》,翁照《赐书堂集》,《清代诗文集汇编》第238册,第617页。

② 沈德潜:《沈德潜诗文集·归愚文钞》卷十七,北京:人民文学出版社2011年10月第1版,第3册第1410~1411页。

③ 舒位:《乾嘉诗坛点将录》,《三百年来诗坛人物评点小传汇录》本,郑州:中州古籍出版社1986年6月第1版,第14页。

④ 袁枚:《随园诗话》卷五,北京:人民文学出版社1982年9月第2版,上册第151页。

尝偕，惟以默处喧。不欲为所欲，乃能守其元。[①]

据沈德潜年谱，他与翁照相识于康熙四十三年甲申（1704）冬天[②]。当时，沈德潜32岁，翁照28岁。其时两人皆是布衣，所谓"交自贫时情倍切"[③]，一见如故，结下深厚情谊，即"吴门与暨阳，来往互宾主。矻矻商古今，硁硁订出处"[④]。翁照非常喜欢沈德潜的诗，所谓"喜予诗，一过目，背诵不忘。予甲午诗，友人取去，遗失，付之无如何矣；霁堂来，一一录出，友人徐龙友笑比之行秘书"[⑤]。沈德潜晚年辞官归乡后，翁照作《送归愚沈少宗伯予告归里》，与之订耦耕伴侣，其三云：

送公归去来，悠悠返荷屋。作社赴鸡豚，约伴同樵牧。弥棹香水溪，采芝砚山麓。谁识衮冕俦，依然抱黄犊。道充轻禄位，天定归淳朴。我将还故林，老去爱云木。三十三山间，结庐卧空谷。公能复来过，江皋路应熟。念旧话前尘，草堂夜同宿。[⑥]

沈德潜《清诗别裁集》评价这首诗："无世俗酬应气，以道相与，砺坚晚节，今人中古道交也。"[⑦]

沈德潜对于翁照的友情，在其年谱中也曾做过明确交代，即："予生平知

① 翁照：《赐书堂诗稿》卷一，《清代诗文集汇编》第238册，第592页。

② 沈德潜：《沈德潜诗文集·沈归愚自订年谱》，北京：人民文学出版社2011年11月第1版，第4册第2102页。

③ 沈德潜：《赠翁霁堂征士》其一，《沈德潜诗文集·归愚诗钞》卷十八，北京：人民文学出版社2011年11月第1版，第1册第356页。

④ 翁照：《赐书堂诗稿》卷四《送归愚沈少宗伯》共四首第二首，《清代诗文集汇编》第238册，第613页。

⑤ 沈德潜：《沈德潜诗文集·归愚文钞》卷十七《征士翁霁堂传》，北京：人民文学出版社2011年10月第1版，第3册第1411页。

⑥ 翁照：《赐书堂诗稿》卷四，《清代诗文集汇编》第238册，第613页。

⑦ 沈德潜：《清诗别裁集》卷三十，上海：上海古籍出版社1984年3月第1版，下册第1275页。

己，惟徐子龙友，李子芥轩，翁子霁堂，周子迂村。”[①]沈德潜所作诗也有不少涉及他与翁照的交往。如《暨阳翁霁堂枉过草堂》云：

风竹萧萧昼掩门，久无筇屐破苔痕。忽传江上青衫客，来访溪南黄叶村。千里相思劳仲悌，一人知己感虞翻。文章自是吾生事，试与高贤对榻论。[②]

《朗夫赠裘》以赠裘一事入诗，显示出两位白发苍苍的老人相互关心、相互慰藉的亲密情谊：

持赠羔羊绒，穷冬正积阴。耐寒贫士骨，共暖故交心。客路酬难称，衰年感倍深。遥怜玉关戍，谁念雪霜侵。[③]

乾隆二十年乙亥(1755)三月，翁照卒。沈德潜记载“闻霁堂殁于金陵高方伯署中，五十馀年相与，方有耦耕葑溪之约，而此愿竟虚，又失一知心友矣。哭之”[④]。两人始终不渝的友谊令人动容。沈德潜《清诗别裁集》选其诗13首，称赞其谦恭的人品，高度评价其诗歌，即“朗夫小心敬慎，虽仆隶下人，不衣冠不见也。事上接下，以诚以礼。嵇、高二相国先后以鸿博、经学荐，皆不遇，与予相约为耦耕伴侣，结庐有日矣。乃倏焉殂谢，友生为位以哭，多失声者。少年诗专工佳句，后渐臻老境，识力俱高，有虞伯生老吏断狱之目”[⑤]。

不过，之所以视翁照为格调派前期重要诗人，主要原因在于他自觉以诗歌创作呼应沈德潜的诗歌理论。换言之，翁照不擅长撰文立说，而是以作诗

① 沈德潜：《沈德潜诗文集·沈归愚自订年谱》，北京：人民文学出版社2011年11月第1版，第4册第2130页。

② 沈德潜：《沈德潜诗文集·归愚诗钞》卷十五，北京：人民文学出版社2011年10月第1版，第1册第301页。

③ 沈德潜：《沈德潜诗文集·归愚诗钞》卷十三，北京：人民文学出版社2011年10月第1版，第1册第262页。

④ 沈德潜：《沈德潜诗文集·沈归愚自订年谱》，北京：人民文学出版社2011年11月第1版，第4册第2132页。

⑤ 沈德潜：《清诗别裁集》卷三十，上海：上海古籍出版社1984年3月第1版，下册第1272页。

取胜。《清史列传》就指出:“时吴中诗人最著者,潘高、许廷𬬻、李果、盛锦,照与之埒。”①

翁照早年有《蓑衣》诗,内有“风雨一身秋”句,以此得名。全诗如下:

记得寒江外,曾披上钓舟。烟波双鬓老,风雨一身秋。戴笠偏相称,垂竿亦自幽。严陵如爱此,应不著羊裘。②

这首诗反用严陵和光武帝刘秀的典故。刘秀称帝后,不忘昔日同窗严陵,但严陵志不在做官,反披羊裘,垂钓在浙江桐庐的富春江上。此后严陵遂成为独善其身、寄情山水的象征。翁照此诗却反其意,认为严陵如果真想逃名避世,只需穿一件蓑衣去钓鱼就足够。言下之意认为严陵披羊裘之举实为沽名钓誉。这种写法不仅技高一筹,而且引人深思。另外,整首诗洁净脱俗,显示出翁照少时作诗就洗净铅华、含蓄深婉的特征。

翁照现存诗集四卷,多为其晚年所作。内容多写山林泉石之胜及自得之趣,古意盎然。

其《梅花坞坐月》云:

静坐月明中,孤吟破清冷。隔溪老鹤来,踏碎梅花影。
空山群籁寂,视听转孤妙。我琴不须弹,风吹自成调。③

诗篇短小精悍,意境疏淡古朴,余音袅袅,令人回味无穷。又如《重过张墨岑别墅》:

重寻方外侣,林壑认依稀。一迳入红叶,数峰横翠微。夕阳明笋笠,秋色上荆扉。刚到幽栖处,逢君采药归。④

此诗写访友途中的见闻,以清丽简淡之笔勾画点染,构成一幅淡雅恬静的画

① 王钟翰点校:《清史列传》卷七十一《文苑传二》,北京:中华书局 1987 年 11 月第 1 版,第 18 册第 5875 页。

② 翁照:《赐书堂诗稿》卷一,《清代诗文集汇编》第 238 册,第 594 页。

③ 翁照:《赐书堂诗稿》卷一,《清代诗文集汇编》第 238 册,第 593 页。

④ 翁照:《赐书堂诗稿》卷二,《清代诗文集汇编》第 238 册,第 600 页。

面。末联笔锋一转，写友人采药回，诗歌至此也戛然而止，含蓄而富有情韵。

除了上述这些超逸脱俗之作外，翁照的七言律诗也较有特色，如《将之北河留别亲串十首》，字锤句锻，齐整端严。其四云：

织就文禽作对飞，一篝灯火久相依。耦耕当日言犹在，佐读终年计转非。但使我能抛犊裤，肯教君更泣牛衣。料应不学苏家妇，金尽归来也下机。①

沈德潜评价说："比孺仲夫妇同其清节，兼之风韵，一结表所配之贤。"②

翁照晚年隐居于三十三山草堂，在翁照家乡江阴。其《三十三山草堂落成示及门弟子》抒写了自己耽于诗书、拙于干进的志向，故筑室隐居于此：

三十三山里，归来始卜居。亭因修史筑，田亦带经锄。有志希君实，无心献《子虚》。门生谙老懒，常舁我篮舆。③

沈德潜有《题翁朗夫三十三山草堂图》④一诗，称赞主人的高远性情。格调派后期代表吴中七子几乎都有相关诗咏叹三十三山草堂风景之秀绝，达到推崇主人公翁照的目的。比如王昶《送霁堂之淮山》其二就描述此地风景：

三十三山里，茅斋傍翠微。夕阳栽药圃，春水钓鱼矶。石迳花争发，云林鸟自飞。何时归隐去，载酒过柴扉。⑤

钱大昕《三十三山草堂图歌为霁堂征君作》则称赞翁照淡泊名利的人品，即"主人乃是湖海客，著作终年乐泉石。方瞳皓首冰雪颜，恐是列仙天上

---

① 翁照：《赐书堂诗稿》卷二，《清代诗文集汇编》第 238 册，第 598 页。

② 沈德潜：《清诗别裁集卷》三十，上海：上海古籍出版社 1984 年 3 月第 1 版，下册第 1275 页。

③ 翁照：《赐书堂诗稿》卷四，《清代诗文集汇编》第 238 册，第 610～611 页。

④ 沈德潜：《归愚诗钞》卷十一，北京：人民文学出版社 2011 年 10 月第 1 版，《沈德潜诗文集》第 1 册，第 209 页。

⑤ 王昶：《春融堂集》卷四，《续修四库全书》第 1437 册，第 379 页。

谪”[①]。

晚年伏处荒江的翁照，性情愈加谦和，诗技则更上一层楼，力求生新。如《古香书屋同杜云川太史坐雨》：

破寒小启读书关，坐雨堪消半日闲。数点晚收喧寂外，一痕春在有无间。倾残竹叶人初醉，开到梅花客未还。好待来朝新涨足，片帆同下碧溪湾。[②]

其他如“气逼孤灯暗，声兼落叶多”[③]“友如作画须求澹，山似论文不喜平”[④]“水当腊去青浮岸，山到春来绿进城”[⑤]“一声啼鸟破春寂，数点落花生昼寒”[⑥]等诗句，皆富于神韵，风致潇潇，引人遐思。

翁照性情温和谨慎，其诗文集中没有他对于所处诗坛现状的评价。但是，翁照师法唐人的倾向是很明显的。时人就评价他“原原本本，古厚隽雅，胸中眼中不以唐以下自位置”[⑦]。城南诗社中的彭启丰也称其诗“神韵清洒，秀致芊绵，直造唐贤堂奥”[⑧]。沈廷芳则评价翁诗“如入汉魏人室，如与唐贤晤语”[⑨]。吴中七子中的王鸣盛也称其“诗格以三唐为宗”[⑩]，都指出其宗唐的诗学特征。翁照成为格调派重要诗人的依据，主要也凭借这一点。

除了沈德潜之外，翁照的诗歌成就同样得到格调派前后期成员的肯定。

---

① 钱大昕：《潜研堂诗集》卷二，南京：江苏古籍出版社 1997 年 12 月第 1 版，《嘉定钱大昕全集》第 10 册，第 35 页。

② 翁照：《赐书堂诗稿》卷二，《清代诗文集汇编》第 238 册，第 600～601 页。

③ 翁照：《赐书堂诗稿》卷二《九秋诗次潘南林太守韵·秋雨》，《清代诗文集汇编》第 238 册，第 598 页。

④ 翁照：《赐书堂诗稿》卷一《同张南华尚湖晚步》，《清代诗文集汇编》第 238 册，第 593 页。

⑤ 翁照：《赐书堂诗稿》卷一《雨后君山野步》，《清代诗文集汇编》第 238 册，第 594 页。

⑥ 翁照：《赐书堂诗稿》卷四《年来》，《清代诗文集汇编》第 238 册，第 612 页。

⑦ 张灿：《赐书堂诗钞序》，翁照《赐书堂集》，《清代诗文集汇编》第 238 册，第 581 页。

⑧ 彭启丰：《赐书堂诗钞序》，翁照《赐书堂集》，《清代诗文集汇编》第 238 册，第 583 页。

⑨ 沈廷芳：《隐拙斋集》卷三十八《翁朗夫诗序》，《四库全书存目丛书补编》第 10 册，第 498 页。

⑩ 王鸣盛：《赐书堂诗钞序》，翁照《赐书堂集》，《清代诗文集汇编》第 238 册，第 585 页。

与翁照同为沈德潜前期友人、格调派前期重要诗人的李果在《翁朗夫暨阳三十三峰草堂图四首》其三就评价其诗歌成就云：

> 古音久寥寂，知者固鲜俦。汉京亦已渺，唐风振千秋。平睨王辋川，友视韦苏州。绮靡若可扫，渊澹与天游。众人多歧趋，役役将奚求。①

"平睨王辋川，友视韦苏州"，正是翁照诗歌瓣香所在。"众人多歧趋"，显然是说康熙朝时吴中宋诗风产生的流弊。另外，前期格调派诗人顾诒禄不仅敬佩翁照谦和的人格，更称赞其诗"真挚缠绵，清明文博"，并称自己曾受教于翁照，即"冠年辱先生教，年来每至吴门，必过予荒斋，情意弥笃，且悲其不遇"②。他还认为翁照诗"健笔常扶大雅坛"③。

较之前期格调派诗人，格调派后期代表吴中七子更是尊翁照为诗坛耆宿。比如王昶《蒲褐山房诗话》也引用沈廷芳对翁照的评价以示认同，即："先生年高，藤杖方袍，须眉朗映，其诗风致盎然，而神韵潇洒。"④其《题翁丈霁堂三十三山草堂图兼送其北行》则评价翁诗："力追风雅宗汉魏，下逮唐宋供雕镵。诗才已足雄一代，经义更欲穷千函。"⑤曹仁虎则说"正喜襄阳耆旧在，不妨来往共樵渔。"⑥钱大昕《题翁霁堂征君秋林觅句图》则有"先生吟卷嫓群雅，标格古今足比亚"⑦的褒扬之语。吴泰来说："我生慕道嗟苦晚，肖然幸见

---

① 李果：《咏归亭诗钞》卷八，《清代诗文集汇编》第244册，第383页。

② 顾诒禄：《赐书堂诗钞序》，翁照《赐书堂集》，《清代诗文集汇编》第238册，第583页。

③ 顾诒禄：《吹万阁集》卷五《伤逝十章》第五首《翁霁君堂照》，《清代诗文集汇编》第289册，第331页。

④ 王昶著，周维德校点：《蒲褐山房诗话新编》卷上，北京：人民文学出版社2011年9月第1版，第26页。

⑤ 王昶：《春融堂集》卷四，《续修四库全书》第1437册，第375页。

⑥ 曹仁虎：《宛委山房集》卷一《赠翁朗夫征君》，《续修四库全书》第1449册，第103页。

⑦ 钱大昕：《潜研堂诗集》卷三，南京：江苏古籍出版社1997年12月第1版，《嘉定钱大昕全集》第10册，第40页。

灵光存。长洲古苑一握手，恍如御李来龙门。”[①]至于王鸣盛，与翁照的渊源比后期格调派其他诗人更深。他自称“余自垂髫，学为歌诗杂文，即尝读先生文”，并回忆乾隆十四年己巳（1749），翁照“以校刻文端顾公遗集来吴中，鸣盛就而问业焉”[②]，其《翁朗夫饮酒图》称赞道“先生抱道耽林泉，先生下笔飞云烟……平生抗怀千载上，俯视人世空茫然。毕卓刘伶何足拟，前惟彭泽后青莲”[③]，《赠翁征士照》也说翁照“踸踔词坛欲掣鲸，灵舒健笔自纵横。卢鸿十志耽闲趣，陶岘三舟惬野情”[④]。

三、许廷鑅

在格调派前期诗人中，与李果相似，身历吴中宋诗风盛行产生的流弊，从而积极倡导宗唐，并取得较大成就的，还有许廷鑅。

许廷鑅，字子逊，号竹素，江苏长洲（今苏州）人。生于康熙十九年庚申（1680）。康熙五十九年庚子（1720）举人，官武平知县，居官有善政。晚年回乡，卒年不详。沈德潜《竹素园诗钞序》作于乾隆二十一年丙子（1756），当时他还在世。有《竹素园诗钞》。

沈德潜在《竹素园诗钞序》对于许廷鑅的个性、交游情况及诗歌成就叙述甚详：

> 竹素以过江王谢子弟，天赋俊才，少岁与予定交时，已能盘马弯弓，击剑敓矟……时吴中诗学祖宋祧唐，几于家至能而户务观。予与二三同志欲挽时趋，苦无其力。竹素大声疾呼以排之，所为诗飞动凌空，有倚马万言之概，人莫与角。继游都中，与诸名流登临赠答，诗必擅场，一时有“小青莲”之目，无异辞。中年游历下，适豫章，

① 吴泰来：《砚山堂集》卷四《为翁霁堂征君题三十三山草堂图》，《清代诗文集汇编》第350册，第611页。

② 王鸣盛：《赐书堂诗钞序》，翁照《赐书堂集》，《清代诗文集汇编》第238册，第585页。

③ 王鸣盛：《西庄始存稿》卷八，《续修四库全书》第1434册，第86页。

④ 王鸣盛：《西沚居士集》卷十五，《清代诗文集汇编》第350册，第835页。

道经荆岘、衡岳，羁旅东西两粤，晚而出宰闽中，所过多名山大川，扩其胸臆，诗益恢宏壮丽，神合青莲。[①]

根据上文可知，沈德潜与许廷鑅在少年时就相识。许廷鑅诗集中还有《送陈大树滋北归吴中》[②]《赋得云柳二篇送沈大方舟还建业》[③]等诗。陈树滋，即陈培脉，是与沈德潜同辑《唐诗别裁集》的吴中诗人，其诗"宗法盛唐"[④]。沈方舟即北郭诗社中的沈用济。格调派前期重要诗人李果诗集中也有《赠许武平子逊二首》[⑤]。可见，与沈德潜、李果、沈用济等人相同，许廷鑅生活在康熙年间吴中盛行宋诗风之时，对这一诗风所产生的明显弊病也同样深为不满。"大声疾呼以排之"，颇具个性色彩。其《古意》第三首体现了他的诗学观：

筝琶竞中堂，云韶久寂寞。耳目溺以流，卑趋杂庸薄。倦卧互易听，雅郑各有托。旷聪聆歌风，鸠律辨古乐。一为阳阿奏，希声振寥廓。倾耳乃忘疲，神明寄澹泊。靡音勿滥觞，大雅从兹作。[⑥]

"筝琶"与"云韶"，一为"靡音"，一为"雅音"。"筝琶"显然是宋诗风流弊的结果，"云韶"则是作者心慕手追的诗歌正道。在另一首《秋夜与楼山观察论诗获聆微解辱枉诗见贻推挹过深增予惭悚谨依韵奉酬一篇》中，他再次表达对"茫茫茅苇莽积薪"现状的忧虑，并发出"谁为大雅之扶轮"[⑦]的感叹。基于此原因，许廷鑅作诗严守唐宋界限。正如沈德潜《方东华〈勺湖集〉序》中所说："前此三四十年，远近竞尚宋诗，见读唐人诗者辄笑之。时吴下不染宋习

① 沈德潜：《竹素园诗钞序》，许廷鑅《竹素园诗钞》，《清代诗文集汇编》第238册，第227～228页。

② 许廷鑅：《竹素园诗钞》卷三，《清代诗文集汇编》第238册，第252页。

③ 许廷鑅：《竹素园诗钞》卷一，《清代诗文集汇编》第238册，第236页。

④ 沈德潜：《清诗别裁集》卷二十五，上海：上海古籍出版社1984年3月第1版，下册第1027页。

⑤ 李果：《咏归亭诗钞》卷七，《清代诗文集汇编》第244册，第375页。

⑥ 许廷鑅：《竹素园诗钞》卷三，《清代诗文集汇编》第238册，第255页。

⑦ 许廷鑅：《竹素园诗钞》卷六，《清代诗文集汇编》第238册，第287页。

者，惟许武平竹素及东华。竹素遍阅唐宋诗，断断焉严分界限。”[①]显然，沈德潜认为许廷鑅和北郭诗社中的方朝堪称当时宗唐的生力军之一。在《清诗别裁集》中沈德潜更进一步指出许廷鑅：“诗严于唐、宋之限，五律近李翰林，七绝近杜樊川，诸体中二体为尤工也。”[②]并选其诗 14 首。

综上，许廷鑅对待学唐还是宗宋泾渭分明，正是因为这一点，他成为格调派前期的重要诗人之一。关于许廷鑅宗尚唐诗，严于唐宋之界的诗学观，时人也有共识。如袁枚《随园诗话》就记载了一个细节：

> 子逊先生与余为忘年交，论诗尊唐黜宋，失之太拘。有某少年，故意抄宋诗之有声调者试之，先生误以为唐，少年大笑。余赠云：“前生合是唐宫女，不唱开元以后诗。”[③]

在《仿元遗山论诗》中，袁枚又道：

> 论诗竹素太拘拘，苦守开元大历初。恰有唐音追到处，一时沈范两尚书。[④]

袁枚虽然认为许廷鑅论诗失于“拘”，但也指出其诗确实有深得唐人风味处。总体来看，许廷鑅五言诗历来受到肯定，如《送友人之长沙》其二：

> 北上同为客，南还不到家。三年留冀北，十月下长沙。落木楚天迴，青旗湘岸斜。倘从笙竹驿，回首望京华。[⑤]

此诗挥洒自如，一气直下。既凝练含蓄，又格高气雄。查为仁《莲坡诗话》记

---

① 沈德潜：《沈德潜诗文集·归愚文钞馀集》卷一，北京：人民文学出版社 2011 年 10 月第 1 版，第 3 册第 1519 页。

② 沈德潜：《清诗别裁集》卷二十四，上海：上海古籍出版社 1984 年 3 月第 1 版，下册第 976 页。

③ 袁枚：《随园诗话》卷九，北京：人民文学出版社 1982 年 9 月第 2 版，上册第 296 页。

④ 袁枚：《袁枚全集·小仓山房诗集》卷二七，南京：江苏古籍出版社 1993 年 9 月第 1 版，第 1 册第 595 页。

⑤ 许廷鑅：《竹素园诗钞》卷三，《清代诗文集汇编》第 238 册，第 254 页。

载此诗写成后，“一时传诵”[①]。

《中秋大风雨后看月有作》：

> 已分沉沧海，清光不上天。乍惊东壁晓，仰见一轮悬。万里人同节，中秋影共怜。何能负良夜，一别又经年。[②]

沈德潜《清诗别裁集》收录此诗，并评价说：“一气直下，不以对偶为长。”[③]

许廷鑅学唐，具体来说，他对盛唐大诗人李白心契独深。这与他诗才天纵、个性慷慨豪迈有关。他自称“一言意气自投合，推肝置胆无疑猜……平生骯髒负侠骨，何能与俗混混随尘埃”[④]，其狂放傲岸的性格与李白极为相似。所以《洪都九月连饮葛太守庐宾秀江岸舫中茶酒内率赋三篇以赠》第三首中有“倘逢狂李白，同醉习家池”[⑤]之句。李果也曾说他“快接龙川论，狂吟李白诗”[⑥]。不仅是“狂吟李白诗”，许廷鑅诗歌中追慕李白、学习李白的倾向也很明显。《采石》云：

> 忆泛清秋月，宫袍澹卷烟。江山无太白，辽落一千年。予亦乘鲸客，来乘牛渚船。登楼人不见，春水上青天。[⑦]

采石矶位于安徽省马鞍山市。李白曾在这里饮酒赋诗，相传最后因酒醉赴水中捉月而淹死，这一传说更为采石矶增添了神秘的色彩。此诗一气连贯，浑成自然，明显具有太白诗风。“江山无太白，辽落一千年”句，更有睥睨

---

① 查为仁：《莲坡诗话》：“长洲许子逊孝廉，善学少陵。都下《送同里陆实君枚往楚中》云：北上同为客，南还不到家。三年留冀北，十月下长沙。一时传诵。”《清诗话》本，上海：上海古籍出版社1978年9月新1版，上册第486页。

② 许廷鑅：《竹素园诗钞》卷六，《清代诗文集汇编》第238册，第289～290页。

③ 沈德潜：《清诗别裁集》卷二十四，上海：上海古籍出版社1984年3月第1版，下册第978页。

④ 许廷鑅：《竹素园诗钞》卷七《结客行寄怀李南陔于蜀中》，《清代诗文集汇编》第238册，第296页。

⑤ 许廷鑅：《竹素园诗钞》卷三，《清代诗文集汇编》第238册，第249页。

⑥ 李果：《咏归亭诗钞》卷七《赠许武平子逊二首》其一，《清代诗文集汇编》第244册，第375页。

⑦ 许廷鑅：《竹素园诗钞》卷二，《清代诗文集汇编》第238册，第245页。

当世、舍我其谁之概。所以沈德潜评价此诗:“全是太白,近代徐昌谷亦有之。”①

杭世骏《许子逊诗序》对许诗有“音清而节古,读之乃飘飘乎如奏大人也,吾以为唐之白也”以及“子逊之几白,神似非形似也”②的评价。观之此诗,确非溢美之词。

许廷鑅的其他一些诗,也明显具有学习李白诗的痕迹。仅从题目就能看出这一点,如《衡山谣》《梁父吟》等。这些诗在章法上驰骋回翔,句法上开合多致,也无一不体现李白诗对他的影响。

许廷鑅“中年游豫章,道经荆岘、衡岳,羁旅东西两粤,晚而出宰闽中”,也就是他自己说的“饥驱事行役,南北各异乡”③。故而其诗集中关于思乡思归之作尤其多,所谓“况复暮景逼,衰病恋故丘”④。而且,这些诗作多与“明月”这一意象有关。如《月下怀同学诸人》⑤《客中对月》⑥《对月怀石洲观察》⑦等诗。《玩月至宵分》云:

> 琵琶水调响潺潺,声入银河漂缈间。一片清光人万里,可能重听念家山?
>
> 山风云外堕天香,回首瑶台枉断肠。明月有情应识我,年年相见在它乡。⑧

常年漫游客居,许廷鑅诗集中有不少纪游之作,这占据其诗歌中的大部

① 沈德潜:《清诗别裁集》卷二十四,上海:上海古籍出版社1984年3月第1版,下册第977页。

② 杭世骏:《道古堂文集》卷九,《续修四库全书》第1426册,第292页。

③ 许廷鑅:《竹素园诗钞》卷二《南游述怀寄宝传修撰兼简文叔编修》,《清代诗文集汇编》第238册,第241页。

④ 许廷鑅:《竹素园诗钞》卷七《忆昔行寄石洲观察》,《清代诗文集汇编》第238册,第294页。

⑤ 许廷鑅:《竹素园诗钞》卷六,《清代诗文集汇编》第238册,第284页。

⑥ 许廷鑅:《竹素园诗钞》卷一,《清代诗文集汇编》第238册,第233页。

⑦ 许廷鑅:《竹素园诗钞》卷六,《清代诗文集汇编》第238册,第292页。

⑧ 许廷鑅:《竹素园诗钞》卷五,《清代诗文集汇编》第238册,第275页。

分篇章。如《望海》：

极目忽无际，海风吹练裳。四围包地尽，万国竟天长。日月从磨荡，乾坤入混茫。侧身迷望若，东指是扶桑。[①]

除了学李白之外，许廷鑅诗亦瓣香杜牧，这一点在其七言绝句上体现得尤为明显。《芜城感旧》两首：

雷塘春尽草如烟，落拓江湖又一年。吟遍吹箫桥畔路，无人知有杜樊川。

三千殿脚总如花，断粉零香散暮霞。唯有离宫旧明月，夜深还上玉钩斜。[②]

凄清迷茫的景物氛围与作者的追忆怀古之情结合得天衣无缝，颇有杜牧诗清丽缠绵的特色。

许廷鑅晚年归吴中后，影响更大。格调派副将王昶在《蒲褐山房诗话》中就说：

竹素先生诗才绮丽，始学杜牧之、王仲初，继而规模何大复、徐昌谷，志和而节雅。七言绝句，尤为人所传诵。然性豪放，上论古今史事，慷慨激发。一官闽海，憔悴数年，非其好也。既归长洲，居郭外二十里之陈墓河，水云千顷，花药数椽，犹作诗以自遣。时时入城，与沈归愚、蒋蟠漪两公来往，故予常得接其议论。[③]

所谓"彭泽归来吟兴在"[④]，其诗集中《初夏大雨中薛一瓢叶定湖虞东皋沈归愚谢沧湄李客山俞令云汪吁三袁子才于扫叶庄水南居为蒨雨之集分得

① 许廷鑅：《竹素园诗钞》卷七，《清代诗文集汇编》第 238 册，第 294 页。

② 许廷鑅：《竹素园诗钞》卷一，《清代诗文集汇编》第 238 册，第 232～233 页。

③ 王昶著，周维德校点：《蒲褐山房诗话新编》卷上，北京：人民文学出版社 2011 年 9 月第 1 版，第 3 页。

④ 曹仁虎：《宛委山房集》卷二《赠许子逊先生》，《续修四库全书》第 1449 册，第 114 页。

五言一篇》[①]一诗，有“苍颜六七辈，参错入座间”句，可知写于晚年，作诗的癖好丝毫没有减弱。而他豪情万丈的个性也一仍其旧，即“嗟余值数奇，豪气未全革”[②]。王昶《怀人绝句》咏许廷鑅云：“闽海珠江入望中，纪游诗句气如虹。白头乱发垂垂老，酒后犹弯两石弓。”[③]可见其晚年风姿。作于晚年的《白菊》一诗，也体现他不谐于俗、傲睨一世的个性始终如一：

正得西方气，来开篱下花。素心常耐冷，晚节本无瑕。质傲清霜色，香含秋露华。白衣何处去，载酒问陶家。[④]

李果死后，许廷鑅作《哭李客山》一诗，不仅回顾两人非同一般的情谊，同时对李果的诗作出评价，实际上也隐含着自身的诗学主张及追求在内：

结交四十年，常恨相见少。转蓬随风扬，茫茫涉远道。年来返故林，寂寞成二老。子居郡南里，我在江之湄。相距无百里，带水乃间之。东西各相望，会合难定期。有时鼓棹来，君闻必相过。予亦时诣君，谈笑还杂坐。砥节而立名，此倡彼为和。所感在臭味，脉脉两相依。世上多悠悠，古道如君希。以兹投契深，历久意无违。传来蒨雨吟，妙得《文选》理。老去恋同心，相期尽馀齿。君今舍我去，我生能有几。[⑤]

与李果、翁照相似，许廷鑅诗歌成就同样得到格调派后期成员的肯定。王昶《赠许丈子逊》一诗也有“白头尚任风骚重，青眼相看意气增”[⑥]之句，所谓“青眼相看”，应指前文王昶《蒲褐山房诗话》提到的其少时见重于许廷鑅之事。曹仁虎《赠许子逊先生》则有“凌云健笔气如虹”[⑦]的赞叹之语。王鸣盛

① 许廷鑅：《竹素园诗钞》卷八，《清代诗文集汇编》第238册，第314页。
② 许廷鑅：《竹素园诗钞》卷七《忆昔行寄石洲观察》，《清代诗文集汇编》第238册，第294页。
③ 王昶：《春融堂集》卷五，《续修四库全书》第1437册，第388页。
④ 许廷鑅：《竹素园诗钞》卷六，《清代诗文集汇编》第238册，第292页。
⑤ 许廷鑅：《竹素园诗钞》卷八，《清代诗文集汇编》第238册，第315页。
⑥ 王昶：《春融堂集》卷二，《续修四库全书》第1437册，第363页。
⑦ 曹仁虎：《宛委山房集》卷二，《续修四库全书》第1449册，第114页。

《赠许大令廷镤二首》则称赞他为“大雅扶轮手”。全诗如下：

大雅扶轮手，清时通德门。懒多吟屐健，隐去告身存。自顾羁栖惯，欣逢笑语温。从兹频载酒，风雨得同论。

正始今将绝，平生亦足豪。赏音惟沈范，作意有风骚。清庙朱弦贵，阳春白雪高。试看独到处，肯与俗人操。①

另据钱大昕年谱，乾隆十四年己巳（1749），钱大昕入苏州紫阳书院，“吴中老宿李客山、赵饮谷、惠松崖、沈冠云、许子逊、顾禄百亦引为忘年交”②。这也可以看作格调派前后期代表人物之间交往密切、先后继承的典型例证。

第四节　沈德潜前期弟子：盛锦、周准、顾诒禄

格调派前期成员中，除了城南诗社、北郭诗社以及李果、翁照、许廷镤等沈德潜的友人之外，还有盛锦、周准、顾诒禄等相对较年轻的诗人。他们服膺推崇沈德潜的诗学，在某种程度上可被视为沈德潜的弟子；更重要的，他们更将诗歌理论贯彻到诗歌创作中。因此，他们同样应被视为格调派前期诗人代表。

一、盛锦

盛锦，字庭坚，一字青嵝，生于康熙三十年辛未（1691），死于乾隆二十一年丙子（1756），吴县（今苏州）诸生。

沈德潜《挽盛青嵝》说盛锦“善人复诗人，名场擅谈艺”③。可见，盛锦不仅有诗名，而且人品高尚。盛锦早年曾有一段游历四川的经历，归来后，“游

① 王鸣盛：《西沚居士集》卷十一，《清代诗文集汇编》第350册，第814页。

② 钱庆曾校注：《钱辛楣先生年谱》，南京：江苏古籍出版社1997年12月第1版，《嘉定钱大昕全集》第1册，第9页。

③ 沈德潜：《归愚诗钞馀集》卷一，北京：人民文学出版社2011年11月第1版，《沈德潜诗文集》第2册，第440页。

京师，王公以下多折节下之。不耐冗杂归”[①]。从此过着贫穷但自得的乡野生活，也就是钱大昕说的“往年客巴蜀，诗得江山助。后为燕京游，亦拟《长扬赋》……归来卧草堂，依然理章句。分席寻渔樵，抱瓮灌瓜芋”[②]。盛锦著有《青嵝诗钞》，不分卷。又与张锡祚、黄子云并称，有《灵岩三家诗》。

沈德潜《青嵝诗集叙》说：

诗人之诗，异乎文人之诗。文人之诗，意在文而兼及焉者也；诗人之诗，意在诗而专及焉者也。不见夫津人之操舟者乎？善游者，数能忘乎水也。忘乎水，唯其习乎水也。假而擅邮良、造父之技者，而偶操舟楫以泛乎江湖，彼第能防车之败，而不能持舟之覆，其不为津人窃笑者几何矣？吾友盛子庭坚，少即嗜有韵语，余尝访故友张子永夫于下沙，因与庭坚定交，得读其诗。后余往来研山，必与庭坚晤。每晤，读其诗，辄工于前。后余移家砚山东隅，晨夕遇从；后又同馆舍于生田王氏。见其中有所得，一寓于诗。今已年四十馀，嗜之弥甚。于是知庭坚故以诗为事，而文转在所兼及者也。彼操舟之子，善游者数能；庭坚以诗自鸣，其庭坚之善游乎？彼善游者忘水，庭坚之冥心合节，其庭坚之忘水乎？而其少时操笔弄墨，几于日课一诗者，庭坚之习乎诗，即操舟者之习乎水也。其为诗人之诗，而非馀事所及者，夫复奚疑！然吾闻丈人之游吕梁者矣，悬水三千仞，流沫四十里，而蹈水如无事，然以己之性顺乎水之性，而与齐俱入，与汩俱出，故遇人世之至险，而不知其险也。津人之操舟者，曷试之吕梁，以极其蹈水之能乎？庭坚之诗，自王、孟、钱、刘、元、白以下，至青丘、海叟之列，皆含咀其菁华，而化其面目已，几乎津人之能事矣。由此而上劘少陵之垒，以直探乎典午、当涂、汉京之原，吾知涉吕梁之险者，回视觞深之渊，真有履如平地者也。庭坚其然吾言乎哉！

① 沈德潜：《清诗别裁集》卷三十，上海：上海古籍出版社 1984 年 3 月第 1 版，下册第 1287 页。

② 盛锦：《青嵝诗钞》附录，《四库未收书辑刊》第 9 辑第 27 册，第 778 页。

集以“青嵝”名,取砚山旁之小山以自况,盖其谦词云。[①]

在这篇序中,沈德潜把他与盛锦相识的经过交代得很清楚。两人通过城南诗社中的张锡祚而结识。盛锦诗集中也有《过永夫杏雨楼故居》[②]《诗人张永夫墓》[③]及前文所举《哭张永夫》等诗,可知他与张锡祚的深厚友情。而决定他与沈德潜数十年密切交往的最重要因素,据沈德潜所作序,显然是“诗”。盛锦《和沈归愚山居韵》有“吴宫香草地,久作野人居。我已一丘卧,君营半亩馀”[④]句,可知两人的住所距离很近。沈德潜自称归田后,还“时与青嵝商榷”[⑤]。盛锦也有“依然素心侣,步屧日径过”[⑥]之句,以及“五载承明直,乡园入梦频”[⑦],可见他在晚年与沈德潜交往依然很密切,对沈德潜淡泊名利的个性也知之甚深。乾隆二十一年丙子(1756),灾荒接踵而至,盛锦与周准、汪俊、朱受新等格调派诗人在同一年相继离世,沈德潜在年谱中悲叹“岂诗人之厄,亦应在凶岁耶”[⑧],并作诗云:

素友今无几,依稀霜后蓬。那堪遭歉岁,相对丧诗翁。(周迂村、盛青嵝、汪山樵、朱木鸢百日中相继殂谢。)南雅繁音外,人琴泪眼中。有怀谁共语?寂寞对凉风。[⑨]

---

① 沈德潜:《青嵝诗集叙》,盛锦《青嵝诗钞》,《四库未收书辑刊》第9辑第27册,第584页。

② 盛锦:《青嵝诗钞》,《四库未收书辑刊》第9辑第27册,第598页。

③ 盛锦:《青嵝诗钞》,《四库未收书辑刊》第9辑第27册,第763页。

④ 盛锦:《青嵝诗钞·送归愚先生乞假归里四首》其三,《四库未收书辑刊》第9辑第27册,第686页。

⑤ 沈德潜:《清诗别裁集》卷三十,上海:上海古籍出版社1984年3月第1版,下册第1287页。

⑥ 盛锦:《青嵝诗钞·送归愚先生乞假归里四首》其三,《四库未收书辑刊》第9辑第27册,第649页。

⑦ 盛锦:《青嵝诗钞·送归愚先生乞假归里四首》其二,《四库未收书辑刊》第9辑第27册,第649页。

⑧ 沈德潜:《沈德潜诗文集·沈归愚自订年谱》,北京:人民文学出版社2011年11月第1版,第4册第2132页。

⑨ 沈德潜:《沈德潜诗文集·归愚诗钞馀集》卷一《夏日杂咏十章》其九,北京:人民文学出版社2011年10月第1版,第2册第443页。

由于个性使然，盛锦对于科名仕宦的态度异常淡泊。其《送周迂村南还》云：“长安名利窟，着我两人闲。”[①]因此，其早期诗作多反映其乐天知命的情怀，如《述怀》：

策蹇长安道，冰霜几度经。耽吟心自苦，入世眼谁青。霄汉腾神骏，江湖老客星。名山谋著述，合筑草玄亭。[②]

盛锦还有一些诗，虽纯属写景，明丽清新，但也蕴含着诗人清高自守的品格。如《寻郭道山不遇》：

仙源无踪入，洞口带流霞。白鹤静依竹，古琴间傍花。题诗多在壁，采药未还家。又渡石桥去，前峰落日斜。[③]

多年的布衣生活，使其对农民的苦难感受很深，一些诗反映了乾隆盛世表象下的民生艰难。如《苦旱谣》：

去年旱，民苦饥。今年旱，民无衣。水车连月不停声，室空力尽秋无成。霜风透肌寒起粟，短褐犹藏富家屋。[④]

连续几年干旱，农民缺衣少食，尽管想尽一切办法补救，但依然无济于事。与此形成鲜明对比的是“短褐犹藏富家屋”，结尾戛然而止，而褒贬立现。

盛锦的诗，以入蜀期间所作最好，也就是沈德潜说的“诗从大历下入手，后层累而上，风格渐高，至《入蜀诗》得江山之助，沉雄顿挫，直欲上摩王渔洋之垒，以仰窥少陵”[⑤]。王昶《蒲褐山房诗话》也评价：“青嵝诗以《入蜀》为第一。”[⑥]

---

① 盛锦：《青嵝诗钞》，《四库未收书辑刊》第 9 辑第 27 册，第 658 页。

② 盛锦：《青嵝诗钞》，《四库未收书辑刊》第 9 辑第 27 册，第 636 页。

③ 盛锦：《青嵝诗钞》，《四库未收书辑刊》第 9 辑第 27 册，第 590 页。

④ 盛锦：《青嵝诗钞》，《四库未收书辑刊》第 9 辑第 27 册，第 595 页。

⑤ 沈德潜：《清诗别裁集》卷三十，上海：上海古籍出版社 1984 年 3 月第 1 版，下册第 1287 页。

⑥ 王昶著，周维德校点：《蒲褐山房诗话新编》卷上，北京：人民文学出版社 2011 年 9 月第 1 版，第 37 页。

盛锦入蜀诗，包括两方面内容，一是描写蜀地山水风物的诗，另一类是怀古诗。

描写蜀地山水的诗，如《空舲峡》：

出峡复入峡，两崖插青冥。中流逐狂飚，奔腾万马声。下滩梭一掷，触石危樯倾。逆挽劳百夫，十步九倒行。力尽听所止，刺篙就回汀。爱此民居壮，凌空驾轩楹。宿云出洞户，古木撑岩屏。惊猿或挂树，怪鸟时一鸣。扪萝上绝壁，山风堕冠缨。呼童拾锦石，信手扳杂英。兴幽忘涉险，触目多怡情。前途苦逼仄，绝境难久停。过午岩日晦，磊落见数星。崖黑畏突虎，蛮语频丁宁。移舟近湍激，拍枕声铿锵。骨肉缘久断，中宵梦常清。狂吟得意句，那顾邻舟惊。[①]

沈德潜评价道："前后极形其险，中间忽入拾锦石、扳杂英一段，犹杜老《北征》杂入'或红如丹砂，或黑如点漆'也。骨肉缘断，而梦亦不接，是远游人呕心语。"[②]其他的如"白盐峰对城头出，巫峡帆从地底来"[③]"乱鸦僧阁外，残月女墙西"[④]等诗句，皆是激壮遒上、气势磅礴之作。

除了山水诗，怀古诗也是盛锦游蜀期间大力为之的诗。如《白帝城谒昭烈武侯庙》：

永安宫殿峡江头，一体君臣祀武侯。天祖式临传诏夜，风云色变出师秋。鸣銮久绝空山道，筹笔犹悬古驿楼。瞻尚死忠谌死孝，千秋配食重诒谋。[⑤]

此诗单从诗题就可看出其怀古咏史的目的。沈德潜评为："颔联颈联分写君臣，结以君臣之后人言，英气凛凛。瞻、尚死忠，谌死孝，愧死后主。此等诗那

① 盛锦：《青嵝诗钞》，《四库未收书辑刊》第9辑第27册，第620页。

② 沈德潜：《清诗别裁集》卷三十，上海：上海古籍出版社1984年3月第1版，下册第1289页。

③ 盛锦：《青嵝诗钞·登白帝城》，《四库未收书辑刊》第9辑27册，第621页。

④ 盛锦：《青嵝诗钞·晓发》，《四库未收书辑刊》第9辑第27册，第640页。

⑤ 盛锦：《青嵝诗钞》，《四库未收书辑刊》第9辑第27册，第621页。

得不传。”[①]

《登忠山谒诸葛武侯祠》：

> 瘴烟开晓霁，振策上忠山。霸气馀三国，江声走百蛮。悬崖祠屋古，划地阵图间。桧柏阴风起，疑提铁骑还。[②]

此诗不着力描写武侯祠的环境位置，而是采用烘托、夸张手法，描写作者观谒时的所思所感。“霸气馀三国，江声走百蛮”句，以凝练之笔概括诸葛亮的丰功伟绩，富于感染力，是新颖可传之作。

综观盛锦的入蜀诗，学杜甫是很明显的。诚如他在《蜀中咏古》其四中所说“大雅既云亡，文章一小技。呜呼杜陵作，斯道犹未坠。力振六代衰，钧韶响空际。流离混戎马，激切吐忠义”[③]。毫不掩饰对杜甫的推崇。盛锦漫游蜀地时正值壮年，诗兴勃发，再加上山水风物的陶冶，故而这一阶段的诗是其诗集中的精品，即“蜀道归来诗格高”[④]。

值得一提的是，盛锦《入蜀怀同里诸故人作》第一首是写给沈德潜的。诗云：

> 保和殿上挥毫罢，一舸飘然笠泽西。别后把君诗在手，寻源直到浣花溪。[⑤]

显然，在盛锦眼中，沈德潜的诗也有杜诗之遗风。另外，沈德潜编选的《唐诗别裁集》也树立了“以李杜为宗”的选诗宗旨。这就使两人在诗学上存在共同点，也是两人交往数十年的基础。

除了入蜀诗外，盛锦还有一些诗也非常耐读。如《白莲》：

---

① 沈德潜：《清诗别裁集》卷三十，上海：上海古籍出版社 1984 年 3 月第 1 版，下册第 1292 页。

② 盛锦：《青嵝诗钞》，《四库未收书辑刊》第 9 辑第 27 册，第 626 页。

③ 盛锦：《青嵝诗钞》，《四库未收书辑刊》第 9 辑第 27 册，第 625 页。

④ 沈德潜：《沈德潜诗文集·归愚诗钞（十四卷本）》卷九《寄盛青嵝》，北京：人民文学出版社 2011 年 10 月第 1 版，第 2 册第 933 页。

⑤ 盛锦：《青嵝诗钞》，《四库未收书辑刊》第 9 辑第 27 册，第 617 页。

玉井分栽到野塘，冰绡翠袖迥生凉。半江残月欲无影，一岸冷云何处香。真相尚留开士社，红衣尽洗美人妆。《水仙操》罢扁舟去，谁与凌波解佩珰。[①]

沈德潜《清诗别裁集》不仅选中这首诗，而且评价颔联“远神远韵，耐人吟咀，所谓不著一字尽得风流者耶”[②]。法式善也认为此诗“风格幽峭，不减厉樊榭《游智果寺》‘竹荫入寺绿无暑，荷叶绕门香胜花’二语”[③]。

又比如入蜀动身前所作《别家人》一诗：

伏雌烹罢劝加餐，秉烛喃喃语夜阑。点检箧中裘葛俱，预知别后寄衣难。[④]

此诗虽是别离诗，但构思堪称出人意表：不特意写别离时的感伤与不舍，而是重点描写家人在自己即将离家时的所作所为，如“劝加餐”，检点衣具，以备寄衣之难。这些细节描写可谓字字含情，令人读之产生情感共鸣，在离别诗中可谓独树一帜之作。

盛锦的诗歌在格调派前期较年轻的诗人中成就是比较突出的。一是他的诗内容丰富广泛。除了前文所举诗歌之外，他的一些诗还充满了时代气息感。如《平西凯歌》其一：

天兵昨夜渡黄河，貂锦三千尽荷戈。日照阴山齐撤垒，风回青海不扬波。[⑤]

此诗并不着意于刻画战争的惨烈，也不着意于描绘将士们的出征状态，而是从写景的角度让人体味到战争的胜利，以及战士们凯旋时意气风发的精神面

① 盛锦：《青嵝诗钞》，《四库未收书辑刊》第9辑第27册，第690页。

② 沈德潜：《清诗别裁集》卷三十，上海：上海古籍出版社1984年3月第1版，下册第1293页。

③ 法式善撰，张寅彭、强迪艺编校：《梧门诗话合校》卷四，南京：凤凰出版社2005年10月第1版，第122页。

④ 盛锦：《青嵝诗钞》，《四库未收书辑刊》第9辑第27册，第615页。

⑤ 盛锦：《青嵝诗钞》，《四库未收书辑刊》第9辑第27册，第585页。

貌，可谓匠心独运。诗人在盛世下的自得之意也通过诗歌传达出来。

二是他的入蜀诗的成就。这一点使盛锦在格调派前期中尤为醒目。他也凭借这一点，受到众多格调派诗人的推崇。沈德潜《清诗别裁集》、王昶《湖海诗传》是清代格调派的重要文献。这两个诗歌选本所选盛锦的诗，其入蜀诗占大多数，可见其成就得到格调派成员的共同认可。因此，王昶《湖海诗传》将其列为格调派前期代表的首位，堪称有识之举。

格调派其他诗人对盛锦的评价同样很高。与盛锦同列格调派前期代表的顾诒禄，著有《伤逝十章》，其中咏盛锦云：

> 游燕入蜀马虺隤，市骏空闻筑广台。万里乌蛮行卷富，三年朱邸素衣回。携锄种秫灵岩下，抱瓮浇瓜香水（溪名）隈。魂魄近依诗老墓（张永夫），鲍家唱和拟王裒。[①]

格调派后期代表吴中七子中的曹仁虎也有《挽盛庭坚》：

> 敲钵清才世所稀，频年书剑客京畿。梁园赋手推枚乘，洛下诗名数陆机。每忆风尘千里隔，独怜老病一身归。无端忽动山阳感，长笛声中泪暗挥。[②]

也就是说，无论是格调派前期还是后期成员，均对盛锦的人品诗才赞赏不已。这正是盛锦在格调派中重要地位的缩影。

二、周准

周准，字钦莱，号迂村，浙江钱塘（今杭州）人，长洲籍（今苏州）诸生。生年不详，卒于乾隆二十一年丙子（1756）。著有《迂村漫稿》。

顾诒禄所作《迂村子传》，详细描写周准的人品性情、主要经历，直可当作一篇小品文来读：

---

① 顾诒禄：《吹万阁集》卷五，《清代诗文集汇编》第 289 册，第 332 页。

② 曹仁虎：《曹学士遗集》卷八《咏典斋二集》，抄本，抄年不详，第 12b 页。

今天下以便捷巧媚致身通显，群相慕尚。否者目之为迂。而周君钦莱，独以迂村子自号……绝嗜欲，好读书，咿哦行途间，至得意处，呼之不应。慕鹿门、岘山之胜，裹粮携筇，历荆襄，溯沔汉，足趼万山中，尽探其奥。寡交游，尤畏轩冕，有造之者，匿身帐中，若恐其攫而出也。寓浙西灵隐寺，邂逅归愚子，论诗合，遂莫逆。初善粤东方东华、方外樾亭。东华、樾亭没，终岁愀然，发为之白。晚与陈雪窦、朱木鸢、王学圃、予辈三四人相酬对，迂与迂契也。人或隐诮之曰："自彼号迂而名不彰、家日削，迂何益而务之?"君闻笑谢曰："名不彰则无官守，无官守故闲。家日削则无营思，无营思故适。此迂之效也。"迂如故。予尝谓君："君之迂，信得矣。迂而曰村，其将举里之人而迂之乎?"君曰："迂者，无他，不失其礼义廉耻之心而已。天之生人，则无不畀以礼义廉耻，则无人不迂也。何有于村?"噫！今天下方以便捷巧媚致身通显，而君欲返之使迂，真迂矣！①

据沈德潜年谱记载，康熙四十八年己丑(1709)，沈德潜时年37岁，与周准在杭州灵隐寺相识，一见倾心，"情好尤密，垂五十年"②。沈德潜晚年在自订年谱时，自称一生众多朋友中堪称知己者，"惟徐子龙友，李子芥轩，翁子霁堂，周子迂村"③，把周准视为平生不多的知己之一。周准《送别归愚沈子应荏之京》也有"廿年师友独心倾"④之句，可见两人亲密笃深的友谊。沈德潜晚年辞官回乡后，畅游台山、黄山，均由周准陪同⑤。沈德潜的《台山游草》

① 顾诒禄:《吹万阁文钞》卷三《迂村子传》,《清代诗文集汇编》第289册，第386页。

② 沈德潜:《沈德潜诗文集·沈归愚自订年谱》,北京:人民文学出版社2011年11月第1版，第4册第2103页。

③ 沈德潜:《沈德潜诗文集·沈归愚自订年谱》,北京:人民文学出版社2011年11月第1版，第4册第2130页。

④ 周准:《蒉叟剩稿》,《长洲周钦莱全集八种》本，乾隆刻本，第15页。

⑤ 沈德潜:《沈德潜诗文集·沈归愚自订年谱》记曰:"(乾隆十五年，1750)正月，同周子迂村为黄山之游，雪后经七里滩钓台，拜严陵先生祠。过淳安，晤方文舟，追忆二十年前同志馆中，如话三生也。"北京:人民文学出版社2011年10月第1版，第4册第2125页。

《黄山游草》也均由周准点定。所以，乾隆二十一年丙子（1756），周准去世，沈德潜作《哭周迂村》二首，其二云：

君家最能诗，诗外无所事。寒暖由他人，饥饱非所计。闺阁门户持，匪独主中馈。垂老赋悼亡，百事总颠踬。蜂目而豺声，日夕互窥伺。剥床渐剥肤，猩猩连狒狒。侮夺不十年，卓锥苦无地。咏诗转辛勤，绝异东野句。短歌无哀音，食荼得甘味。皆缘心和平，南雅久渐渍。闻君弥留时，视身如委蜕。惟忧诗不传，空负平生嗜。一言慰吾友，杜陵诗可据。应任老夫传，此责予敢避？[①]

正是因为两人不同寻常的友谊，再加上周准的诗也写得比较好，所以沈德潜在《清诗别裁集》选其诗高达15首，并说："昔有人问高僧曰：'京师许多人？'僧曰：'只两个人，一为名，一为利。'迂村超然名利外，是京师有三个人也。"[②]他对周准的推崇可见一斑。不仅如此，周准还参与了《明诗别裁集》和《清诗别裁集》的编选。沈德潜记载道："与余同辑本朝诗，皆盖棺论定者。临终，含笑谓所亲曰：'我幸甚，我诗可入《别裁集》中矣。'"[③]

编于雍正三年乙巳（1725）的《明诗别裁集》由沈德潜和周准共同完成。篇首也附有周准写的《序》，由此可见周准的诗学主张：

选明诗者众矣，矜才藻者类鲜风裁，尚规格者徒存体貌，二者交失。夫风裁不具，洪、永所以未极于盛；体貌徒存，嘉、隆所以渐即于衰也。决择之际，讵不重哉！归愚沈子，夙有明诗之选，予尝与之参酌订定，上自廊庙，下迄山林，旁及方外异域，遇有可采，悉为收入，不求备乎人，亦未尝偏遗乎人，凡以辅翼诗教云尔……以是书之选，

① 沈德潜：《沈德潜诗文集·归愚诗钞馀集》卷一，北京：人民文学出版社2011年10月第1版，第2册第439页。

② 沈德潜：《清诗别裁集》卷三十，上海：上海古籍出版社1984年3月第1版，下册第1283页。

③ 沈德潜：《清诗别裁集》卷三十，上海：上海古籍出版社1984年3月第1版，下册第1283页。

欲上续唐人，不敢不从其严也……[①]

可见，无论是从诗教的角度还是从尊唐的角度，周准的诗学观与沈德潜早年的诗学观都如出一辙。

周准的诗歌以五言古诗写得最好。如《发朱砂庵由观音岩登石人峰》：

言采黟山奇，早别朱砂石。升崖得险境，指示已悚惕。熟游尚色变，何况远来客。凌空四无倚，投趾不容隙。壁削缘藤行，崖倾藉人掖。所凭勇往志，不随艰苦易。幽岩既已经，危峰自不隔。振衣造其巅，奇胜在咫尺。俯身人烟萝，欲诣仙人宅。[②]

该诗风景刻画、情感抒发、哲理表达兼而有之。写景细致入微，情感真挚沉郁，哲理的表达又使得诗歌的内蕴更加深厚，三者之间的转折融合也较为自然，深受谢灵运山水诗的影响，却无谢诗有句无篇的弊病，鲜明反映出周准五言诗的主要特色。“凌空四无倚，投趾不容隙。壁削缘藤行，崖倾藉人掖”，把登山时主观与客观的情态刻画得相当精妙，不经过精心锤炼是达不到这种境界的。

周准的一些怀人诗，意境清冷幽寂，如《访张荪九隐居》：

极目云岩日乍昏，居然烟景似山村。西风十里半塘路，犹有寒花映荜门。[③]

张荪九即北郭诗社中的张畹。这首诗仅仅描写张畹的居住环境，无一语道及主人的性情个性，但主人的性情个性却已显现无遗。

陈培脉给周准诗文作序称“读迂村文，爱其字必鲜泽，句必简古，顿宕多姿，异于近世之优孟韩欧者”[④]。周准诗歌的这种风格主要源于他的个性。正如沈德潜《〈周钦莱诗集〉序》中所说：

---

① 沈德潜、周准：《明诗别裁集》，上海：上海古籍出版社 1979 年 9 月第 1 版，第 3 页。
② 周准：《黄海集》第 4 页，《长洲周钦莱全集八种》本，乾隆刻本。
③ 周准：《瓢中集》第 19～20 页，《长洲周钦莱全集八种》本，乾隆刻本。
④ 陈培脉：《迂村社稿序》，周准《迂村社稿》序五，《长洲周钦莱全集八种》本，乾隆刻本。

曰迂曰僻，世所曹弃者也；然而诗文之工，迂僻者居多。前明之世如桑民怿、罗景鸣、孙太初诸人，或目空古今，期许太过；或构思造句，栖息树颠；或棹小舟，载孤鹤往来山水无人之处。彼既禀质独异，一切人世牵系弗舍者，不足蒂芥于胸。而一往孤诣，其所成就，往往绝殊。无他，迂僻之效也。吾友周子钦莱，素以迂僻见。年二十馀，裹数月粮，青鞋布袜，携一童一筇竹，历荆襄，溯沔汉，访屈宋之遗踪，考鹿门之耆旧，凭吊俯仰，一一见之于诗。经行三千馀里，粮尽乃止，不求见一人而归。生平行事都类此。年既长，益专力于诗，简古玄澹，不适于俗，所谓词人之赋丽以淫者，并迸而绝之。[1]

所谓“迂”，是指周准不偕于俗、孤高自守；所谓“僻”，是指他作诗虽宗法唐朝以前，但自出机杼，能尽力形成自己的特色。周准这种迂僻的性格，使得他的诗内敛淡泊，简古清冷，甚至有一种孤寂冷峭之感，这种特色在格调派前期成员中比较突出。城南诗社中的彭启丰就以“清如冰弦弹，冷若松风泻”[2]评价之。概括看来，他的诗之所以产生这种效果，首先在于他的诗歌意象多是清冷幽静，色彩上比较阴暗、形态殊异的事物。比如《缘天都峰趾度云巢洞上升仙梯遂憩文殊院》[3]一诗中描写云巢洞的四句“行经阴洞中，恍惚陷深井。须臾从井出，冉冉首露顶”，把云巢洞之阴暗、险绝通过人的触觉和视觉体现出来，不仅真实可信，而且这种穷极笔力的写法客观上也造成惊异甚至骇人的艺术效果。其次，他的诗富于理趣，不仅耐人寻味，而且传达出淡泊古奥的意味。如前文所引《发朱砂庵由观音岩登石人峰》即是显例。朱受新《赠周迂村》云：“骚坛孰争雄，之子多古调。落笔超凡庸，沉思入微妙。”[4]评价恰如其分。

---

① 沈德潜：《沈德潜诗文集·归愚文钞》卷十三，北京：人民文学出版社 2011 年 10 月第 1 版，第 3 册第 1342 页。

② 彭启丰：《芝庭诗稿》卷十一《挽周迂村》，《四库未收书辑刊》第 9 辑第 23 册，第 704 页。

③ 周准：《黄海集》第 4 页，《长洲周钦莱全集八种》本，乾隆刻本。

④ 朱受新：《木鸢集》卷五，乾隆刻本，第 8 页。

周准还有一些诗婉曲内敛，十分耐读。如《明妃曲》：

中原消息断，胡地风沙寒。经年不逢春，凄恻摧心肝。君王遣妾和戎虏，万里辞家心独苦。早知塞外不胜愁，那怪将军怕边土。君不见百战生降李少卿，羁留绝域一身轻。丈夫失路尚如此，贱妾含悲空复情。①

深婉委屈，虽故作安命语，实则深于怨怼，实为耐人寻味之作，所以沈德潜评之曰："备责李少卿，而措词微婉，得风人之旨。"②

沈德潜《北郭诗人歌》咏周准云：

迂村期期语喃喃，友朋山水性所湛。五言六代穷搜探，纯钩不露寒芒铦。③

这首诗涵盖了周准的个性特征、主要经历、诗学渊源及诗歌风格，是对其一生的扼要概括。

三、顾诒禄

顾诒禄，字禄百，又字缓堂，号花桥，江苏长洲（今苏州）人。生于康熙三十八年己卯（1699），卒于乾隆三十三年戊子（1768）。有《吹万阁诗集》《吹万阁文钞》《二如庵词钞》《缓堂文钞》《缓堂诗话》《缓堂文述》等。其中，《吹万阁诗集》由沈德潜评定。顾诒禄还撰有《长洲县志》《元和县志》《虎丘志》。

顾诒禄一生经历坎坷。还未出生，父亲就已去世，由外祖父、著名诗人张大受将其抚养长大。成年后母亲又去世。紧接着其长子又不幸夭折。而他自小就是一个慧悟夙成、才思飙发的人，也就是沈德潜《怀顾禄百》中所说：

---

① 周准：《瓢中集》第 2 页，《长洲周钦莱全集八种》本，乾隆刻本。

② 沈德潜：《清诗别裁集》卷三十，上海：上海古籍出版社 1984 年 3 月第 1 版，下册第 1285 页。

③ 沈德潜：《沈德潜诗文集·归愚诗钞》卷十，北京：人民文学出版社 2011 年 10 月第 1 版，第 195 页。

“念子英妙年，藻采翔凤羽。”[①]所以，生活环境及坎坷经历使他养成敏感而多情的性格，感受事物的能力也超过一般人。其《送外祖父匠门先生自武林归舟杂述》其一可以说是对自己性情的小结：

少年盛意气，慷慨谈封侯。睥睨公与卿，志欲隘九州。三载客京师，耻向名门投。昔时陆楯郎，那肯呼秦优。冬深驱敝车，冒雪还故邱。囊空无长物，乡里为我羞。安知壮士怀，冻馁何足忧。誓将闭旧庐，晨夕穷冥搜。[②]

可见，顾诒禄虽身世可怜，但由于他嗜书耽咏，因此能够在吟诗作画中寻得心灵的归宿。不仅如此，顾诒禄一生自省自警，尽力保持高尚情操，至死不变。《吹万阁诗集》最后有《六警诗》，分别为立身、谨言、勤学、寡过、退让、安贫。沈德潜注曰：“此缓堂同学兄绝笔也。以之自警，即以之警后人。意足词炼，可追步视、听、言、动四箴。缓堂之生平于《六警》中见之矣。”[③]

顾诒禄作于乾隆三十年乙酉(1765)的《缓堂诗话自序》说：

余年十五，授诗于玉洲李先生，旋奉教于归愚沈先生，继与徐龙友、陈耻庵、周升逸、钦莱、沈方舟、方东华诸先生交结，为诗社。二十一，游京师，时查初白、陈沧洲、汪退谷、徐畏垒、郭于宫诸夙老咸会于先外祖匠门先生之椿树东轩，论文谈艺，益闻作诗之旨。一日，随诸夙老赋寓斋雅集诗，并邀激赏。先外祖喜曰：“孺子可教。”和诗以赐，有“洗耳听音常望汝，老年狂态莫嗤余”之句。自后，每侍研席，辄举向所闻于家亭林先生、汪尧峰先生、桐城钱饮光先生、韩文懿公、新城王文简公、泽州陈文贞公者，转相训述。五十年来，学不加长，诗格日卑，深用愧悔。今秋，儿子师恭请余说诗，随所触发，信

① 沈德潜：《沈德潜诗文集·归愚诗钞》卷五，北京：人民文学出版社 2011 年 10 月第 1 版，第 1 册第 80 页。

② 顾诒禄：《吹万阁集》卷一，《清代诗文集汇编》第 289 册，第 293 页。

③ 顾诒禄：《吹万阁集》卷七，《清代诗文集汇编》第 289 册，第 347 页。

笔题记，得一百四十条，以应趋庭。虽无当于风雅指归，然前贤之绪言馀论，故人之断简残篇，略具于是。援毫以书，不胜师友渊源存亡今昔之感云。[①]

顾诒禄在此列出长长的师长名单。其中，沈德潜、徐夔、周准、沈用济、方朝等人，均是城南诗社、北郭诗社的成员，也是格调派前期重要诗人。顾诒禄年未二十就得到这些诗人的悉心指点，并参与当时诗人们的集会，可知他的颖慧及吴中当时诗风盛行之貌。由于顾诒禄曾亲承格调派前期众多诗人的指教，因此其集中涉及这些诗人的资料很多。比如《凛秋岑寂，风雨飒沓，抱影穷庐……》，实则是一首怀人组诗。其中，咏周准、尤怡云：

雅音澹荡属周郎（钦莱），饲鹤（尤在京）风神独擅扬。两首箧中招隐句，幽兰杜若一时芳。[②]

《缓堂诗话》也记载了一些格调派诗人的轶事，对于了解格调派具有重要的参考价值。如：

钱塘沈方舟用济少以诗谒新城先生。先生曰："子欲作诗，先为我解'风雅'二字。"方舟云："无含吐不风，无出典不雅。"先生曰："将来定是诗家。"[③]

家嗣宗绍敏游岭外归，诗格益工。《桐庐道中》云……[④]

李征士客山果，少负清骨，专心诗学，信天乐道，翛然吟赏于清泉白石间。《入元墓山》云……皆为时传诵。陈钟庭学士璋赠诗云："大地容吾辈，名山付此人。"以此也。[⑤]

丁卯秋，周迂村准与余自燕回苏。《九日故城道中》诗云："佳辰

① 顾诒禄：《缓堂诗话》，《清代诗文集汇编》第289册，第450页。
② 顾诒禄：《吹万阁集》卷二，《清代诗文集汇编》第289册，第300页。
③ 顾诒禄：《缓堂诗话》卷下，《清代诗文集汇编》第289册，第460页。
④ 顾诒禄：《缓堂诗话》卷下，《清代诗文集汇编》第289册，第466页。
⑤ 顾诒禄：《缓堂诗话》卷下，《清代诗文集汇编》第289册，第466页。

一棹燕南路，把酒长吟碧水浔。天遣不从高处望，恐看摇落易伤心。"词极凄楚。明年，《九日登城南浮屠》云："节届萸全紫，秋深叶半黄。年来高处望，故国也神伤。"尤悲恻。①

李绵伯绳《登江中孤屿》诗："浮空一柱屹波心，香刹颓垣蔓草深。贝塔峻标悬海日，古城环拱抱云岑。角残荒屿馀兵气，潮响空江答梵音。相国祠前重吊古，崖门南望暮涛侵。"格调俱高。②

综观顾诒禄的一生，虽然外祖父张大受对他有抚育教导之恩，但沈德潜对他诗学思想的影响无疑是最大的。顾诒禄自己曾说"中年鲜良师，雕铸感东阳(归愚先生)。文章准两汉，八家为津梁。大雅希黄初，子昂开三唐。灵光愿长存，立雪侪游杨"③。其《寄怀沈归愚先生》也表达了对沈德潜诗学的由衷推服：

束发事吟咏，歧途昧所至。指南赖君子，橐籥细剖示。源流戒旁落，梯陟依汉魏。杼轴贵予怀，苦心得旨味。真意苟不存，绚采适辞费。荏苒岁月徂，蹉跎抱深愧。晚思补前失，正始力讲肄。大雅隔燕云，问津渺何自。④

而在沈德潜这里，对顾诒禄也很看重。沈德潜曾说：

忆余与缓堂定交，余年长二十有六，缓堂示余近著，诗仿唐末三罗，文摹唐初四杰，余谓就此亦可成名。然终趋傍门，初非正轨。诗之正轨，应从开元天宝上追汉京；文之正轨，应从唐宋名家上攀《左》、《史》。缓堂不以余言为悖，经纬穿穴，搜罗旁魄，心游目想，功力渐深。其神明于正轨，不同长平之父书，陈涛斜之车战，觉余言之

① 顾诒禄：《缓堂诗话》卷下，《清代诗文集汇编》第 289 册，第 467 页。

② 顾诒禄：《缓堂诗话》卷下，《清代诗文集汇编》第 289 册，第 468 页。

③ 顾诒禄：《吹万阁集》卷七《草堂之偏筑室一椽颜曰善补山房以题为韵用志悔过》其四，《清代诗文集汇编》第 289 册，第 345 页。

④ 顾诒禄：《吹万阁集》卷二，《清代诗文集汇编》第 289 册，第 306 页。

而未赴其实者，君已得其要领，集其精英，彬彬乎成一家之言也。[①]

沈德潜作于乾隆五年庚申(1740)的《吹万阁集序》，则以“诗品清研深稳，渐近自然”[②]褒扬顾诒禄。

顾诒禄的文学思想主要体现在《唐十家文选序》中：“作诗当穷源竟委，作文当因流溯源。诗不由汉魏三唐，趋入宋元，风格卑矣。”[③]《吴趋吟十首》其三则说：“诗以陈风俗，文以佐政治。国风并雅颂，大半兼美刺。”[④]在《卧游斋诗序》中他也以“温乎其气，粹乎其辞，有和平乐易之音，无噍杀怒张之态”[⑤]表达其理想中的诗歌风貌。可见，他的诗学思想与沈德潜诗学思想几乎如出一辙。所以，沈德潜《顾花桥惠鸭与柑，并示七律，次韵奉和》云：

五十年馀谊盍簪，每逢奥义互幽探。感君不吝能言鸭，饷我还兼乍破柑。泛艇往来疑李郭，闲居投赠比侨郯。新诗频示聊赓和，有韵无痕近雅南。[⑥]

这不仅是两人超过半个世纪亲密交往的见证，也是两人在诗学上志同道合的见证。

顾诒禄《吹万阁集》存诗七卷，题材广泛，内容充实。《运漕行》揭露了官吏飞扬跋扈和老翁的贫苦无助，令人感叹：

河涸滞漕运，捉船充官艘。县符日催逼，鞭挞势莫逃。老翁前致词，未语先号咷。去年被天灾，鬻儿完征徭。操舟行江湖，得食免腹枵。路逢里正来，下令如风飙。嗔喝索例钱，未遂时咆哮……我

① 沈德潜：《沈德潜诗文集·归愚文钞馀集》卷八《顾缓堂传》，北京：人民文学出版社2011年10月第1版，第3册第1710页。

② 沈德潜《吹万阁集序》，《吹万阁集》，《清代诗文集汇编》第289册，第285页。

③ 顾诒禄：《吹万阁文钞》卷二，《清代诗文集汇编》第289册，第372页。

④ 顾诒禄：《吹万阁集》卷六，《清代诗文集汇编》第289册，第338页。

⑤ 顾诒禄：《缓堂文钞》卷二，《清代诗文集汇编》第289册，第424页。

⑥ 沈德潜：《沈德潜诗文集·归愚诗钞馀集》卷九，北京：人民文学出版社2011年10月第1版，第2册第602页。

为老翁言，尔亦时所遭。普天率土义，往役难辞劳。官长恃扑挟，皇仁被肖翘。去去慎舟楫，毋言路迢遥。苍天况有眼，照见及尔曹。肯使穷独老，白首填蓬蒿。①

本诗通过一位老翁的哭诉，反映了官家不顾百姓死活，"捉船充官艘"的霸道行径。

不过，由于顾诒禄一生大部分时间生活在苏州，因此其诗歌多有江南水乡的印记，具有江南民歌低回婉转、韵味隽永的特色。如《墉上行》：

青青塘上草，溘溘墉下波。鸳鸯背人云，秋风吹败荷。荷珠泪凝绝，晓云成愁色。妾如芙蓉花，独立池塘侧。②

又《大堤曲》：

日出江东云，照我大堤畔。妾住大堤南，游人春正满。馀霞散作罗袖光，晴风吹出香丝暖。恨杀江船载郎去，极目归帆泪如水。莫教今日并头花，明朝变作枯莲子。③

这两首诗都描述了江南水乡的男女情爱。但第一首中的主人公柔美哀怨，第二首中的主人公则坦率大胆。虽然都用了比喻、拟人手法，但性格迥异的人物形象都跃然纸上。

顾诒禄的一些山水纪游诗，爽朗明快，似脱口而出，得太白诗之神理。如《青山》：

岸转帆回处，青山供眼前。此峰真秀绝，应葬饮中仙。驯鹿随樵叟，眠凫伴客船。他年如筑室，谢朓宅相连。④

《四十述怀作歌七首》抒写了作者的身世之感，呜咽悲痛。其一云：

① 顾诒禄：《吹万阁集》卷一，《清代诗文集汇编》第 289 册，第 295～296 页。
② 顾诒禄：《吹万阁集》卷一，《清代诗文集汇编》第 289 册，第 290 页。
③ 顾诒禄：《吹万阁集》卷一，《清代诗文集汇编》第 289 册，第 291 页。
④ 顾诒禄：《吹万阁集》卷一，《清代诗文集汇编》第 289 册，第 297 页。

有客丹铅校文史，忧来填膺投笔起。读书未得早致身，四十青衫溷乡里。力田长是不逢年，安用携锄苦耘耔。呜呼一歌兮心先悲，歌声未发双泪垂。①

除了上述这些诗，顾诒禄写得最好的无疑是怀古咏史诗。如《宋拓西平郡王碑》：

泾原突骑如飙驰，德宗避敌离京师。凶渠乘间窃神器，群僚俯首朝阶墀。西平闻风奋勇武，提戈陨涕驱熊罴。飞孤夜出临渭北，六军感激忘其私。锦衣绣帽立阵上，欲使众睹英雄姿。寇平人不识旗鼓，三代罕有师神奇。肃清宫禁迎帝驾，钟簴园寝均无移。帝还驻马重嘉叹，生臣扶国蒙天慈。节兼陇右位元帅，长城永赖威边陲。恩延后嗣继台席，殊勋表请铭鼎彝。裴公文章柳公笔，银钩铁画辞淋漓。流传拓本自宋代，千载展诵虹霓垂。有唐中兴功再现，唯王名与汾阳随。如何君聪蔽奸谮，中道罢镇空羁縻。宏才远略置闲散，七年转侧怀忧疑。平凉劫盟国再辱，万乘反受边隅欺。盐州克复念王绩，灵座始以新盐遗。乃知秉轴贵贤相，社稷于此关安危。②

西平郡王，即历史上著名的唐朝大将李晟。唐德宗建中二年(781)，魏博田悦反。第二年，长安泾原兵变，德宗出奔奉天。李晟就是在此背景下率兵勤王。战争结局是李晟收复长安，且秋毫无犯，京城安堵如初。江山失而复得，为彰显李晟再造大唐的功绩，德宗将李晟的容像列于凌烟阁。李晟死后，当时宰相裴度亲自撰写碑文，唐代著名书法家柳公权亲自书写，所以其碑又称“三绝碑”。诗一开始就气势凌厉，描绘了历史存亡的那一瞬间，营造出千钧一发、惊心动魄的氛围，愈发衬托出李晟心系天下、无私无畏的人格魅力。细节描写如“提戈陨涕驱熊罴”“锦衣绣帽立阵上”，人物举止神态刻画入微，一个心系社稷、于大唐有再造之功的儒将形象跃然纸上。“流传拓本自宋代，千载展

① 顾诒禄：《吹万阁集》卷二，《清代诗文集汇编》第289册，第303页。

② 顾诒禄：《吹万阁集》卷二，《清代诗文集汇编》第289册，第304～305页。

诵虹霓垂”很自然地过渡到拓本。诗的后半部分着重描写李晟功成反见疑的处境，讥讽大唐皇帝自毁长城的愚蠢行径。末两句掷地有声，发人深省，为本诗主旨所在。

此外，《岳鄂王墓》写得也较有特色：

大将星芒落，沉冤向此中。十年劳战伐，三字痛英雄。复见神州陷，虚期漠北空。钱塘司马在，相对泣孤忠。[①]

短短40个字，涵盖了岳飞的一生，堪称字字有力。不仅如此，该诗用词非常准确，颔联把岳飞的盖世功绩与旷世冤屈用数字形象地传达出来，醒目而直观，使人不自觉要为岳飞的遭遇掬一把同情之泪。颈联则交代岳飞死后神州沦陷的悲惨后果，更加衬托出岳飞的千古奇冤。末尾则说岳王坟与于谦墓相对，英雄遭遇堪称相似，尤为沉痛。

《虞山经拂水山庄》是感怀钱谦益的遭遇：

平泉竹石久凋零，寂寞空山户昼扃。啼鸟尚来江令宅，苍苔欲没子云亭。生前名字传钩党，身后文章见典型。输与东皋瞿给事，千秋汗简自垂青。[②]

该诗末尾附有沈德潜评语：“江令、子云，诗中史笔。末以瞿给事反衬，尤见用意。”

顾诒禄死后，沈德潜作《挽顾禄百》四首悼念，第三、四首分别咏叹顾诒禄的诗歌成就及两人之间的深厚感情：

诗是君家事，文与古为徒。风骚窥婉丽，迂固得规抚。艺苑传真脉，吴中有大巫。所怜滞山泽，未上禹皋谟。

老我无朋旧，惟君是古欢。君能防象齿，我不累猪肝。谊订联

---

① 顾诒禄：《吹万阁集》卷一，《清代诗文集汇编》第289册，第301页。

② 顾诒禄：《吹万阁集》卷二，《清代诗文集汇编》第289册，第305页。

椒桂，文期飏羽翰。风流云复散，泪滴自阑干。①

把顾诒禄列为“前期弟子”之列，是相对于沈德潜后期弟子吴中七子而言。顾诒禄早年亲炙城南诗社、北郭诗社众成员，诗学受沈德潜沾溉也很早，更重要的，终生都服膺沈德潜的论诗主张，并深受沈德潜的喜爱和推重。袁枚《随园诗话》就指出这一点：

> 苏州顾禄百，张匠门先生外孙也。晚年不遇，为归愚先生权记室，凡先生酬应之作，皆顾捉刀。②

符葆森《国朝正雅集·寄心庵诗话》也说：

> 花桥行端学邃，沈文悫选诗，各集多资商榷。与沈方舟、盛青嵝、翁朗夫诸贤同负一时盛名。③

可知顾诒禄一直都在格调派及其主将沈德潜身边扮演着重要角色，他与沈用济、盛锦、翁照等一样，都是吴中著名诗人。

以李果、翁照、许廷鑅为代表的沈德潜前期友人，以盛锦、周准、顾诒禄为代表的沈德潜前期弟子，不仅与沈德潜相识很早，而且大多与沈德潜面临着同样的诗坛困境，从而选择了与沈德潜相近或相同的诗学观。这些诗人对于推动吴中复古诗风的盛行和扩大格调派的前期影响均起了重要作用。不过，由于这些诗人一生经历较为简单，除了许廷鑅之外，几乎都没有仕宦经历，性格也大多清高自诩，缺乏诗歌理论方面的系统著作，开宗立派的流派意识也并不明显。相较而言，继承沈德潜诗学，具有强烈的诗派意识，并将格调派声名推向顶峰的，是与沈德潜及前期主要诗人有数十岁年龄之差的吴中七子。

---

① 沈德潜：《沈德潜诗文集·归愚诗钞馀集》卷十，北京：人民文学出版社2011年10月第1版，第2册第630～631页。

② 袁枚：《随园诗话》卷十，北京：人民文学出版社1982年9月第2版，上册第331页。

③ 符葆森：《国朝正雅集·寄心庵诗话》卷十三，咸丰六年丙辰(1856)半亩园刻本，第21b页。

第六章

格调派后期代表——吴中七子

吴中七子的得名，源于乾隆十六年辛未(1751)，辞官归乡后的沈德潜应邀任苏州紫阳书院山长，在紫阳书院肄业的王昶、王鸣盛、赵文哲、钱大昕、曹仁虎、吴泰来、黄文莲等七人旋即游其门下；吴中七子之间又经常诗文唱和，“文悫以为不下嘉靖七子”[①]。该年秋天，沈德潜开始为七人编选、刊刻诗歌，定名《七子诗选》。《七子诗选》刻成后，由于沈德潜这位诗坛盟主的强力推许，吴中七子遂名扬天下。诚如《郎潜纪闻二笔》所说:“归愚尚书主吴下坛坫时，门下士王光禄鸣盛、钱詹事大昕、王少寇昶、曹侍讲仁虎、赵少卿文哲、吴舍人泰来、黄明府文莲，汇刻《吴中七子诗》，以文章气节重天下，谈宗派者，至今称颂。”[②]江藩《汉学师承记》也记载:《七子诗选》“流传日本，大学头默真迦见而心折，附番舶上书于沈尚书，又每人各寄相忆诗一首，一时传为艺林盛事。”[③]

---

① 江藩:《汉学师承记》卷三“王鸣盛”条，《清代传记丛刊》本，台北:明文书局 1985 年 5 月第 1 版，第 1 册第 192～193 页。

② 陈康祺:《郎潜纪闻初笔二笔三笔》卷八“吴中七子条”，北京:中华书局 1984 年 3 月第 1 版，第 459 页。

③ 江藩:《汉学师承记》卷四，《清代传记丛刊》本，台北:明文书局 1985 年 5 月第 1 版，第 1 册第 90 页。

吴中七子是格调派后期的中坚力量，更是壮大格调派声势威望的中流砥柱。

第一节 《七子诗选》的编选背景

《七子诗选》共十四卷，每人二卷，依次为：王鸣盛《耕养斋集》、吴泰来《古香堂集》、王昶《履二斋集》、黄文莲《听雨楼集》、赵文哲《媕雅堂集》、钱大昕《辛楣吟稿》、曹仁虎《宛委山房集》。

吴中七子虽成名于紫阳书院读书时，但是他们之间早就相识相知。乾隆七年壬戌(1742)，钱大昕15岁，拜曹仁虎的父亲为师，与12岁的曹仁虎至此相识。王鸣盛“亦时过从，呼为‘小友’”[①]。曹仁虎的父亲又曾拜钱大昕父亲为师。而且曹仁虎与钱大昕还是亲戚：曹的高祖母，是钱的曾祖姑；而钱的曾祖母，又是曹的高祖姑。王鸣盛与钱大昕是“总角交”，“幼同学，长同官”[②]，钱大昕日后又成为王鸣盛的妹夫。王鸣盛是王昶的族兄，据《春融堂集·序》，两人相识于乾隆十二年丁卯(1747)。据钱大昕年谱，乾隆九年甲子(1744)，钱大昕17岁时，“是秋乡试，始与王兰泉(昶)定交”[③]。王昶与吴泰来相识于乾隆十二年丁卯(1747)，即“君长余二岁。余年二十四，就试于金陵，时君先中甲子副榜，为宿松县教谕，始订文字之交”[④]。据王昶年谱，王昶与褚廷璋也是在乾隆十二年丁卯(1747)定交，即“褚左峨秀才廷璋见先生诗词，

① 王鸿逵：《曹学士年谱》，《北京图书馆藏珍本年谱丛刊》第106册，北京：北京图书馆出版社1998年8月第1版，第491页。

② 钱大昕：《西沚先生墓志铭》，《潜研堂文集》卷四十八，南京：江苏古籍出版社1997年12月第1版，《嘉定钱大昕全集》第9册，第792页。

③ 钱庆曾校注：《钱辛楣先生年谱》，南京：江苏古籍出版社1997年12月第1版，《嘉定钱大昕全集》第1册，第7页。

④ 王昶：《吴企晋净名轩遗集序》，王昶《春融堂集》卷三十九，《续修四库全书》第1438册，第75页。

属先生族兄凤喈秀才鸣盛移书相赠”[1]。乾隆十三年戊辰(1748),王昶、赵文哲及后期羽翼之一的张熙纯等十六人“为文酒之会”[2]。

乾隆十四年己巳(1749),巡抚雅尔哈善考核所属州县能文者取入紫阳书院,七人得以在紫阳书院会聚。他们皆是一时俊彦,此时齐聚吴门,才气相仿,加上性情相投,一见倾心,“皆以经术、诗、古文互相砥砺”[3],结下深厚友谊。两年后,沈德潜回乡,任紫阳书院山长,七人很自然地围聚在其周围。

赵文哲《企晋招同沈归愚师惠定宇沈冠云两征君王凤喈琴德曹来殷徐用和沙斗初诸同学宴集璜川书屋即席有怀二十六韵》道出了他们聚集在沈德潜周围的原因:一是“怀古多慨慷”的性情志趣,二是对“岿然鲁灵光”的诗坛耆宿沈德潜的景仰,三是“大雅争扶将”的诗学追求。全诗如下:

束发诵书史,怀古多慨慷。幡然命远游,骧首结客场。苏台一凭吊,素心得吴郎。金声振江表,正始群伦倡。门前多高轩,列会同冠裳。于时属盛夏,五两南风扬。广庭蔽炎景,琴瑟罗中堂。作使平头奴,召客走四方。皤皤沈夫子,岿然鲁灵光。经师得二妙,束脩秉珪璋。猗我同门友,各各矜文章。逸情烟霞举,雅步风云翔。侧席聆高论,饬躬得周行。笑言已款洽,四座趣传觞。嘉宾诵既醉,主人称未央。礼成各旅退,欢乐难具详。缅昔仁皇初,奎壁森光芒。三吴盛文献,大雅争扶将。敦槃孰后至,诗酒穷相羊。名山表绝业,后学窥津梁。如何廿年来,风流顿沦亡。俗儒守章句,志在求华珰。置身虽青云,不异抢榆枋。江潮势日下,支手谁能障。快哉此嘉会,儒林气一张。临风浩歌发,万里天苍浪。[4]

---

① 严荣:《述庵先生年谱》,《北京图书馆藏珍本年谱丛刊》第105册,北京:北京图书馆出版社1998年8月第1版,第91页。

② 严荣:《述庵先生年谱》,《北京图书馆藏珍本年谱丛刊》第105册,北京:北京图书馆出版社1998年8月第1版,第92页。

③ 严荣:《述庵先生年谱》,《北京图书馆藏珍本年谱丛刊》第105册,北京:北京图书馆出版社1998年8月第1版,第92页。

④ 赵文哲:《媕雅堂诗》卷三,乾隆刻本,第3a～4a页。

吴泰来《赵璞庵枉过吴门惠留寒舍抚今感旧相对黯然因成长律六十韵奉赠》一诗则有助于了解吴中七子当时诗酒文社、品题风雅的场景：

正始何寥落，元音渐散亡。异才能间起，大雅郁相望。谊合云龙切，情联缟纻长。怀新情缱绻，感旧意彷徨。忆昔逢君日，初过选佛场。闻钟兰若近，入院贝多香。图史原同好，诗篇迥不忘。论文摘星汉，谈艺溯河梁。倾倒词源泻，低徊古义详。忍寒携襆被，听雨并匡床。正作萧斋客，还登谢傅堂。园林归独乐，山水足相佯。群从交方盛，名流气益张。共吟青玉案，不佩紫罗囊。笔擅珊瑚格，杯盛琥珀光。饯春寻柳岸，吊古拂莓墙。滴粉工新咏，裁云有报章。擘笺朝染翰，促席夜传觞。作客真忘倦，为欢亦未央……①

吴中七子成名之后，诗酒流连更加频繁。“企晋（吴泰来）别业遂初园在木渎，擅花木水石之胜，清瑶池馆、小查山阁尤幽秀”，王昶等七人与惠栋、沙维杓、张冈等吴中其他才子经常在此游览作诗，“文酒之盛，为吴中数十年来所未有”②。此后，乾隆十六年辛未（1751），钱大昕等通过献诗、献赋走向仕途之路。赵文哲、曹仁虎则继续读书漫游，七人渐渐分离。但是，只要有机会，他们仍然诗酒唱和。

吴中七子中，尤以钱大昕、王鸣盛、王昶三人享年最久，友情也一以贯之。钱大昕在为王昶作寿序时曾说：“大昕从公游最久，始同学，继同举进士，又同官于朝，嗜好亦略相同”③。王昶为钱大昕作墓志铭则说：

凤喈（王鸣盛）先以光禄卿告归；后十二年，君继之；又十三年，而昶以年届七十，蒙恩予告。三人者，所居百里而近，春秋佳日，常聚于吴中，诸弟子执经载酒，称为“三老”。曾几何时，而凤喈先逝，

① 吴泰来：《砚山堂集》卷四，《清代诗文集汇编》第350册，第612～613页。

② 严荣：《述庵先生年谱》，《北京图书馆藏珍本年谱丛刊》第105册，北京：北京图书馆出版社1998年8月第1版，第93页。

③ 钱大昕：《潜研堂文集》卷二十三《述庵先生七十寿序》，南京：江苏古籍出版社1997年12月第1版，《嘉定钱大昕全集》第9册，第363页。

君归道山又期年矣。独昶龙钟衰病，淹息床第，且念企晋（吴泰来）、损之（赵文哲）诸友，更无一人在者，执笔而书君行事，可胜悲夫！①

吴中七子中，以王昶的诗学成就最高。不仅如此，王昶还以其诗学理论、诗歌成就以及鲜明的流派意识成为格调派的副将。赵文哲是除王昶之外诗学成就最高的诗人。其余五人，王鸣盛得诗名最早，但中年以后，精力主要转向经史之学。晚年编选《江左十子诗钞》《江浙十二家诗选》以鼓吹复古宗唐的诗学主张，为扩大格调派影响作出努力，但影响并不大。曹仁虎早年诗名也很大，可惜进境不大，最后沦为宫廷诗人。钱大昕素以史学成就闻名于世，其诗歌具有明显的“史”的痕迹，在某种程度上可被称为“史家诗人”。吴泰来论诗一本渔洋，且一生中绝大部分时间过着隐居生活，故而其诗学创作、诗歌理论较为单一。黄文莲是吴中七子中诗名最弱的一个。

吴中七子才能不一，但都因为沈德潜的强力推崇而名扬天下。陈康祺《郎潜纪闻二笔》就指出了沈德潜的奖掖之功：“康祺以为就今日论之，师徒著述，强半流传，二王、钱、曹诸公，其才学实出归愚上，而在当时，则陶成奖借，尚书未必无功。世之身负达尊，有气力足以庇士者，其亦留心雅道，收桃李门墙之效哉。”②《续修四库全书总目提要》则从文献学的角度予以肯定，即“七家之中，惟泰来《净名轩集》、文莲《听雨集》、仁虎《咏典斋集》，传本殊希，颇赖此刻以存”③。然而，除了文献学的价值之外，《七子诗选》还反映了沈德潜强烈的流派意识及后期诗学理论的主要特色，这在《七子诗选序》中有完整体现：

前明弘治时，李献吉、何仲默结诗社，共得七人，称前七子。嘉靖时，王元美、李于鳞复结诗社，亦共得七人，称后七子。诗品虽异，

① 王昶：《春融堂集》卷五十五《詹事府少詹事钱君大昕墓志铭》，《续修四库全书》第1438册，第222页。

② 陈康祺：《郎潜纪闻初笔二笔三笔》卷八“吴中七子”条，北京：中华书局1984年3月第1版，第459页。

③ 中国科学院图书馆编：《续修四库全书总目提要》（稿本），济南：齐鲁书社1996年1月第1版，第4册第505页。

指趣略同，岂偶然七子耶？抑慕南皮七子之风而兴起者耶？今吴地诗人复得七子，曰：王子凤喈，吴子企晋，王子琴德，黄子芳亭，赵子升之，钱子晓征，曹子来殷。之七子者，数应偶符，然亦不可谓非闻风兴起者也。爰合钞而刻之为《七子诗选》，请予为序。予惟诗之为道，古今作者不一，然揽其大端，始则审宗旨，继则标风格，终则辨神韵，如是焉而已。予曩有古诗、唐诗、明诗诸选，今更甄综国朝诗，尝持此论，以为准的。窃谓宗旨者，原乎性情者也；风格者，本乎气骨者也；神韵者，流于才思之馀，虚与委蛇，而莫寻其迹者也。譬诸山有山脉，泉有泉源，峙而嶙隐突怒，流而漾澥渊沦，极宇宙之大观，而揽其金光黛色、澄练浮天，使人目惬心怡，而不能名其所以然，知有神明变化之妙，游行于山水之间。七子者，秉心和平，砥砺志节，抱拔俗之才，而又亭经藉史，培乎根本，其性情、其气骨、其才思三者俱备，而归于自然。故发而为诗，或如巨壑崇岩，龙虎变化；或如寒潭削壁，冰雪峥嵘，何尝沾沾焉模拟刻划，局守一家之言哉？而宗旨之正，风格之高，神韵之超逸而深远，自有不期而合者。犹河山两戒，条分南北，山不同而崚嶒之体则一也，水不同而混茫之状则一也，谓非诗教之正轨也耶？予年二十馀从事于诗，时方相尚以流易、浅熟、粗梗、枯竭之体，赖同社诸君子中立不回，相与廓清摧陷。阅五十馀年，远近作者皆知复古。今诸君子渐次零落，而七子继起，独能矫尾厉角，骖驾李、何、王、李诸贤。而予以老髦之年得睹代兴有人，冀扶大雅之轮也。①

在此文中，沈德潜通过回顾当年结城南诗社、北郭诗社的背景及功绩，即文中所说的“予年二十馀，从事于诗。时方相尚以流易、浅熟、粗梗、枯竭之体。赖同社诸君子中立不回，相与廓清摧陷。阅五十馀年，远近作者皆知复古”，表达他对“七子”的殷切期待，即“今诸君子渐次零落，而七子继起，独能矫尾厉

① 沈德潜：《七子诗选序》，《七子诗选》，乾隆刻本，第1a～2b页。

角，骖驾李、何、王、李诸贤。而予以老髦之年得睹代兴有人，冀扶大雅之轮也”。显然，沈德潜编选《七子诗选》，流派意识非常鲜明，他希望并期待吴中七子能够继承明清两朝复古派的事业，即“扶大雅之轮”。沈德潜一生给人作序无数，其中就包括给李果、翁照、许廷镆、盛锦、顾诒禄等前期重要诗人。但是，对比之下，这篇序的流派意识最为明显，同时，也反映出他对诗坛后继有人的欣慰之情。

吴中七子也没有辜负沈德潜的期许。由于七子之名产生于沈德潜声名如日中天之时，即“九重恩眷逾唐宋，四海声名重斗山”[①]；七子又皆一时才俊，再加上沈德潜有意识地大力宣扬，吴中七子遂名满天下，所谓“外裔土酋争为购求，视正、嘉前后七子、江左十五子、佳山六子、燕台十子有过之无不及也”[②]。随后，他们又很快步入仕途，尤其是王昶、钱大昕、王鸣盛三人逐渐成为当时学术界和政坛上的重要人物，即“当汇刻诗稿时，七子多诸生布衣，后皆显贵，以文章气节重天下，可谓盛矣”[③]。吴中七子的名满天下，客观上又壮大了格调派的声势。

另外，沈德潜的这篇序作于乾隆十八年癸酉(1753)。联系当时的诗坛背景，性灵派风生水起，而流弊渐显，主将袁枚的诗“颇以滑易获世讥”[④]。沈德潜此时依然以复古为宗，并极力推扬吴中七子，显然是为了与性灵派相抗衡。梦麟《古诗四章喜王琴德过》第三首云：

> 暄风被阳林，岩构荣丹葩。兰芷与荃蕙，郁郁回春华。轻飔发芳艳，孤秀凌朱霞。太古忽已遥，入耳皆淫哇。不悲元音远，坐患流无涯。斯人诣淳古，指摘劳相加。愿制芰荷衣，贻子以清嘉。[⑤]

---

① 袁景辂：《小桐庐诗草》卷五《送宗伯入觐》，《清代诗文集汇编》第 353 册，第 484 页。

② 王豫：《群雅集》卷一“沈德潜”条，嘉庆刻本，第 1b 页。

③ 陈康祺：《郎潜纪闻初笔二笔三笔》卷八“吴中七子”条，北京：中华书局 1984 年 3 月第 1 版，第 459 页。

④ 赵尔巽等：《清史稿》卷四百八十四《文苑传》，北京：中华书局 1977 年 8 月第 1 版，第 44 册 13383 页。

⑤ 梦麟：《大谷山堂集》卷五，《续修四库全书》第 1438 册，第 425 页。

末尾注:“凤喈、企晋诸子。”显然,题名虽然指的是王昶,实际上指向吴中七子。他以“兰芷”“荃蕙”比喻七子,显然指吴中七子能坚守雅正的诗学正道。而“太古忽已遥,入耳皆淫哇”正是性灵派末流的表现之一。可见在时人眼中,吴中七子正是与性灵派针锋相对的。

另外,除了鲜明的流派意识之外,这篇序还反映了沈德潜晚年诗学思想的主要特色,那就是他自己说的“其性情、其气骨、其才思三者俱备,而归于自然”。这再次表明,作为格调派主将及灵魂人物,沈德潜依然把性情与才情放在突出地位。他指出七子“秉心和平,砥砺志节”,着眼的就是性情;“抱拔俗之才,而又亭经藉史”,则是从才学的角度着眼。这也再次表明“诗主性情”是清代格调派的论诗旗帜。

第二节　格调派副将王昶及其《湖海诗传·蒲褐山房诗话》

吴中七子中,王昶在诗学成就方面堪称翘楚。在沈德潜去世后,他坚守格调派诗学立场,又编选《湖海诗传》扩大格调派影响力,再加上官高位显,生徒遍天下,王昶俨然是格调派副将。

一、王昶的生平、思想与副将地位

王昶,字德甫,号兰泉,晚号述庵,又称兰泉先生,江苏青浦(今属上海)人。生于雍正二年甲辰(1724),卒于嘉庆十一年丙寅(1806),享年 83 岁。

王昶“自少以通经史、工诗文名海内”①。乾隆十九年甲戌(1754)中进士。二十二年丁丑(1757),乾隆南巡,召试一等第一,赐内阁中书,荐升刑部主事、员外郎、郎中。其间,又被授予刑部浙江司员外郎、刑部江西司员外郎等职。三十三年戊子(1768),因两淮盐运使卢见曾案牵连被罢职。同年,将军阿贵出征缅甸,荐举王昶随军出征。三十六年辛卯(1771),又随大军移师

① 鲁嗣光:《春融堂集总序》,王昶《春融堂集》,《续修四库全书》第 1437 册,第 329 页。

四川，征讨大小金川。四十二年丁酉(1777)，大小金川平，擢鸿胪寺卿，在军机处行走。自此，王昶以书生身份从军前后达9年。不仅战争期间的檄文多出自王昶手笔，而且他还亲自参与战争。平金川后，王昶仕途一帆风顺。四十四年己亥(1779)，授都察院左副都御史。又历任江西按察使、陕西按察使、云南布政使等职。五十四年己酉(1789)，擢刑部右侍郎，屡次到湖北、江南等地谳狱。五十九年甲寅(1794)，71岁的王昶乞休归里，居于早年住所“三泖渔庄”，其地位于今上海青浦区朱家角镇南雪葭浜。庄内建有经训堂、春融堂、郑学斋、履二斋、蒲褐山房等。《湖海诗传》即编于此地，故《湖海诗传》前所附诗人小传及评价名为《蒲褐山房诗话》。此后，王昶除居家外，还曾入主过江苏娄东、浙江敷文两书院。

王昶一生著作等身。有《春融堂集》六十八卷，又编选《湖海诗传》《湖海文传》《明词综》《国朝词综》等。性好金石之学，著有《金石萃编》一百六十卷。此外，还参撰《大清一统志》《续三通》等书。

据王昶年谱[①]，其高祖曾位列畿社。祖辈、父辈皆立身诚恕。王昶弱冠时，父亲去世，家道中落。王昶作《固穷赋》以见志，中有“览图史之盈前兮，激歌声于金石。日味道而饱德兮，勉藏修而游息。扫俗情之轇轕兮，还冲襟之渊然”[②]句，可见其志节。他硁硁自守，刻苦求学，成年后，淡于名利而笃于德才。张维屏《国朝诗人征略初编》说他“生平重伦纪，尚名节。在军营和平简易，自科尔沁王以下皆亲重之”[③]。在《友教书院规条》一文中，王昶说：“士人当志在圣贤，力求仁义。上通性命，内治身心。疏水可甘，缊袍何耻？定不忮不求之念，坚不处不去之守。穷则独善其身，达则兼善天下。”[④]这种性格心态为其以后拜沈德潜为师乃至成为格调派的副将奠定了基础。

① 严荣：《述庵先生年谱》，《北京图书馆藏珍本年谱丛刊》第105册，北京：北京图书馆出版社1998年8月第1版，第86页。

② 王昶：《春融堂集》卷二十九，《续修四库全书》第1437册，第652页。

③ 张维屏：《国朝诗人征略初编》卷三十六，《清代传记丛刊》本，台北：明文书局1985年5月第1版，第22册第223页。

④ 王昶：《春融堂集》卷六十八，《续修四库全书》第1438册，第326页。

综观王昶的一生，有两件事非常重要。一是拜沈德潜为师，二是随军征缅甸及大小金川。前者扩大了他的声望，为其在清代格调派的副将地位打下基础。后者直接影响其诗歌，无论是在内容还是风格方面都日益精进，使他逐渐成为七子中诗歌成就最高的一位，这也是他日后能够成为格调派副将的重要原因之一。

吴中七子当以王昶为翘楚。这么说不仅是因为吴中七子中王昶名气最大，官位最显，而且王昶的诗歌成就在吴中七子中最高。综观吴中七子，前期以王鸣盛的诗歌最为有名，沈德潜编选《七子诗选》首选王鸣盛的诗就是明证。不过，王鸣盛后期主要精力转向经史之学，诗歌成就进步不大。赵文哲早逝。钱大昕虽得享高寿，但诗歌成就本身就不大，且晚年主要精力也转向史学与经学。而王昶《春融堂集》所收诗始于他 18 岁，终于 80 岁时，对于诗歌的热爱一如既往，也就是洪亮吉《朱家角访王侍郎昶赋赠一首》所说的“八十研经不废诗”[①]。更重要的，王昶在出征缅甸、大小金川时所作的《劳歌集》，无论是在内容还是风格方面都堪称七人诗歌中的翘楚。至于曹仁虎、吴泰来、黄文莲等人，皆不足与之相抗。因此，时间越往后，王昶在吴中七子中的地位越明显。这也是他日后成为格调派副将的关键因素之一。

沈德潜去世后，清代格调派失去顶梁柱，王昶于此时无论是身份、地位、诗歌主张还是诗歌成就都足以成为沈德潜的接班人，王昶的格调派副将地位也于此时得以确立。赵翼《稚存说述庵侍郎近况尚无恙喜赋》即描写了王昶于师友沦没之际犹坚守诗学阵地的情形：

> 落落江天大耋身，骚坛犹欲独扶轮。诗文采到新先辈（刻《湖海诗传》《湖海文传》二书），聋瞽几成活死人（耳目已俱废）。爨妇支铛工煮粥（每日但食粥），门生当杖代迎宾（门人陶君）。长安交旧今馀几，数到殷兄罕倍珍。[②]

① 洪亮吉：《洪亮吉集·更生斋诗续集》卷一，北京：中华书局 2001 年 10 月第 1 版，第 4 册第 1482 页。

② 赵翼：《瓯北集》卷四十六，上海：上海古籍出版社 1997 年 4 月第 1 版，下册第 1173 页。

诗题称王昶为“侍郎”,可见此诗作于乾隆五十四年己酉(1789)以后。其时,沈德潜早已离世,七子或死或散,或将兴趣转入其他领域,只有王昶依然孜孜不倦,即“犹欲独扶轮”。不仅如此,王昶还为众多格调派成员的诗文集作序以示推扬,如顾诒禄、赵文哲、吴泰来、褚廷璋、张策时、蒋业晋等,虽难免有过誉之词,但对于扩大格调派的影响,增强这一诗歌群体的凝聚力显然具有不可低估的重要性,同时也显示出他在格调派众多成员中的巨大影响力。

另外,王昶达官高寿,生徒遍天下,也是奠定其副将地位不可或缺的因素之一。章太炎、刘师培《中国近三百年学术史论》说:“时王昶、沈德潜,以达官昌其诗,提倡宗派,互相訾嗷。”[①]这句话透露出两条信息:一是王昶在清代格调派中的显赫地位,二是领军人官高位显是清代格调派得以风行天下的重要因素。从王昶生平履历可以看到,他既有横槊赋诗的戎马生涯,又有数十年历官外任的仕途经历。同时,王昶性格平和淡泊,所到之处又有意识地提携时俊,“所至朋旧文宴,提倡风雅,后进才学之士执经请业,舟车错互,履满户外。士藉品藻以成名致通显者,甚众”[②]。乾嘉时期著名诗人黄景仁、阮元、毕沅、杨芳灿等皆出其门下,可见其影响。另外,王昶在吴中七子中享年最高,其83岁的高龄也为广收门徒、扩大流派声望提供了必要条件。所以王豫在《群雅集》中说:“豫谓自文悫后,以大臣在籍持海内文章之柄,为群伦表率者,司寇一人而已。”[③]

二、王昶的诗学理论

作为沈德潜的得意门生及清代格调派副将,王昶有意识地继承沈德潜的诗歌理论,并努力将格调说进一步发扬光大。

首先,在学诗对象方面,王昶的理论较沈德潜更加合理。

---

① 章太炎、刘师培:《中国近三百年学术史论》,上海:上海古籍出版社2006年10月第1版,第157页。

② 阮元:《揅经室二集》卷三《诰授光禄大夫刑部右侍郎述庵王公神道碑》,《续修四库全书》第1479册,第85页。

③ 王豫:《群雅集》卷六,嘉庆刻本,第1b页。

沈德潜《清诗别裁集·凡例》说:“唐诗蕴蓄,宋诗发露。蕴蓄则韵流言外,发露则意尽言中。愚未尝贬斥宋诗,而趣向旧在唐诗。”沈德潜于82岁时编选《清诗别裁集》,87岁完成。此前他已编选唐诗、明诗、古诗选本,这段话可视为他对待唐、宋诗态度的最终定型。可见,沈德潜虽然不否认宋诗,但对唐诗的偏爱是自始至终的。

而在王昶这里,学唐或是宗宋的倾向并不明显。相反,他不止一次地说作诗要以杜、韩、苏、陆为宗。比如其《题沈秀才安成靖琢诗图》一诗云:

> 学问由来辅性情,不须雕琢费经营。杜韩苏陆蟠胸次,定有波澜笔下生。①

在《舟中无事偶作论诗绝句四十六首》中,王昶于唐代评价初唐四杰、杜甫、李商隐等人,于宋代取苏舜钦、苏轼、黄庭坚、陆游、范成大等人,对唐人并未显示出偏爱。而他对黄庭坚的评价尤其值得注意:

> 山谷孤吟也绝尘,巧将酸涩斗清新。《净名经》在何曾似,漫与坡翁作替人。②

该诗有注:“渔洋云山谷诗如《维摩诘经》,此语未然。”历来批评宋诗者,都将矛头指向黄庭坚,尤其是他造句奇险艰涩更是备受后人诟病。王昶在这里却对黄庭坚“酸涩斗清新”的做法大加赞扬。事实上,王昶的一些诗从生新峭拔的角度着眼可以说是受到黄庭坚的影响。

王昶在《吴子山〈香苏山馆诗〉序》中的一段话也值得注意:

> 余惟西江之诗,其先盛于欧阳文忠公。公奉昌黎为师法,而苏文忠公又谓其似李太白。则其诗盖就二家而推广之。厥后,黄鲁直、杨廷秀每以偏师制胜,而后人论江西诗不免有低昂轩轾,实非通人之论。况元之虞扬范揭皆出西江,与唐宋之诗若律吕之相生,而

① 王昶:《春融堂集》卷二十三,《续修四库全书》第1437册,第592页。

② 王昶:《春融堂集》卷二十二,《续修四库全书》第1437册,第578页。

黼黻之相耀也，又岂可以轻议乎？[①]

王昶在这里不仅认为江西诗派与李白、杜甫、欧阳修存在一脉相承的关系，而且，由于对学诗对象的宽容，王昶在此流露出泯灭朝代的倾向。这显然要比沈德潜以宗唐为主、兼及宋诗的理论更加合理。

其次，在温柔敦厚诗教说方面，王昶也继承了沈德潜的观点。在《与顾上舍禄百书》一文中，他说：

> 使来，辱示新刻《花稿诗钞》，和而不靡，雅而不哼，甚矣，有合于温柔敦厚之旨也。吴下多才人，论诗必以君为首。虽然，诗与史相表里者也。史之体，善者传之，恶者用以为戒。故穷奇、梼杌不惜具载于书，以蕲有裨于人心世道。[②]

这种认为诗歌有裨于人心世道的观点与沈德潜"诗之为道，不外孔子教小子教伯鱼数言，而其立言，一归于温柔敦厚，无古今一也"[③]的观点如出一辙。与温柔敦厚诗教说相对应，王昶在评价诗人时，多以诗人的道德人格作为评判标准，即"善"的标准。这种观点同样见于《与顾上舍禄百书》一文中：

> 吾诗不传而已，诗苟传，后贤必因诗以考人，考人而人不足称则鄙其人，因以鄙我之诗，且因鄙我之诗之谀，而吾之为人亦将为人所薄。

王昶的这种观点与其师沈德潜显然也是一致的。

最后，王昶的诗学理论还体现在他晚年编选《湖海诗传》，承风接绪沈德潜《清诗别裁集》，嗤点时人，俨然诗派宗主的做法。

王昶于 80 岁编选《湖海诗传》，共 46 卷，所收诗人 600 余位。舒位《乾嘉

① 王昶：《春融堂集》卷四十，《续修四库全书》第 1438 册，第 79 页。

② 王昶：《春融堂集》卷三十，《续修四库全书》第 1438 册，第 1 页。

③ 沈德潜：《清诗别裁集·凡例》，上海：上海古籍出版社 1984 年 3 月第 1 版，上册第 1 页。

诗坛点将录》说王昶凭借编选《湖海诗传》“盛名之下，一战而霸”[1]，可见这部书的影响与重要性。其《湖海诗传自序》：

古人选诗者有二：一则取一代之诗，撷精华，综宏博，并治乱兴衰之故，朝章国典之大，以诗证史，有裨于知人论世。如《唐文粹》、《宋文鉴》、《元文类》，所载之诗，与各史相为表里者是也。一则取交游之所赠，性情之所嗜，偶有会心，辄操管而录之，以为怀人思旧之助，人不必取其全，诗不必求其备。如元结、殷璠、高仲武、姚合之类，所谓唐人选唐诗者是也。二者义类已不同矣。予弱冠后，出交当世名流。及洊登朝宁，扬历四方，北至兴、桓，西南出滇、蜀外，贤士大夫之能言者，揽环结佩，多以诗文相质证，披读之下，往往录其最佳者，藏之箧笥，名曰《湖海诗传》。忽忽将六十年，而予年亦八十矣。去岁，自钱塘归，发而观之，则向日所录，虫穿鼠蚀，失者十之二三，诗中之人，长逝者亦十之八九，并有声消迹灭，无所表见者，是不得不急为传世也。因属同志编排前后，复稍加抉择，要不失乎古人谨慎之意。共得六百馀人，编四十六卷，以科第为次，起于康熙五十一年，迄于近日，其间布衣韦带之士，亦以年齿约略附之，而门下士并附见焉。视《感旧》、《箧衍》二集，多至一倍有奇，亦云富矣。间以遗闻轶事缀为《诗话》，供好事者之浏览。虽非比于知人论世，而怀人思旧之助，亦庶几元结诸公之遗。至于往时盛有诗名而为投契所未及者，则姑置之，盖非欲以此尽海内之诗也。然百馀年中士大夫之风流儒雅与国家诗教之盛，亦可以想见其崖略，或不无有补于艺林云。[2]

显然，《湖海诗传》是王昶于师友凋零之际有意识地编选的，其选诗标准

① 舒位：《乾嘉诗坛点将录》，《三百年来诗坛人物评点小传汇录》本，郑州：中州古籍出版社 1986 年 6 月第 1 版，第 8 页。

② 王昶：《湖海诗传》序，王昶编纂《湖海诗传》，赵杏根、陆湘怀、赵衡整理，南京：凤凰出版社 2018 年 5 月第 1 版，第 1～2 页。

是“取交游之所赠，性情之所嗜，偶有会心，辄操管而录之，以为怀人思旧之助”。而“性情之所嗜”“稍加抉择”句是关键，可见该书并不只是简单收掇，更重要的是，通过编选此书，王昶的诗学观也得以体现。比如，在编选性灵派主将袁枚的诗时，王昶就秉承“汰淫哇，删芜杂，去纤佻，清新隽逸，自无惭于大雅矣”[①]的态度。所以《湖海诗传》所选袁枚诗，大都是清丽平和之作；而那些俏皮乃至流于油滑之作，一概不选。

与坚持雅正的诗学观点相对应，王昶尤其心仪那些主张复古的诗人诗作。比如他评价王太岳诗时就说：“先生诗宗魏、晋，下及唐人，醇古淡泊，可称高格。”[②]评价刘墉诗“清新超悟，有香山、东坡风格”[③]。评价王嵩高“发于诗者，或幽静而闲止，或奔腾而排奡，皆音节自然，骎骎入前贤之室”[④]。评价金慰祖“五古清远，七古排奡，骎骎入古人之室”[⑤]等。王昶这种崇尚复古的选诗观点，与此后出现的潘瑛《国朝诗萃》、王豫《群雅集》皆一脉相承。

除上述特点之外，《湖海诗传》亦可被看作清代格调派诗学观点及师友传承关系的重要文献资料。这主要体现在两方面。

一方面，这部诗选囊括了清代格调派的绝大多数诗人及其诗学成就。沈德潜《清诗别裁集》仅收已经过世之人，所收诗人以清代前期为主；涉及的格调派成员也以前期城南诗社、北郭诗社成员为主。后期重要成员如吴中七子等当然没有收录。而《湖海诗传》填补了这方面的空白。由于此诗选是王昶80岁时编选的，格调派诗人此时大多已经去世，所以，其所收的诗人，既有格

---

① 王昶著，周维德校点：《蒲褐山房诗话新编》卷上，北京：人民文学出版社2011年9月第1版，第31页。

② 王昶著，周维德校点：《蒲褐山房诗话新编》卷上，北京：人民文学出版社2011年9月第1版，第36页。

③ 王昶著，周维德校点：《蒲褐山房诗话新编》卷上，北京：人民文学出版社2011年9月第1版，第48页。

④ 王昶著，周维德校点：《蒲褐山房诗话新编》卷上，北京：人民文学出版社2011年9月第1版，第99页。

⑤ 王昶著，周维德校点：《蒲褐山房诗话新编》卷上，北京：人民文学出版社2011年9月第1版，第130页。

调派前期成员，又有后期成员，在某种程度上将其视为清代格调派的选集也未尝不可。事实上，王昶此书不仅网罗格调派前期和后期主要成员，而且对他们的生平、个性记载详细，诗歌成就及诗歌观点也一一评价，虽不无溢美之词，但总体上看大都客观公正，因此，这部书成为研究清代格调派的重要文献，弥足珍贵。

另一方面，王昶在诗选中有意识地评价清代格调派成员，诗派意识非常鲜明。比如在选周准诗时，王昶就说：

> 沈文悫门下承其指授者，以盛青嵝（盛锦）、周迂村（周准）、顾禄百（顾诒禄）、陈经邦（陈魁）为最。其后则王凤喈（王鸣盛）、钱晓征（钱大昕）、曹来殷（曹仁虎）、褚左峨（褚廷璋）、赵损之（赵文哲）、张策时（张熙纯）及予。后有考诗学源流为接武羽翼之说者，不可不知。若企晋（吴泰来）虽曾亲风旨要，未尝有瓣香之奉也。[①]

王昶从师学传承的角度明确勾勒出清代格调派的主要成员。"后有考诗学源流，为接武羽翼之说者，不可不知"句，更是有极其鲜明的流派意识在内。正是因为这种鲜明的诗派意识，所以洪亮吉《北江诗话》批评道："侍郎诗派出于长洲沈宗伯德潜，故所选诗，一以声调格律为准。其病在于以己律人，而不能各随人之所长以为去取，似尚不如《箧衍集》、《感旧集》之不拘于一格也。"[②]综观《湖海诗传》，洪亮吉的评价显然有失客观。"百馀年中士大夫之风流儒雅与国家诗教之盛"句，即可见王昶编选此书时的宏通眼光。这主要体现在两个方面。

一是对于一些非格调派诗人，也充分挖掘他们的优长，在诗话中一一肯

① 王昶著，周维德校点：《蒲褐山房诗话新编》卷上，北京：人民文学出版社 2011 年 9 月第 1 版，第 38 页。

② 洪亮吉：《洪亮吉集·北江诗话》卷一，北京：中华书局 2001 年 10 月第 1 版，第 5 册第 2248 页。

定。如评价王又曾"作诗专仿宋人，信手拈来，自多生趣"[①]。评价祝喆"诗学山谷老人，疏瘦苦涩，不肯堕寻常经术"[②]。

二是对于一些勇于独创的诗人也真心欣赏。比如对乾隆朝著名诗人蒋士铨就给予高度评价：

> 苕生诸体皆工，然古诗胜于近体，七古又胜于五古，苍苍莽莽，不主故常；正如昆阳夜战，雷雨交作；又如洞庭君吹笛，海立云垂，信足以开拓万古之心胸，推倒一时之豪杰也。[③]

对于黎简，王昶也以"其诗峻拔清峭，刻意新颖，言人所不能言，苦心孤诣，竟以是终"[④]推扬之。即使是洪亮吉，王昶对其人其诗其才也都给予褒扬：

> 稚存少孤失怙，为母夫人守节教养而成，是以刻意厉行，确苦自持。每当丝竹长筵，辄徐引退，而于取与尤严。盖古之狷者也。性好奇山水，如天都、华岳，皆登其巅，必缒幽历险而后已。作文具体魏、晋，作诗五言古仿康乐，次仿杜陵，七言古仿太白，然呕心镂肾，总不欲袭前人牙慧。至于经史注疏，说文地理，靡不参稽钩贯，盖非仅以词章名世者。[⑤]

所以，《湖海诗传》不仅仅体现了清代格调派的诗学观，而且是"承接沈德

① 王昶著，周维德校点：《蒲褐山房诗话新编》卷上，北京：人民文学出版社 2011 年 9 月第 1 版，第 62 页。

② 王昶著，周维德校点：《蒲褐山房诗话新编》卷上，北京：人民文学出版社 2011 年 9 月第 1 版，第 87 页。

③ 王昶著，周维德校点：《蒲褐山房诗话新编》卷上，北京：人民文学出版社 2011 年 9 月第 1 版，第 79 页。

④ 王昶著，周维德校点：《蒲褐山房诗话新编》卷上，北京：人民文学出版社 2011 年 9 月第 1 版，第 145 页。

⑤ 王昶著，周维德校点：《蒲褐山房诗话新编》卷上，北京：人民文学出版社 2011 年 9 月第 1 版，第 157～158 页。

潜《清诗别裁集》之后，对清中叶的诗歌做了一番总结”①。直至今天，该书依然是研究清代中期诗歌不可或缺的资料。

三、王昶的诗歌创作

王昶《春融堂集》所收诗歌共2700首左右，以山水行旅诗为主。据王昶年谱，他年少时作诗即多效陶、谢、王、孟体。因此，王昶少年时期所作的一些山水诗，风格较单一，多明丽娟秀之作。如《落花》云：

> 断粉零香满绿墀，一番花信欲残时。何人解读伤心赋，有客重吟长恨词。紫陌春深风袅袅，红楼夜静雨丝丝。江南无限韶华景，禅榻茶烟入梦思。②

一般认为，王昶的诗歌从内容到风格发生变化是在他随军出征缅甸、金川之际。事实上，在此之前，王昶就有意识地追求诗歌风格的多样化。吴泰来在为王昶诗集作序时，就引用王昶的话，即“诗之为道，偏至者多，兼工者少。分茆设蕝，各据所获以自矜。学陶、韦者斥盘空硬语、妥帖排奡为粗。学杜、韩者又指不著一字、尽得风流为弱。入主出奴，二者恒相笑，亦互相绌也。吾五言诗期于抒写性情，清真微妙；而七言长句颇欲拟于大海回澜，纵横变化，世之偏至者或可以无讥欤”。这种追求风格多样化的倾向也反映在王昶诗作中。比如他40岁时随乾隆到木兰围场，途中所作《出古北口》其一云：

> 重镇接卢龙，严关锁碧峰。盘空千堞峻，亘古一丸封。笳鼓排军壮，人烟列肆重。白河流水急，浩荡想朝宗。③

此诗清刚劲爽，有盛唐边塞诗的韵味，与前期清丽之作明显不同。

当然，综观王昶诗歌，其随军出征缅甸和大小金川期间所作《劳歌集》是

---

① 朱则杰：《清诗史》，南京：江苏古籍出版社2000年5月第1版，第220页。

② 王昶：《春融堂集》卷二，《续修四库全书》第1437册，第363页。

③ 王昶：《春融堂集》卷八，《续修四库全书》第1437册，第421页。

其诗集中的精华。“夜踏金川月，晨炊雪岭泉”[①]的经历，不仅使其眼界扩充，胸臆激荡，更重要的，这种经历直接带来诗歌内容和诗歌风格的变化。从内容上看，这一时期的诗作主要记述随军途中的所见所闻。西南地区风俗之奇诡，山川之险怪，以及战争中烽烟、炮石之可惊可愕均在诗集中得以呈现。尤其值得注意的是，清朝疆域空前辽阔，西南一带山水尤为奇丽险绝，且多未经人吟咏。王昶的这些诗作无疑大大丰富了清代山水诗、边塞诗创作的领域。如《舟至玉屏》：

> 性命真悲一发轻，寒滩日日斗峥嵘。人从激箭流中坐，船在崩崖罅里行。喜见杉筠围野逻，愁听风雨走山精。惊魂才定舆人报，前路千峰剑戟横。[②]

其他如《黑龙潭》[③]《叠水河瀑布》《七星桥》[④]《过大岩二十八韵》[⑤]等诗，皆笔力雄健，诗境奇险，风格清健苍深。

除了山水景物之外，《劳歌集》中还有一些描写敌我双方军威士气的诗，如《入虎距关》其一：

> 一战声先夺，重围武更扬。攻心能震荡，丧胆敢侜张。乞命词尤屈，寻盟誓不忘。锦袍排十四（缅甸头目十四人出寨请降），拱手话来王。炎徼烽烟静，穷边景象新。聚观连妇孺，列肆杂夷民。纳尽军威振，垂橐士气驯。铙歌传凯乐，正及一阳春。（时值冬至）[⑥]

清军以雄壮之师力压缅甸，对方唯有俯首听命。在敌我双方鲜明对比中，突出清朝大军怒发冲冠、豪迈无畏的英雄形象。整首诗充满阳刚之气，具有极

---

① 钱大昕：《潜研堂诗续集》卷十《述庵侍郎八十仍叠虎邱唱和韵》其二，南京：江苏古籍出版社1997年12月第1版，《嘉定钱大昕全集》第10册，第168页。

② 王昶：《春融堂集》卷十，《续修四库全书》第1437册，第455页。

③ 王昶：《春融堂集》卷十六，《续修四库全书》第1437册，第514页。

④ 王昶：《春融堂集》卷十三，《续修四库全书》第1437册，第485页。

⑤ 王昶：《春融堂集》卷十三，《续修四库全书》第1437册，第490页。

⑥ 王昶：《春融堂集》卷十一，《续修四库全书》第1437册，第470页。

强的感染力。

又如《军抵山神沟》:

剑南自负多奇气,直造岷山看江水。我今更度大峨西,已逾江源一千里。岩下衰涧琤琮鸣,溅入飞沫衣生棱。危石戴冰怒狮踞,乔柯冻雪乖龙横。层崖远迈羊肠恶,骏马十步九步却。岂无健儿好身手,尚恐虚沙崩欲落。生平豪气老不除,挥鞭径上凌崎岖。垂堂之堂宁足戒,但恨奇险难为书。空山忽闻挝大鼓,巨炮如雷走林莽。风旗猎猎舞龙蛇,已见军营排队伍。①

该诗不仅气势雄壮,诗境开阔,而且流露出作者意气风发的精神风貌,而当年清廷大军远征必胜的信念也隐隐显现。

江山之助固然是诗风变化的关键,作者对才学的重视也是不可忽视的因素。如前所述,王昶论诗极重才学,这种倾向体现在其山水诗中,不仅是对山水作穷形尽相的描写,而且在诗歌中叙述山水的沿革来历,在一定程度上体现了以文为诗的创作手法。比如《白崖怀古》一诗:

朝经黎石关,暮宿白崖口……此邦本岩疆,白国垂已久。志始阿育王,系出西海后。历传龙祐那,姓自武乡受。四姓暨五部,缘崖设城守。邮闻天宝年,国事失枢纽。边臣妄开边,士马诧腾蹂。唯时皮逻阁,六诏无与偶……②

可见,与其前期诗作相比,王昶后期诗作内容广泛,风格俊健。赵翼《述庵司寇新刻大集见贻展诵之馀为题长句兼怀亡友璞函》说:"《南山》诗不如《北征》,只为未经戎马苦。乃知绝域烽烟中,正是玉成大名古。"③正是此意。

还有一种观点认为,王昶的诗歌成就至《劳歌集》达到顶点,往后的诗歌则乏善可陈。比如《越缦堂诗话》就认为:"(王昶)《杏花春雨集》以后,则凯旋

① 王昶:《春融堂集》卷十三,《续修四库全书》第1437册,第488页。
② 王昶:《春融堂集》卷十一,《续修四库全书》第1437册,第462页。
③ 赵翼:《瓯北集》卷三十六,上海:上海古籍出版社1997年4月第1版,下册第842页。

晋秩，自此扬历中外，致位九卿，老于颓唐，可取者少矣。”[①]如果从内容的丰富多彩来看，《劳歌集》确实达到了王昶诗歌的巅峰。不过，其后的《杏花春雨集》中也不乏名作。比如他在任陕西按察使期间所作的《潼关》一诗，就不亚于《劳歌集》中的佳篇：

鹑首星芒照九垓，规模百二自秦开。关山苍莽争天险，文武飞腾出将才。日暖旌旗横戍逻，云连城堞抱烽台。登高立马休凭吊，看取三峰翠色来。[②]

而到了晚年，王昶辞官归里，其诗歌又有返璞归真的倾向。只不过，是精光内敛后的清远恬淡。如作于 80 岁的《雷雨》诗：

雷雨中宵动满盈，朝来嫩日又初晴。寻香小蝶穿帘入，选树幽禽绕舍鸣。巷口稍淹沽酒路，桥头徐度卖花声。春衫不觉春寒峭，独向筠廊拄杖行。[③]

鲁嗣光《春融堂集序》称王昶作诗“自魏晋六朝以迄元明无不遍览，要必以杜、韩、苏、陆为宗。盖才力原于天授，而博观约取，其宗法一出于醇正，不袭古人之形貌，而神理气味无不与之符合”[④]，虽不无溢美，但也指出了王昶转益多师、努力自成一家的诗学特征。

要之，王昶不仅是清代格调派后期代表吴中七子中的翘楚，而且是清代格调派的副将。决定其副将地位的因素不仅在于诗歌成就凌烁诸子，还在于他有意识地继承并发展沈德潜的诗歌理论，使之完善和合理。他晚年编选《湖海诗传》，嗤点时贤，总结清代格调派师友传承及诗学观点，也俨然是诗派宗主的做法。最后，王昶达官高寿，生徒遍天下，也是成就其副将地位不可或

① 李慈铭：《越缦堂诗话》，《清诗话访佚初编》本，台北：新文丰出版公司 1987 年 9 月第 1 版，第 5 册第 180 页。

② 王昶：《春融堂集》卷十八，《续修四库全书》第 1437 册，第 532 页。

③ 王昶：《春融堂集》卷二十三，《续修四库全书》第 1437 册，第 600 页。

④ 鲁嗣光：《春融堂集序》，王昶《春融堂集》，《续修四库全书》第 1437 册，第 329 页。

缺的因素之一。

第三节 “死因殉国名逾烈，诗已成家世共传”[①]
——赵文哲

在吴中七子中，赵文哲是一位非常特殊的诗人。之所以这样说，主要是因为他“死因殉国名逾烈，诗已成家世共传”的非凡经历及其诗歌成就。

一、赵文哲的生平及殉国始末

赵文哲，字升之、损之，号璞庵、璞函，江苏上海人。生于雍正三年乙巳(1725)，卒于乾隆三十八年癸巳(1773)。其父名绅，字垂书，乐善好施，尤以诗文书法著。赵文哲是其次子。赵文哲少年即“以颖悟称”[②]，读书一目十行，博雅能文章。乾隆八年癸亥(1743)，19岁的赵文哲被补为博士弟子。此时，他已是远近闻名的诗人。不久，又为工部侍郎梦麟、内阁学士李因培等人推荐入庠序，补诸生，升廪生。乾隆十三年戊辰(1748)，上海县申江书院创立，赵文哲即入申江书院求学。随后，进入苏州紫阳书院。乾隆十六年辛未(1751)，沈德潜编选王昶、赵文哲等七人诗选，为《七子诗选》，吴中七子遂名噪天下。

乾隆二十七年壬午(1762)，乾隆南巡召试，38岁的赵文哲进诗获赞，赐举人，授内阁中书。乾隆二十九年甲申(1764)，擢升直军机房，在军机章京上行走，参与撰写皇帝诏令事宜，成了皇帝宠臣。在京期间，赵文哲经常与乾隆酬答唱和，《媕雅堂诗集》中大量的唱和诗就是明证。其时赵文哲也意气飞扬，豪气干云，所谓“弱不胜衣一把骨，笔力乃挽千钧弓。一朝献赋入薇省，长

① 赵翼：《瓯北集》卷二十一《哭璞函之讣》共四首第四首，上海：上海古籍出版社1997年4月第1版，上册第442页。

② 王昶：《春融堂集》卷五十三《恤赠光禄寺少卿户部主事赵君墓志铭》，《续修四库全书》第1438册，第199页。

安诗社几为空”[①]，隐然有澄清寰宇之志。

乾隆三十三年戊子(1768)，两淮盐运使卢见曾被朝中大臣弹劾有贪污盐银之罪，后终被查抄处斩。赵文哲、王昶、纪昀等人因泄漏查抄案的罪名，一起被罢免官职。这件事成了赵文哲人生的转折点。正当他仕途受挫、前途渺茫之际，恰逢朝廷派兵征讨缅甸，乾隆命兵部尚书阿桂以副将军总督云贵。阿桂素知赵文哲、王昶，特奏请赵文哲、王昶等人随军入幕，执掌书记。从此，一介书生远离京城，遍尝塞外风霜雪雨，并一去不复返。

乾隆三十六年辛卯(1771)，征缅战争刚一结束，四川大小金川战役爆发。大小金川即今四川小金县，属阿坝藏族羌族自治州管辖。乾隆十二年丁卯(1747)，大金川土司不遵约束，恃强凌弱，屡次侵犯周边地区，清廷为平定边防，进行了第一次大小金川战役。此后，当地土司依然不遵守法规，滋扰不断。为靖清边患，朝廷令尚书温福代阿桂进川征讨大小金川。当温福向阿桂辞行时，见到赵文哲，大为倾倒，遂向阿桂请求，留下赵文哲随己一起征讨。赵文哲与王昶也至此分离。赵文哲入温福幕中，“温福重文哲，片时不见，则令人觇文哲何作”[②]。赵文哲以其出色的才能，经常参与军中机密事宜，钱大昕说他“文通兼武达”[③]，即是此意。清朝大军直下金川，连连获胜。乾隆三十七年壬辰(1772)十二月，攻占小金川重镇美诺，小金川余兵皆投降清军，至此，小金川之乱被平息。而赵文哲亦以战功复授中书，并升为户部主事，仍随温福。

小金川平定后，乾隆命令温福等兵分三路进入大金川。此战异常艰难，大军进展缓慢，温福一行也改变行军路线，于乾隆三十八年癸巳(1773)二月移师小金川属地木果木。六月，原小金川之降兵突然反叛，并与大金川兵合

① 赵翼:《瓯北集》卷十二《璞函落第后入直军机诗以调之》，上海:上海古籍出版社 1997 年 4 月第 1 版，上册第 232 页。

② 赵尔巽等:《清史稿》卷四百八十九《忠义三·赵文哲》，北京:中华书局 1977 年 12 月第 1 版，第 44 册第 13493～13494 页。

③ 钱大昕:《潜研堂诗续集》卷一《赵璞庵自永昌寄诗用东坡除夕倡和韵次韵答之》，南京:江苏古籍出版社 1997 年 12 月第 1 版，《嘉定钱大昕全集》第 10 册，第 4 页。

抄温福军队的后路。十日，大、小金川叛军集中反攻于木果木军营后的木栅，清军一时溃散大乱，将士纷纷逃窜。有人劝赵文哲一起逃命，赵文哲毅然不从，他说："身为幕府赞画，且叠荷国恩，讵可舍帅臣而去！"①随即与温福一起壮烈殉国，年仅49岁。两年后，大金川平。

赵文哲壮烈殉国后，遗体不知所终。朝廷恤赠光禄寺少卿衔，入祀昭忠祠，荫一子。赵文哲著有《媕雅堂诗》十二卷，为其少年时所作。另有《媕雅堂诗续集》四卷，《媕雅堂别集》六卷，均为其做官后所作。赵文哲死后，其子秉渊整理其入蜀、缅境内所作诗，集名《娵隅集》，共十卷。

二、诗学三变——赵文哲的诗学观

关于赵文哲的诗学观，一般以为他宗法王士禛。理由有二：一是据其《媕雅堂诗话》中的观点；二是根据王昶《湖海诗传・蒲褐山房诗话》的论述。事实上，赵文哲宗法王士禛仅限于前期。后期其诗学观博取众家，尤其瓣香杜甫、苏轼，诗学观已突破早期以渔洋为宗的观点。

先看其《媕雅堂诗话》（以下简称《诗话》）。《诗话》收于赵文哲《媕雅堂别集》卷四中，故名。《诗话》以诗体为顺序，依次论述五古、七古、五律、七律及五七言绝句的发展。在这些诗体中，他主论古诗，律诗次之，绝句则一笔带过，体现出他对不同诗体的重视程度。以诗体为经，他对各个朝代诗歌也进行了论述。其中，唐代是其论述重点，而在论述唐诗时，又以王孟为宗，显示他对渔洋诗学观的认同。比如：

> 王右丞维无体不工，五古尤属绝品，其佳处去六朝人已远，而隽永超诣，全是一片妙悟。故王渔洋不入《古诗选》而以冠《三昧集》，学五古者断断以此为正宗。②
>
> （五古）韦苏州应物与右丞同以微妙胜，而韦之设色微近六朝，

① 赵尔巽等：《清史稿》卷四百八十九《忠义三・赵文哲》，北京：中华书局1977年12月第1版，第44册第13494页。

② 赵文哲：《媕雅堂别集》卷四《诗话》，《四库未收书辑刊》第10辑第26册，第475页。

字法、句法二家又有不同，要之并属正宗，不可轩轾。渔洋之所以冠冕当代者，只于二家中独有神契耳。①

由于此时他师承王士禛诗学，故而得出“流连光景、涵咏性情之作只宜以王孟为准的”②的结论。

在评价清代诗人时，赵文哲毫不掩饰他对王士禛的推崇：

本朝五古断以王渔洋士正为正宗，初年纯是王、韦，入蜀诗具体少陵，佳在格正词纯，韵远趣足，洵无遗意。③

本朝王渔洋七古全学韩、苏，稍嫌清薄，然无可瑕摘，究为初学所宜取法。④

（五律）本朝王渔洋初学王孟，中学老杜，皆有至处，故当推为第一。⑤

（五七绝）王渔洋之婉约轻妍，其风致全学北宋人，故是神品。⑥

不过，值得注意的是，赵文哲虽以王士禛为宗，但他对待其他朝代的诗歌态度非常宽容。先看他对中晚唐诗歌的评价，他说：“（七律）中唐之钱刘无妨大雅，即再降为温李，再降而为苏陆，亦所不废。”⑦再看他对宋诗的评价，“七古以盛唐人为极则，然尽其变必极之宋人而后已，所谓变而不失其正者也。欧阳文忠修，王荆公安石，皆称大家。而苏东坡轼尤变化不可方物”。又评价陆游七古“笔力雄独，词气悲壮，读之令人感慨”⑧。也就是说，虽然他倾心于王孟诗派，但对其他诗并没有厚此薄彼的偏见。

此外，赵文哲对晚唐与宋代七律也有所取。他对宋人绝句评价尤高，“五

① 赵文哲：《媕雅堂别集》卷四《诗话》，《四库未收书辑刊》第10辑第26册，第475页。
② 赵文哲：《媕雅堂别集》卷四《诗话》，《四库未收书辑刊》第10辑第26册，第475页。
③ 赵文哲：《媕雅堂别集》卷四《诗话》，《四库未收书辑刊》第10辑第26册，第476页。
④ 赵文哲：《媕雅堂别集》卷四《诗话》，《四库未收书辑刊》第10辑第26册，第477页。
⑤ 赵文哲：《媕雅堂别集》卷四《诗话》，《四库未收书辑刊》第10辑第26册，第477页。
⑥ 赵文哲：《媕雅堂别集》卷四《诗话》，《四库未收书辑刊》第10辑第26册，第478页。
⑦ 赵文哲：《媕雅堂别集》卷四《诗话》，《四库未收书辑刊》第10辑第26册，第478页。
⑧ 赵文哲：《媕雅堂别集》卷四《诗话》，《四库未收书辑刊》第10辑第26册，第476～477页。

七绝以盛唐为主……七绝当兼中晚之刘禹锡、李益、杜牧、李商隐诸家，并宋之苏东坡、陆放翁、姜白石”。正是因为他持论客观，评价公允，故而有论者评价说“独树新意而精当可取”①。

所以，《诗话》虽以王士禛为宗，但更为重要的是，它显示赵文哲并不菲薄宋、元诗的客观态度，也反映出赵文哲论诗从以新城为主到博取诸家的演变过程。

再来看王昶《湖海诗传・蒲褐山房诗话》的论述：

> 升之赋才英敏，少在申江书院，得凌少司马指授。论诗以新城为主。既而与张策时、凌祖锡、汪辨怀、吴企晋同学。至苏州，又与予及凤喈、来殷互相砥砺，于唐、宋、元、明、本朝大家名家，无所不效，亦无所不工。自入内阁，直机地，益为于文襄公所赏。既携予入滇、蜀，得江山之助，所作尤变化新奇。②

王昶在这里说得很清楚，赵文哲的诗学观经历三变，早年以新城为主，继而效法各朝大家名家，最后又因远征边塞，作诗日益变化新奇。而今人在引用王昶的话作为赵文哲宗法渔洋的佐证时，只引其评价赵文哲早年诗学观的话，并未全引，属断章取义之举。

三、赵文哲的诗歌创作

与其诗学观经历“三变”相对应，赵文哲的诗歌创作也分为三个阶段。

由于早期论诗以渔洋为宗，故其早年诗多清新明丽之作。如《春感》其二：

> 江楼一望草芊芊，寒食东风欲禁烟。柳外谁家闲试马，花前有客倦闻鹃。春愁似水当三月，好梦如云已十年。赢得鬓丝今渐改，

① 蒋寅：《清诗话考》，北京：中华书局2007年1月第2版，第273页。

② 王昶撰，周维德校点：《蒲褐山房诗话新编》卷上，北京：人民文学出版社2011年9月第1版，第95页。

生涯禅榻自萧然。[①]

如果说赵文哲早期诗作由于生活阅历的限制，题材、风格较为单一，那么，这种情况在其浙江之游后开始转变。其《媕雅堂诗》卷十至卷十二即作于此时，与前几卷相比，诗风明显发生了改变。如《乌石滩》：

滩行日百忧，骇此水底石。乌石独人立，斗水出奇力。一撇修蛇赴，千盘怒马勒。旋涡倒来深，陷作饥蛟宅。往往月黑时，磨牙伺羁魄。长年亦饱经，既至色如墨。入险万夫噪，险绝声转寂。百丈细于丝，性命轻一掷。我生抱区区，践此世路窄。太行偶然移，衔木竟无益。斋心报则殊，元天自幽默。毋恃吕梁游，风波浩无际。[②]

乌石滩位于浙江省舟山市，因此地石头乌黑光洁，故名。该诗极写乌石滩的滩、水、石的险绝以及行舟此地的艰难，"入险万夫噪，险绝声转寂"，以渡船之人的反应衬托此地凶险，对比强烈，效果惊人。无论是对景物的穷极刻画，还是末尾的直抒胸臆，都远非渔洋诗风所能概括。所以王鸣盛在为其《媕雅堂诗集》作序时称：

今日江左诗人，当以赵损之为第一。予与吴企晋、王琴德、曹来殷皆弗如。此论盖自予发之，惟三君亦以为然。而世之人或未之知也。世人之论诗，或夸唐调，或持宋体，依门傍径，各仞其说，而不能相下。夫诗则何唐宋之有哉！唐人集其成，宋人极其变，异流而同源，其精神标格各有千古者存焉。吾生乎古人之后，俯仰生世，哆口而言之，信笔而书之，拟诸唐宋，离欤？合欤？吾弗知也。夫然故可以追配古人。吾观损之之胸无唐无宋，损之之笔有唐有宋。求损之于诗之中，可唐可宋；想损之于诗之外，非唐非宋。损之之诗，则何唐宋之有哉！夫损之则何遽若是？盖其天才亮特，骨气超迈，忧喜

① 赵文哲：《媕雅堂诗》卷二，乾隆刻本，第1b页。
② 赵文哲：《媕雅堂诗》卷十，乾隆刻本，第1a页。

哀乐，邈与俗殊。又且廓情尚志，屏绝声得，多读书而好深思，故其入妙，可学而不可能也。丝桐相引，可听而不可寻也……企晋逸气胜矣，稍逊其道；琴德秀气胜矣，稍逊其雄；来殷华贵气胜矣，稍逊其清快。旋观鄙作，益不足覆酱瓿矣。[①]

不过，真正让赵文哲名扬天下，并奠定他在吴中七子中显著地位的，是其从军后所作的《娵隅集》。

随军出征塞外，对于赵文哲而言，恰如一道分水岭，横亘在他49年的人生旅程中。由于他是被贬官后蒙恩随军出塞，且官职并未立即恢复，因此，这种经历无异于流放贬谪。从皇帝宠臣，一夜之间被罢官免职，继而踏上未知之绝域，前途渺茫，赵文哲内心的挣扎惶恐可想而知。而他又个性执着，激切狷直，素以才略自负，这使他很难从人生的大挫折中超脱出来。“嗟余负疚身，槁悴甘自毕”[②]“哀哉叶不如，孤根托何处”[③]，置身孤苦无依的境遇中，诗歌成了他这一阶段也是人生最后一阶段慰藉心灵的载体，所谓“身落百蛮词笔在”[④]“一事雄夸得，诗编入蜀新”[⑤]，他迎来了人生的另一个也是最后一个诗作创作高峰。

近五年的军旅生活，“自豫而楚而黔而滇，出西南徼外又二千馀里”[⑥]，既扩展了他的艺术视野，丰富了他的人生阅历，也改变了他此前师法唐宋大家尤其是唐诗的诗歌风尚，风格也随着人生经历的变化而变化。从题材上看，《娵隅集》中以山水边塞诗为主，还有异域风物诗、描写战争场面的诗以及怀古诗。这些诗以长篇为主，大都沉郁雄丽。毫无疑问，山水诗是《娵隅集》中的精品，西南地区山水的奥险清削、雄奇荒幻，在其诗歌中无所不备。赵文哲

① 王鸣盛：《媕雅堂诗序》，赵文哲《媕雅堂诗》，乾隆刻本，第1a～1b页。

② 赵文哲：《娵隅集》卷一《发京师四首》第一首，《续修四库全书》第1436册，第4页。

③ 赵文哲：《娵隅集》卷一《发京师四首》第四首，《续修四库全书》第1436册，第4页。

④ 赵文哲：《娵隅集》卷六《秋日杂诗三十首》第二十八首，《续修四库全书》第1436册，第53页。

⑤ 赵文哲：《娵隅集》卷十《发永昌作》其二，《续修四库全书》第1436册，第74页。

⑥ 王昶：《娵隅集序》，赵文哲《娵隅集》，《续修四库全书》第1436册，第3页。

也凭借这一点，成为吴中七子中继王昶之后诗歌成就最高的诗人。

如果说“清代山水诗的主要成就之一，是山水题材范围的空前广阔，山水意象的空前丰富，在中国山水诗史上开拓出许多前所未有的新意境”[①]，那么，这些特点在赵文哲笔下都有完整体现。《娵隅集》共十卷，除了卷一作于经过湖南、湖北时，卷十作于入川之后，从卷二至卷九，描写对象全是贵州、云南境内的山水风物，尤以云南境内为多。由于这两省远离中原，“万古未辟蚕丛荒”[②]，描写这两省山水的诗歌在中国古典诗歌史上历来并不常见，因此，赵文哲的这些诗丰富了古代山水诗的内容，也就显得格外珍贵。这类山水诗，大都极力描写当地山水的壮丽奇险。如《入大风洞不能穷游怅然有作》，该诗《序》说：

> 洞即《道书》峙苍洞天，深二十馀里。《贵州通志》云：中有苍龙、白虎、石钟、石虎之属。潘淳《大风洞记》言：“有高一庐者，曾秉烛深入，忽见天光豁然，洞外修竹茂林，炊烟缕缕，似有人居。而大江汹涌，四面巉岩，伫望不知何处。比归，已两日矣。”予询诸土人，云：“近来亦未有穷游至是者。”

诗云：

> 峙苍古洞偶一至，石作天风海涛势。将崩未崩压人顶，扰扰蛟龙塞天地。忽闻春雷殷有声，石屋以外飞泉鸣。訇然元关昼不扃，扪苔拄竹衔尾行。半空斜掠蝙蝠翎，扑我炬火如繁星。寒飙出洞寒有棱，毛发倒竖心骨惊。颇传中藏仙者庭，白日穿漏光珑玲。左踞白泽右苍精，钟钟鼓鼓觞百灵。别有村墟水盈盈，炊烟袅作溪云青。唤渡惜少渔舟横，芒鞋踯躅湿沮洳。借问仙源定何处，此中荒怪难

① 陶文鹏，韦凤娟：《灵境诗心——中国古代山水诗史》，南京：凤凰出版社 2004 年 4 月第 1 版，第 742 页。

② 赵文哲：《娵隅集》卷五《瘦马行》，《续修四库全书》第 1436 册，第 40 页。

久留。且上危亭看山去。(出洞复循级而上,有石亭,眺览最胜。)[①]

该诗穷形尽相地描写了大风洞之奇幻,诗笔纵横排奡,意境险怪。

赵文哲山水诗的成就,很早就得到肯定。比如徐世昌《晚晴簃诗话》就说:"升之长于古体,黔滇涂中所作,尤为奇诡,多前人所未道。"[②]《国朝先正事略》也说:"(赵文哲)在军中,所见殊方绝徼可惊可愕状,一发之于诗,尤瑰伟绝特。"[③]由于西南山水以壮丽和新异为主,因此赵文哲笔下的山水意象多是雄奇甚至骇人的。比如进入四川境内所作的《暮至尤溪》:

> 两崖一线走阴森,班马凌兢有戒心。雪似冻鸦翻绝壁,石如饥虎攫空林。横桥入市人声杂,候馆悬灯夜色深。不用继庖烦长吏,龙溪茗碗豁愁襟。[④]

此外,还有"石立水亦立,飞浪搏人面"[⑤]的滩,"滩雷摇绝壁,瀑雪洒高帆"[⑥]的黔阳县,"青山插天来,细路白一缕"[⑦]的打铁关,"东峰云,西峰日""相见不识面,相呼不闻声"[⑧]的相见坡等,皆描写了西南地区令人惊异的山水风物,成就突出。李绳评价这类诗"天教搜遍滇南景,压倒升庵百阙歌"[⑨],认为赵文哲的这些西南山水诗远超明代杨慎同类题材的诗。

值得注意的是,赵文哲的山水诗并不单单描写山川形势,而是往往裹挟着乡关之思、羁旅之感和对身世遭遇的嗟叹。在具体的诗歌创作中,他往往把行旅、山水风景与思乡怀人之情组合而写,感情因借助于景物的描写而愈

---

① 赵文哲:《娵隅集》卷二,《续修四库全书》第1436册,第18～19页。

② 徐世昌:《晚晴簃诗话》卷九十,上海:华东师范大学出版社2009年7月第1版,上册第649页。

③ 李元度:《国朝先正事略》卷四十二,长沙:岳麓书社1991年5月第1版,第1129页。

④ 赵文哲:《娵隅集》卷十,《续修四库全书》第1436册,第75页。

⑤ 赵文哲:《娵隅集》卷一《过桃源初上一滩名毛瓮子》,《续修四库全书》第1436册,第11页。

⑥ 赵文哲:《娵隅集》卷一《雨过黔阳县》,《续修四库全书》第1436册,第15页。

⑦ 赵文哲:《娵隅集》卷二《打铁关》,《续修四库全书》第1436册,第20页。

⑧ 赵文哲:《娵隅集》卷二《相见坡》,《续修四库全书》第1436册,第18页。

⑨ 李绳:《耘圃诗钞》癸编,第7页。

发真挚感人，景物也因为感情的寄托而沾染上主观色彩。这种写法无疑扩大了山水边塞诗的表现领域，值得重视。如《得家书二首》其一，就把乡关之思与景物描写融合在一起，令人印象深刻：

临江欹枕薄病馀，人与秋虫共一墟。茅草盖头飞瘴雨，自吹爨火读家书。①

此诗不致力于描写得家书的心情，而是重点描写塞外凄凉之景，辛苦之状。如此写法越发彰显出环境的恶劣、从军的艰难，诗人思乡怀人的情感也愈发深沉动人。

赵文哲的一些山水诗在描写山水风物的同时，往往融入羁旅之感，感情深沉浓烈。如《冒雨行老秧田道中啼猿满山率尔成咏》：

一峰十万树，一树四五猿。一猿千百声，杂以风雨喧。一日十二时，一程三十里。一军六千人，尽在猿声里。尔猿有何悲，子啼续母啼。尔本断肠物，不关生别离。三朝复三暮，一鸣更一跃。好似征夫苦，翻唱《行军乐》。②

历来猿声之悲极易触动诗人怀乡羁旅之情，此诗即是如此。由猿声彰显环境的恶劣、大军远征的艰苦，继而引发诗人的思乡之情、羁旅之情。末尾的以苦为乐，实乃环境恶劣下的自我调节与安慰。而作者所有感情，都是由猿声引发、随着猿的哀鸣而起伏激荡。该诗最突出的是多次使用数字，"一"字的重复以及句式的雷同，更营造出一种喟然长叹的语气。不仅视觉新颖，角度也新颖。王昶曾说赵文哲"善析人情、写物态"③，观之此诗，确为不虚之词。

又比如《归抵腾越》：

落叶空庭扑面飞，一灯如豆换征衣。百三十日岁云暮，万五千

① 赵文哲：《娵隅集》卷四，《续修四库全书》第1436册，第32页。

② 赵文哲：《娵隅集》卷四，《续修四库全书》第1436册，第30页。

③ 王昶：《春融堂集》卷五十三《恤赠光禄寺少卿户部主事赵君墓志铭》，《续修四库全书》第1438册，第199页。

人吾曰归。(时围老官屯贼寨者,万五千人。)长吏继庖空仆仆,老兵劝酒转依依。(予仆从死亡略尽,惟百夫长许登凤给役甚勤,屡濒于危而不懈,军中无不知有许某者,今尚相依不去也。)重衾无限萧闲梦,犹绕江屯铁甲围。[①]

诗中既有对塞外凄风苦雨的描绘,又有将士们在风雨同舟境况下的患难之情,这种写法在前代诗中似不多见。

从总体上看,赵文哲这一时期的诗歌风格以雄劲矫健为主。这一点,也被当时人及后人所认同。袁枚《随园诗话》就说:"'吴中七子'中,赵文哲损之诗笔最健。"[②]朱庭珍《筱园诗话》也说:"赵损之笔颇健。"[③]

除了雄劲矫健的风格之外,赵文哲的山水诗纪游诗多融入个人的悲喜沉浮,瑰奇的塞外风物往往掺入一己的感慨,故而主观色彩浓重,这就造成他的诗大多色彩凄凉阴郁,气氛沉重悲怆,深深地打上了作者的主观烙印。这主要是因为卢见曾案对他的影响极大,直至走到人生终点,他这种贬谪的心结始终无法消解。"幽景不我娱,徒令饱忧患"[④]"放逐愁形槁,讥谗痛骨锓……辱极中山膑,哀深太史阉"[⑤],可见此次遭遇的铭心刻骨。这种心境使其诗歌基调也往往悲慨凄婉,也就是他自己说的"万事吾眼见,到处辄酸鼻"[⑥]。与前代军旅边塞诗相比,他并不着力于描写军威的雄壮,士气的高昂,而是重点描写身处穷山恶水之境况,军人凄惨无助的境地。如《重过高黎贡山》:

万峰如海潮,势涌一峰出。下有崇朝云,上无太古日。霜雪所

① 赵文哲:《娵隅集》卷四,《续修四库全书》第1436册,第36页。

② 袁枚:《随园诗话》卷十,北京:人民文学出版社1982年9月第2版,上册第341页。

③ 朱庭珍:《筱园诗话》卷二,《清诗话续编》本,上海:上海古籍出版社1983年12月第1版,下册第2364页。

④ 赵文哲:《娵隅集》卷一《过桃源初上一滩名毛瓮子》,《续修四库全书》第1436册,第11页。

⑤ 赵文哲:《娵隅集》卷三《永昌寓舍即事书怀一百韵寄京师及吴中故人》,《续修四库全书》第1436册,第23～24页。

⑥ 赵文哲:《娵隅集》卷八《吴式斋于腾越州署东偏复葺草堂成寓书乞诗赋此寄赠》,《续修四库全书》第1436册,第67～68页。

不到，阴气弥荡佚。蒸为雾冥冥，朱碧眩无质。雷崩石压顶，雨搅淖没膝。老树藤蔓缠，受困如荼垤。桠杈多寄生，怪丑难致诘。非时发狂花，随地陨残实。毒瘴之所滋，欲采心已慄。馀生我偶然，安往敢求逸。此山凡五经，涉夏亦非一。（去年以四月过此。）岂知寒暑互，爞爞载栗栗。搜箧存敝裘，尚穴战场虱。歧途车未回，折坂驭频叱。劳歌宁自陈，念彼戍关卒。①

高黎贡山位于青藏高原南部。诗歌虽也描写了雄、奇、险、秀的高黎贡山景观，但是，这些显然并不是诗歌的主要目的，其着力点在于描写高黎贡山的险绝，以凸显大军远征的艰苦和诗人凄惶无依的心态。令人既生神往之意，又有惊骇之叹。诗人也少有一般从军者建功立业的豪情，更多的是凄惶无助，也正因为这样，使得作者的感情非常真实，令人信服。显然，这类诗无论是从山水边塞诗的角度，还是从贬谪文学的角度，都是值得注意的。

除了山水诗之外，赵文哲随大军来到缅甸，所见异域风物，与中土大异，这些诗作也是值得注意的。如《猛拱土司进四象诗》②描写猛拱土司为求和平，向大军进献四头大象的事情，可补史之阙。而诗中对于土司们"琥珀作瑱贯耳孔，蛮布花裙名曰桶"的描写，对于大象"伏流不见背峰耸，一跃风雷四蹄涌"的刻画，皆新奇不已。其他如《大理石》③《山茶花》④《鸟兽中鹦鹉、孔雀、猿、象四者皆中土所罕见，而夷地则多有之，各赋一诗》⑤等诗，仅从题目就可看出作者取材立异求新的价值取向。

赵文哲在征缅途中，备历艰险，因此，描写战争的诗也是其诗歌中的重点。《十二月十三日斑斓山纪事》是这方面的代表作：

连峰若环断若玦，羊肠一丝天际豁。贼硐屹然不可拔，如猘之

① 赵文哲：《娵隅集》卷五，《续修四库全书》第1436册，第44页。
② 赵文哲：《娵隅集》卷四，《续修四库全书》第1436册，第32页。
③ 赵文哲：《娵隅集》卷七，《续修四库全书》第1436册，第56页。
④ 赵文哲：《娵隅集》卷七，《续修四库全书》第1436册，第57页。
⑤ 赵文哲：《娵隅集》卷四，《续修四库全书》第1436册，第33页。

狂鼠之黠。一军据左遏贼冲，及山之半布成列。一军右上监其脑，俯瞰碉楼蚁在垤。朔风烈烈翻大旗，指点元戎中秉钺。是时穷冬天苦寒，坚冰欲鼓山石裂。万人裹甲如裹铁，噤不成声喉卷舌。岂知挟纩在一言，始信拊循胜鞭挞。枪丸似雨烟似墨，一卒飞腾刀滚雪。上碉无梯下无穴，以肉斗石怒冲发。何来援贼气甚嚣，短兵一接魂魄夺。杀人无声亦无影，人在阵云自出没。生擒一贼挟两头，归谒和门略陈说。生囚死馘互拴缚，一片模糊刃馀血。嗜汝小丑恃在险，问天此险为谁设。负隅之兽且莫撄，游釜之鱼岂久活？诘朝再战窃有请，若徇三军须此卒。①

斑斓山，又称巴郎山，位于四川卧龙自然保护区至四姑娘山风景区之间。该诗极写斑斓山的险象环生、敌人的恃险而战以及自然环境的恶劣，越发衬托出清廷大军此役的艰苦卓绝。对于战争场面的描写则极尽比喻、夸张、渲染之能事，战争惨烈可以想见。可以说，没有亲身经历烽烟炮火的洗礼，是写不出这种诗歌的。其他如《行帐病中补山同年枉顾夜话有诗见示次韵酬之》："笑谈忽听穿林炮，惊闪秋灯一穗横。"该联注："行账距贼寨一里许，贼人炮丸时从寨上过。"②《乘舟行江门驿作》："金江乘舟岁在丑，战鼓如雷共江吼。一声炮火掠人头，摧折维舟十围柳。"③值得注意的是，还有一些诗，则描写了作者对战争的看法，如《天威迳歌》云"七禽七纵信有诸，以兵为戏我无取。惟公上策在攻心，以夷制夷挈纲纽。不劳将士枕戈甲，不苦丁男挽储糗。辟诸鹿斯竟走险，纵之于林反相友。"④主张以和平方式解决冲突，可见诗人的仁者之心。

另外，《娵隅集》中也有一定数量的怀古诗。如《襄阳怀诸葛武侯故居五首》其一：

① 赵文哲：《娵隅集》卷十，《续修四库全书》第1436册，第78页。
② 赵文哲：《娵隅集》卷四，《续修四库全书》第1436册，第35页。
③ 赵文哲：《娵隅集》卷十，《续修四库全书》第1436册，第74页。
④ 赵文哲：《娵隅集》卷五，《续修四库全书》第1436册，第44页。

洵美躬耕地，千秋一草庐。勋名微管并，出处有莘如。巾服渔樵里，川原战陈馀。定军山下路，尚忆沔南居。[①]

《宋玉宅》云：

哀怨灵均弟，风流子美师。江山留旧宅，云雨托微辞。过楚吾何适，经秋客更悲。兰成今白发，肠断结茅期。[②]

在此，不妨把赵文哲远征西南的诗与王昶的同类诗做比较。如果说王昶的《劳歌集》与赵文哲的《娵隅集》都描写了西南山水可惊可愕的自然风光，那么，从风格特色上看，王昶的《劳歌集》要比赵文哲的《娵隅集》多样丰富。这主要是因为王昶本人通达温厚，极易在山水中获得人生的超越。而赵文哲的个性使他一直难以从困苦的心境中超脱，故而诗风比较单一。像王昶《军抵山神沟》那样充满乐观昂扬精神的诗在赵文哲这里是很少见到的，这也是其《娵隅集》略逊于王昶《劳歌集》的主要原因。不过，即使如此，赵文哲也以其《娵隅集》的突出成就，在吴中七子中占据重要地位。吴嵩梁《石溪舫诗话》评价赵文哲的诗"清而不佻，华而不缛，壮而不粗，哀而不激，七子中，自述庵师而外，无其匹也"[③]，将其视为除王昶之外吴中七子中诗歌成就最高的诗人，洵为定论。

第四节　才情之美

——王鸣盛的诗

王鸣盛，字凤喈，一字礼堂，号西庄，晚年自号西沚。嘉定人。生于康熙六十一年壬寅(1722)，卒于嘉庆二年丁巳(1797)。生而敏慧。4 岁时，随父亲在丹徒学署读书，日识数百字，县令冯咏以"神童"目之。12 岁，为《四书》

① 赵文哲：《娵隅集》卷一，《续修四库全书》第 1436 册，第 5 页。

② 赵文哲：《娵隅集》卷一，《续修四库全书》第 1436 册，第 8 页。

③ 吴嵩梁：《石溪舫诗话》，《清诗话访佚初编》本，台北：新文丰出版公司 1987 年 9 月第 1 版，第 3 册第 7 页。

文，才气浩瀚，已有名家风度。17岁，补诸生，屡试第一，乡试中副榜，才名藉甚。乾隆十九年甲戌(1754)中榜眼，授翰林院编修。乾隆二十一年丙子(1756)和二十二年丁丑(1757)分别充任顺天乡试和会试分试官，充日讲起居注官。其间他在经史之学方面的才能日益显露，得以参与纂修《大清会典》《礼器图考》《国史功臣传》《平定西域方略》等典籍。乾隆二十三年戊寅(1758)升侍读学士，充日讲起居注官。明年，任福建乡试主考官，旋升内阁学士兼礼部侍郎。后因事降为光禄寺卿。乾隆二十八年癸未(1763)，王鸣盛42岁，因母丧归，从此不再出仕，移居苏州阊门三十年，“键户读书，绝不与当事酬接”①。由于读书不辍，导致眼盲，后治愈，著书如常。年76岁卒。除了诗文集《西庄始存稿》《西沚居士集》外，王鸣盛还是清代著名的史学家、经学家，他穷二十年精力写成的历史著作《十七史商榷》，系统考证从《史记》到《新五代史》等十九部正史，校本文，审虚实，辨异同，提倡据事直书，反对曲笔虚饰。于舆地职官、典章制度，所述甚详，历来备受史学界重视。又撰《蛾术编》一百卷，分“说录”“说字”“说地”“说制”“说人”“说物”“说集”“说刻”“说通”“说系”十部分，广征博引，内容详赡。

吴中七子中，王鸣盛得诗名最早。沈德潜编选《七子诗选》就首选王鸣盛的诗。王昶《王鸣盛传》也说：“……会试不第，归苏州。时沈德潜以礼部侍郎致仕，海内英骏皆师之门下，以鸣盛为最。又其时，长洲吴泰来、上海赵文哲、张熙纯及鸣盛妹夫钱大昕皆以博学工诗文称，而群推鸣盛为渠帅。”②张维屏《国朝诗人征略初编》也记载：“沈侍郎德潜门下，吴泰来、赵文哲、张熙纯、钱大昕皆以博学工诗文称，而咸推鸣盛为渠帅。”③一向对格调派鲜有肯定的洪亮吉在《北江诗话》中也称赞王诗“如霁日初出，晴云满空”④。所以，在《王凤

① 王昶：《春融堂集》卷六十五《王鸣盛传》，《续修四库全书》第1438册，第302页。

② 王昶：《春融堂集》卷六十五《王鸣盛传》，《续修四库全书》第1438册，第302页。

③ 张维屏：《国朝诗人征略初编》卷三十五，《清代传记丛刊》本，台北：明文书局1985年5月第1版，第22册第205页。

④ 洪亮吉：《洪亮吉集·北江诗话》卷一，北京：中华书局2001年10月第1版，第5册第2245页。

喈诗序》中，沈德潜对王鸣盛的诗也大加赞扬：

己巳夏，予乞身归里，卿大夫士皆有诗宠其行，而嘉定王孝廉凤喈赠五言百韵一章，排比铺张，才情繁富，而一归于有典有则。予心焉重之。即读其《竹素园诗》及《日下集》若干卷，知其平日学可以贯穿经史，识可以论断古今，才可以包孕馀子，意不在诗，而发而为诗，宜其无意求工而不能不工也。

予慨诗教之坏，前此四十馀年，祢宋祧唐，有队仗无意趣，有飘逸无蕴蓄。觉前人之情与景涵、才为法敛者，刬削不存。而近代称诗之家，又复喜轻佻，尚剽贩，粉黛纂组，百态呈妍。其他横逞胸臆者，则又荒幻险怪，同于跳丸掉竿，吞刀吐火之流，而少陵所谓"前辈飞腾""别裁伪体"，比于鲸鱼碧海者，或未之见焉。是亦吾党之忧也。凤喈能卓然于举世波靡之日，平心易气，磊落英多，而书味盎然。可希风于古君子之其言有物者，其亦中流之一壶也已。

凤喈大父卓人先生，以孝廉终于广文；尊甫通侯同学，以名诸生滞于庠序。予与两世交谊，在纪群间也。今复遇凤喈于小友之列，盖亲见其祖孙父子之以文行代兴，而予年亦忽忽其衰备矣。韩子云"位不称德者有后"，又云"迟之久者蕴必发"，揆之于理，有不诬者。他日赋明堂，歌宝鼎，敷陈白麟赤凤之奇，本平日之学之才之识而光大焉，而涵泳焉，视从前诸作，应有更高一格者。予虽老耄，犹及序而传之。[①]

此外，王鸣盛进京，沈德潜也以"共上金台最上层"[②]进行鼓励。不过，从王鸣盛的生平履历来看，以乾隆二十八年癸未(1763)为界，其人生明显分为两个阶段。此前为游历做官时期，其后则是著书立说时期。王鸣盛是乾嘉学

① 沈德潜:《沈德潜诗文集·归愚文钞》卷十四，北京：人民文学出版社 2011 年 10 月第 1 版，第 3 册第 1359～1360 页。

② 沈德潜:《沈德潜诗文集·归愚诗钞》卷十八《送王凤喈孝廉北上，兼柬钱晓征、褚搢升二中翰》，北京：人民文学出版社 2011 年 10 月第 1 版，第 1 册第 368 页。

派的代表人物之一，辞官后，其主要精力转向经史之学，诗歌创作受此影响，数量减少，风格也未能进一步熔铸变化。因此，相对而言，王鸣盛的诗学成就以辞官前为最好。

作为沈德潜的得意弟子之一，王鸣盛论诗同样坚持雅正的观点。他批评"比来词赋作者盛，体格渐恐趋俳优。春华竞工秋实少，更傅铅粉穷雕锼"的现象，并指出"读书自是我辈事，流光可惜同蜉游。肯徒酒食事征逐，要须高步追前修"①。乾隆三十五年庚寅(1770)，在为格调派后期诗人蒋业晋《立崖诗钞》作序时，王鸣盛称赞蒋诗"语语从心苗发露，扫尽涂泽摹仿陋习，即古大家门户犹不肯依傍，况俗调之规规者哉"②。这实际上也体现了王鸣盛自己的诗学追求。

除了追求雅正的诗学观之外，王鸣盛诗论中较为重要的是他的才学观。而且，他自己的诗歌创作也明显具有重才学的倾向。换句话说，他是吴中七子中诗歌理论与诗歌创作两者结合得较好的一位。在为赵翼诗集作序时他说：

> 吁，诗之道大矣！非才与境相遭，则无以发之。耘菘之才俊而雄，明秀而沉厚，所得于天者高，又佐以学问，故言之短长与声之高下皆宜。略言之，不见其促；繁言之，不见其碎；浅言之，不见其轻浮；深言之，不见其郁闷。当其得意，如关河放溜，瞬息无声，又如太阿出匣，寒铓百道。兹非其才为之与？③

尤其值得注意的是他对才情关系的论述，其《张少华诗集序》说：

> 忧悲愉喜，夫人而有之。光景物色，随所处而遇之。惟工于言者，为能极其所至而传之。若此者，才为之乎？情为之乎？情不深

① 王鸣盛：《西沚居士集》卷十《同顾宗泰集家廷奎小停云斋迟刘潢不至兼寄徐芗坡》，《清代诗文集汇编》第350册，第807～808页。

② 王鸣盛：《立崖诗钞序》，蒋业晋《立崖诗钞》，嘉庆刻本。

③ 赵翼：《瓯北集》附录三，上海：上海古籍出版社1997年4月第1版，下册第1441页。

则无言，或强言之，人弗感也。然则情者，言之本也，才将缘是而萌茁焉。虽然，请言其用。夫邃古之谣谚，躛蹶而不能成声，才未开也。小夫女子，片言极致，而无以与乎文章之观，才有所囿也。即使烂然具体，入著作之林矣，而犹或甘辛异宜，丹素各适，无他，其才偏至而止也。是则能达其情者，非才不为用。有深于情而绌于才者矣，未有才之至而无情者也。才之用也，广之为沧溟，细之为沟窦，高之为山岳，碎之为珰珮，壮之为武贲，弱之为处女，华之为雕绮，素之为布菽……①

王鸣盛的这篇序对于才与情关系的论述堪称精辟。在他眼中，情固然是作诗的基础和前提，情不深则无言，但是，如果没有才的因素，情的发挥及情的表达将会受到明显限制，其结果往往是情深而才绌，最终难以称得上是好作品。所以他得出"能达其情者，非才不为用"的结论。在这里，王鸣盛强调"情"，同样坚持性情优先的观点。但他对才及其与情的关系的论述，在吴中七子中可以说是最深入的。王鸣盛前期诗歌广受好评，吴中七子前期视其为渠帅，根本原因在于他的才情并重的诗学思想。

关于王鸣盛的诗，王昶的话比较可信，即"初为沈文悫公入室弟子，既而旁涉宋人。归田后，复守前说。于空同、大复、凤洲、卧子，及国朝渔洋、竹垞，咸服膺无间。故虽转益多师，终归大雅"②。徐世昌《晚晴簃诗话》也说："西庄为诗，少宗汉魏盛唐。在都下见钱箨石、蒋心馀辈喜宋诗，往往效之。后悔，复操前说。于明季李空同、何大复、李于麟、王元美、陈卧子及国朝王贻上、朱锡鬯之诗，服膺无间……"③从两人的论述可以看出，王鸣盛的诗歌经历三变。不过，从总体上看，王鸣盛的"旁涉宋人"在其诗歌生涯中充其量只

① 王鸣盛：《西庄始存稿》卷二六，《续修四库全书》第1434册，第328页。

② 王昶著，周维德校点：《蒲褐山房诗话新编》卷上，北京：人民文学出版社2011年9月第1版，第60页。

③ 徐世昌：《晚晴簃诗话》卷八十三，上海：华东师范大学出版社2009年7月第1版，上册第585页。

是一个小插曲，他的诗歌特色主要还是以唐风为主。

王鸣盛家境贫寒，贫困无依。王鸣盛本人则“性俭素，无声色玩好之娱，晏坐一室，吟唔如寒士”①。因此，王鸣盛的早期诗歌多寒苦不平之气，多描写其报国无门、怀才不遇的无奈与无助，某种程度上可视为寒士诗歌。这一特点在吴中七子中是比较突出的。如《咏怀三首》其一：

> 中宵拔剑起，忧怀浩漫漫。丈夫自有志，穷贱奚足患。我忧无可解，亦复无其端。启户独彷徨，揽衣忽长叹。仰视河汉明，众星罗高天。蟋蟀似知秋，凄凄鸣草间。沉思永今夕，怅望谁与言。②

如前所述，王鸣盛论诗非常注重情的因素。这种思想在其早期诗作中表现得尤为明显。王鸣盛早年经常辞家离乡，外出谋求出路，“飘零已是十年余”③，可见持续时间之长。年少离家，背井离乡，而他本人又是一个“摇笔万言，倚马可待”④的才思勃发的少年，发之为诗，其早年诗歌内容充实，饱含感情。因此，这一时期的诗在其诗集中可以视作精品。从内容上看，王鸣盛的早期诗歌，以离别诗、纪游诗、怀古诗写得较有特色。

王鸣盛与妻子感情很好，很多别离诗是为妻子而写。如《别内》诗云：

> 一樽朝雨赋《阳关》，执手相看惨别颜。目送长堤人去远，小楼便是望夫山。⑤

末句构思巧妙，出人意表，显示出作者的灵动才思。
又比如《赠内十首》其二：

> 十年负戴伴沧浪，揾尽牛衣泪四行。布袂蒿簪看不厌，佳人难

---

① 赵尔巽等：《清史稿》卷四百八十一，北京：中华书局 1977 年 12 月第 1 版，第 43 册第 13196 页。

② 王鸣盛：《西庄始存稿》卷三，《续修四库全书》第 1434 册，第 45 页。

③ 王鸣盛：《西庄始存稿》卷三《抵舍自慰二首》其一，《续修四库全书》第 1434 册，第 52 页。

④ 王豫：《群雅集》卷五，嘉庆刻本，第 8a 页。

⑤ 王鸣盛：《西庄始存稿》卷三，《续修四库全书》第 1434 册，第 48 页。

得是糟糠。[1]

该诗明确表达作者与妻子相濡以沫、福患与共的情意。后两句“布袂蒿簪看不厌,佳人难得是糟糠”,包含了多么丰富深广的内容!它把历经患难之后的夫妻深情深入浅出地表达出来,令人倍感亲切。

此外,王鸣盛一些描写辞家远离时刻的诗,字字饱含深情。比如《十二月二十六日辞家》:

岁暮游子归,我反离庭闱。上堂别二亲,肃拜还整衣。弱妻抱稚女,相送临门扉。无语语先咽,有泪泪暗挥。欲行心自伤,欲留腹苦肌。瘦马怯上坂,倦鸟慵孤飞。寒天催短景,日淡无晶辉。出门屡回顾,渐觉树影微。丈夫不得志,去住与愿违。万族各有托,我今将何依。[2]

当万家将要团圆时,诗人却不得不再次离乡。整首诗犹如一幅速写图画,尤其是“弱妻抱稚女,相送临门扉。无语语先咽,有泪泪暗挥”句,运用朴素的语言,刻画人物的动作和心理,神貌俱肖,尤为感人。

旅途归来,诗人描写了与家人久别重逢的场面,分明又是另外一番景象。《夜归》云:

犬吠竹篱外,灯明草屋中。寒潮随月上,孤棹隔溪通。稚子候门久,家人酌酒同。夜阑如梦寐,相对慰飘蓬。[3]

情是真情,境是真境,情真意切,恻恻动人,极易引起人们的共鸣。

王鸣盛外出谋求出路,一路上山水触发其情思,所以这一阶段也颇多纪游诗。如《东崦西崦》:

溪行忽无路,回首暮烟合。过桥湖水宽,隔岸乱云接。围绕玉

① 王鸣盛:《西庄始存稿》卷八,《续修四库全书》第1434册,第84页。
② 王鸣盛:《西庄始存稿》卷六,《续修四库全书》第1434册,第67页。
③ 王鸣盛:《西庄始存稿》卷三,《续修四库全书》第1434册,第51~52页。

镜潭,寒影众峰集。空色不可揽,彩翠似堪拾。东西崦几重,荡漾舟一叶。迢迢擅胜亭,隐隐光福塔。何处闻菱歌,清唱自相答。[①]

淡淡暮烟笼罩下的湖面,既幽美静谧,又缥缈空灵,末联“何处闻菱歌,清唱自相答”,以动衬静,更加反衬出清新幽远的境界,使人读之不自觉产生超然物外的遐想。

王鸣盛这时候的一些怀古诗用典深密,才思敏捷,并清楚地表达了他的个性感悟。如《春申君墓》:

累累荒土古苔生,尚忆当年结客名。珠履三千皆上坐,悔教国士失朱英。[②]

名列“战国四公子”之一的春申君,曾以辩才出使秦国,并上书秦王,言秦楚宜和平共处。后设计把在秦国作人质的楚国太子送回继位。他本人也成为楚国掌控军政大权的高官。但是,由于用人不察,后来春申君的大部分实权逐渐落入大臣李园之手。春申君门下食客朱英,曾劝春申君杀掉李园,可惜春申君没有采纳。后来朱英逃跑,李园果然把春申君杀了。司马迁曾说“春申君之说秦昭王,及出身遣楚太子归,何其智之明也!后制于李园,旄矣”。王鸣盛此诗就是以此为背景。“珠履三千皆上坐,悔教国士失朱英”,三千食客居然抵不上一个朱英,对比强烈,可见作者对春申君所作所为的惋惜和微讽。

王鸣盛作于这一时期的诗还有一个特色,就是充满理趣。比如《九江舟中》:

渺渺浔阳烟树齐,萧萧湓口雁行低。长江九派东流去,何事孤舟独向西。[③]

该诗后两句尤被人称道:江水东流与孤舟向西,把这样一对矛盾的事物对比来写,在传统的离别诗中加入山水诗及哲理的元素,烘托出作者思乡怀亲的

① 王鸣盛:《西庄始存稿》卷五,《续修四库全书》第1434册,第66页。
② 王鸣盛:《西庄始存稿》卷三,《续修四库全书》第1434册,第53页。
③ 王鸣盛:《西庄始存稿》卷六,《续修四库全书》第1434册,第69页。

情愫，耐人寻味。

长年的漫游生活，使他接触到社会现实，他的诗中也有一些反映民生疾苦的诗作。如《采煤叹》：

> 小车轧轧黄尘下，云是西山采煤者。天寒日暮采不休，面目黧黑泥没踝。南人用薪劳担肩，北人用煤煤更难。长安城中几万户，朱门金盘酒肉腐，吁嗟谁怜采煤苦！[①]

作者以简练而形象的语言勾勒出采煤者采煤时的形象和动作以及生活的艰辛。“长安”两句以富人们的奢侈生活与采煤者的生活形成鲜明对照，进一步强调了采煤者的困苦。最后一句作者直接加以评论，把采煤人的悲惨遭遇和作者的愤懑之情表达得淋漓尽致。

乾隆十九年甲戌(1754)，王鸣盛刚过而立之年，得中榜眼。眼看仕途转顺，不料祸从天降，五个孩子相继染痘死亡，“一旬失五儿”[②]的惨遇痛彻心扉。《追念嗣韦痛不能已复成绝句十六首》[③]等诗摧肝拉肺，字字血泪。

其后，王鸣盛来到京城。这一阶段，他作了一些应制唱和诗，诗歌价值不如前期。不过，值得注意的是，在京城这段日子，他认识了钱载、蒋士铨等人，《西庄始存稿》就收有钱载的诗歌《王学士庭前合昏花两树盛开招集同人宴赏即事赋呈十二韵》[④]。受他们的影响，王鸣盛诗歌观也由前期宗唐为主逐渐转向宗宋。在《题蒋心馀诗卷四首》中，他称赞蒋诗“盘空佳语大河横，碧海无云夜月明。舍筏登崖君自远，羚羊挂角众偏惊。”[⑤]另外，其《冬夜读梅圣俞诗》云：“冬夜寒且长，掩户学虫蛰。残灯抱孤影，伴我赖此集。滑口读不下，滑眼看不入。高峭带平淡，瘦硬兼酸涩。惟恐语见好，况乃屑组缉。时时出

① 王鸣盛:《西庄始存稿》卷九,《续修四库全书》第1434册,第94页。

② 王鸣盛:《西庄始存稿》卷十一《风疾小愈子女相继痘殇悲惨之余诗以代哭一百韵》,《续修四库全书》第1434册,第111页。

③ 王鸣盛:《西庄始存稿》卷十一,《续修四库全书》第1434册,第113～114页。

④ 王鸣盛:《西庄始存稿》卷十二,《续修四库全书》第1434册,第132页。

⑤ 王鸣盛:《西庄始存稿》卷十二,《续修四库全书》第1434册,第135页。

隽永，意及语不及……谏果乍棘口，徐咀出甘汁。亦复能使才，生驹不受絷。崩云荡层波，偃蹇老蛟立。前蹑郊岛步，后顾黄陈揖。”[①]明显表达对梅诗的推崇之意。受宋诗影响，王鸣盛这一时期诗歌中发挥了宋诗重视日常事物的特色，比如这一阶段有《纸扇》《蛛网》《题巴蕉》[②]等诗。也正是在这一阶段，他诗学中的无分唐宋观占了上风。《题寥楚崖吟稿六首》其五云："清奇幽隽杨廷秀，确苦深严刘克庄。不薄今人还爱古，笑他张口说三唐。"其六则说："烂熟文章我厌看，论诗先要就高寒。集成带得江湖气，便觉风流异粗官。"[③]

如果说王鸣盛早期诗以表达寒士生活、羁旅述怀为主，那么从乾隆十九年甲戌(1754)开始做官之后，他的诗歌内容以山水诗及咏古诗为主。这一阶段，他既有到福建任乡试主考官的经历，回京后，又曾随皇帝、皇太后到塞外游历，因此，与早期诗作相比，行旅纪游诗无疑大大增加。这类纪游诗以五言居多，也最有特色。比如乾隆二十四年己卯(1759)，王鸣盛任福建乡试主考官，一路南下，其间写了众多山水行旅诗。如经过浙江时所作《仙霞岭》：

> 五里到岭脚，十里才岭腰。三百六十盘，盘盘上青霄。危峰插高空，细栈缘秋毫。前趾压后顶，首下尻乃高。崖倾碍飞鸟，石滑逢堕樵。登顿屡旋折，谓已穷山椒。峰回一仰睇，绝顶仍迢迢。振步攀其巅，目眩神为摇。一岭植如盖，众岭罗周遭。仄阴障羲娥，绝径悲猿猱。不知路何从，但觉呀岩嶅。密箐丛修修，赪桐间红蕉。飞流挂木杪，晴日舞素蛟。茅庵嵌青壁，瞰临万丈坳。俯窥落深井，结构何由牢。独立望归云，天风飒飘飖。[④]

至于他随乾隆到北疆狩猎，一路上写的一些诗，如《诈马行》《相朴行》[⑤]

---

① 王鸣盛：《西庄始存稿》卷十六，《续修四库全书》第1434册，第165页。

② 这三首诗收于王鸣盛《西庄始存稿》卷十四，《续修四库全书》第1434册，第152页。

③ 王鸣盛：《西庄始存稿》卷十四，《续修四库全书》第1434册，第151页。

④ 王鸣盛：《西庄始存稿》卷十三，《续修四库全书》第1434册，第146页。

⑤ 这类诗大多收于王鸣盛《西庄始存稿》卷十五中，《续修四库全书》第1434册，第157～158页。

等描写少数民族风俗习惯的诗，则具有浓郁的民族风情。

王鸣盛中年移居苏州后，“有江左十二子、《苔岑》诸集之刻，声气益广，名望益深，而键户读书，不与当事酬接。家本寒素，往往卖文谀墓以给用，余则一介不取也。偃仰自得者垂三十年”[①]。其《江浙十二家诗选序》反映出他晚年依然坚守诗教及雅正的诗学观：

> 曩予有《江左十子诗钞》，皆受业予门者也。而平生老友、题襟雅故，或未之及。且浙西诗家麻列，不下江左。乃以限于一路，亦未暇甄综，有遗憾焉。于是复为《江浙十二家》之选。经始于乙酉初春，迄五月而蒇事。予惟诗教之盛，至今日极矣。钦惟我皇上天纵多能，文思光被，金声玉振，道一风同，江浙蒙化尤深，弦歌比户，蜚英声腾，茂实者霞蔚云蒸，鳞至麕集。予方以服阕家居，循陔多暇，凭轼而观风雅之盛，传钞玩赏，渐次成编，于以导扬皇风，不无小补。若乃剬诗缉颂，扬榷品骘，自有当代诸巨公在，予岂其人耶？且江浙诗家，固不得以十二限之。予僻处一隅，见闻寡鲜，仅就所知略为诠次，挂漏之讥，谅所不免。曩十子诗序已言之，兹选犹前志也。十二家者，上江徽州一人，下江苏州三人、松江四人、太仓一人，浙西杭州一人、嘉兴一人、湖州一人。若葑田，若碧溪，若玉垒，若桐村，若琴学，皆予同社，而琴学又同年友也。盘溪则予弟；而陟庭，余甥也。笠堂、荪完、逊斋、少文、赤玉，谬以一日之长，自称弟子。而其体格之妙，予方将以蓝谢青焉。错综位置，略以刻之，前后分卷，而爵齿里居，概不复次者，亦以示无所轩轾之义云。是选辑评，并出我友澹澄高君；而编次校勘，则表弟范子紫庭、门人陈子时可之力居多。至于江浙而外，天下名流惠寄佳篇，行将别为《苔岑集》行世。而是选剞劂先竣，聊书其缘起如此。[②]

① 王昶：《春融堂集》卷六十五《王鸣盛传》，《续修四库全书》第1438册，第301～302页。

② 王鸣盛：《江浙十二家诗选》，乾隆三十年乙酉(1765)刻本，第1页。

综上所述，王鸣盛早期专意学唐，其诗歌中无论是离别诗、纪游诗，还是怀古诗，都饱含感情，以才取胜。所以《清史稿》称赞他的诗“以才辅学，以韵达情”[①]，王昶也称赞他“吾家坡老才雄绝，落纸新诗万口传”[②]。王鸣盛也凭借这一点雄视一时，成为吴中七子早年诗歌中的翘楚。此后，王鸣盛诗风虽有向宋诗风转变的迹象，但并不明显，持续时间也不长。乾隆二十八年癸未(1763)，王鸣盛辞官归隐，作诗亦复守前说。由于此后他以著书立说为主，虽然编选了《江左十子诗钞》《江浙十二家诗选》等诗歌选本，但总体上他的诗歌进步不大，因此，他在吴中七子中的显赫地位逐渐让位于王昶和赵文哲。

第五节　从江左才子到宫廷诗人

——曹仁虎

曹仁虎，字来殷，一作来应，号习庵，上海嘉定人。雍正九年辛亥(1731)端午节出生。旧俗端午节剪五彩纸作虎符，悬于卧床以避邪疫，曹仁虎恰于此时出生，“大父以为非常儿，因此仁虎名之”[③]。乾隆七年壬戌(1742)，曹仁虎12岁时，其父设帐家中，他与钱大昕一起受业，“交好如弟兄”。钱大昕说曹仁虎“少而好学，沉静不妄出一语，而于所读书悉能贯串。同邑王君鸣盛少负才，俯视侪辈，独称君与予为二友。”[④]王昶《曹仁虎传》记载其早年经历尤为详尽：“擅风仪，自少聪颖异常。为时文，禀经据古，娓娓千馀言。年十六为县学生。学政崔纪有奇才之目，巡抚雅尔哈善闻之，选入紫阳书院。院长御史王峻、尚书沈德潜先后称其才，而学政梦麟尤激赏不置。”[⑤]乾隆二十二年

---

① 赵尔巽等:《清史稿》卷四百八十一《儒林传》，北京:中华书局1977年8月第1版，第43册第13197页。

② 王昶:《春融堂集》卷五《怀人绝句》(共四十六首)第四十五首《家凤喈》，《续修四库全书》第1437册，第391页。

③ 王鸿逵:《曹学士年谱》，《北京图书馆藏珍本年谱丛刊》第106册，北京:北京图书馆出版社1998年8月第1版，第490页。

④ 钱大昕:《潜研堂文集》卷四十三《日讲起居注官翰林院侍读学士曹君墓志铭》，南京:江苏古籍出版社1997年12月第1版，《嘉定钱大昕全集》第9册，第738～739页。

⑤ 王昶:《曹仁虎传》，曹仁虎《曹学士遗集》，抄本，抄年不详，第1a页。

丁丑(1757)，皇帝南巡，27岁的曹仁虎献赋，列一等，赐举人，授内阁中书。二十六年辛巳(1761)，成进士，选庶吉士，授编修。朝中每遇大礼，高文典册，多出其手。官至侍读学士。“事二亲孝，所得俸钱，分寄诸弟，无私藏焉”[①]。乾隆五十一年丙午(1786)，视学广东，闻母讣，酷暑奔丧，昼夜号泣，以毁卒。享年56岁。

曹仁虎的诗，按时间顺序分为《咏典集》《刻烛集》《炙砚集》《秦中集》《伊人集》等，共1600余首。其中，《咏典集》共存诗800首，是30岁前作。乾隆二十六年辛巳(1761)之后，曹仁虎官越做越大，诗歌成就却日益减退。这一时期所作的《炙砚》《辕韶》《鸣春》《伊人》等集，皆系唱和联句、争奇斗巧之作，多达400余首。国家图书馆有手抄本《曹学士遗集》，共三十卷，是最完备的本子。但即使如此，王鸿逵《曹学士遗集序》依然称其生平诗文散佚颇多，“约存十之五六”[②]。

曹仁虎在成名早期声名颇著，不亚于王鸣盛，“少小同游近十年，曹王诗卷共流传”[③]，即是此意。钱大昕也说他“于学无所不通，而于诗尤妙绝一世，每分韵联句，同门皆争奇斗巧，自诩绝出，及见习庵作，咸退避无间言。古风近体，流播人间，海外异域，多有传其稿者”[④]。毫无疑问，曹仁虎早期诗集《咏典集》是其诗歌中的精品，《七子诗选》所选曹仁虎的诗，都出自这里。这两卷诗还收于《续修四库全书》中，名为《宛委山房集》。另外，沈德潜还为其诗文集作序，以示褒奖：

> 练川，吴之一隅地也。而有明至今，风雅不绝。自万历间唐、娄、程、李四先生以诗学倡导一方，归季思不以诗名而诗品清绝。季

---

① 钱大昕:《潜研堂文集》卷四十三《日讲起居注官翰林院侍读学士曹君墓志铭》，南京：江苏古籍出版社1997年12月第1版，《嘉定钱大昕全集》第9册，第740页。

② 王鸿逵:《曹学士遗集序》，曹仁虎《曹学士遗集》，抄本，抄年不详，第1a页。

③ 王昶:《春融堂集》卷五《怀人绝句》共四十六首第四十四首《嘉定曹秀才来殷》，《续修四库全书》第1437册，第390页。

④ 钱大昕:《潜研堂文集》卷二十六《习庵先生诗集序》，南京:江苏古籍出版社1997年12月第1版，《嘉定钱大昕全集》第9册，第417页。

年，黄蕴生、侯研德诸先生继之。国朝，陆征君翼王、孙学士恺似、张詹事天飞渐其流风余韵，后先鼓吹，彬彬盛焉。曹子来殷，今之诗人也。与王子凤喈、钱子晓征挺然并生。而凤喈、晓征抑然推来殷为不易及。故练川之后劲每推。来殷之才、之学倜傥浩博，其为诗，雅赡英华，规模盛唐，上溯六朝，视四先生以下诸公，骎骎乎有过之无不及者。当每赋一诗，英英露爽，率常屈其座人。近学使者谢山梦公一见辄叹不置。公诗纵横排奡，恣肆汪洋，有巨刃摩天之概。平日未尝轻许人，而独于来殷，谓其登作者之堂。相与分题唱和，追逐轨涂。乐府必宗汉魏，歌行必宗杜韩。争奇竞胜，有不肯稍让古人者。昔徐迪功昌谷少有诗名，然词尚藻丽，时近唐初四家。后遇李副使献吉，陶镕游衍，转而沉雄顿挫，骨相嵚崎，遂鼎峙于北地、信阳之间。今来殷才高学邃，本迥胜于昌谷少年之作。而梦公即今之献吉，于以同扶大雅之轮，不得谓古今人不相及也。初，来殷偕凤喈、晓征来游吾门，以诗古文相质。予皆以独角麟许之。今凤喈、晓征果以上第连步玉堂，来殷岂久困于经生者？他日与二子回翔馆阁，扢雅扬风以歌咏本朝，功德不特嗣先哲之遗音，流乡邦之余教。而诗学昌明，予亦将借之以为代兴也，已行且翘足俟矣。①

沈德潜在这里通过对乡邦诗歌的回顾，赞扬曹仁虎的诗歌“雅赡英华”，并以“独角麟”期许之。“乐府必宗汉魏，歌行必宗杜韩”，可知曹仁虎走的也是取法乎上的路子。钱大昕说他“诗宗三唐，而神明变化，一洗粗率佻巧之陋，格律醇雅，酝酿深厚，卓然为一时宗”②。王昶《蒲褐山房诗话》也说“时诗道杂而多端，或仿白居易，或仿黄庭坚、杨万里，或至仿袁宏道，信手涂抹，率以流易佻巧为能。如郭舍人之俳谐，郑五之歇后，黄茅白苇，弥望皆是。及来

① 沈德潜《原叙》，曹仁虎《曹学士遗集》卷三十，抄本，抄年不详，第 29 页。

② 钱大昕：《潜研堂文集》卷四十三《日讲起居注官翰林院侍读学士曹君墓志铭》，南京：江苏古籍出版社 1997 年 12 月第 1 版，《嘉定钱大昕全集》第 9 册，第 739 页。

殷诗出，乃奏金石以破蟋蟀之鸣”[①]。可见曹仁虎不满于袁枚性灵派末流弊端，故其诗作往往反其道以行之。只是正如王昶接下来所说的“然其集未行世，人知之者尚少”[②]，再加上他去世较早，所以，曹仁虎的诗歌影响力在当时并不大。

曹仁虎诗歌声名早著，这主要得力于他的诗不仅题材广泛，而且诸体皆工。

曹仁虎的田园诗虽然不多，但能吸收前代田园诗之长，并自出新意。如《秋晚田家杂兴》其四：

> 僻居在穷乡，终年少闻见。田事幸有成，值此岁将晏。常恐胥吏来，追呼扰昏旦。晨兴偕比邻，输租入城县。闲行上讼堂，鞭扑声相唤。顾此中心伤，往往形感叹。归来语儿孙，及时须勤俭。耒耜非不劳，躬耕分所惯。力田自逢年，井税毋敢慢。勉为农家流，庶以免忧患。[③]

如果说前代田园诗主要着力于对田园风物、人情的刻画，那么此诗则将触角延伸到农民的所思所想，所忧所惧：丰年固然欣喜，又害怕胥吏滋扰；看到官家欺凌人的丑态，物伤其类，便教育儿孙“及时须勤俭”；虽然农耕辛苦，但是凭此起码可以“免忧患”。末句的自我安慰与自我开导，反而更令人感到压抑沉重。诗中对老农心理变化的刻画层层深入，真实可信，这种写法与前代田园诗相比显然具有一定新意。

山水诗是曹仁虎大力为之的诗题。《咏典集》中，超过一半都是山水诗。虽然其山水诗的描写对象仅限于江浙一带，但由于他善于写景，笔法精细，因此，几乎每一首都写得很好。如《虞山》：

---

① 王昶著，周维德校点：《蒲褐山房诗话新编》卷上，北京：人民文学出版社 2011 年 9 月第 1 版，第 91 页。

② 王昶著，周维德校点：《蒲褐山房诗话新编》卷上，北京：人民文学出版社 2011 年 9 月第 1 版，第 91 页。

③ 曹仁虎：《宛委山房集》卷二，《续修四库全书》第 1449 册，第 107 页。

晓色开晴嶂,烟岚望不分。林光微露日,石气欲生云。远瀑松间落,疏钟岭外闻。空山少尘色,闲访鹿麋群。[①]

这首诗把曹仁虎山水诗的特点表现得十分全面。首先,精于炼字。首句"晓色开晴嶂"中的"开"字,下得极为准确到位,把拂晓时分山光交汇的那一瞬间传神写出。其次,擅长对景物进行动态描写。"林光微露日,石气欲生云",刻画细腻,令人耳目一新。再次,精于对句。该诗中间两联对仗工稳,流畅和谐,即是明证。最后,曹仁虎的山水诗情景相生,整体上形成一种清新隽永的风格,充满诗情画意。其他的如"远火出松径,疏烟生板扉"[②]"落叶飞青嶂,寒泉响碧池"[③]"断云诸寺出,斜日半山明"[④]"叶落全疑雨,池荒半是云"[⑤]等,皆描写细腻,清丽自然,十分耐读。

沈德潜云"七言绝句,以语近情遥,含吐不露为主。只眼前景、口头语,而有弦外音、味外味,使人神远"[⑥]。曹仁虎的这类诗足以当之。如《送王凤喈之楚中》其二:

武昌杨柳绿初齐,渺渺樊城落月低。一片孤帆回首望,白云无尽汉江西。[⑦]

这虽是一首送别诗,送别对象是王鸣盛,但终篇不见一"别"字,相反,整首诗都是对景物的鲜明描绘。从题目可以看出,这些景物并非普通景物,而是远游目的地的景物。后两句构思更加奇妙:联想友人离开后,定会不断回首驻足,可惜悠悠白云和滚滚汉江却遮住了远行人的留恋目光。如此写法,作者依依不舍的离情就融合在诗句中,其浓烈真挚的离别之情也通过景物描写体

---

① 曹仁虎:《宛委山房集》卷一,《续修四库全书》第1449册,第100页。

② 曹仁虎:《宛委山房集》卷二《山行》,《续修四库全书》第1449册,第108页。

③ 曹仁虎:《宛委山房集》卷二《寒山》,《续修四库全书》第1449册,第108页。

④ 曹仁虎:《宛委山房集》卷一《小吴轩》,《续修四库全书》第1449册,第103页。

⑤ 曹仁虎:《宛委山房集》卷一《秋夜》,《续修四库全书》第1449册,第101页。

⑥ 沈德潜:《说诗晬语》,《原诗·一瓢诗话·说诗晬语》本,北京:人民文学出版社1979年9月第1版,第219页。

⑦ 曹仁虎:《宛委山房集》卷一,《续修四库全书》第1449册,第106页。

现出来，可谓有神无迹，语浅情深。

不过，总体上看，曹仁虎的诗以七律最有特色。具体来看，他的七律学盛唐诸公七律之长，既有王维的秀雅、李颀的流丽，又加之以整练高华。如《题华岳图》其二：

> 铁锁冥冥万仞开，巨灵高掌郁崔嵬。二岑日落黄河急，三辅云生紫气来。乱石半封毛女洞，寒萝遥挂叔卿台。何人独趁长风去，夜跨青鸾弄笛回。[①]

这虽是一首题画诗，却写得气象高远，意境也开阔壮观。尤其是起笔形象突兀，极写华山之高峻奇险。整首诗既写出了华山雄伟壮丽的美景，又写出了诗人开阔的胸襟，足见其功力。

又如《金山》其四：

> 海门东望昼冥冥，碧磴丹梯次第经。水月何人观静悟，风尘有客叹飘零。浪连铁瓮无边白，山到金陵不断青。日暮高歌豪兴在，自将活火试中泠。[②]

这是一首登临之作，描绘了作者登上金山的所见所闻。颈联"浪连铁瓮无边白，山到金陵不断青"，"铁瓮"指铁瓮城，镇江北固山前的一座古城。江水包裹着古城，波浪无垠，浩瀚汹涌；青翠的远山则绵延至远方，一直伸向视线无法到达的遥远地方。面对这一美景，作者不禁引吭高歌，其意气飞扬的精神面貌也与整首诗的气势磅礴合而为一。

可见，曹仁虎的七律既雄壮又秀丽，既跌宕又飘逸，这种成就在吴中七子中无人能出其右。所以王昶《湖海诗传》多选其七律摘句，并称赞曹仁虎的七律"高华工整，独出冠时"[③]，确为不虚之词。

---

① 曹仁虎：《宛委山房集》卷一，《续修四库全书》第1449册，第100页。

② 曹仁虎：《宛委山房集》卷一，《续修四库全书》第1449册，第105页。

③ 王昶著，周维德校点：《蒲褐山房诗话新编》卷上，北京：人民文学出版社2011年9月第1版，第91页。

此外，曹仁虎也写了一些反映民生疾苦的诗。如收于《曹学士遗集》中的《苦雨》其二：

上田积水水满塘，下田一叶生菰蒋。禾头浸黑豆叶黄，开门四望波茫茫。南邻野老吞声哭，陌上归来泥没足。痴儿病妇卧空屋，起视床前盎无粟。[①]

本诗写了水灾过后农村凄惨荒凉的景象和农民苦难无助的生活，反映了当时的时代面貌，表达了作者对人民的深刻同情。

作于四十多岁时的《京江感旧》一诗，曹仁虎对自己志向不凡但终究劳碌无为的一生作了总结：

十五客京江，志切绳祖武。思著祖生鞭，闻鸡而起舞。碌碌三十载，岁月亦云徂。倚闾念高堂，因打回帆鼓。茅屋构数椽，黄花种满圃。廖落几亲朋，晨夕乐重数。家食匪不安，谋生耐莽卤。饥驱走天涯，再过钓游所。今吾非故吾，旧人已半徂。长江滚滚来，势欲吞吴楚。万山不断青，登临兴谁鼓。悠悠游子心，一片与终古。[②]

综上所述，曹仁虎少年成名，诗歌诸体皆工。乾隆二十六年(1761)成进士，而立之年步入宫廷，“在禁林，每遇大礼，高文典册，皆出其手”[③]。此后这段时间的经历和遭遇，即使是年谱也语焉不详。总之，在京城做官的经历影响到他的诗歌创作，使他日益成为宫廷诗人，把诗歌作为唱和应酬的工具。虽然诗歌辞藻、声律等方面的技巧日趋成熟，但诗歌内容及风格特色日益宫廷化。正如当代学者指出的“其诗工于造句，追求高华气象，但新意少，馆阁气浓”[④]。与其前期诗歌相比，这不能不说是一种倒退。

---

① 曹仁虎：《曹学士遗集》卷四，抄本，抄年不详，第12a页。

② 曹仁虎：《养愚村农吟稿》，《清代诗文集汇编》第373册，第592页。

③ 吴修：《昭代名人尺牍小传》卷二十三，《清代传记丛刊》本，台北：明文书局1985年5月第1版，第31册第474～475页。

④ 严迪昌：《清诗史》，杭州：浙江古籍出版社2002年12月第1版，第698页。

第六节　史家诗人钱大昕

钱大昕，字晓征，号辛楣，晚年又号竹汀居士。因书斋名为潜研堂，晚年称潜研老人。江苏太仓州（今上海嘉定）人。生于雍正六年戊申（1728）。王昶《詹事府少詹事钱君大昕墓志铭》说他“幼慧，善读书，岁十五，补博士弟子，有‘神童’之目”[①]。乾隆十六年辛未（1751）召试，赐举人，举内阁中书。乾隆十九年甲戌（1754）中进士，后历任翰林院庶吉士、侍读学士，詹事府少詹事等官。与纪晓岚有“南钱北纪”之目。乾隆四十年乙未（1775），居丧归里，从此不仕。归田三十年，潜心著述课徒，历主钟山、娄东、紫阳书院，门下之士多至两千人。嘉庆九年甲子（1804）去世，年 77 岁。

作为乾嘉学派的代表人物之一，钱大昕的学问用博大精深来形容丝毫不为过。自文字小学、典章制度到历算舆地，钱大昕无不精通，可谓“昭代通儒”[②]。洪亮吉也作诗称赞他：“绝业竟传齐稷下，此翁何似鲁灵光。奇搜秦汉碑无缺，例校金元史独详。”[③]不过，为钱大昕赢得生前身后名的，是他的史学成就。钱大昕《廿二史考异》，对廿四史中除去《旧五代史》及《明史》后的全史进行考订，共一百卷，历时近半个世纪，为其毕生才力和精力之所聚，历来备受推崇。

钱大昕与王鸣盛历来并称，同列《清史稿》中的《儒林传》。两人还是姻亲：钱大昕是王鸣盛的妹夫。不过，两人个性却差异很大。《清朝野史大观》记载了两人的少年往事：

> 嘉定钱竹汀宫詹、王西庄光禄，本系至戚，生同时，长同塾，文名

---

① 王昶：《春融堂集》卷五十五，《续修四库全书》第 1438 册，第 220～221 页。

② 陈康祺：《郎潜四笔》卷六“昭代通儒钱大昕”条，北京：中华书局 1984 年 3 月第 1 版，第 103 页。

③ 洪亮吉：《洪亮吉集・卷施阁诗》卷十五《岁莫怀人二十四首》第二首《钱少詹大昕》，北京：中华书局 2001 年 10 月第 1 版，第 2 册第 804 页。

官阶亦相颉颃。相传宫詹少时，一日在塾查阅历书，适光禄至，因谓曰："吾与若偕读，能先默诵者为胜。"宫詹允之。乃光禄甫读一遍，已能背诵，宫詹则读三遍始能背，于是同塾咸优光禄而拙宫詹。及翌日请再试之，宫詹一字不误，而光禄则间有舛错，因是知无分轩轾也。又一日光禄与宫詹偕得旷野，见道旁一棺，盖已失去，因谓宫詹曰："子能于今晚在此中高卧乎？"宫詹曰能。比宵分，宫詹果至，将登，忽有手自棺中出，紧握其臂，则光禄已先潜伏棺中矣，共相笑乐而散。[1]

这两则年少往事较好地反映出王鸣盛的狂傲气盛以及钱大昕的端方谦逊。钱大昕的这种性格主要源于家庭环境及长辈们的潜移默化：钱大昕的祖父"不喜二氏学"，"文字外别无他好"，"家无储粟，而锱铢不妄取于人"[2]。钱父是乡村塾师，"少承庭训，以读书立品为务，性耿介，不妄与人交"[3]。受先辈影响，钱大昕品格端方，涵养有素。其《竹镇纸铭》："直以方，守吾常。静以镇，去吾吝。伊此君之德兮，吾将以为式兮。"[4]其《名箴》也说："与今人争名，命之曰躁，人其嫉之。与古人争名，命之曰妄，天其忌之。戒之哉！"[5]可见其个性涵养。所以王昶说"读其全集，如见为端人正士也"[6]。

钱大昕的诗歌理论在吴中七子中值得重视。具体表现在三方面。首先，

---

① 李秉新等：《清朝野史大观》卷十"钱宫詹"条，石家庄：河北人民出版社 1997 年 8 月第 1 版，第 1073 页。

② 钱大昕：《潜研堂文集》卷五十《先大父赠奉政大夫府君家传》，南京：江苏古籍出版社 1997 年 12 月第 1 版，《嘉定钱大昕全集》第 9 册，第 821 页。

③ 钱大昕：《潜研堂文集》卷五十《先考赠中宪大夫府君家传》，南京：江苏古籍出版社 1997 年 12 月第 1 版，《嘉定钱大昕全集》第 9 册，第 823 页。

④ 钱大昕：《潜研堂文集》卷十七，南京：江苏古籍出版社 1997 年 12 月第 1 版，《嘉定钱大昕全集》第 9 册，第 259 页。

⑤ 钱大昕：《潜研堂文集》卷十七，南京：江苏古籍出版社 1997 年 12 月第 1 版，《嘉定钱大昕全集》第 9 册，第 258 页。

⑥ 王昶：《春融堂集》卷五十五《詹事府少詹事钱君大昕墓志铭》，《续修四库全书》第 1438 册，第 221 页。

钱大昕在治学方面要求实事求是，不尚空谈，这种观念也体现在其文学思想中。其《文箴》云：

> 文以贯道，言以匡时。雕虫绣帨，虽多奚为！博而孱守，默而湛思。非法不服，先哲是师。窃人之言，以为己词。欺世啖名，为识者嗤。文依于行，若木有枝。本实先拨，枝其萎而。[①]

无论是“文以贯道”，还是“文依于行”，贯穿的都是对文章内容及其价值的重视。在《李南涧诗集序》中，他坦言：

> 予不喜作诗，尤不喜序人之诗。以为诗者，志也，非意所欲言而强为之，妄也；不知其人志趣所在而强为之辞，赘也。韩子之言曰：“物不得其平则鸣。”吾谓鸣者出于天性之自然，金石丝竹、匏土革木，鸣之善者，非有所不平也。鸟何不平于春，虫何不平于秋，世之悻悻然怒、戚戚然忧者，未必其能鸣也。欧阳子之言曰：“诗非能穷人，殆穷者而后工。”吾谓诗之最工者，周文公、召康公、尹吉甫、卫武公，皆未尝穷；晋之陶渊明穷矣，而诗不常自言其穷，乃其所以愈工也。若乃前导八驺而称放废，家累巨万而叹窭贫，舍己之富贵不言，翻托于穷者之词，无论不工，虽工奚益！[②]

韩愈“不平则鸣”、欧阳修“穷而后工”的文学思想影响深远，钱大昕对此却不以为然。他认为，创作诗歌一定要出自一己的真实情感，绝对不能无病呻吟，为文造情。只要感情真挚，那些处于一帆风顺环境中的诗人作出来的诗也能流传千古。这种观点在历来注重逆境出诗人的古代诗论中，可谓独树一帜，同时也可看出钱大昕的胆识和勇气。时人评“其言深中后代作诗之弊”[③]。

---

① 钱大昕：《潜研堂文集》卷十七，南京：江苏古籍出版社 1997 年 12 月第 1 版，《嘉定钱大昕全集》第 9 册，第 258 页。

② 钱大昕：《潜研堂文集》卷二十六，南京：江苏古籍出版社 1997 年 12 月第 1 版，《嘉定钱大昕全集》第 9 册，第 417～418 页。

③ 法式善撰，张寅彭、强迪艺编校：《梧门诗话合校》卷十，南京：凤凰出版社 2005 年 10 月第 1 版，第 316 页。

其次，如前所述，他的才学识情四者相统一。

最后，钱大昕的诗法对象是唐宋兼宗，并力求独创，是吴中七子中诗学观比较宏通的。这种观点通过他为赵翼集作序时体现出来，即“此所以非汉魏、非齐梁、非唐、非宋，而独成为耘菘之诗也”。与之相反，他对“诗家门户之别”与“依墙傍壁”[①]的现象予以排斥。不仅如此，钱大昕还躬身力行，他自己的诗歌也被人评为“溯源汉魏，出入唐宋，春容渊雅，蔚为大宗”[②]。

与诗歌理论相比，钱大昕在清代格调派后期诗人中，诗歌成就并不算突出。主要原因在于，与经史之学相比，诗歌创作在他眼中并不那么重要。在为自己的《潜研堂诗集》作序时，他说：

> 仆自成童时，喜吟咏，而父师方课以举业，不得肆力于诗。年二十以后，颇有志经史之学，不欲专为诗人。然是时客吴门，与礼堂、兰泉、来殷诸君子日唱和，所得诗亦渐多，既而遂以有韵之文通籍。及成进士，承乏词垣十有馀年，恭遇天子右文，制作明备，每大典礼，辄有经进之作；其间扈从属车者再，赓和之作，往往盈帙。又尝奉命典试山东、楚南、浙西，轺车所至，纪天时，述土俗，山水之明秀，民物之繁庶，皆得寓之于诗。独恨才力绵弱，意有所及，笔不能至，又未尝不泚然汗下也。昔杨子云默而善著书，兼工作赋，盖才之大者，能兼众人之长。仆拙劣无似，在京都退食之暇，惟以经史自娱，讨论异同，贯穿古今，丹黄不去手。既专心于著书，故不常作诗，偶有所作，亦复不工，譬之吐丝之蚕，不能吟风，才力有限，从吾所好可矣。岁丁亥，将乞假南回，检橐中诗稿，得九百有七篇，其中称意之作，什不得一；念其尝耗日力于此，乃钞而存之，以当敝帚遗簪之数，非欲出

① 钱大昕：《潜研堂文集》卷二十六《瓯北集序》，南京：江苏古籍出版社 1997 年 12 月第 1 版，《嘉定钱大昕全集》第 9 册，第 419 页。

② 徐世昌：《晚晴簃诗话》卷八十三，上海：华东师范大学出版社 2009 年 7 月第 1 版，上册第 586 页。

以示人也。[①]

在这篇序中，钱大昕对自己的诗歌生涯作了回顾。可以看出，虽然他谦称自己的诗并不出众，他也不太喜欢作诗，但一旦作起诗来，他也不敢怠慢，即"曾耗力于此"；同时，由于他经历丰富，相应地诗歌数量较多，内容比较丰富，因此，钱大昕对待作诗还是很认真的，他亲自作序就证实了这一点。

钱大昕的诗有《潜研堂诗集》《诗续集》，共计1700余首。其《唐考功郎中起》云："吾宗文学，肇自仲文。'江上数峰'，清绝人间。右丞心许，士元差肩。沈宋而后，卓然不群。"[②]可见，钱大昕特别欣赏中唐大历十才子之一钱起的诗风。在具体创作中，他的诗风也步趋钱起，以清雅流丽为主。

除了少量应制诗外，由于他曾典试山东、湖南、浙江等地，故其诗歌中行旅诗较多。这类诗歌以诗人旅途中所见所感为主，多描绘社会现实及人民生活，犹如一幅幅广阔的社会画卷。如《石湖》：

> 潋滟红亭射晓霞，波光百顷渺无涯。居民种芰分湖面，小艇叉鱼踏浪花。远浦风烟通震泽，上方钟磬出楞伽。田园杂事皆诗料，曾是当年参政家。[③]

此诗刻画水乡生活，语言清新明丽。"居民种芰分湖面，小艇叉鱼踏浪花"句，描写了水乡叉鱼这一极富地方特色的生活场景，具有浓郁的生活气息。

除此之外，钱大昕还有一些诗关注民众疾苦。如《道旁》：

> 逃荒人户官道旁，十十五五纷成行。肩驮背负去故乡，儿与釜甑同一筐。日食溢米才充肠，昼无庐舍夜不床，幕天席地无周防。人离乡贱计非臧，(吴谚云："人离乡贱，物离乡贵。")饥驱奚暇虑久

① 钱大昕：《潜研堂诗集》，南京：江苏古籍出版社1997年12月第1版，《嘉定钱大昕全集》第10册，第1页。

② 钱大昕：《潜研堂文集》卷十七，南京：江苏古籍出版社1997年12月第1版，《嘉定钱大昕全集》第9册，第265页。

③ 钱大昕：《潜研堂诗集》卷八，南京：江苏古籍出版社1997年12月第1版，《嘉定钱大昕全集》第10册，第149页。

长。但愿盎有斗粟藏，生生世世无逃荒。[①]

如果说上一首诗揭露了乾隆盛世的黑暗一面，那么《闻金川平定喜而有作三首》则描写了乾隆朝武功之盛，其一云：

西南绝徼漫传烽，命将专征出九重。阃外建旄麾铁骑，军门推毂赐黄封。云连壁垒龙蛇阵，日闪旌旗荼火容。闻说如山号令肃，六师枕席过巴庸。[②]

这首诗歌颂了清帝国武功之盛。由于内容充实，且真实客观，不可简单视为歌功颂德之作。

不过，由于钱大昕史学家的身份，他在诗歌中有意识地大量创作咏史诗，比之其他类型的诗歌，他的咏史诗内容充实，风格也比较突出，无疑是他最富有特色的诗歌。因此，从某种程度上，可以将钱大昕视为“史家诗人”。概括言之，钱大昕的咏史诗有以下特色。

首先是数量多。钱大昕创作了大量的咏史诗，仅以《咏史》命名的咏史诗就达数十首，其余如《过明孝陵》（诗集卷一）、《淮阴钓台》（卷三）、《柏乡谒汉光武庙》（卷六）、《贾太傅宅》（卷七）、《周亚夫祠两首》（卷八）、《姚少师祠》（卷十）、《文信国祠二首》（续集卷二）等。不仅如此，他还创建了大型咏史诗，如《金陵咏古八首》（卷一）、《咏史杂诗三十首》（卷一）、《元史杂咏二十首》（卷三）、《邺中咏古八首》（卷六）、《读〈汉书〉六首》（卷九）、《汴中咏古十二首》（续集卷二）、《访艮岳故址复成咏古十绝句》（续集卷二）等。这么多咏史诗不仅在吴中七子中无人能出其右，即使放眼整个乾隆朝诗坛，也是不多见的。

其次，内容丰富。钱大昕的咏史诗内容主要分为三类。一是借助于咏史诗表达他对历史的看法。如《读左氏传》：

① 钱大昕：《潜研堂诗续集》卷二，南京：江苏古籍出版社 1997 年 12 月第 1 版，《嘉定钱大昕全集》第 10 册，第 20 页。

② 钱大昕：《潜研堂诗集》卷二，南京：江苏古籍出版社 1997 年 12 月第 1 版，《嘉定钱大昕全集》第 10 册，第 28 页。

从政威不猛，五美之大端。云何尚火烈，以民为草菅。国侨昔治郑，众母鞠育殚。遗爱长在人，清泪尼父潸。救世铸刑书，要岂如申韩。易箦告太叔，猛易而宽难。此言失持平，罔顾理所安。将毋懆礅子，傅会非真传。政宽则得众，我思《鲁论》言。[①]

作者通过读《左传》，产生了"从政威不猛""政宽则得众"的思想。

《豫让桥》云：

有死仇当报，无成志亦雄。谁能知国士，元在众人中。[②]

该诗前两句是针对春秋战国的刺客豫让而写的，后两句则把豫让的精神推及普通民众身上，其主题也由歌颂、同情豫让转向对普通民众的重视和肯定，可见诗人进步的历史观。钱大昕这类咏史诗抒写了他对历史的看法，体现了他史学家本色，与其史学思想是根本一致的。至于《元史杂咏二十首》这样的诗，显然可以与他的相关史学著作一起对照研究。

二是以诗评人，如《荆轲里》：

匕首怀中出，诸郎殿下看。燕丹心未死，赵政胆先寒。成败论人易，从容舍命难。千秋犹洒泪，易水共汍澜。[③]

历来咏荆轲的诗很多，所谓"其人虽已没，千载有余情"。钱大昕的这首诗可谓夹叙夹议，字字有力，言简而意足。荆轲刺秦虽然失败，但精神长存。"成败论人易，从容舍命难"句，力重千钧，力透纸背。整首诗语言质朴而凝练，既苍凉劲健，又余韵不绝，是咏荆轲的佳篇之一。

《淮阴钓台》云：

---

① 钱大昕：《潜研堂诗集》卷六，南京：江苏古籍出版社 1997 年 12 月第 1 版，《嘉定钱大昕全集》第 10 册，第 108 页。

② 钱大昕：《潜研堂诗续集》卷二，南京：江苏古籍出版社 1997 年 12 月第 1 版，《嘉定钱大昕全集》第 10 册，第 13 页。

③ 钱大昕：《潜研堂诗续集》卷五，南京：江苏古籍出版社 1997 年 12 月第 1 版，《嘉定钱大昕全集》第 10 册，第 92 页。

淮阴未遇日，遗迹此河干。洵有真王相，曾登大将坛。藏宫钟室恨，卷雪钓台寒。输与严陵客，忘机把渔竿。[1]

末联一“输”字，褒贬立现，可谓春秋笔法。

《杜文贞祠》云：

森木鸣蝉八月凉，拾遗游迹未全荒。中书落笔才真壮，宾客诸侯老更狂。直欲许身追稷、契，何曾谈艺薄卢、王。南池再拜瞻遗像，宛到成都旧草堂。[2]

“直欲许身追稷、契，何曾谈艺薄卢、王”句，指出杜甫一生以忠君报国为最高志向，因此，菲薄初唐四杰只是文人相轻的惯常伎俩，与杜甫志向可谓南辕北辙，是别具一格之作。

三是钱大昕的一些咏史诗表达了他不同前人的史学观点，发前人所未发，即使在今天看来，这种观点也依然值得称道和重视。比如《岳忠武墓》，末句云：“君王自恋余杭乐，不独文臣解爱钱。”[3]指出最高统治者的不思进取、贪图享乐才是造成岳飞千古奇冤的罪魁祸首。《范文正公祠》云：“未登宰相输琦弼，已到真儒继孟荀。”[4]指出范仲淹虽未像富弼、韩琦那样做上文臣之首——宰相的位置，但他的道德人品、对北宋儒学复兴所作的贡献足以使他比肩孟子、荀子。这与大多数作品只注重歌颂范仲淹文学家、政治家的一面显然更深入了一层。

《岳忠武墓四首》其四云：

---

① 钱大昕：《潜研堂诗集》卷三，南京：江苏古籍出版社 1997 年 12 月第 1 版，《嘉定钱大昕全集》第 10 册，第 42 页。

② 钱大昕：《潜研堂诗集》卷十，南京：江苏古籍出版社 1997 年 12 月第 1 版，《嘉定钱大昕全集》第 10 册，第 186 页。

③ 钱大昕：《潜研堂诗续集》卷三，南京：江苏古籍出版社 1997 年 12 月第 1 版，《嘉定钱大昕全集》第 10 册，第 38 页。

④ 钱大昕：《潜研堂诗续集》卷八，南京：江苏古籍出版社 1997 年 12 月第 1 版，《嘉定钱大昕全集》第 10 册，第 128 页。

> 文臣动爱钱，武臣多惜死。中原事可知，含冤到狱市。[①]

由文恬武嬉推断出“中原事可知”，可见钱大昕认为岳飞蒙冤与南宋灭亡是有历史必然性的。可以想见，如果不是其史学家的身份，以及具备史家的敏锐感，这样警醒的诗句普通诗人是不易写出的。

《读〈汉书〉六首》其一云：

> 黄绮避秦汉，采芝汗漫游。不与竖儒伍，而况辨士流。吾冠幸无恙，欲溺将奚由？姓名落人间，失计逢留侯。鸿鹄羽翼成，徒为娀姁媒。假馆建成所，安吕非安刘。区区具金币，毋乃溷公不！[②]

这首诗是以历史上有名的“商山四皓”为描写对象。所谓“四皓”，指东园公唐秉、夏黄公崔广、角里先生周术和绮里季吴实。四人为逃避秦始皇焚书坑儒来到商山隐居。刘邦统一天下后，要废掉太子刘盈，另立赵王如意。吕后经张良策划，约请四皓出山，改变了刘邦废太子的想法。事后，四皓功成身退，重返商山，终老山林。历来咏此事者，多歌颂四皓出山、安定刘姓天下的一面。钱大昕这首诗却作翻案之说，直言四皓此举“安吕非安刘”。历史证明，刘邦去世后，吕后专权，汉惠帝形同虚设，大汉江山几乎不保。所以，钱大昕的这种观点不仅新颖独特，而且启人深思。袁枚《随园诗话》就称赞这首诗：

> 余雅不喜四皓事，著论非之；且疑是子长好奇附会，非真有其人也。后读杜牧“四皓安刘是灭刘”；钱辛楣先生“安吕非安刘”二诗，可谓先得我心。[③]

综上所述，与其他诗歌题材相比，咏史诗不仅是钱大昕大力创作的诗体，也是最能代表他诗歌特色的诗体。钱大昕咏史诗的成就，主要得力于以学问

① 钱大昕：《潜研堂诗集》卷八，南京：江苏古籍出版社 1997 年 12 月第 1 版，《嘉定钱大昕全集》第 10 册，第 152 页。

② 钱大昕：《潜研堂诗集》卷九，南京：江苏古籍出版社 1997 年 12 月第 1 版，《嘉定钱大昕全集》第 10 册，第 177 页。

③ 袁枚：《随园诗话》卷三，北京：人民文学出版社 1982 年 9 月第 2 版，上册第 99 页。

入诗，而这主要因为其学者的身份，再加上他强调“含经咀史，无一字无来历，诗之学也”[①]的观点。在具体创作中，往往以经史之学供其驱使。所以，他的咏史诗大多征文考典，学术气息浓厚，从侧面反映出乾嘉诗坛学问化的倾向。王豫《群雅集》云：“竹汀研精经史，制行纯粹，近之顾宁人、朱竹垞也。”[②]就是此意。不过，由于钱大昕学者的身份，有时过于追求以学问入诗，以致有以考证入诗的现象，如《题王定山所藏秦汉瓦当拓本》《题侯官林氏所藏汉甘泉瓦拓本》等，这些诗歌显然无太大价值，也有损于他的诗歌成就，所以，钱大昕的整体诗歌成就在吴中七子中是不高的。

第七节 “作诗大旨一本渔洋”[③]
——吴泰来

吴泰来，字企晋，号竹屿，江苏长洲（今苏州）人。生于康熙六十一年壬寅（1722），卒于乾隆五十三年戊申（1788）。吴泰来的祖父吴铨，曾做过吉安太守，归吴后于苏州木渎筑遂初园，“云林杳霭，花药参差，有柳堤莺啭、竹溪烟雨、平桥夏涨、爽台秋月、古堂晚香、莎村观刈、松门夕照、松阁听涛、岩东霁雪诸胜”[④]。其父用仪又购书数万卷藏于其中，书多宋、元善本，吴泰来就生活在这种环境中，并养成“襟期清旷，意致萧闲，咸谓东晋许元度、刘真长之比”[⑤]的个性。所以在吴中七子中，吴泰来对待仕途的态度是最为淡泊的。

吴泰来年少即由副贡生选校官，爱松滋山水，勾留竟岁，以病免归。之后

① 钱大昕：《潜研堂文集》卷二十六《春星草堂诗集序》，南京：江苏古籍出版社1997年12月第1版，《嘉定钱大昕全集》第9册，第421页。

② 王豫：《群雅集》卷五，嘉庆刻本，第3b页。

③ 王昶著，周维德校点：《蒲褐山房诗话新编》卷上，北京：人民文学出版社2011年9月第1版，第86页。

④ 王昶著，周维德校点：《蒲褐山房诗话新编》卷上，北京：人民文学出版社2011年9月第1版，第85页。

⑤ 王昶著，周维德校点：《蒲褐山房诗话新编》卷上，北京：人民文学出版社2011年9月第1版，第85页。

在遂初园家中过着类似隐居的生活，长达十余年，“东南人士望之如仙”[①]。乾隆二十五年庚辰（1760）中进士。皇帝南巡，召试，赐内阁中书，而他素无宦情，因此不赴。后巡抚毕沅请其主讲关中书院。最后又随毕沅至河南开封主大梁书院，与洪亮吉、钱泳等饮酒赋诗无虚日，67 岁卒。著有《砚山堂集》十卷。

吴泰来淡泊宦情、寄情山水的个性对其诗学影响深远。徐世昌《晚晴簃诗话》就说：“竹屿家木渎，有遂初园亭林图籍，与吴越诸名宿流连觞咏于其中。诗取法渔洋，意致萧闲，才情明秀。”[②]王昶更是推崇他“吴中数十年来，自归愚宗伯外，无能分手抗行者”[③]。

所以，惠栋在为其《砚山堂集》作序时，对他的诗歌也极力称扬：

> 昔人言诗之道，有根柢焉，有兴会焉。镜中之象，水中之月，相中之色，羚羊挂角，无迹可寻，此兴会也。本之风雅以导其源，溯之楚《骚》汉魏以达其流，博之九经三史诸子以穷其变，此根柢也。根柢原于学问，兴会发于性情。二者率不可得兼。然则有兼之者，岂不褎然一大家乎？君友吴君竹屿，天才英博，读书五行俱下，一过目即终身不忘。家世藏书，牙签插架，不下万卷。君以夙悟之姿，流观穿穴。又以其性灵发为诗歌，甫握管，襟抱洒然，便闯唐人之室。卜居在灵岩东，水石清华，往往集诸同志，击钵唱和，咸推君诗为擅场。已而贡入国子，谒选得松滋文学，官舍直万山中。君登临吟眺，益抒写其胸中之蕴。既归而卷帙愈富，造诣愈深。乃删其前后诸作，为《砚山堂集》若干卷，问序于余。余读之，诗凡三变，其始，清真古澹，直是王孟；继而票姚跌宕，沉郁顿挫，仿佛少陵、太白；久之而绝去摽

① 王昶著，周维德校点：《蒲褐山房诗话新编》卷上，北京：人民文学出版社 2011 年 9 月第 1 版，第 86 页。

② 徐世昌：《晚晴簃诗话》卷八十九，上海：华东师范大学出版社 2009 年 7 月第 1 版，上册第 638 页。

③ 王昶著，周维德校点：《蒲褐山房诗话新编》卷上，北京：人民文学出版社 2011 年 9 月第 1 版，第 86 页。

傍，浑成苍秀，遂能不名一家而兼擅众美。盖君之性情高旷，而又有学问以培之，以故每变益上，卓然与古人抗衡。其足以传世行远无疑也。[①]

惠栋在这里对吴泰来的诗倍加推崇，“卓然与古人抗衡”显然有溢美之嫌。与吴泰来同列吴中七子的赵文哲也称赞“吴郎才地擅无双”[②]。不过，吴泰来在吴中七子中的地位并不高：论才学，他比不上王昶、王鸣盛；论诗歌内容的丰富多彩，他也不足以与王昶、赵文哲比肩。造成这种现象的主要原因在于，吴泰来一生中绝大部分时间过着诗文自娱、近乎隐居的生活，这直接导致他的视野不够开阔，因而诗歌内容较为单一。其《砚山堂集》共十卷，绝大多数充斥着对隐居生活的自满自足，以及对山水景物的精细描绘。正如张熙纯所说“净名居士少尘虑，日耸吟肩哦秀句。结想常抒冰雪襟，挥毫每得烟霞趣”[③]。吴泰来《早春山居张昆南沙斗初朱适庭黄永夫王琴德钱晓征曹来殷枉过草堂留宿》一诗完整地反映了他自己近乎隐士的生活及心态：

屏迹还旧山，柴门谢宾客。空林恣偃蹇，乐意在泉石。春至草木繁，微雨杏花坼。东皋农事起，荷锄行阡陌。一笑逢故人，握手破岑寂。啼鸟思旧侣，停云感陈迹。相遇敦古欢，剪灯话畴昔。池月松际来，竹露衣上滴。偶挥嵇生琴，复蜡阮公屐。明当追良辰，啸傲倚青壁。[④]

吴泰来的诗歌特色，《清史稿》说他“一本渔洋”[⑤]，王昶也说他“作诗大旨

① 惠栋：《砚山堂集序》，吴泰来《砚山堂集》，《清代诗文集汇编》第 350 册，第 577 页。

② 赵文哲：《媕雅堂诗》卷八《怀人绝句》第十二首，乾隆刻本，第 5a 页。

③ 张熙纯：《企晋招同张昆南沙斗初探梅中峰信宿净名轩雨窗酬和得诗十章时念亭游邓尉未返》第八首，《华海堂诗》卷五，《清代诗文集汇编》第 355 册，第 333 页。

④ 吴泰来：《砚山堂集》卷四，《清代诗文集汇编》第 350 册，第 609 页。

⑤ 赵尔巽等：《清史稿》卷四百八十五《文苑传》，北京：中华书局 1977 年 12 月第 1 版，第 44 册第 13382 页。

一本渔洋”[1]。这主要包含两方面含义。其一，从内容来看，多模山范水之作，尽情抒写山水之美与隐逸之乐；其二，在诗歌风格方面，以清新秀逸、闲淡幽静为主。

吴泰来笔下的山水既有吴越境内的，也有仕宦时经过湖北、安徽境内的山水景点。如《虎山夜泊》：

月白江气寒，秋波澹容与。征帆投远村，哀雁寻荒渚。惟见打鱼人，隐隐烟中语。[2]

月色、江水、风帆、村落、哀雁、荒渚，作者分别从高、低、远、近四个角度进行描写，极尽腾挪变化之能事。末联“惟见打鱼人，隐隐烟中语”，实有画龙点睛之妙：正是这一联使得整首诗达到物我两通、人与大自然融合一体的境界。作者看似对景物随意点染，却处处皆妙，显示出吴泰来这类诗描写精细、善于形容的总特点。其写景的娴熟，构景的精准，在吴中七子中，少有人及。

吴泰来还有一些诗，在写景的同时，又与怀古情愫联系在一起。比如他经过安徽马鞍山采石矶时所作的《牛渚怀古》：

采石矶头太白祠，登临还唱谪仙词。锦袍乌帽成千古，明月清风又一时。秋浦猿声愁去客，匡山木叶怨凉飔。独来搔首江天暮，更欲乘潮荏芷蓠。[3]

除了山水景物之外，吴泰来的诗还有一个特点，即很多诗的描写对象都是寺庙和僧人，如《晚过白云寺》[4]《寒山寺谒省斋大师兼示念亭上人》[5]《游钟

① 王昶著，周维德校点：《蒲褐山房诗话新编》卷上，北京：人民文学出版社 2011 年 9 月第 1 版，第 85 页。

② 吴泰来：《砚山堂集》卷一，《清代诗文集汇编》第 350 册，第 580 页。

③ 吴泰来：《砚山堂集》卷三，《清代诗文集汇编》第 350 册，第 597 页。

④ 吴泰来：《砚山堂集》卷一，《清代诗文集汇编》第 350 册，第 580 页。

⑤ 吴泰来：《砚山堂集》卷二，《清代诗文集汇编》第 350 册，第 590 页。

山灵谷寺》[①]《泊舟登楞伽山入治平寺》[②]《寄中峰古愚上人》[③]《谷中送念亭上人归中峰》[④]《送质上人归天台》[⑤]《上天竺寺》[⑥]等，这种题材上的鲜明特征，也昭示着作诗者的兴趣旨向。

不仅如此，吴泰来的一些诗既模山范水，又与佛禅思想结合而写，如《皮篷》：

> 千山路盘纡，一径行屈曲。疏钟杳然至，隔水见茅屋。扣关闻经声，入院但乔木。广除沐新雨，春草纷更绿。道人颇忘机，深山伴麋鹿。手持贝叶书，招我松下读。会心在云林，真赏惬幽独。长林暝色来，人语杂樵牧。归路沿溪声，泠泠出空谷。[⑦]

这首诗脉络清晰：从登山写起，“一径行屈曲”，实有曲径通幽之妙。紧接着是作者所见所听，以及与道人交往后的所思所想。最后是诗人下山时的见闻。整首诗写得空灵秀润，语言平实而自然，表现出诗人闲淡、超然的心境，并有佛家的“出世”思想。

综上，吴泰来诗多以模山范水为主，抒写其淡泊世事、崇尚自适的心理，整体呈现出清新秀逸、闲淡幽静的风格特征。他虽位列吴中七子之一，但无论是在内容还是风格方面，都“一本渔洋”。所以，王昶说他之于沈德潜“虽曾亲风旨要，未尝有瓣香之奉也”[⑧]。

---

① 吴泰来：《砚山堂集》卷二，《清代诗文集汇编》第 350 册，第 591 页。

② 吴泰来：《砚山堂集》卷一，《清代诗文集汇编》第 350 册，第 581 页。

③ 吴泰来：《砚山堂集》卷一，《清代诗文集汇编》第 350 册，第 584 页。

④ 吴泰来：《砚山堂集》卷一，《清代诗文集汇编》第 350 册，第 581 页。

⑤ 吴泰来：《砚山堂集》卷六，《清代诗文集汇编》第 350 册，第 628 页。

⑥ 吴泰来：《砚山堂集》卷六，《清代诗文集汇编》第 350 册，第 640 页。

⑦ 吴泰来：《砚山堂集》卷二，《清代诗文集汇编》第 350 册，第 589～590 页。

⑧ 王昶著，周维德校点：《蒲褐山房诗话新编》卷上“周准”条，北京：人民文学出版社 2011 年 9 月第 1 版，第 639 页。

第八节　诗名最弱的黄文莲

黄文莲，生卒年不详。字芳亭、星槎，高行镇（今属上海）人。乾隆十五年庚午（1750）举人。后历任安徽歙县、全椒教谕，擢河南沁阳、唐县知县，以清正廉洁、断案如神、勤政爱民著称，有"黄青天"之名。主纂《唐县志》。著作甚丰，著有《听雨楼诗稿》《书传盐梅》《老子道德经注》等。妻曹氏，亦工诗。符葆森《国朝正雅集·寄心庵诗话》引《漱芳斋诗话》云：

> 星槎与赵光禄璞函、王司寇兰泉等刻《七子诗》，其集为沈文悫所定，闻其由校官任长吏，别有诗集，未梓。至其作宰时颇著廉声，则又不徒以声律见长矣。[①]

黄文莲《感兴》四首，是其性情志节的真实写照。其一云：

> 生世寡所谐，躬耕固其宜。晨兴微雨过，荷锄向东菑。道逢故人子，顾盼生光辉。四体被纨素，美言吐珠玑。尺书出怀袖，劝我学干时。挥手勿复道，恐为田父嗤。[②]

在吴中七子中，黄文莲诗名最弱。王昶《湖海诗传·蒲褐山房诗话》是清代格调派的重要文献，但对于黄文莲的生平经历、诗学观及诗歌风格则只字未提。今观其所作《听雨楼集》，虽然包含怀古咏史诗、题画诗、反映现实诗等，但大都无甚特色。不过，值得注意的是，黄文莲不少诗作都反映出他心系黎民百姓，与百姓感同身受的高尚情操，从侧面反映其"黄青天"的美誉并非空穴来风。这些诗大致可分为两类，一是直接抒写民生之艰难。如《望雨》其三：

> 米价贵江东，豪家工闭籴。三农少积储，嗷嗷叹无食。告籴及

① 符葆森：《国朝正雅集》卷九，咸丰六年丙辰（1856）半亩园刻本，第27b页。
② 黄文莲：《听雨楼集》，《七子诗选》卷七，乾隆刻本，第1a页。

发仓，救时乏善策。日午断炊烟，转辗尚力穑。所望时雨零，秋成犹可寔。翘首望高空，依然势炎赫。民生最多艰，世事终难测。歌罢云汉诗，搔首空叹息。[1]

二是在对山水景物的描写中也贯穿着作者忧心民生的情怀。如《渡河》：

大河一线从天来，惊涛浊浪相暄豗。千里万里入中国，巨灵手掌横空开。浩浩历青徐，茫茫吞沂泗。竹箭三时每激冲，高堤十丈劳修治。工筑频烦圣主心，安危屡上廷臣议。迩来况复多横流，夺淮入海真堪忧。雁鹜飘零长吏急，鱼龙出没人民愁。我来问渡逢初夏，长天日暮征帆卸。北望云梯烟雾深，东瞻清口波涛泻。俯仰当今事势殊，疏杨芳草接平芜。何当潘夏纡筹策，坐使淮南水患苏。[2]

该诗对于淮河的描写可谓绘声绘色，其间又穿插着对淮河水患的描述。

又比如《旅次对雪和钱晓征赋》。雪夜有友人做伴，实为人生乐事。但作者面对大雪，想到的却是"民生益摧挫"：

作客欣得朋，畏人但枯坐。黯黯愁云凝，棱棱寒意作。槎枒古木撑，啁啾冻雀饿。六花舞檐楹，四野洗堀堁。试手龙公威，启涂玉妃佐。洒空密复疏，碾尘扬更簸。枯篁折有声，老屋压欲破。割面酸风尘，分曹酒户大。偏提有僮携，不托任油涴。韭芽糁吴羹，密饵歌楚些。食单列无多，清诗聊可和。炙砚白战酣，烧灯纸窗课。句吟马耳埋，狂拟驴背驮。我侪向羁孤，民生益摧挫。今秋苦淫霖，连村坏秝稏。岁晏急租庸，输挽叹劳瘅。所望宿麦登，庶资春种播。对景羞足欢，称瑞行当贺。蝻蝻类尽歼，霜淞树频裹。一饱谅可期，百忧岂无那。宵分气转严，交光冷侵座。漫画同信天，寒号且得过。素心幸对床，布衾各僵卧。飞梦寻江乡，缃梅坼千个。[3]

① 黄文莲：《听雨楼集》，《七子诗选》卷八，乾隆刻本，第4b页。
② 黄文莲：《听雨楼集》，《七子诗选》卷八，乾隆刻本，第3a页。
③ 黄文莲：《听雨楼集》，《七子诗选》卷八，乾隆刻本，第1b～2a页。

另外，值得注意的是，黄文莲的诗学观也比较融通，仅从诗名就可看出，如《水竹居席上感旧和赵升之兼呈凌春藻别驾渭占上舍用昌黎赠张功曹诗韵》《寄吴企晋用东坡腊日游孤山诗韵》《寄怀王德甫效山谷体》。这充分说明，尽管诗歌成就高下不同，但吴中七子大都有一个共同特征，就是诗学观点的融通合理。

第七章

格调派后期羽翼

格调派后期，重要诗人除了吴中七子之外，还有顾宗泰、朱彭、王廷魁、竹溪诗社诸成员以及褚廷璋、张熙纯。在这些诗人中，顾宗泰最受格调派主将沈德潜肯定，他在沈德潜晚年也扮演重要角色，是格调派的后起之秀。钱塘诗人朱彭身处浙派诗学笼罩下，尊奉沈德潜诗学，其诗学的纯粹性甚至超过吴中七子。王廷魁诗画兼长，诗宗唐人，其住所西塘、盘溪是格调派后期诗人们诗酒唱和的大本营。竹溪诗社成立于乾隆二十八年癸未(1763)，是沈德潜晚年辞官后，以袁景辂、王元文为代表的一批吴中诗人尊崇沈德潜诗学而产生的诗歌群体。褚廷璋、张熙纯与吴中七子交往密切，诗歌成就也得到格调派副将王昶等后期诗人们的肯定。

上述这些诗人虽然在声望上比不上吴中七子，但他们都坚守沈德潜及格调派的诗学立场，可视为格调派的后期羽翼。

第一节　后起之秀顾宗泰

顾宗泰，字景岳、嗣宗，号星桥，元和人。《清代人物生卒年表》[①]认为他

① 江庆柏：《清代人物生卒年表》，北京：人民文学出版社 2005 年 12 月第 1 版，第 623 页。

生于乾隆十四年己巳(1749),《清代诗文集汇编》所收《月满楼诗文集》[①]前附小传沿用此说,皆误。乾隆十六年辛未(1751),顾宗泰就跟随父亲游山左,所作诗名为《东游集》。《月满楼诗集》卷二十一《自济宁至南阳道中有感》一诗又有注:"余年十八,随先君之任城访亲,此东游之始。"可以推知他生于雍正十二年甲寅(1734)。另据董诰为其诗集所作序,顾宗泰"年逾三十,始乡荐。又四年,成进士",而他中乡试的确切时间是在乾隆三十五年庚寅(1770),再次表明他出生于雍正末年,年龄与吴中七子相比要小一些(吴中七子中除黄文莲生年不详外,以曹仁虎出生最晚,生于雍正九年辛亥,1731年)。顾宗泰中进士后,曾历官吏部主事、高州知府。嘉庆十一年丙寅(1806)掌教娄东书院,十三年戊辰(1808)入主浙江万松书院。卒年不详。著有《月满楼诗集》四十卷,《别集》五卷,《文集》十六卷。

顾姓在吴中为四姓之冠,历来以勤学问、列科名著称。顾宗泰堪称其中翘楚。格调派前期代表之一的顾诒禄,为顾宗泰族兄。乾隆三十一年丙戌(1766),顾诒禄在为顾宗泰《北征集》作序时,称其"幼负隽才,初工贴括,声满胶序。继邃于诗",并指出其"命意措词,蔼然陶然,有乐天之意,无嫉俗之志,可以知其性情之厚,学术之醇矣"[②],可知顾宗泰性情和厚、乐天豁达的个性特征。顾宗泰早年所作《美女篇》有"但保如玉姿,令名常芬芳"[③]句,《古风》其一也有"不求尘俗悦,自有佳人知"[④]句,可知其在平淡安恬中,又自视甚高。而其70岁时所作《红梅用东坡韵如数三首》其一更反映出顾宗泰晚年依旧心平气和、淡泊宁静的个性:

上春放蕊未嫌迟,微逗疏红雪霁时。岂斗世妆矜冶色,还留高

① 顾宗泰:《月满楼诗文集》,《清代诗文集汇编》第425册,第234页。

② 顾诒禄:《月满楼诗集·北征集序》,顾宗泰《月满楼诗集》,《续修四库全书》第1459册,第148页。另,顾诒禄《吹万阁集》卷五有《和族弟景岳自题月满楼原韵》,中有"惊对陈思才八斗,堪怜灵运鬓双秋"之句,卷七有《星桥南旋过任城不得重登太白酒楼少陵南池赋诗志憾王二痴绘图慰之》诗,分别见于顾诒禄:《吹万阁集》,《清代诗文集汇编》289册,第327、344页。

③ 顾宗泰:《月满楼诗集》卷一,《续修四库全书》第1459册,第192页。

④ 顾宗泰:《月满楼诗集》卷一,《续修四库全书》第1459册,第193页。

格抱殊姿。依然通介无移态，恰好纤浓并着肌。问彼娇娆桃杏侣，风流谁埒竹间枝。[①]

一、顾宗泰与沈德潜等格调派诸人的交往

顾宗泰拜沈德潜为师的确切时间，不得而知。不过，《月满楼诗集》卷三中收有沈德潜所和《楼中倚月作》二首[②]，据卷三之首注，此集写于乾隆二十四年己卯(1759)，可知他最晚在这一年已经立雪沈门了。作于乾隆二十八年癸未(1763)、二十九年甲申(1764)的《江馆集》，收有《戴星垣邀归愚先生暨同学诸君宴集狮子林以事未赴》[③]《和归愚先生九十咏怀》[④]等诗。作于乾隆三十三年戊子(1768)的《载酒集》有《陪宫傅沈归愚司马彭芝庭宫洗韩沥芳三先生暨诸同人集若初昞章昆仲结蘅草堂越日芝庭先生赋诗见示次韵奉呈》[⑤]一诗。乾隆三十四年己丑(1769)，沈德潜离世，顾宗泰有《古诗四章挽归愚先生》，第一首有"小子复何言，耿耿摧中藏。独有渊源意，心丧永难忘"的悼念之句。第二首高度评价沈德潜的诗文成就，将其比作唐代的李、杜、韩，第三首则回顾了他与沈德潜的师生之谊。第二首和第三首分别为：

昔者韩昌黎，文起八代衰。亦惟李与杜，诗笔光芒垂。元音继正始，斯事人维持。夫子起熙朝，积学培根基。烂然精史光，六艺摅精思。巨刃摩碧汉，鲸力穿溟池。馀波谢绮靡，风雅身肩之。下为士林仰，上为天子知。文章有元气，读者孚心脾。立言真不朽，津逮无穷期。

人师不易得，夫子今大贤。河汾尽房杜，英俊俱开先。独惭亲

① 顾宗泰：《月满楼诗集》卷四十，《续修四库全书》第1459册，第496页。

② 顾宗泰：《月满楼诗集》卷三，《续修四库全书》第1459册，第209页。同页也有赵文哲和韵。

③ 顾宗泰：《月满楼诗集》卷五，《续修四库全书》第1459册，第221页。

④ 顾宗泰：《月满楼诗集》卷五，《续修四库全书》第1459册，第222页。

⑤ 顾宗泰：《月满楼诗集》卷十一，《续修四库全书》第1459册，第280页。

承久，载酒从谈玄。祛衣侍讲席，剪烛依诗筵。妙绪相与析，奥旨靡弗宣。有作俯命和，得解还怡然。高轩时复过，杖履迎花前。更感知己意，奖许尤缠绵。推激在风雅，匪直私情专。典型忽云逝，惊摧伯牙弦。涕泣望云海，何处追成连？[①]

“元音继正始”是沈德潜终生所提倡的雅正的诗学观。“巨刃摩碧汉”是沈德潜终身向往的诗歌艺术境界。“馀波谢绮靡”意为沈德潜对绮靡诗风的排斥。这些评语用来评价沈德潜是恰如其分的。“亲承久”“侍讲席”“相与析”等，可见其对亲承沈德潜沾溉的感恩之情和念念不忘。

而沈德潜的诗文集中则有《顾星桥游任城太白酒楼、少陵南池，作歌纪胜，客多和作，予亦继和》[②]，内有“纵之横之复沉着，那肯降格趋便娟”的褒奖之语。在《赠顾生景岳》[③]一诗中，沈德潜更以“石抱坚贞终作障，树深根柢自逢春”勉励之。此外，沈德潜还有《顾生星桥馈予毫颖、花糕，并系以诗，次韵奉答》[④]等诗，以及《顾景岳古文序》[⑤]《顾景岳时文序》[⑥]等文。沈德潜死前编选的《宋金三家诗选》，同时也是其生平所编的最后一部诗选，顾宗泰也一同参与编辑[⑦]，并作序。总之，顾宗泰在沈德潜晚年弟子中扮演着重要角色。

---

① 顾宗泰：《月满楼诗集》卷十二，《续修四库全书》第 1459 册，第 289 页。

② 沈德潜：《沈德潜诗文集·归愚诗钞馀集》卷十，北京：人民文学出版社 2011 年 10 月第 1 版，第 2 册第 608 页。

③ 沈德潜：《沈德潜诗文集·归愚诗钞馀集》卷九，北京：人民文学出版社 2011 年 10 月第 1 版，第 2 册第 588 页。

④ 沈德潜：《沈德潜诗文集·归愚诗钞馀集》卷十，北京：人民文学出版社 2011 年 10 月第 1 版，第 2 册第 615 页。

⑤ 沈德潜：《沈德潜诗文集·归愚文钞馀集》卷三，北京：人民文学出版社 2011 年 10 月第 1 版，第 3 册第 1556～1557 页。

⑥ 沈德潜：《沈德潜诗文集·归愚文钞馀集》卷三，北京：人民文学出版社 2011 年 10 月第 1 版，第 3 册第 1572 页。

⑦ 顾宗泰：《题元遗山年谱》其二有“家推苏陆谁能匹，代继金元有此翁。记昔讨搜同葑木，探骊抗论证心同”之句。末尾注云：“曩年，归愚先生订《宋金三家诗》，宋惟东坡、剑南，金惟遗山。各家皆如鳞爪，此三家已得骊龙颔下珠。余同编辑，意见印合。先生殁，余为卒业行事。”见顾宗泰《月满楼诗集》卷三十八，《续修四库全书》第 1459 册，第 484 页。

顾宗泰与其他后期成员尤其是吴中七子也有密切交往。《月满楼诗集》中有《吴中杂咏同钱辛楣先生作》[①]《同王述庵先生城南访芍药》[②]《赠赵舍人璞函》[③]《曹习庵先生招饮寓斋即席有赋》[④]《春日同王西庄先生暨条山名经蒋检亭孝廉集盘溪停云斋小饮分韵得春字》[⑤]等。他之所以尊称吴中七子为先生,大概是因为他年龄比吴中七子小、受沈德潜诗学沾溉较晚。在吴中七子中,顾宗泰与王鸣盛的交往最久,感情也最深。沈德潜死后,顾宗泰转而向王鸣盛执弟子礼。王鸣盛编选《江左十子诗钞》也首选其诗。另外,顾宗泰《南唐杂事诗》前还附有王鸣盛题词,第四首有"江表诗人尽让兄"[⑥]的褒扬之语。顾宗泰与格调派另一重要羽翼褚廷璋的交往也值得注意。早在乾隆二十四年己卯(1759),顾宗泰就有《石湖秋泛同褚筠心高桐村刘西涛金莼香张乐圃》[⑦]一诗。其后,两人交往日密,在京城时又同修《明纪纲目》。褚廷璋《题顾星桥月满楼二首》其二云"吴下诗翁衣钵在,夜凉光气动银钩"[⑧],末句注:楼为沈归愚师题额。沈德潜诗集中也有《和顾景岳月满楼诗次章,并当赠言》[⑨]一诗。可知对于顾宗泰继承沈德潜的衣钵及其诗歌成就,众多格调派成员是一致首肯的。与格调派诗学一贯对立的性灵派主将袁枚在《随园诗话》中也记载:

> 吴门顾星桥进士,诗才清冠等夷;家有月满楼,藏书万卷,海内知名之士,无不交投缟纻,予目为今之郑当时。《龙潭》一律云:"微风缓缓送江声,最好龙潭道上行。碧树数丛堪作障,青山一半不知

---

① 顾宗泰:《月满楼诗集》卷三,《续修四库全书》第1459册,第206页。

② 顾宗泰:《月满楼诗集》卷三,《续修四库全书》第1459册,第208页。

③ 顾宗泰:《月满楼诗集》卷四,《续修四库全书》第1459册,第214页。

④ 顾宗泰:《月满楼诗集》卷七,《续修四库全书》第1459册,第241页。

⑤ 顾宗泰:《月满楼诗集》卷二,《续修四库全书》第1459册,第266页。

⑥ 顾宗泰:《月满楼诗集·别集》卷四,《续修四库全书》第1459册,第523页。

⑦ 顾宗泰:《月满楼诗集》卷三,《续修四库全书》第1459册,第210页。

⑧ 褚廷璋:《筠心书屋诗钞》卷三,《清代诗文集汇编》第363册,210页。

⑨ 沈德潜:《沈德潜诗文集·归愚诗钞馀集》卷四,北京:人民文学出版社2011年10月第1版,第2册第487页。

名。闲情转向尘中得，幽景偏宜客里生。晚觅茅斋投一宿，花前试看酒旗轻。”进士名宗泰。[①]

顾宗泰诗集中也有《赠袁存斋太史时值其母夫人寿》[②]《随园主人张灯宴客即席有赋》[③]等诗。以一诗学后辈的身份得到性灵派主将的肯定，可见顾宗泰在格调派后期名声很大以及在乾隆朝后期诗坛上的突出地位。而综观其诗歌成就，也超过吴中七子中的钱大昕、吴泰来、黄文莲等人。所以，在格调派后期尤其是沈德潜死前几年，顾宗泰俨然是一位后起之秀，当然也是格调派羽翼中的第一人选。这一点从乾隆三十三年戊子(1768)沈德潜离世前一年为顾宗泰诗文集作序上也可看出：

顾生景岳，天才英卓，其学浩博无涯涘，所为古文词赋，跌宕沉郁。而性好吟咏，尝以其所得发之于诗，上自《楚词》、汉魏、六代、三唐，下至宋、元、明、国朝诸老之作，靡不综其源流，研其义蕴，别裁伪体，以庶几乎风雅之宗，故其所造日精而所著日卓。又时携笔床茶灶，载扁舟于大江南北，与当世贤豪闻者游，则江山之助与友朋之切劘，更有以励其才而老其学夫。是以卓然特绝，名盛江表，流辈中罕与俪者。余窃怪近代称诗之家，非竞纤浓，即趋险僻，而诗之正轨益远。取景岳之诗阅之……异于时纤浓险僻之所为，其亦中流之一柱耶。[④]

沈德潜在此不仅称赞顾宗泰的诗，还将其诗风与当时盛行的“纤浓险僻”诗风对比，认为顾宗泰诗符合诗之正轨，堪称维护诗道正路的中流砥柱。顾宗泰此时三十多岁，能赢得诗坛泰斗沈德潜的极力推许，这对于顾宗泰跻身并扬名诗坛所起的巨大作用不难想见，也再次反映出沈德潜在行将走完一生

① 袁枚：《随园诗话》卷九，北京：人民文学出版社 1982 年 9 月第 2 版，上册第 291 页。
② 顾宗泰：《月满楼诗集》卷五，《续修四库全书》第 1459 册，第 230 页。
③ 顾宗泰：《月满楼诗集》卷六，《续修四库全书》第 1459 册，第 233 页。
④ 沈德潜：《月满楼诗文集序》，顾宗泰《月满楼诗集》，《续修四库全书》第 1459 册，第 146 页。

时依然坚守雅正的诗学阵地，以及对顾宗泰这一格调派后起之秀所寄予的巨大期望。事实上，钱陈群在《顾孝廉月满楼诗文集序》中就说："予悬车后，往来吴门，归愚尚书每向予称顾君景岳诗文为后来之秀。"[①]

沈德潜死后，彭启丰《月满楼诗文集序》同样是从顾宗泰继承沈德潜诗学这一角度而说的：

顾子景岳，自少以诗文名，其诗则祖述三唐，隶事博而意味深，古今诸体，悉有典则也……家有月满楼，缃帙纵横，名流踵至，东南坛坫之盛，不在斯乎？景岳固尝受业于沈文悫公，忆公在时，所以推许者甚，至诗文集，凡三为之序，子期之于琴、伯喈之于桐，不是过也。今公墓有宿草，声尘未沫，赖有高第弟子接武于后，而公为不殁矣。余膺服之，因为之序以归之。[②]

彭启丰通过回忆沈德潜当年对顾宗泰的肯定和期许，认为顾宗泰可以"接武于后"。而观之顾宗泰的诗学主张及诗歌成就，这种评价是合乎实际的。

二、顾宗泰的诗歌主张

作为沈德潜晚年的得意弟子，顾宗泰首先坚持正人心、利世教的诗教主张，这与其师沈德潜如出一辙。他在《唐宋诗源流考》中分析唐宋诗人的诗学源流，并指出：

诗以感人心、端世教，非仅所谓缘情绮靡也。故必得乎风雅遗意，而后可以论历代之诗，此则存乎人之性情者。至如源流，则有可得而可考焉……虽然，登山必穷其巅，导河必归于海。观《阳关三叠》，李陵《录别》开之。《垂老别》《无家别》，王粲《七哀》开之。子昂原本阮公，左司嗣音彭泽，唐人亦有祖述。惟从博涉后，上溯乎汉魏

① 钱陈群：《香树斋文集续抄》卷四，《四库未收书辑刊》第 9 辑，第 19 册，第 398 页。

② 彭启丰：《月满楼诗文集序》，顾宗泰《月满楼诗集》，《续修四库全书》第 1459 册，第 147 页。

六朝，庶有以追风雅之遗，而得性情之正也夫。[①]

顾宗泰在此主张诗歌应该有为而作，并有功于世教人心。他还主张从前代诗歌精华中汲取营养。而其学古的范围也较宽，那就是转益多师。正如其《示王生又采用少陵戏为六绝句韵》第三首、第六首所说：

汉魏诗篇推正始，舍旃何处得风骚。唐贤宗法原非远，尚溯遗音望汝曹。

欲广知闻贵析疑，别裁风雅问从谁。杜陵诗城求三益，转益多师是汝师。[②]

另外，在《杨梅溪诗钞序》中，他又称赞杨诗"乐府追汉魏之遗，五古宗《文选》之旨，七言排奡，律体清淳，于诗实有深造者。以与偏僻奇险仍归庸俗一流，真倜乎其远矣"[③]，可知他雅正的格调派诗学宗尚。

视顾宗泰为格调派后起之秀，不仅在于其诗学观及诗歌创作，还在于他对雅正的诗学追求一以贯之。格调派主将沈德潜在顾宗泰年逾而立时就离世，格调派随之逐渐走向沉寂，但顾宗泰在以后数十年中依然坚持雅正格高的诗学追求。这主要体现在两方面。首先，他常以"雅"评价时人诗歌，以示认同。如"玉佩琼琚怀大雅"[④]"当代谁扶大雅轮，斯文有体显清真"[⑤]"独扶大

① 顾宗泰：《月满楼文集》卷八，《续修四库全书》第1459册，第619页。

② 顾宗泰：《月满楼诗集》卷四，《续修四库全书》第1459册，第218～219页。

③ 顾宗泰：《月满楼文集》卷九，《续修四库全书》第1459册，第629页。

④ 顾宗泰：《月满楼诗集》卷十一《王梦楼侍读以诗见视赋句寄怀》其二，《续修四库全书》第1459册，第280页。

⑤ 顾宗泰：《月满楼诗集》卷十九《呈座师大司空嵇拙修先生少宰王伟人先生少宗伯阿雨齐先生》，《续修四库全书》第1459册，第333～334页。

雅除淫哇"[①]"大雅襟怀真洒落"[②]"当今大雅属扶轮"[③]"绣谷生香大雅存"[④]等。其中，乾隆五十四年己酉(1789)，顾宗泰56岁，所写《次冶亭少宗伯韵》也显示出此时他的诗学观较之早期也没有变化：

风流高格古衣冠，伪体须裁鉴别难。幸遇持衡推巨手，欣分典笔厕仙官。[⑤]

写作时间更晚的、嘉庆六年辛酉(1801)作的《江馆留云集》，有《心盦和前韵见寄因叠韵酬之》一诗，也有"愿将伪体别，勿使雅音沦"[⑥]之句。

其次，顾宗泰对李杜的崇拜终身未变。写于乾隆三十五年庚寅(1770)的《太白酒楼少陵南地余旧游任城时俱有诗矣江南北多和者今此地重游不可无作成七言一首》，有"千秋谁是诗中仙？太白腕底挥云烟。千秋谁是诗中圣？子美精思笔力横。……李杜坛高一下拜，风流千古皆吾师"[⑦]之句。十年后，作于乾隆四十五年庚子(1780)、四十六年辛丑(1781)的《薇省集》，有《登太白楼》《少陵南池》两诗，再次抒写他对这两位大诗人的推崇。诗依次为：

觞咏偶然耳，兹楼终古传。道由风雅契，人合主宾贤。照海群山日，临城万井烟。竭来重眺处，举手拂晴天。

我来拜诗圣，不敢复题诗。秋水句千古，风流长在斯。扪碑循

① 顾宗泰：《月满楼诗集》卷二十《重阳前五日少司寇钱东麓先生招饮寓斋同人分韵得花字》，《续修四库全书》第1459册，第338页。

② 顾宗泰：《月满楼诗集》卷二十二《观察陈药洲先生招同梦楼侍读冶山庶常条山明经竹香刺史宴集雪鸿小筑席上出唐子畏夜堂赋别图卷分题因用渔洋山人修禊水绘园韵得八首》第一首，《续修四库全书》第1459册，第347页。

③ 顾宗泰：《月满楼诗集》卷二十三《沈青斋观察招饮于运河署斋余辛未岁始游东省下榻斯署忽忽将三十年矣席上话昔抚今赋得二绝》第二首，《续修四库全书》第1459册，第356页。

④ 顾宗泰：《月满楼诗集》卷三十五《立崖出视诗稿赋赠二首》其二，《续修四库全书》第1459册，第442页。

⑤ 顾宗泰：《月满楼诗集》卷三十，《续修四库全书》第1459册，第403页。

⑥ 顾宗泰：《月满楼诗集》卷四十，《续修四库全书》第1459册，第495页。

⑦ 顾宗泰：《月满楼诗集》卷十四，《续修四库全书》第1459册，第299页。

北楹，搴藻伫南池。主簿怜追恃，青云慰所思。[1]

如果联系沈德潜“死后残碑墓草荒”[2]的悲惨境遇，以及格调派渐趋式微，性灵派风头正盛的诗坛现实，顾宗泰能够始终如一地坚守诗学阵地，显然并非易事。其执着精神，令人感动。

值得一提的是，乾隆五十八年癸丑(1793)顾宗泰所作的《吏部集》，收录了他与另外一位格调派重要羽翼——褚廷璋的诗歌唱和之作。两人你来我往，和作多达数十首。这些诗是格调派后期两位重要成员对对方诗歌的评价和总结，更重要的，这种评价和总结是站在格调派诗学的立场上。其中，顾宗泰的诗有“几辈灵光骚雅在”[3]“往梦卅年如昨日，江头联韵溯从前”[4]之句，前句是评价褚廷璋诗，“骚雅”两字不难看出其自身的诗学追求；后句是回顾两人不同寻常的交往。褚廷璋则有“性灵陶冶闲中胜，光景流连澹处传。风雅几人留正则，剪烛商骘宋元前”之句，注云：“君诗素以三唐为宗，故风格独遒。”[5]而褚廷璋《六叠和韵》其三则是从沈德潜去世后格调派成员烟消云散入笔，流露出一种淡淡的惆怅和伤感：

教忠堂掩散群仙，炼石安能再补天。元晏借名终古叹，侯芭问字旧时缘。敦盘异地知同仰，衣钵何人许独传。半壁江南提倡感，烦君酹酒莫云前。[6]

“教忠堂”是沈德潜辞官后，乾隆为其居住地所赐的匾额。此处代指沈德潜的诗学。颈联“衣钵何人许独传”，显然是针对顾宗泰而言的，意为其可以传承沈德潜及格调派之衣钵，可谓在惆怅和伤感中又流露出些许欣慰和希望。

---

① 顾宗泰：《月满楼诗集》卷二十三，《续修四库全书》第1459册，第356页。

② 陈文述：《颐道堂诗选》卷十三《独游沧浪亭怀苏子美次首吊沈归愚尚书》其二，《续修四库全书》第1505册，第48页。

③ 顾宗泰：《月满楼诗集》卷三十三《正月十五日褚筠心学士招集新居之茶墨间即席有作》，《续修四库全书》第1459册，第422页。

④ 顾宗泰：《月满楼诗集》卷三十三《再叠前韵其二》，《续修四库全书》第1459册，第423页。

⑤ 顾宗泰：《月满楼诗集》卷三十三《再叠和韵》其一，《续修四库全书》第1459册，第423页。

⑥ 顾宗泰：《月满楼诗集》卷三十三，《续修四库全书》第1459册，第426页。

三、顾宗泰的诗歌

顾宗泰早年就立志学古,《月满楼诗集》卷一名为《沧浪集》,作于乾隆十五年庚午(1750),他当时17岁,“是岁读书于郡中书院,院近苏子美沧浪亭,因以名集”①。该集所收诗大多为古体诗,如《鸡鸣曲》《嘉树篇》《美女篇》《吴趋行》《古风》等。难得的是,其甫一学古,就能自出新意,显示了出众的才华。如《鸡鸣曲》:

> 斜月没,明星稀,城上乌,绕树飞。膈膈膊膊晨鸡唤,漏尽铜壶夜复旦。游子倾离觞,悲歌肠欲断。车声辚辚,马鸣萧萧,来日妾梦,不离今朝。褰衣驾马门前路,憎煞鸡鸣送君去。古来人生无别离,花冠翠羽凭鸡啼。②

《鸡鸣曲》属乐府《杂歌谣辞》,本题多写宫怨诗。此诗虽沿用旧题,但通过杂言体的运用,景物与时令的更替描写,以及叠字造成的迂缓节奏,使得整首诗反复低回,意致深婉。虽受汉乐府影响,却贵在能自出新意,非刻鹄类骛者所能企及。

从乾隆十五年庚午(1750)开始的卷一《沧浪集》,到嘉庆七年壬戌(1802)、八年癸亥(1803)所作的卷四十《淮海维驹集》,这四十卷诗涵盖顾宗泰从17岁到70岁超过50年的作品,堪称随地随时而寄,至老吟诗不衰。他对诗的执着乃至痴迷态度在格调派中大概也只有主将沈德潜和副将王昶可以相媲美。《月满楼诗集》每卷前均有小注,说明此卷诗的写作背景及缘由,是了解作者一生行踪的指南。比如卷五名《江馆集》,写于乾隆二十八年癸未(1763)、二十九年甲申(1764),注云:“癸未春,探花邓尉,秋赴玉山。甲申秋,望山节相招游秦淮,冬又至暨阳。两年流连江上,总名为《江馆集》。”③卷二

① 顾宗泰:《月满楼诗集》卷一,《续修四库全书》第1459册,第189页。
② 顾宗泰:《月满楼诗集》卷一,《续修四库全书》第1459册,第190页。
③ 顾宗泰:《月满楼诗集》卷五,《续修四库全书》第1459册,第221页。

十五名为《扈跸江省集》，是乾隆四十九年甲辰(1784)，他跟随皇帝巡游江浙及泰山时所作[①]。其他的如卷二十二《西湖集》、卷三十一《吏部集》、卷三十七《岭南集》，仅从字面上就可了解作者当年的足迹。所以，从某种程度上看，顾宗泰《月满楼诗集》可以说是一部关于其漫游的简明编年史。

乾隆十六年辛未(1751)，年仅 18 岁的顾宗泰随家君游山左，所到之处，皆有吟咏，名为《东游集》。如《松陵道中》其二：

一生雅爱水云区，小艇长携笠泽书。此事季鹰还让我，不须秋老忆鲈鱼。[②]

有些诗则纯属写景，如《江上见白莲》：

亭亭分玉井，素花压风低。解语羞凡艳，凌波漾浅溪。半江残月堕，十里晓云迷。清绝何人赏，空教双鹭栖。[③]

白莲的清姿素容恰恰同诗人不与世俗同流合污的高尚品格保持一致，可谓字字珠玑。王鸣盛《江左十子诗钞》引程晋芳的评论："淡中设色，超绝。"[④]堪称确评。

顾宗泰虽主张转益多师，但其诗歌效法李杜的倾向是比较明显的，他自称"笔底要兼唐李杜"[⑤]，一些山水纪游诗典型地具有此特征。如《寒山赵凡夫故居今为法螺诸寺》一诗，既飘逸飞动，又锤炼精严，兼具李杜山水诗之长：

路与樵人争，深入寒山曲。缅维小宛堂，曾驻高人躅。丘壑构天然，秀野远尘俗。露滴疏花红，烟寒芳草绿。中藏一径幽，曲似仙源复。隐君此啸歌，结庐俯苍麓。岩间闷寒泉，雪花满空谷。冷光动翠微，疏响激幽瀑。胜地归禅宫，到今仰莛轴。夕阳孤磬闻，归僧

① 顾宗泰：《月满楼诗集》卷二十五，《续修四库全书》第 1459 册，第 366 页。
② 顾宗泰：《月满楼诗集》卷二，《续修四库全书》第 1459 册，第 200 页。
③ 顾宗泰：《月满楼诗集》卷二，《续修四库全书》第 1459 册，第 201 页。
④ 王鸣盛：《江左十子诗钞》卷二，乾隆二十九年甲申(1764)刻本，第 3a 页。
⑤ 顾宗泰：《月满楼诗集》卷二十三《雨夜再叠前韵》，《续修四库全书》第 1459 册，第 352 页。

入云竹。[①]

顾宗泰"词场十五试，每试劳亲神"[②]，在科场上可谓屡受打击。中进士后，萍踪近50年，仕途上也少有升迁。但他少有伤离怨别、落拓牢骚之语。所谓"安心是药学坡仙"[③]，他总能随遇而安，在仕宦各地、登山临水中得到解脱。与年少诗多逸兴飞动之气相比，顾宗泰中晚年诗更多了几分洗练和恬淡。如写于乾隆四十四年己亥(1779)的《西湖集》，其时顾宗泰46岁，中有《昭庆寺前望湖楼作》一诗：

水天真一碧，佳处尽当楼。岚翠排窗低，春云拥树头。心空看鸟逝，尘脱学僧幽。独倚忘遥夕，烟光万种收。[④]

而晚年所作《舟距凌江不远矣夜泊有作》不仅继承了早年精于景物刻画的一贯特征，在风格的温润委婉方面则超过了早年和中年诗：

幽景都从静夜生，临风伫兴入空冥。船依山足遥明火，树映江心倒挂星。酌水枫亭前夕过，憩云梅岭越朝经。此行物外偏耽赏，更漏残馀笔未停。[⑤]

除了山水纪游诗之外，怀古诗也是顾宗泰的主要诗歌题材之一。如《读〈离骚〉》：

杜衡芳芷自行吟，步马江皋写怨深。不是蛾眉谁更妒，可知谣诼亦知音。[⑥]

---

① 顾宗泰：《月满楼诗集》卷三，《续修四库全书》第1459册，第206页。

② 顾宗泰：《月满楼诗集》卷二十一《戊戌闰六月接家书惨遭先严大故于八月下旬星奔南去道中抱痛述情作思亲诗九首词无伦次聊当哀哭云》其三，《续修四库全书》第1459册，第342页。

③ 顾宗泰：《月满楼诗集》卷三十四《寿庭员外索余与筠心学士城南倡和诗且叠卷中韵四律见视因仍叠韵却答》，《续修四库全书》第1459册，第440页。

④ 顾宗泰：《月满楼诗集》卷二十二，《续修四库全书》第1459册，第345页。

⑤ 顾宗泰：《月满楼诗集》卷三十八，《续修四库全书》第1459册，第476页。

⑥ 顾宗泰：《月满楼诗集》卷二，《续修四库全书》第1459册，第199页。

末联独辟新见，可谓善于解嘲。

《司马相如》云：

> 琴心一曲感殷勤，酤酒还怜犊鼻裈。底事《白头》悲怨切，谁人更与赋《长门》。[①]

最后，顾宗泰酷爱作诗，一生交游广泛，因此，集中存有大量与友朋的应酬之作。比如写于乾隆三十五年庚寅(1770)、三十六年辛卯(1771)的《鹿苹集》，是其进京参加乡试、会试时所作。彼时他仍然与志同道合的诗友们在京诗酒唱和，正如《同沈云椒侍读南楼秋部曹习庵编修程鱼门中翰陈青柯秋部任苎村礼部饮陈竹香舍人寓斋作》一诗中所说的：

> 同是江南客，常联京洛踪。今宵良宴会，意气尽云龙。剪烛论文洽，倾壶醉酒浓。追欢忘旅次，长此惬情悰。[②]

其他如《袁存斋太史招饮随园出示海棠词即席次韵》[③]《题韦约轩前辈秋林讲易图同王述庵廷尉朱石君学士吴稷堂学士作》[④]《汪讱庵水部招同朱竹君学士曹习庵中允程鱼门吏部张瘦桐蒋香泾两同年为草桥之游归饮分韵得叶字》[⑤]《程鱼门吏部招同竹君学士习庵中九讱安水部瘦桐香泾两同年游西郊王氏园分韵得未字》[⑥]等，这些诗涉及乾隆朝几乎所有的著名诗人，如袁枚、王昶、朱筠、曹仁虎、程梦星等，可知顾宗泰的交游之广及在诗坛的广泛影响力。如果联系这些诗所作的时间和背景，更有助于了解乾隆朝后期诗人之间的交往切磋情景。

顾宗泰的诗除了上述纪游诗、怀古诗及应酬诗之外，还有一个特点，就是

---

① 顾宗泰：《月满楼诗集》卷二，《续修四库全书》第1459册，第202页。

② 顾宗泰：《月满楼文集》卷十五，《续修四库全书》第1459册，第304页。

③ 顾宗泰：《月满楼诗集》卷四，《续修四库全书》第1459册，第214页。

④ 顾宗泰：《月满楼诗集》卷二十，《续修四库全书》第1459册，第339页。

⑤ 顾宗泰：《月满楼诗集》卷十九，《续修四库全书》第1459册，第334页。

⑥ 顾宗泰：《月满楼诗集》卷十九，《续修四库全书》第1459册，第334页。

多大型组诗。如《白门杨柳枝词》[①]共十首,《彭城杂感》共十首[②],《红桥绝句》[③]共六首,《端午前三日东光道中却忆故乡风景》[④]共六首,以及《摄山绝句八首和云坡先生》[⑤]《和褚筠心学士题湘兰小影韵八首》[⑥]等,无不显示出作者的敏捷诗才及丰富诗情。

顾宗泰的诗也存在明显缺点,就是反映现实的诗很少。在他数十年的漫游中,对于民生疾苦的反映几乎没有,相反,其诗集中大量充斥着山水纪游诗,由此客观上造成另外一个缺点,即描写山水风物的诗多有重复之作。

第二节 "恬和醇粹,一本唐人"[⑦]
——钱塘诗人朱彭

在格调派后期羽翼中,朱彭是比较特殊的一位。之所以这样说,是因为他远离格调派大本营吴中,而是在浙派中心杭州,以近乎执拗的态度,提倡沈德潜的诗学,以纠正浙派末流之弊。由于远离吴中,朱彭与沈德潜的师徒之情可能比不上吴中七子与沈德潜那样深厚;朱彭与吴中七子的关系可能也不如顾宗泰、王廷魁、褚廷璋、张熙纯等其他后期羽翼那样亲密,但是,在继承、坚守沈德潜的诗学方面,他的坚守和努力程度甚至超过上述诗人。

朱彭,字亦钱,号青湖,钱塘(今杭州)人。诸生。生于雍正九年辛亥(1731),卒于嘉庆八年癸亥(1803)。嘉庆元年(1796)丙辰举孝廉方正,固辞。有《抱山堂诗集》十八卷。享年73岁。

阮元《朱征士传》对朱彭的生平经历及人品操守有简要介绍:

征士名彭,字亦钱,号青湖,浙江钱唐人。少即以诗称于时,由

① 顾宗泰:《月满楼诗集》卷四,《续修四库全书》第1459册,第217~218页。
② 顾宗泰:《月满楼诗集》卷八,《续修四库全书》第1459册,第250~251页。
③ 顾宗泰:《月满楼诗集》卷十,《续修四库全书》第1459册,第275页。
④ 顾宗泰:《月满楼诗集》卷八,《续修四库全书》第1459册,第245~246页。
⑤ 顾宗泰:《月满楼诗集》卷十八,《续修四库全书》第1459册,第325页。
⑥ 顾宗泰:《月满楼诗集》卷二十,《续修四库全书》第1459册,第335页。
⑦ 郭麐:《灵芬馆诗话》卷六,《续修四库全书》第1705册,第378页。

是益自喜，以词赋补弟子员。既而省试，无所遇，乃纵游金陵，泛江登金、焦两山，拜吴季子之墓而返。自是诗益遒宕，不肯屑屑世故，倘佯于西湖山水间者三十年。余在京师时即知名。及视学两浙，见征士，与之谈名物掌故，皆能有所得。及丙辰，朝廷征天下孝廉方正之士，郡县以名闻，而征士因年老，固辞不就，人益以此高之。家素贫，居恒著书不辍……①

朱彭在杭州的住所名为抱山堂，“图史纵横，时与一二老友征文考献，留连竟日，后生望之如灵光岿然”②。陈文述《西泠怀旧·湖湾怀朱青湖先生》就着重描写抱山堂的幽美与静谧，同时也不难看出主人的性情志向：

小桥渔舍指湖湾，落日微茫好放船。翠羽穿林花气静，鱼苗吹浪水纹圆。半蓬疏影浮梅槛，一盏寒香荐菊泉。诗卷长留图画在，抱山亭榭渺如烟。③

朱彭《西圩》二首表达了自己虽耽于诗书、拙于谋生却自给自足、乐在其中的境况：

少小耽诗书，作计落人后。蹉跎阅时日，饥寒困八口。家有西圩田，荒芜半稂莠。犁锄让人把，得谷不盈斗。秋晚买舟过，老稚争挽肘。邀归话情愫，浊醪注瓦缶。虽云土地瘠，颇觉风俗厚。感此意殷勤，行将就田亩。

数家濒河居，尘市不在目。远树出炊烟，朝暾照茅屋。鸡犬亦依依，相爱忘异族。缘知洽比邻，仁风到畜牧。何时理荒秽，三间手自筑。嬉游戒子弟，力作先僮仆。天意倘悯勤，饘粥庶可卜。④

随着老之将至，朱彭这种不求闻达、高隐避世的心态愈发强烈，也就是阮

① 阮元：《朱征士传》，朱彭《抱山堂集》，《清代诗文集汇编》第376册，第1页。
② 郭麐：《灵芬馆诗话》卷六，《续修四库全书》第1705册，第377页。
③ 陈文述：《颐道堂诗选》卷二十一，《续修四库全书》第1505册，第193页。
④ 朱彭：《抱山堂集》卷二，《清代诗文集汇编》第376册，第15页。

元所说的“白发吟诗独闭关”[①]。其《有感二首》第二首云：

> 依然踪迹寄园林，兀坐聊为抱膝吟。已是塞翁忘得失，何须卜肆问升沉。栖迟长作千秋想，著述难酬异代心。老至频将如意击，莫云文翊少知音。[②]

与随性适意的生活态度相对应，是朱彭重视修德、求学探道的人生追求。《澄江书院种花诗为卢抱经山长作》一诗，借种花表达他“首德行”的观点：

> ……种花寓深意，生徒愿勉旃。种植有良法，聚土培其根。根本倘能固，着花亦自繁。儒生首德行，惟孝及弟昆。经训为菑畬，当使故业温。立言既有本，坐见风教敦。剪采以娱目，生意何所存……[③]

而《三月晦日鹿庵能白文水抱村杜可竹厂集小山园分得天字》则反映出他和一群志同道合的友人不谐于俗，相互砥砺学问、探雅寻道的情景：

> 残春如行客，欲去还流连。人生稀会合，快意惟目前。晨起偕李君，闲步吴山颠。招邀得数子，尔我齐吟肩。言访寓公室，同参文字禅。小园叠山石，花草纷联绵。红薇含夜雨，绿筱浮朝烟。凭栏窥倒景，写此池中天。抚时契元化，流盼增清妍。顾我同心人，文采俱翩翩。结交既殊众，不为尘俗牵。相期探道要，雅集非偶然。[④]

朱彭的一生经历较简单，既没有经历仕途上的起落浮沉，也没有遭遇大的家庭变故；又生逢盛世，身居杭州这一湖山秀美之地，故能如孤云野鹤般，专心于学问，醉心于诗歌。再加上他性格温和敦厚，所以朱彭的诗一直没有大的变化，总体上“恬和醇粹，一本唐人”[⑤]。如前所述，唐宋兼宗、转益多师

① 阮元：《揅经室四集》卷四《赠朱青湖彭》，《续修四库全书》第1479册，第328页。
② 朱彭：《抱山堂集》卷十，《清代诗文集汇编》第376册，第72页。
③ 朱彭：《抱山堂集》卷四，《清代诗文集汇编》第376册，第28页。
④ 朱彭：《抱山堂集》卷七，《清代诗文集汇编》第376册，第46页。
⑤ 郭麐：《灵芬馆诗话》卷六，《续修四库全书》第1705册，第377页。

是后期格调派成员的共同点，专门宗唐或专门宗宋的诗人非常少见，而朱彭却选择宗法唐人这种相对纯粹的诗学观，这一特征在格调派后期尤为突出。乾隆五十五年庚戌（1790），朱彭《抱山堂集自序》云：

余方成童，即耽吟咏，偶检敝簏，得唐人集，辄手一编不忍释。久之，触于景，感于心，往往得句……今忽忽五十馀年矣，日月易逝，童已成翁，犹幸生逢盛世，得以徜徉湖山，杖藜行歌，陶写幽抱，譬之鸣鸟当春，和风鼓荡，而不自知其声之长也……[1]

朱彭这篇写于晚年的自序可谓是对其诗歌生涯的总结。可见他对于诗歌，完全是出于个人爱好；他喜好唐人诗，也是个性使然。

朱彭何时拜沈德潜为师，不得而知。《抱山堂集》卷一有《饮留馀山庄次归愚先生原韵》[2]一诗，可视为他得到沈德潜亲炙的证据，另外，他很可能与格调派前期代表诗人之一翁照也有交往。其《澄江杂诗二十首》第十九首云：

征士诗名迈等流，遍传风雨一身秋。草堂图就归来好，三十三峰足卧游。[3]

该诗末尾注云："翁征士朗夫《蓑衣》诗有'风雨一身秋'之句，为人传诵。晚年归隐，绘《三十三峰草堂图》，名流多题咏焉。"

朱彭的诗学观可以从嘉庆五年庚申（1800）编选的《同岑诗选序》中窥得一二：

余幼好为诗文，获闻诸前辈绪论，以故年将耄及，而于吟咏未尝一日废。丙戌自江左归，息影蓬门已卅五年矣。诸生之问字者，尝以诗进质，必为之审声辨格，去郑存雅，遇有佳者，俾录而藏之，将以验他日学力之进退，而非遽以是为可传也。吾乡顾涑园先生主持风雅，引掖后进，尝见门下士及儿辈所作，辄加称赏。今年春，青浦王

① 朱彭：《抱山堂自序》，《抱山堂集》，《清代诗文集汇编》第376册，第2页。
② 朱彭：《抱山堂集》卷一，《清代诗文集汇编》第376册，第7页。
③ 朱彭：《抱山堂集》卷四，《清代诗文集汇编》第376册，第32页。

> 述庵司寇来主敷文讲席，李生方湛持同学十二人所作就正，即邀点定，叹为宗法之正，足继前哲。因合两先生所选，编为行卷，以付剞劂，曰《同岑诗选》。余以诸子年力正富，充其所学，将有不止于是者。倘能各加奋勉，与年俱进，庶无负两先生奖励之盛意耳。书成后，乞余数语，故识之。时嘉庆五年夏六月，钱唐朱彭书于抱山堂。①

文中提到的“丙戌自江左归”，丙戌，即乾隆三十一年，1766年，朱彭时年36岁。根据他所说的，在此年之后他就“息影蓬门”，或许可以据此推断，朱彭也正是在乾隆三十一年左右拜会沈德潜，并开始服膺沈德潜的理论。换句话说，他应该也是在沈德潜辞官归里后游于沈门的。序中所说“审声辨格，去郑存雅”的选诗宗旨，正是格调派选诗时的一贯秉持的原则。《同岑诗选》共选朱彭弟子黄孙灿等十二人的诗集，每人一卷。此十二人如同王豫所说“咸守青湖之教，别裁伪体”②，由王昶、顾光同选。王昶《同岑诗选序》说：

> 乾隆戊辰，予始识钱唐厉征君太鸿于吴门。又十年，游武林，复见杭太史大宗。两先生皆待以国士，且得尽读其诗文，盖越中数十年来未有匹者。及后官京师，历四方，所交钱唐士大夫甚众。考其所作，卒无出两先生之右。因以思诗文湖山之精气，造物不轻以予人，故名家之间出为不易也。去年在吴门，始识仁和李子光甫。出其诗，阅之惊叹，以为可作两先生之继别矣。今春来武林，光甫率其同学十一人来见，并出所编《同岑集》属予论之。嗟乎！方予弱冠，在吴门，与曹来殷、赵升之、张策时、朱吉人、钱晓征及家凤喈等十馀人，常集吴君企晋璜川书屋，斗酒赋诗，以相娱戏。时沈文悫公方以侍郎告归，是以有吴中七子之刻。迄于今不及五十年，太鸿、大宗久逝，而璜川书屋诸君，自予与晓征詹事之外，馀皆零落几尽。吴中诗

① 朱彭：《同岑诗选序》，王昶《同岑诗选》，嘉庆刻本，第1a～2a页。

② 王豫：《群雅集》卷二十九“李方湛”条，嘉庆刻本，第7a页。

酒之社，亦罕有继声者。独武林人文蔚起，铿然而韶頀鸣，翕然而埙篪合，其学问、才调各有以自见，而皆足以名家。论其年，与予弱冠时相等，进而不已，其为继两先生之后无疑也。夫诗者，心之声，天地之元气也。播于音者，其数五。而同于律也，则以十二参伍其数，错综其变。京房之六十四律，钱乐之三百六十律，率由是衍而推之。今以武林湖山之胜，与师友渊源之渐被，叩宫，宫应，调角，角动。将见吴中才俊，亦且闻风欣跂，奉敦盘而襄坛坫，风会所趋，云蒸飚举，固有数莫能纪者。予以残年衰病，获亲其盛，而无复有零落之慨也，讵不快哉！嘉庆庚申五月，青浦王昶书于武林敷文书院。[①]

如前所述，王昶晚年声望日隆，俨然是格调派副将。他亲自为朱彭弟子选诗，并欣然赐序，将之与包括自己在内的吴中七子相提并论，不仅可见朱彭与王昶的交情并非泛泛，同时也可看出王昶对这一诗歌群体的期许。另外，朱彭《抱山堂诗集》中还有《题王述庵司寇三泖渔庄图》[②]《青溪书院十景和王述庵先生》[③]等诗，是朱王两人友谊的见证。此外，朱彭与赵文哲、张熙纯也有交往，诗集中有《灵谷寺和赵升之原韵》[④]等诗。在《题赵升之〈媕雅堂遗诗〉》中，朱彭回忆"曾在江南识赵张"的经历，并称赞赵文哲的诗"一编《媕雅》冠群才，展读难禁楚些哀"[⑤]。

与坚持"审声辨格，去郑存雅"的观点相对应，朱彭还常以"格"等字眼表达对诗作的褒奖之意，如"浣花诗格迈三唐"[⑥]"别具标格非寻常"[⑦]"诗格谁居

---

① 王昶：《同岑诗选序》，嘉庆刻本，第1a页。

② 朱彭：《抱山堂集》卷十三，《清代诗文集汇编》第376册，第97页。

③ 朱彭：《抱山堂集》卷十四，《清代诗文集汇编》第376册，第100页。

④ 朱彭：《抱山堂集》卷三，《清代诗文集汇编》第376册，第19页。

⑤ 朱彭：《抱山堂集》卷六，《清代诗文集汇编》第376册，第45页。

⑥ 朱彭：《抱山堂集》卷十《徐湘浦使君于上巳日集同人于吴山吟馆以祀杜公诗以纪之》，《清代诗文集汇编》第376册，第77页。

⑦ 朱彭：《抱山堂集》卷十一《题冬心先生诗卷后》，《清代诗文集汇编》第376册，第79页。

朱放先”[1]“格调宗前辈”[2]等。这些评语也可被看作朱彭崇尚雅正诗学的例证。

朱彭一生淡泊宦情，故能尽情徜徉湖山，遍游江南诸胜，他自称“爱玩云烟访林壑”[3]，因此朱彭诗的最大特色，就是擅长写景。《早春山行》：

一径入春阴，行行野趣深。早烟浮远浦，残雪秀疏林。问客少尘事，看山生隐心。何当结茅屋，长此寄清吟。[4]

此诗写乍暖还寒的早春，诗人信步游山时的所见所想。“早烟浮远浦，残雪秀疏林”句，写景逼真，情态自然。后两联则传达出诗人向往自由的主旨。整首诗不只是对自然景物幽美静谧的描绘，更有诗人超尘脱俗、恬淡宁静的心境在内。其他如“松凉人气健，山霁鸟声清”[5]“霜催群木瘦，秋放一峰高”[6]“高峰开晓日，断塔出寒云”[7]“离情牵远梦，晓色夺残灯”[8]“海气渐收看日出，天风不断送香来”[9]等，大都精丽善绘，诗风清醇简古，意境淡泊清远，是效法王孟诗风的佳作。

朱彭诗的另一特色，是其笔下景物多与杭州西湖周边风景有关，所谓“雾鬟烟鬟看不足，此身只合老西湖”[10]，诗集中以西湖为背景的诗比比皆是，涵盖西湖的春夏秋冬，阴晴雨雪。比如他以“风翻荷叶白，雨打浪花青”[11]描写

① 朱彭：《抱山堂集》卷九《湖上看红叶柬一鸥桐门春泉诸君》，《清代诗文集汇编》第376册，第63页。

② 朱彭：《抱山堂集》卷四《题复园先生亭角寻诗图》，《清代诗文集汇编》第376册，第30页。

③ 朱彭：《抱山堂集》卷十《病足》，《清代诗文集汇编》第376册，第67页。

④ 朱彭：《抱山堂集》卷一，《清代诗文集汇编》第376册，第7页。

⑤ 朱彭：《抱山堂集》卷九《早秋山行》，《清代诗文集汇编》第376册，第67～68页。

⑥ 朱彭：《抱山堂集》卷十《秋晚登南高峰》，《清代诗文集汇编》第376册，第71页。

⑦ 朱彭：《抱山堂集》卷十一《山行望南高峰怀亡友严古缘》，《清代诗文集汇编》第376册，第81页。

⑧ 朱彭：《抱山堂集》卷十二《寒夜不寐怀章云门应叔雅》，《清代诗文集汇编》第376册，第85页。

⑨ 朱彭：《抱山堂集》卷十《秋晚登大观台》，《清代诗文集汇编》第376册，第72页。

⑩ 朱彭：《抱山堂集》卷九《画西湖雨泛图》，《清代诗文集汇编》第376册，第65页。

⑪ 朱彭：《抱山堂集》卷九《夏日湖上遇雨》，《清代诗文集汇编》第376册，第65页。

雨中西湖，以“流光满平湖，皓若浮烟雪。凉风生微波，一片琉璃活”[①]描写月色中的西湖；以“天外苍茫散云雾，红霞一线山坳吐。须臾闪烁无定形，涌出铜钲挂高树”[②]描写西湖日出等。作者正是在此湖山胜景中，陶然自乐，流连忘返。此外，朱彭还著有关于西湖掌故的《湖山遗事诗》二卷，“搜采极博，异闻佚事，赖之以传”[③]。

除了写景诗之外，朱彭的一些诗以物喻人，寄托着自己的品概，堪称作者的个性自白，十分耐读。比如《白桃花》：

乱红齐斗艳，一树格偏清。独立自春色，相看无冶情。渡头花正放，洞口月初晴。莫问重来客，刘郎白发生。[④]

《新竹》：

烟梢初放竹，冉冉忽过墙。抱节既殊众，当春宁久藏。风廊徐弄影，石径细生香。好护凌寒质，从教饱雪霜。[⑤]

不论是“独立自春色”的白桃花，还是“抱节既殊众”的新竹，无不暗示着作者对尘世纷扰的厌倦和对自在脱俗境界的向往和沉醉。

朱彭的一些七言长篇，则极尽纵横跌宕、铺叙渲染之能事，有天马行空之概。如《唐明皇斗鸡图》一诗，从一幅画入手，以小见大，极意描写唐明皇沉湎玩乐，忘记国事，终于酿成“安史之乱”的恶果：

旭日射堂人影动，丹青黯澹烟光重。高叉一灯斗鸡图，矫首相看便惊竦。衣冠约略皆唐装，人物意态分毫芒。贾昌率童抱鸡至，花冠上指神扬扬。引开草钯排春场，明皇勒马驻不发，左右环观颜

---

① 朱彭：《抱山堂集》卷六《八月十六日偕东甫能白次山西湖泛月分得月字》，《清代诗文集汇编》第376册，第42页。

② 朱彭：《抱山堂集》卷九《西湖晓渡观日出》，《清代诗文集汇编》第376册，第63页。

③ 郭麐：《灵芬馆诗话》卷六，《续修四库全书》第1705册，第377页。

④ 朱彭：《抱山堂集》卷七，《清代诗文集汇编》第376册，第45页。

⑤ 朱彭：《抱山堂集》卷七，《清代诗文集汇编》第376册，第49页。

色悦。洒将芥粉疯霜毛，薰得狸膏森战骨。低昂怒目光不定，金距盘挐各驰突。一鸡兀立峙上风，不虞失势遭颠蹶。一鸡佯俯旋耸身，意欲中人在仓卒。由来狡狯岂自雄，外假蠢懦藏其锋。禄山雌伏定飏去，败奚请斩王应从。优容翻使全羽翼，骑骡西狩伤飘蓬。上皇白发归来晚，空教蜀道驱长坂。鼙鼓喧声动地来，绮罗香影随烟散。为问鸡坊尚有无，曲江宫殿长青蒲。外作禽荒古有戒，令我观图增叹呼。[①]

《秋夜闻潮有感》一诗，不仅描写了如万马奔腾般的钱塘江潮这一自然奇观，绘声绘色，更抒发了作者对"武备虽修盗未平"的时世忧虑及对"安得壮士缚长鲸"的期待。诗云：

钱塘形胜古莫比，曲江名从枚乘起。一日秋潮两度来，满城人住江声里。吾家恰在吴山旁，楼高遥见江云黄。夜永灯昏群籁寂，耳边忽觉来洋洋。初如春雷乍起蛰，殷殷填填声未集。旋疑铁骑金戈奔，荡摇地轴翻云根。冯夷击鼓浩呼汹，想见一气浮乾坤。近闻海上烽烟逼，楼船风闪旌旗色。武备虽修盗未平，出没波涛颇难测。安得壮士缚长鲸，灌燧销锋静不惊。老夫作罢河清颂，高枕江村听此声。[②]

关于朱彭的诗歌成就及其诗学影响，格调派副将王昶《蒲褐山房诗话》作了总结：

西泠自金江声、厉樊榭、杭堇浦、汪槐塘诸公后，大雅将沦。青湖独承其后，以诗法指示骚坛，故二三十年来，从游甚众。每言浙江明季多学钟、谭，渐乖于正。自云间陈卧子先生司李山阴，差知复古。后如西泠十子皆奉司李之馀绪。西河毛氏，幼承赏识，亦宗其旨。即竹垞太史，初时并效唐音。百馀年来，浙中诗派，实本云间。

① 朱彭：《抱山堂集》卷一，《清代诗文集汇编》第376册，第5页。
② 朱彭：《抱山堂集》卷十一，《清代诗文集汇编》第376册，第79～80页。

至康熙中叶，小变其格。继吴孟举、查初白出，始竞为山谷、诚斋之习。檇李学者，靡然从之。而武林兼学唐、宋，无所取裁，故青湖专以归愚宗伯《别裁》诸集传示学者，于诗学自为有功。①

王昶在此简要论述浙派的发展历程。他认为浙派自康熙中叶起，诗风开始变以往的宗唐而为宗宋，乃至发展到"竞为山谷、诚斋之习"。在格调派诗人眼中，这种诗风显然与雅正的诗道背道而驰。而朱彭就是在此"大雅将沦"之时，"以归愚宗伯《别裁》诸集传示学者"，而其诗学功绩也正体现在这一点。

关于浙派的流弊，朱庭珍的分析颇为中肯：

浙派自西泠十子倡始，先开其端，至厉太鸿而自成一派，后来多宗之。其清新生俊，圆润秀媚之篇，佳处自不可没。然病亦坐此，往往求妍丽姿态，遂失于神骨不俊，气格不高，力量不厚，无雄浑阔大之局阵篇幅，谐时则易，去古则远也。樊榭集中，工于短章，拙于长篇，工于五言，拙于七言，七古尤劣。其宗派囿于宋人，唐风败尽。好用说部丛书中琐屑生僻典故，尤好使宋以后事。不惟采冷峭字面及掇拾小有风趣谐语入诗，即一切别名、小名、替代字、方音、土谚之类，无不倚为词料。意谓另开蹊径，色泽新异别致，生趣姿态，并不犹人也。殊不知大方家数非不能用此种故实字样，大方手笔非不能为此种姿态风趣，乃不屑用，并不屑为，不肯自贬气格，自抑骨力，遁入此种冷径别调耳。是小家卖弄狡狯伎俩，非名家之品也。②

朱庭珍的言辞虽稍嫌尖刻，但也洞中浙派末流去古远、败唐风、用僻典等明显弊端。朱彭以近乎执拗的态度力挽颓波，以唐音振之，以期合乎诗歌正道，所以，王昶的上述观点颇具说服力，并得到当时诗评家的一致首肯：

① 王昶著，周维德校点：《蒲褐山房诗话新编》卷上，北京：人民文学出版社 2011 年 9 月第 1 版，第 146 页。

② 朱庭珍：《筱园诗话》卷二，《清诗话续编》本，上海：上海古籍出版社 1983 年 12 月第 1 版，下册第 2367～2368 页。

朱青湖彭诗，述庵称其不染厉、杭习气，杭州诗人允推正宗。惜以诸生终老，阮云台以孝廉方正荐，坚辞不受。[①]

杭自厉樊榭、杭堇浦、陈句山诸先生后，诗不振者数十年。征士以雅润清丽之旨继轨往哲，杭之言诗者多以朱氏为归。天之所为塞其遇者，昌其文欤?[②]

青湖禔躬植行，一时学者奉为仪型。云台学使举孝廉方正，辞不就，人尤高之。述庵先生谓越中诗派自杭、厉两公后，倡明古学，力挽颓波，端赖是人。[③]

要之，朱彭在格调派的意义就在于，处在"近来浙中诗人，皆瓣香厉鹗《樊榭山房集》"[④]的诗学背景下，把沈德潜及格调派的诗歌主旨、诗学宗尚播传到浙派的大本营——杭州，并以其自身的创作成就，取得不小的影响。而朱彭"禔躬植行，一时学者奉为仪型"[⑤]的人格风范，无形中也助长了其诗学影响力。代表朱彭弟子们诗歌特征的《同岑诗选》，也被视为浙地诗人师法唐贤的典型选本。因此，朱彭理应被视为格调派后期羽翼之一。

第三节 "诗画兼长"

——王廷魁

王廷魁，字冈龄，一字盘溪，江苏吴县人。有《小停云诗集》五卷，另编有《西塘倡酬集》《盘溪倡酬集》各一卷。

① 法式善撰，张寅彭、强迪艺编校:《梧门诗话合校》卷六，南京:凤凰出版社 2005 年 10 月第 1 版，第 182 页。

② 阮元:《两浙輶轩录补遗》卷八，《续修四库全书》第 1684 册，第 701 页。

③ 王豫:《群雅集》卷十五，嘉庆刻本，第 6b 页。

④ 洪亮吉:《洪亮吉集·北江诗话》卷一，北京:中华书局 2001 年 10 月第 1 版，第 5 册第 2256 页。

⑤ 王豫:《群雅集》卷十五，嘉庆刻本，第 6b 页。

王廷魁生卒年不详。沈德潜《王冈龄画记》提到王廷魁“中岁卜居枫江西塘”[①]，又据蒋恭棐《西塘倡酬集序》，“岁庚申，王子冈龄卜居枫江之西塘”[②]，庚申，指乾隆五年，1740年。可以推知他应该出生于康熙四十年以后。王廷魁《小停云诗集》由沈德潜、彭启丰、顾诒禄、王鸣盛等四人作序，其中彭、顾作序时间都在乾隆丙戌年即乾隆三十一年(1766)，且根据序文内容可知这一年王廷魁还在世。

王廷魁也是沈德潜弟子之一，王昶《蒲褐山房诗话》云：

冈龄受诗法于沈文悫公，所居在枫桥，有小园花木之胜。能画，藏弆名迹颇多，最爱文氏翰墨，故以小停云名其馆。风日佳时，恒招诸名士作文酒之会。[③]

沈德潜有两篇专门写给王廷魁的文章，一是《王冈龄画记》：

王生冈龄游于吾门，善贴括，工韵语，为名诸生。兼好绘事，一以待诏文衡山先生为师……早岁多病，独坐斗室，悬待诏画，终日静对，心凝神寂，耳不闻钟鼓声，目之所注，手之所摹，欲与待诏追逐。当兴酣落笔，一丘一壑，蔚然苍然。诣门征索者，往往以文家画目之。假令生同待诏之时，亦当引之入室，而不止于循墙而走者也。中岁卜居枫江西塘，莳花叠石，种竹穿池，皆仿待诏画意。予尝颜其读书处为“停云小筑”，兼赠以“诗家有名人”旧迹……[④]

由沈文可知，王廷魁是个有多方面艺术才能的人，最突出的才能是绘画，画宗吴中先贤、明代著名画家、诗人文征明。文征明曾为翰林院待诏，故又称“文

① 沈德潜：《沈德潜诗文集·归愚文钞馀集》卷三，北京：人民文学出版社2011年10月第1版，第3册第1274页。

② 蒋恭棐：《西塘倡酬集序》，王廷魁辑《西塘倡酬集》，第1a页，乾隆刻本。

③ 王昶著，周维德校点：《蒲褐山房诗话新编》卷上，北京：人民文学出版社2011年9月第1版，第69页。

④ 沈德潜：《沈德潜诗文集·归愚文钞馀集》卷三，北京：人民文学出版社2011年10月第1版，第3册第1274页。

待诏”。王廷魁中年迁至西塘后,沈德潜为其书房题名“停云小筑”,可见他颇得沈德潜的青睐。“停云”同时也是文征明的画室名。

沈德潜写给王廷魁的第二篇文章就是《小停云诗集序》:

> 古来画师兼诗人者,于唐为王右丞摩诘,于元为赵承旨子昂,于明为家隐君石田、文待诏衡山,馀画家亦有能诗之人,然偶尔及之,初非专家。甚矣,二者并工之难也。吾门王生冈龄本名诸生,少善病,慕烟云供养者多寿,因习绘事,以衡山为师。始模规格,渐得神理,观者目为小停云也,予作记赠之亦云然。近则专力于诗,凡凭吊古今,友朋赠答,与夫模范山水,刻画飞潜动植,皆以己之性情流贯于其中,如古琴之泛音也。如都梁迷迭之乍爇也,韵如名花之半开,嫭如美人之晓妆,而时鸟变声,哉生月魄,又如状其鲜新也,一章一句,冈龄在焉,呼之欲出矣。昔人品摩诘画,谓画中有诗,言粉本即韵语也;论摩诘诗,谓诗中有画,言韵语皆粉本也。冈龄虽未能至,心向往之,他时诣极,乌可涯量? ……冈龄好朋旧,名流会合,必拈题赋诗。今所携《西塘倡和》《盘溪倡和》二集,即上追玉山池馆诸贤,与北郭十子不相让也。①

此序作于乾隆庚辰,即乾隆二十五年(1760),沈德潜时年 88 岁。该序也收于沈德潜文集中,名为《王冈龄诗序》②。沈序从历代画师兼诗人写起,认为二者并工者,只有唐代王维,元代赵孟頫,明代沈周、文征明等寥寥数人而已。沈德潜文中提到的“予作记赠之”当指上文《王冈龄画记》。王廷魁不仅擅画,而且中年后诗歌进步明显,可谓难得。不仅如此,王廷魁《小停云诗集》也由沈德潜鉴定,吴中七子之一王鸣盛选辑,不少诗末尾还附有评语,大多出自沈德潜等格调派诗人之手。

---

① 沈德潜:《小停云诗集序》,王廷魁《小停云诗集》“序”一,乾隆刻本。

② 沈德潜:《沈德潜诗文集·归愚文钞馀集》卷三,北京:人民文学出版社 2011 年 10 月第 1 版,第 3 册第 1571~1572 页。

沈德潜还有多首涉及王廷魁的诗，如《四面松为王生冈龄赋》[①]《题小停云未了画》[②]《题王冈龄仿文衡山画》[③]《集王生冈龄停云斋》[④]《自题万峰独立图用冈龄韵》[⑤]，以及《解佩令・王冈龄园居》[⑥]等。

王廷魁诗集也有多首涉及沈德潜的诗，如《画寄沈宫詹夫子》[⑦]《又呈大宗伯归愚师次韵》[⑧]《呈大宗伯归愚夫子》[⑨]《竹炉山房茶话次归愚夫子原韵》[⑩]等，大多表达他对沈德潜的爱戴、尊敬，以及对沈诗的高度评价。如《次沈宗伯归愚师九十咏怀原韵》第二首云：

壮岁才名压建安，暮年荣遇胜登坛。家馀清俸闲调鹤，秩领仪曹看握兰。经术早同刘向著，吟情还异孟郊寒。三吴风雅归耆硕，鸥鸟忘机天地宽。[⑪]

这组诗也收录于《沈德潜诗文集》，诗名为《恭和长洲老夫子九十咏怀元韵兼祝大寿》[⑫]。

---

① 沈德潜：《沈德潜诗文集・归愚诗钞》卷十一，北京：人民文学出版社2011年10月第1版，第1册第216～217页。

② 沈德潜：《沈德潜诗文集・归愚诗钞》卷二十，北京：人民文学出版社2011年10月第1版，第1册第398页。

③ 沈德潜：《沈德潜诗文集・归愚诗钞馀集》卷四，北京：人民文学出版社2011年10月第1版，第2册第491页。

④ 沈德潜：《沈德潜诗文集・归愚诗钞馀集》卷五，北京：人民文学出版社2011年10月第1版，第2册第521～521页。

⑤ 沈德潜：《沈德潜诗文集・归愚诗钞馀集》卷十，北京：人民文学出版社2011年10月第1版，第2册第606页。

⑥ 沈德潜：《沈德潜诗文集・归愚诗馀》，北京：人民文学出版社2011年10月第1版，第2册第1096页。

⑦ 王廷魁：《小停云诗集》卷一，第3a页。

⑧ 王廷魁：《小停云诗集》卷二，第1b页。

⑨ 王廷魁：《小停云诗集》卷二，第9a～9b页。

⑩ 王廷魁：《小停云诗集》卷三，第11a页。

⑪ 王廷魁：《小停云诗集》卷四，第6a页。

⑫ 沈德潜：《沈德潜诗文集・附录三》，北京：人民文学出版社2011年11月第1版，第4册第2223～2224页。

《小停云诗集》还有很多涉及王廷魁与格调派诗人交往的诗。其中,关于前期诗人盛锦、周准的有《为青嵝画秋江晚眺图》[①]《戊辰岁周钦莱偕余游城西诸山拈题分赋得灵岩八景》[②]等。王廷魁与后期诗人交往的诗更多,如《秋日吴企晋招同沙白岸曹来殷赵损之林屋叔家兰泉游城西诸山》[③]《次顾景岳月满楼原韵集唐》[④]《送褚左峨舍人入都兼怀令兄搢升暨曹来殷家琴德诸君》[⑤]《题袁朴村村居八首》[⑥]《秋兴次钱讷生韵》[⑦]《画赠惠定宇征君》[⑧]等,涉及吴中七子、顾宗泰、褚廷璋、袁景辂、钱襄、惠栋等。这些诗后还大多附有这些人的原诗或和诗,可见他与格调派诗人尤其是后期诗人的亲密关系。

王廷魁与吴中七子之一王鸣盛情谊尤笃,所谓"曾忆西堂载酒过,当时酬唱拟阴何。江花江草留题遍,春雨春风得句多"[⑨]。其诗集中有大量写给王鸣盛的诗,如《为西庄兄画秋山云树图》[⑩]《秋日西庄兄集小停云同顾景岳诸君迟刘企三徐薝林不至》[⑪]等,王鸣盛也说"曩余与冈龄山游水泛,靡日不同"[⑫]。可能因为王李两人交情深厚,再加上王廷魁的诗写得较好,所以王鸣盛晚年编选《江浙十二家诗选》,卷九、卷十选的就是王廷魁诗。

王廷魁年龄较吴中七子为长,却被列入格调派后期羽翼之一,一是因为他早年主要致力于绘画,中年以后才有意作诗。二是相较于格调派前期诗人,他与格调派后期诗人间的交往尤密。不过,更重要的原因,在于王廷魁的

① 王廷魁:《小停云诗集》卷一,第 8b 页。

② 王廷魁:《小停云诗集》卷一,第 10a~11b 页。

③ 王廷魁:《小停云诗集》卷一,第 8a~8b 页。

④ 王廷魁:《小停云诗集》卷三,第 10a 页。

⑤ 王廷魁:《小停云诗集》卷三,第 14a~14b 页。

⑥ 王廷魁:《小停云诗集》卷四,第 24b~25b 页。

⑦ 王廷魁:《小停云诗集》卷三,第 11b~12b 页。

⑧ 王廷魁:《小停云诗集》卷一,第 19b 页。

⑨ 顾诒禄:《暮春……集小停云分赋莼羹五首用唐人张志和渔父词韵》附王廷魁《同作》,王廷魁《小停云诗集》卷五,第 13 页。

⑩ 王廷魁:《小停云诗集》卷一,第 3b~4a 页。

⑪ 王廷魁:《小停云诗集》卷四,第 16~18 页。

⑫ 王鸣盛:《小停云诗集序》,王廷魁《小停云诗集》卷首"序"四。

住所西塘、盘溪俨然是格调派后期诗人们聚会唱和的大本营。王廷魁据此编辑的《西塘倡酬集》《盘溪倡酬集》对于了解格调派诗人间的交往具有重要价值。

彭启丰为《小停云诗集》作序云：

> 王子冈龄先卜居枫江之西塘，治林亭，联侪好，著《西塘唱酬集》，云烟花木之胜，笼铸雕绘，无有遁情。余虽未获游，而其邱壑风物之美如接于目，旷然或遇于神明也。既而移居盘溪，在南园之西偏，与余所居葑溪相邻近，水木明瑟，阡陌交横，山光含翠，塔影干霄，兀然高峙者，苏子美沧浪亭也。冈龄触景抒怀，啸侣过从，较西塘时益盛。[①]

由彭序可知，王廷魁中年移家西塘后，众多友人在此赋诗唱和，王廷魁据此编刻《西塘倡酬集》，以文字形式记录了当时诗酒唱和的盛况。后来又搬至盘溪，诗酒之风更盛，《盘溪倡酬集》显然编于他从西塘移至盘溪后。

关于西塘的具体位置，据王昶《袁又恺渔隐小圃记》："枫桥之水从梁溪来，过桥分支，西南流别为西塘。又有桥名江村，其南则袁子又恺渔隐小圃在焉。圃之先，为王冈龄居，名江村山斋。冈龄师沈文悫公，工小诗，画仿文待诏，往往招集胜流名士作文字饮，俱见所刻《西塘酬唱集》中。"[②]《西塘酬唱集》就是《西塘倡酬集》。

《西塘倡酬集》开篇就是沈德潜的八首诗，诗题较长，相当于一篇小序：

> 王生冈龄卜居江村，有林下风趣。读书外兼好六法，尤醉心于文待诏。所葺山居，林泉花石，茶灶琴床，宛似文家画意。余游息其中，喜无俗韵，偶成八章赠之。[③]

① 彭启丰：《小停云诗集序》，王廷魁《小停云诗集》"序"二。

② 王昶：《春融堂集》卷四十七，《续修四库全书》第1438册，第152页。

③ 王廷魁：《西塘倡酬集》，乾隆刻本，第1a页。

这八首诗也收于《沈德潜诗文集》，诗题为《王冈龄园居》[①]。

王廷魁日常生活以诗、书、画为伴，住所洁净优美，绝迹尘嚣，令人神往。本人又“好朋旧”，所以，住所西塘就很自然地成为众多诗人驻足流连的重要场所。《西塘倡酬集》所收录的诗人超过四十人，其中，涉及格调派前期诗人陈魁、洪钧、朱受新、盛锦、周准、顾诒禄等，后期诗人吴中七子、顾诒禄，以及李绳、钱襄、吴德基、朱昂等。这些诗人在西塘写下的唱和诗，有一个共同主题，就是对此地环境的喜爱和对主人王廷魁人品性情的欣赏，如盛锦《题王冈龄江村幽居》其一：“寒山西去路，水木绕幽居。之子谢尘事，穷年此读书。钟声来寺远，峰影入楼虚。门径苍苔破，时停看竹舆。”[②]另外，“兴至添吟题，吐词必倜傥”[③]“促席纵谐笑，遣兴舒狂吟”[④]等诗句也反映出此地诗酒唱和之乐。

再看《盘溪倡酬集》。

此集由沈德潜选定，是王廷魁从西塘迁至苏州南园之西的盘溪后，众多诗人在此诗酒唱和而留下的唱和集。顾诒禄描写此地环境“门临绿水，迳绕松竹，益多山野之趣，终岁闭户作画赋诗”[⑤]，王廷魁则说此集是“诸前辈与归愚夫子暨诸同学先后过访，次第和歌”[⑥]。彭启丰也记载沈德潜“时扶杖过盘溪，赋诗论文，辄晤对移日不倦”[⑦]，所以时人评价“梦里烟霞文待诏，花时诗酒沈尚书”[⑧]“羡他海内诗中圣，也共溪朋日扣庐”（注云：谓大宗伯归愚夫

① 沈德潜：《沈德潜诗文集·归愚诗钞》卷二十，北京：人民文学出版社2011年10月第1版，第1册第420～421页。

② 王廷魁：《西塘倡酬集》，乾隆刻本，第44a页。

③ 顾诒禄：《过江村题奉西塘主人》其二，王廷魁《西塘倡酬集》，乾隆刻本，第11a页。

④ 王憬：《寒夜集停云斋以风林纤月落衣露静琴张为韵分得林字》，王廷魁《西塘倡酬集》，乾隆刻本，第57b页。

⑤ 顾诒禄：《小停云诗集序》，王廷魁《小停云诗集》卷首“序”三。

⑥ 王廷魁：《盘溪倡酬集》，第37a页。

⑦ 彭启丰：《小停云诗集序》，王廷魁《小停云诗集》“序”二。

⑧ 王廷魁：《盘溪倡酬集》，第18b页。

子)[①]。

所谓"盘溪敬爱客,开筵集朋好"[②],与《西塘倡酬集》相比,《盘溪倡酬集》所收诗作更多,涉及诗人也更多。该集开篇就是王廷魁《迁南园新居寄友》和《移居南园览古有作》,紧接着就是沈德潜《题赠王生冈龄次南园新居元韵》(三首),此诗在《沈德潜诗文集》中名为《和王生冈龄移居南园元韵二首》[③],第一首未收入。第一首云:

> 乍别江村水石居,城南风物略相如。静功仍仿倪黄笔,高志还抛《平准书》。种树带巢移古干,留宾犯露摘新蔬。云中白鹤如怀旧,竹柴依然在屋庐。(主人有鹤飞去,故云。)[④]

除了沈德潜,《盘溪倡酬集》还有彭启丰、洪钧、陈魁、顾诒禄、吴中七子、顾宗泰、褚廷璋、张熙纯、袁景辂、吴德基、刘潢、郑廷旸、钱襄、蒋重光等其他格调派诗人的唱和诗,所涉及的格调派诗人也较《西塘倡酬集》更多。其中,王鸣盛诗云:"吴李联吟携浊酒,王曹把臂翦团蔬。故人倘了还山愿,隙地先为置一庐。"[⑤]根据诗注,"吴李""王曹"分别指格调派诗人吴德基、李绳、王昶、曹仁虎。显然,盘溪与西塘一样,是格调派后期诗人们聚会唱和的大本营。该诗集也与《西塘倡酬集》一样,不仅有助于了解吴地诗人们之间的交往,更有助于了解格调派后期诗人间的交往情况。

王廷魁《自题小照》一诗,有助于理解他胸次开阔、淡泊宁静的人格特征:

> 世间万事总成尘,潦倒儒冠误几春。天地栖迟原逆旅,山林澹荡属闲人。画家自信迂成僻,诗老从知懒是真。他日归来丁令鹤,

① 王廷魁:《盘溪倡酬集》,第 25b 页。

② 王廷魁:《小停云诗集》卷三,第 10 页。

③ 沈德潜:《沈德潜诗文集·归愚诗钞馀集》卷二,北京:人民文学出版社 2011 年 10 月第 1 版,第 2 册第 450 页。

④ 王廷魁:《盘溪倡酬集》,第 1b～2a 页。

⑤ 王廷魁:《盘溪倡酬集》,第 24a 页。

披图还许认前身。[1]

王廷魁诗画兼长、尤擅作画的特点在格调派众多诗人中也是比较突出的。所谓“古来高人韵士，往往寓情诗画，自写胸怀”[2]，其个性及艺术特长体现在诗歌中，有如下几个特点。第一个特点是他的诗集中有大量题画诗、山水风物诗。题画诗如《题自画山居图》：

云峰面虚檐，松涛落庭际。中有忘机子，翛然大化内。委怀嵇阮徒，遐想陶谢辈。裙屐时招寻，清言脱拘阂。琴书结闲缘，趣领烟霞外。穷达有定分，薄躬每自爱。秋风遍野田，岁稔贫心泰。寓形蓬荜庐，如入清凉界。情悬五岳游，兴寄半壁画。山巅与水隈，伊人知宛在。[3]

此诗虽是题画诗，但重点在写人。诗中的“忘机子”，显然是作者自喻。诗歌通过典型景物描写，刻画了一个自得其乐、豁达洒脱的高洁形象。该诗末尾有时人诗评云：“闲居情事，高人风格。”

山水风物诗如《登天平山》：

何年巧斫龙门路，侧身石缝迷窘步。分明从此隔人间，梯空仄磴穿云雾。探奇仿佛达天都，松花飘落来虚无。银房石室隐崖谷，山茶活火然僧炉。白云冉冉自来去，半岭钟传泉落处。鲜葩错杂吐幽香，梵宇凌空接仙驭。披襟直上最高巅，下瞰万笏浮春烟。湖光浩渺望不极，琉璃倒映丹霞天。[4]

天平山位于苏州古城西南，太湖之滨，享有“吴中第一山”的美誉。开头两句既描写登山过程，也侧面烘托天平山的陡峭奇险。“分明从此隔人间，梯空仄磴穿云雾”，状难写之景如在目前，可见作者作诗功力之深。“银房石室隐崖

① 王廷魁:《小停云诗集》卷一，乾隆刻本，第 18 页。
② 顾诒禄:《小停云诗集序》，王廷魁《小停云诗集》卷首“序”三。
③ 王廷魁:《小停云诗集》卷四，第 7b 页。
④ 王廷魁:《小停云诗集》卷二，第 7a～7b 页。

谷，山茶活火然僧炉”，写山僧居住环境与日常生活，形象鲜明，闲适淡泊。“白云冉冉自来去，半岭钟传泉落处”，以动写静，更凸显此地寂静幽深。末尾登顶抒怀，写景壮观，意境阔大，读之令人心情一振。

王廷魁的一些咏物诗清真古淡，风神绝世，寄托着诗人不落尘俗的情怀。如《菊》：

群芳零落候，三径一枝黄。品自陶家重，甘分楚客尝。莫嫌根蒂弱，偏耐九秋霜。已分山中老，何心斗艳阳。[①]

王廷魁诗歌的第二个显著特点，就是宗法唐人。这一点已成为时人共识。沈德潜评价他“诗师王孟”[②]。顾诒禄为其作序则说“古诗隽永超迈，有韦苏州、孟襄阳风，近体响高韵远，不减大历十子”[③]。他的一组咏秋诗，共9首，王鸣盛把它们选入《江浙十二家诗》，并评云：“数章不粘不脱，律细语工，自是唐音。”[④]《写赠行图送金韵言孝廉之闽中》一诗，时人评云：“胎源太白，更深一层。”[⑤]其他如《汪秀峰绵潭山馆》，题目注：“绵潭，地名，在歙县。”这十首诗分别从不同角度吟咏山馆的诗情画意，从内容到形式都明显有王维山水田园诗的余韵，时人评云：“五绝淡远高旷，辋川馀韵。”[⑥]

综上，王廷魁身兼画家与诗人双重身份，又生性简淡，故而诗风高洁幽秀，冲和妍雅，不落纤巧。彭启丰评价他的诗“妍雅春和，淑宕清绮，翛翛乎出埃壒之外”[⑦]，顾诒禄也认为他“诗画兼长，近追待诏，远攀右丞”[⑧]，时人也有

① 王廷魁：《小停云诗集》卷三，第21b页。

② 沈德潜：《解佩令·王冈龄园居》，《沈德潜诗文集·归愚诗馀》，北京：人民文学出版社2011年10月第1版，第2册第1096页。

③ 顾诒禄：《小停云诗集序》，王廷魁《小停云诗集》卷首“序”三。

④ 王鸣盛：《江浙十二家诗选》卷十，第1b～3a页。

⑤ 王鸣盛：《江浙十二家诗选》卷十，第19b页。

⑥ 王鸣盛：《江浙十二家诗选》卷十，第16a页。

⑦ 彭启丰：《小停云诗集序》，王廷魁《小停云诗集》“序”二。

⑧ 顾诒禄：《小停云诗集序》，王廷魁《小停云诗集》“序”三。

“千载右丞风度在，辋川鱼鸟几含情”[①]“我读辋川诗，如入辋川境”[②]之语。所以，以“诗画兼长”评价王廷魁，可谓恰如其分。

此外，王廷魁的七律也较有特色。如《范文正公祠》：

> 枫叶萧萧石槛前，崇祠肃穆仰高贤。甲兵早识胸中富，忧乐常关天下先。政翊九重清党议，恩联一本赡宗田。知公风度如山立，石笏崚嶒拥万千。[③]

这首诗咏叹的是宋朝著名政治家范仲淹。范仲淹长于苏州，虽出身贫寒，但自强不息，胸怀天下。“先天下之忧而忧，后天下之乐而乐”的非凡抱负，千百年来激励无数士人。他为官时才能突出，文武双全，既是北宋仁宗朝庆历新政的主要领导者，又曾镇守西北，使西夏不敢来犯。晚年又在苏州设立范氏义庄，教化族众，功德泽被后世。去世后谥号“文正”，是古代士人高风亮节的典范。王廷槐此诗起句就精警不凡，“萧萧”“肃穆”昭示着祠堂主人公的丰功伟绩，情寓景中。中间两联高度概括范仲淹一生的才能操守，对仗精工，境界高远。末尾直抒作者对范仲淹的无限仰慕。

其他七律诗诸如“冤含十族生前痛，祀历千秋死后光”[④]，悲叹靖难之役中被株连十族的方孝孺；“流传词赋王杨侣，沦落江湖屈宋情”[⑤]，感伤初唐四杰之一骆宾王的坎坷际遇；“树党倾朝成父子，排奸殉国定君臣”[⑥]，歌颂被魏阉陷害的东林党人周顺昌等，皆笔挟风霜、掷地有声之作。

王廷魁诗歌的缺点很明显，一是他一生足迹限于江浙一带，未能像格调派后期诗人王昶、赵文哲、褚廷璋等人那样漫游各地，得江山之助，因此诗歌题材比较单一，大多是山水风物之作。二是他的诗歌明显师法唐人，风格未

① 张冈：《秋日集王冈龄山居》，王廷魁《西塘倡酬集》，乾隆刻本，第 49b 页。
② 王廷魁：《西塘倡酬集》，乾隆刻本，第 54a 页。
③ 王廷魁：《小停云诗集》卷二，第 3a～3b 页。
④ 王廷魁：《小停云诗集》卷一《方正学祠》，第 6a～6b 页。
⑤ 王廷魁：《小停云诗集》卷二《骆宾王像》，第 4a 页。
⑥ 王廷魁：《小停云诗集》卷二《周忠介公祠》，第 3b 页。

能镕铸变化。不过，考虑到他与格调派诗人尤其是后期诗人们的亲密关系，以及其住所在格调派诗人间的纽带作用，故将其列为格调派羽翼之一。

第四节 “吾侪结诗课，要使大雅存”
——竹溪诗社

关于竹溪诗社及其成员，郭麐《灵芬馆诗话》记载较详细：

> 袁丈朴村先生，中年弃举子业，肆力于古学，以振兴风雅为己任。与同里顾蔚云汝敬、顾东岩我鲁、陈易门毓升、陈芝房毓咸、王北溪元文、袁竹轩益之结竹溪诗社，请归愚宗伯主其盟，分题角韵，击盏联吟，跌宕文史，纵横觞咏，敦槃之盛，至今里人犹艳称之。一时人人有集，虽存没显晦而风流未歇。诸君中，易门、朴村即世最早，东岩境遇最穷而诗皆工。朴村《小桐庐诗草》，家有其书。东岩前已录之，易门献赋行在，危得复失，侘傺以终卒……[1]

文中提到的袁朴村，即袁景辂，字质中，朴村是其号。徐世昌《晚晴簃诗话》“袁景辂”条也说：

> 质中学诗于归愚，与王北溪元文、顾蔚云汝敬诸子结竹溪诗社。[2]

竹溪诗社共七人，分别是袁景辂、袁益之、王元文、顾汝敬、顾我鲁、陈毓升、陈毓咸。七人都是苏州同里人。据王元文《袁朴村像赞》，“朴村袁君与予交，记在岁之癸未。是时，君与从兄竹轩及同里陈易门、芝房，顾蔚云、东岩结竹溪诗社，拉余其中，为七人。”[3]可知诗社成立于乾隆二十八年癸未（1763）。随

① 郭麐：《灵芬馆诗话》卷三，《续修四库全书》第1705册，第357页。

② 徐世昌：《晚晴簃诗话》卷八十六，上海：华东师范大学出版社2009年7月第1版，上册第610页。

③ 王元文：《北溪诗文集》卷十二《用韵酬吴蓉舟见赠》，《清代诗文集汇编》第377册，第698页。

着乾隆三十二年丁亥(1767)袁景辂离世,两年后(1769)沈德潜去世,诗社接连失去领军人和灵魂人物,“诗坛文社黯无色”[①],遂渐趋式微。

需要指出的是,沈德潜与竹溪诗社中的袁朴村早就相识。沈德潜年谱记载,乾隆五年庚申(1740),沈德潜时年68岁,“仍课徒于吴江同里袁氏。从学者,袁生质中、吴生南勤。教学相长,予成时艺,复得数篇,外人来嬲者稀,此间颇有乐趣也”[②]。句中的“吴生南勤”,指吴德基。而“袁生质中”,即是袁景辂。此外,沈德潜诗集中还有《过长新店,路逢蔡子芳三、袁生质中入都,即言别》[③]《题袁质中照》[④]《寄袁生质中》[⑤]等诗。其中,《寄袁生质中》其二云:

> 读书贵精专,所重非饤饾。譬诸植嘉木,培根枝自茂。又如服良药,积久效乃奏。吾子英妙年,性喜探艺囿。流目得大意,游心少疑窦。惟恐近涉猎,夸多以为富。好学在深思,片言亦穷究。德邻既磋磨,经师况指授。丰年俟他时,子今且耕耨。

沈德潜在此以栽树、服药作比,循循善诱,指出为学当持之以恒、严谨认真。在《袁质中四书文序》中沈德潜则说袁景辂“业制义,少岁读书百城楼中,能吐弃时趋,宗法先正,所为文即已惊其老苍。予时以小友目之……戊辰冬,邮寄近稿于京师。予披览之,犹是剖析天人,指陈经济,摹肖神物,而说理使才之中,自有言外之音,空际之响,虚与委蛇,而不留其迹也”[⑥]。

而袁景辂《沈归愚师一岁中四迁至学士呈寄二律》其二也说:

---

① 王元文:《北溪文集》卷下,《清代诗文集汇编》第377册,第794页。

② 沈德潜:《沈德潜诗文集·沈归愚自订年谱》,北京:人民文学出版社2011年11月第1版,第4册第2117页。

③ 沈德潜:《沈德潜诗文集·归愚诗钞》卷十四,北京:人民文学出版社2011年10月第1版,第1册第275页。

④ 沈德潜:《沈德潜诗文集·归愚诗钞》卷十四,北京:人民文学出版社2011年10月第1版,第1册第289页。

⑤ 沈德潜:《沈德潜诗文集·归愚诗钞》卷六,北京:人民文学出版社2011年10月第1版,第1册第109页。

⑥ 沈德潜:《沈德潜诗文集·归愚文钞馀集》卷三,北京:人民文学出版社2011年10月第1版,第3册第1586~1587页。

灵岩烟水旧从游，屈指分携三五秋。千里赐书铭古谊，孤灯展卷起离愁。宋朝殿上方移炬，汉主宫中更借筹。几日入燕还负笈，从师指点最高楼。①

首句显示两人早就有师生之谊。“千里赐书铭古谊”句，当指沈德潜在京师时两人之间经常邮寄问答之事，可见沈德潜对袁景辂的期许。所以，沈德潜与袁景辂相识很早，且一直保持师徒之谊。沈德潜辞官归乡后，吴中诗人们靡然向风，王元文等人“冒昧申尺书，几忘门墙峻”②，得到沈德潜的热情回应。又因为他们与袁景辂是同乡且素来交好的缘故③，遂得以立雪沈门，即“共敬瓣香宗杜老”④，并进而成立诗社。

竹溪诗社成立的初衷，是不满性灵派逐渐显现的弊病，也就是袁景辂所说的：

诗坛久清肃，近又多荆榛。谲诡欲乱古，淫靡易动人。一唱而百和，门户何纷纷。吾侪结诗课，要使大雅存。宁甘道阻修，导河必昆仑……⑤

竹溪诗社的另一位重要诗人王元文在《诗学》一诗中也完整表达他崇尚雅正的诗学思想，以及对性灵派末流所产生“涂饰云月露，雕刻花叶茎”的诗学弊病极为痛心：

诗本六艺一，其教为至宏。用达民疾苦，亦正己性情。云何背其实，而竞尚其名。涂饰云月露，雕刻花叶茎。更有淫亵语，妖艳惑人听。次回《疑雨集》，大雅之所轻。何以竞纸贵，一日千本行。血

---

① 袁景辂:《小桐庐诗草》卷一,《清代诗文集汇编》第 353 册,第 459 页。

② 王元文:《北溪诗文集》卷二《呈沈归愚师》,《清代诗文集汇编》第 377 册,第 655 页。

③ 袁景辂:《小桐庐诗草》卷八《正月十五夜竹轩兄招同诸社友饮锄经楼即席以小桥流水人家为韵得诗六首》其六有“筵前异性客,情好同一家”之句,《清代诗文集汇编》第 353 册,第 501 页。

④ 袁景辂:《小桐庐诗草》卷八《九日呈诗社诸友》,《清代诗文集汇编》第 353 册,第 497 页。

⑤ 袁景辂:《小桐庐诗草》卷八《正月十五夜竹轩兄招同诸社友饮锄经楼即席以小桥流水人家为韵得诗六首》其五,《清代诗文集汇编》第 353 册,第 501 页。

气少未定，嗜好损灵明。人材日败坏，甚者折其龄。谁似屏歌咏，勤肄传与轻。采风官久废，纷纷杂淫贞。别白示径途，何人任责成。慎勿从俗尚，惟先民是程。[①]

显然，竹溪诗社的成立及其宗旨再次反映出沈德潜晚年格调派与性灵派在诗学上针锋相对的事实。而沈德潜《答竹溪诸诗人》则记载了他辞官后，诗学主张一如既往，竹溪诗社成员能谨守其论诗宗旨，即“温厚谐正始”，沈德潜遂给予鼓励和夸奖，他时常亲驾一叶扁舟，到诗社去品评诗课，指点诗艺：

诗教阅古今，温厚归一揆。诗何尝愚人，诗人自愚耳。苟且就浅夷，黄茅与白苇。斗异矜幻荒，蛇神兼牛鬼。诗坛日以盈，谁欤究宗旨？吴江竹溪社，(同川袁子质中招同志诸人，每季课诗于校书巢。)俊才并有斐。炎月结诗课，角艺执鞭弭。我时移扁舟，荷风送涯涘。来过校书巢，远香散棐几。入座礼让馀，披读古今体。性真驱氛埃，清风扫糠粃。诸君转降心，退焉就条理。赠我新诗篇，愿言侍杖履。谓我识途马，旧本疾于驶。今虽伏槽枥，犹堪越枪垒。发踪指前途，导引走千里。我为诸君言，识昧缘暮齿。初无诱进方，惟期尊旧轨。灵明为之舆，纪律为之轵。骖靳借文华，运转凭驱使。盎然流神韵，粹然协宫徵。功深不计功，温厚谐正始。诸君各努力，老我行休矣。[②]

“我为诸君言，识昧缘暮齿。初无诱进方，惟期尊旧轨。灵明为之舆，纪律为之轵。骖靳借文华，运转凭驱使。盎然流神韵，粹然协宫徵。功深不计功，温厚谐正始。诸君各努力，老我行休矣”，这些诗句不仅可见沈德潜苦口婆心之态，更可见他对诗歌雅正之道的执着态度。王元文《七夕访袁朴村校书巢时陈易门袁竹轩顾蔚云陈芝房顾东岩诸子毕至》一诗则有助于了解当日竹溪诗

① 王元文：《北溪诗文集》卷一，《清代诗文集汇编》第377册，第689页。

② 沈德潜：《沈德潜诗文集·归愚诗钞馀集》卷七，北京：人民文学出版社2011年10月第1版，第2册第561页。

社成员间心无旁骛、切磋诗艺的情景：

令节思良友，相将一棹寻。到门流水住，留客白云深。高咏怀莲社，清游继竹林。正逢朋驾在，花下快披襟。

一室何潇洒，幽居乐事真。耽吟还似癖，好德复成邻。虑淡神弥爽，名忘学自醇。千秋论述作，努力跂前人。[①]

而“今我与数子，情性无乖张。声色均非爱，所务惟篇章。淡泊味弥至，扼穷诗应昌”[②]则可见诗社众成员共同的人品个性和诗学追求。可以说，正是这样大致相近的人品个性和诗学追求使他们团聚在一起，在沈德潜晚年能够对沈德潜执弟子礼，继而在他的众多后期弟子中占据一席之地。竹溪诗社主将袁景辂《甲申夏大宗伯归愚师过校书巢即席分赋以春在先生杖履中为韵得在字》一诗就从竹溪诗社的角度具体记录沈德潜是如何看重并倾力指点竹溪诗社众成员的：

年来厌尘喧，吾庐聊自爱。何幸高轩过，长者忽远届。相对忘达尊，六月如春霭。追陪招素心，吾里才俱在。夫子宗杜韩，门人忝曹郐。忆昔师盛年，诗坛结良会。北郭与南村，膏腴各沾丐。（师曾结南村、北郭两诗社。）酒阑谈盛事，闻者犹心快。既列大匠门，名字惧淹晦。竹溪六七人，同心薄时绘。妍丑期互镜，雅郑严异派。世人笑迂疏，师独戒中懈。元圃积夜光，殷勤勖后辈。（师评竹溪课卷云：“近日以诗来求阅者，皆涉应酬。求如竹溪课卷，不可多得。将见元圃积玉，无非夜光。愚所拭目以俟者也。”）从师廿载馀，风指素能佩。此日垂明训，奖励更十倍。共幸叩鸣钟，日夕欣晤对。怅怅一帆飞，极目云山外。[③]

① 王元文：《北溪诗集》卷六，《清代诗文集汇编》第377册，第670页。

② 王元文：《北溪诗集》卷五《九日袁朴村招同袁竹轩陈易门芝芳顾蔚云东岩集小桐庐分韵得阳字》，《清代诗文集汇编》第377册，第666页。

③ 袁景辂：《小桐庐诗草》卷六，《清代诗文集汇编》第353册，第490页。

“同心薄时绘”可以看出竹溪诗社成员大都具有共同的诗歌主张，“世人笑迂疏”可见诗社成立于格调派渐趋式微、性灵派风生水起之际显得有些不合时宜。但是沈德潜对他们爱护有加，不仅加以教导，更辅之以鼓励。“妍丑期互镜，雅郑严异派”，可见诗社众成员严于雅郑之分。“从师廿载馀”，显然是从袁景辂于乾隆五年庚申(1740)拜沈为师时算起。

竹溪诗社中，袁景辂与王元文声名显赫。而袁景辂更被视为七人中的统帅。袁景辂生于雍正二年甲辰(1724)，生而警敏，弱冠后补震泽诸生，再试于乡，不利，从此了却进取之念，专意于诗。他“自少无裘马声色之嗜，有余赀，悉以购书，积渐二十稔，古今典籍，略备所居，有‘百城楼’‘校书巢’，皆牙签插架，手披口诵处，又颜其斋曰‘爱吟’，明所好也”[①]。其《示儿》诗描写了自己除诗歌无其他嗜好的个性：

吟诗尔父癖，二十载于兹。不顾俗眼惊，不求外人知。苦吟一室中，那识寒与饥。古人获我心，其馀非我思。此道苟精专，流光非一时。[②]

乾隆三十二年丁亥(1767)，袁景辂卒，年仅44岁。已经95岁高龄的沈德潜为其诗集作序，称赞其诗“近体队仗工整，跌宕流逸；古体浑灏流转，风雨分飞，引用古典，了无痕迹，镕铸古人而生面独开”以及“心力既专，用功深者，收名也远，信其可传也”，并痛心袁景辂“年命不永，有志未逮”[③]。

王元文《酬袁朴村》其二也指出袁景辂个性及诗歌特征：

元气日流行，诗歌归雅正。一为势利诱，涂饰中百病。君材可特达，天府标名姓。何为乐卑栖，林野恣啸咏。欲寡意自闲，心平事

① 陈毓咸：《诗人袁朴村小传》，袁景辂《小桐庐诗草》，《清代诗文集汇编》第353册，第454页。

② 袁景辂：《小桐庐诗草》卷四，《清代诗文集汇编》第353册，第476～477页。

③ 沈德潜：《小桐庐诗草序》，袁景辂《小桐庐诗草》，《清代诗文集汇编》第353册，第451～452页。

无竞。此中静而虚，万象入明镜。[①]

袁景辂严格秉承沈德潜的论诗宗旨。这一点同样体现在他编选的《国朝松陵诗征》上。该诗选共二十卷，所收诗数千首，涉及诗人数百家。起于清初，迄于当时。编者"勤求博访，殚思耗力，阅寒暑、忘寝食以成是举也"[②]。诗选前有沈德潜所作序，写于袁景辂去世的那一年，即乾隆丁亥（1767）。该诗选也由沈德潜鉴定。袁景辂在自序中交代选诗宗旨，即"集富者抉其精，体杂者存其是，纤浓者避之如汤火，崇古雅者宝之胜琼瑶"。[③] 不过，在坚持雅正的基础上，该诗选也尽量做到客观公正。如同《例言》所说：

宗宋祧唐，固属悖论。尊唐斥宋，亦为偏见。予生平愿学，乃在唐贤。此集所收，不拘一律，盖前辈面目不同，则或唐或宋，只求一是，何必定从吾好耶！惟温柔乡语最足惑人，沉溺其中，有害心术，虽传诵之作，概不敢登。[④]

"或唐或宋，只求一是"，可见其客观公允态度。而诗选对"温柔乡语"的排斥显然是针对性灵派而说的。这一坚定立场与其师沈德潜如出一辙。

袁景辂自称"除却诗歌无嗜好，独于山水有因缘"[⑤]，他的诗从总体上看，较多描写风景之作。如《宿藏云阁》一诗：

白云满空山，小阁不知处。我再入云中，阁上云来去。松柏绕山青，泉声隔林树。此时身与心，一一烟霞趣。欲去仍此宿，白云留我住。[⑥]

此诗发调警挺，直接由景语写起。白云的虚虚实实映射出作者的超尘脱俗之

① 王元文：《北溪诗集》卷六，《清代诗文集汇编》第 377 册，第 671～672 页。

② 陈毓乾：《国朝松陵诗征序》，袁景辂《国朝松陵诗征》，乾隆三十二年丁亥（1767）爱吟堂刻本，第 1 页。

③ 袁景辂：《国朝松陵诗征自序》，乾隆三十二年丁亥（1767）爱吟堂刻本，第 2a 页。

④ 袁景辂：《国朝松陵诗征》，乾隆三十二年丁亥（1767）爱吟堂刻本，第 1b 页。

⑤ 袁景辂：《小桐庐诗草》卷八《甲申除夕》，《清代诗文集汇编》第 353 册，第 500 页。

⑥ 袁景辂：《小桐庐诗草》卷三，《清代诗文集汇编》第 353 册，第 468 页。

概。末句的拟人手法更是引人遐思,令人领会到诗人静谧无拘的心境。徐世昌《晚晴簃诗话》称袁景辂的诗"能谨守唐人矩矱,清婉处自不可及"[①]。观之此诗,确为不虚之词。

袁景辂诗还有一个明显特点,就是关于梅花的诗很多。仅以《梅花》为题的诗就有数首,另外还有《迟梅》[②]《红梅》[③]《落梅》[④]等。这些诗,或吟梅花的风韵独胜,或颂其神形俱清,或赞其品格秀雅,无不象征着作者自身的高洁品质。如《梅花》:

自甘淡泊住溪山,花满枝头意自闲。应笑春风不相识,暗吹香气到人间。[⑤]

王元文,字睾曾,号北溪,江苏吴江(今苏州)人。生于雍正十年壬子(1732),死于乾隆五十三年戊申(1788)。据其门人所写墓志铭,王元文"生而颖悟,开卷辄有创获。家綦贫,先生之祖父虑读书未克成,令习贸易事。先生虽顺祖父命,而于灯下枕上,辄作制义及诗,暇则诵读不厌"[⑥]。嘉庆五年庚申(1800),程邦宪为王元文《北溪诗文集》作序时称王元文"虽始终处困,怡然自适,有古儒者之风。故其发于文章,皆和平中正,酝酿深厚,庶几明正教、振宗风、挽末学之颓波、追前贤之轨躅而无愧者欤"[⑦],可见其诗人本色。著有《北溪诗文集》。

王元文早年诗学观也严守唐宋之界,《赠施敬夫》其二就抒写他诗主复古及对唐贤的心摹手追:

---

① 徐世昌:《晚晴簃诗话》卷八十六,上海:华东师范大学出版社 2009 年 7 月第 1 版,上册第 610 页。

② 袁景辂:《小桐庐诗草》卷一,《清代诗文集汇编》第 353 册,第 460 页。

③ 袁景辂:《小桐庐诗草》卷三,《清代诗文集汇编》第 353 册,第 472 页。

④ 袁景辂:《小桐庐诗草》卷五,《清代诗文集汇编》第 353 册,第 484 页。

⑤ 袁景辂:《小桐庐诗草》卷四,《清代诗文集汇编》第 353 册,第 475 页。

⑥ 徐乔林《先师王北溪先生暨元配周孺人继配沈孺人合葬墓志铭》,王元文《北溪诗文集》,《清代诗文集汇编》第 377 册,第 642 页。

⑦ 程邦宪:《北溪诗文集序》,王元文《北溪诗集》,《清代诗文集汇编》第 377 册,第 641 页。

> 哀乐猝繁会，诗歌随击飏。雕刻丧真意，古人安可望。黄初树正骨，音响盛三唐。子昂既高蹈，李杜吐光芒。中叶得韦柳，泊如素琴张。颓波日迅驶，元气不终亡。①

这首诗收在卷一《莺湖集》中。此集所收录诗歌均作于乾隆丙子(1756)至己卯(1759)年间，即乾隆二十一年至二十四年之间，距离竹溪诗社成立尚有数年。可见，在拜沈德潜为师之前，王元文的论诗主张即与沈德潜不谋而合。

竹溪诗社成立后，王元文崇尚雅正、批判性灵派末流的诗学观念表现得更加突出，如《夏日沈归愚师过袁朴村校书巢即席分韵得先字》就反映了这一点：

> 湖乡风日佳，开窗纳云烟。尚书一棹来，由屦何飘然。荷风过槛外，幽鸟鸣庭前。考业评精粗，造请无虚闲。缅维诗教尊，哲匠实持权。性情借以正，民瘼借以宣。谁欤务绮靡，月露徒盈篇。主人敬其事，朝夕深究研。非期博声华，要令风雅传。庐陵学韩文，定志在早年。吾生例贫蹇，岂敢占幅先。只此文字好，臭味殊相怜。羁縻旷睽隔，追陪邈无缘。高山与景行，期意弥拳拳。②

王元文的《北溪诗集》"半出于穷愁劳苦友朋羁旅之馀"③。如《东岩别后有忆》云：

> 相晤了忘情，相别还增虑。入暮独登楼，幽怀澹无豫。遥忆烟雨中，孤舟泊何处。④

东岩，即竹溪诗社中的顾我鲁。此诗表达的是送别友人后的思念之情。通过对友人走后诗人自己的行为及心绪描写，以及对友人的想象描写，充分表达

① 王元文：《北溪诗集》卷一，《清代诗文集汇编》第 377 册，第 648 页。

② 王元文：《北溪诗集》卷六，《清代诗文集汇编》第 377 册，第 670 页。

③ 袁谷芳：《北溪诗文集序》，王元文《北溪诗集》卷六，《清代诗文集汇编》第 377 册，第 640 页。

④ 王元文：《北溪诗集》卷八，《清代诗文集汇编》第 377 册，第 679 页。

诗人的惜别之情。

乾隆三十一年丙戌(1766),王元文作《吴趋吟》组诗,凡九首。《序》说:"相国榕门陈公抚吴时有风俗条约,劝戒切深,因推广成诗,以告乡曲。"[①]九首诗分别为"嫁娶""丧葬""贾人""冶游""行乐""赛神""事佛""色伎""胥史",大多论述吴中的不良风气,以资规劝,为时人所称颂。

竹溪诗社的其余成员,如顾汝敬、顾我鲁是兄弟。顾汝敬,字蔚云。顾我鲁,字东岩。袁景辂称两人"所性耽佳句,学古能扼要。汉唐有正路,岐趋非所好。立意戒浮词,下笔能远到"[②]。又如陈毓升和陈毓咸为从兄弟,陈毓升为长。陈毓升字行之,号易门。陈毓咸字受之,号芝房。王元文《陈芝房诗集序》称:"芝房为黄门狷亭先生文孙,与其同祖兄易门幼而隽异,稍长,于学无所不窥,尤以诗继其家声。向如归愚沈先生,近如西庄王先生俱极称道之。"并评价陈毓升"易门诗清遐高卓,为人温温静默,寡言笑",陈毓咸则"倜傥伟伟,议论风发踔厉……为诗谨于格、赡于才,而极于情,其藻耀高翔、律切工稳中别有缠绵往复、优柔婉约之致"[③]。王鸣盛也称赞两人"汲古既深,天才复妙,裁云镂月之妙手,敲金戛玉之奇声,不是人间机杼、下里筝笛可以仿佛而得。松陵风雅,甲于吴下,二妙一门,真翘楚矣"[④]。袁益之诗名最弱。

竹溪诗社的影响比不上吴中七子。主要原因在于,诗社未能像吴中七子那样,出现诸如王昶、赵文哲这样颇具影响力的诗人。另外,诗社的成员大多祖述沈德潜的理论,未能提出富于个性的诗歌主张。由于沈德潜晚年尤其是去世前几年对诗社成员的重视和提携,以及诗社的成立背景,竹溪诗社在扩大格调派声势及影响力方面,显然起到一定作用。因此,竹溪诗社诸诗人可被视作格调派后期羽翼。

---

① 王元文:《北溪诗集》卷十,《清代诗文集汇编》第377册,第687~688页。

② 袁景辂:《小桐庐诗草》卷六《顾蔚云东岩昆仲过予校书巢贻句赋答》,《清代诗文集汇编》第353册,第485页。

③ 王元文:《陈芝房诗集序》,陈毓咸《红树轩诗钞》,稿本(电子),上海图书馆藏。

④ 王鸣盛:《红树轩诗钞评语》,陈毓咸《红树轩诗钞》,稿本(电子),上海图书馆藏。

第五节　褚廷璋与张熙纯

把褚廷璋、张熙纯两人纳入格调派后期羽翼诗人之列，主要依据格调派副将王昶《湖海诗传·蒲褐山房诗话》中的相关论述，即前文所引：

> 沈文悫门下承其指授者，以盛青嵝（盛锦）、周迂村（周准）、顾禄百（顾诒禄）、陈经邦（陈魁）为最。其后则王凤喈（王鸣盛）、钱晓征（钱大昕）、曹来殷（曹仁虎）、褚左峨（褚廷璋）、赵损之（赵文哲）、张策时（张熙纯）及予。后有考诗学源流为接武羽翼之说者，不可不知。[①]

作为格调派副将，王昶的观点显然具有无可替代的权威性。所以，讨论格调派后期诗人，不可忽视褚廷璋、张熙纯两位诗人。

褚廷璋，字左峨，号筠心。生于雍正六年戊申（1728），长洲（今苏州）人。乾隆二十二年丁丑（1757）召试，赐内阁中书。二十八癸未（1763）成进士，官至翰林院庶吉士。散馆，授编修。三十五年庚寅（1770），任江西乡试副考官。四十二年丁酉（1777），任山东乡试正考官。四十八年癸卯（1783），任福建乡试副考官。官至侍读学士，后因事被降为主事，遂乞归。乾隆五十九年甲寅（1794），解职归，掌教吴江震泽书院。三年后即嘉庆二年丁巳（1797）死，享年70岁。著有《筠心书屋诗钞》十二卷。

据张详云为褚廷璋所作序，褚廷璋性情淡泊淳朴，即“天性淳至，学贯古今，居家则孝友睦姻，临政则恺悌忠信”[②]。褚廷璋曾以“持身本恭敬，接物归至诚。宁为腐儒酸，勿作文人轻。浮名焉可恃，闻道庶足荣。本大末自茂，卓

① 王昶著，周维德校点：《蒲褐山房诗话新编》卷上“周准”条，北京：人民文学出版社2011年9月第1版，第38页。

② 张详云：《筠心书屋诗钞序》，褚廷璋《筠心书屋诗钞》，《清代诗文集汇编》第363册，第186页。

然廊庙英"[①]之语勉励亲人,亦自勉。《言志》一诗,顾名思义,描述其理想中的为学境界,并流露出一种清奇刚拔的风神,这显然是作者内在个性的显现:

明水味泊如,久饫有馀旨。古琴音独希,久弹得静理。圣贤授遗经,服习道如咫。研说本心虑,勤劬匪口耳。譬彼千仞基,登阶跬步始。升堂渐入室,突奥为我启。深游自忘疲,乍得亦遄喜。修涂匪实践,华词惜空绮。慨念三春花,纷纷炫桃李[②]。

褚廷璋与吴中七子中的王昶、王鸣盛相识很早。据王昶年谱,乾隆十二年丁卯(1747),"褚左峨秀才廷璋见先生诗词,属先生族兄凤喈秀才鸣盛移书相赠"[③],当时王昶24岁,王鸣盛26岁,褚廷璋20岁。王昶《褚左峨学士诗钞序》又称"余交于君几三十年,诗场酒座,靡不共也"[④],显示出两人的亲密友情。褚廷璋也有不少诗涉及他与吴中七子的交往,如《赠吴竹屿(企晋)》有"忆昔词坛恣游宴,青尊红烛时相见"[⑤]之句。他与曹仁虎交往尤密,如《习庵以微恙减兴为辞余愧不能属和爰成斯什以代倚声》[⑥]等诗就是见证。《国朝耆献类征初编》也记录褚廷璋与吴中七子的交往及其人格诗品:

褚筠心先生廷章,长洲人,为沈文悫公弟子。少时,与赵舍人文哲、曹学士仁虎等结社,号"吴门七子"。诗宗盛唐,无宋元卑靡之习。尝修《西域同文志》,谙习新疆古迹,所作《咏古》诸诗,音律尤苍凉合格。先恭王尝曰:"近世不为袁赵所惑者,惟筠心一人而已。"性直鲠。和相秉权时,先生以其非科目中人,不以先辈待之。和相嗛然。以考

① 褚廷璋:《筠心书屋诗钞序》卷一《乙亥春之官太和赠别舍弟虞谐汉植》,《清代诗文集汇编》第363册,第193页。

② 褚廷璋:《筠心书屋诗钞》卷三,《清代诗文集汇编》第363册,第214页。

③ 严荣:《述庵先生年谱》,《北京图书馆藏珍本年谱丛刊》第105册,北京:北京图书馆出版社1998年8月第1版,第91页。

④ 王昶:《春融堂集》卷三十八,《续修四库全书》第1438册,第68页。

⑤ 褚廷璋:《筠心书屋诗钞》卷十,《清代诗文集汇编》第363册,第302页。

⑥ 褚廷璋:《筠心书屋诗钞》卷九,《清代诗文集汇编》第363册,第294页。

试中之，改官部曹，先生终身不谒铨选，曰："此身不为权臣屈也！"[①]

褚廷璋《秋怀》其七完整表达了诗主性情和追求温厚淡泊诗风的主张：

风诗本性情，应候时兴衰。子昂缘感遇，昌黎触秋怀。闭门谢尘俗，剪烛起徘徊。琴书足自娱，绳藿亦复佳。何为迫中肠，辗转郁未开。温柔有至教，乐职中和赅。至人得所养，万境同一载。既嗤老庄学，还怜屈宋才。试弹太古琴，清襟相与偕。[②]

另外，他的《周湘渔春岩词题后四首》其一也说"前贤好与嗣风华，竹垞梅村共一家。终古词场留正格，休将铁板混红牙"[③]，可见他坚守雅正、排斥卑俗的诗学观，而这正是格调派诸成员的共同点。

褚廷璋的诗名不输于吴中七子，他"少时下笔为诗，则已惊爆诸名宿"[④]。格调派副将王昶对褚廷璋也给予高度评价：

筠心敏慧绝伦，风神谐畅，兼有荀令、谢郎之目。直纶扉，进词馆，充分略官纂修，于准夷回部山川风土，最为谙悉。奉敕纂《西域图志》，又纂《西域同文志》，并通等音字母之学，虽法显、神琪，无以逾也。诗初学青丘，既学元、白，旨远词文，卓然大雅。[⑤]

以"旨远词文，卓然大雅"评价褚廷璋的诗歌，可见王昶对其诗歌的推崇。格调派后起之秀顾宗泰对他也有"大雅有扶轮"[⑥]的类似评价。

褚廷璋做官"以民瘼为念"[⑦]，他自称"浮生一世间，年命移阴阳。民物爱

---

① 李桓：《国朝耆献类征初编》卷一百二十九，《清代传记丛刊》本，第149册第649～650页。

② 褚廷璋：《筠心书屋诗钞》卷一，《清代诗文集汇编》第363册，第189页。

③ 褚廷璋：《筠心书屋诗钞》卷四，《清代诗文集汇编》第363册，第223页。

④ 王昶：《春融堂集》卷三十八《褚左峨学士诗钞序》，《续修四库全书》第1438册，第67页。

⑤ 王昶著，周维德校点：《蒲褐山房诗话新编》卷上，北京：人民文学出版社2011年9月第1版，第101页。

⑥ 顾宗泰：《月满楼诗集》卷七《褚筠心庶常招饮醉后席上作》，《续修四库全书》第1459册，第241页。

⑦ 张详云：《筠心书屋诗钞序》，褚廷璋《筠心书屋诗钞》，《清代诗文集汇编》第363册，第186页。

无济，吾衰徒慨慷”[①]。一生中“典试者三，视学者一”[②]的丰富经历，使他得以游历大江南北。因此，褚廷璋诗的最大特色，是对社会现实的反映和对民生疾苦的关注，更重要的是，从他对社会现实反映的深广度及描写人民遭受苦难的深重度而言，格调派众多诗人中几乎无人能及。褚廷璋也因为这一点在格调派成员中显得比较突出。如《闻吴中岁饥》：

客从南方来，遗我一尺素。上言长相思，下言久不晤。中言岁艰辛，雨淫复虫蠹。鸿雁谋稻粱，劬劳满行路。中邦财赋雄，东南实府库。长淮挽天漕，百万归户部。时和屡丰年，外强侈庶富。闾阎歌舞地，喧阗集云雾。古来哀乐理，循环岂无故。得非轻儇习，上干皇天怒。吾愿三吴民，遇灾发深悟。去华返其醇，勿为浮靡误。庶几感穹旻，排阊忧可诉。[③]

乾隆后期，在“盛世”耀眼光环下，是满目疮痍、外强中干的里子。诗人在此直陈其事，夹叙夹议。末句“去华返其醇，勿为浮靡误”直出胸臆，有振聋发聩之效。整首诗具有汉魏乐府诗格高响、沉郁顿挫的悲壮气势。

《鬻子行》：

百钱鬻一男，千钱鬻一女。十十与五五，道路自俦侣。牵衣或顿足，大者三尺许。其小尤零丁，未断怀中乳。父母谓子女，鬻汝亦痛汝。割肉与他人，岂不创深巨。父母谓子女，鬻汝亦爱汝。鬻为豪家奴，顾盼得所主。远鬻去闾里，浩荡脱拘圉。鬻汝以生离，不鬻以死聚。苟能全性命，恨不插毛羽。萧条悲风寒，野旷日不煦。河桥永诀别，泪眼血如缕。寡妇与鳏夫，饥寒独延伫。[④]

① 褚廷璋：《筠心书屋诗钞》卷一《感怀》共五首第二首，《清代诗文集汇编》第363册，第188页。

② 张详云：《筠心书屋诗钞序》，褚廷璋《筠心书屋诗钞》，《清代诗文集汇编》第363册，第186页。

③ 褚廷璋：《筠心书屋诗钞序》卷一，《清代诗文集汇编》第363册，第195页。

④ 褚廷璋：《筠心书屋诗钞序》卷一，《清代诗文集汇编》第363册，第195页。

“百钱鬻一男，千钱鬻一女”，诗一开篇就惊心动魄。“十十与五五”，显示出人数之多和受灾之重。“牵衣或顿足，大者三尺许。其小尤零丁，未断怀中乳”，以简练又形象的语言勾勒出人物形象。中间对话部分堪称字字血泪，没有对百姓痛苦的感同身受显然写不出如此具有感染力的诗句。“萧条悲风寒，野旷日不煦”，环境悲凉愈加衬托出灾难的深重和际遇的悲惨。末尾“河桥永诀别，泪眼血如缕。寡妇与鳏夫，饥寒独延伫”，构成一幅撕心裂肺的生离死别图。整首诗真实反映了人们遭受的苦难和悲惨，质朴无华的语言中蕴藏着作者深厚的感情和对黑暗现实的强烈控诉。其他如“何时驿政废不修，十额九空馀病瘁”的《涿州马》[①]，因“得非吏治乖，旷不恤农事”以致“一飞成枯田，一落成赤地”的《蝗》[②]，以及《宿高唐州素多盗戒备甚严》[③]等诗，无一不是抨击时政、体恤民情之作。褚廷璋这种对现实的强烈关注不仅在格调派诗人中非常突出，而且，即使放眼整个乾隆朝，也是不多见的。

至于他历来颇受称赞的《西域诗十二首》，诗《序》说：

璋备员史局，承修《西域图志》《同文志》诸书，考索印证，七年于兹。纪圣朝之疆索，阐前代之见闻，编纂之馀，爰成斯什。用志天山南北都会城郭之大略，以补史乘所未备。且借以咏歌盛烈，窃附于《江汉》《常武》之义云。[④]

《西域诗十二首》之《和阗》云：

毗沙府号古于阗，葱岭千盘积翠连。大乘西来留法显，重源东下问张骞。渔人秋采河边玉，战马春耕陇上田。今日六城歌舞地，唐家风雨汉家烟。[⑤]

① 褚廷璋：《筠心书屋诗钞序》卷四，《清代诗文集汇编》第 363 册，第 226 页。
② 褚廷璋：《筠心书屋诗钞序》卷四，《清代诗文集汇编》第 363 册，第 227 页。
③ 褚廷璋：《筠心书屋诗钞序》卷四，《清代诗文集汇编》第 363 册，第 228 页。
④ 褚廷璋：《筠心书屋诗钞序》卷三，《清代诗文集汇编》第 363 册，第 215 页。
⑤ 褚廷璋：《筠心书屋诗钞序》卷三，《清代诗文集汇编》第 363 册，第 217 页。

和阗即古于阗。其地南接昆仑，西临葱岭，是传说中的河源之地，自古就与中原友好往来，有着密切联系。唐朝时就在此地设置毗沙都督府。诗中首先交代和阗的地理环境、悠久历史及其自古以来与中央的密切联系。颈联则具体描写清朝大一统背景下的和阗城，人民安居乐业的繁盛景象。毫无疑问，这是清朝国家统一、九夷宾服才有的局面。末联写经历了历史的风吹雨打后，和阗成了富庶之地，从侧面点明了咏歌盛烈、赞扬伟业的主题。

褚廷璋有超过三十年的仕宦经历，因此其诗集中多纪游之作。一些山水诗语言清淡，韵味飘逸，有六朝山水诗的余韵。如经过福建境内所作的《南平道中》：

南平山色佳，峰峦互陵跨。置身万绿中，衣袂与之化。晓凉风疏疏，候已殊藻夏。枫林数叶丹，感此秋气乍。逶迤上白沙，旭影林际射。坡陀八九重，高下势衔卸。进步恃前猛，稍懈力不暇。山腰簇人居，结构仿台榭。飞檐翼奔泉，百尺向空泻。潺湲赴沧峡，茶洋递迎迓。殷雷转空壑，万古阅晨夜。不厌尘根喧，濯缨就岩罅。他年倘重过，诛茅数弓借。枕漱高人踪，泉石本无价。[①]

褚廷璋晚年家居，其心无杂念、恬静简朴的境界愈加浓厚，《移寓玉峰有作》就反映了这一点：

脱屣南来谢软红，幽居地僻阛城东。无家自笑仍为客，多病何期遽作翁。室有琴书真乐在，门稀冠盖俗缘空。馀年只合供吟啸，底藉人称一世雄。[②]

张熙纯，字策时，号少华，上海人。生于雍正三年乙巳(1725)，卒于乾隆三十三年戊子(1768)，年四十三。乾隆二十七年壬午(1762)举人。三十年乙酉(1765)召试，赐内阁中书。有《华海堂诗》八卷。

---

① 褚廷璋:《筠心书屋诗钞序》卷九,《清代诗文集汇编》第 363 册,第 289 页。

② 褚廷璋:《筠心书屋诗钞序》卷十二,《清代诗文集汇编》第 363 册,第 332 页。

张熙纯与吴中七子相识很早。早在乾隆十四年己巳(1749),张熙纯与褚寅亮、王昶、钱大昕、吴省钦在苏州紫阳书院从王峻学。其诗集中也有大量涉及与吴中七子交往的诗,如《吴企晋泽均招同诸子集山塘挹爽阁王琴德以疾不至》①《同拙庵企晋来殷西湖夜泛放歌》②《无题八首同企晋琴德升之泽均赋》③等。此外,他自称与吴中七子中的曹仁虎"茂苑年年并辔行"④。在《寄黄芳亭》中,他回顾与黄文莲"苦忆髫年兰契好,西堂款款共琴樽"⑤的交情。他与赵文哲则有"总角交"⑥,两人少时就齐名,后因事产生龃龉⑦,原因不详。赵文哲曾在《怀人绝句》中以"张君才气谪仙流,三月天台载酒游。醉卧琼台弄明月,一声长啸海风秋"⑧的褒扬之语评价张熙纯。王昶在《张策时华海堂集序》中对张熙纯的个性及诗歌特征有详细介绍:

> 吾友张子策时,狂士也。傥倜疏豁,豪俊不可一世,视便辟善柔、机械变诈之徒唾若泥滓。然以故游于公卿间,恒为忌者所中,学不施于用,身不适于时也。然意气不稍自贬损。尤喜为歌诗,心所感愤,道古以刺今,缘情而类物,写其无聊不平者,必于诗。镂肝擢肾,结为章句,呀然以笑,奋然以跃,忘其饥寒奔走者,必于诗。所拟乐府数十章,出新意,傅以古音,皆刬陈言去之,及在浙江游天台、雁宕诸山诗,盖奔放奇伟可喜。盖志足以植其气,气足以辅其才,才足

① 张熙纯:《华海堂诗》卷二,《清代诗文集汇编》第355册,第304页。

② 张熙纯:《华海堂诗》卷三,《清代诗文集汇编》第355册,第313页。

③ 张熙纯:《华海堂诗》卷五,《清代诗文集汇编》第355册,第329页。

④ 张熙纯:《华海堂诗》卷五《送来殷入都》,《清代诗文集汇编》第355册,第331页。

⑤ 张熙纯:《华海堂诗》卷五,《清代诗文集汇编》第355册,第331页。

⑥ 张熙纯:《华海堂诗》卷四《秋夕不寐怀赵升之》有"念我总角交,中岁常离居"句,《清代诗文集汇编》第355册,第321页。

⑦ 袁枚:《随园诗话》记载"吴中七子,有赵损之而无张少华。二人交好,忽中道不终,都向余啧啧有言,而余亦不能为两家骑驿也",袁枚《随园诗话》卷五,北京:人民文学出版社1982年9月第2版,上册第143页。

⑧ 赵文哲:《怀人绝句》,《媕雅堂诗》卷八,乾隆刻本,第5页。

以运其学，是以笔墨驰骋，几与古人相上下。[①]

王昶引张熙纯为诗学同调，故而其评价不无溢美之处。不过，他指出张熙纯狂傲不羁的个性，以及受其影响，其诗歌多雄笔，这一点是很客观的。

张熙纯毫不讳言自己与世俗格格不入，如“我徒本无适俗韵，漱流枕石情所湛”[②]“久客厌世法”[③]“本无谐俗情”[④]等，与此相对应，诗作中多有劳骚不平之语，如“何事浮生苦煎迫”[⑤]“风尘十载凋青鬓”[⑥]“十年人海滞闲身”[⑦]“劳生如梗复如蓬”[⑧]等，以此心境作诗，他的一些山水诗往往于纪游中抒写思乡及身世之感。如《夜泊吴淞》：

沧江渺无极，枉渚系扁舟。淅淅凉飙发，萧萧丛荻秋。人家藏远树，渔火入寒流。乡梦愁中断，浮沉愧白鸥。[⑨]

张熙纯的一些诗想象奇特，比喻新奇大胆，具有很强的感染力，典型地反映了他狂纵不羁、倜傥自负的鲜明个性。如《礼堂祖锡企晋德甫来殷远书通问赋此却寄》云：

霜鸿千里达遥华，昔叹重寻自叹嗟。太白苍寒当晓月，孤蓬愁悴托丛麻。生涯竟似迎风鹢，逝景真如赴壑蛇。见说海波遥接汉，几时相访一乘槎。[⑩]

---

① 王昶：《春融堂集》卷三十八，《续修四库全书》第1438册，第65页。

② 张熙纯：《华海堂诗》卷二，《清代诗文集汇编》第355册，第307页。

③ 张熙纯：《华海堂诗》卷四《秋夕不寐怀赵升之》，《清代诗文集汇编》第355册，第321页。

④ 张熙纯：《华海堂诗》卷二《招朱凌霄山中结夏》，《清代诗文集汇编》第355册，第306页。

⑤ 张熙纯：《华海堂诗》卷三《登华顶放歌》，《清代诗文集汇编》第355册，第319页。

⑥ 张熙纯：《华海堂诗》卷二《吕城夜泊》，《清代诗文集汇编》第355册，第310页。

⑦ 张熙纯：《华海堂诗》卷二《题琴德三泖渔庄图》，《清代诗文集汇编》第355册，第310页。

⑧ 张熙纯：《华海堂诗》卷五，《春江小集别胡友澜陆健南》，《清代诗文集汇编》第355册，第332页。

⑨ 张熙纯：《华海堂诗》卷一，《清代诗文集汇编》第355册，第301页。

⑩ 张熙纯：《华海堂诗》卷八，《清代诗文集汇编》第355册，第353页。

张熙纯自称"高贤崇正始，筝笛非所欣"[①]，可知他与吴中七子等格调派后期诗人相似，也追求雅正复古的诗风。其《古怨诗》就是一首"出新意傅以古音"之作：

合如金在冶，决如箭去弦。东风一以逝，桃李为谁妍。枥中千里骏，奋起忽长嘶。马嘶惊妾泪，问君何所之。出门向西笑，入门独悲啸。男儿喜壮游，室家焉得保。见君空复情，送君空复情。啼鹃如有意，绕树徘徊鸣。裁罗思作裳，不信反成裘。汲井爱清涟，到底不能流。君恩如晓漏，梦阑声渐歇。妾恨如宵烛，泪干心尚热。漏亦有时续，烛亦还复燃。君心如可转，白日候再中。[②]

第六节　格调派前期与后期之比较

对格调派前后期成员作比较，不仅有利于更准确地把握格调派，而且通过对比，格调派消歇的原因亦可从中得窥一二。

格调派前期与后期代表在年龄上大都存在数十岁之差，两者所处的时代背景、诗坛状况也不尽相同，所以，两者之间的区别还是比较明显的。主要体现在三个方面。

第一，格调派雏形——城南诗社、北郭诗社成员，多布衣身份；李果、翁照、盛锦、周准、顾诒禄这些前期重要诗人皆视仕宦为畏途。而考察格调派后期代表吴中七子的履历，七人不仅都有仕宦经历，并且都有在外地做官的经历，这一经历不仅使他们得以畅游各地，接触社会现实，随之眼界开阔，诗肠大饶，由此带来诗歌内容及诗歌风格的改变，而且在宦游过程中，他们得以与不同诗学主张的人交往，诗学观也随之发生变化。这在吴中七子中的王昶、

① 张熙纯：《华海堂诗》卷一《古意一首上梦谢山先生》，《清代诗文集汇编》第355册，第299页。

② 张熙纯：《华海堂诗》卷一，《清代诗文集汇编》第355册，第300页。

赵文哲、王鸣盛、钱大昕及顾宗泰、褚廷璋身上体现得尤为明显。

第二，与第一点相关联，后期成员较前期成员诗学观更为融通合理。如前所述，城南诗社、北郭诗社成立的主要原因是反对当时吴中宋诗热的流弊。因此，为达到矫正的目的，他们诗学对象很自然地以学唐为主；李果、翁照、许廷镆的复古诗风也很明显。盛锦、周准、顾诒禄三人的诗学观点也大都相近，基本宗法唐以前，与沈德潜早期诗学观大致相同。随着诗歌史的演进及诗坛风尚的改变，主将沈德潜的诗学观也发展至学唐而不废宋，重视诗才，诗学观较之前期无疑值得肯定。在格调派后期，吴中七子处在性灵派、浙派、肌理派的包围裹挟中，他们的诗学观进一步发挥了沈德潜诗论中融通合理的一面，这就使他们对待唐宋诗的态度更加圆通，这种倾向在王昶、赵文哲、王鸣盛、钱大昕身上尤为明显。另外，与前期相比，后期成员显然更加注重才学的因素，这显然也是与当时的诗坛风尚及吴中七子多擅长经史之学有关。至于其他后期诗人，除朱彭、王廷魁之外，对待唐宋诗的态度也较为宽容，不过在诗歌创作中，应该看到，后期诗人总体上还是以宗唐为主。

第三，从诗歌内容方面来看，前期代表中除了盛锦曾入蜀地漫游，诗得江山之助外，其余成员受生活环境及视野所限，诗歌内容相对较为单一。后期，吴中七子及顾宗泰、褚廷璋等人诗歌内容远较前期代表诗人丰富充实。尤其是王昶、赵文哲的西南山水边塞诗成就突出，应在古代山水边塞诗中占据重要地位。

通过比较可以得出这样的结论：无论是从诗学观点、诗歌创作还是诗坛影响方面，吴中七子等后期诗人都超过李果、盛锦等格调派前期代表。由于吴中七子都是沈德潜晚年弟子，这一身份也为沈德潜死后格调派的迅速消歇埋下伏笔。凭借师徒关系维系的诗派，其积极性和局限性都很明显。从积极的一面来看，他们自觉继承其师沈德潜的诗歌理论，并以能传承此任为荣；从消极的一面来看，一旦核心人物离世，诗歌流派得以存在的中枢顷刻崩塌，众多成员及支持者无所适从，群龙无首，必然走向消歇。

第八章

格调派余响

郭麐《灵芬馆诗话》说："国朝之诗，自乾隆三十年以来，风会一变。与时所推为渠帅家凡三家。"[①]乾隆三十年，即乾隆乙酉，1765 年。所谓"三家"，是指有"乾隆三大家"之目的袁枚、赵翼、蒋士铨。把乾隆三十年视为诗坛风会的转捩点，当与此后不久格调派主将沈德潜去世有关。如前所述，格调派在沈德潜辞官回乡后刊刻《七子诗选》时声势达到顶峰。随后，吴中七子或入仕途，或去他乡，影响渐衰。乾隆三十四年(1769)沈德潜离世，格调派大势已去。但是由于王昶、王鸣盛及顾宗泰、褚廷璋等人的努力，格调派并未销声匿迹。此时的性灵派则如旭日东升，呈逐渐取代格调派之势。但是，性灵派弊病从一开始就显而易见。一些正统诗人大多对袁枚及其性灵说不满，自然而然地看重并服膺沈德潜及格调派。其中，按照年代顺序，尤以潘瑛、王豫、吴门后七子及符葆森最为典型。

潘瑛生年不详，卒于嘉庆十年乙丑即 1805 年，其诗集中未发现他与沈德潜直接交往的迹象。王豫出生于乾隆三十三年戊子(1768)，次年沈德潜离世。吴门后七子生活于嘉庆、道光年间。至于符葆森，生卒年不详，但《国朝

① 郭麐：《灵芬馆诗话》卷八，《续修四库全书》第 1705 册，第 389 页。

正雅集》成书于咸丰六年丙辰(1856),此后不久符葆森即去世,其时不仅格调派早就如过眼烟云,性灵派也已不复存在。因此,上述这些诗人都没有受到过沈德潜的亲自指教,不算是沈门弟子。但是,他们对于沈德潜及其格调派推崇备至,有的与格调派后期重要诗人交往还很密切(如王豫),更重要的,在袁枚及其性灵派大行其道之际,他们反其道而行之,再次举起复古及雅正的旗帜,因此,他们可被视为格调派的回音和余响。

第一节 “奉归愚为准则”

——潘瑛及其《国朝诗萃》

潘瑛,字兰如,号十四洞天山人,生年不详。陈诗《皖雅初集》引《静照轩笔记》说:“兰如先生选辑《诗萃》,以续沈归愚宗伯《别裁》集之后,兼及生存之人,刊于嘉庆甲子岁。拟选三集未就,明年遽卒。”[①]嘉庆甲子,即1804年,可知潘瑛卒于1805年。潘瑛本是扬州人,不过其大半生都寄居在安徽省怀宁县。其《谒墓诗》有注:“瑛世居会稽山阴,先曾祖宦游扬州,因家焉。两世皆葬府治金匮山。先君复迁居怀宁。瑛生三十五年,未获上祖宗坟墓,苦可知矣。”[②]潘瑛还是姚鼐门下弟子,诗名甚佳,著有《晋希堂诗集》六卷。袁枚《随园诗话》称赞道:“金陵怀古诗,最难出色。皖江潘兰如瑛云:‘《玉树庭花》唱已遥,金陵王气又重消。龙蟠不去怀双阙,牛首空回望六朝。故垒云低天漠漠,荒林秋尽雨潇潇。石头城畔多情月,夜夜来看江上潮。’通首音节清苍。又,《宛转歌》云:‘宛转松上萝,松枯萝色喜。同体不同心,安望同生死?’殊堪风世。又,‘船头山月落,人指海云生。’活对亦佳。”[③]王豫《群雅集》也评价潘瑛诗“气格清超,词旨深挚”[④]。

潘瑛诗集中没有与沈德潜交往的直接证据。不过,沈德潜在年谱中曾经

① 陈诗:《皖雅初集》卷一“潘瑛”条,合肥:黄山书社2017年6月第1版,第14页。

② 潘瑛:《晋希堂诗集》卷二,嘉庆刻本,第12a～12b页。

③ 袁枚:《随园诗话》卷十六,北京:人民文学出版社1982年9月第2版,上册第559页。

④ 王豫:《群雅集》卷二十,嘉庆刻本,第1a页。

提到，乾隆二十五年庚辰（1760），沈德潜88岁时，“九月，浙榜发，书院中中式二人：唐琪、潘瑛”[①]。此处潘瑛是否就是《国朝诗萃》的编者，待考。另外，《国朝诗萃序》由格调派副将王昶撰写，序曰：

> 天地之化，变而不穷，故国家声教因之，而人之性情亦因之，于是发于声音，播为吟咏，富有日新，有历久而不能尽，是以古太守輶轩所采，虽记一时之风尚，而传之既远，千百年后犹可考而忘之……怀宁潘君兰如，读书好古，所居在山水间，且出于吾友姚君姬传门下，得其指教，故《晋希堂》一集，时人称之为逸情远性者，信也。君又素嗜近日诸家诗，先后裒集至数百家，分别其良楛，录而付梓。新、二集既名曰诗萃，君年方壮，先后裒集之力，盖将富有日新而未已也。援属高子韵台书来，求为之序。先是，乾隆庚午、辛未年间，沈文悫公：“予告还吴，采百馀年间之作《国朝别裁集》。既呈高宗纯皇帝，饬儒臣斟酌损益。”由是名家、大家之诗惨然具备。然其时名公巨卿、布衣耆旧散在朝野者皆未收录。迄今又四十馀年，恐散而莫稽。君之为此书，盖以继文悫之后，表本朝文运之隆，俾之浸昌浸久，其志可谓大矣。予仕宦日久，及告归吴下，皖江在三千里外，未得见君而论诗也。因念予从文悫，于予告后得其选诗大旨，其间搜采论断，予亦常助之。岁月不居，公归道山三十馀年，而予今亦八十有一矣。老眊龙钟，足不出户，倘天假之年，而潘君相思命驾，则予将风会之迁流，声诗之派别，同而不同，不同而同者，当亦有以进君也矣。[②]
>
> 嘉庆甲子日躔星纪之次青浦王昶

嘉庆甲子，即嘉庆九年（1804），王昶时年81岁，两年后去世。王昶虽为《国朝

① 沈德潜：《沈德潜诗文集·沈归愚自订年谱》，北京：人民文学出版社2011年11月第1版，第4册第2136页。

② 王昶：《国朝诗萃序》，潘瑛、高岑《国朝诗萃初集》，清刻本，第1a页。

诗萃》写序，但根据文中所说，他并未见过潘瑛。通过回顾沈德潜编选《国朝诗别裁集》即《清诗别裁集》的往事，不难看出王昶对《国朝诗萃》的肯定。如前所述，王昶在沈德潜死后逐渐成为格调派的领头人，此序不仅可以看出王昶当时在诗坛上的影响力，而且，也体现出编选者潘瑛对格调派诗学的认同。此外，序的内容并无两人同出沈门的迹象。所以，把潘瑛归为受沈德潜诗学影响者，而非其弟子，应该是符合客观实际的。

《国朝诗萃》(以下简称《诗萃》)分为初、二两集。其中，《初集》由潘瑛、高岑编选，10 卷，共收诗人 185 人；《二集》由潘瑛、陈塾编选，14 卷，共收诗人 227 人。高岑、陈塾生平事迹不详。

《诗萃》的《凡例》开门见山，明确表示其编选目的意在上继沈德潜《清诗别裁集》：

> 国朝选本诗，自沈宗伯《别裁集》继陈检讨《箧衍集》后，补选康熙癸丑以下八十馀年诗，迄于乾隆庚辰，皆已往之人。兹补当时所未经采择者及今四十馀年中以往、现在诸贤，分为初、二两集。虽管窥蠡测，不足尽天海之大，而旁搜远绍，心窃响焉。[①]

《诗萃》刊于 1804 年。而沈德潜《清诗别裁集》选取时间下限为乾隆庚辰，即乾隆二十五年，1760 年，因此，《诗萃》一方面选取了《清诗别裁集》中的未经采择者，另一方面又上继《清诗别裁集》，重点选取其之后的四十余年，其中不少诗人当时仍然在世。乾隆至嘉庆初年，正值盛世，诗歌方面也人才辈出，蔚为大观，充分显示出文治和诗教之昌盛。《诗萃》重点收录这一时期内的诗人诗作，就从客观上反映了清代中期诗坛繁盛的局面。简言之，一是《诗萃》继承沈德潜的选诗宗旨，以诗存人，注重诗歌的内容意旨；二是具有明显的复古色彩，清代中期诗坛复古潮流由此可窥一斑；三是其选录皖人诗很多，对于地域文学研究大有裨益。

---

① 潘瑛、高岑:《国朝诗萃初集》，清刻本，第 1a 页。

一、《国朝诗萃》的选诗宗旨

如上所述,《诗萃》的编选上继《清诗别裁集》,更重要的,其宗旨也与《清诗别裁集》若合符契:

> 诗本性情,自以温柔敦厚为教,而资秉既殊,所学匪一,自八代、三唐以下迄于本朝,作者代兴,风格屡异。惟义取法戒,词尚真淳,足以励风俗而感人心,皆当入选。若执一人之趋尚以衡量天下,则吾岂敢。①

而沈德潜《清诗别裁集》开篇也说:

> 诗之为道,不外孔子教小子教伯鱼数言,而其立言,一归于温柔敦厚,无古今一也。自陆士衡有缘情绮靡之语,后人奉以为宗,波流滔滔,去而日远矣。选中体制各殊,要惟恐失温柔敦厚之旨。②

不仅如此,《诗萃》也对沈德潜诗学成就及地位非常推崇,选沈诗高达28首,并给予高度评价:

> 先生鸿才晚达,主眷特隆,近代文人之遇,无有过之者。其诗综贯今古,专尚盛唐。统观全集中,春华秋实,与时消息,颇极变化之妙。所选别裁诸集,统归玉律,尽度金针,尤有裨于后学。③

《诗萃》继承沈德潜"温柔敦厚"说的选诗宗旨,旨在以诗存人,不拘体格,不因诗人名位及与编诗者交情深浅而有所区别,基于此,一些声名不彰的诗人也由于一两首诗甚至一两句诗能言人所未言,而得以入选,不致湮没无闻。也就是《凡例》所说:"诗之能传不在多寡,唐人有一联一句足以名世者,集中所载,多至数十首,少或一二首,有得自全集、选本者,有得自传钞邮寄及平昔

---

① 潘瑛、高岑:《国朝诗萃初集》,清刻本,第1a页。

② 沈德潜:《清诗别裁集·凡例》,《清诗别裁集》,上海:上海古籍出版社1984年3月第1版,上册第1页。

③ 潘瑛、高岑:《国朝诗萃初集》卷一,清刻本,第10a页。

所记忆者，故详略不同，非敢妄加弃取。”可见编者尽量做到博采旁搜、搜抉无隐，亦可见编者用力之勤、用心之苦。

首先，从内容上着眼，《诗萃》在选诗上把关甚严，要求所选诗歌言之有物，体现作者真性情。基于此，编者选诗时能弃短取长，采其菁华，选出内容充实之作，并在评语中加以肯定。比如胡光宁《题谪仙词》，三四句云“衰祚得人扶社稷，名山由我恣徜徉”，《诗萃》评为“三四说出太白深心，千秋下第一知己”[①]。顾镛《苗寨五十韵》：“深切著明，大有关系，不徒赏其奇横遒古之妙。”[②]而对于诗风前后不一、诗艺深浅前后不同的诗人，《诗萃》也能慧眼识珠，充分发掘诗人后出转精之作。比如《二集》评价王昶诗时说：“侍郎诗体兼风雅，美擅诸家，而性情醇厚，其天独全，洵足雄长艺林，为一时宗匠。至于滇南从军，诸作雄深雅健，正如东坡海外文字，尤为奇绝，所录较多。”[③]评洪亮吉诗则说：“太史诗如风樯阵马，勇不可当。而塞外诸诗，奇情异景，穷而益工，其雄健遒宕，在《秋笳集》之上，故专录此种，以著其长。”[④]显然，《诗萃》侧重选取王、洪两人后期作品，原因在于两人后期足迹远至塞外，作品得江山之助，丰富多彩，胜于前期诗。这也符合两人创作实际。

其次，沈德潜《清诗别裁集》对于“一无关系，徒办浮华，又或叫号撞搪以出之”[⑤]的作品一概不选，《诗萃》也同样继承了这一点。比如其评价孙嘉瑜：“吟秋诗清丽芊绵，不免绮靡之习，兹特录其风骨清超、情韵悠远者，庶瑕瑜不掩而美玉足珍矣。”[⑥]评价师范：“荔扉才大学富，游踪几遍天下，下笔千言，不屑于字栉句比，规模前贤，而古今体力厚思深，语无凡近，亦诗中之豪也。”[⑦]

① 潘瑛、高岑：《国朝诗萃初集》卷六，清刻本，第11a页。
② 潘瑛、陈塾：《国朝诗萃二集》卷六，清刻本，第17a页。
③ 潘瑛、陈塾：《国朝诗萃二集》卷二，清刻本，第1a页。
④ 潘瑛、陈塾：《国朝诗萃二集》卷六，清刻本，第1a页。
⑤ 沈德潜：《清诗别裁集·凡例》，《清诗别裁集》，上海：上海古籍出版社1984年3月第1版，上册第2页。
⑥ 潘瑛、高岑：《国朝诗萃初集》卷四，清刻本，第12a页。
⑦ 潘瑛、陈塾：《国朝诗萃二集》卷四，清刻本，第13a页。

《诗萃》选其诗高达 43 首。

再次,《诗萃》选诗重视诗品与人品统一。潘瑛在评价其师姚鼐时说:“姬传夫子峻品高文,楷模当代,故其发为咏歌,金和玉节,怀抱独远。瑛久列门墙,侧闻绪论,尝与张荷塘论诗,有句云‘欲作古贤辞,先弃凡俗语’,可以知先生之风矣。”[①]《诗萃》选其诗 19 首。评价曾燠也说:“都转才雄气逸,意兴超然。而大厦庇人,稷、契许身之义时流露于楮墨之间,故缠绵悱恻,忠悃独深。少陵为一代诗史,良由至性过人,不仅以读书万卷,下笔有神也。”[②]蔡元春,号芷衫,《诗萃》评道:“芷衫与陈古渔齐名,同为随园高弟。其诗格清苍老健,专宗唐贤,而新意间出,有如老树着花,香艳自古。吴郡石远梅谓其学术淹博,性豪迈,笃友谊。读其诗,可以想见其为人。”[③]

最后,从表达效果上着眼,《诗萃》多选取能激荡人心,给人以启示之作品。也就是其《凡例》所说“惟义取法戒,词尚真淳,足以励风俗而感人心”。如评价秦瀛《五人墓》:“市侩与衣冠相形,义正辞严,闻者知戒。”[④]曾燠《安东道中大雪》:“语语沉痛,感人最深,与元道州《舂陵》诸诗同一性情。”[⑤]评价法式善:“先生嗜古爱才,诗宗唐贤,逸韵遥情,味之不尽。”[⑥]评价毕沅《荆州述事》:“义心苦调,声泪俱下。胞与之怀,康济之心,于斯可见。”[⑦]

二、《国朝诗萃》的复古色彩

《诗萃》还具有明显的复古色彩。这一点与潘瑛主张复古的诗学观紧密相关。其《示陈生香仙江生梅岭诗》云:“元音发太始,万籁各有归。大雅日沦替,毋乃化力微。心乖义以薄,情至愿岂违。往者味厥旨,后将忘其非。吾侪

① 潘瑛、陈塾:《国朝诗萃二集》卷二,清刻本,第 12a 页。
② 潘瑛、陈塾:《国朝诗萃二集》卷五,清刻本,第 1a 页。
③ 潘瑛、陈塾:《国朝诗萃二集》卷九,清刻本,第 5a 页。
④ 潘瑛、陈塾:《国朝诗萃二集》卷四,清刻本,第 11a 页。
⑤ 潘瑛、高岑:《国朝诗萃初集》卷五,清刻本,第 1b 页。
⑥ 潘瑛、陈塾:《国朝诗萃二集》卷三,清刻本,第 3a 页。
⑦ 潘瑛、高岑:《国朝诗萃初集》卷二,清刻本,第 22b 页。

相黾勉，岂以声名为。”[①]即抒发了其复古的立场。在评价吴锡麒时潘瑛也说：“司成诗格清醇，得温柔敦厚之旨。间有宋体，不落纤腐。”接着他又借题发挥：“予尝与老友张竹坡论诗，谓近代作者，大抵炫异矜奇，逞才使气，自诩独步，已落旁门。抑或矫枉过正，优孟衣冠，自谓正宗，寔同肤廓，其弊愈不可言。去斯二者，庶几近焉。”[②]可见，针对诗坛流弊，潘瑛一是主张复古，二是要在复古的基础上力求具有自家面目。其《叠韵赠张竹轩》更是直言不讳地宣称“大雅一派属吾党”。[③]

《诗萃》的复古特色主要体现在三个方面。首先，对于那些主张复古的诗人诗作，往往肯定有加。比如其评价杨芳灿：“农部诗清丽芊绵，七古具体初唐，一往情深，不仅貌似。七律尤近玉溪，长袖善舞，不同獭祭。”[④]评价石钧：“远梅诗格最高，五古上追鲍谢，下模王韦。七古风骨俊逸，无叫号之习。今体专宗盛唐，而五律苍劲遒古，尤为擅场，宜为海内名流所激赏。”[⑤]《二集》卷十三收录的全是闺秀诗人，《诗萃》同样用“复古”的标准去衡量。如其评价沈纕：“散花识高才俊，一空凡艳，巾帼中有志复古士也。”[⑥]不难看出，选家正是通过这些诗评而推行自己的诗学主张。

其次，对于一些并不主张复古的诗人，《诗萃》也对那些具有复古之风的诗作多加搜罗，且在评语中加以肯定。这一点鲜明地体现在其对袁枚诗的选择上。袁枚是清代性灵派的主将，其论诗主性灵，反对复古，提倡独创。但是，《诗萃》所选袁枚诗却非常耐人寻味。比如，评其《虎口行》时说：“古调铿锵，奇情异采，与魏武《秋胡行》、傅元《董逃行》同工。此人此题，非此诗不

① 潘瑛：《晋希堂诗集》卷四，嘉庆刻本，第 4a 页。
② 潘瑛、陈塾：《国朝诗萃二集》卷四，清刻本，第 1a 页。
③ 潘瑛：《晋希堂诗集》卷一，嘉庆刻本，第 10a 页。
④ 潘瑛、陈塾：《国朝诗萃二集》卷一，清刻本，第 16a 页。
⑤ 潘瑛、陈塾：《国朝诗萃二集》卷九，清刻本，第 16a 页。
⑥ 潘瑛、陈塾：《国朝诗萃二集》卷十三，清刻本，第 2b 页。

称。”[①]《潼关》评道：“此等诗何减盛唐，学随园者当知所择耳。”[②]《抚孤行为毕尚书作》评道：“古直苍凉，从《病妇》《孤儿》诸古辞镕铸而出，而奇才浩气，自开生面。先生此等诗乃集中上乘，学者不于此问津，而徒袭其绮丽纤巧之习，或借以訾议，诚所不解。”[③]显而易见，一方面，《诗萃》所选袁枚诗都是带有复古意味的，对于袁枚那些独具“性灵”之作，一概不选；另一方面，潘瑛在取舍袁枚诗的过程中，毫不讳言其真实目的在于为随园众弟子树立师法榜样，使他们从“绮丽纤巧”之习中迷途知返。

事实上，潘瑛与袁枚渊源极深。如前所述，袁枚对潘瑛诗称赞有加。而潘瑛本人对袁枚也非常尊敬，其《晋希堂诗集》中有《随园观灯》《随园大镜歌》《游随园呈袁简斋太史》等诗，可见两人交往匪浅。在《游随园呈袁简斋太史》三首诗其二中，潘瑛有“点笔花争笑，论文山欲飞”[④]的诗句，很明显是称赞袁枚的；同时又有“天涯初作客，太史独怜才”的诗句，是感激袁枚知遇之恩的。《诗萃》共收袁枚诗25首，也不可谓不多。但是，由于袁枚论诗主性灵，而潘瑛却以复古为己任，正因为两人论诗宗旨存在根本不同，导致《诗萃》所选袁枚诗如此耐人寻味。不过，必须指出，潘瑛也选出了袁枚的一些代表性作品，如《题史阁部遗像》一诗，《诗萃》评道：“悲壮淋漓，思深力厚，此随园真本领也。”[⑤]在这一点上，《诗萃》所选袁枚诗的客观性胜过王昶《湖海诗传》。所以《三家诗话》评价：“王兰泉《湖海诗传》，专录子才少年未定之作而故没真面，似不及怀宁潘瑛《国朝诗萃》之平允也。”[⑥]也就是说，潘瑛选诗虽以复古为主，但也尽量做到客观全面。

应该指出，《诗萃》所体现的复古观点，并不局限在三唐。比如评师范《杂

① 潘瑛、高岑：《国朝诗萃初集》卷二，清刻本，第6a页。
② 潘瑛、高岑：《国朝诗萃初集》卷二，清刻本，第12a页。
③ 潘瑛、高岑：《国朝诗萃初集》卷二，清刻本，第9b页。
④ 潘瑛：《晋希堂诗集》卷一，嘉庆刻本，第4a页。
⑤ 潘瑛、高岑：《国朝诗萃初集》卷二，清刻本，第13a页。
⑥ 尚镕：《三家诗话》，《清诗话续编》本，上海：上海古籍出版社1983年12月第1版，第1922页。

诗》:“古厚,得汉人之遗。奇情妙义,又如晋人连珠。”[①]赵绍祖《题赤壁图》:“思力沉厚,风骨坚苍,元遗山得意之作如此。”[②]涂修《秋怀》:“清整老练,在青邱、遗山之间。”[③]充分显示出编者转益多师的态度。

不过,潘瑛论诗虽主复古,但并不主张盲目拟古,对于勇于独创的诗人,同样不吝夸赞,显示出其通达宽容的一面。比如王肇奎《秋夜同张竹轩作》五六两句诗“残月不知夜,寒虫各为秋”,《诗萃》评“五六清新未经人道”[④]。评价商盘:“宝意先生诗清丽芊绵,情深韵远,五律老健,独造盛唐,新警处尤为难得。”[⑤]袁琛《乘月自清溪解缆抵梅根冶》有“舟行月亦行,舟止月亦止”句,评道:“‘舟行’十字,眼前语无人道出。”[⑥]另外,在复古主张下,编者也尽量做到收录的诗歌丰富多样,使得整部诗选虽以复古为宗,却不流于单调。这一点同样体现在其诗评上,如“雄浑宕逸”“一片天机”“幽秀”“雄古峭奥”“语清意远”等。不过,从总体来看,《诗萃》对于复古诗歌显然情有独钟,所以王豫评价说“文悫后复古之士赖有是人”[⑦]。

三、《国朝诗萃》的地域色彩

潘瑛《国朝诗萃》除了上述两方面特征之外,还具有浓郁的地域色彩。那就是这部诗选收录皖人诗很多,对于地域文学研究大有裨益。杨钟羲《雪桥诗话三集》说“怀宁潘瑛兰如出姚惜抱门下,有《晋希堂集》。嘉庆乙丑,成《国朝诗萃》初、二集,意在上继《别裁》,录皖人之诗为独多”[⑧]。

如上所述,《诗萃》共收录诗人三百余位,所收诗人的籍贯遍布全国。不

① 潘瑛、陈塾:《国朝诗萃二集》卷四,清刻本,第16a页。
② 潘瑛、陈塾:《国朝诗萃二集》卷五,清刻本,第12a页。
③ 潘瑛、陈塾:《国朝诗萃二集》卷十二,清刻本,第35a页。
④ 潘瑛、陈塾:《国朝诗萃二集》卷一,清刻本,第21b页。
⑤ 潘瑛、高岑:《国朝诗萃初集》卷五,清刻本,第3b页。
⑥ 潘瑛、陈塾:《国朝诗萃二集》卷七,清刻本,第24a页。
⑦ 王豫:《群雅集》卷二十,嘉庆刻本,第1a页。
⑧ 杨钟羲:《雪桥诗话全编·雪桥诗话三集》卷一〇,北京:人民文学出版社2011年7月第1版,第3册第1927页。

过，由于潘瑛大半生都生活在安徽境内，生平交往以皖人为主，所以，这部诗选也不可避免具有鲜明的地域色彩。诗选中的三百余位诗人，将近一半都是皖人，还不包括曾在安徽境内做官、游历之人。皖籍诗人自清初以来较为著名的有钱澄之、方文、施闰章等人，其中，施闰章堪称翘楚。沈德潜分别在《明诗别裁集》《清诗别裁集》中选录了上述诗人的作品。清代中期以来，与浙江、江苏等诗歌重镇相比，安徽地区的有名诗人并不太多，这一时期的诗歌历来也不太受关注，可以想见，如果不是编者有意识地选取，很多声名不彰的诗人诗作势必会湮没在历史的尘埃中。从这一点着眼，《诗萃》在收录皖籍作家作品上，功不可没。

总体来看，《诗萃》在皖籍诗歌方面的价值体现在三方面。一是反映出安徽的大多数诗人都集中在宣城等安徽南部地区。关于这一点，王昶《蒲褐山房诗话》在论及皖籍诗人韦谦恒时的一段话可备参考：

> 皖桐诗派，前推圣俞，后数愚山，以啴缓和平为主。约轩（韦谦恒其号）承其乡先生之学，故不以驰骋见长。六一居士序《宛陵集》谓“古雅纯粹”；汪尧峰序愚山谓“简切淡远”。举似约轩，可谓得其法乳者。[①]

可见，皖籍诗歌远受北宋梅尧臣的影响，近受施闰章的沾溉，而这两位诗人的籍贯都在宣城，受此影响，此地历来盛行作诗，诗风也以简淡纯雅为主。至于合肥、宿州、亳州等北部地区，也星星点点地分布着一些诗人，显示出安徽诗坛繁星满天的盛况，这也是清代中期诗教昌盛的一个缩影。

二是皖籍诗人的诗学观大都以复古为主。比如滁州人张葆光，号竹轩，为当时皖籍著名诗人。王豫《群雅集》认为他在皖籍诗人中与潘瑛、陈蔚“可称鼎峙”[②]。《诗萃》对他的评价也很高：“竹轩熟于《风》《骚》、汉魏，故其乐

---

① 王昶著，周维德校点：《蒲褐山房诗话新编》卷上，北京：人民文学出版社 2011 年 9 月第 1 版，第 98 页。

② 王豫：《群雅集》卷二十一，嘉庆刻本，第 12a 页。

府、五古，风格独高。七古、今体，出入盛唐诸家，不落中晚以下，至于古澹幽微，深情逸韵，良由自得，匪可力争。”[①]泾县诗人吴芳培，《诗萃》评为：“太史屡操文柄，望重士林。诗格典雅清新，体兼唐宋。七律沉雄工丽，各极其妙，尤所擅扬，宜为海内名流所激赏。”[②]可见当时安徽复古诗风之盛行。

值得一提的是，皖籍诗人中也有一些是袁枚的弟子。如休宁人陈毅，字古渔，《诗萃》说：“古渔为随园弟子，诗格清新，尤工七律，其用意深造处，时有独得之妙。”[③]上文提到的陈蔚，字豹章，青阳人，《诗萃》也说：“豹章诗格醇雅，袁简斋太史称其才隽。”[④]又有潜山人丁珠，《诗萃》选其《春兴四首之一》，并说“‘艳到海棠香不得’七字，最为袁简斋太史所称许”[⑤]。不过，与复古诗风相比，性灵派的影响显然稍逊一筹。

最后，《诗萃》所收皖籍诗人以寒士为主。这与潘瑛自身经历和个性有关。如前所述，潘瑛远离故土，大半生寄居在怀宁，生活漂泊无依。他在《晋希堂诗集》“自叙”中说自己“�鄙少孤”，又称自己的诗“大抵皆蛩吟蝉噪之音，不足以协金石而谐雅颂”，可见他经历坎坷，命运多舛，个性也孤傲不驯。《诗萃》在收录皖籍诗人时，尤其青睐一些布衣贫士所作的诗歌，这一点同时也体现其《凡例》所说“至于山林逸士，风雅名流，阐发幽潜，尤当博取”的宗旨。更重要的，潘瑛在选诗及评语中也经常流露出自身感慨在内。如泾县人吴璇，字迪庵，《诗萃》选其诗只有三首，但评价很高：“迪庵论诗以盛唐为宗，有宁率毋弱之语，故风格独高。讲学授徒，崇尚根柢，有先民风。虽困踬终身，泰然自得，时人以狷介目之，不诬也。兹未获全稿，仅录数首，以著其概。”[⑥]其《曝书》一诗云：“断锦零香手泽深，遗编珍重等球琳。白头含泪年年曝，要使儿孙识此心。”又有泾县诗人王彬然，《诗萃》云：“山人贫而有品，熟于

① 潘瑛、陈塾：《国朝诗萃二集》卷四，清刻本，第24a～24b页。
② 潘瑛、陈塾：《国朝诗萃二集》卷七，清刻本，第11a页。
③ 潘瑛、高岑：《国朝诗萃初集》卷五，清刻本，第16b页。
④ 潘瑛、高岑：《国朝诗萃初集》卷九，清刻本，第22a页。
⑤ 潘瑛、高岑：《国朝诗萃初集》卷五，清刻本，第10a～10b页。
⑥ 潘瑛、高岑：《国朝诗萃初集》卷五，清刻本，第23b页。

图经史籍，酷嗜山水，每经名胜，必纡道访之，虽风雨寒暑，不惮也。其诗以性情自见，不摹古人而风味翛然，颇能绝俗，亦可谓清士雅怀也。”[①]其《望九华山》云：“春来景物属山家，况是柴门对九华。朵朵芙蓉娇欲语，双眸那顾看桃花。”可见其品概。这就使《诗萃》包含了编者自身的人生体验和个性在内，带有较强的个人色彩。

当然，《诗萃》也存在明显缺点，主要体现在编者论诗、选诗以复古为己任，对于具有新变色彩的诗歌则相对选录不多。所以徐世昌《晚晴簃诗话》评价：“兰如侨居怀宁，辑《诗萃》，奉归愚为准则。”[②]

第二节　“梦传文悫，学并《春融》”
——王豫及其《群雅集》

几乎与潘瑛同时，在江苏境内，还有一位诗人不仅对沈德潜心往神驰，崇拜程度超过潘瑛，而且将其论诗宗旨奉若神明，这位诗人就是王豫。

一、王豫的生平及其个性

王豫，字应和，号柳村、种竹轩，室名诗征阁，江苏丹徒（今镇江）人，后移籍江都（今扬州）。生于乾隆三十三年戊子（1768），卒于道光六年丙戌（1826），享年59岁。王豫立性高致，生前“以孝廉方正、山林隐逸征，皆不就”[③]。其著述很多，除了《种竹轩诗文集》《蕉窗日记》等之外，还编有《群雅集》《群雅二集》《江苏诗征》《京江耆旧集》《淮海英灵续集》《国朝今体诗精选》等。

王豫耻于干谒，不求闻达，其住所位于扬州焦山上，名“翠屏”，“修竹垂杨环绕村舍，登楼而望，则三山峙列，江海浩瀚，故其胸次开朗，日坐山光水色

---

① 潘瑛、陈塾：《国朝诗萃二集》卷六，清刻本，第22a页。

② 徐世昌：《晚晴簃诗话》卷一百十，上海：华东师范大学出版社2009年7月第1版，上册第793页。

③ 陈文述：《颐道堂诗外集》卷十《翠屏洲赠王柳村》诗注，《续修四库全书》第1505册，第523页。

中，歌咏不辍”[①]。朱彭《寄怀四首·王柳村》云：“闻道翠屏里，深藏摩诘家。入村穿野竹，隔水出桃花。江海潮相望，金焦路不赊。何时涣瓢笠，与尔泛吟槎。”[②]陈文述《答王柳村见寄之作即用前韵》第二首也说：“翠屏洲上客，爱作沧浪吟。流水澹诗品，古琴明道心。天高白露下，海远碧云深。径欲刺舟去，一聆骚雅音。”[③]可见住所的幽静及主人的品性。

王豫《蕉窗日记》虽名曰“日记”，实则是一本摘抄录，内容是一些有关身心性命及裨益世道人心之言。王豫借此教导学生，并反观印证自己。如：

> 君子之学养心，小人之学害心。
>
> 士不可一刻忘却“耻”字。
>
> 凡读无益之书，皆是玩物丧志。
>
> 志不可一日坠，心不可一时放。[④]

这些类似警句箴言的话，昭示着王豫人品端方，严于律己的个性。另外，《群雅集》还附有王豫像赞，比如“征君高旷处，千古一奇人。弱笔摹形似，传来恐未真”，以及“日可瞻焉，而盲其瞳。手披万卷，而了于胸。梦传文悫，学并《春融》。呜呼！此山林之征士，而湖海之诗翁”[⑤]。“梦传文悫”，可见其对沈德潜诗学的传承。“《春融》”，即格调派副将王昶所著《春融堂集》。观之王豫的诗歌及诗学观，这个评价是恰如其分的。

二、王豫的诗歌创作

王豫素有诗名，与同乡顾鹤庆、钱之鼎、鲍文逵、张学仁、吴朴、应让等有“京江七子”之目。《东柯草堂文宴送石远梅归吴门序》一文典型地反映了他的诗学主张：

---

① 石钧：《种竹轩诗序》，王豫《种竹轩诗钞》，嘉庆刻本，第1a页。

② 朱彭：《抱山堂集》卷十二，《清代诗文集汇编》第376册，第90页。

③ 陈文述：《颐道堂诗外集》卷三，《续修四库全书》第1505册，第419页。

④ 王豫：《蕉窗日记》，道光十三年癸巳(1833)刻本，第5b、6a、7a、8a页。

⑤ 王豫：《群雅集》，嘉庆刻本，第1b页。

豫尝阴求海内同志士，倡复古之学，求之数年，不得一焉。又求之数年，始得徐子熊飞、宋子大樽、石子钧。徐子讲经平湖，宋子隐遁西泠，踪迹稍疏。石子则时过予山中，论心谈艺，每以江左风流自沈文悫后，几扫地尽矣，辄相与抵掌太息，甚至杯酒覆衣袂……夫风雅一途，少年有才之士，矜矜自诩，操笔成文，动辄千言，不自贵重，流于狂诞率易，往往自谓突过古人，而诗教于是一坏。非有卓然自立之人截断众流，别裁伪体，以忠厚和平为宗，倡其说于天下，曰如是，始足言诗。又非有卓然自立之士裁断众流，别裁伪体，以忠厚和平为宗，从而和之，曰如是，始足言诗。而诗教亦何由复振！今述庵司寇公归田后，宏奖领袖，又为文悫高第弟子，断断焉以文悫之说为后生小子表率，而诸子又从而和之，则今日诗教，即欲不变而之古，不可得已。①

沈德潜逝世后，袁枚及其性灵派大行其道，其流弊导致诗歌风雅坠地，王豫对此痛心疾首，文中的“少年有才之士”云云就是指这一点。有鉴于此，王豫力倡复古之学，所谓“截断众流”“别裁伪体，以忠厚和平为宗”，无一不是格调派诗人的一贯做法。这正是王豫秉承的诗歌主张。他虽量小力微，却坚定不移，执着态度同样令人感动。以此主张作诗，王豫的诗风也清逸脱俗，气韵高华。《种竹轩诗钞》前附有众多诗家评语，可知王豫诗歌当时就得到众多诗家的肯定。

钱大昕评说：

西庄光禄尝语予：丹徒王柳村诗清夐古厚，几欲驾其乡辈韦秋山、冷秋江而上之。予阅柳村诗，信然。

洪亮吉评：

种竹轩诗以古澹之思运超逸之气，力持古音，独扫时迳。

① 王豫：《种竹轩文集》卷二《东柯草堂文宴送石远梅归吴门序》，嘉庆刻本，13a～14a 页。

朱彭评：

予读京江七子诗，俱能气沮金石，韵叶宫商，未尝不叹。双峰间多才士，柳村，七子之一也。古今体俱得李谪仙之逸气，而参以王孟之微辞奥旨。吾眼中久不见此人。

乾隆五十九甲寅(1794)，吴中七子中的王鸣盛为其作序称：

本朝名家辈出，惟丹徒冷先生嵋江《泠阁集》孤兀迥特，清婉秀折。今观柳村，壹何神似乡先生哉！柳村年甫弱冠，读书修洁自好，所居大江孤屿中，在金、焦之间，曰翠屏。苏诗云："焦山何有有修竹，采薪汲水僧两三。"柳村莳花艺竹，日出其孤兀迥特、清婉秀折者，倚槛长吟，与江声相和答。又有好事者西则金陵，北则邗沟，东则吴越，诸好古士相应，吾知必有如大复、敬美其人者出而论定以为绝伦也。辟诸寸辖制轮，尺棰不竭，宁非同短之效欤？[①]

王鸣盛从明末清初丹徒著名诗人冷士嵋写起，认为王豫的诗品、人品渊源有自，并指出王豫诗得江山之助。而"好事者"云云当指包括王豫在内的"京江七子"。王鸣盛把他们比作明代复古派代表诗人何景明、王世贞，殷切期望之意显而易见。此序不仅可以看出王鸣盛晚年依然坚守雅正的诗学观，更重要的，它显示出沈德潜去世后，以王豫为代表的一批诗人依然秉持沈德潜及其格调派诗学主张。

王豫诗歌的最大特色，简言之，就是学古而能别具自家面目。如《沧浪亭》：

孤亭绕流泉，林木森秀挺。古人遗宦情，辟此清凉境。竹虚含夕阳，溪上孤花冷。渐与市声遥，忽觉幽思骋。鸿飞有遗音，云去无留影。坐闻渔歌来，于兹淡焉省。[②]

① 王鸣盛：《种竹轩诗钞序》，王豫《种竹轩诗钞》，嘉庆刻本，第 2a 页。

② 王豫：《种竹轩诗钞》卷三，嘉庆刻本，第 3a 页。

这首诗闲雅冲淡，幽秀高雅，神似王韦诗风。

《怀郭频伽》：

> 窗对大江流，怀人一夜愁。长堤初饯别，孤月忽当楼。灯影隔烟暗，星光傍水浮。何因守岑寂，不共域中游。[①]

郭频伽，即郭麐。这首怀人诗由景入情，情景相生，营造出空灵缥缈、幽美静谧的境界。气足神完，高洁淳雅，堪称师法盛唐的典范之作。

《功臣庙》云：

> 逐鹿中原成帝业，千秋十庙比凌烟。丹青破壁龙蛇走，风雨空堂剑戟悬。百战河山终破碎，几人勋业幸生全。当时留得韩彭在，燕子高飞亦枉然。[②]

此诗讥刺统治者杀戮功臣等兔死狗烹的卑劣行径。悲壮淋漓，寄兴独远。

要之，王豫恪守学古的诗歌路径，也就是徐熊飞《种竹轩诗文集序》所说的“屏弃俗学，穷日夜之力追踪古先作者，其论诗，源本青莲、襄阳，寻源于高叔嗣、徐昌谷，而于宋、元诸家概无讥焉”[③]。不过，与其诗歌相比，王豫编选的《群雅集》更能反映他的诗歌主张。

三、王豫《群雅集》的选诗宗旨

《群雅集》共 40 卷，所收诗人 700 余位。嘉庆十二年丁卯(1807)刊行。与《清诗别裁集》皆收已殁诗人相比，“而斯选则无论已往、见在，皆就所见而存”[④]。

所谓“雅”，吴锡麒的话颇具代表性：

> 雅者，正也。故《小雅》之材七十四，《大雅》之材三十一。其间

---

① 王豫：《种竹轩诗钞》卷三，嘉庆刻本，第 1a 页。

② 王豫：《种竹轩诗钞》卷六，嘉庆刻本，第 4b 页。

③ 徐熊飞：《种竹轩诗文集序》，王豫《种竹轩诗文集》，嘉庆刻本，第 1a 页。

④ 阮亨：《群雅集后序》，王豫《群雅集》，嘉庆刻本，第 1a～1b 页。

亦有正有变，要之陈美刺、察兴衰，虽变而未有不出于正者，故曰雅也。自汉魏六朝以来作者代起，而极其备，莫盛于唐。于是言诗者多以唐为宗，然不善学之，往往剽窃剿袭，貌合神离，实之不存，翩其反矣。①

“雅”，即是正，其内容是“陈美刺，察兴衰”，而代表“雅”的典范就是唐诗。所以，一个“雅”字就为《群雅集》定下了基调：内容雅正，师法唐诗。

嘉庆十二年丁卯(1807)冬，阮元序曰：

昔归愚宗伯订《别裁集》，谓王新城执严沧浪之意选《唐贤三昧集》，而于少陵“鲸鱼碧海”或未之及。此宗伯独亲风雅之旨。其实新城但于《三昧集》持此论耳，其裁伪体，与宗伯固无歧趣也。近今诗家辈出，选录亦繁，要以宗伯“去淫滥以归雅正”为正宗；与其出奇标异于古人之外，无宁守此近雅者为不悖于《三百篇》之旨也。丹徒王君柳村之论诗也，以宗伯为归。近日数大家声气炫赫之时，王君独去之若浼，抱残守拙，以为吾恐其言之或非雅也。以故伏处大江金、焦两山之北渚，而交游亦几遍于海内。用是著录《国朝别裁》以后诸家之诗，积成卷帙，名之曰《群雅集》，即以归愚宗伯居首。虽为先辈、友人录其著作，而编诗大旨亦即在是。盖已泛滥于宋、元诸家及明嘉、隆前后之蹊径门户，而折衷而得所归焉，又何虑近时门径之少有出入者乎？王君以未定之草示元，属元为序。元将入觐，马首戒途，匆遽未遍读，而其大旨已得览之，乃为之序。②

阮元此文明确指出《群雅集》编者王豫的论诗之旨“以宗伯为归”，并以沈德潜居首。不过，与潘瑛《国朝诗萃》大多对所选诗歌进行品鉴不同，《群雅集》中的评语都集中在作者小传中，对所收诗歌不作任何评价。因此，《群雅集》的选诗宗旨主要体现在对所选诗人的总体评价及所收诗歌上。简言之，

① 吴锡麟：《群雅集序》，王豫《群雅集》，嘉庆刻本，第1a页。
② 阮元：《群雅集序》，王豫《群雅集》，嘉庆刻本，第1a—2a页。

《群雅集》的宗旨体现在三方面。一是对沈德潜及格调派众诗人的极力推崇；二是对主张复古诗人的推扬；三是对袁枚及其性灵派的批判。

（一）对沈德潜及格调派众诗人的极力推崇

《群雅集》首选沈德潜的诗，并说：

> 文悫为诸生，品端行完。论诗上溯《三百》、屈《骚》、汉、晋、三唐，下迄明代，以和平敦厚得性情之正为宗。截断众流，别裁伪体。如老鹤一鸣，喧啾俱寂；瑶琴一鼓，瓦缶无声。自来选家，未克臻斯诣也。王文简谓"横山门下，尚有诗人"，已为宗匠所期许如此。迨六十后，一登词垣，即以文章蒙圣主特达之知，不数年位至宫保。上尝召与赓和，赐诗有"天子门生"之句，称以"叟"而不名，礼遇之隆，从古诗人如杜文贞、李供奉、苏文忠、黄文节、李文正、王文简诸公所未曾有。我朝右文，待士之典，直跻三代，可谓盛矣。归田后，与山泽之臞，从容文酒，后生小子有一艺之长，咸被容接，务吹嘘送上。故海内之士，尊若山斗，奉为圭臬，翕然无异词。门下士如王光禄鸣盛、司寇昶、钱宫詹大昕、曹侍讲仁虎、赵少卿文哲、吴舍人泰来、黄明府文莲，俱以文章气节重天下。文悫汇其诗，刻《吴中七子集》，外裔土酋争为购求，视正、嘉前后七子、江左十五子、佳山六子、燕台十子，有过之无不及也。后有一二高才生，谓文悫之教近于摹拟，规格有馀，性灵稍乏，为论以肆排挤，固自趋于旁轨，以贻有识者讥而不觉耳。①

这段评语涵盖了沈德潜的人品、诗品、诗歌成就、诗学影响以及令人艳羡的"晚遇"等方面，其对沈德潜的仰慕爱戴用"顶礼膜拜"形容之，丝毫不为过。"一二高才生"云云，显然是针对性灵派而言。"固自趋于旁轨，以贻有识者讥而不觉耳"的批判话语则充满浓烈的火药味。由此可见，《群雅集》的门户意气之念非常明显。

---

① 王豫：《群雅集》卷一，嘉庆刻本，第 1a～1b 页。

如前所述，王豫出生后的次年沈德潜去世，他虽不是沈门弟子，但与格调派后期成员的来往密切，这一点在《群雅集》中得以完整呈现。如前所述，吴中七子之一的王鸣盛为其诗作序。而王豫评价王鸣盛则说：

光禄真诚朴实，幼即英敏，记诵博奥，摇笔万言，倚马可待。吴中汲引人才、宏奖士类者，自张匠门、沈文悫后，端推光禄。中年致仕，屏迹著书。门下士有显宦江苏者往谒，拒不见。不肯出入公门、干于公事，可为士夫居乡者法也。庚戌，豫过西沚，时瞽目重开，即为《种竹轩》制序，谓豫诗孤兀迥特、清婉秀折，似袁海叟、徐昌谷二家。又尝问豫曰："余与古人谁比?"豫曰："远希伯厚，近匹凤洲。"光禄曰："余经有《尚书后案》，史有《十七史商榷》，子有《蛾术篇》，集有诗文，以匹凤洲四部，其庶几焉。"①

另外，王豫《江苏诗征》"吴朴"条引《群雅集》说："朴庄（吴朴字）嗜诗，尝招应地山、鲍野云、张寄搓、顾豗庵、钱鹤山暨予联社赋诗，阅时既永，唱和成帙。家西庄先生见之，题其签曰《京江七子诗集》，并付诸梓。"②此处的西庄先生，就是王鸣盛。可见王鸣盛对王豫很看重，两人的交往也很密切。《种竹轩诗钞》中又有《呈家礼堂光禄》诗，称赞王鸣盛"述作崇圣哲，派别尊风骚"，并认为王鸣盛的《十七史商榷》"光辉垂千春"③。

王豫《群雅集》中对王昶的评价也值得注意：

司寇少从沈文悫游，才名飙发，与西沚有"江东二王"之誉。官吏部郎，阿文成奏请随征金川、缅甸，画谋草檄，文成倚为左右手。凯还，上其功于朝，天子嘉赏，赏花翎，旌擢宫廷尉，极儒臣遭际之隆。后以目疾告归。今上登极，司寇入都，上尉留再四，恐以衰朽负恩，上疏力请。其进退之节，有足法者。既归三泖渔庄，延诸名士校

① 王豫：《群雅集》卷五，嘉庆刻本，第8a页。

② 王豫：《江苏诗征》卷十五，道光元年辛巳(1821)焦山海西庵诗征阁刻本，第22a页。

③ 王豫：《种竹轩诗钞》卷二，嘉庆刻本，第5b～6a页。

勘生平撰著《金石粹编》《青浦诗传》《国朝词综》数十种，渐次付梓。年逾八十，凡士之以诗文见者，必令人高诵，一篇之善，必击节嘉奖，或不善，必为其瑕疵，终日娓娓无倦色，而教人以砥行植节为主。豫谓自文悫后，以大臣在籍持海内文章之柄、为群伦表率者，司寇一人而已。戊午冬，司寇过访翠屏，豫在邗上未值。豫两造渔庄，留豫商榷《湖海诗传》。豫亦时有《明世说》之役，未能稍尽管见，殊为憾事。潘兰如谓其诗"体兼风雅，美擅诸家，性情醇厚，其天独全"，笃论也。①

王豫不仅叙述了王昶塞外从军的非凡经历，更对其诗歌成就及诗学地位倍加推崇。王豫还有《接家述庵少司寇书》一诗：

别去归三泖，青山昼掩门。江湖尺书至，天地古风存。名节身无忝，诗文道始尊。惭余尚草野，规格勖高言。②

无独有偶，王昶《蒲褐山房诗话》也评价王豫：

柳村居润州之翠屏峰下，在大江南岸，正直金、焦，江云海月，朝夕在几砚间。故其襟怀潇旷，超然物外，仅与词客梵僧扁舟来往。顾数访予三泖渔庄，从容谈艺，得知其所造。诗宗刘眘虚、王龙标诸人，长于五言古体。古文亦似南宋人小品。③

另外，如前所述，格调派中的钱大昕、朱彭等人也都很欣赏王豫诗。格调派诸诗人与王豫同声相应，相互推扬，正是王豫受格调派影响的力证。

所以，王豫对于沈德潜及格调派其他成员的肯定、推扬的做法，是有意而为之。正如阮元所说"虽为先辈、友人录其著作，而编诗大旨亦即在是"。④

---

① 王豫：《群雅集》卷六，嘉庆刻本，第1a页。

② 王豫：《种竹轩诗钞》卷六，嘉庆刻本，第10b页。

③ 王昶著，周维德校点：《蒲褐山房诗话新编》卷上，北京：人民文学出版社2011年9月第1版，第167～168页。

④ 阮元：《群雅集序》，王豫《群雅集》，嘉庆刻本，第1a页。

换言之，他不遗余力地编选、肯定这些诗人的诗歌，恰恰是因为这些诗人的诗学观与自己的一致。

（二）对主张复古诗学诗人的推扬

《群雅集》既然存在着浓烈的门户、意气之见，其对主张复古诗人的推扬之语触目皆是就不足为奇了。兹举数例：

评价李绳：

> 耘圃守文悫之教，一洗浮艳，独趋正轨。予友石钧，幼时尝从问字耘圃，导以先民典型，故钧诗粹然一出于正也。[①]

评价施朝幹：

> 太朴五言淳古质朴，浸淫汉晋，出入陈杜，食古入化，得其神髓，随举一首，无非古人。如闻大韶，如饮元酒，百年来作者未克臻斯境也。[②]

评价任大椿：

> 侍御清谨伉直，不阿权贵，读书嗜古，萧然寒素，与施小钱有“淮南两君子”之目。古诗清刻古奥，探源乐府，洵一代雅音也。[③]

评价阮元：

> 诗真厚和雅，晋人之旨，唐人之格，与法祭酒、秦司寇允推一代正宗。[④]

上述评语的共同特点是肯定这些诗人主张复古的诗学主张。王豫在《群雅集》中对复古诗人的肯定和推崇程度，甚至超过同具复古色彩的王昶《湖海诗传》及潘瑛《国朝诗萃》。法式善认为《群雅集》“当与述庵侍郎《湖海诗传》

① 王豫：《群雅集》卷三，嘉庆刻本，第6b页。
② 王豫：《群雅集》卷十三，嘉庆刻本，第1a页。
③ 王豫：《群雅集》卷十三，嘉庆刻本，第8a页。
④ 王豫：《群雅集》卷二十三，嘉庆刻本，第1a页。

并行矣。第侍郎所选，兼收宋派，而尊选独收唐音，蹊径微不同耳”[①]，正是此意。《国朝诗萃》兼具复古与地域的选诗特征，《群雅集》的地域色彩则并不明显，但是复古色彩则较前者更胜一筹。从这个意义上，《群雅集》对于了解清代中叶诗坛复古潮流及复古阵营，有着不可或缺的重要价值。

（三）《群雅集》对袁枚及其性灵派的批判

《群雅集》对袁枚及其性灵派的批判，虽然没有直斥其非，但是，无论是王豫前文对沈德潜的推崇，还是下文将要提到的对师范、杨安涛、张葆光等复古派诗人的评价，都不难看出其矛头所向。对于袁枚，《群雅集》选其诗只有 5 首，与选沈德潜诗多达 27 首相比，判若云泥。更重要的，与《蒲褐山房诗话》一样，其评语也非常耐人寻味：

> 大令弱冠，天藻独富，斐声艺苑，性极警敏颖异，每一操翰，内无乏思，外无遗物，名人耋老，皆相钦服。晚年论诗，专以性灵为主，谓规尚古始为摹拟剽窃，意欲抹倒王文简、沈文悫两家，单出独树，自竖眉目，以游戏为神通，此《蒲褐山房诗话》所以毛举其失也。至宰江宁，爱民如子，折狱如神，人呼“青天”津道之。[②]

另外，在评价其他与性灵派诗风迥异的诗人时，王豫往往借题发挥，虽不明指性灵派弊病，但字里行间无不透露出对袁枚及性灵派的不满。

如评价杨安涛（字蓉裳）：

> 蓉裳高情朗抱，迥出尘表，论诗以和平敦厚为宗，力救颓放荡佚之习，真诗学之圭臬也。[③]

评价秦瀛：

> 诗谨守唐贤，古文希踪归、方两家。以叫呶狂纵为才大者，当奉

① 法式善：《法梧门先生书》，王豫《群雅集》卷一，嘉庆刻本，第 1a 页。
② 王豫：《群雅集》卷一，嘉庆刻本，第 10b～11a 页。
③ 王豫：《群雅集》卷十五，嘉庆刻本，第 9a 页。

为清凉散也。[①]

评价张葆光(字竹轩):

> 竹轩五言探源汉晋,下迄唐贤,清深古朴,沉挚真切,读之能令人歌,能令人泣,不图筝笛兢奏之时,乃得此云山韶韄之音也。[②]

"颓放荡佚""叫嗷狂纵""筝笛兢奏"显然是"雅正"诗风的对立面。王豫这种泾渭分明的态度,再次显示出《群雅集》鲜明的门户之见。

《群雅集》成书后,分别由阮元、吴锡麒、石韫玉、法式善、秦瀛、阮亨等人作序,可见这些人对王豫的肯定,也可看出这部诗选的广泛影响力。

《群雅集》刊刻后,随即在诗坛引起轰动[③]。嘉庆十六年辛未,王豫又刻《群雅二集》,共十八卷。其《自序》说:

> 仆所选《群雅》初集,业付梓人,就正海内宗工矣。厥后辱诸名流不弃,陆续邮寄,裒然盈箧。恐其久而遗失,亟取而采录之,续成《二集》。不分科目,不序行辈,因随到随刻故也。阅者勿诮其与初集异,幸甚!嘉庆十有六年辛未春正月人日,柳村甫王豫识于江都翠屏洲之诗征阁。[④]

可见,与《群雅集》相比,《二集》的明显变化是"不分科目,不序行辈","随到随刻",体例上虽不及前者条理严谨,但复古色彩没有前者那么强烈,评语也平和很多。

---

① 王豫:《群雅集》卷十六,嘉庆刻本,第7b页。

② 王豫:《群雅集》卷二十一,嘉庆刻本,第12a页。

③ 倪琇:《群雅二集》题辞:"癸酉春,予同漕帅阮云台先生转漕瓜渚,见法祭酒时帆《怀人诗》三十二首中一首云:'菊溪梅庵伯仲,如何中杂劣诗?京口集刊《群雅》,饼金购自高丽。'注称:'王君柳村刻《群雅集》成,高丽人以重价购之。'时予闻琉球人亦购是集,有'海外传诗卷,江南此布衣'之句。兹柳村续选《二集》,又得十三卷,出以示予。读毕,因题数语,以志其盛。"王豫《群雅二集》,嘉庆刻本,第1a页。

④ 王豫:《群雅二集》,嘉庆刻本,第1a页。

第三节　“归愚老去宗风坠，又见吴中七子才”
——吴门后七子

作为清代前中期的复古诗派，格调派对清代中期诗坛复古思潮产生巨大影响。尤其是在格调派的大本营吴中，这种影响更是远超其他地方。孙原湘《林研庄诗集序》指出：“吴中诗学，大都宗法归愚。”[①]彭蕴章《喜皃芗宗伯过访》也说：“吾吴诗派溯归愚，取法唐人谨步趋。”[②]在这方面，尤以吴门后七子最为典型。

一、吴门后七子的成名及其诗学追求

关于吴门后七子，符葆森《国朝正雅集》引沈涛《匏庐诗话》说：

> 吴门坛坫之地，东庄、北郭，著美当时。乾隆间，刁庵、竹屿诸公复有七子之目。近时朱酉生、沈闰生、王井叔、潘功甫、彭咏莪、吴清如、韦君绣称“吴门后七子”，又加曹艮甫、蒋澹怀、褚仙根为“十子”。就中酉生、井叔最为翘楚，人又目为“朱王”，以比阮亭、竹垞。井叔才调宏富，酉生格律精严，陈云伯尝戏反赵秋谷语云：“王贪多，朱爱好。”[③]

刁庵、竹屿，即格调派后期代表吴中七子中的曹仁虎、吴泰来。而吴门后七子是指：朱酉生，名绶；沈闰生，名传桂；王井叔，名嘉禄；潘功甫，名曾沂；彭咏莪，名蕴章；吴清，名嘉淦；韦君绣，名光黻。如前文所述，吴中七子大多生于雍正朝，其中，王昶最为高寿，于嘉庆十一年丙寅(1806)去世。吴门后七子中以朱绶、韦光黻年最长，两人都生于乾隆五十四年己酉(1789)。所以，吴门后七子与格调派众成员并无交集。与前文提到的潘瑛、王豫相似，他们只能被

① 孙原湘：《天真阁集》卷四十二，《续修四库全书》第1488册，第327页。
② 彭蕴章：《松风阁诗钞》卷十九，《续修四库全书》第1518册，第497页。
③ 符葆森：《国朝正雅集》卷七十四，咸丰六年丙辰(1856)半亩园刻本，第13a页。

看成沈德潜及格调派余响者。

吴门后七子成名时，正值青春年少。董国华为王嘉禄所作《嗣雅堂诗选题词》就指出这一点：

少小事吟咏，结侣三吴中。并时数君子，角逐如云龙。抗怀薄流辈，意气凌长风。大雅追正始，独力开尘蒙。①

彭蕴章《哭潘功甫舍人曾沂》也有"少小同里闬，文坛相角逐"②句，可见吴门后七子当年青春勃发、意气飞扬之概。吴门后七子中的王嘉禄卒于道光四年(1824)，去世时年仅28岁，可以推断他们的主要影响力是在嘉庆朝及道光初年。又据彭蕴章自订年谱，他于嘉庆十九年甲戌(1814)拜王嘉禄父亲王芑孙为师，其时彭蕴章23岁，王嘉禄18岁，两人自此相识，即"先生幼子井叔茂才嘉禄，年未弱冠，诗才宏富，与余交最厚。居本相近，晨夕过从，论诗文不倦。时余无他友，惟井叔一人而已"③，可以推知吴门后七子的其他成员是在此年之后才相识的。换句话说，作为一个诗歌群体的大致维系时间，吴门后七子的存在不超过十年。

吴门后七子之所以成名，与陈文述的奖掖揄扬有关。陈文述《吴门朱绶沈传桂王嘉禄吴嘉洤韦光黻彭蕴章潘曾沂诸君年未及三十而诗文皆卓然可传是可喜也作七子诗》云：

归愚老去宗风坠，又见吴中七子才。伯仲之间见何李，文章馀事亦邹枚。大名各为千秋计，生而谁将一代开。领袖从来赖英绝，剪烛吟罢重徘徊。④

另外，在为王嘉禄所作《传》中陈文述也称：

---

① 董国华：《嗣雅堂诗选序》，王嘉禄《嗣雅堂诗选》，道光刻本，第2a页。

② 彭蕴章：《松风阁诗钞》卷十七，《续修四库全书》第1518册，第467页。

③ 彭蕴章：《彭文敬公自订年谱》，《北京图书馆藏珍本年谱丛刊》第146册，北京：北京图书馆出版社1998年8月第1版，第408页。

④ 陈文述：《颐道堂诗选》卷十三，《续修四库全书》第1505册，第41页。

吴下多才俊之士，徐氏鸥隐园在城西隅中，有广榭曰清华池馆，饶水花林木之胜，君与朱酉生、沈闰生、潘功甫、吴清如、彭咏莪、韦君绣结社赋诗，余目之曰“吴门七子”。①

陈文述(1771—1843)，初名文杰，字谱香，又字隽甫、云伯、英白，后改名文述，别号元龙、退庵、云伯，又号碧城外史、颐道居士、莲可居士等。嘉庆时举人，官昭文、全椒等知县。与杨芳灿齐名，时称“杨陈”。著有《碧城诗馆诗钞》《颐道堂集》等。陈文述虽是钱塘(今浙江杭州)人，但他的诗学崇尚雅正，深受沈德潜的影响。其诗集中有《独游沧浪亭怀苏子美次首吊沈归愚尚书》其二云：

暮年遭际说东阳，海内诗名最擅场。洛社应追邵康节，鉴湖曾赐贺知章。生前高咏华林重，死后残碑墓草荒。留得选楼三册在，月明清啸和沧浪。②

吴门后七子都以沈德潜的继承者自居，所以，他们都有大致相同的主张：对于诗坛被性灵派末流一统的现状深感忧虑，从而重提沈德潜的诗歌理论。王嘉禄《桂叶书堂谳集歌》云：

吴越从来号文薮，大雅之才讵尝有。前有归愚后简斋，东南坛坫相持久。归愚论诗式浮靡，力挽狂澜追正始。百年著作相后先，眼底诸君能继起。③

王嘉禄在此指出的就是吴门后七子的共同点。而董国华《朱绶墓志铭》则着重指出性灵派的流弊及吴中诗人对此流弊的反拨：

呜呼，诗道之杂久矣！自一二耆宿标举新变代兴之说，蔑弃义法，专尚性灵，空疏不学之流，一字一句，偶与之合，叹为天趣独得。

① 陈文述：《嗣雅堂诗选・传》，王嘉禄《嗣雅堂诗选》，道光刻本，第1a页。
② 陈文述：《颐道堂诗选》卷十三，《续修四库全书》第1505册，第48页。
③ 王嘉禄：《嗣雅堂诗选》卷二，道光刻本，第7a页。

于老成先正之矩矱，鄙薄不道，佻淫怪诞，风雅扫地。于是我乡枚庵诗老，举沈文悫公别伪亲雅之教，以救其弊，后学稍稍有从之者。迨君诗出，力扫俗学，直探原始，为正声，为雅宗，而君仅自许曰“洁”……[①]

所谓“一二耆宿”，显然是指袁枚。董国华这篇序写于朱绶死后，即道光二十年庚子(1840)之后。其时，距离袁枚于82岁高龄去世已超过40年，故有“诗坛耆宿”之说。“佻淫怪诞，风雅扫地”，正是性灵派末流的明显“罪状”。“老成先正”云云，所指正是吴中前辈沈德潜等人。文中提到的“枚庵诗老”，指吴翌凤，字伊仲，号枚庵，一作眉庵，别号古欢堂主人。生于乾隆七年壬戌(1742)，卒于嘉庆二十四年己卯(1819)。祖籍安徽休宁，居江苏吴中(今苏州)。著名藏书家。著有《与稽斋丛稿》18卷，以及《怀旧集》《印须集》《吴梅村诗集笺注》《逊志堂杂抄》《东窗丛录》等。辑有《国朝文征》40卷。

吴翌凤堪称吴门后七子诗学的先声。他信奉推崇沈德潜的诗学主张。在《放歌行寄赠李耘圃先生八十》中，他评价沈德潜“尚书昔负斗山望，文章海内尊璠玙”，并发出“诗人老去正始绝，句吴落落骚坛虚”[②]的慨叹。诗题中的李耘圃，即李绳，字耘圃，为沈德潜弟子。王豫《群雅集》评价李绳“守文悫之教，一洗浮艳，独趋正轨”[③]。

此外，吴翌凤编选《怀旧集》也明显受沈德潜诗学的影响。《怀旧集》是一个诗歌选本，所录皆属已往之人，“或述行谊，或论诗品，或叙交游踪迹，聊寓怀人之意”[④]，故名。其选诗标准效法沈德潜《清诗别裁集》，即“诗取其佳，不取其多……皆盖棺论定，无应酬牵率之烦，故采取最精。以续沈氏《别裁集》之后，或无愧焉”[⑤]。卷一“袁枚”条中，吴翌凤通过记载他与袁枚的交往，回

① 董国华：《墓志铭》，朱绶《知止堂诗录》，《清代诗文集汇编》第563册，第2～3页。

② 吴翌凤：《与稽斋丛稿》卷九，《续修四库全书》第1463册，第218页。

③ 王豫：《群雅集》卷三，嘉庆刻本，第6b页。

④ 吴翌凤：《怀旧集·例言》，清刻本，第1a页。

⑤ 吴翌凤：《怀旧集·例言》，清刻本，第1b页。

顾了袁枚及其性灵派与沈德潜格调派的森然对立：

> 戊子秋，就试金陵，与陈古渔、方子云游隐仙庵。简斋适来，试茗剧谈，意甚相得。翌日，招预随园文士之谯。后君数来吴中，踪迹渐密，尝欲齿于元亮篮舆之列，予愧无以应也。先是，长洲沈文悫公执骚坛牛耳，海内人才资其月旦。简斋为制府尹文端公所知，复以名园通隐，震动冠盖，由是其名益大。文悫谨守准绳，抗怀正始；简斋则自辟町畦，成一家之言，一时趋之者至有“拜袁揖赵哭蒋”之目。四十年来，残膏剩馥，沾匄所及，于以树旗鼓、称诗人者，无不以随园为职志。而吴兴坛坫惟一二老生守之勿替，亦足以觇风会之转移矣。①

戊子，指乾隆三十三年，1768 年，吴翌凤此年与袁枚相识。吴翌凤与袁枚虽有一定交情，在论诗宗旨上，他却恪守袁枚诗学对立面沈德潜的诗学主张。在评价沈德潜时，他说：

> 余虽未及先生之门，然每以诗就正于先生，未尝不尽言其得失也。先生当诗学榛芜之日，独以汉魏盛唐人龂龂持论，其廓清转移之功甚巨。自好异之士争为别调，而古人温柔敦厚之义鲜矣。②

吴翌凤的这种态度也反映在其所选袁枚、沈德潜两人诗的数量上：选袁诗只有 9 首，沈诗则高达 27 首。所以前文提到的陈文述在《赠吴枚庵翌凤》一诗中说：

> 江左论耆旧，斯人最老成。孤怀云比瘦，心迹水同清。妙得王韦体，兼之屈宋情。归愚坛坫在，津逮到群英。③

“归愚坛坫在”，指的是吴翌凤对沈德潜诗学的继承。至于最后一联中所说的

---

① 吴翌凤：《怀旧集》卷一，清刻本，第 28b～29a 页。

② 吴翌凤：《怀旧集》卷一，清刻本，第 20b 页。

③ 陈文述：《颐道堂诗外集》卷十，《续修四库全书》第 1505 册，第 522 页。

“群英”，显然是指吴门后七子。值得一提的是，吴翌凤与王嘉禄父亲王芑孙相识，其《与稽斋丛稿》中《怀友诗十四首》第十二首说的就是王芑孙[①]。王嘉禄则有《答吴丈枚庵翌凤见题拙集之作》，诗云：“七十诗翁健入神，兴酣尊酒约比邻。青衫久滞江湖迹，白发新添几杖春。老屋疏梅寒入古，小窗流水澹如人。闭门日拥群书坐，此是名山著作身。”[②]朱绶《枚庵诗老遗象赠王汝玉》也有“先生远游归，贱子始谒见。时维甲戌秋，城西盛文讌。每从裙屐后，言笑晨及旰。先生年七十，霜髭冻梨面。称诗别流派，规矩戒错偭。隽旨时一发，清风泠然善”[③]之句，可知吴翌凤晚年对朱绶等人有过教导，并且对吴门后七子的诗学观影响很大。此外，吴翌凤还曾为潘曾沂《功甫小集》题辞（见后文）。前引陈文述《赠吴枚庵翌凤》中“津逮到群英”即此意。

二、吴门后七子的诗歌创作

吴门后七子以朱绶、王嘉禄最为有名，人称“朱王”。朱绶，字仲环，又字仲洁，号酉生。江苏元和人。道光十一年辛卯(1831)举人。生于乾隆五十四年己酉(1789)，卒于道光二十年庚子(1840)，年 52 岁。“生有至性，先后刲臂肉疗父母疾。兄没，抚其孤于家……为人自守严谨，治家悉有条理，凡世俗奢靡佚艳之事，一切谢绝之”[④]。尝佐梁章钜幕，章奏多出其手。著有《知止堂诗录》十二卷、《词录》三卷、《文集》八卷、《补遗》一卷。

朱绶人品端方，这一点得到时人认同。符葆森《国朝正雅集》引顾承的话：

> 朱子仲洁寿躬劬学，敦励内行，自为诸生时，已有盛名。年四十始举于乡，屡上春官未第。平生好为诗，三十年来，吴中言诗者必推朱子。

① 吴翌凤：《与稽斋丛稿》卷十四，《续修四库全书》第 1463 册，第 264 页。

② 王嘉禄：《嗣雅堂诗选》卷二，第 8a 页。

③ 朱绶：《知止堂诗录》卷十一，《清代诗文集汇编》第 563 册，第 89 页。

④ 吴嘉淦：《亡友朱君仲洁墓表》，朱绶《知止堂文集》，《清代诗文集汇编》第 563 册，第 136～137 页。

又引董国华的话：

君蕴抱湛深，究极正变，能自发其芬芳恻悱之怀，沉郁豪宕之气。表扬古烈，感论人事，言近旨远，一唱三叹，深得风人之旨。①

朱绶《赠沈传桂》一诗，明确表达他痛心于性灵派末流产生的弊病，立志挽狂澜的雄心，以及“意取精严语己出”的诗歌主张：

……吴中坛坫久不振，乾隆末年益纷纭。金陵寓公鼓唇舌，如一瓦釜聚百蚊。梨园子弟酒垆伎，各挟小句夸生新。破碎大道乃至此，我虽后出目则瞋。志回狂澜力不逮，思陟卬阪车折输。呜呼诗教最广博，一字之要惟曰真。不欢而笑不忧泣，此技或者俳优陈。自从鸿沟画唐宋，世见只与儿童邻。何况无稽肆邪说，偭错规矩遗先民。钟镛琴瑟不袭响，乃协雅乐和神人。意取精严语己出，行地始有苍麒麟。十年与汝善相勉，慎勿如我言无伦。②

与其诗学观相对应，朱绶诗的主要特色体现在诗笔简要，造语生新，精于炼字。他在《与吴嘉泾论山谷诗》中称赞黄庭坚诗“古今作家如积尘，涪翁下笔能斩新。惊霆破云白日出，枯树发翠空山春”③，在《论诗绝句》中又说“不妨瘦岛与寒郊，能洗凡音语任聱”“愁使秋坟传鬼唱，绝胜牙慧拾他家”④，可见他对诗歌推陈出新的向往。他的一些诗明显体现这一点。如《三台洞》：

秋气森沉极，微阳透隙天。飞梯穿井上，崩石接藤县。窜狖高无路，潜蛟暗有泉。坐来心骨冷，山雨响涓涓。⑤

该诗洗练省净，“森”“透”“穿”“接”等词的运用，既体现其炼字造句之功，同时又有一股兀傲之气在内。

① 符葆森：《国朝正雅集》卷七十四，咸丰六年丙辰(1856)半亩园刻本，第13a～13b页。
② 朱绶：《知止堂诗录》卷二，《清代诗文集汇编》第563册，第21页。
③ 朱绶：《知止堂诗录》卷四，《清代诗文集汇编》第563册，第36页。
④ 朱绶：《知止堂诗录》卷六，《清代诗文集汇编》第563册，第51页。
⑤ 朱绶：《知止堂诗录》卷二，《清代诗文集汇编》第563册，第20页。

朱绶自称已作"称心良不多,私喜远剽袭"[①],即使面对一些日常生活中的常见场景,也能以新颖手法进行描摹,写得清新可喜。如《晓起》:

细碎虫声绕画廊,梦回池馆喜初凉。晓风生树月沉阁,白藕作花时有香。[②]

朱绶诗集中有大量反映时事的诗。如记述官差扰民的《捉船行》:

序云:客从丹徒来,言捉船事甚详,诗之,俟采风者。

大船峨峨塞江口,小船两桨沿江走。官府仓卒捉船来,民船商船齐束手。借问捉船何所为,公家转运有常期。运河水浅不可渡,千夫邪许行程迟。丹徒闸前莫潮落,舳舻衔尾江皋泊。昨日挖河三尺深,朝来又见泥沙浊。官中火急催捉船,船舶并集长江边。船中百货岸旁弃,篙师估客心烦煎。大船装米数百石,虎须豪吏相驱迫。小船捉得无所用,献钱始向江村匿。我昔乘舟京口驿,黑泥两岸如山立。河身日狭地日高,水缩西风行不得。朝廷帑金费千亿,年年畚臿劳民力。可怜捞浅不捞深,仍使崩沙水中积。焦山海门近咫尺,担土何如投大泽。即看沿海有芦田,不碍往来潮与汐。[③]

从序中可知作者对时事的关心和忧心。其他如反映"江南米价斗四百,江北无禾又无麦"的《米船行》[④],"苏州有阊门,阊门在天上。富儿列屋居,不识寒饿状。登门告哀苦,弗听耳塞纩"的《悲流民》[⑤],"往年饥荒鬻儿女,今年儿女鬻无所"的《弃儿谣》[⑥],以及"腹中无饭昏复晨,巷南巷北多死人"的《道殣

① 朱绶:《知止堂诗录》卷七《从茹雅堂彭氏见滁州张仲子诗有亡友王嘉禄印记即当时所自假阅之本携归检视怃然作诗》,《清代诗文集汇编》第563册,第58页。

② 朱绶:《知止堂诗录》卷五,《清代诗文集汇编》第563册,第38页。

③ 朱绶:《知止堂诗录》卷五,《清代诗文集汇编》第563册,第43页。

④ 朱绶:《知止堂诗录》卷七,《清代诗文集汇编》第563册,第61页。

⑤ 朱绶:《知止堂诗录》卷七,《清代诗文集汇编》第563册,第62页。

⑥ 朱绶:《知止堂诗录》卷九,《清代诗文集汇编》第563册,第74页。

谣》[①]等，都从不同侧面反映出嘉、道年间国势衰败、千疮百孔的乱世景象。其《途次有感而作》更一针见血地指出变乱丛生的根本原因不在百姓，恰恰在于为政者自身，即"岂有政教平，嚣然乃思乱。官民一相隔，胥役操利算。奉法祗奉名，鸡狗扰里闬"[②]，可谓发人深省。《纪事》一诗又提出"奉法须良吏，防边恃重臣。毋令狐兔辈，借口启兵尘"[③]的看法。朱彭这种敷陈时事、直抒胸臆的特点在吴门后七子中比较典型。

朱诗的另一特点，是少有从容喜悦之作。其大多数诗都抒写对盛衰无常、世事变迁、老大无成而生发的悲慨。如"飘蓬骨肉归泉早，逝水年华觉梦迟"[④]"人生百事伤迟暮，相对空堂泪共垂"[⑤]"平生气纡郁"[⑥]"何事频年与世违"[⑦]等，典型具有末世士人顾影自怜的感伤。这种浓烈的感伤情调既缘于他"吾生性违时"[⑧]的孤高个性，也是"薄宦不称意"[⑨]所致。同时，"骨肉本同气，猜嫌起谗口"[⑩]的家变，"低头拜东野。尽洗繁音喧，孤吟和者寡"[⑪]的诗学观也是其诗充斥感伤情调的原因。所以，烦思忧闷似乎无时无刻不在包裹着朱绶，即使也能写一些境界开阔、清新雅淡的小诗，但对清冷寂寥境界的描摹和气氛的渲染，还是显示出作者悲苦凄凉的心态。如《晚泊》：

残蝉歇亭树，初夜始生凉。贳酒荒村里，停舟古渡旁。细风疏

① 朱绶：《知止堂诗录》卷九，《清代诗文集汇编》第563册，第74页。

② 朱绶：《知止堂诗录》卷十，《清代诗文集汇编》第563册，第80页。

③ 朱绶：《知止堂诗录》卷十一，《清代诗文集汇编》第563册，第91页。

④ 朱绶：《知止堂诗录》卷三《展祭先人感而有作》，《清代诗文集汇编》第563册，第27页。

⑤ 朱绶：《知止堂诗录》卷二《中表陈大鸿逵久客暂归留宿敝斋感成二律》，《清代诗文集汇编》第563册，第17页。

⑥ 朱绶：《知止堂诗录》卷二《夜中作》，《清代诗文集汇编》第563册，第19页。

⑦ 朱绶：《知止堂诗录》卷三《吴江道中早起》，《清代诗文集汇编》第563册，第23页。

⑧ 朱绶：《知止堂诗录》卷四《赠林奕构》，《清代诗文集汇编》第563册，第34页。

⑨ 朱绶：《知止堂诗录》卷四《哭邵汜水》，《清代诗文集汇编》第563册，第33页。

⑩ 朱绶：《知止堂诗录》卷三《别故居作》其二，《清代诗文集汇编》第563册，第24页。

⑪ 朱绶：《知止堂诗录》卷四《元夕后一日蒋山人宝龄雨中过余小交芦馆以近诗付校并出湖州奚处士疑书招往弁山探梅赋赠三首》其二，《清代诗文集汇编》第563册，第33页。

野气，清露湿江光。秋信今年早，芦花白一方。[①]

除了上述特点之外，朱绶诗集中表扬忠臣、孝子、烈妇的诗也很多，如《城北贞妇行》[②]《沈忠节公建祠诗为陈大令文述作》[③]《蓬莱王孝子诗》[④]《泾县朱公象先祠祀诗》[⑤]等。他曾以“臣忠子孝妇女节，年月日时纪名姓。龙门史法变化奇，激越苍凉辟途径。尤长论古熟贯串，一纵一横褒贬定”[⑥]来评价蒋士铨的此类诗。实际上，朱绶此类诗也同样具有这些特点。

所以，从总体上看，朱绶的诗歌称得上是“不名一体，直抒怀抱，酝酿遥深，读之蔼然而可悦也，凄然而可感也”[⑦]。吴门后七子中，就诗歌成就而论，朱绶显然是不二人选。

王嘉禄，字绥之，又字井叔。生于嘉庆二年丁巳(1797)，卒于道光四年(1824)。父王芑孙，字念丰，号惕甫。擅文章，工书法，曾学诗于城南诗社中的彭启丰，著有《渊雅堂诗文集》。王嘉禄为自己诗集取名“嗣雅堂”，正是表明家学渊源之意。值得一提的是，王昶《蒲褐山房诗话》对王芑孙诗有较高评价，即“惕甫诗癯然以瘦，戛然以清，亦缜密以栗，盖上溯杜、韩，而实出入于郊、岛间”[⑧]。王嘉禄“幼慧，读书过目成诵。九岁能文章，十一岁能诗赋”[⑨]。临终时，叮嘱继室“吾病已亟，自知不起。生平心血在诗文，初欲编辑成善本，今已无及。有田百亩，其售而为我刻之”[⑩]，可见其嗜诗如命的个性。《嗣雅堂诗选》共五卷，由陈文述编选。

---

① 朱绶:《知止堂诗录》卷六,《清代诗文集汇编》第563册,第49页。

② 朱绶:《知止堂诗录》卷一,《清代诗文集汇编》第563册,第8页。

③ 朱绶:《知止堂诗录》卷二,《清代诗文集汇编》第563册,第14页。

④ 朱绶:《知止堂诗录》卷三,《清代诗文集汇编》第563册,第29页。

⑤ 朱绶:《知止堂诗录》卷六,《清代诗文集汇编》第563册,第53页。

⑥ 朱绶:《知止堂诗录》卷八,《清代诗文集汇编》第563册,第71页。

⑦ 顾承:《知止堂诗序》,朱绶《知止堂诗录》,《清代诗文集汇编》第563册,第1页。

⑧ 王昶著,周维德校点:《蒲褐山房诗话新编》卷上,北京:人民文学出版社2011年9月第1版,第156页。

⑨ 陈文述:《嗣雅堂诗选·传》,王嘉禄《嗣雅堂诗选》,道光刻本,第1a页。

⑩ 陈文述:《嗣雅堂诗选·序》,王嘉禄《嗣雅堂诗选》,道光刻本,第1a页。

朱绶《哭王嘉禄》其二云：

君年小于吾，负气十倍勇。意欲通古今，自命读书种。吾时少挫之，舌辨乃泉涌。其文多可传，私集孰矜宠。郊穷长吉夭，洒涕向原垅。①

由此诗可知王嘉禄狂傲张扬的个性。王嘉禄家境贫寒，父亲早逝，情投意合的妻子也早早去世，所谓“从来死别生离苦，白首难禁况少年”②。在短短28年的生命中，他又“常恐饥寒至”③，为了生计不得不奔走四方，再加上多愁善感的性格，这就使他的诗歌多伤离怨别之作。对于这一点，他自己也毫不讳言，如“洗面惟馀泪，伤心总入诗”④“坐愁行叹百无端”⑤“新诗哀断浑难续”⑥等。又由于他“平生好奇空兀兀”⑦的个性，故而对于作诗要求甚严，多苦吟之作，所以潘曾沂说他“苦吟学长吉”⑧。

其《咏秋海棠》虽是咏物诗，但反映出作者孤高傲世，不谐于俗的个性：

托根如避俗，只在古墙东。残叶冷含碧，淡花开不红。无情怜夜雨，有泪对秋风。莫使伤摇落，芙蓉正复同。⑨

王嘉禄诗歌的“苦吟”特征，主要表现在主观审美情趣偏向于奇观异景，在写作手法上刻意锤炼语言，造语奇隽。《由支硎至天平道中》就典型地反映了上述特点：

凌晨冲雨行，蓝舆纵遐眺。转转入深山，愈转山愈峭。沙黄由

① 朱绶：《知止堂诗录》卷十二，《清代诗文集汇编》第563册，第104页。
② 王嘉禄：《嗣雅堂诗选》卷二《悼亡五首》其一，道光刻本，第14a页。
③ 王嘉禄：《嗣雅堂诗选》卷一《除夕三首》其一，道光刻本，第15b页。
④ 王嘉禄：《嗣雅堂诗选》卷三《酉生见题拙集和韵一首》，道光刻本，第9b～10a页。
⑤ 王嘉禄：《嗣雅堂诗选》卷二《书感四首》其三，道光刻本，第17a页。
⑥ 王嘉禄：《嗣雅堂诗选》卷三《初寒》，道光刻本，第11b页。
⑦ 王嘉禄：《嗣雅堂诗选》卷一《登支硎放歌》，道光刻本，第18a页。
⑧ 潘曾沂：《功甫小集》卷二《夏日怀王三嘉禄》，嘉庆二十三年戊寅(1818)刻本，第10a页。
⑨ 王嘉禄：《嗣雅堂诗选》卷二，道光刻本，第3a～3b页。

> 磴寒，林丹阴蹔曜。但觉四壁高，已忘乱峰奥。宿雾补僧衣，狞飙堕客帽。颓崖贴紫花，虚厂缘碧茑。平芜独鸟翻，澄潭万松倒。纡回入石门，呀然豁一窍。中行颇坦平，涓涓滴飞瀑。屋近荒鸡鸣，林深饿鸱叫。前望天平山，身随白云到。①

首两句正面点题。雨中登山注定会是一段不平凡的经历。“转转入深山，愈转山愈峭”以下，描摹精细，颇见其字锤句炼之功。“狞飙堕客帽”“呀然豁一窍”句，令人不禁起惊呼之冲动。整首诗生新奇崛，显示出作者的不凡气概。

王嘉禄七言律诗笔带奇气，豪放不羁。如《太白楼》：

> 骑鲸仙客去何之？跌宕风流我所师。醉里青山看到处，狂来乌帽坐移时。夜邀明月为诗友，春倒长江作酒池。采石孤亭共无恙，更寻兰芷荐神祠。②

徐世昌《晚晴簃诗话》认为“井叔为王惕甫季子，幼承家学，探原汉魏，沿流唐宋，下及明七子，不拘拘一家言”③，可谓确评。

吴门后七子除了朱绶、王嘉禄之外，潘曾沂诗歌也颇有特色。

潘曾沂，字功甫，号瑟庵，自号小浮山人，江苏吴县（今苏州）人。乾隆五十七年壬子（1792）生，咸丰二年壬子（1852）卒，享年 61 岁。有《功甫小集》《闭门集》《船庵集》等。

潘曾沂家世显赫，其父潘世恩，曾历事乾隆、嘉庆、道光、咸丰四朝，被称为“四朝元老”，并与堂兄潘世璜、孙潘祖荫合称为“苏州三杰”。潘曾沂却生性淡泊高旷，无意功名仕进，道光四年甲申（1824），假归，遂不复出，过着孤云野鹤般的隐居生活。不过，他仍心存济世利民之心，曾佐其父开办义庄，赈济灾民。吴翌凤《功甫小集题辞》一诗可见其人品风貌：

---

① 王嘉禄：《嗣雅堂诗选》卷一，道光刻本，第 19a 页。

② 王嘉禄：《嗣雅堂诗选》卷一，道光刻本，第 13b 页。

③ 徐世昌：《晚晴簃诗话》卷一百二十三，上海：华东师范大学出版社 2009 年 7 月第 1 版，下册第 889 页。

枯坐身如退院僧，闭门剥啄亦何曾。自知老去难谐俗，何意年来乃得朋。风度缠绵三月柳，诗怀澄澈一壶冰。新吟合有幽人赏，品藻钟嵘愧未能。①

彭蕴章《寄怀潘功甫舍人曾沂二首》其一也说：

辞荣人似云归岫，一闭衡门岁月深。已向千秋期不朽，岂于海内觅知音。游心释氏参三昧，同调吾家有二林。尚友如君且难得，应从《高士传》中寻。②

潘功甫对于诗歌有自己的见解，其《仿元遗山论诗绝句》其四云：

无意为诗有真性，渊明而后储光羲。拈出诗中蒲叶句，始知元是性情诗。③

“无意为诗”，可见其作诗乃自我性情之不得不发，而非为文造情。至于对陶、储两人的评价，则可看出其诗歌瓣香所在。而在《长歌题蒋志宁俟瓿集》中，他也表达对“齐歈巴曲杂沓来”的性灵派末流的不满，并且指出“天恐斯文浑断绝，既往而复若善悔。前有确翁后枚翁，一洗万古浮埃空。朱沈褚王各奇士，相与披拂随春风。子于落拓吾所取，走向空山泣风雨。要与正始作功臣，不使儿孙媚初祖”的诗学志向。诗中“确翁”当指字确士的沈德潜，“枚翁”即吴翌凤。而朱沈褚王，则指吴门后七子中的朱绶、沈传桂、褚逢村及王嘉禄。

潘曾沂诗歌的一大特色是对隐居生活的自得与自足。《园居十咏》即以住所十处风景为题，不仅可见住所的清幽，亦寄托着主人的高洁品性。第二首《凝香径》云：

密林有余清，闲廊无浅步。众香草际来，胜觅花间路。④

① 吴翌凤：《功甫小集题词》，潘曾沂《功甫小集》，嘉庆二十三年戊寅(1818)刻本，第2a页。
② 彭蕴章：《松风阁诗钞》卷七，《续修四库全书》第1518册，第385页。
③ 潘曾沂：《功甫小集》卷二，嘉庆二十三年戊寅(1818)刻本，第7b页。
④ 潘曾沂：《功甫小集》卷一，嘉庆二十三年戊寅(1818)刻本，第13b页。

潘曾沂常年隐居，长斋礼佛，爱以僧人自比，因此其诗歌有的充满佛音禅意，时有妙悟。如《园居杂诗》第七首：

落花如雪点春衣，风自开帘雨打扉。燕子识人人识燕，并忘物我出于机。[①]

另外，潘曾沂尤熟悉南宋遗事，曾“客杭最久”[②]，其咏西湖的诗，历来备受称赞。如《西湖秋柳词》第五首和第八首：

无数轩窗枕水开，湖头携手几徘徊。长条绾得离性往，细雨濛濛艓子来。

短幅湘帘带画楼，卧看波影漾清舟。小红一去笙歌歇，月碎风尖水磨头。[③]

离愁别绪弥漫在水云烟雾中，于婉美秀丽中微见哀婉怅惘的情致，令人黯然销魂。陈文述《题潘春泉曾沂西湖秋柳诗后》第二首云：

芳树临风舞袖长，飞花吹满绮罗香。多情谁似潘秋柳，露叶烟条咏夕阳。[④]

以“潘秋柳”来称誉潘曾沂的西湖秋柳诗，可知这些诗在当时的反响。

总体上看，潘曾沂的诗风格清幽淡远，而这一诗风正是由其个性所决定。徐世昌《晚晴簃诗话》的观点颇具代表性：

功甫为相国文恭公长子。少有异才，澹于荣利，壮岁即谢职归，杜门学道，自称前身为僧。诗初近樊榭，以幽秀为宗。继放之为东坡、诚斋，生辣又近姜白石。晚乃取径寒山，以识解胜。喜猿喜鹤，

---

① 潘曾沂：《功甫小集》卷三，嘉庆二十三年戊寅(1818)刻本，第5b页。

② 吴翌凤：《功甫小集序》，潘曾沂《功甫小集》，嘉庆二十三年(1818)刻本，第1a页。

③ 潘曾沂：《功甫小集》卷二，嘉庆二十三年戊寅(1818)刻本，第7a页。

④ 陈文述：《颐道堂诗外诗》卷五，《续修四库全书》第1505册，第457页。

时时咏之，盖以自况也。[①]

彭蕴章，字咏莪，江苏长洲（今苏州）人，是城南诗社中彭启丰的曾孙。生于乾隆五十七年壬子（1792），卒于同治二年壬戌（1863），享年 71 岁。有《松风阁诗钞》二十六卷，《归朴龛丛稿》十二卷。

如前所述，彭蕴章与王嘉禄私交甚笃，两人有“文字因缘尽十年”[②]的非凡交情。道光元年辛巳（1821），王嘉禄为其诗集作序，称彭诗：

诗不苟作，力崇体要，婉笃谆复，荡扫凡艳。譬如施、嫱不炫粉黛，乱头粗服，天然绝世；又如儒将不尚膂力，轻裘缓带，贲、育退舍。[③]

彭蕴章《独居吟》以“独居寡言笑，耳无嘲谑闻。独居惜光阴，坐无博奕群。独居勤睹记，悟对唯古人。独居捐嗜好，渊默养天真”[④]的排比句式罗列独居的好处，可知其超俗不凡的个性。道光十年庚寅（1830）所作的《读番禺张南山大令听松庐诗钞服其五言律之妙因题一首以仿佛其诗境云》：

仙山鹤一声，子晋下吹笙。碧月破天出，白云随地生。鸿毛轻太华，杯勺吸沧瀛。采药人间侣，金丹炼不成。[⑤]

诗风清新婉丽，不事雕琢。虽是一首模仿他人的诗歌，但也不难看出模仿者自身的诗歌追求。

《寿阳相国以华岳图见赠赋谢》则反映他有志报国济世，虽早存林下之想，但不得不宦海沉浮的隐衷：

平生耽林壑，所志止一丘。岱宗曾登眺，四岳皆未游。投我《太

---

① 徐世昌：《晚晴簃诗话》卷一百二十六，上海：华东师范大学出版社 2009 年 7 月第 1 版，下册第 910 页。

② 彭蕴章：《松风阁诗钞》卷九《再题嗣雅堂诗钞》，《续修四库全书》第 1518 册，第 408 页。

③ 王嘉禄：《松风阁诗钞序》，彭蕴章《松风阁诗钞》，《续修四库全书》第 1518 册，第 329 页。

④ 彭蕴章：《松风阁诗钞》卷四，《续修四库全书》第 1518 册，第 360 页。

⑤ 彭蕴章：《松风阁诗钞》卷四，《续修四库全书》第 1518 册，第 366 页。

华图》，公意在山陬。莲花三峰矗，气象何崒嵂。其高五千仞，天半烟云收。下有茅龙蹋，一去今千秋。金堂与石室，仙踪不可求。公从政事堂，解组言归休。当着谢公屐，名山胜景搜。蹉跎为恋阙，京国还羁留。我未遂初服，世故当分忧。何时携筇杖，长啸万峰头。披图坐嗟叹，仰望空悠悠。①

彭蕴章颇有治世之才干，又得享高寿，在咸丰朝曾官拜文渊阁大学士、工部尚书等要职，其诗也忠实地记录数十载为官的所见所闻、所思所感，客观反映出近代社会的变迁。如《闻武昌复陷陶问云巡抚恩培死之感而有作》②记载了咸丰五年乙卯(1855)，太平军攻陷武昌，巡抚阵亡的史实。《议恤军营阵亡将士因思酿乱之由慨然有作》记述军民哗变滋事，中有"乾隆之季世丰盛，大臣黩货民力殚"③之句，被评为"洞见乱源，可称诗史"④。诗人在这首诗中还提出"大将无功战士嬉，行军失律国纪干。官吏偷生尽恇怯，兵民无耻何责焉"的观点，其公正态度令人叹服。其他如《送张石琴亮基督师滇南》⑤《闻清江浦被捻匪窜入同年淮海道吴红生葆晋督战阵亡诗以哭之》⑥《苏州失陷慰高挈家二十馀口避至海门贼又将至思欲北来无路可通怆焉赋此》⑦等诗，无不反映出清王朝进入近代后内乱丛生、外侮欺凌的末世景象。

彭蕴章去世前一年作《自题焚香思过图》，题名曰"思过"，可见是对一生峥嵘岁月的回顾和总结。该诗典型反映出步入近代后，士人面对千疮百孔的社会现实，既想有所作为，又回天乏术，既极端清醒，又极端困惑的矛盾纠结心态，颇具代表性：

---

① 彭蕴章：《松风阁诗钞》卷二十，《续修四库全书》第 1518 册，第 509 页。

② 彭蕴章：《松风阁诗钞》卷十九，《续修四库全书》第 1518 册，第 491 页。

③ 彭蕴章：《松风阁诗钞》卷十八，《续修四库全书》第 1518 册，第 477～478 页。

④ 徐世昌：《晚晴簃诗话》卷一百三十八，上海：华东师范大学出版社 2009 年 7 月第 1 版，下册第 999 页。

⑤ 彭蕴章：《松风阁诗钞》卷二十一，《续修四库全书》第 1518 册，第 516 页。

⑥ 彭蕴章：《松风阁诗钞》卷二十四，《续修四库全书》第 1518 册，第 531 页。

⑦ 彭蕴章：《松风阁诗钞》卷二十四，《续修四库全书》第 1518 册，第 533 页。

读书能致用，庶不愧儒冠。于世苟有济，无惭享大年。忆我初筮仕，宇内方乂安。今及悬车岁，抱火厝积薪。智小难谋大，何弗辞高官。十年赞枢密，南北多烟尘。三载论思任，补救无一端。未睹干戈息，徒闻水旱频。方忧疮痍满，宵旰劳至尊……下负平生学，上孤主恩偏。焚香内自讼，悠悠吁苍天。[①]

沈传桂(1792－1849)，字隐之，一字闰生，号伽步。与字酉生的朱绶有"两生"之目。性恬淡，两试会试不中，遂绝意进取，闭户著书，以词名于世，有《清梦盦二白词》五卷。词中爱用"夕阳"字，吴中名之曰"沈夕阳"。潘曾沂给其词集作序称：

词境清且幽，如踏叶孤岭，落花空潭，口香莓苔，食冷烟火。其张、王、孙之匹欤？抑白石之亚也？[②]

乾嘉朝著名诗人舒位有《苏州两秀才行赠朱酉生沈闰生》一诗，形象描绘朱王"两生"的个性及诗品：

六门三关往复回，苏州乃有两秀才。盛名之下实难副，酉生闰生其选哉。酉生生于酉，乞浆未必能得酒。闰生生逢闰，青桐不敌黄杨寸。酉生之貌癯，作为文章及独腴。闰生之词寡，发为诗歌则尤雅。落落难合，南阳之时。多多益善，淮阴之师。郁郁不得志，董邵南之有司。酱瓿不妨扬待诏，饭山相适杜拾遗。两生与我交忘年，我与两生意忘言。两生蛩蛩负而走，我亦惺惺惜之久。具区峰高七十二，两生之秀有图志。沧浪亭直四百千，两生之才无价钱。松品落落，雪格索索，宜乎两生之寂寞。天风浪浪，海山苍苍，以比两生之词章。干将莫邪，可冶不可折。白马匹练，可望不可即……[③]

① 彭蕴章：《松风阁诗钞》卷二十五，《续修四库全书》第1518册，第536页。

② 沈传桂：《清梦盦二白词》，《续修四库全书》第1726册，第205页。

③ 舒位：《瓶水斋诗集》卷十六，上海：上海古籍出版社2009年10月第1版，第689页。

吴嘉洤、韦光黻在吴门后七子中诗名稍弱。吴嘉洤(1790－1865),字清如,性平易和蔼。作诗"初学明七子,后学宋人,尤喜陆游"[①],其诗被誉为"冰壶朗照绝纤尘"[②]。至于韦光黻(1789－?),彭蕴章《过韦君绣光黻在山草堂》一诗可见其个性:

何山佳处草堂开(草堂在城西何山之麓),樵隐于今有逸才。佐酒盘餐收杂果,避人门径长新苔。只应独鹤为俦侣,未许闲云识去来。我欲摄衣从子逝,春萝秋桂漫相猜。[③]

王嘉禄《题君绣在山草堂诗集》则评价韦光黻诗:"硬语自宗韩吏部,鬼才争让李王孙。"[④]可知其诗风。

吴门后七子生活在嘉庆、道光朝,以朱绶、王嘉禄为代表的一批吴中才子,他们面对诗坛耆宿凋零、诗道杂乱的现实,重提沈德潜的诗学理论,并自觉以诗歌创作相呼应。但是,与王昶等吴中七子相比,他们既缺乏"乾隆盛世"这一时代大环境,自身组织又松散,维系时间也短。道光四年甲申(1824)王嘉禄早逝,潘曾沂也在这一年选择隐居,其后,朱绶屡为衣食所迫,四处奔走,彭蕴章等在宦海中沉浮,于是这一诗歌群体基本上失去了赖以维系的基础。而且,吴门后七子中诗歌成就最高的朱绶也缺乏王昶那种开宗立派的盟主意识。所以,这一诗歌群体典型地带有怀旧色彩和感伤色彩。其怀旧色彩主要体现在"欲探风雅源,先别雅与郑"[⑤]的雅正诗学观及对沈德潜诗学的推崇上;感伤色彩一方面缘于"民生日以繁,民力日以难"[⑥]的社会大环境和"眼

① 《吴县志》卷六十六下,《中国方志丛书》本,台北:成文出版社有限公司,1933年,第1200页。

② 彭蕴章:《松风阁诗钞》卷九《送吴主事嘉洤典试蜀中》,《续修四库全书》第1518册,第403页。

③ 彭蕴章:《松风阁诗钞》卷六,《续修四库全书》第1518册,第376页。

④ 王嘉禄:《嗣雅堂诗选》卷一,道光刻本,第6a页。

⑤ 朱绶:《知止堂诗录》卷十一《酬无锡秦湘业》其四,《清代诗文集汇编》第563册,第90页。

⑥ 朱绶:《知止堂诗录》卷五《次日作》,《清代诗文集汇编》第563册,第45页。

中人才尽落魄”[①]的坎坷境遇，另一方面缘于对自身诗学“志回狂澜力不逮”[②]的清醒认识，体现出在时代环境、诗歌现状和自身才力的局限下，虽曾竭尽全力却无力回天的境遇。他们的诗歌创作也典型地具有末世士人悲凉、愁苦的特征，是一曲末世“哀歌”。

第四节　“归愚《别裁集》之嗣响”
——符葆森及其《国朝正雅集》

晚于潘瑛《国朝诗萃》、王豫《群雅集》和吴门后七子，在论诗主张、选诗宗旨方面与沈德潜大体一致的，还有符葆森的《国朝正雅集》。

符葆森，原名灿，字南樵，江苏江都人。生卒年不详。有《寄鸥馆诗录》。《寄鸥馆诗录》前记有符葆森传：

> 少孤，负异禀，弱冠后著声庠序，多交海内名流。咸丰辛亥举于乡，三度礼闱不得志，丙辰下延第后留京师，居满洲崇侍郎家，与长州陶樑，华亭张祥河，阳湖汪暕，临桂朱琦，汉阳叶名澧，曲阜孔宪彝，德化蔡寿祺，马平王拯，闽县林寿图、刘存仁，瑞安孙衣言往来论诗，称莫逆。编乾隆、嘉庆、道光三朝诗为《国朝正雅集》一百卷，数月刊成，一时洛阳纸贵。人以为可续沈文悫《别裁集》，然体例实不相符也。旋客齐州，以疾归，未几卒，年五十馀。[③]

咸丰辛亥，即咸丰元年，1851 年，符葆森于这一年中举人。丙辰，即咸丰六年，1856 年。可知此后不久符葆森就去世了。符葆森一生穷愁潦倒，奔走衣食，又逢大清国江河日下之际，故其诗歌多凄怆之音。如《出都门作》：

> 双轮一出万回环，日碾黄尘那得闲。身世冥冥生白发，江湖去

---

① 朱绶：《知止堂诗录》卷八《下邳与高毓岱别并呈吴嘉泾族弟桀》，《清代诗文集汇编》第 563 册，第 66 页。

② 朱绶：《知止堂诗录》卷二《赠沈传佳》，《清代诗文集汇编》第 563 册，第 14 页。

③ 陈彝：《寄鸥馆传》，符葆森《寄鸥馆诗录》，《故友诗录二编》本，同治九年庚午（1870）刻本，第 1a～1b 页。

去看青山。纵横敝匣风云气，开落名花涕泪斑。极望西南尚烽火，群公何日靖诸蛮。[①]

符葆森《将去京师述怀留别八首》其二，抒写了他在诗学上志于复古、“免逐流滔滔”的志向：

贱子域章句，焉敢论风骚。讵以两微睫，上窥嵩华高。作者满宙合，于中分纤毫。珊瑚耀万谷，凤凰匪一毛。抱惭小知识，贻笑千贤豪。惟念圣人世，赓扬闻禹皋。草莽亦歌咏，各各联其曹。生成果何答，掇拾奚辞劳。少酬岁月长，免逐流滔滔。[②]

友人朱琦在为《国朝正雅集》作序时，曾引用符葆森的诗歌观点，即：

南樵自云：诗之道，以寄吾心也。其要归于雅音而已。雅有正有变，正者可备乐歌，于古所谓宣上德、抒下情者是也。变者伤逝感时、舒忧娱悲之作，而义不戾于古，词不病于激，则变而不乖于正，亦谓之雅焉。故曰：发乎情，止乎忠孝。又曰：上以通道德，而俯以准风化。正雅之谓也。[③]

不论是“宣上德、抒下情”，还是“发乎情，止乎忠孝”，无一不是儒家传统的诗教观。而符葆森“归于雅音”志向的最佳体现，就是他穷十余年之力编选的《国朝正雅集》。

《国朝正雅集》所收诗人始于乾隆元年丙辰(1736)，终于咸丰初年，咸丰六年丙辰(1856)成书。涉及乾隆、嘉庆、道光、咸丰四朝约一百二十年的诗歌，诗人多达两千余位，诗八千余首，凡一百卷。咸丰七年丁巳(1857)张祥河序中称“我乡青浦王侍郎《湖海诗传》及丹徒王柳村氏《群雅初二集》皆继别裁而成，脍炙人口。然《湖海》止列交游，《群雅》终于嘉庆世。今南樵之书出，视

① 符葆森：《寄鸥馆辛壬诗录》，咸丰二年壬子(1852)刻本，第17b页。

② 符葆森：《寄鸥馆诗录》，《故友诗录二编》本，同治九年庚午(1870)刻本，第4a页。

③ 朱绮：《国朝正雅集序》，符葆森《国朝正雅集》，咸丰六年丙辰(1856)半亩园刻本，第26页。

二王所选为益备矣”[1]，是合乎客观实际的。

一、《国朝正雅集》的编选背景

符葆森《国朝正雅集自序》交代了其编选是书的起因：

> 曩者陈云伯先生云：“法梧门、曾宾客、郑梦白诸公，于国朝诗均有裒集。继沈尚书《别裁》之后，其稿半归诸陶云汀宫保。今宫保往矣，此事迄未就。”葆森当时闻之，慨然有志于是，而力不逮。时方壮，俟少进或勉为之。乃因循数岁，奔走衣食，复不及为。自念习诗以来，于古作者之堂奥未能窥也。洎得乡先生与二三同学交游相指示，粗明六义之旨。每诵至国朝诸公之作，精深博大，幽邃淡杳，各造所长，几欲上掩前古；斤斤然惧其散佚，终思裒辑之，为沈尚书之续，冀稍酬数十年之岁月，俾免闲身而耗世之衣食也。

可见，促使符葆森编选《国朝正雅集》的原因，一是他一直有志于延续沈德潜《清诗别裁集》的未竟事业；二是他认为清朝诗取得“几欲上掩前古”的突出成就，作为一个热爱诗歌的诗人，他很想借编选前辈诗的机会以窥睹诗学堂奥，虽经历坎坷，但此心不渝。接下来，符葆森又叙述了诗集在编选过程中所历经的甘苦：

> 夫今之有位者，不遑昕夕，既欲为而不暇，其有暇者复不欲为。葆森身居草野，暇矣而可为者也。于是以己亥之冬，借居梅花书院东偏之五贤祠，始假于诸所藏书者，各得若干集，遂复之吴、之越、之豫章，渡江涉河，靡不访求焉。其世之传播者，易获也；其名不出里闬，并子若孙不能追忆者，欲获斯难。粤十年己酉，岭南张南山先生闻之，叠函促梓，乃于庚戌春开雕，甫成二十馀卷，而癸丑扬郡之变作矣。先期携稿本出，仓皇避地，伏处荒湖之旁，幸无恙也。又三年

[1] 张祥河：《国朝正雅集序》，符葆森《国朝正雅集》，咸丰六年丙辰（1856）半亩园刻本，第24页。

丙辰，以公车赴礼部试报罢，陶凫芗、张诗舲两先生殷询是集，谓“烽火之余未获损也，皆子之精神与作者之精神相为默注，况子之所取之诗体正而意雅，可挽诗之流失而有功百年内者”，爰订名曰《正雅》，乃代谋于诸名公，鸠赀梓焉。[①]

己亥，即道光十九年，1839 年，符葆森于是年开始编选《国朝正雅集》。其间渡江涉河，艰险备尝。十年后，即道光二十九年己酉(1849)，张维屏来信激励。于是次年即道光三十年庚戌(1850)开雕。此后诗选又经历炮火洗礼，终于在咸丰六年丙辰，1856 年，最终成书。友人崇实在《序》中也说“南樵家既贫，奔走衣食，而又遭乱数年，犹能不废所诣，真有心人也”[②]，观之符葆森的自序，这些论述显然符合客观实际。

二、《国朝正雅集》的编选宗旨

《国朝正雅集》深受沈德潜《清诗别裁集》的影响，其《例言》清楚地体现这一点。《例言》第一条就明确表达对沈德潜《国朝诗别裁集》(即《清诗别裁集》)的肯定，而他编选《国朝正雅集》也正是为了“上接别裁”：

沈文悫公选《国朝别裁集》，综诸家之著作，撷百年之菁华，精心剬辑，汇为大观。复呈钦定刊行，允推善本。今去文悫已遥，韵事弥宏，雅材蔚起。葆森不揣固陋，博采旁搜，由乾隆丙辰鸿博科始，上接《别裁》，专集百二十年之诗合为一集，名曰“国朝正雅”，其已为《别裁》所收，不复纂入。

《例言》第七、八、九条分别说：

是集以诗存人，非以人存诗，自宜弃短取长，未可拘于体格。如刘宾客不工古诗，韩吏部不专近体，作者有各至之处，不得以有所不

① 符葆森：《国朝正雅集自序》，咸丰六年丙辰(1856)半亩园刻本，第 26～27 页。

② 崇实：《国朝正雅集序》，符葆森《国朝正雅集》，咸丰六年丙辰(1856)半亩园刻本，第 26 页。

是,遂因噎废食也。集中所收多至数十首,少或一二首,皆择其精心结撰者,或多或少,绝无偏私之见轩轾其间,海内通才自有巨眼。

诗理情性,温柔敦厚之旨,古今一揆。至寄托浅深,随人自造,若落语纤佻而无古味,立意媟嫚而有郑声,以及江湖赝体、钉铰旁支、辘轳进退之新格,四灵、二派之末流,泛应广酬,更唱迭和,又加集句为藏拙之别径,联句为斗巧之滥觞,均于诗教无关。凡此者概不登录。

闺媛诗,以毗陵恽太夫人《正始集》为最广,由国初至今,凡一千五百馀人。是集所登,较《正始集》仅及什分之一,以不专录闺媛也。尊诗品,端壶范,谨遵文悫之言,尤加慎焉。释子、羽士,于少明风雅者略登一二,于能读儒书、悉诗学源流者倍录之。属国流传之作亦间为收采,以附集末。[①]

可见,不论是"以诗存人",坚持温柔敦厚的论诗之旨,还是以"尊诗品,端壶范"的标准选定闺媛诗,《国朝正雅集》都与《清诗别裁集》的体例、宗旨相一致。所以袁祖光《绿天香雪簃诗话》说:"符南樵孝廉葆森选《国朝正雅集》,搜采宏富,计百卷,为归愚《别裁集》之嗣响。"[②]

《国朝正雅集》前附有《寄心庵诗话》,是符葆森对所选诗人的总体评价。在评价沈德潜时,符葆森对沈德潜"扫芜响,振古音"的成就给予称赞:

文悫论诗,以和平敦厚为宗,故所选别裁诸集,皆禀斯旨,海内风气,为之一变。扫芜响,振古音,文悫之力也。[③]

对于其他格调派诗人,《国朝正雅集》也大多给予正面评价。如评价王鸣盛:

光禄诗在七子之列,规模唐人,句斟字酌。中年旁涉两宋。晚

① 符葆森:《国朝正雅集·例言》,咸丰六年丙辰(1856)半亩园刻本,第27～28页。

② 袁祖光:《绿天香雪簃诗话》卷八,《清诗话三编》本,上海:上海古籍出版社2014年12月第1版,第10册,第7409页。

③ 符葆森:《国朝正雅集》卷六,咸丰六年丙辰(1856)半亩园刻本,第3b页。

岁务为绵密，时近西昆，风格又一变矣。[①]

评价曹仁虎：

向见吴中试艺中曹来殷舍人《诗学源流策》，凡三千馀言，督学使者梦文子先生剧赏之。集中七律如："初添蜀郡三城戍，更遣秦川四道兵。""奸细几曾诛赵信，征人空见老班超。""执法乌台秦御史，谈经绛帐汉儒林。"皆矜练有法。[②]

《国朝正雅集》选诗宗旨也深受沈德潜的影响，即以师法古人为高，以诗作雅正为尊。

如评价刘大櫆：

桐城刘才甫先生，古文直接望溪，为一代起衰之手。不知诗直接唐人，为一代复古之士。[③]

评价陈撰：

玉几山人与杭堇浦、厉太鸿、符幼鲁诸公相倡和。其诗清而腴。《拟古》诸作，直追伯玉、曲江。[④]

在评价阮元时，则引《石溪舫诗话》中的相关观点，以示认同：

其学皆深博无涯涘，诗亦从经术性情中流出，金和玉节，卓然正声。[⑤]

评价任大椿：

幼植侍御抗直立朝，不阿权贵。其为诗，则探源乐府，下逮骚

① 符葆森：《国朝正雅集》卷十三，咸丰六年丙辰（1856）半亩园刻本，第 1b 页。
② 符葆森：《国朝正雅集》卷十九，咸丰六年丙辰（1856）半亩园刻本，第 15a 页。
③ 符葆森：《国朝正雅集》卷二，咸丰六年丙辰（1856）半亩园刻本，第 2b 页。
④ 符葆森：《国朝正雅集》卷四，咸丰六年丙辰（1856）半亩园刻本，第 12b 页。
⑤ 符葆森：《国朝正雅集》卷四十，咸丰六年丙辰（1856）半亩园刻本，第 3a 页。

汉,故雅音为多。[①]

符葆森虽然继承沈德潜的论诗宗旨,对沈德潜的诗评价也高,但是,与王昶、王豫等人对沈德潜顶礼膜拜、奉若神明不同。符葆森生活的时代,格调派早已风消云散,因此,符葆森坚持复古的文学主张,应被看作纯粹的个人主张,而非门户间的意气之争。

由于极少门户之争,故《国朝正雅集》选诗虽以古为高,但对于其他并不主张复古的诗人,也能实事求是,充分挖掘诗人的优点,从这一点着眼,《国朝正雅集》的客观性胜过王豫《群雅集》。比如评价法式善,就引洪亮吉的评价以示肯定:

先生性极平易,而所为诗则清峭刻削,幽微宕往,无一语旁沿前人及描摹大家、名家诸习气。[②]

对于性灵派副将赵翼,符葆森毫不掩饰对其诗歌才情之美的激赏:

云崧先生桀桀大才,诗如江河一泻,奔荡无匹。与简斋、心馀两太史齐名。吴兰雪谓集中七律最为擅场,余亦谓然。[③]

至于性灵派主将袁枚,符葆森也指出:

简斋先生折狱如神,爱民如子,所至口碑载道。其为诗也,挥霍渊富,大小毕备。然中多游戏,贻误后人。罢官时,爱才如命,海内名士过白门者固即倾倒,即寒素布衣之士,无不一一吹嘘,畅以奖励。[④]

符葆森在此毫不讳言袁枚之高才,但也指出其诗歌"贻误后人"的弊病。对于袁枚爱才如命的做法则赞赏不已。可谓不偏不倚,实事求是。联系前文所述《湖海诗传》及《群雅集》中对袁枚的评价,前者的门户意气之争尤为明显。

① 符葆森:《国朝正雅集》卷二十六,咸丰六年丙辰(1856)半亩园刻本,第1b页。
② 符葆森:《国朝正雅集》卷三十四,咸丰六年丙辰(1856)半亩园刻本,第1b页。
③ 符葆森:《国朝正雅集》卷十九,咸丰六年丙辰(1856)半亩园刻本,第8b页。
④ 符葆森:《国朝正雅集》卷六,咸丰六年丙辰(1856)半亩园刻本,第10a页。

符葆森虽主张复古，但相较而言，他更注重作诗之“真”。其《寄鸥馆辛壬诗录序》说：

> 有客款门，携诗就读，不曰汉魏，即曰两晋、三唐。生今之世，而必曰汉魏晋唐，是失时之真也。生今之世，而必如汉魏晋唐人之诗，是失人之真也，即失诗之真也。昔吾师姚石甫先生以“真”许葆森诗，故少涉伪托者，去之。辛亥、壬子两岁来，半逐之征途中，所为诗，因境生情，只写吾之真而已。知交索观者日踵，至择数十篇付刊，以质爱葆森者。其真耶？其非真耶？惟真者能辨之也。[①]

由此可见，复古只是符葆森求诗之“真”的手段和阶梯，其最终目的是要写出具有自我面目的真性情诗。

另外值得注意的是，《国朝正雅集》的诗人小传内容异常丰富。除了在《寄心庵诗话》中评价诗人诗作外，符葆森还旁征博引诗话、总集、别集、诗选、诗钞、地方志、笔记杂著以及相关诗文集中的传记、墓志铭、行状、诗文序等对所选诗人的有关论述。比如评价沈德潜，《国朝正雅集》就征引了《鹤征后录》《词科掌录》《蒲褐山房诗话》《随园诗话》、袁枚所作《神道碑》等资料。关于王昶，则征引了《昭代名人尺牍小传》《北江诗话》《石溪舫诗话》《怀旧集》等。这就使得《国朝正雅集》在资料方面搜采完备，富有集大成的色彩。从这一点着眼，《国朝正雅集》也胜过《清诗别裁集》《湖海诗传》《国朝诗萃》和《群雅集》。前文所引符葆森传，认为《国朝正雅集》与《清诗别裁集》相比，“体例实不相符”，原因可能正在于此。

《清史列传》引沈兆霖所说的“总集之编，必身在职局，载籍富而交游广，故搜采靡遗。葆森伏处衡宇，辗转求借，穷十馀稔始成是编，其难盖倍蓰德潜云”[②]，联系符葆森在自序中所述编选期间所尝的甘苦，这一评价堪称公允。

---

① 符葆森：《寄鸥馆辛壬诗录》，咸丰六年丙辰(1856)半亩园刻本，第1a页。

② 王钟翰点校：《清史列传》卷七十三《文苑传四》，北京：中华书局1987年11月第1版，第19册第6052～6053页。

第九章

格调派与清代诗坛

如果把康熙四十六年丁亥(1707)成立的城南诗社视作清代格调派的酝酿期,那么,此后一直到乾隆十六年(1751),沈德潜开始编选《七子诗选》,格调派声势达到巅峰,随后逐渐呈消歇之势。乾隆三十四年(1769),沈德潜离世,消歇之势进一步加剧。但是,由于格调派副将王昶以及王鸣盛、顾宗泰、褚廷璋等后期诗人的努力,格调派与性灵派的分立之势得以保持。此后,翁方纲及其肌理派也开始兴盛。正如乾嘉朝诗人孙原湘所说:

> 吴中诗教,五十年来凡三变。乾隆三十年以前,归愚宗伯主盟坛坫,其时专尚格律,取清丽温雅,近大历十子者为多。自小仓山房出,而专主性灵,以能道俗情,善言名理为胜,而风格一变矣。至兰泉司寇以冠冕堂皇之作倡率后进,而风格又一变矣。近则或宗袁,或宗王,或且以奇字僻典拦入风雅,而性灵格律又变而为考古博识之学矣。①

孙原湘以乾隆三十年(1765)为界,指出此前诗坛盟主是格调派宗主沈德潜,此后则是性灵派粉墨登场,接下来,王昶代表的格调派、袁枚代表的性灵派及

① 孙原湘:《天真阁集》卷四十一《籁鸣诗草序》,《续修四库全书》第1488册,第326页。

翁方纲代表的肌理派这三派呈分庭抗礼之势。也就是说，格调派与性灵派、肌理派在时间上既前后相继又彼此融合交集，客观上构成乾嘉诗坛诗派林立的景象。

事实上，与格调派并存的还有另一个诗派，就是以厉鹗为首的浙派。厉鹗“是雍正年间最有影响力的诗人”[①]。厉鹗与沈德潜在雍正朝时就相识，彼此交情也不错。格调派副将王昶与浙派诸锦、杭世骏、金农，交情很深，王昶对他们诗歌的评价也很高。因此，辨明这两派之间的关系，也有助于更加清楚地认识格调派后期的诗学倾向。

所以，格调派与清代诗坛，主要是指格调派与性灵派，格调派与浙派，格调派与肌理派的关系。分析格调派与这三个诗派之间的关系，除了能够阐述格调派在清代诗坛的影响外，还能在某种程度上对乾隆朝及至嘉庆朝诗坛状况进行一番审视，从而更清晰地展示格调派在清代诗学史上的地位。

随着灵魂人物沈德潜的去世，格调派成员失去依附，这可以视为格调派消歇的直接原因。但是，如果从诗歌史的兴衰更替角度着眼，可以发现，格调派的消歇实属必然。从内部来看，主要是他们的诗学理论在某种程度上已经走向了历史的死胡同；从外部看，性灵派、肌理派，尤其是性灵派的兴起及其诗文冲击也是导致格调派迅速势衰的重要原因。

第一节　格调派与性灵派

格调派与性灵派的关系，是清代中期诗坛最引人注目的看点之一。这不仅是因为这两个诗派均是乾隆朝最负盛名的诗派，彼此之间诗学观点又针锋对立，而且这两个诗派盟主之间及成员间的密切交往也同样值得注意。

袁枚在《叶书山庶子〈日下草〉序》中曾说：“同试鸿词科，同举京兆，同登

---

① 王英志：《清代唐宋诗之争流变史》，北京：人民文学出版社2012年3月第1版，第285页。

进士，同入词馆者，余平生其二人焉：其一为归愚尚书，其一为书山庶子。”[①]可见，沈袁两人早就相识。文中所讲“同试鸿词科”，是指两人于乾隆元年(1736)在京参加鸿词试，从此相识。当时沈德潜 64 岁，袁枚 31 岁。乾隆三年戊午(1738)，两人同中举人，次年又同中进士，并同入庶常馆。此后袁枚辞官归隐随园，沈德潜得到皇帝恩宠，一飞冲天，但两人之间仍然交往密切。沈德潜诗集中有《寄袁简斋同年次其见赠元韵》[②]两首，第一首有“来吴欲访工诗者，旗鼓谁人角两雄”之句，很明显是称赞袁枚诗歌的；第二首则有“良友传诗写方曲，和风披拂不胜情”之句。袁枚在《随园诗话》也说“沈归愚选本朝诗，不知杭州杭百朋，几有遗珠之叹，余告之”[③]。按：沈德潜《清诗别裁集》于乾隆十九年甲戌(1754)开始编选，可见两人的交往并没有因为政治际遇的不同而受到影响。据袁枚所说，他是主动告诉沈德潜关于杭百朋诗歌的，如果不是交情很深，大可不必如此。另外，袁枚《赠沈归愚尚书》[④]其一则有“九十诗人卫武公”句，其二有“蒙过病中谈娓娓”句，可知沈德潜在人生的最后几年与袁枚依然交情深厚。沈德潜死前一年，袁枚还曾与之相见，并记载：“惟今春见归愚宫傅，已九十六岁，而聪强如昔。”[⑤]

沈德潜一直以长者身份对待小自己三十多岁的袁枚，而袁枚之于沈德潜，是钦佩其为人，有保留地肯定其诗作，反对其诗论。

袁枚对于沈德潜的人品曾不止一次地称赞。尤其是沈德潜死后，袁枚作《太子太师礼部尚书沈文悫公神道碑》以示悼念。文中称赞沈德潜“醇古淡泊，清臞矗立，居恒恂恂如不能言，而微词隽永。无贤不肖，皆和颜接之”。对

① 袁枚：《袁枚全集·小仓山房文集》卷十一，南京：江苏古籍出版社 1993 年 9 月第 1 版，第 2 册第 200 页。

② 沈德潜：《沈德潜诗文集·归愚诗钞馀集》卷六，北京：人民文学出版社 2011 年 10 月第 1 版，第 2 册第 534 页。

③ 袁枚：《随园诗话》卷十三，北京：人民文学出版社 1982 年 9 月第 2 版，上册第 451 页。

④ 袁枚：《袁枚全集·小仓山房诗集》卷十七，南京：江苏古籍出版社 1993 年 9 月第 1 版，第 2 册第 352 页。

⑤ 袁枚：《袁枚全集·小仓山房尺牍》卷二《与湖南抚军方毓川·又》，南京：江苏古籍出版社 1993 年 9 月第 1 版，第 5 册第 34 页。

于沈德潜晚年遭遇圣眷恩宠,袁枚在该文中还评价沈德潜并未恃宠而骄,而是"逡巡恬淡,不矜骄,不干进,不趋风旨。下直萧然,绳菲皂绨,如训蒙叟"。[①]

对于沈德潜的诗歌,袁枚在《随园诗话》中多有称赞。如:

> 沈归愚尚书,晚年受上知遇之隆,从古诗人所未有。作秀才时,《七夕悼亡》云:"但有生离无死别,果然天上胜人间。"《落第咏昭君》云:"无金赠延寿,妾自误平生。"深婉有味,皆集中最出色诗。六十七岁,与余同入词林。《纪恩》诗云:"许随香案称仙吏,望见红云识圣人。"[②]
>
> 沈诗音节沉雄,得明七子梗概,而新颖过之。足迹所到,足以助其豪宕之气……[③]

不仅如此,袁枚还称赞沈德潜《咏北固山》《渡江》等诗,"皆气体沉雄,毕竟名下无虚"[④]。此外,袁枚还写了《寄怀归愚尚书》四首,盛赞沈德潜诗是"正声",即"天与高年享重名,明经晚遇比桓荣。诗人遭际前无古,海内风骚有正声"。沈德潜去世后,袁枚在《同年沈文悫公挽词》其三中又说:"诗律长城在,群儿莫诋呵。梅花香气淡,古瑟雅音作。海外求题咏,天章许切磋。朝阳鸣凤去,赓唱冷《卷阿》。"[⑤]袁枚对沈德潜诗歌特色的评价可谓有识,对于沈德潜死后其诗歌遭到批判尤为不满。

而对于沈德潜的诗歌理论,袁枚对其攻击可谓不遗余力。这主要是因为

---

① 袁枚:《袁枚全集·小仓山房文集》卷三,南京:江苏古籍出版社 1993 年 9 月第 1 版,第 2 册第 52 页。

② 袁枚:《随园诗话》卷九,北京:人民文学出版社 1982 年 9 月第 2 版,上册第 293 页。

③ 袁枚:《随园诗话·补遗》卷一,北京:人民文学出版社 1982 年 9 月第 2 版,下册第 579 页。

④ 袁枚:《随园诗话》卷十,北京:人民文学出版社 1982 年 9 月第 2 版,上册第 827 页。

⑤ 袁枚:《袁枚全集·小仓山房诗集》卷二十一,南京:江苏古籍出版社 1993 年 9 月第 1 版,第 1 册第 444 页。

两个诗派之间诗学理论“判若水火”①，再加上袁枚以性灵派主将的身份对沈德潜诗论进行批判的同时也是在阐述性灵派诗学立场。袁枚的批评大多直击要害，以彰显其性灵说。事实上，直至今天，在批判沈德潜诗学观点时，通常都会拈出袁枚诗论以作反证，并进而褒袁贬沈。

袁枚批评沈德潜诗论，主要是针对其宗唐说、温柔敦厚说、不选艳情诗及格调说等四个方面。前两个方面在《答沈大宗伯论诗书》一文中有系统阐述。该文以“诗有工拙，而无今古”批评沈德潜宗唐的复古说，并指出“先生许唐人之变汉、魏而独不许宋人之变唐，惑也”，以及“诗分唐、宋，至今人犹恪守。不知诗者，人之性情；唐、宋者，帝王之国号。人之性情，岂因国号而转移哉”②的观点。

对于沈德潜温柔敦厚的诗教说，袁枚在该文中也指责道：

> 至所云“诗贵温柔，不可说尽，又必关系人伦日用”，此数语有褒衣大袑气象，仆口不敢非先生，而心不敢是先生。何也？孔子之言，《戴经》不足据也，惟《论语》为足据。子曰“可以兴”、“可以群”，此指含蓄者言之，如《柏舟》、《中谷》是也。曰“可以观”、“可以怨”，此指说尽者言之，如“艳妻煽方处”、“投畀豺虎”之类是也。曰“迩之事父，远之事君”，此诗之有关系者也。曰“多识于鸟兽草木之名”，此诗之无关系者也。仆读诗常折衷于孔子，故持论不得不小异于先生，计必不以为僭。③

袁氏又在《再答李少鹤》中说道：

> 《礼记》一书，汉人所述，未必皆圣人之言，即如“温柔敦厚”四字，亦不过诗教之一端，不必篇篇如是。《二雅》中之“上帝板板，下

① 钱泳：《履园谭诗》，《清诗话》本，上海：上海古籍出版社 1978 年 9 月新 1 版，下册第 871 页。

② 袁枚：《随园诗话》卷六，北京：人民文学出版社 1982 年 9 月第 2 版，上册第 196 页。

③ 袁枚：《袁枚全集·小仓山房文集》卷十七，南京：江苏古籍出版社 1993 年 9 月第 1 版，第 2 册第 284 页。

民卒殚”、“投畀豺虎”、“投畀有北”，未尝不裂眦攘臂而呼，何敦厚之有？故仆以为孔子论诗可信者，“兴、观、群、怨”也；不可信者，“温柔敦厚”也。①

此外，对于沈德潜《清诗别裁集》对艳情诗的一概排斥，袁枚在《再与沈大宗伯书》一文中给予批判：

闻《别裁》中独不选王次回诗，以为艳体不足垂教，仆又疑焉。夫《关雎》即艳诗也，以求淑女之故，至于“展转反侧”。使文王生于今，遇先生，危矣哉！《易》曰：“一阴一阳之谓道。”又曰：“有夫妇然后有父子。”阴阳夫妇，艳诗之祖也……艳诗宫体，自是诗家一格，孔子不删郑、卫之诗，而先生独删次回之诗，不已过乎？②

在《随园诗话》中，袁枚说：

本朝王次回《疑雨集》，香奁绝调；惜只成此一家数也。沈归愚尚书选国朝诗，摈而不录；何所见之狭也！③

而袁枚对于格调说的指责，在《随园诗话》中也有完整论述：

杨诚斋曰：“从来天分低拙之人，好谈格调，而不解风趣。何也？格调是空架子，有腔口易描；风趣专写性灵，非天才不办。”余深爱其言。须知有性情，便有格律；格律不在性情外。《三百篇》半是劳人思妇率意言情之事；谁为之格？谁为之律？而今之谈格调者，能出其范围否？况皋、禹之歌，不同乎《三百篇》；《国风》之格，不同乎《雅》《颂》：格岂有一定哉？许浑云：“吟诗好似成仙骨，骨里无诗莫

① 袁枚：《袁枚全集·小仓山房尺牍》卷十，南京：江苏古籍出版社 1993 年 9 月第 1 版，第 5 册第 207 页。

② 袁枚：《袁枚全集·小仓山房文集》卷十七，南京：江苏古籍出版社 1993 年 9 月第 1 版，第 2 册第 285 页。

③ 袁枚：《随园诗话》卷一，北京：人民文学出版社 1982 年 9 月第 2 版，上册第 15 页。

浪吟。”诗在骨不在格也。[①]

另外，袁枚在《赵云松瓯北集序》中又提出“多一份格调，必损一份性情”[②]的观点。袁枚虽未指出其批评对象是沈德潜，但矛头显然指向沈德潜。

可见，袁枚对于沈德潜诗论的评价涵盖了沈德潜的主要诗学思想，其批评也大都一针见血、切中其弊。不过，袁枚的一些观点也是可以商榷的。比如他一方面批判沈德潜诗歌理论，另一方面又称赞他的诗歌“专主唐音，以温柔为教，如弦匏笙簧，皆正声也”[③]，有自相矛盾之嫌。他对于沈德潜批判浙派的做法不以为然，但在《随园诗话》中，袁枚对浙派的批判却比沈德潜尖锐得多，如：

> 吾乡诗有浙派，好用替代字，盖始于宋人，而成于厉樊榭……樊榭在扬州马秋玉家，所见说部书多，好用僻典及零碎故事，有类《庶物异名疏》《清异录》二种[④]。

如前文所述，沈德潜诗学宗唐仅限于早期，中年以后，诗学观转为宗唐而不废宋。沈德潜分唐界宋，并非不要性情，如前所述，恰恰在他眼中，宋诗在一定程度上偏离了性情的轨道，所以特以唐音矫之。袁枚虽自称“论诗区别唐宋，判分中、晚，余雅不喜”[⑤]，但他又说“夫人臣之不可不皋、夔也，犹诗之不可不唐音也”[⑥]。至于沈德潜的温柔敦厚思想，如前所述，虽存在严重局限，但并非没有可取之处。就连袁枚自己也曾说“孔子论诗，但云：‘兴观群

① 袁枚：《随园诗话》卷一，北京：人民文学出版社 1982 年 9 月第 2 版，上册第 2 页。

② 袁枚：《袁枚全集·小仓山房文集》卷二十八，南京：江苏古籍出版社 1993 年 9 月第 1 版，第 2 册第 488 页。

③ 袁枚：《袁枚全集·小仓山房文集》卷三《太子太师礼部尚书沈文悫公神道碑》，南京：江苏古籍出版社 1993 年 9 月第 1 版，第 2 册第 52 页。

④ 袁枚：《随园诗话》卷九，北京：人民文学出版社 1982 年 9 月第 2 版，上册第 320 页。

⑤ 袁枚：《随园诗话》卷七，北京：人民文学出版社 1982 年 9 月第 2 版，上册第 242 页。

⑥ 袁枚：《袁枚全集·小仓山房文集》卷十《高文良公〈味和堂诗〉序》，南京：江苏古籍出版社 1993 年 9 月第 1 版，第 2 册第 179 页。

怨。'又云:'温柔敦厚。'足矣"[①]的话。

至于沈德潜对待艳情诗的态度,《唐诗别裁集·凡例》说得很清楚:

> 诗本六籍之一,王者以之观民风,考得失,非为艳情发也。虽《三百》以后,《离骚》兴"美人"之思,平子有《定情》之咏,然词则托之男女,义实关乎君臣友朋。自《子夜》《读曲》,专咏艳情,而唐末香奁体,抑又甚焉,去风人远矣。集中所载,间及夫妇男女之词,要得好色不淫之旨,而淫哇私亵,概从阙如。[②]

诚如当代学者所指出,"对艳情诗,沈德潜一概排斥,当然具有狭隘性。袁枚正面肯定它,并且就把它当作性爱本身来看待,认为诗歌可以表现性爱的内容,这固然是合理的。但是,并非有关性爱的一切内容都适合在诗歌中来表现,而且对于男女之情也有健康的情趣与不健康的情趣之别,像袁枚对嫖妓、偷情之作的欣赏,而且在其自己的作品中对其老而狎妓也言之津津,显然就具有负面的意义"[③]。事实上,"由于传统诗教观的强大影响,目前学界在评述袁、沈之争时,虽赞成袁枚者成了主流,但在实际文学史书写中,似仍站在沈德潜一边"[④]。

另外,沈德潜注重格律的因素,这只是其格调说的一个层次,除了体制声律的格调之外,其格调说还具有艺术风貌、品第水准的涵义。所以,袁枚对于沈德潜诗学弊病的批评虽有一针见血之效,但也存在以偏概全、自相矛盾之处。

袁枚对沈德潜诗论多加指责,而在沈德潜这里,对于袁枚的批评并未致书反驳。这一方面可能是因为沈德潜的个性使然;另一方面,沈德潜对于小

① 袁枚:《随园诗话·补遗》卷三,北京:人民文学出版社 1982 年 9 月第 2 版,下册第 626 页。

② 沈德潜:《唐诗别裁集》,上海:上海古籍出版社 1979 年 1 月第 1 版,上册第 5 页。

③ 张健:《清代诗学研究》,北京:北京大学出版社 1999 年 11 月第 1 版,第 739 页。

④ 耿传友:《艳情诗该如何对待——由袁枚、沈德潜之争谈中国艳诗的历史命运》,《文艺理论研究》2011 年第 4 期。

自己30多岁的袁枚,带有长辈爱护、包容晚辈的情感。他编选《七子诗选》及为王鸣盛等人作序时,虽对性灵派提出批评,但并未直呼其名。另外,值得注意的是,由于沈德潜晚年诗学观念的宽广、融通,对于性灵派的诗论也能加以吸收。比如“性灵”两字就出现过数次。其咏谢榛云:

眇目山人足性灵,诗盟寒后苦飘零。后来谁吊荒坟者,只有吴江计改亭。[①]

以及:

太史韵语都从性灵流出,无一言依傍……[②]

式金向曾属草诗序,因远行未果。今披览遗稿,多原本性灵之作……[③]

义山五言近体,征引过多,性灵转失,兹特取有风格者数章。[④]

赠答微言总性灵。[⑤]

神存形忽摧,性灵返于真。[⑥]

据王英志先生的观点,袁枚的“性灵”说包含真情、个性、诗才三要素[⑦]。而在沈德潜这里,“性灵”的三要素基本上都得到体现。事实上,沈德潜论诗注重性情,即与袁枚的性灵说有一定程度的契合。这也说明格调派与性灵派

① 沈德潜:《沈德潜诗文集·归愚诗钞》卷二十《论明诗十二断句》第九首,北京:人民文学出版社2011年10月第1版,第1册第423页。

② 沈德潜:《清诗别裁集》卷十七“顾图河”条,上海:上海古籍出版社1984年3月第1版,下册第694页。

③ 沈德潜:《清诗别裁集》卷二十三“翁志琦”条,上海:上海古籍出版社1984年3月第1版,下册第947页。

④ 沈德潜:《唐诗别裁集》卷十二“李商隐”条,上海:上海古籍出版社1984年3月第1版,下册第401页。

⑤ 沈德潜:《沈德潜诗文集·归愚诗钞》卷十八《题王兰泉三泖渔庄图》,北京:人民文学出版社2011年10月第1版,第1册第369页。

⑥ 沈德潜:《沈德潜诗文集·归愚诗钞馀集》卷一《挽盛青嵝》其一,北京:人民文学出版社2011年10月第1版,第2册第440页。

⑦ 王英志:《性灵派研究》,沈阳:辽宁大学出版社1998年5月第1版,第45页。

之间并非铁板一块，完全隔断。综观中国古代文学史上几次复古与革新运动，复古与革新从来都是既对立又依存的关系。有论者指出，“袁枚和沈德潜的交往带有几许策略意味：一方面严厉批评沈德潜，以确立自己‘性灵派’盟主的地位；另一方面又与沈德潜密切往来，以借重其声望”[①]。不可否认，袁枚与沈德潜交往确实具有这两个方面原因，但是，袁枚对于沈德潜人格及诗歌的钦佩也是重要因素之一。而袁枚对沈德潜诗论的诸多指责，是为其诗学观服务的，也就是说，两派诗学观的对立，注定他们在诗学论争上只能针锋相对、判若水火。

综上所述，格调派盟主沈德潜与性灵派盟主袁枚早就相识，袁枚对沈德潜的人格与诗作多有肯定；沈德潜晚期又吸收“性灵”说以为己用。因此，王英志先生以“亦友亦敌”[②]评价两人关系，可谓恰如其分。所以，撇开两人诗坛盟主的身份，忽略两人诗学观点的对立，他们两人的深厚友情是不能忽视的事实。明乎此，就可以理解袁枚在《再答李少鹤》一文中，对于李少鹤指责已经去世的沈德潜非常不满，他说：“所指诗教卑靡，为后学累。初不解所指，今蒙明教，方知指归愚尚书而言，则不必矣……老人与归愚，乡会同年，鸿博同年，最为交好；然平时论诗，向彼嘿无一语，知其愚拘自是，而不可与言也。然深知其居心端厚，未发之前，《竹啸轩集》中，颇有佳篇，未可一齐抹杀。况此时墓木已拱，家无负床之孙；足下尚何忍射死虎而虑其咆哮，斥奄人而禁其生育哉？亦可谓私忧过计，而用心于无用之地矣！”[③]此文不仅可见袁枚的人品和操守，亦可见他与沈德潜之间不同寻常的友谊。

袁枚与格调派前期重要诗人李果、翁照、许廷鑅等在年龄上也有数十岁之差，袁枚对这些诗坛耆宿也很尊敬。如乾隆十六年辛未(1751)，袁枚就曾与李果、许廷鑅等人集会：

---

① 陈文新、王炜：《细节背后的文学史观——沈德潜三篇佚文的前后因缘之考察》，《文艺研究》2009 年第 3 期。

② 王英志：《袁枚评传》，南京：南京大学出版社 2002 年 5 月第 1 版，第 195 页。

③ 袁枚：《袁枚全集 · 小仓山房尺牍》卷十，南京：江苏古籍出版社 1993 年 9 月第 1 版，第 2 册第 207 页。

> 乾隆辛未，予在吴门。五月十四日，薛一瓢招宴水南园。座中叶定湖长杨、虞东皋景星、许竹素廷鑅、李客山果、汪山樵俊、俞赋拙来求，皆科目耆英，最少者亦过花甲。惟余才三十六岁，得遇此会。是夕大雨，未到者沈归愚宗伯、谢淞洲征士而已。[①]

李果诗集中也有《同叶定湖俞赋拙虞东皋许竹素汪山樵袁简斋集薛水南居是日沈归愚谢林村未至》[②]的诗篇，可与之互证。

袁枚尤其喜欢许廷鑅的诗，曾有诗道：

> 我爱许子逊，巍然一硕果。此时橘中仙，当日民之爹。唐朝显庆车，晋代洛阳火。古色最斑斓，深情笑言瑳。纵论至于诗，唐后无一可。出其所著作，使我袒亦左。非随少陵游，即入青莲坐。字挟华星飞，笔落云霞裹。百怪虽妖浮，万象仍贴妥。平生枚自矜，于此亦云颇。忽然见夫君，人间有二我。可惜七旬馀，发白贫无那。无力饮酒泉，只愿吟饭颗。虽非子夏盲，已类凿齿跛。弦绝琴台凉，客少花关锁。遥想竹素轩，篱菊黄几朵？[③]

至于翁照、周准、顾诒禄等前期诗人的诗，袁枚在《随园诗话》中也采摘佳句，以示肯定[④]。

而袁枚与格调派后期代表吴中七子的交往，也引人注意。仅以《随园诗话》为例，袁枚在书中就提到吴中七子中的王昶、王鸣盛、钱大昕、赵文哲、吴泰来等人。袁枚一方面称许他们的诗歌，如“吴中七子中，赵文哲损之诗笔最健”，并记载“丁丑召试，与吴竹屿（即吴泰来）同集随园”[⑤]等事。对于王昶，

---

① 袁枚：《随园诗话》卷三，北京：人民文学出版社 1982 年 9 月第 2 版，上册第 91 页。

② 李果：《咏归亭诗钞》卷八，《清代诗文集汇编》第 244 册，第 384 页。

③ 袁枚：《袁枚全集·小仓山房诗集》卷七《杂诗八首》第八首，南京：江苏古籍出版社 1993 年 9 月第 1 版，第 1 册第 119 页。

④ 袁枚：《随园诗话》卷一采录翁照诗，卷二采录周准诗，卷六采录沈用济的诗，卷十采录顾诒禄的诗，北京：人民文学出版社 1982 年 9 月第 2 版，分别见上册第 23 页、第 58 页、第 202 页、第 331 页。

⑤ 袁枚：《随园诗话》卷十，北京：人民文学出版社 1982 年 9 月第 2 版，上册第 341 页。

袁枚则说：

王兰泉方伯诗，多清微平远之音。拟古乐府及初唐人体，最擅长。自随阿将军征金川，在路间寄《南斗集》一册，读之，俶诡奇险，大得江山之助；方信古人所云："读万卷书，行万里路。"缺一不可也。[①]

另外，袁枚诗集中有《京口遇王兰泉廷尉舟中见赠四章即如其数答之》，其三云：

水窗倚醉便挥毫，四首诗成调最高。想见金川磨盾日，飞书羽檄用枚皋。[②]

袁枚不仅对王昶的诗才敏捷给予褒奖，还认为王昶的西南从军之行对其诗歌影响深远。在袁枚另一首《答大廷尉王兰泉先生见寄诗扇》中，有"磨崖字许小山分"句，注云："公镌'澄碧泉'三字在随园假山。"[③]可见两人交情。

而《赠钟山书院山长钱辛楣先生》[④]《和辛楣少詹咏物二首》[⑤]《再咏前题索辛楣和》[⑥]等诗，显然是写给钱大昕的。

关于王鸣盛，袁枚则记载：

壬辰年，王光禄礼堂来白下，访江宁令陆兰村。予问："有新诗

① 袁枚：《随园诗话·补遗》卷一，北京：人民文学出版社 1982 年 9 月第 2 版，下册第 583 页。

② 袁枚：《袁枚全集·小仓山房诗集》卷二十六，南京：江苏古籍出版社 1993 年 9 月第 1 版，第 1 册第 560 页。

③ 袁枚：《袁枚全集·小仓山房诗集》卷二十五，南京：江苏古籍出版社 1993 年 9 月第 1 版，第 1 册第 532～533 页。

④ 袁枚：《袁枚全集·小仓山房诗集》卷二十六，南京：江苏古籍出版社 1993 年 9 月第 1 版，第 1 册第 563 页。

⑤ 袁枚：《袁枚全集·小仓山房诗集》卷二十七，南京：江苏古籍出版社 1993 年 9 月第 1 版，第 1 册第 684 页。

⑥ 袁枚：《袁枚全集·小仓山房诗集》卷二十七，南京：江苏古籍出版社 1993 年 9 月第 1 版，第 1 册第 685 页。

否?”光禄书《赠内》云……又《从围》句云……一用《毛诗》,一用《北史》,俱典雅。[①]

另一方面,是采摘他们的诗学观点,以示认同:

钱辛楣少詹序冯畹庐之诗曰:“古之君子,以诗名者,大都自抒所得;而非有意于求名:故一篇一句,传诵于士大夫之口。后人会萃成书,而集始名焉。南齐张融自题其集,有‘玉海金波’之名。五代和凝镌集行世,人多笑之。近世士人,未窥六甲,便制五言。又多求名公为之标榜,遂梓集送人。宜于诗学入之不深,而可传者少。”[②]

以及:

王西庄光禄,为人作序云:“所谓诗人者,非必其能吟诗也。果能胸境超脱,相对温雅,虽一字不识,真诗人矣。如其胸境龌龊,相对尘俗,虽终日咬文嚼字,连篇累牍,乃非诗人矣。”余爱其言,深有得于诗之先者,故录之。[③]

显然,袁枚对吴中七子的评价,以正面评价为主。

而王昶对袁枚的评价,是与其在清代格调派中的地位相关联的。身为格调派副将,王昶在诗学观点中坚守格调派壁垒,在《邹晓坪午风堂诗序》中,他说:

往者沈文悫公以风雅之传教于吴下者七十馀年。是时海内诗人或尚流易,以白乐天、杨诚斋为宗;或尚苦涩,以黄山谷、陈无已为法,于文悫之教互有出入。公入词馆,受天子特达之知,称为“清时名士”“吴下诗翁”,且序其诗集比于高、王,高谓明侍郎启,王谓尚书士正也。夫明代诗人众矣,国朝以诗名家亦不下十馀人,而独举以

① 袁枚:《随园诗话》卷十,北京:人民文学出版社 1982 年 9 月第 2 版,上册第 360～361 页。

② 袁枚:《随园诗话·补遗》卷二,北京:人民文学出版社 1982 年 9 月第 2 版,下册第 600 页。

③ 袁枚:《随园诗话》卷九,北京:人民文学出版社 1982 年 9 月第 2 版,上册第 314 页。

况文悫，盖谓二家独得风雅之正也。[①]

在这里，“或尚流易”显然是指以袁枚为主将的性灵派；“或尚苦涩”，则是指以翁方纲为首的肌理派。显然，王昶以继承沈德潜诗学观为己任，在文中对这两派都表达出不满。正是这种鲜明的流派意识，所以在《湖海诗传》中，王昶对于袁枚的评价不无揶揄之处：

子才少举鸿词，旋成进士，嗣以散馆，出为县令。初在江宁，总督尹文端公绝爱其才。既丁忧再起，至陕西，与总督黄文襄臭味差池，上书万馀言，不省，遂乞病归。得废圃于江宁小仓山下，疏泉架石，厘为二十四景，窗牖皆用五色玻璃，游人阗集。时吴、越老成凋谢，子才来往江湖，从者如市。太邱道广，无论赀郎蠢夫，互相酬唱；又取英俊少年，著录为弟子，授以《才调》等集，挟之游东诸侯，再招士女之能诗画者共十三人，绘为《授诗图》，燕钗蝉鬓，傍花随柳，问业于前，而子才白须红舄，流盼旁观，悠然自得。亦以此索当途诗句，于是人争爱之。所至延为上客，适馆授餐，而子才又择其精撰，汇作《食单》，梓以行世。故三十年中，扫门纳履，为向来名人所未有。才华既盛，信手拈来，矜新斗捷，不必尽遵轨范。且清灵隽妙，笔舌互用，能解人意中蕴结。今石庵相公在江宁时，闻其荡泆，将访而按之，子才投以二诗，公阅毕即请相见，顿释前嫌。其诗得力如此。然谢世未久，颇有违言。吴君嵩梁谓：“其诗人所指摘，今予汰淫哇，删芜杂，去纤佻，清闲隽逸，自无惭于大雅矣。”孙君渊如又谓：“其神道碑、墓志铭诸文，纪事多失实。”予谓岂惟失实，并有与诸人家状多不合者，既如朱文端公轼、岳将军钟琪、李阁学绂、裘文达公曰修，其文皆有声有色。然予与岳、裘二家之后，俱属同年，而穆堂先生为予房师，李少司空友棠之祖。且予两至江西，见文端后裔询之，皆云未尝请乞，亦未尝读其所作。盖子才游履所至，偶闻名公卿

① 王昶：《春融堂集》卷三十九，《续修四库全书》第1438册，第75页。

可喜可愕之事，著为志传，以惊爆时人耳目，初不计信今后传也。[①]

显而易见，王昶对袁枚的人品操守颇有微词。他引用吴嵩梁的话评价袁枚诗，实际上这也代表着王昶自己的态度。所以，《湖海诗传》所收袁枚诗只有15首，与袁枚性灵派诗坛盟主的身份极不相称，也从侧面反映出王昶对性灵说的不以为然。但是，王昶在此也指出袁枚“才华既盛，信手拈来，矜新斗捷，不必尽遵轨范。且清灵隽妙，笔舌互用，能解人意中蕴结”的特点，这些评价可谓平心之论。

在《北固山舟次与子才话别》一诗中，王昶写道：

少时词赋动金銮，湖海才华老未刊。洵是名山千古事，莫教留与等闲看。[②]

王昶还有“小仓诗境尽芳菲”[③]的评语，可见他对于袁枚的评价不可谓不高。另外，王昶与袁枚的私交也不错，比如乾隆二十二年丁丑(1757)，时年34岁的王昶往江宁，就住在随园，即“六月，复往江宁，寓袁子才明府枚随园”[④]。王昶从金川归来后，曾以诗扇赠寄袁枚，袁枚亦作诗谢之[⑤]。

吴中七子中的其余成员，对袁枚的评价多是晚辈对于长辈的尊敬。如王鸣盛《寄袁大令子才二首》其一云：“弱龄登第壮归田，出处才名尽可传。今日江东归卧好，陶通明后一神仙。”[⑥]艳羡之情，溢于言表。钱大昕为袁枚八十

① 王昶撰，周维德校点：《蒲褐山房诗话新编》卷上，北京：人民文学出版社2011年9月第1版，第30～31页。

② 王昶：《春融堂集》卷十六，《续修四库全书》第1437册，第519页。

③ 王昶：《春融堂集》卷二十四《长夏怀人绝句》“钱塘袁明府子才”，《续修四库全书》第1438册，第611页。

④ 严荣：《述庵先生年谱》，《北京图书馆藏珍本年谱丛刊》第105册，北京：北京图书馆出版社1998年8月第1版，第98～99页。

⑤ 袁枚：《袁枚全集·小仓山房诗集》卷二五《答大廷尉王兰泉先生见寄诗扇》，南京：江苏古籍出版社1993年9月第1版，第1册第532～533页。

⑥ 王鸣盛：《西庄始存稿》卷十一，《续修四库全书》第1434册，第117页。

大寿作诗云："天与先生福慧全，文章经济又神仙。"[①]袁枚去世后，钱大昕作《袁简斋前辈挽诗三首》，称其为"前辈"，可见恭敬之意。诗中还有"六朝山色俄蕉萃，此后谁搴大将旗"的沉痛之语。[②] 可以看到，在涉及诗学理论及诗歌阵营方面，两派诗人的态度可以说毫不含糊，针锋相对；而当诗学理论及诗歌阵营意识不那么强烈时，他们之间往往能平心静气地评价对方的诗歌和诗学主张，并继而挖掘出对方的闪光点。所以，无论是袁枚在《随园诗话》中对吴中七子的称许，还是吴中七子对袁枚的评价，都可以看出这两个诗派之间的对立关系在沈德潜之后更加缓和，更重要的是，他们交情也不错，诗学观也能彼此渗透，某种程度上甚至显示出合流的迹象。

袁枚与格调派后起之秀顾宗泰交情也非一般。顾宗泰《存斋太史自江左寄谬以文系相属且自作挽诗索和赋得八首却寄》其五有"尊酒论文三十年，苔岑托爱辱深缘"[③]句，就是明证。该组诗第一首云：

> 当今此事信推袁，六十年扶大雅轮。师是文端(尹文端公)友文悫(沈文悫公)，一灯江左替传人。[④]

另外，如前文所述，袁枚对格调派这位后起之秀也给予肯定。

如果说格调派盟主沈德潜与性灵派盟主袁枚，因为各为文学流派的主将，为坚守各自诗学领地，两人之间更多的是一种亦友亦敌的关系，那么性灵派副将赵翼，与吴中七子中的王昶、赵文哲等人更多的是一种同龄人之间惺惺相惜的情谊。赵翼《王述庵从军滇蜀阅七八年凯旋后超擢廷尉兹乞假归葬事毕还朝》其一，有"十年京国诗文契，万里边尘患难交"[⑤]之句，可见两人结识时间长，且有患难之交。尤其是赵翼、王昶、赵文哲都曾随军远征云南、四

① 钱大昕：《潜研堂诗续集》卷七《袁简斋八十寿诗四首》其一，南京：江苏古籍出版社1997年12月第1版，第10册第119页。

② 钱大昕：《潜研堂诗续集》卷九，南京：江苏古籍出版社1997年12月第1版，《嘉定钱大昕全集》第10册，第142页。

③ 顾宗泰：《月满楼文集》卷三十二，《续修四库全书》第1459册，第415～416页。

④ 顾宗泰：《月满楼文集》卷三十二，《续修四库全书》第1459册，第415页。

⑤ 赵翼：《瓯北集》卷二十五，上海：上海古籍出版社1997年4月第1版，上册第537页。

川,“他乡逢旧谊逾亲”[①]的非凡交往更使三人情感非比寻常。赵翼《述庵璞函缘事罢官亦从军来滇却赠》说的就是这一点:

几载京华共酒樽,岂期炎徼再相亲。翻愁日下无名士,却喜天南有故人。株累惊心金齿戍,巢痕回首玉堂春。好将戎幕联诗社,吟遍蛮乡景物新。[②]

赵文哲《娵隅集》亦有《家云松太守闻余赴滇,驰书慰问并示近句云“遂令日下无名士,却喜天南有故人”,比予至永昌浃月,而云松尚滞留腾越,感时念旧,即有人字韵作四章报之》[③]一诗。

赵翼与王鸣盛的交往也值得注意。《阊门晤王西庄话旧诗》云:“握手论交紫塞尘,春明一出见无因。每逢后进思前辈,喜听贫官作富人。”[④]自注道:“君生事颇足。”以及《次韵王礼堂光禄木兰杠赠之作》[⑤]等诗。此外,赵翼与钱大昕交往也很密切,其《晤钱竹汀宫詹话旧》云:

握别京华廿五春,相逢弥觉白头新。手成百卷专门学,身是千秋列传人。海外购书来贾舶,门前著录遍儒绅。故交也得馀光乞,一序《三都》价便珍。[⑥]

末句指钱大昕曾为赵翼《廿二史札记》作序一事。正是在这篇序中,钱大昕称赞《廿二史札记》“记诵之博,义例之精,论议之和平,识见之宏远,洵儒者有体

---

① 赵翼:《瓯北集》卷十五《璞函接余书中但有翻愁日下无名士却喜天南有故人二句其全首未写寄也乃即用人字韵赐和四首欣荷之馀再次奉答》,上海:上海古籍出版社 1997 年 4 月第 1 版,上册第 304 页。

② 赵翼:《瓯北集》卷十五,上海:上海古籍出版社 1997 年 4 月第 1 版,上册第 304 页。

③ 赵文哲:《娵隅集》卷三,《续修四库全书》第 1436 册,第 25 页。

④ 赵翼:《瓯北集》卷三十二,上海:上海古籍出版社 1997 年 4 月第 1 版,下册第 740 页。

⑤ 赵翼:《瓯北集》卷八,上海:上海古籍出版社 1997 年 4 月第 1 版,上册第 142～143 页。

⑥ 赵翼:《瓯北集》卷三十四,上海:上海古籍出版社 1997 年 4 月第 1 版,下册第 774～775 页。

有用之学，可坐而言，可起而行者也”[①]。而在《吴门晤西庄竹汀诗》中，赵翼感叹“后来良晤知犹几，海内名流渐不多”[②]。此外，赵文哲死后，如前所述，赵翼有《哭璞函之讣》[③]四首，第四首对赵文哲作出“死因殉国名逾烈，诗已成家世共传”的高度评价。钱大昕离世，赵翼亦有《钱竹汀宫詹挽诗》[④]。王鸣盛去世，赵翼有《王西庄光禄挽诗》[⑤]三首。对于王昶的去世，赵翼尤为悲痛。其《哭王述庵侍郎》云：

……忆昔同官京国时，僦舍寄园各半宅。联吟声每应隔墙，照读光常分凿壁。醉书不惜墨濡头，白战互以笔为舌。蒲褐山房绿树荫，中有两人屐齿迹。无端滇徼有兵事，共作征南幕下客。晨炊苗米淅矛头，夜草军书磨盾鼻。书生履险虽阽危，好友偕游亦酣适……是时我久卧菰蒲，公亦继归勤著述。立功才子又立言，坛坫东南来占席。春江花月常往还，邂逅一尊话畴昔。江天落落几作家，袁蒋王钱皆巨擘。同是千秋有数人，缺一可怜难再得。十馀年乃尽凋谢，剩我与公两头白。晨星硕果倍觉珍，百里相望双突兀。残年有伴差自壮，相倚为强作耆硕。何当公又骑箕去，天不慭遗催召亟。后生雄骏岂不多，非我素交终膜隔。宵来或可通梦魂，月落犹疑照颜色。从此人间无故人，独立苍茫悲影支。[⑥]

在这首长58句、400余字的诗中，赵翼追忆他与王昶相识相知的过程。末句“从此人间无故人，独立苍茫悲影支”更是把他对王昶去世的哀悼之情推向极致。

---

① 钱大昕：《潜研堂文集补编·廿二史札记序》，南京：江苏古籍出版社1997年12月第1版，《嘉定钱大昕全集》第10册，第7页。

② 赵翼：《瓯北集》卷三十四，上海：上海古籍出版社1997年4月第1版，下册第786页。

③ 赵翼：《瓯北集》卷二十一，上海：上海古籍出版社1997年4月第1版，上册第442页。

④ 赵翼：《瓯北集》卷四十六，上海：上海古籍出版社1997年4月第1版，下册第1199页。

⑤ 赵翼：《瓯北集》卷三十九，上海：上海古籍出版社1997年4月第1版，下册第960页。

⑥ 赵翼：《瓯北集》卷四十八《哭王述庵侍郎》，上海：上海古籍出版社1997年4月第1版，下册第1236～1237页。

赵翼不仅与吴中七子交往密切，情意笃深，而且他们之间的诗学往来也很密切，这一点无疑更值得重视。王昶编选《湖海诗传》，曾请赵翼过目，赵翼有“辛苦雅轮扶支手，故应一代仰龙门”①的褒扬之语。在《湖海诗传》中，王昶称赞赵翼“性情倜傥，才调纵横，而机警过人”，并引用蒋士铨、袁枚的话来评价赵翼的诗，即“兴酣落笔，百怪奔集，奇恣雄丽，不可逼视”以及“忽正忽奇，忽庄忽俳，稗史方言，皆可阑入”②，显示他对赵翼诗的极力推崇。还记载“乾隆辛亥夏，余与庆树斋尚书奉使谳事高邮，君时主扬州书院，挐舟见访，衔杯促膝，竟日而返。盖其笃旧交、嗜谈艺如此”。除此之外，如前所述，王鸣盛、钱大昕也为赵翼诗集作序，称赞他的诗。赵翼《述庵司寇新刻大集见贻展诵之馀为题长句兼怀亡友璞函》则评价王昶的诗：

> 倘非参军入蛮府，平步公卿享华朊。雄略虽馀扪虱谈，壮心谁激闻鸡舞。《南山》诗不如《北征》，只为未经戎马苦。乃知绝域烽烟中，正是玉成大名古。③

赵翼在此指出，王昶西南从军之行所作诗歌，得江山之助，故能超过前期作品。毫无疑问，这个评价实事求是，没有刻意褒奖。而赵翼之所以有这种客观态度，正是两人情逾知己的真实反映。此外，赵翼还以“主盟坛坫集吟朋，支手轮扶大雅升”④来评价王昶的诗学地位。

---

① 赵翼：《瓯北集》卷四十六《述庵侍郎遣人送示新刻〈湖海诗传〉，所辑皆生平交旧，凡六百馀人，人各系小传，其心力可谓勤矣，敬题六绝句》其一，上海：上海古籍出版社 1997 年 4 月第 1 版，下册第 1206 页。

② 王昶著，周维德校点：《蒲褐山房诗话新编》卷上，北京：人民文学出版社 2011 年 9 月第 1 版，第 89 页。

③ 赵翼：《瓯北集》卷三十六，上海：上海古籍出版社 1997 年 4 月第 1 版，下册第 842 页。

④ 赵翼：《瓯北集》卷二十五《王述庵从军滇蜀阅七八年凯旋后超擢廷尉兹乞假归葬事毕还朝》，上海：上海古籍出版社 1997 年 4 月第 1 版，上册第 537 页。

第二节 格调派与浙派

清代浙派泛指自清初延至清末，由浙人组成的、以宗宋为基本特征的地域诗歌流派。本节主要讨论康熙、雍正、乾隆时期以宋诗为基本诗学宗尚的杭州诗人群体，以厉鹗、杭世骏、金农、金德瑛等诗人为代表。

厉鹗，字太鸿，又字雄飞，号樊榭、南湖花隐等，钱塘（今浙江杭州）人。生于康熙三十一年壬申（1692），卒于乾隆十七年壬申（1752）。厉鹗比沈德潜小19岁，但他在诗坛上崭露头角却很早。王昶《湖海诗传·蒲褐山房诗话》就指出：

> （厉鹗）所作幽新隽妙，刻琢研炼。五言尤胜，大抵取法陶、谢及王、孟、韦、柳，而别有自得之趣，莹然而清，窅然而邃，撷宋诗之精诣，而去其疏芜。时沈文悫公方以汉、魏、盛唐倡于吴下，莫能相掩也[①]。

王昶的话显示出以厉鹗、沈德潜为首的两个诗派的对立。袁枚《与沈大宗伯论诗书》也曾提到沈德潜对浙派的批判："先生诮浙诗，谓沿宋习败唐风者，自樊榭为厉阶。"[②]在《随园诗话补遗》中，袁枚又说："吾乡厉太鸿与沈归愚，同在浙江志馆，而诗派不合。"[③]所谓在浙江志馆，据《沈归愚自订年谱》[④]

① 王昶著，周维德校点：《蒲褐山房诗话》卷上，北京：人民文学出版社2011年9月第1版，第4页。

② 袁枚：《袁枚全集·小仓山房文集》卷十七，南京：江苏古籍出版社1993年9月第1版，第2册第284页。

③ 袁枚：《随园诗话·补遗》卷十，北京：人民文学出版社1982年9月第2版，下册第823页。

④ 沈德潜：《沈德潜诗文集·沈归愚自订年谱》，北京：人民文学出版社2011年11月第1版，第4册第2111页。

及《厉樊榭先生年谱》[①]，是指雍正九年辛亥(1731)，他们受两浙转运使王钧之聘，到杭州浙江志馆同修《西湖志》。沈德潜自称"同人会合，时相倡酬。尤契合者，方文辀、张存中、陈葆林、诸襄七、厉太鸿、周兰坡、王介眉诸公，不必出门求友矣"[②]。其时，沈德潜59岁，厉鹗40岁。厉鹗集中写于此年的也有《雨中泛舟三潭同沈确士作》[③]《送沈确士归苏州》[④]等诗。《送沈确士归苏州》云：

> 满天梅雨合思吴，早挂烟中十幅蒲。白发定能争席否？朱弦曾遇赏音无？人同乐圃文偏洁，宅近灵岩趣不孤。只恐鸥情成间阻，五湖那复忆西湖？[⑤]

可见，即使两人在诗学上存在冲突[⑥]，但也并非没有共同语言。沈德潜《怀人绝句》里也有咏厉鹗的诗[⑦]，并称"朋侪辩论总和平"[⑧]。可见他们的交情还是很不错的。这一点倒是与袁枚和沈德潜的关系很相似。值得一提的是，厉鹗还曾评点过沈德潜的《归愚文续》，共十二章，多赞扬之语。如评价沈德潜《春草园记》一文，"以藏书读书为主，不暇多序景物也。此是东坡李氏藏书山房

---

① 朱文藻：《厉樊榭先生年谱》，厉鹗《樊榭山房集·附录五》，上海：上海古籍出版社1992年6月第1版，下册第1767页。

② 沈德潜：《沈归愚自订年谱》，北京：人民文学出版社2011年11月第1版，《沈德潜诗文集》第4册，第2111页。

③ 厉鹗：《樊榭山房集·诗词集》卷六，上海：上海古籍出版社1992年6月第1版，上册第495页。

④ 厉鹗：《樊榭山房集·诗词集》卷六，上海：上海古籍出版社1992年6月第1版，上册第497页。

⑤ 厉鹗：《樊榭山房集·诗词集》卷六，上海：上海古籍出版社1992年6月第1版，上册第497页。

⑥ 有的学者认为："本年修志之举，堪称文坛盛事。子才未与其事，则'诗派不合'云云，当为其时之耳闻。"郑幸：《袁枚年谱新编》，上海：上海古籍出版社2011年10月第1版，第31页。

⑦ 沈德潜：《沈德潜诗文集·归愚诗钞》卷二十《怀人绝句·厉樊榭》："未尝獭祭才原富，自爱林居拙独存。新买一船云水外，载将桃叶与桃根。"北京：人民文学出版社2011年10月第1版，第1册第404页。

⑧ 沈德潜：《沈德潜诗文集·归愚诗钞》卷十七，北京：人民文学出版社2011年10月第1版，第1册第339页。

记对面文字，而苏以清快为长，此以警炼为长，各居其胜”[①]。评价《翁朗夫诗序》：“以聚散离合为主，以诗经纬其间，回旋往复，油然黯然，不使人一览易尽。”[②]评价前文所引《王凤喈诗序》：“序一人之诗，而诗品之升降具见，纡馀委折，意言俱远，震川得力欧阳子文，往往有之。”[③]

沈德潜与厉鹗在诗学上即使发生过冲突，也主要是在沈德潜诗学尊唐的时期，其后，随着沈德潜诗学观渐趋宽广，在诗学方面宗唐而不废宋，对于宋诗的评价有了改变，与此相对应，对于厉鹗的评价也尽量做到实事求是。《清诗别裁集》编于乾隆十九年甲戌(1754)，是沈德潜晚年的重要诗歌选本，沈德潜在序中明确说自己“未尝贬斥宋诗，而趣向旧在唐诗”。另外，该选集选厉鹗诗8首，虽然数量不多，但是评价却不低：

> 樊榭学问淹洽，尤熟精两宋典实，人无敢难者，而诗品清高，五言在刘眘虚、常建之间。今浙西谈艺家，专以饾饤挦扯为樊榭流派，失樊榭之真矣。[④]

可见，沈德潜对厉鹗诗歌的评价不可谓不高，对厉鹗的学问也大为倾倒。至于说“今浙西谈艺家，专以饾饤挦扯为樊榭流派，失樊榭之真矣”，是指浙派末流一味讲究以学问取胜，与厉鹗论诗初衷渐行渐远。所以徐珂《清稗类钞·文学类》也指出：

> 钱塘厉樊榭大令鹗著有《樊榭山房诗》，为浙派领袖。然其参会唐宋，于王文简、朱竹垞外，自树一帜，虽以沈文悫之主张汉魏盛唐，

① 《评论》，《沈德潜诗文集·附录四》，北京：人民文学出版社2011年10月第1版，第4册第2259页。

② 《评论》，《沈德潜诗文集·附录四》，北京：人民文学出版社2011年10月第1版，第4册第2267页。

③ 《评论》，《沈德潜诗文集·附录四》，北京：人民文学出版社2011年10月第1版，第4册第2269页。

④ 沈德潜：《清诗别裁集》卷二十四“厉鹗”条，上海：上海古籍出版社1984年3月第1版，下册第969页。

亦盛称之。[①]

在厉鹗这里，一方面，他认为沈德潜的诗论“祖北地、济南之馀论，以锢其神明”[②]，明显持贬低态度；另一方面，他不愿受格调派笼罩，期望自立一家。在为自己的《樊榭山房续集》作序中，他说：“幸生盛际，懒迂多疾，无所托以自见，惟此区区有韵之语，曾缪役心脾。世有不以格调派别绳我者，或位置仆于诗人之末，不识为仆之桓谭者谁乎？”[③]其内心与格调派的疏远和对立一目了然。对于厉鹗的这种心态，正如王英志先生《清代唐宋诗之争流变史》指出的，“不独有诗学观念上的俨然对立，更有厉鹗酸涩的自嘲以及与显赫的格调派划清界限以保持人格独立的操守”[④]。

而王昶对厉鹗的评价，从前文看出，也是实事求是的。除此之外，两人之间的交往也颇深，王昶《蒲褐山房诗话》曾回忆“予于戊辰（乾隆十三年，1748）岁在长洲赵君饮谷小吴船遇之，辱为忘年交。嗣后征君过吴，必访余于朱氏苹花水阁。凡三年，而征君下世矣”。厉鹗年谱也记载乾隆十四年己巳（1749），“过苏州，访王述庵昶于朱氏苹花水阁”[⑤]。王昶又有《厉征君太鸿鹗将归西湖过访不值以诗送之》，诗云：

> 披衣相访未相亲，又报吴船指去津。老挈樵青供隐伴，归寻和靖作乡人。观涛江晚潮如雪，放鹤亭寒月似银。秋雁一绳来往便，长笺寄远莫辞频。[⑥]

---

① 徐珂：《清稗类钞》“文学类”，北京：中华书局1981年11月第1版，第8册第3926页。

② 厉鹗：《樊榭山房集·樊榭山房文集》卷三《查莲坡蔗塘未定稿序》，上海：上海古籍出版社1992年6月第1版，中册第735页。

③ 厉鹗：《樊榭山房集·樊榭山房续集序》，上海：上海古籍出版社1992年6月第1版，中册第951页。

④ 王英志：《清代唐宋诗之争流变史》，北京：人民文学出版社2012年3月第1版，第296页。

⑤ 朱文藻：《厉樊榭先生年谱》，厉鹗《樊榭山房集·附录五》，上海：上海古籍出版社1992年6月第1版，下册第1782页。

⑥ 王昶：《春融堂集》卷二，《续修四库全书》第1437册，第365页。

王昶《湖海诗传·蒲褐山房诗话》中对其他浙派代表诗人如杭世骏、程梦星、金农等人的评价也大体公允。值得注意的是，王昶在评价他们的诗歌时，往往提及自己当年与他们的交往，带有浓厚的怀旧和感恩色彩。如杭世骏条：

堇浦先生书拥百城，胸罗四库。入翰林未久，即以言事罢归。沈文悫公送之有句云："邻翁既雨谈墙筑，新妇初婚议灶炊。"盖深惜之也。既归，益肆力于诗古文词，海涵地负，日光玉洁，实足以雄长艺林。两浙文人，自黄黎洲先生后，全谢山庶常及先生而已。乾隆丁丑秋，予至西泠相见，共论古今文章别，谓予曰："子无轻视放翁诗文，至此亦足名家。"其冲怀乐善，迥异乎世之放言高论者矣。[①]

评价程梦星：

先生淡于荣利，自丁内艰归，终身不出。筑篆园并漪南别业，读书偃仰其中。竹西故南北冲途，往来进谒者，文酒流连。主诗坛几数十年。诗兼法唐、宋，而雅好在玉溪生……予少客竹西，暇日过从，门庭萧寂，斗茶说饼，仰其风貌，不啻孤云野鹤也。[②]

评诸锦：

余甲戌春入都，请予相见，每日苦茗一瓯，蘘鱼畠饭，杂谈经史，危坐相对，必至日下舂而许返。先生出临川李公穆堂门下，生平博闻强识，诗法山谷、后山，而志节皦然，甘寂寞，守耿介，权贵之门，征逐之地，未尝一至，盖古之闻人，而世之畸人也。[③]

---

① 王昶著，周维德校点：《蒲褐山房诗话新编》卷上，北京：人民文学出版社 2011 年 9 月第 1 版，第 21 页。

② 王昶著，周维德校点：《蒲褐山房诗话新编》卷上，北京：人民文学出版社 2011 年 9 月第 1 版，第 1 页。

③ 王昶著，周维德校点：《蒲褐山房诗话新编》卷上，北京：人民文学出版社 2011 年 9 月第 1 版，第 21 页。

甲戌，指乾隆十九年(1754)，王昶 31 岁。是年王昶入京考试，“以文章风节名”，是以诸锦等人皆“爱重先生”[①]。除了诸锦外，这一年与王昶结下友情的还有蒋士铨、钱载、金德瑛等人。

至于金农，王昶说他“画梅尤公，颇自矜许，然为余挥洒者多至十馀幅”[②]，可见两人之间的交情。格调派与浙派成员之间，并没有出现尖锐的诗学论争，即使是两派盟主沈德潜与厉鹗，虽然诗学观存在对立，也没有到剑拔弩张的程度。至于格调派副将王昶对浙派诸人的评价，也以正面评价为主。这主要因为他们论诗都注重才学的重要性，而在宗唐宗宋的立场上，如前所述，吴中七子大都走唐宋兼宗的路子，这就使他们与宗法宋诗的浙派存在共同点。

第三节 格调派与肌理派

相比于格调派与性灵派、格调派与浙派，格调派与肌理派的关系比较简单。这一方面是因为翁方纲与沈德潜几乎没有交往，其所作《格调论》，剑锋直指王士禛而非沈德潜；另一方面，翁方纲与吴中七子之间王昶、钱大昕往来甚密，尤其与王昶私交甚笃，两人在诗学观点上也未发生过论战，更多的是相互推崇。不过，即使如此，仍有辨析的必要，这是因为，翁方纲的《格调论》在某种程度上也适用于格调派，分析其《格调论》能更加清楚地认识格调说的弊病，正如翁方纲所说“其实格调即神韵也”[③]。另外，王昶以格调派副将的身份对翁方纲诗歌所作的评价无疑也值得注意。

翁方纲对格调说的批判集中体现在《格调论》上、下两篇中，他说：

---

① 严荣：《述庵先生年谱》，《北京图书馆藏珍本年谱丛刊》第 105 册，北京：北京图书馆出版社 1998 年 8 月第 1 版，第 96 页。

② 王昶著，周维德校点：《蒲褐山房诗话新编》卷上，北京：人民文学出版社 2011 年 9 月第 1 版，第 39～40 页。

③ 翁方纲：《复初斋文集》卷八《神韵论上》，《续修四库全书》第 1455 册，第 423 页。

诗之坏于格调也，自明李、何辈误之也。李、何、王、李之徒，泥于格调而伪体出焉。非格调之病也，泥格调者病之也。夫诗岂有不具格调者哉？《记》曰："变成方，谓之音。"方者，音之应节也，其节即格调也。又曰："声成文，谓之音。"文者，音之成章也，其章即格调也。是故噍杀、啴缓、直廉、和柔之别，由此出焉。是则格调云者，非一家所能概，非一时一代所能专也。古之为诗者，皆具格调，皆不讲格调；格调非可口讲而笔授也。唐人之诗，未有执汉、魏、六朝之诗以目为格调者；宋之诗，未有执唐诗为格调；即至金、元诗，亦未有执唐、宋为格调者。独至明李、何辈，乃泥执《文选》体以为汉、魏、六朝之格调焉，泥执盛唐诸家以为唐格调焉，于是不求其端，不讯其末，惟格调之是泥；于是上下古今，只有一格调，而无递变递承之格调。①

翁方纲认为明代前后七子格调说的弊病"非格调之病"，而是"泥格调者病之"。这是因为，"格调"是任何诗歌都具有的，不同的诗歌有不同的格调。也就是说，格调本不是复古派的专利。而明代前后七子"泥执《文选》体以为汉、魏、六朝之格调焉，泥执盛唐诸家以为唐格调"，他们拘守于一种格调论诗，不敢稍有突破创新，如此，则割裂了诗歌史的演进，明代前后七子自己的诗歌创作也进入死胡同。可见，翁氏对明代前后七子格调说弊病的认识程度不亚于公安派和钱谦益。而沈德潜的格调说，如前所述，关于体制声律方面的格调，就是继承了明代前后七子的格调说，所以，从这个角度，这篇文章对于认识沈德潜格调说的弊病也有重要意义。事实上，正是翁方纲对格调说深中肯綮的批判，后人皆以此作为批评沈德潜格调说的主要依据之一。

但是，应该指出，翁方纲与沈德潜几乎没有交往。翁方纲的诗文集中，对于沈德潜只字未提。这可能是因为当时沈德潜声名正盛，作为诗学后辈，翁方纲不方便对其诗歌理论直接提出批评。所以，相对于沈德潜，翁方纲与沈

① 翁方纲：《复初斋文集》卷八《格调论上》，《续修四库全书》第1455册，第421页。

德潜弟子吴中七子之间的关系更值得注意。

翁方纲与吴中七子之间的关系，以他与王昶的交往最引人注意。王昶年谱中最早提到翁方纲，是在乾隆二十五年庚辰(1760)，王昶37岁时，充顺天乡试同考官，住在寄园，与赵翼、翁方纲为邻，翁方纲也有"周庐夜夜相比联，聚首有似比屋然"句[①]，当指此时。另外，翁方纲《送王述庵大理假归青浦二首》其二云：

> 论诗湖海见天真，郑学箴规忆故人。每共寄园寻昔梦，敢援王翰愿为邻。山崖金石应新访，蒲褐香灯证夙因。稧事来年增卷轴，僧廊相待落花辰。[②]

从诗中可见两人比邻而居，经常切磋诗艺，并结下深厚友情。《过述庵法源寺寓斋即送其南归二首》其二也有"步屧相过兰臭味，携筇淡对鹤精神"[③]句。

翁方纲《热河怀人诗五首同习庵瘦同赋》，五人分别是钱载、王昶、纪晓岚、钱大昕、吴省钦。其中《王述庵》云：

> 王子蒲褐庵，日作松风梦。湖海每题襟，关塞时陪从。鹿苑闻响呗，雀羽旌飞鞚。独爱郑学斋，何时邺签共。(蒲褐庵、郑学斋，皆君书室名。)

翁方纲在这首诗中对王昶文章和才干多有赞赏。在《送述庵南归二首》中对王昶更有"屈指江东第一人"[④]的评价。

上述《怀人诗》第四首《钱辛楣》云：

> 钱子良史才，岂惟甬东万。自倚钟山青，归侍慈母饭。余亦金石癖，未果欧阳愿。昨秋不见君，寄之声与献。(塘字声之，坫字献

① 翁方纲:《复初斋诗集》卷三九《比庐行呈述庵》,《续修四库全书》第1455册,第33页。
② 翁方纲:《复初斋诗集》卷十九,《续修四库全书》第1454册,第521页。
③ 翁方纲:《复初斋诗集》卷四十五,《续修四库全书》第1455册,第85页。
④ 翁方纲:《复初斋诗集》卷五十三,《续修四库全书》第1455册,第160页。

之，皆君族子。)[①]

首句认为钱大昕的史学成就超过著名史学家万斯同。尾联可见翁钱两人的交情也非同一般。

除此之外，翁方纲还有《题赵璞函光禄授诗图四首》，是悼念赵文哲的。其一云：

开函清泪洒霜空，一代才名孰比雄。瘦骨崚嶒皆浩气，暮云惨淡起长虹。不徒国史留文苑，遂有祠碑说慰忠。(成都建慰忠祠，王述庵为撰碑。)六艺从何注笺疏，九原耿耿此孤衷。[②]

这首诗的第四首又说“建安能者名同噪，杜甫家儿事克任”，显然是在称赏赵文哲的诗歌成就。

而王昶《翁编修振三方纲移寓东偏喜而有作》则说：

一道茅墙仅及肩，诗筒酒榼往来便。只愁忽得惊人句，夜半狂吟醒醉眠。[③]

另外，王昶在这首诗中又有“可是寄园风雅地，卜居往往得诗人”[④]句。

王昶对翁方纲的完整评价，体现在《湖海诗传·蒲褐山房诗话》中：

覃溪年甫及冠，已入词垣，而精心绩学，宏览多闻。所著《两汉金石记》，剖析毫芒，参以《说文正义》，几欲驾洪文惠而上之。近年研精经术。嘉庆己未，予入京师，见其方考《禹贡》《顾命》两篇，诸儒同异，相对辨难，断断竟日。诗宗江西派，出入山谷、诚斋间。虽尝仿赵秋谷《声调谱》，取唐、宋大家古诗，审其章节，刊示学者，然自作

① 翁方纲：《复初斋诗集》卷二十一，《续修四库全书》第1454册，第543页。

② 翁方纲：《复初斋诗集》卷十五，《续修四库全书》第1454册，第483页。

③ 王昶：《春融堂集》卷八《翁编修振三方纲移寓东偏喜而有作》，《续修四库全书》第1437册，第424页。

④ 王昶：《春融堂集》卷八《翁编修振三方纲移寓东偏喜而有作》，《续修四库全书》第1437册，第424页。

亦不能尽合也。书法初学颜平原，继学欧阳率更，隶法《史晨》《韩敕》诸碑，生平双钩摩勒旧帖数十本，是以北方求书碑版者毕归之。[①]

王昶在这里对翁方纲的金石之学推崇备至。对于其诗歌，王昶指出其“宗江西派”。值得玩味的是他说翁方纲“虽尝仿赵秋谷《声调谱》，取唐、宋大家古诗，审其章节，刊示学者，然自作亦不能尽合也”。可见，对于翁方纲诗歌中的拟古倾向，王昶显然是不太满意的。不过，王昶在《长夏怀人绝句》中又评价翁方纲的诗：“诗材直继黄杨后，誉望人称朱纪间。两汉残碑供考证，六经奥义更循环。”[②]对于翁氏以学问为诗，以考据入诗，明显有赞扬之意。王昶对翁方纲诗歌的称许显然是因为王昶本人论诗也注重学问的因素，王昶诗作中也有以学问入诗之倾向；而翁方纲“肌理说”也提倡重视学问，以考据入诗。显然，二人的诗学都受乾嘉考据学大盛之风的影响，这是他们肯定彼此诗歌的基础。

另外，在《湖海诗传》中，王昶对于肌理派成员的评价也多以正面评价为主。比如对谢启昆，王昶说他“为诗不名一家，而详于咏史，足资后来考证”[③]。在评价肌理派另一重要成员张埙时，王昶也说：

商言才情横厉，硬语独盘。后乃学于山谷、后山，沿于文长、中郎打油钉绞之习，时露行墨间。然如《新丰》云：“百家鸡犬英雄宅，万岁枌榆故旧情。”《夜宴》云：“花露半晴题却扇，人扶残醉唱回波。”亦殊工丽。[④]

---

① 王昶著，周维德校点：《蒲褐山房诗话新编》卷上，北京：人民文学出版社 2011 年 9 月第 1 版，第 55～56 页。

② 王昶：《春融堂集》卷二十四《长夏怀人绝句·大兴翁鸿胪振三》，《续修四库全书》第 1437 册，第 611 页。

③ 王昶著，周维德校点：《蒲褐山房诗话新编》卷上，北京：人民文学出版社 2011 年 9 月第 1 版，第 84 页。

④ 王昶著，周维德校点：《蒲褐山房诗话新编》卷上，北京：人民文学出版社 2011 年 9 月第 1 版，第 103～104 页。

可以看出,王昶对肌理派成员的评价也努力做到客观公正。在评价这些诗人时,王昶都尽量挖掘他们诗歌中的优点,并给予褒奖。他的这种做法显然突破了诗派间的门户意气之争,值得称赞,同时也显示出王昶作为格调派副将的水平和胸怀。

如前所述,顾宗泰是格调派的后起之秀,他与翁方纲的交往也值得注意。《月满楼诗集》中有《翁覃溪学士出示施注苏诗宋本与绵津山人所刻不同此为宋版原本绵津则增删非旧矣属题得长句一首》①《重九后一日阁上作和覃溪学士前一日韵》②《九月十四日入直和覃溪学士用宋人同文馆唱和诗韵》③等诗,而翁方纲诗集中则有《星桥至都粽亭南返同人集鱼门寓斋同用桥亭字二首》④《次答鱼门直庐见怀之作兼呈雅堂星桥》⑤等诗。写于乾隆四十九年甲辰(1784)的《春明折柳图三首为顾星桥题》,其三云:

卅载诗名月满楼(星桥有《月满楼诗集》),故人缕缕话春愁。好山无数供青眼,借问如何尺幅收。⑥

通过分析格调派与性灵派、浙派、肌理派的关系,可以得出以下结论:这四个诗派即使在某种程度上存在对立现象,也是诗坛盟主为坚守诗学阵营、固守诗学门户所采取的必要手段。与此相反,他们之间诗学观的相互欣赏、相互交汇、彼此牵连、彼此渗透以及在某种程度上的融合更值得注意。而产生这种现象的原因在于,首先,清代诗学史的总体特点就是兼容众长,即使是相互对立的诗派,也能尽量避免激烈的门户之争,并尽量指出对方的优点,这一现象在乾隆朝诗坛几个诗歌流派身上体现得尤为明显。其次,这几个诗派都存在共同点,即无一不强调"性情"与"学问"的重要,可以说,这两点正是他

---

① 顾宗泰:《月满楼诗集》卷二十,《续修四库全书》第1459册,第336页。
② 顾宗泰:《月满楼诗集》卷二十四,《续修四库全书》第1459册,第362页。
③ 顾宗泰:《月满楼诗集》卷二十四,《续修四库全书》第1459册,第363页。
④ 翁方纲:《复初斋诗集》卷二十四,《续修四库全书》第1454册,第564页。
⑤ 翁方纲:《复初斋诗集》卷二十五,《续修四库全书》第1454册,第585页。
⑥ 翁方纲:《复初斋诗集》卷二十八,《续修四库全书》第1454册,第607页。

们的诗学观在某种程度上能够交汇融合的基础。至于流派成员之间的私人交往及深厚友情,已远远超越诗学观的壁垒。所以,格调派与性灵派、浙派、肌理派这三个流派之间的关系,实际情况远比想象得要复杂。

第四节　格调派消歇原因

沈德潜选刻《七子诗选》后,吴中七子之名倾动天下,格调派声势至此达到顶峰。乾隆三十四年己丑(1769),沈德潜离世,格调派随即进入衰微期。袁枚《再答李少鹤》说:"当归愚极盛时,宗之者止吴门七子耳,不过一时借以成名,而随后旋即叛去。此外偶有依草附木之人,称说一二,人多鄙之。此后如雪后寒蝉,声响俱寂。"①显然有夸张之嫌。如前所述,沈德潜去世后,王昶、王鸣盛、顾宗泰、朱彭、褚廷璋等人继续坚守格调派诗学,王豫、潘瑛、吴门后七子等虽未亲炙沈德潜,但都秉承格调派诗学。不过,袁枚的话也道出这样一个事实,那就是随着灵魂人物沈德潜的去世,格调派随之走向消歇。诗派核心人物的去世,历来可以视为流派消歇的直接原因。但是,如果从诗歌史的兴衰更替角度着眼,可以发现,格调派的消歇实属必然。从内部来看,主要是他们的诗学理论在某种程度上已经走向了历史的死胡同;从外部看,性灵派、浙派尤其是性灵派的兴起及其诗文冲击也是导致格调派迅速势衰的重要原因。

诚如张健先生在《清代诗学研究》中所说:

> 沈德潜总结了儒家诗学的以伦理价值为核心的理论,在此基础上他又直接继承了七子派的格调说和王士禛的神韵说,而对钱谦益、叶燮的诗学也有所吸收,确立了性情优先,兼容格调与神韵的新的诗学。从宋末以来绵延数百年的回归传统的思潮到这里是一个

① 袁枚:《袁枚全集·小仓山房尺牍》卷十,南京:江苏古籍出版社1993年9月第1版,第5册第207页。

总结,也是一个终结。此后再也没有能够形成一个大的回归传统的诗学运动。这一诗学价值体系实际上是传统诗学价值系统的整合与总结形态。[①]

在这里,以“总结”和“终结”给沈德潜的诗论作盖棺论定,堪称有识之见。所谓“总结”,是说沈德潜诗学对前代诗学的继承性;所谓“终结”,是指其诗学理论在某种程度上已走向历史的尽头,继之而起的是袁枚性灵说的大显身手,清代诗学也开始走上逐渐向近代诗学过渡的路子。所以,这段评价同样适合于整个清代格调派。

沈德潜的诗学理论在某种程度上可被视为儒家传统诗学理论的断弦裂帛之绝响。格调派前期成员,为了纠正吴中宋诗热的流弊,走的是尊唐黜宋的保守路子,后期代表吴中七子,虽然在对待唐、宋诗的态度上较之前期合理、融通很多,但是,他们还是没有摆脱师法唐宋的限制,未能进一步师心独创。事实上,清代诗坛在经过一百多年的演进、嬗变后,在无分唐宋的前提下进行独创的诗歌道路越来越得到更多人的呼唤和努力。与他们同时代的袁枚,即能打破僵局,开拓出新的艺术天地。朱则杰先生《清诗史》认为袁枚的诗标志着“清诗的解放”[②],就是此意。

如同李泽厚先生在《美的历程》中说的:“袁枚倡性灵,重情欲,斥宋儒,嘲道学,反束缚,背传统,时时闪烁出某种思想解放的光彩……它们共同地体现出、反射出封建末世的声响,映出了封建时代已经外强中干,对自由、个性、解放的近代憧憬必将出现在地平线上。”[③]蒋寅先生也指出“雍正后期延及乾隆中,康熙朝名家逐渐凋落,神韵诗末流弊端渐显,沈德潜以耆年宿望主盟诗坛,以格调之实救神韵之虚,仅能守成而已。乾隆中袁枚声名日盛,以性灵说

① 张健:《清代诗学研究》,北京:北京大学出版社 1999 年 11 月第 1 版,第 511 页。

② 朱则杰:《清诗史》第十一章《袁枚和清诗的解放》,南京:江苏古籍出版社 2000 年 5 月第 1 版,第 242～269 页。

③ 李泽厚:《美的历程》,《美学三书》本,合肥:安徽文艺出版社 1999 年 1 月第 1 版,第 205 页。

摧廓传统的羁绊，最大限度地发挥诗歌的自我表现机能，天下向风，百态杂陈，清诗于是又一变”[①]。事实上，在评价清代中期文学时，学界也往往把袁枚性灵说与《红楼梦》《镜花缘》《儒林外史》等相提并论，以突出它们的共同点，那就是与现实世界的不谐乃至龃龉，提倡个性解放和勇于独创。而与之同时代的格调派，依然重提儒家诗教传统，在诗学观念上依然徘徊在唐、宋诗之争的圈子里，相形之下不免黯然失色。这正是格调派消歇的根本原因所在。

而从外部环境来看，性灵派如日中天，尤其是在沈德潜去世后，性灵派迅速掌握诗坛话语权，袁枚所著《随园诗文集》，“上自朝廷公卿，下至市井负贩，皆知贵重之。海外琉球，有来求其书者”[②]。在此背景下，吴中七子更是难有作为。七子中，王昶虽作为副将，后期弟子也遍及天下，但是，其影响显然比不上性灵派；赵文哲丰于才而啬于命，中道摧折；王鸣盛、钱大昕后期精力转向经史之学；曹仁虎后期诗作以唱和诗、应制诗为主，与早期诗学道路日渐疏远，并且也没有开宗立派的意识；吴泰来一生都过着近乎隐士的生活；黄文莲诗名本就最小，此时更无力回天。至于后期羽翼中的顾宗泰、王廷魁、褚廷璋、张熙纯等人，则如散兵游勇，不成规模；竹溪诗社影响小。这样，吴中七子内部缺乏强大凝聚力，后继乏人，外部又处在性灵派这一顺应历史发展的诗学理论的夹击中，再加上浙派后劲发力、肌理派的声势渐起，其走向衰微已是历史必然。格调派逐渐被性灵派取代，诗坛盟主让位于袁枚，也是应有之义。

---

① 蒋寅：《清代诗学史的分期》，见《清代文学论稿》，南京：凤凰出版社 2009 年 6 月第 1 版，第 91 页。

② 姚鼐：《惜抱轩诗文集·惜抱轩文集》卷十三《袁随园君墓志铭》，上海：上海古籍出版社 1992 年 11 月第 1 版，第 202 页。

结　论

本书在学界现有研究成果的基础上，通过全面把握文献资料，以知人论世为经，以清代诗歌发展史为纬，尝试对清代格调派作出较为系统、深入的研究。文章得出以下结论：

清代格调派的产生离不开康乾盛世、乾隆朝文化背景及士人心态的变化等社会背景。而格调派产生的诗坛背景则源于宗宋派的偏失和神韵说的流弊。为了纠正宗宋派的偏失，清代格调派重提汉魏盛唐传统；为了纠正神韵说单取王、孟山水清音，清代格调派侧重于李杜雄浑阔大的诗风。两者归结到一点，即重提宗唐的诗学观点。因此，格调派的兴起是康乾诗坛的必然选择，也是清代诗歌史演进的必然趋势。

从历史的角度梳理“格调”一词的内涵，可以发现，“格调”作为复古派诗学理论的旗帜，师承于严羽《沧浪诗话》、高棅《唐诗品汇》，在李东阳那里得以确认，经李梦阳等明代前后七子进一步发展。鉴于格调说显而易见的弊病，明清两代诗论家对之进行批评修正。毛先舒认为格调与性灵相辅相成，不可分割，合则并美，离则两伤。而王士禛和叶燮对格调诗论的修正尤为重要。前者以性情、学问两端补救格调说流弊。后者将格调视为依附于性情等作诗之质的“文”的因素，为格调的适用范围设置了不可逾越的理论界线。这种修正不仅使明代前后七子理论旗帜——“格调”一词在诗学中的首要地位从此让位于性情与学问，而且，这种修正还成为清代格调派的理论先声，直接孕育了清代格调派的诗歌理论。

清代格调派产生的直接原因是为了纠正宗宋派的偏失和反对神韵说的流弊，另外，清代格调派的产生也受到明代前后七子的诗学理论的重要影响，故而清代格调派的诗歌理论对于上述三者都有所继承，并尽量摒弃其明显缺陷，对不足之处尽力修正。同时，清初以来诗坛"从格调优先到性情优先"的诗学转捩也对格调派有重大影响。所以，清代格调派与明代前后七子最显著的区别，就是清代格调派虽然也用格调来评价诗人诗作，但是更加注重"性情"与"学问"的重要。格调派的诗学理论具体包括诗本性情、重才学、诗品与人品完美结合、从师法唐诗到转益多师。从诗本性情的角度，清代格调派避免了明代前后七子在某种程度上徒讲格调、遗漏性情的弊病，把诗歌的内容放在首要位置；从重才学的角度，清代格调派进一步发扬了明代前后七子中王世贞等人的理论，并主张才统属格；在师法对象方面，格调派主将沈德潜的诗学观逐步走上宗唐而不废宋，后期代表吴中七子唐宋兼宗的观点进一步明朗。在此基础上，指出清代格调派对明代格调诗论的修正与完善，以突出其对格调理论的创新。

格调派主将沈德潜是本书讨论的重点。沈德潜的家世生平、人格修养及其所处的时代是造就他诗学思想及诗歌内容、诗歌风格的根本原因。沈德潜个性特征是朴实敦厚、安贫自守和宠辱不惊。温柔敦厚说是沈德潜诗学理论的核心，内涵丰富，涉及诗人人格、诗歌内容、诗歌的表现方式等三个方面，既是儒家诗教的具体化，同时也受到清初以来诗坛重倡诗教、重整儒家诗学传统的影响。沈德潜温柔敦厚说之所以招致批判，主要原因在于它的确存在严重局限。沈德潜的格调说是在温柔敦厚诗教统摄下的。温柔敦厚从诗人人品、诗歌内容、诗歌的表现方式等三个方面规定着格调说，它使历来侧重于体现体制声律的"格调"不致步入形式主义的老路，它还有助于促使作家提高品质修养，充实诗歌的社会内容，从而提高诗歌的社会价值和审美价值。除此之外，沈德潜的格调说既有体制声律方面的涵义，又有艺术风貌、品第水准等方面的涵义。前一个涵义与明代前后七子格调说相同，后两个涵义则使其格调说具有一种集大成的色彩。另外，沈德潜格调说还显示出一定的新变色彩。首先，他在论格调时，对于那些超出最高典范之外的作品能够加以肯定，显示出不拘一格的宽容态度。其次，也是最重要的，他欣赏诗歌格调方面的立异创新。沈德潜的诗歌可以分为言志咏怀诗、反映现实的诗、山水诗、田园诗、怀古诗、怀人诗、应制诗等七类。沈德潜的诗歌虽存在缺点，但大都能做到有感而发，内容充实，感情真挚。沈德潜的诗并非“典型的台阁诗体”。

除了清代格调派主将沈德潜之外，格调派成员也是本书论述的重点。沈德潜早年在家乡吴中成立的城南诗社、北郭诗社，可被视为格调派的雏形；以李果、翁照、许廷鑅为代表的沈德潜的友人，以盛锦、周准、顾诒禄三人为代表的沈德潜前期弟子，他们的诗学观与沈德潜早期诗学思想大致相近，诗歌风格也相差不远，可被视为格调派前期代表。不过，由于这些诗人经历较简单，性格也清高自诩，流派意识并不明显。真正继承沈德潜诗学，并将格调派声名推向顶峰的是吴中七子。

吴中七子与前期代表人物相比，在诗歌成就、诗歌理论方面都更值得重视，他们也是格调派的中坚力量。吴中七子中，王昶以其诗歌理论、诗歌成就成为除了沈德潜之外的格调派另一核心人物，可被视为格调派副将；赵文哲以其“死因殉国名逾烈，诗已成家世共传”的非凡经历成为七子中非常特殊的一位；王鸣盛早期诗名卓著，以才情取胜，中年后主要精力转向经史之学；曹仁虎早年与王鸣盛声名并列，作诗内容丰富，诸体俱工，但后来却沦为宫廷诗人；钱大昕大力创作、最有特色的诗歌是咏史诗，可被视为“史家诗人”；吴泰来一生都过着类似隐居的生活，诗风较单一；黄文莲则是吴中七子中声名最弱的一位。

除了吴中七子之外，顾宗泰、朱彭、王廷魁、竹溪诗社诸成员以及褚廷璋、张熙纯等都曾亲炙沈德潜，在格调派后期占据一席之地，可被视为格调派后期羽翼。这些诗人中，顾宗泰最受格调派主将沈德潜肯定，他在沈德潜晚年也扮演重要角色；钱塘诗人朱彭身处浙派诗学笼罩下，尊奉沈德潜诗学，诗歌创作一本唐人;王廷魁诗画兼长,诗歌取法唐人,其住所西塘、盘溪俨然是后期格调派诗人诗酒唱酬的大本营;竹溪诗社成立于乾隆二十八年癸未(1763),是沈德潜晚年辞官后,以袁景辂、王元文为代表的一批诗人受其诗学影响而组成的诗歌群体;褚廷璋、张熙纯与吴中七子交往密切,诗歌成就也得到格调派副将王昶等后期诗人们的肯定。

格调派余响主要体现在潘瑛及其《国朝诗萃》、王豫及其《群雅集》、吴门后七子和符葆森及其《国朝正雅集》等方面。潘瑛编选的《国朝诗萃》"奉归愚为准则",并且具有鲜明的复古和地域色彩。"梦传文悫,学并《春融》"的王豫,不仅与格调派后期诗人来往密切,而且对沈德潜及其诗学顶礼膜拜。他编选的《群雅集》具有明显的复古色彩和鲜明的门户之见。以朱绶、王嘉禄为代表的吴门后七子,面对诗坛被性灵派末流笼罩的现实,重提沈德潜的诗学理论,并自觉以诗歌创作相呼应。不过,吴门后七子既缺乏时代大环境,自身组织又松散,维系时间也短,因此这一诗歌群体典型地带有怀旧色彩和感伤色彩。在吴门后七子之后,推崇沈德潜诗学的还有符葆森及其《国朝正雅集》。《国朝正雅集》明确继承沈德潜《清诗别裁集》的选诗宗旨,对沈德潜及格调派的评价也以正面为主。不过,由于符葆森生活于格调派早已风消云散的时代,因此,他坚持复古的诗学观应被看作纯粹的个人主张,而非门户间的意气之争。这一点有别于潘瑛、王豫及吴门后七子。

格调派前期成员和后期成员之间的区别也很明显。

首先,前期代表多为布衣身份;后期代表吴中七子及后期羽翼中的顾宗泰、褚廷璋不仅都有仕宦经历,而且都有在外地做官的经历。这使他们得以畅游各地,接触更多社会现实,由此带来诗歌内容及诗歌风格的改变。而且,在做官、畅游的过程中,他们得以与不同诗学主张的诗人交往,诗学观也随之发生变化。

其次,后期成员较前期成员诗学观渐趋融通合理。城南诗社、北郭诗社成立的主要原因是反对吴中宋诗热的流弊。因此,为达到矫正的目的,他们的诗学对象很自然地以学唐为主。前期代表李果等沈德潜的友人,盛锦等沈德潜的早期弟子，诗学观点大都相近，基本宗法唐以前，与沈德潜的早期诗学大致相同。随着诗歌史的演进及诗坛风尚的改变，主将沈德潜的诗学观也发展为学唐而不废宋，重视诗才，诗学观较前期渐趋融通合理。格调派后期，吴中七子处在性灵派、浙派、肌理派的夹击中，七子的诗学观进一步发挥了沈德潜诗论中融通合理的一面，这就使他们对待唐、宋诗的态度更加合理，这种倾向在王昶、赵文哲、王鸣盛、钱大昕身上体现得尤为明显。另外，与前期相比，后期成员显然更加注重才学的因素，这显然也是与当时的诗坛风尚及吴中七子多擅长经史之学有关。

最后，从诗歌内容方面来看，前期除了盛锦曾入蜀地漫游，诗得江山之助外，其余成员受生活环境及视野所限，诗歌内容较为单一；后期，吴中七子诗歌内容远较前期代表丰富充实，尤其是王昶、赵文哲的西南山水边塞诗理应在古代山水边塞诗中占据重要地位。因此，通过比较可以得出结论：无论是从诗学观点、诗歌创作还是诗坛影响方面，吴中七子都超过李果、盛锦等格调派前期代表。

从外部环境看，在时间上与格调派并存的是袁枚性灵派、厉鹗浙派、翁方纲肌理派。格调派与性灵派的关系最引人注意。两派主将沈德潜与袁枚交情甚深，袁枚本人对沈德潜的人品、诗歌多有赞誉，但是，袁枚却是批评沈德潜诗学最为激烈的一位。袁枚对沈德潜的批评集中在温柔敦厚说、宗唐学说、《清诗别裁集》不收艳情诗、格调说等四个方面。由于两派诗论的势若水火，袁枚对沈德潜诗歌理论的批评不遗余力，一针见血。至于格调派与浙派，沈德潜对厉鹗的诗多有肯定之语，但厉鹗对沈德潜及其格调派颇有微词，这除了有诗学分歧之外，两人个性迥异及在仕途方面的不同遭遇也是造成分歧的重要因素之一。至于吴中七子与性灵派、吴中七子与浙派、吴中七子与肌理派，则相对简单得多。流派间彼此看重，相互推崇。这主要源于吴中七子的诗学理论大多融通，论诗又都强调性情与学问的重要，论诗主张唐宋兼宗，这就使他们与性灵派、浙派和肌理派存在共同点，这也是不同诗派成员在诗学上能够互相推崇的根本原因。因此，这四个诗派即使在某种程度上存在对立现象，也是诗坛盟主为坚守诗学阵营、固守诗学门户所采取的必要手段。与此相反，他们之间的密切交往，诗学观的相互牵连、彼此渗透以及在某种程度上的融合则是大势所趋，这一点无疑更值得注意。

如果说沈德潜的去世，以及性灵派、浙派的兴起及其诗文冲击是导致清代格调派迅速势衰的重要原因，那么，从内部来看，格调派的诗学理论在某种程度上已经走向了历史的死胡同，再加上沈德潜去世后，王昶作为格调派副将，独木难支，格调派后继乏人，清代格调派遂走向消歇。

参考文献

一、古今著作

A

《婞雅堂别集》，赵文哲撰，《四库未收书辑刊》第 10 辑第 26 册，影印乾隆五十九年甲寅(1794)刻本

《婞雅堂诗》，赵文哲撰，乾隆年间刻本

《婞雅堂诗续集》，赵文哲撰，《四库未收书辑刊》第 10 辑第 26 册，影印乾隆五十六年辛亥(1791)刻本

B

《白石道人诗说》姜夔撰，《历代诗话》本，北京：中华书局 2004 年 9 月第 2 版

《白松草堂诗钞》，朱玉蛟撰，《四库未收书辑刊》第 10 辑第 22 册，影印乾隆年间刻本

《抱山堂集》朱彭撰，《清代诗文集汇编》第 376 册，影印嘉庆九年甲子(1804)钱塘朱氏刻本

《北田吟稿》，尤怡撰，乾隆年间刻本

《北溪诗文集》，王元文撰，《清代诗文集汇编》第 377 册，影印嘉庆十七年壬申(1812)随喜斋刻本

《补瓢存稿》，韩骐撰，《四库未收书辑刊》第 8 辑第 21 册，乾隆二十三年戊寅(1758)韩键等刻本

C

《沧浪诗话校释》，严羽撰，郭绍虞校释，北京：人民文学出版社 1961 年 5 月第 1 版

《沧溟先生集》，李攀龙撰，包敬第标校，上海：上海古籍出版社 1992 年 12 月第 1 版

《曹学士年谱》，王鸿逵撰，《北京图书馆藏珍本年谱丛刊》第 106 册，北京：北京图书馆出版社 1998 年 8 月第 1 版

《曹学士遗集》，曹仁虎撰，抄本，抄年不详，国家图书馆藏

《长洲周钦莱全集》，周准撰，乾隆年间刻本

《巢林笔谈》，龚炜撰，北京：中华书局 1981 年 8 月第 1 版

《陈去病诗文集》，陈去病著，殷安如、刘颖白、郭长海、郭君兮编，北京：社会科学出版社 2009 年 4 月第 1 版

《陈子龙文集》，陈子龙撰，上海：华东师范大学出版社 1988 年 11 月第 1 版

《吹万阁集》，顾诒禄撰，《清代诗文集汇编》第 289 册，乾隆年间刻本

《春融堂集》，王昶撰，《续修四库全书》第 1437～1438 册，影印嘉庆十二年丁卯(1807)塾南书舍刻本

《赐书堂集》，翁照撰，《清代诗文集汇编》第 238 册，影印乾隆年间刻本

《从理学到朴学——中华帝国晚期思想与社会变化面面观》，(美)艾尔曼著，赵刚译，南京：江苏人民出版社 1995 年 9 月第 1 版

D

《大谷山堂集》，梦麟撰，《续修四库全书》第 1438 册，影印民国九年(1920)刘氏嘉业堂刻本

《带经堂诗话》，王士禛撰，戴鸿森校点，北京：人民文学出版社 1963 年 11 月第 1 版

《道古堂集》,杭世骏撰,《续修四库全书》第1426～1427册,影印乾隆四十一年丙申(1776)刻光绪十四年戊子(1888)汪曾唯增修本

《地域·家族·文学——清代江南诗文研究》,罗时进著,上海:上海古籍出版社2010年12月第1版

《东岸吟稿》,洪钧撰,乾隆年间刻本

《钝翁年谱》,汪筠撰,《北京图书馆藏珍本年谱丛刊》第76册,北京:北京图书馆出版社1998年8月第1版

F

《樊榭山房集》,厉鹗撰,董兆熊注,陈九思标校,上海:上海古籍出版社1992年6月第1版

《复初斋诗集》,翁方纲撰,《续修四库全书》第1454～1455册,影印清刻本

《复初斋文集》,翁方纲撰,《续修四库全书》第1455册,影印清李彦章校刻本

G

《高青丘集》,高启撰,上海:上海古籍出版社1985年12月第1版

《耕养斋遗文》,王鸣盛撰,《先泽残存续编》本,民国十五年(1926)铅印本

《功甫小集》,潘曾沂撰,嘉庆二十三年戊寅(1818)刻本

《古诗源》,沈德潜编,北京:中华书局2006年4月第2版

《国朝耆献类征初编》,李桓撰,《清代传记丛刊》第127～191册,台北:明文书局1985年5月第1版

《国朝诗萃初集》,潘瑛、高岑辑,清刻本

《国朝诗萃二集》,潘瑛、陈塾辑,清刻本

《国朝诗人征略初编》,张维屏辑,《清代传记丛刊》第21～22册,台北:明文书局1985年5月第1版

《国朝松陵诗征》,袁景辂辑,乾隆三十二年丁亥(1767)爱吟堂刻本

《国朝先正事略》,李元度撰,长沙:岳麓书社1991年5月第1版

《国朝正雅集》,符葆森辑,咸丰六年丙辰(1856)半亩园刻本

H

《汉学师承记》,江藩撰,《清代传记丛刊》第1册,台北:明文书局1985年5月第1版

《何大复先生全集》,何景明撰,《明代论著丛刊》本,台北:伟文图书出版社1984年1月第1版

《洪亮吉集》,洪亮吉撰,北京:中华书局2001年10月第1版

《红树轩诗钞》,陈毓咸,稿本(电子),上海图书馆藏

《湖海诗传》,王昶辑,赵杏根、陆湘怀、赵衡整理,南京:凤凰出版社2018年5月第1版

《华海堂诗》,张熙纯撰,《清代诗文集汇编》第355册,影印清刻本

《怀旧集》,吴翌凤辑,清刻本

《缓堂诗话》,顾诒禄撰,《清代诗文集汇编》第289册,影印乾隆年间刻本

《缓堂文钞》,顾诒禄撰,《清代诗文集汇编》第289册,影印乾隆年间刻本

J

《寄鸥馆诗录》,符葆森撰,同治九年庚午(1870)刻本

《寄鸥馆辛壬诗录》,符葆森撰,咸丰二年壬子(1852)刻本

《嘉定钱大昕全集》,钱大昕撰,陈文和主编,南京:江苏古籍出版社1997年12月第1版

《剑溪说诗》,乔亿撰,《清诗话续编》本,上海:上海古籍出版社1983年12月第1版

《江苏诗征》,王豫辑,道光元年辛巳(1821)焦山海西庵诗征阁刻本

《江浙十二家诗选》,王鸣盛辑,乾隆三十年乙酉(1765)刻本

《江左十子诗钞》,王鸣盛辑,乾隆二十九年甲申(1764)刻本

《匠门书屋文集》,张大受撰,《四库未收书辑刊》第8辑第24册,影印雍正七年己酉(1729)顾诒禄刻本

《蕉窗日记》,王豫撰,道光十三年癸巳(1833)刻本

《晋希堂诗集》,潘瑛撰,嘉庆年间刻本

《娵隅集》,赵文哲撰,《续修四库全书》第 1436 册,乾隆五十四年己酉(1789)刻本

K

《空同先生集》,李梦阳撰,《明代论著丛刊》本,台北:伟文图书出版社 1976 年 1 月第 1 版

L

《兰绮堂诗钞》,王鼎撰,嘉庆古训堂刻本

《李东阳集》,李东阳撰,周寅宾点校,长沙:岳麓书社 1984 年 1 月第 1 版

《立崖诗钞》,蒋业晋撰,嘉庆年间刻本

《莲坡诗话》,查为仁撰,《清诗话》本,上海:上海古籍出版社 1978 年 9 月新 1 版

《两浙輶轩录补遗》,阮元、杨秉初等辑,《续修四库全书》第 1684 册,影印嘉庆年间刻本

《列朝诗集小传》,钱谦益撰,上海:上海古籍出版社 2008 年 4 月第 2 版

《灵芬馆诗话》,郭麐撰,《续修四库全书》第 1705 册,影印嘉庆二十一年丙子(1816)孙均刻二十三年戊寅(1818)增修本

《灵境诗心——中国古代山水诗史》,陶文鹏、韦凤娟著,南京:凤凰出版社 2004 年 4 月第 1 版

《柳南诗钞》,王应奎撰,《清代诗文集汇编》第 256 册,影印乾隆虞山王氏刻本

《柳南随笔·续笔》,王应奎撰,北京:中华书局 1983 年 10 月第 1 版

《六一诗话》,欧阳修撰,《历代诗话》本,北京:中华书局 2004 年 9 月第 2 版

《龙山诗话》,雷国楫撰,乾隆年间刻本

《麓堂诗话》,李东阳撰,《历代诗话续编》本,北京:中华书局 2006 年 8 月第 2 版

《履园谭诗》，钱泳撰，《清诗话》本，上海：上海古籍出版社 1978 年 9 月新 1 版

《绿天香雪簃诗话》，袁祖光撰，《清诗话三编》本，上海：上海古籍出版社 2014 年 12 月第 1 版

M

《美的历程》，《美学三书》本，李泽厚著，合肥：安徽文艺出版社 1999 年 1 月第 1 版

《民国诗话丛编》，张寅彭主编，上海：上海书店出版社 2002 年 12 月第 1 版

《明代诗文综论》，王承丹著，北京：中国文联出版社 1999 年 12 月第 1 版

《明代文学复古运动研究》，廖可斌著，北京：商务印书馆 2008 年 11 月第 1 版

《明清江苏文人年表》，张慧剑编著，北京：人民文学出版社 2008 年 6 月第 1 版

《明清文学史讲演录》，郭英德著，桂林：广西师范大学出版社 2005 年 12 月第 1 版

《明诗别裁集》，沈德潜、周准辑，上海：上海古籍出版社 1979 年 9 月第 1 版

《木渎诗存》，汪正编，铅印本，出版时间不详，南京图书馆藏

《木鸢集》，朱受新撰，乾隆年间刻本

《牧斋初学集》，钱谦益撰，上海：上海古籍出版社 1985 年 9 月第 1 版

《牧斋有学集》，钱谦益撰，上海：上海古籍出版社 1996 年 9 月第 1 版

O

《瓯北集》，赵翼撰，上海：上海古籍出版社 1997 年 4 月第 1 版

P

《盘溪倡酬集》，王廷魁辑，沈德潜鉴定，清刻本

《彭文敬公自订年谱》，彭蕴章撰，《北京图书馆藏珍本年谱丛刊》第 146

册，北京：北京图书馆出版社 1998 年 8 月第 1 版

《瓶水斋诗集》，舒位撰，上海：上海古籍出版社 2009 年 10 月第 1 版

《蒲褐山房诗话新编》，王昶撰，周维德校点，北京：人民文学出版社 2011 年 9 月第 1 版

《曝书亭集》，朱彝尊撰，《景印文渊阁四库全书》第 1318 册

Q

《七言诗三昧举隅》，翁方纲撰，《清诗话》本，上海：上海古籍出版社 1978 年 9 月新 1 版

《七子诗选》，沈德潜辑，乾隆年间刻本

《乾嘉学派研究》，陈祖武、朱彤窗著，石家庄：河北人民出版社 2007 年 9 月第 1 版

《乾隆帝及其时代》(插图本)，戴逸著，北京：中国人民大学出版社 2008 年 3 月第 1 版

《青嵝诗钞》，盛锦撰，《四库未收书辑刊》第 9 辑第 27 册，影印清钞本

《清稗类钞》，徐珂撰，北京：中华书局 1981 年 11 月第 1 版

《清朝野史大观》，李秉新等著，石家庄：河北人民出版社 1997 年 8 月第 1 版

《清代格调论诗学研究》，王顺贵著，北京：中国社会科学出版社 2010 年 10 月第 1 版

《清代人物生卒年表》，江庆柏著，北京：人民文学出版社 2005 年 12 月第 1 版

《清代诗学》，李世英、陈水云著，长沙：湖南人民出版社 2000 年 11 月第 1 版

《清代诗学史》(第一卷)，蒋寅著，北京：中国社会科学出版社 2012 年 4 月第 1 版

《清代诗学研究》，张健著，北京：北京大学出版社 1999 年 11 月第 1 版

《清代唐诗选本研究》，贺严著，北京：人民出版社 2007 年 3 月第 1 版

《清代唐宋诗之争流变史》，王英志主编，北京：人民文学出版社 2012 年

3 月第 1 版

《清代通史》，萧一山著，北京：中华书局 1985 年 9 月第 1 版

《清代文化与浙派诗》，张仲谋著，北京：东方出版社 1997 年 8 月第 1 版

《清代文化志》，陈祖武、汪学群著，上海：上海人民出版社 1998 年 10 月第 1 版

《清代文论选》，王运熙、顾易生主编，北京：人民文学出版社 1999 年 1 月第 1 版

《清代文学论稿》，蒋寅著，南京：凤凰出版社 2009 年 6 月第 1 版

《清代吴中词派研究》，沙先一著，北京：人民文学出版社 2004 年 10 月第 1 版

《清代学术概论》，梁启超著，上海：上海古籍出版社 2005 年 4 月第 1 版

《清画家诗史》，《清代传记丛刊》本，台北：明文书局 1985 年 5 月第 1 版

《清梦盦二白词》，沈传桂撰，《续修四库全书》第 1726 册，影印道光二十五年乙巳(1845)刻本

《清人别集总目》，李灵年、杨忠主编，合肥：安徽教育出版社 2000 年 7 月第 1 版

《清人诗集叙录》，袁行云著，北京：人民文学出版社 2016 年 7 月第 1 版

《清人诗论研究》，王英志著，南京：江苏古籍出版社 1986 年 11 月第 1 版

《清人诗文集总目提要》，柯愈春著，北京：北京古籍出版社 2002 年 2 月第 1 版

《清人选清诗与清代诗学》，王兵著，北京：中国社会科学出版社 2011 年 6 月第 1 版

《清诗别裁集》，沈德潜等辑，上海：上海古籍出版社 1984 年 3 月第 1 版

《〈清诗别裁集〉研究》，王炜著，上海：上海古籍出版社 2010 年 4 月第 1 版

《清诗话考》，蒋寅著，北京：中华书局 2007 年 1 月第 2 版

《清诗纪事》，钱仲联主编，南京：江苏古籍出版社 1987 年 2 月至 1989 年

7月第1版

《清诗纪事初编》,邓之诚著,上海:上海古籍出版社2012年6月第2版

《清诗流派史》,刘世南著,北京:人民文学出版社2004年3月第1版

《清诗史》,严迪昌著,杭州:浙江古籍出版社2002年12月第1版

《清诗史》,朱则杰著,南京:江苏古籍出版社2000年5月第1版

《清诗总集序跋汇编》,朱则杰著,南京:凤凰出版社2021年11月第1版

《清实录》,北京:中华书局1985年12月第1版

《清史稿》,赵尔巽等撰,北京:中华书局1977年12月第1版

《清史列传》,王钟翰点校,北京:中华书局1987年11月第1版

《群雅集》《群雅二集》,王豫辑,嘉庆年间刻本

R

《然灯纪闻》,何世瑾撰,《清诗话》本,上海:上海古籍出版社1978年9月新1版

S

《三百年来诗坛人物评点小传汇录》,舒位、汪国垣、钱仲联、郑方坤、张维屏等撰,郑州:中州古籍出版社1986年6月第1版

《三家诗话》,尚镕撰,《清诗话续编》本,上海:上海古籍出版社1983年12月第1版

《三十三种清代传记综合引得》,北京:中华书局1959年12月第1版

《沈德潜诗论探研》,胡幼峰著,北京:学海出版社1986年3月第1版

《沈德潜诗文集》,沈德潜撰,潘务正、李言编辑点校,北京:人民文学出版社2011年10月第1版

《沈德潜诗学思想研究》,王宏林著,北京:人民出版社2010年4月第1版

《沈德潜诗学研究》,陈岸峰著,济南:齐鲁书社2011年6月第1版

《圣祖仁皇帝御制文集》,玄烨撰,《景印文渊阁四库全书》第1299册

《师友诗传录》,郎廷槐撰,《清诗话》本,上海:上海古籍出版社1978年9

月新1版

《诗辨坻》，毛先舒撰，《清诗话续编》本，上海：上海古籍出版社1983年12月第1版

《诗法家数》，杨载撰，《历代诗话》本，北京：中华书局2004年9月第2版

《诗概》，刘熙载撰，《清诗话续编》本，上海：上海古籍出版社1983年12月第1版

《诗式》，皎然撰，《历代诗话》本，北京：中华书局2004年9月第2版

《诗薮》，胡应麟撰，上海：上海古籍出版社1958年10月第1版

《诗学禁脔》，范德机撰，《历代诗话》本，北京：中华书局2004年9月第2版

《十八世纪中国社会》，(美)韩书瑞、(美)罗友枝著，陈仲丹译，南京：江苏人民出版社2009年5月第1版

《十朝诗乘》，郭则沄撰，《民国诗话丛编》本，上海：上海书店出版社2002年12月第1版

《石帆诗集》，张曾撰，乾隆年间刻本

《石溪舫诗话》，吴嵩梁撰，《清诗话访佚初编》本，台北：新文丰出版公司1987年9月第1版

《石洲诗话》，翁方纲撰，《清诗话续编》本，上海：上海古籍出版社1983年12月第1版

《世界文明史》第二卷，(美)爱德华·麦克诺尔·伯恩斯、(美)菲利普·李·拉尔夫著，北京：商务印书馆1987年1月第1版

《述庵先生年谱》，严荣撰，《北京图书馆藏珍本年谱丛刊》第105册，北京：北京图书馆出版社1998年8月第1版

《四库全书简明目录》，永瑢、纪昀等撰，上海：上海古籍出版社1985年1月新1版

《四库全书总目提要》，纪昀编，石家庄：河北人民出版社2000年3月第1版

《嗣雅堂诗选》，王嘉禄撰，陈文述编，道光年间刻本

《松风阁诗钞》，彭蕴章撰，《续修四库全书》第 1518 册，影印同治刻《彭文敬公全集》本

《宋金三家诗选》，沈德潜辑，济南：齐鲁书社 1983 年 7 月第 1 版

《苏州文化世家与清代文学》，凌郁之著，济南：齐鲁书社 2008 年 12 月第 1 版

《随园诗话》，袁枚撰，北京：人民文学出版社 1982 年 9 月第 2 版

T

《谈龙录》，赵执信撰，《清诗话》本，上海：上海古籍出版社 1978 年 9 月新 1 版

《谈艺录》，钱锺书著，北京：生活·读书·新知三联书店 2007 年 12 月第 2 版

《谈艺录》，徐祯卿撰，《历代诗话》本，北京：中华书局 2004 年 9 月第 2 版

《唐诗别裁集》，沈德潜辑，上海：上海古籍出版社 1979 年 1 月第 1 版

《唐诗品汇》，高棅辑，《景印文渊阁四库全书》第 1371 册

《天真阁集》，孙原湘撰，《续修四库全书》第 1488 册，影印嘉庆五年庚申(1800)刻增修本

《同岑诗选》，王昶辑，嘉庆年间刻本

W

《宛委山房集》，曹仁虎撰，《续修四库全书》第 1449 册，影印《七子诗选》本

《晚晴簃诗话》，徐世昌撰，傅卜棠编校，上海：华东师范大学出版社 2009 年 7 月第 1 版

《晚晴簃诗汇》，徐世昌辑，《续修四库全书》第 1629～1633 册，影印民国十八年(1929)退耕堂刻本

《皖雅初集》，陈诗辑，孙文光点校，合肥：黄山书社 2017 年 6 月第 1 版

《王士禛全集》，王士禛撰，袁世硕主编，济南：齐鲁书社 2007 年 6 月第 1 版

《围炉诗话》,吴乔撰,《清诗话续编》本,上海:上海古籍出版社 1983 年 12 月第 1 版

《文史通义校注》,章学诚撰,叶瑛校注,北京:中华书局 1985 年 5 月第 1 版

《文心雕龙今译》,刘勰撰,周振甫释,北京:中华书局 1986 年 12 月第 1 版

《梧门诗话合校》,法式善撰,张寅彭、强迪艺编校,南京:凤凰出版社 2005 年 10 月第 1 版

《吴县志》,《中国方志丛书》本,台北:成文出版社有限公司 1933 年版

《晤书堂诗稿》,沈钦圻撰,康熙年间刻本

X

《西圃诗说》,田同之撰,《清诗话续编》本,上海:上海古籍出版社 1983 年 12 月第 1 版

《西塘倡酬集》,王廷魁辑,乾隆年间刻本

《西沚居士集》,王鸣盛撰,《清代诗文集汇编》第 350 册,影印道光三年癸未(1823)自怡山房刻本

《西庄始存稿》,王鸣盛撰,《续修四库全书》第 1434 册,影印乾隆三十年乙酉(1765)刻本

《惜抱轩诗文集》,姚鼐撰,上海:上海古籍出版社 1992 年 11 月第 1 版

《香树斋文集续抄》,钱陈群撰,《四库未收书辑刊》第 9 辑第 19 册,影印乾隆年间刻本

《小停云诗集》,王廷魁撰,乾隆年间刻本

《小桐庐诗草》,袁景辂撰,《清代诗文集汇编》第 353 册,影印乾隆三十二年丁亥(1767)震泽袁氏爱吟斋刻本

《啸亭杂录》,昭梿撰,北京:中华书局 1980 年 12 月第 1 版

《性灵派研究》,王英志著,沈阳:辽宁大学出版社 1998 年 5 月第 1 版

《雪窦诗钞》,陈魁撰,乾隆年间刻本

《续修四库全书总目提要》(稿本),中国科学院图书馆整理,济南:齐鲁书社 1996 年 1 月第 1 版

Y

《砚陶小屋诗钞》,陈毓升撰,电子版,上海图书馆藏

《筠心书屋诗钞》,褚廷璋撰,《清代诗文集汇编》第 363 册,影印嘉庆十一年丙寅(1806)刻本

《筱园诗话》,朱庭珍撰,《清诗话续编》本,上海:上海古籍出版社 1983 年 12 月第 1 版

《揅经室集》,阮元撰,《续修四库全书》第 1478～1479 册,影印道光阮氏文选楼刻本

《弇州山人续稿》,王世贞撰,《明人文集丛刊》本,台北:文海出版社 1970 年 1 月第 1 版

《砚山堂集》,吴泰来撰,《清代诗文集汇编》第 350 册,影印嘉庆年间刻本

《养愚村农吟稿》,曹仁虎撰,《清代诗文集汇编》第 373 册,影印稿本

《饴山诗集》,赵执信撰,《清代诗文集汇编》第 210 册,影印乾隆年间刻本

《颐道堂诗选》《颐道堂诗外集》《颐道堂文钞》,陈文述撰,《续修四库全书》第 1504～1506 册,影印嘉庆二十二年丁丑(1817)刻道光年间增修本

《艺苑卮言》,王世贞撰,《历代诗话续编》本,北京:中华书局 2006 年 8 月第 2 版

《隐拙斋集》,沈廷芳撰,《四库存目补编》第 10 册,影印乾隆年间刻本

《咏归亭诗钞》,李果撰,《清代诗文集汇编》第 244 册,影印乾隆年间刻本

《渔洋精华录集释》,王士禛撰,惠栋、金荣注,李毓芙、牟通、李茂肃整理,上海:上海古籍出版社 1999 年 12 月第 1 版

《与稽斋丛稿》,吴翌凤撰,《续修四库全书》第 1463 册,影印嘉庆年间刻本

《御制乐善堂全集定本》,弘历撰,《景印文渊阁四库全书》第 1300 册

《御制文》《御制诗》,弘历撰,《景印文渊阁四库全书》第 1301～1311 册

《原诗·一瓢诗话·说诗晬语》，叶燮、薛雪、沈德潜撰，北京：人民文学出版社 1979 年 9 月第 1 版

《袁宏道集笺校》，袁宏道撰，钱伯城笺校，上海：上海古籍出版社 1981 年 11 月第 1 版

《袁枚年谱新编》，郑幸著，上海：上海古籍出版社 2011 年 10 月第 1 版

《袁枚评传》，王英志著，南京：南京大学出版社 2002 年 5 月第 1 版

《袁枚全集》，袁枚撰，王英志主编，南京：江苏古籍出版社 1993 年 9 月第 1 版

《月满楼诗文集》，顾宗泰撰，《续修四库全书》第 1459 册，影印嘉庆八年癸亥(1803)瞻园刻本

《越缦堂诗话》，李慈铭撰，《清诗话访佚初编》本，台北：新文丰出版公司 1987 年 9 月第 1 版

Z

《在亭丛稿》，李果撰，《清代诗文集汇编》第 244 册，影印乾隆年间刻本

《昭代名人尺牍小传》，吴修撰，《清代传记丛刊》第 30～31 册，台北：明文书局 1985 年 5 月第 1 版

《芝庭诗稿》《文稿》，彭启丰撰，《四库未收书辑刊》第 9 辑第 23 册，影印乾隆年间刻增修本

《知止堂诗录》《词录》《文集》《补遗》，朱绶撰，《清代诗文集汇编》第 563 册，影印道光二十年庚子(1840)至二十二年壬寅(1842)董国华刻本

《中国古代文学理论体系·范畴论》，汪涌豪著，上海：复旦大学出版社 1999 年 3 月第 1 版

《中国近三百年学术史论》，章太炎、刘师培著，上海：上海古籍出版社 2006 年 10 月第 1 版

《中国文学家大辞典·清代卷》，钱仲联主编，北京：中华书局 1996 年 10 月第 1 版

《中国文学流派意识的发生和发展》，陈文新著，武汉：武汉大学出版社

2003年11月第1版

《中国文学批评史》，郭绍虞著，天津：百花文艺出版社2008年8月第2版

《中国文学批评史大纲》，朱东润著，上海：上海古籍出版社2001年7月第1版

《中国文学批评通史·明代卷》，袁震宇、刘明今著，上海：上海古籍出版社1996年12月第1版

《中国文学批评通史·清代卷》，邬国平、王镇远著，上海：上海古籍出版社1996年12月第1版

《中国文学史》，袁行霈主编，北京：高等教育出版社2005年7月第2版

《忠雅堂集校笺》，蒋士铨撰，邵海清校，李梦生笺，上海：上海古籍出版社1993年12月第1版

《种竹轩诗文集》，王豫撰，嘉庆年间刻本

《竹素园诗草》，王鸣盛撰，乾隆年间刻本

《竹素园诗钞》，许廷鑅撰，《清代诗文集汇编》第238册，影印乾隆年间刻本

二、期刊论文

《"城南诗社"考论》，胡媚媚，《苏州教育学院学报》2013年第1期

《〈沧浪诗话〉与明代格调论》，李剑波，《南都学刊》2002年第1期

《〈清诗别裁集〉选诗宗旨与格调性灵之争》，王宏林，《南阳师范学院学报》2009年第2期

《〈唐诗别裁集〉立足儒家文学观的持守和突破》，贺严、孔敏，《山东大学学报》2009年第3期

《崇尚杜诗，推尊诗教——〈宋金三家诗选〉述略》，王宏林，《中华文化论坛》2009年第1期

《从〈唐诗别裁集〉对李白诗评注看沈德潜诗论》，薛颖，朱茹，《大庆师范

学院学报》2007 年第 6 期

《从钦定本〈清诗别裁集〉看乾隆的文化心态》，郭康松，李彩霞，《湖北大学学报》2009 年第 1 期

《格调对神韵的兼容——从〈清诗别裁集〉选王士禛诗看沈德潜的“格调说”》，王炜，《武汉大学学报》2007 年第 7 期

《格调说的文化蕴含》，李剑波，《河南师范大学学报》2001 年第 5 期

《格调说的文体学意义》，李剑波，《齐齐哈尔大学学报》2002 年第 1 期

《弘扬民族精神　探寻发展规律——古典文学研究六十年感言》，刘跃进，《文史知识》2009 年第 7 期

《论“格调”》，邓红梅，《文学遗产》2009 年第 1 期

《论格调理论的宗古倾向》，李剑波，《商丘师范学院学报》2002 年第 2 期

《论钱大昕的文学思想》，郭园兰，《求索》2006 年第 7 期

《论沈德潜的七言律诗》，陆平，《北京大学学报》2010 年第 11 期

《论沈德潜的诗》，范建明，《苏州大学学报》1986 年第 1 期

《论沈德潜的诗歌批评模式》，段宗社，《淮阴师范学院学报》2011 年第 3 期

《论沈德潜的诗歌审美理想》，李世英，《攀登》2001 年第 1 期

《论沈德潜的宋诗观》，王炜，《武汉大学学报》2009 年第 1 期

《评沈德潜在唐诗学上的建树》，陈新璋，《华南师范大学学报》1998 年第 2 期

《乾嘉诗风二论》，马亚中，《苏州大学学报》2008 年第 1 期

《乾隆统一新疆与清中期西域边塞诗的兴起》，李中耀，《江海学刊》2000 年第 2 期

《清初诗坛对明代诗学的反思》，蒋寅，《文学遗产》2006 年第 2 期

《儒家美学的回光返照》，刘绍信，《绥化师专学报》1993 年第 4 期

《沈德潜“宋诗近腐论”考释》，吴戬，收于张伯伟、蒋寅主编《中国诗学》第 16 辑，人民文学出版社 2012 年 6 月第 1 版

《沈德潜“格调说”的审美特征》，孙敏明，《浙江万里学院学报》2007 年第 5 期

《沈德潜“温柔敦厚”说辨》，许总，《文史哲》1985 年第 1 期

《沈德潜“温柔敦厚”说新解》，吴兆路，《文学遗产》1997 年第 4 期

《沈德潜〈古诗源〉的价值》，张晓彭，《南都学刊》2008 年第 5 期

《沈德潜〈清诗别裁集〉的价值和影响》，翟惠，《山西大同大学学报》2011 年第 2 期

《沈德潜的格调说与对唐诗的评价问题》，章继光，《湘潭大学社会科学学报》2002 年第 4 期

《沈德潜的审美理想新探》，吴兆路，《复旦学报》1999 年第 2 期

《沈德潜论》，刘世南，《江西师范学院学报》1983 年第 2 期

《沈德潜七言绝句刍议》，陆平，《文学遗产》2009 年第 5 期

《沈德潜诗歌选本中的批评观》，黄秀韬，《厦门教育学院学报》2007 年第 11 期

《沈德潜研究的回顾与展望》，王顺贵，《上海师范大学学报》2003 年第 9 期

《沈德潜与〈古诗源〉》，冯保善，《江苏大学学报》2005 年第 5 期

《沈德潜与〈宋金三家诗选〉》，王顺贵，《文学遗产》2006 年第 6 期

《沈德潜与乾隆诗学观的离合》，梁琳、尹占华，《北方论丛》2011 年第 3 期

《诗教和政教之间的两难——沈德潜的〈国朝诗别裁集〉编选和格调诗学的文化意义》，李明军，《阴山学刊》2010 年第 5 期

《细节背后的文学史观——沈德潜三篇佚文的前后因缘之考察》，陈文新、王炜，《文艺研究》2009 年第 3 期

《艳情诗该如何对待——由袁枚、沈德潜之争谈中国艳诗的历史命运》，耿传友，《文艺理论研究》2011 年第 4 期

《在传统的阐释与重构中展开——清初诗学基本观念的确立》，蒋寅，《中

国社会科学》2006 年第 4 期

《中国古代四大诗学流别的纵向考察》，陈文新，《文学评论》2003 年第 3 期

三、学位论文

《乾嘉代表诗人研究》，赵杏根，苏州大学博士学位论文，1999 年 5 月，导师：钱仲联

《清代论诗诗史》，纪锐利，苏州大学博士学位论文，2007 年 6 月，导师：王英志

《清代乾嘉时期学人诗研究——以“嘉定三老”为个案》，周文平，浙江师范大学硕士学位论文，2006 年，导师：陈玉兰

《清代性情诗论研究——以清代四大诗说为主》，黄婉甄，中山大学硕士学位论文，2003 年，导师：陈国球

《沈德潜诗歌研究》，王妍，苏州大学硕士学位论文，2007 年 11 月，导师：罗时进

《王豫〈江苏诗征〉研究》，刘岷崎，浙江大学硕士学位论文，2009 年 5 月，导师：朱则杰

后　记

本书是在我的同名博士学位论文、博士后出站报告基础上充实、修改而成的。

我于 2008—2011 年师从苏州大学文学院教授王英志先生。在讨论毕业论文选题时，先生认为学界目前还没有一篇专门、具体研究清代格调派的博士论文，建议我以此为中心展开研究。在先生的悉心教导下，我对这一课题也很感兴趣，据此写出的《清代格调派研究》毕业答辩时得到复旦大学黄霖先生、华东师大谭帆先生、南通大学周建忠先生以及苏州大学古代文学专业杨海明、马卫中、马亚中、涂小马、薛玉坤等先生的肯定和鼓励及宝贵意见和建议。论文较突出的问题是，在格调派后期及其影响方面论述不足。所以，当我在王英志先生和马卫中先生的推荐下，有幸跟随浙江大学朱则杰先生做博士后研究时，我决心继续充实、修改博士论文，并将重点放在格调派后期研究上。这个想法也得到朱先生的同意。与原来的博士论文相比，博士后出站报告重点增加了沈德潜前期友人、格调派后期羽翼及格调派余响等内容。出站报告得到武汉大学尚永亮先生、苏州大学赵杏根先生的"优秀"评价和宝贵建议。在此，我要感谢上述诸位先生对我论文的指导和帮助。尤其要感谢我的博士生导师王英志先生！正是在先生的耳提面命下，我的论文才打下基础，才能继续做博士后课题，也才有今日的成书。博士毕业后，先生一如既往关心、鼓励、帮助我。遗憾的是，先生已于去年逝世，每每想起，我心中就充满哀伤和遗憾。

感谢浙江大学朱则杰先生对我的指导和帮助！朱先生当初接纳我为博士后，是我的荣幸，我至今都心怀感激。在出站报告的具体写作中，先生经常给予耐心细致的指点，让我受益良多。先生近年来学问更加精进，《清诗考证续编》《清诗总集序跋汇编》等巨著相继出版，惠泽学林，令我常有高山仰止之感。如今又答应为本书写序，令我倍感荣幸。浙江大学楼含松、周明初、孙敏强、徐永明、叶晔、陈强、张节末等先生分别评阅了我的博士后开题报告、中期报告和出站报告，在此谨致谢忱。

感谢硕士生导师王承丹先生！2004 年，我考取了厦门大学古代文学硕士研究生，有幸成为承丹师的学生。承丹师治学一丝不苟，把我引上学术研究之路。自我硕士毕业后，无论是考博、读博，还是做博士后，承丹师的关心、鼓励和无私帮助始终伴随着我。厦大中文系古代文学专业的吴在庆、王玫、胡旭、钱建状、李菁、刘荣平等先生都在学习上给了我很多教诲。

2019 年 8 月，我来到安徽外国语学院，从事中国古代文学的教学与研究工作。在学校领导和老师们的关心、鼓励及帮助下，我申报的课题得到学校设立的博士科研基金资助，并为本书出版提供了经费。在此，我要感谢学校对我的支持和帮助。安徽大学出版社副总编辑朱丽琴女士为本书顺利出版提供指导和帮助，责任编辑李加凯老师为完善本书付出心血，在此一并致谢。

本书虽经过众多师长的指导，但因我才疏学浅，能力有限，仍存在不少问题和有待深入研究的地方。唯有持续努力，争取更上一层楼，以报答师长们的关爱。

王玉媛

2022 年 8 月 1 日